陶立群 —— 主编

江东风雅集

韦德昭 —— 著

我们曾经的
活法

中国书籍出版社

China Book Press

图书在版编目（CIP）数据

我们曾经的活法／韦德昭著. --北京：中国书籍
出版社，2023.9
（江东风雅集）
ISBN 978-7-5068-9569-9

Ⅰ.①我… Ⅱ.①韦… Ⅲ.①散文集-中国-当代
Ⅳ.①I267

中国国家版本馆 CIP 数据核字（2023）第 175261 号

我们曾经的活法

韦德昭　著

图书策划	许甜甜　成晓春	
责任编辑	杨　莹	
责任印制	孙马飞　马　芝	
出版发行	中国书籍出版社	
地　　址	北京市丰台区三路居路 97 号（邮编：100073）	
电　　话	（010）52257143（总编室）（010）52257140（发行部）	
电子邮箱	eo@ chinabp. com. cn	
经　　销	全国新华书店	
印　　刷	四川科德彩色数码科技有限公司	
开　　本	880 毫米×1230 毫米　1/32	
字　　数	127 千字	
印　　张	7. 25	
版　　次	2024 年 1 月第 1 版	
印　　次	2024 年 1 月第 1 次印刷	
书　　号	ISBN 978-7-5068-9569-9	
定　　价	240. 00 元（全 5 册）	

我们曾经的活法（代序）

岁月匆匆，转眼已是白头。

我们这一代，20 世纪 60 年代出生的人，苦日子没落下，好日子赶上了。我们承上启下，在短短几十年的时间里，坐着民族振兴的专列，沐浴在和平盛世的阳光里，一路以前所未有的加速度，从传统的农耕文明社会，昂首跨入工业文明社会，现正飞奔在知识大爆炸的互联网时代，由贫困迈进小康，走向富裕，是经历科技进步最快、社会变革最大、生活生产方式变化最显著的一代人。

有人说，我们是活得最值的一代人，五六十岁，似乎经历了五六千年，生活品质与历代先民相比，"远超"二字已不足以形容，简直就是云泥之别！我们如今的幸福生活，是历代祖先们过去连做梦都不敢想的。网上有个流传很广的段子，说得比较形象：我们超越了君王，不上早朝能知天下大事；不用笔墨，可写文章锦绣；不问龙王，能知四海波澜；无须腾云，可在蓝天行走。高铁飞机，已让地球缩小；电脑网络，能使天涯牵手。数以亿计的人"天天过年"，私家车已经普及，国民的平均寿命大幅提升……

诚然，几十年过去，弹指一挥间。在时代的滚滚洪流下，我们也应该看到，广大农村，包括我们江南水乡，一些几百年乃至上千年老茧一样磨出来的传统和习俗，曾经是那么的厚实，那么的威武雄壮，甚至出场都是要锣鼓喧天的，在这不紧不慢、无形无声、无色无味的时间里，就在我们的眼皮底下，竟悄无声息地渐渐退出了历史的舞台，或被洪流淹没，或被无情地冲到了岸边，被岁月风干，任历史的灰尘层层掩埋。

在故乡的那些日子里，伴着那段岁月所固有和特有的印记，我们曾朝夕奔波在那山那水之间。我们留下的除了深深浅浅的脚印、不尽的欢歌和少量成长的泪水，还有许许多多刻骨铭心，非常值得留痕，或美妙，或苦涩的记忆。在前人渐老渐少，后来者渐不明了那段历史的情况下，面对时代发展越来越快的客观现实，我们这一代——可能是那段社会转型重要关口期最后的见证人，趁着现在记忆尚好，应该责无旁贷地主动承担起打捞那段岁月，填补那段历史空白的重任。千万千万，不能等到我们将来都成了一捧黄沙时，再给岁月空留下遗憾，使后生们在未来有猜想争论之苦。就像我在动笔写《话说当年碗头鱼》之前，一次在酒桌上很自然地与几个二十多岁的年轻人，谈起当年家乡普遍流行的关于碗头鱼的规矩，他们居然都表现得一头雾水，都觉得不可理喻，反倒让我感到很是吃惊，徒生感喟。

本书收录的我的二十一篇散文，捡拾的都是那段岁月里，关于故乡，在我心中印象极其深刻，如珍珠般的生活记忆，都是采用近乎白描的手法，着意掸去历史的灰尘，洗去岁月的包浆，真实地讲述那年那事的。当然，里面也记录着一些我就事论事般的理性思考。目的就是通过客观地复盘当年的一些生活片段，为故乡的历史尽一点儿个人的绵薄之力，也想请你记住我们曾经的活法。

历史学家卡莱尔说过：书籍里横卧着历史的灵魂。真希望这本非虚构散文集能对你有所帮助。

最后，我想说的是，单凭这本书，肯定有沧海遗珠之憾。我还会继续补拾。

感谢你的阅读，至少我俩有缘。

2022 年 5 月 28 日于当涂

目 录
Contents

正在消逝的米锅里蒸螺蛳

家乡是我们的根。

无论你飞多高，走多远，还是在外漂泊有多长时间，你的身上都会或多或少地带有明显的家乡印记，包括你发音的腔调、一些行为习惯和口味等。

我离开家乡已近四十年。家乡的山，家乡的水，家乡的点点滴滴常常会在不经意间闯进我的脑海，走进我的梦里。我对家乡来自舌尖最深的念想就是米锅里蒸螺蛳。

这几十年，所谓山珍海味，包括家乡的釜山贡蟹我自认为吃得也不算少，许是曾经沧海难为水，我始终觉得那些都不及家乡米锅里蒸的螺蛳味鲜味美。用我们家乡人的话说：那是打掉牙齿也舍不得吐的好东西。

　　我的家乡是江南鱼米之乡当涂县的一个较古老的村庄，紧邻南京市。那里沟塘密布，水系纵横，盛产螺蛳。可以这样说，家乡只要是有水的地方，一般都会有螺蛳。

　　据老辈人说，这种吃螺蛳的方法开始只是流行于我们附近三个姓韦的源自同一始祖的自然村，直到20世纪60年代才逐渐传至周边的一些村庄。至于这道菜是何年何人从何处传入，近代的人就谁也说不清了。

　　家乡俗称的螺蛳，学名叫方形环棱螺，有一个右旋的螺形贝壳，呈长圆锥形，壳顶略尖，头部软足常立于水下淤泥或吸附于水中硬物上，在水里是匍匐生活的。

　　螺的外壳较薄，质地坚硬，一般有7个螺层，各螺层的高度和宽度是缓慢均匀增长的。壳内呈灰白色，外一般呈绿褐色或黄褐色；壳口呈宽卵圆形，厣为角质的薄片。成体壳高一般近3厘米，最大宽在1.5厘米左右。

　　螺蛳食性杂，以水生植物嫩茎叶、细菌和有机碎屑等为食，喜夜间活动和摄食。体柔软，头部圆柱形。一遇危险，头和足便迅速缩入壳内，并同时将厣收紧，就像一个盾牌恰到好处地将整个身体全部关闭在螺壳内，不留一丝缝隙。

　　这时的螺，就是一个成人也休想不借助于工具将其厣剥开，但螺死靥就会脱落。

螺蛳的肉大多是螺足。螺肉后边跟出来的尾巴是内脏囊，包括心、肾、胃、鳃、性腺等器官。螺蛳的"屁股"是封死的，肛门和口都在前面，所以"尾巴"里面是不会有屎的。吐干净的螺蛳肉不仅通体无骨刺，而且全身都可直接食用。

螺蛳的繁殖能力极强，可全年怀胎，每胎一般有3—7个胚。乡亲们一年四季都能吃螺，但寒冷的冬天一般不吃。因环村皆是或大或小的沟塘水渠，且螺都是自然野生的，乡亲们取螺比较便易。他们根据水温情况，或用手在水下摸，一般几秒钟就是一把（单手摸）或二把（双手摸）；或借助于自制的长竹竿虾笆（有的村民用自备的小拖网）在水底扒（拖），一般总是很快就能满载而归。

乡亲们根据居住在村庄的位置，一般都有相对固定的几个取螺塘口；每年总是先在螺蛳相对肥大的水塘里取螺，待该水塘螺蛳变得较少时，再换下一个塘口，就像草原牧民选取牧场一样。然后由近及远，再到沟渠。

实际上每年都是无须等到年底，先前取过螺的塘口就已经是螺蛳满塘了。所以，螺蛳在我们水乡虽然年复一年家家都常吃，但永不会枯竭。

　　犹记当年暑假期间，大人们在农田劳作，村里的少年、顽童无一不是几乎天天都泡在水里（过去，水乡的孩子是没有不会水的）。孩子们每次出门，都会主动带上空脸盆。他们在水中游玩尽兴而归的时候，都会带回满满的一盆螺蛳和一些小鱼小虾等。

　　螺蛳取回家后，需要水养一段时间。乡亲们先是将螺蛳壳再次清洗，然后放入大盆或小缸里，舀清水入内，在螺全部没入水中后，再继续加水至水面距盆或缸的上沿约 4 厘米的高度——水过满，螺蛳会因爬出上沿落地而死。

　　在水静没有外界有意干扰的情况下，螺蛳们很快便纷纷将头足伸出壳外，紧紧吸附在盆（缸）的内壁或其他的螺蛳壳上，静静地在那吐故纳新。

　　第二天，人们只需在螺蛳中用手稍加搅动，螺蛳们因受到惊吓会迅速收紧外厣自然脱落水底。然后，人们滤出螺蛳吐出的腌臜，拣出死螺再清洗剩下的螺蛳壳舀清水注入。如此循环，一般三日后便可食用。

　　如实在馋不过，第二天就想吃，乡亲们也有办法，只消在装螺蛳的盆（缸）里滴上几滴香油催吐，一夜过后便可食用。但用此法，盆（缸）内的螺蛳必须第二天全部吃完，否则剩下的螺蛳就会因强吐时间过长伤身而亡（死螺不仅没有鲜味，还会败味）。所以，乡亲们用此法都是根据第二天的用量将部分螺蛳单独水养催吐的。不过，用此法蒸的螺蛳，其鲜味较正常情况下还是要逊色一些。

待螺蛳吐干净后，乡亲们从盆（缸）内取出当天需食用的量，再进一步将外壳洗净，然后将其尖尾部分逐个除去，使两端能透气，当然也便于入味。方法是用剪子剪或用刀切或用老虎钳夹（这是改革开放后多数农家因拥有了老虎钳才开始使用的办法。此法虽然较剪切便捷，但螺蛳夹后容易残留少量的碎壳）。如有杂螺或死螺，乡亲们在此时，是会很自然地将其剔除的。

由于螺蛳壳一般都很硬且较光滑，很伤刀剪，一段时间后刀剪就会变钝，切剪螺蛳就会变得很费力，很伤手——乡亲们为此切破手，握剪的手起血泡是常有的事。由此，过去我们老家及周边铲刀磨剪的生意特别好。

剪（切或夹）螺蛳是个技术活儿。口大了漏气螺肉嗍不出，太小了又吸不动。根据螺蛳的大小肥瘦，究竟应在何处下剪（刀或钳），那是只可意会，难以言表的事。但乡亲们实践出真知，一看便知。

螺蛳逐个剪（切或夹）后应直接放入用于蒸螺蛳的大菜碗中。这里有个诀窍：螺蛳剪（切或夹）好后千万千万不能再用水洗！而且碗底一些螺蛳从尾部流出的水汁也不可倒掉。否则，将部分或完全失去螺蛳那特有的鲜味。

待所有的螺蛳剪切完并装满几个大碗后（一般每个家庭一次至少要蒸两碗），再逐个放入农家自制的鲜豆酱、辣椒酱和少许的姜、蒜、八角等佐料，最后加入一匙猪油，便连碗一道放入已经下米并加好水的大铁锅里。

过去，农村使用的都是带烟囱的大锅灶，烧的大多是稻草。大锅里米饭煮熟的同时螺蛳也被蒸熟。锅盖揭开后，厨房里瞬间便氤氲起熟螺蛳的鲜味。

螺碗里除了熟透的螺蛳，还有大半碗混合着米汤、螺蛳的体液、水蒸气凝成的水和相关佐料的汤汁。乡亲们在螺蛳蒸熟上桌前，会将螺蛳在碗中就着汤汁用筷子有意搅拌几下，除了使螺蛳壳内可能残留的碎壳能自然掉入碗底，主要就是为了所有的螺蛳都能更好地入味。因汤汁中浸润着多种，特别是螺蛳的那种难以言表的鲜味，再加上"湖水煮活鱼"特有的功效，这几碗螺蛳就这样成了"天下少有之珍馐"。

吃带壳的螺蛳虽然图的是口口鲜，但确实要有真本事！即嘴上要有嗍功，否则只能望螺兴叹！没有经过一段时间的针对性训练，一般人是很难将螺蛳肉吸出壳的。这种功夫，在我的家乡却是除了婴幼儿几乎人人都会的"家传绝学"。

乡亲们吃螺蛳，一般只消用筷子将一个碗中汤汁中泡着的螺蛳送入口中，然后嘴唇、牙和舌同时配合，快速将螺蛳调整到方便嗍的最佳位置，再用舌头抵住螺口短促用力一嗍——功夫主要在这里，借助巧力便将螺肉连同后面的内脏囊从弯弯曲曲的壳内伴着汤汁一并吸入嘴中。接着，边用筷子将空螺蛳壳从嘴唇之间夹出，或直接吐出，并吐出螺蛳厣（有的螺蛳从碗里拣出前，厣就已掉在了碗里，那样的螺蛳更好嗍），边开始迫不及待地享用起螺蛳的美味。

然后，筷子再伸向下一个螺蛳……

整个过程乡亲们都是一气呵成，而且是手不沾螺。

此时的螺肉丰腴细腻，留足了自身的鲜味，人们就着汤汁咀嚼，说如饮甘露都不为过，体内会迅速奔涌着一种似乎要被幸福揉碎的味觉感受，真使人欲罢不能。

"此味只应天上有"啊！

如遇个别实在难嗍的螺蛳，乡亲们只需用一只手的三个手指捏住螺蛳，另一只手用一根筷子先除去螺厣，然后抵住螺的头部，将螺肉向尾部稍加用力挤压，接着用螺口留下的空间舀一点儿碗中的鲜汤汁，再用前法嗍螺，一般是能舌到擒来的。

螺蛳吃完后，碗中剩下的鲜汤汁，乡亲们过去也是舍不得倒的，一般都会用来拌饭吃。

但不会嗍螺蛳的人，如果是借助针、竹签等辅助工具将螺肉从壳内挑出食用，其鲜味就要大打折扣了，甚至可能会吃不出那种味道。说来也是奇怪，螺肉只有通过嗍，伴着螺内的汤汁一并入口，咀嚼时才能更好地品尝到其特有的美味。

现在饭店里的韭菜炒螺蛳，是将取来的鲜活螺蛳直接用水煮熟，然后挑出壳内的螺肉洗净后与韭菜加青椒炒制，那是根本品尝不到螺蛳的那种鲜味的。

对此，乡亲们说：那是乌龟吃大麦——糟蹋粮食。

家乡过去代代相传：世上最好吃、最补人的东西，是人参和燕窝。家乡还流传着一句古老的谚语，叫"清明螺，赛燕窝"。一年四季，清明时节的螺蛳又是最好吃的。因为蛰伏了一冬的螺蛳，春天开始摄食养膘，那时最为肥美。先民们能冠之以"赛燕窝"，其味道之更好便可想而知了。

当然，立夏后的6月到9月，因幼螺已经"娩出"，成螺正在待孕或一些已受孕的螺蛳卵尚未在体内发育成小螺蛳，也是食用螺蛳的大好时节。是故，家乡也有"冬吃蚌，夏吃螺"的说法。

白云苍狗，时移事迁。后来随着煤炉、煤气灶和电饭煲等在农村的逐步普及，乡亲们绝大多数早已不再用大锅灶煮米饭了。这道传统的美味，正在家乡的餐桌上逐渐消逝。

说来真是馋得慌，我已经有二十多年没有吃过家乡的这道美味了。

现今的乡亲们虽然也特别偏爱吃带壳的螺蛳，但基本上都已变成了吃带壳炒的螺蛳。前面的工序都一样，只是螺尾用老虎钳夹后——现在一般都用此法，变成了放在油锅里加佐料同炒，然后再加水等煮熟。这种吃法，虽然也需要嘬功，也有螺蛳所固有的鲜味，但与饭锅上蒸的螺蛳相比，那就不是一个重量级了，味道也差远了。

二十多年来，特别是每年清明前后和学生暑假期间，为了解馋，久居县城的我也会时不时地从市场上买些螺蛳回来炒制，只是过程太过繁琐，很费工夫。如果不会嘬，我想，人家一般是不会制作这道菜的。

这也是为什么在故乡，除了我们韦姓及几个周边的村庄，这道美味没能得到广泛普及的原因吧。

经查，螺蛳肉含有丰富的蛋白质、维生素和人体必需的氨基酸、微量元素等，是典型的高蛋白、低脂肪、高钙质的天然动物性保健食品，而且还具有明显的明目作用。

我真为那些不会嗍螺蛳的，特别是没有享用过我的家乡米锅里蒸螺蛳这道美味的朋友，感到可惜。

（2021 年 6 月 25 日发表于《安徽法制报》）

少时拜年

近年来，年味是越来越淡了，连孩童也少了一份我们当年的那种热盼和兴奋。特别是这两年受疫情影响，年味更是用寡淡和冷清也不足以形容了。人们基本上都是宅在家里自觉禁足。街上、路上、村庄到处都显得冷冷清清，全没了往昔过年时的那份喜庆、热闹和喧嚣，就连中华民族优秀传统文化的渊薮之一，能充分体现情感中国智慧圆融的拜年，也基本上被手机简化了。人们可以不用见面，不用舟车劳顿，通过短信或微信就能完成拜年。晚辈给长辈的拜年礼品和长辈给小辈的压岁钱，都可以通过快递或物化成钱用手机发红包、微信转账等方式解决。拜年的魂丢了，成了冷冰冰的手机里短短的鸡肋式程序，让人在本应天天笑语哗然，充分享受天伦之乐的日子里，只能无聊冷寂地枯居家中感慨唏嘘。

我非常怀念小时候家乡拜年时的情景。过去的点点滴滴就像排着队似的鱼贯叩响了我虚掩的记忆之门。那时，人们的生活虽苦虽累虽单调，但人情味浓，喜庆味足，心是畅快的。

我出生在 20 世纪 60 年代初，江南水乡当涂县一个古老的村庄。从记事起，每年的大年初一，孩子们都特别兴奋，不管是否燃放了"天雷子"，会自己穿衣的，鸡叫头遍东方未晞，就会迫不及待地穿上新衣新鞋起床。孩子们起床后脸还未洗，第一件事就是到爸爸妈妈床前向双亲跪拜。如果爸妈起床更早，孩子们就会跑到爸妈跟前拜年。后来渐渐大了，爸妈就不让跪了。

妈妈起床后做的第一件事，是亲自为她的儿女每人倒上一杯欢团水——欢团是用炒米拌饴浆做成的像乒乓球大小的球状物，一般一个水杯里放两个，年三十晚上睡觉前妈妈就已经准备好了，寓意是祝福在新的一年里生活甜甜蜜蜜、圆圆满满、欢欢喜喜。"今年长得扑扑擦擦的，开心有大福！"是妈妈递上水杯时常说的一句祝福的话。"扑扑擦擦"意为健康不生病，后来妈妈又加上了诸如学习进步或工作顺利之类的时髦用语。欢团遇热水就化开，用匙稍加搅动，糖饴便溶解在水中，炒米先是争先恐后地往水面蹿，然后相互拥挤着聚到了杯口，待吸饱了水后才渐渐沉入杯底。每个人喝了几口后，妈妈总是象征性地给杯子再续点儿水，这在家乡叫"撞财"，是祈愿添财进宝之意。

　　家乡过去重男轻女，出门拜年一般是男性的事。女人除了到她本人直系亲属家拜年，一般是留在家里烧锅弄饭招待来客。稍大的姑娘也是要在家给母亲帮忙的。岁朝早餐后，父亲便带着我们兄弟，给村里宗亲中所有辈分比他高的长辈和在平辈中比他年长的逐一上门拜年。一圈下来，父亲先回家，我们兄弟还要继续给宗亲中的叔叔们，已独立成户平辈中的哥哥们和受我们尊敬的异姓长者逐户拜年。

　　这种拜年只是礼节性的，不需要带任何礼品。但客人新年第一次上门，尽管都是几乎天天见面的本村人，主人家也是一定要为其倒欢团水并"撞财"的，如果是成年人还要递烟。因为村庄大，需要拜的人家多，拜年的人欢团水大多只是象征性地喝一点点儿，水上浮的炒米也是象征性地少吃几粒，否则一圈下来，肚子肯定受不了。到后来，各家为减少浪费，就将水杯中的欢团改为放少许炒米和白砂糖；再后来，干脆连炒米也不放了。成年人拜完年回家时，每只耳朵上夹着一两支烟，每只手的手指之间夹着几排散烟，是那天上午特有的风景。

家乡有句俗话叫"过年三天无大小"。意思是人们劳累了一年，年初的头三天里，老少都可以痛痛快快地随性玩儿，甚至可以在一起玩，不必太拘泥于辈分，有点儿小出格也是允许的。在那个农村还不通电，连收音机都是奢侈品的年代，文化生活是很贫瘠的。拜完宗亲后，难得大家都很休闲，于是纷纷呼朋邀伴，成年人不是下象棋、玩扑克牌，就是围坐在一起喝着茶、嗑着瓜子推山海经（家乡俚语，谈天说地的意思）；孩子们除了下军棋、抽陀螺，多数是用硬币和铜板，根据不同的年龄段玩不同的竞技游戏。

那年月乡村没有麻将，玩纸牌除了带有一点小刺激的争上游、打 40 分，也有用纸牌搞推牌九赌博的。

年初二拜舅舅那是必须的！就是下雨下雪，用父母亲从小教育我们的话说：哪怕"下枪"，也是不可更改的。舅舅那边也是知道我们要去的，除了舅舅和小老表有可能也外出拜年，其他人都在家等着我们。"天上的雷公，地下的舅公"一直是我们家乡的祖训，意思就是除了自家的嫡系长辈，在所有亲戚中舅舅的地位是最高的，而且在小辈之间，舅家的老表也是要"大三分"的。家里办事，舅舅来了，酒桌上是一定要安排坐

1席的；家里小辈之间若有矛盾纠纷或有其他难以裁决的问题，譬如分家，舅舅的话，那就如同国家最高大法官的判词。

出村拜年，过去大家几乎都是靠两条腿走路，很少有坐公共汽车的，更谈不上有自行车可骑。除了农村贫穷和物质匮乏外，当年全公社3万多人口，只有一条通往县城宽不足5米的砂石路，其他的基本上是泥土路。我家到舅舅家就是走近路也要十五六里，而且全是斗折蛇行的乡间田塍和沟埂河堤。正常情况下，我们走去需要两个多小时，如果遇上雨雪天或是雨雪初霁的日子，那在路上就要遭大罪了。

家乡的土黏性重，而且又是被许许多多赶早拜年的人踩过的烂泥路，人走不到10米就会泥巴裹满鞋背，甩都甩不掉，要用小木棍将鞋上和鞋底粘着的，厚厚的甚至已结成饼的泥巴削掉，或是找路边的草丛把泥土摩擦掉一部分，或是到水边洗去，然后再走，再设法除去鞋上泥土。一路都是如此反复。水乡野外的阡陌上一般都没有树，如果小木棍用坏了，一时又找不到可用的木棍或适宜的草丛，到水边又不好走，鞋子就会笨重得难以行走。实在不行，只好用手去抠。等走到舅舅家，我们不光鞋子袜子裤子全弄脏了，人搞得精疲力尽不说，大冬天的还会累出一身臭汗，其狼狈状可想而知。写到这儿，我忽然想到爸妈当年即使是在那样的情况下，在我年幼时还要背着或扛着我走路，一时竟心绪难平，情难自禁。

但尽管这样，年少的我还是非常乐意并且早就期盼着这一天的到来。最直接的原因是舅舅家有好吃的。我们水乡过年时家里待客的零食，一般除了葵花籽就是炒米糖。舅舅那里丘陵地较多，花生也多，我能吃到在家里很难吃到的花生糖和黑芝麻糖。我每次去，舅母不仅让我敞开肚皮吃，还在我返家时，很大方地将我衣服上的小口袋和拜年带回的空包全部装满，让我一路走一路吃。不仅如此，餐桌上我还能吃到在一般人家吃不到的羊肉、炒猪大肠等好东西。我小时候特别喜欢吃白斩鸡，这种土鸡肉皮黄，肉白味鲜，就是我现在遇到，也是会"馋得走不动路的"。这种熟鸡肉一般是沾着酱油等调料吃，是农村拜年时常见的大菜之一。白斩鸡端上桌看起来满满一大碗，其实只是最上面铺了一层，下面全是农家自制的八宝菜或煮黄豆，常常是一人一块鸡肉都不够，有的大人拣了一块舍不得吃，转手便给了身后自己的孩子。但我在舅、姨、姑、叔家，他们会在厨房里悄悄为我多留几块，并且让我放在碗底吃。

当然，我也想到舅舅家玩儿。我出世就未见过外公外婆，亲舅舅只有一个，但外叔公有两个，舅舅的堂兄弟有四个，这些亲戚我们都是要一一上门拜的。去了之后，大人们谈他们的心，我们这些年龄相仿的老表们在一起，可以纵逸酣嬉，随心所欲地玩耍，即使是雨僝云僽，也丝毫影响不了我们找地方玩儿的兴致。他们总是先拿出近一年珍藏的小人儿书，让我挑出没看过的先看，然后再陪我一起玩儿游戏，包括硬币和铜板的游戏。

拜年一般是当天去当天回，村里有这么多的亲戚，路不难走的时候那是肯定要吃了晚饭才能回的。至于晚餐在谁家吃，亲戚们那是真心实意地抢着要安排。每次我们返家时，亲戚们总是热情地把我们送出一程又一程。大人们依依不舍，我们这些孩子也是难舍难分。

俶尔，我想到这赓续十年的亲戚间的亲密走动，曾引发了一代又一代表兄妹间悲欢离合的爱情故事。年少时，表兄妹青梅竹马，两小无猜，玩耍互动中相互关照日增好感，再加上共同话语多，审美水平大致相当，表哥对表妹还有一种天然的保护欲，表妹对表哥也是渐生依赖；长大后，两人情愫暗生，以至情深爱浓，渐成思念……在科技还很落后的过去，许多有情人成了眷属，用老人的话说，这叫亲上加亲，也有许多被棒打鸳鸯散的，甚至有的还酿成了人间悲剧。在此，就不多赘述了。

年初三，拜老丈人老丈母，已经定亲的小伙子也要去拜准丈人准丈母娘。家里其他的男孩儿则由父母安排到别的亲戚家拜年。值得一提的是，拜年的先后本身也体现出一种受尊重的程度，如果亲戚间有拜年习俗不同，事先又沟通不到位的话，是极易产生矛盾的。我们村有一对新人，媳妇的娘家是从江北迁居本地的，她老家的习俗是新人夫妇第一次回娘家拜年，应该是年初一，结果这对小夫妻是年初三才去的。那天，泰山大人大动肝火，竟关上门不让这小两口进门，搞得那一年那两个大家庭年都没有过好，而且还影响了小夫妻之间的感情。

从年初四开始，各家给其他亲戚拜年就可视情安排了，但总的原则是以户为单位，根据家主在亲戚中的辈分情况，按小辈要给长辈拜年，平辈中小的要先给大的拜年，回拜一般只限于平辈之间的规矩进行。只要路途不是太过遥远，所有亲戚之间按礼该拜的都应拜到。也就是说，亲戚之间在春节期间至少都应有一次团聚的机会。只是由于当年交通不便和信息难通，每天上午出门拜年，步行一般只能赶到一个村庄，而且最快也要吃过午饭才能回返。如果家里亲戚点多面广，拜年确实是一桩比较累人的事。

但亲情的召唤总能使人不顾旅途的劳累。过去大家都很忙，都在各自的生产队里挣工分，一年到头除了有哪家办大事，通常也只有过年才有这难得的欢聚机会。有多少积愫要叙，有多少知心的话要说，有多少信息需要交流，大家都十分珍惜过年相聚的机会。每个人都会脱去面具和甲胄，彼此素面朝天，倾心交谈，融融泄泄，相互安慰关怀，不仅进一步巩固、升华了家族亲情的血脉关系，还为在新的一年里大家重新出发，互相加了油，充了电。

我黄发垂髫时，总是由爸爸或妈妈带着拜年。除了带我吃喝玩儿和中华传统礼仪的传帮带外，我认为主要的原因是因为我能"挣"点儿小钱。不论是到哪家拜年，长辈们都会给我"挂钱"，用现在的话说叫给红包，这也是我们中华民族尊老爱幼优良传统的一种体现。那时，我收到各家的挂钱大多是一块两块的，也有五毛六毛的，甚至极个别的是五块钱。给得多的是姨妈、姑妈和舅妈。这些钱在我口袋里还没有焐热，回家的路上总会被爸妈哄去，最简单的说辞就是：怕你搞掉了，或是爸妈也要给人家孩子挂钱，等等。我过了 10 岁，爸爸在亲戚间也只拜辈分年龄比他大的，其他人家就全交由我们兄弟代劳了。

听起来是奇闻，讲起来是笑谈。在那个物资要凭票供应的年代，拜年到每家的礼物不论亲疏，大家一律都是一包1斤的红砂糖或白砂糖。在当年的农村，因传说红糖能补血，红糖比白糖金贵，只有在红糖票不够的情况下，家里拜年才会用白糖。糖包就像古人用的石斧，长约20厘米，宽约12厘米，最高处不到10厘米，一般是用黄裱纸，或在黄裱纸外再加一层黄油纸，抑或旧报纸包装，在糖包的正面贴上一张小长方形的红纸，再用一根细细的，当年只有供销社才有的纸捻绳呈十字形捆扎。到了亲戚家，你只需将糖包往他家香火台子上一放就行，无须多话，彼此会意。如果当年你有心在送出的糖包中做个小记号，三转两转，几天后有的糖包还真的又回到了自己的家。

农村过去饷客用的是八仙桌。每方坐两个人，按方位分1席、2席，直至末席。坐1席位置的人应该是这一桌中最德高望重，或是最受尊敬的人，然后再以此类推，按长幼有序的礼数落座。这在农村很有讲究，就像大会主席台的排位，客人是不能随便乱坐的。否则，会被视为不懂礼，甚至是没有家教，是很让人瞧不起的。由于一家一餐一般只能办一桌，如果必须上桌的人超过 8 个，那就要安排"插拐"，也就是在两方之间的拐角处再塞进一个短凳。如果还不够，那就由原两人一方再挤进一人。最终，宾主的智慧总会很快让这一问题在友好的氛围下成为不是问题。不过，为了尽量减少这种情况的发生，先民们早就立下了在现在看来确实是很有歧视性的规矩，那就是：不论是主人家还是来的客人，小孩儿是不许上桌的，女人一般也不上桌。

拜年的酒桌上有两项禁忌：一是桌上的某个菜碗如果空了，哪怕再好吃、两家关系再铁也不许敲空碗或请主人添菜；二是桌上有一碗叫碗头鱼的菜，是看菜，任何人都不可以吃。酒桌散后，主人家是要将这碗鱼原封不动地端回厨房的。

其实，各家早在年前一个多月就开始置办年货了，因过年期间民俗尽量不要杀生，从大年初一到正月十五的人菜都是在年前就备好的，而且为便于贮存，大多已煮熟，一般都是集中堆放于吊挂在厨房或主屋梁上的大筛箩里。为防老鼠顺着吊绳偷吃，聪明的乡民们将筛箩的吊绳，从瓶口穿过一个被敲掉瓶底的空酒瓶，再将吊绳在中间用布带系个结，使擦了几道香油的这个空酒瓶能倒扣在这个结上，然后再将绳的另一头绕梁后紧系在某个固定的位置。因各家筛箩里的备菜是有定量的，而且要一直维持到正月十五，各家每天可烧的大菜都是相对有所控制的。但家乡有个规矩，叫"千差万差，来人不差"，"打肿脸也要充胖子"。过去农村都是用大碗盛菜，过年时的酒桌是必须要上十大碗菜的，俗称"十大碗"，且荤菜多多益善，否则就会显得主人家小气，在亲戚间是不受待见的。这是很矛盾的问题，各家所用的办法大多是除了碗头鱼的规矩，前面白斩鸡的装菜法，就是烧荤菜时里面多搭配些自家菜园子里的素菜。如果人多，十大碗还是不够，那就只好用在农家极为平常，大家都很喜欢，但又不配跻身十大碗的青菜豆腐来凑了。

刚刚开始上菜，酒桌上就已经热闹起来。客人们先是都很谦虚地争抢着坐次序靠后的席位，首席一般不会有人主动去坐，常常是要经过多次的左推右让，最后才在主人或请来陪酒的人一再的三请四邀下，那个最应该坐的人才"很勉为其难"地坐了下去。其后，其他席位虽也有所礼让，但相对容易多了。待大家坐定后，酒席才算正式开始。酒桌上，招待用的烟常见的是0.19元1包的"江淮"，只有少数家境稍好的农家才用0.28元1包的"东海"。酒多数是农家自制的米酒，酒精度不高，还有点儿甜，但后劲儿很大，如果你自我感觉喝得有点儿高了，那就意味着你即使不再喝，很快也要醉了。如果主人家的米酒里掺进了适量的白酒，俗称"烧掺白"，味道虽更加香醇，酒量不大的人稍不注意，十有八九会被放倒。有些人家用的是"八一大曲"，是从大队供销点打来的0.81元1斤的散装老白干儿；能用上1块多钱1斤散装白酒的，那也是能用东海烟招待客人的人家。在农村，酒桌上过去是很难见到原装瓶子酒的。

在浓稠亲情和友情的催化下，主人家总是变着花样想让客人尽量喝好，客人之间也都是努力想让对方喝好，再加上大家平常在家都很少喝酒，多数也有心想多喝一点儿，于是乎酒桌上热闹的气氛就渐渐浓烈起来了。先是酒司令倒酒稳稳，大家劝酒频频，都很文雅谦让，在传杯递盏、觥筹交错中言笑晏晏。稍后，大家开始激情喷涌，渐入佳境，接着便是高潮迭起。有人丌始话多声高，手舞头摇；有人已是酒老爷当家，尽显"方圆英雄舍我其谁"的豪迈……是故，拜年时酒桌上大多会有喝得醺醺然、陶陶然的，也有人会喝得酩酊大醉。有的趴在桌上现场直播，有的瘫软在桌下当天回不了家，还有的在主人家时尚能谈笑风生，因喝的是米酒，出了门被风一吹，酒劲儿上来后，醉倒在了回家的路上，这在家乡叫"见风倒"。

那时水乡的农家，除了走亲戚或家里来了客人，各家平常饭桌上除了一些水产品，是很难见到其他荤菜的，再加上大家劳动强度本来就大，孩子们也因疯玩儿体力消耗过大，每个人的饭量都不小。一个成年人一顿吃三大碗饭，那是再平常不过的事了。但在过年时，大家天天"大吃大喝"，仅仅几天下来肠胃竟也变得像现今城里的白领一样，不适应了，也喜欢吃青菜豆腐了，而且肚子还会出现"年饱"的感觉，就是面对满桌的酒菜也吃喝不多了。家乡贤达曾云：人天生并无高低贵贱之分，只是到了什么山唱什么歌罢了。看来，斯言不谬。

拜年最多拜到正月十五。过了这一天，家里哪怕亲戚再多也不能再去拜了，因为大家都要忙于春耕大生产了。这也是农村一些距离不是太远的亲戚，后来因不常走动，关系渐行渐远的一个主要原因。所谓"一代亲，二代表，三代四代就会了"，说的就是这个道理。

（2021年7月20日由"古稀童趣"网络平台推出，刊于《马鞍山文史》2021年第4期）

砍角子和甩铜板

"砍角子"和"甩铜板"是我年少时过年经常玩儿的两种游戏，现已失传。40岁以下的人不仅没见过，可能都没有听说过。

我的童年和少年时期大部分是在"文革"中的江南水乡度过的。那年月，农村家长对孩子读书基本上都是持散养态度的；孩子们几乎没有课业负担，每天放学回家和放假的日子里，除了帮家里做一些力所能及的家务活儿，基本上都是和小伙伴们在一起疯玩儿。

那时家乡还没有电，连收音机都是奢侈品，孩子们也没有什么玩具。但我们照样有我们的纯天然玩法。我们任天性飞扬，总是能玩儿得花样百出、精彩纷呈，而且一年四季因时因势因景各不相同。可以这么说，不论是屋内屋外、水上水下，还是山野田畴、树上洞里，甚至是在风雨交加或冰天雪地的情况下，只有孩子们想不到的，没有我们不敢玩儿的。但有一点，除了春节，孩子们一般是不玩儿钱的。这主要是因为在那物资极度匮乏的年代，家里大人都是挣工分的，都没有什么钱，小孩子平日里就更不可能有钱了，更何况那时的农村根本就不存在什么零花钱之说。

但在每年的大年三十晚上，每个孩子都会得到家长给的压岁钱。最少的是两毛钱，一般是五六毛钱，能有一两块钱的很少，而且按规矩，在过年的时候家长是不能要回去的。

从大年初一到十五，大人们都歇工放假，孩子们都不用再做家务。我们除了要参与拜年和"大吃大喝"，其他时间都是在痛痛快快地玩儿。

那时的农村即便是春节，文娱活动也很稀少，就连农民自娱自乐的玩龙灯、走旱船等活动也被禁止，更别说麻将了。没有什么文化的大人们很难得地聚在一起，除了谈天说地推山海经，娱乐常见的方式就是玩纸牌，譬如打 40 分、争上游等。当然，下象棋的也有，但很少。有时大人们玩着玩着，就会用纸牌玩起了"推牌九"这种娱乐式赌博。我之所以称之为娱乐式赌博，是因为这种春节期间公开的赌博活动，一般只限于家族内部成员，而且输赢都不大，就像如今的家庭成员在一起打麻将，就连那时的大队干部对此也是睁一只眼闭一只眼的。

大年初一，孩子们都很兴奋，都起得很早，而且一般都会穿上渴盼已久的新衣新鞋。孩子们早上起床后的头等大事是要先跪拜父母，然后再跟随父亲去村里的各位宗亲长辈家拜年。出门前，母亲总是再三叮嘱不要弄脏新衣服。每到一户，大人们坐下讲话时，小孩子总是要跑到这一户昨晚放鞭炮的地方寻找漏炸的小鞭炮，然后放在口袋里或抓在手里。等到所有的宗亲长辈都拜完，村里的孩子们便迫不及待地相约着聚在了一起。大家首先玩的就是共同燃放捡来的小鞭炮，接着便在一起玩游戏。因为可能弄脏衣服的游戏不能玩，再加上大家也都想玩一点新鲜的玩意，正好口袋里都有钱，于是乎，兴奋、紧张又带点儿刺激的"砍角子"或"甩铜板"（也叫砍呆子）游戏，就很自然地一呼众应，热热闹闹地登场了。

"砍角（kān gē）子"是我们家乡对当时正在流通的各种硬币的统称，角子是其简称；铜板是早已不再流通的清代铜币（那时在我们家乡不值钱也不稀罕），外形就像现今1元硬币的放大版。这两种游戏也不知是哪位先民何时开创的，都可以在村中稍大的空地上玩儿，也可以在室内玩儿（雨雪天），每个参与的人都是先出同等份额的硬币——一般不会超过 5 分钱，多数情况下是 2 分钱。

玩砍角子游戏时，小伙伴中的一人先是一只脚踏在大家选中的地块上，然后蹲下以该脚为圆心，以大家能认可的长度为半径画出一个痕迹很明显的圆，再在圆心处放上一块或半块砖，或有一面较平的石块，将大家的份子钱——都是 1 分、2 分和 5 分的硬币，都散放在砖或石块的上面。接着，孩子们站在圆圈外用各人自备的铜板轮流砍向圈内的硬币。谁能将硬币砍出圈外，这硬币就归谁。每人每轮只能砍一次，一轮下来再进行第二轮，直到最后一枚硬币被砍走，然后再进行下一局。

最先砍走的一般都是 5 分的，然后才是 2 分、1 分的。如果能将铜板的边缘砍到硬币的边缘，一般都能成功，但这对一个孩子来说难度有点儿大，常常是十网就有九网空。为此，孩子们干脆直接将铜板砍或砸向硬币的上面，利用硬币的跳起，让硬币能落到圈外或落在圈内后再滚到圈外。由于硬币弹跳得越高越容易落到圈外，所以孩子们砍（砸）铜板时一般都很用力。聪明的孩子会凭经验选择铜板砍向硬币的方向、角度和用力的大小，比较憨厚的往往是不假思索地靠蛮砸碰运气。最可惜的是硬币已滚、落到圈外却又滚回了圈内，最遗憾的是铜板常常没有砍（砸）到硬币——砍空了。如果硬币落在了圈内的泥土上，后面的铜板都砍（砸）向那一块，而且常常砍（砸）得不准，那四周势必会砍（砸）出一些小坑。是故，这种游戏往往是打一局就得换一个地方。但如果是在室内，这种情况下孩子们都会一致同意，将这个硬币重新放回到在砖（石）的原位上，后面的人再接着砍（砸）。

由于这种游戏常常会将硬币砍（砸）得龇牙咧嘴，鼻青脸肿，严重的甚至是伤筋断骨变了形，铜板也会被砍（砸）得边侧增厚直径变小，男孩子一般在 10 岁后就不大愿意再玩这种游戏。大家开始改玩甩铜板。

甩铜板是将大家的份子钱呈宝塔状集中叠放在前面所说的砖（石）上，不用再画圈，但要在距砖（石）3 米左右的地方，用一硬物在地上画一条 1 米多长的线段，人站在线外用铜板投向那些硬币（家乡把"投"叫"甩"）。铜板最终停留的位置只要与其中任何一个硬币的距离在自己手的一拃范围内，即表示投该铜板的人赢得该硬币。否则，就是空投。问题是，铜板最终在地面停留的位置一般都不是初始落地的位置，而是与初始的角度、落地的位置，所在地的地形、硬度和手抛出时的力度、风向等因素息息相关，这涉及许多动力学知识，再加上铜板本身小而轻便，平衡度不好掌握，孩子们需要通过多次实践去悟。以我个人的经验，这两种游戏对我长大后学物理是很有启发意义的。

因铜板投到砖（石）上肯定会弹飞，要想一次性能赢走砖（石）上的那一叠硬币，对孩子们来说，几无可能。那叠硬币常常是被人用铜板砸散在地并有可能幸运地赢走一两枚后，后面的人再积极跟进有选择地投铜板。每人每轮也是只能投一次。

需要说明的是，一拃的长度尽管因人而异，在丈量时，因为是各人天生而且大家年龄相仿，差别不大（一般年龄相差在两三岁范围内，年龄再大一点的，包括成年人是不被允许加入的），大家一般都能接受。但指甲的长度不算在内，必须是两端手指的肉能同时触碰到硬币和铜板。

甩铜板最精彩的要数铜板和硬币的距离非常接近那个人一拃的时候。只见他将棉袄的袖子往上一撸，两只手轮流将手指最大限度地往下压，以尽可能伸展其一拃的长度，直到符合要求。那种情况下，压手掌的四周必然是围满了观看、见证并略有点儿紧张的小伙伴，有时候边上还围上了不少看热闹的大人。如果是再怎么伸展，就差那么一点点儿，只见他又不甘心地站起来，把两个主要手指用另一只手使劲儿往外拉，然后再试，以力求达到其极限长度。没有经历过这种体验的人，是体会不到这种极限状态下大拇指的酸胀，和虎口接近撕裂般疼痛的。说来你也许不信，这种情况下，压手指的人有时还真恨不得能将那虎口撕开。当然，这已不仅仅是为了赢取那一枚硬币了，更主要的是为了能证明这次投掷的成功和胜利，用现在的话说，那是一种竞技精神。

写到这里，当年那种专注、热烈、奋激的场面真的历历如在眼前，是那样的栩栩如生。

这两种游戏，孩子们玩起来总是倾情投入，乐而不厌，常常忘了吃饭时间，还通过拜年从本村玩到了亲戚所在的各村，不仅使我们当年的春节都过得无比充实、尽兴，而且还有效地开发了我们的智力，培养、锻炼了我们的运动技能和协作能力。直到正月十五，孩子们这样耽乐，家里大人一般都是允许的，即使把压岁钱全都输了，父母一般也不会过多责备，因为这点钱本身就是让孩子过年买乐的，更何况还可能不输呢。

过了正月十五，大人们都要忙于春耕大生产了，手里还有钱的孩子一般都会主动地悉数交给父母，用于即将到来的开学报名和添置文具等。这样，孩子们又都成了名副其实的"无钱阶级"，新的一轮无钱的疯玩又开始了。

现如今，这两种曾给我带来许许多多欢乐的游戏，不论是在城市还是在乡村都早已销声匿迹了，就连我们小时候经常在一起玩的其他一些众乐乐游戏，现在连农村的孩子也都不玩了。原因当然是多方面的，但我认为其中最最主要的原因是现在的社会、家长和一些学校都好像得了一种比较严重的近视眼和焦虑症，都"太重视小孩子的学习了"，都把孩子当成了容器和机器，拼命搞挖掘式甚至是揠苗助长式开发，热衷于病态的"抢跑"。天性贪玩的孩子们在本该好好玩的年纪虽然吃的穿的用的都是好上加好，却被那些眼花缭乱的辅导、培训以及沉重的课业负担等硬生生地压住了天性，"没有玩，不允许玩，被大人玩"，有许许多多祖国的花朵小小年纪就已戴上了近视眼镜，而且体质整体水平堪忧……

诚然，我们当年文化素养普遍先天不足严重缺钙，但我们玩还是无忧无虑的。今天的教育经过这么多年的改革，仿佛走进了另一个极端，我们是不是矫枉过正了？最近，太原理工大学党委书记郑强教授在一次直播演讲中，振聋发聩地说出了这样一个观点："大力加强学龄前教育"和"绝不能输在起跑线上"，这两句话把中国教育全毁了。此话虽然说得有点儿过激，但我认为确实有些道理。

站在民族和历史的高度，不仅仅是为了回答著名的"钱学森之问"，教育对症下药式的深度改革确实已经到了刻不容缓、迫在眉睫的地步，而且是越快越好。

（2021年5月19日由"安徽散文·实力派"网络平台推出，刊于《马鞍山文史》2021年第2期）

话说当年碗头鱼

跟已做母亲的孩子谈家乡的近代史，说到碗头鱼，她是一脸的错愕，竟连呼了几声不可思议。

我的家乡——江南鱼米之乡的安徽省当涂县农村，在改革开放前，盛菜一般都是用平常吃饭的大碗，鲜有用碟的。摆开八仙桌，端上十大碗菜，俗称"十大碗"，是那时农家待客的最高礼仪。农家办喜酒、吃年夜饭和过年待客，碗头鱼便是十大碗中最常见的一道"名菜"。

所谓的碗头鱼，其实就是一碗一整条没有分段的红烧鱼。说它有名，不是指它的烹饪方法，也不是它的色香味，而是因为它是一碗撑门面的看菜。也就是说，它虽然是桌上一碗烧熟的美味，却是充数的，只能看不可以吃，而且不论是主人家还是来的客人，大家连筷子都不能伸向那个碗。酒桌散后，主人家是要将这碗鱼原封不动地端回厨房的，其用意只是祈盼家里今后能"天天有鱼（余），岁岁有鱼（余）"。

用作碗头鱼的鱼，最好是一条七八两重的鲤鱼，寓意鲤鱼跳龙门，比较常见的是小鲢鱼，也有用鳜鱼、鳊鱼的，但很少。乡亲们不用翘嘴鱼、黑鱼和鲫鱼等的原因，主要是因其外形和不希望今后的日子过得结结巴巴等。碗头鱼在酒桌上的摆放是有讲究的。鱼头指向谁，意味着他/她就是主人家这一桌中最受尊敬，或最受欢迎的人，但他/她却不一定是坐在首席。譬如，新姑爷（新媳妇）第一次到女（男）方亲戚家拜年等。

好在农村办喜事一般都是选在农闲时的冬季或初春，而且在那还没有通电的当年，一般连续不会超过3天，熟食能够自然保存。碗头鱼每次上桌前一般是要经过加热处理的，但食客们只能在办喜事最后一天的晚餐才可以吃。到那时，那碗浓浓的带有农家自制的酱汁味的鱼汤，和那已透熟松软的鱼肉正香浓滑腻，挟着那鱼肉，蘸着那鱼汤，那绝对是内洽五脏的人间至味。酒桌上，只要酒司令发出"开吃"的口令，这碗鱼很快就会风卷残云般被一扫而空，而且常常连汤都会被大家吃掉。

过去过年时，农家招待来客一般每餐只烧一桌。这碗鱼最迟在大年三十就烧好了，一直端上端下，直到正月十五才能吃，因为过了正月十五各家都要忙于春耕大生产，不再拜年了。由于间隔时间太长，就像任何事都有个度一样，这条鱼虽经反复多次烧蒸，早已索然无味。如遇开春后气温稍高，鱼事实上也已经变质。写到这里，我忽然想起勤劳一生，已仙逝多年的母亲，一时竟悲从中来，难以自持。这种情况下，母亲常常是以倒掉可惜为由，将其再大火蒸煮后独自分两餐吃完……

　　年少时我对碗头鱼习焉不察，只是人云亦云地遵从而已。成年后我有了质疑：在我们水乡，鱼是最寻常的，怎么会有这种不合常理的规矩呢？难道仅仅是为了讨个口彩，留个盼头？新中国成立前这样做很好理解，因为贫苦农民毕竟是农村的绝大多数，他们肚子都不能保证吃饱，甚至有的还阖门数口饔飧不继，虽说水乡待客餐桌上不能没鱼，但他们怎么能保证餐餐有新鲜的鱼提供呢？就像各地酒桌上流传下来的那么多敬酒的规矩，陪酒的人尽量少喝，但又要不失热情地尽量让客人喝好喝够，其实大多是因为起初自家存量或财力有限，才想出来的这些招儿，都是"兹念生活维艰"罢了。后来随着岁月的不断淘洗，一些招儿变得更加鲜亮，更加具体，甚至又被与时俱进地注入了新的内涵，被打扮成了大家都能欣然接受的模样，成了一方规矩，甚至有的还渐渐成了地方传统或者叫习俗。这些规矩，抑或叫传统、习俗，在一定的范围内大家共同遵守，既有效地解决了大多数家庭难以启齿却又实际存在的困难，又挣来了好客的面子，还保留或弘扬了我们中华民族传统文化的精髓。所谓一方水土养一方人，我们伟大先民的聪明才智由此可窥斑见豹，不能不让人敬服。

但新中国成立后，甚至广大农民翻身得解放已近 30 年了，我们水乡为什么还有碗头鱼这种规矩呢？黑格尔说：存在即合理。其实，只要稍作梳理探究，道理也很简单。且不说传统有它强大的惯性，也不说 30 年在历史的长河中只是"弹指一挥间"，在当年那个物资极度匮乏的计划经济时期，环村的水面，几条长沟属于大队，只有水塘归生产队。过去生产队集体经济一般都比较弱，水塘里除了有很少的队里曾放养过一些小鲢鱼苗外，基本上都是靠大自然馈赠。

凡属集体的水面，任何人不论何种原因，都不得私自带渔网到里面捕鱼。否则，必以偷鱼论处。凡是与"偷"挂上钩的，当年的处罚那是相当严厉的。不过，生活在水乡的人们，一年四季除了极寒冷的时节，一般是不需要借助渔网也能经常从漠漠密布的水田，纵横交错的水渠，雨季过后外河留下的大大小小的水凼，以及一些沟塘里弄些杂鱼河虾、黄鳝泥鳅、螺蛳河蚌等给家人打打牙祭的。如偶有多余的，人们除了腌渍，一般都是送给邻近的亲朋或左邻右舍互济，因时行"打击投机倒把"，没有人会拿到镇上去卖。然而恰恰就是在那朔风劲吹的季节，即使是在我们水乡，各地若不是有组织的行为，取鱼也都很困难，遇有农家办喜事，酒席所需的鱼，一般也是要到镇上公办的水产公司门市部去买的。

当年小镇上根本没有制氧机等设备，上街能不能买到符合要求的死鱼且不说，就农民自身而言，他们都是靠在生产队挣工分过日子的，一年到头全家能不超支就算不错了，手里哪有多少余钱？办喜事要用的钱除了全家多少年从牙缝里省下来的，有相当多的人家多数还是借来的，都恨不得要将一分钱掰成两半用，而且像结婚这样的大事一般要连办几十桌，因为是共性问题，他们怎么可能不继续借助传统帮自己纾难解困呢？

过去从大年三十到正月十五，生产队是不开工的，水产公司也不会有人在镇上卖鱼，大家都在欢欢喜喜地吃吃喝喝，玩玩乐乐。过年期间，在我们水乡农村，鱼却反而成了稀有物品。年前，各家死鱼留多了没用也留不长，而咸鱼在家乡又不能上正规酒席，能上桌的鱼吃完了就没有了，后面再来了客人怎么办? 是故, 过年时碗头鱼的规矩也就顺理成章地又继续保留了下来。

诚然, 大队每年冬季都会组织一些捕鱼能手集中几天开展一次捕鱼活动, 但所捕之鱼除相当一部分被水产公司收购外, 能分到各家各户的是少之又少, 有时一户只能分到一条稍大的鱼中的一段, 有的年份甚至还无鱼可分。让全体村民都眼巴巴指望着的, 是生产队每年年底前都会依序打干几口水塘, 然后将塘里的鱼只要能抓上手的, 尽可能都捕捉上来, 再按大小搭配通过拈阄儿分给全体社员。因为总量有限, 所以分到各家的也都不多, 除了小确幸分到几条能回家水养的黑鱼外, 其他的基本都是死鱼, 至于里面有没有能用作碗头鱼的鲤鱼那就更要看运气了——碗就那么大, 鱼过大过小都不适宜。

前儿次分回的鱼, 只有稍后的一次, 如果有可用的鲤鱼, 乡亲们才会努力留用, 其他稍大的都是用来腌渍, 小鱼小虾全部红烧。红烧的鱼除了当天吃点儿新鲜的, 剩下的第二天就成了鱼冻子, 是全家人连续几天的一道主菜。生产队年前最后一次分鱼, 一般是在腊月二十七八, 那是各家最热盼的。分回的鱼只要能端上桌招待客人, 家家都会留下来过年用, 所以家乡过年的头几天, 各家上桌的除了碗头鱼, 还会有一碗可供食用的鱼。如果家里到这次还是没能分到，或调剂到哪怕是一条能用的鲤鱼，有合适鳜鱼或鳊鱼的，那就只好退而求其次了。实在不行，只能再上街碰碰运气。问题是，那时的街上，十有八九是买不到这些种类的鱼的。是故，那年月过年时，我们水乡有许多农家用很不值钱的，味道也很一般的小鲢鱼做碗头鱼，也就不足为奇了，好在端上桌也只是个摆设。

改革开放，犹如春雷惊醒了大地，曾经"风光一时"的碗头鱼渐渐被深埋在了历史的尘埃中，而且作为一个概念，现今连一些"80后"都有点儿不知所云了。是乡亲们不再重视那些口彩和盼头了？非也！是市场放开了，是货物流通越来越快了，是乡亲们的腰包渐渐鼓起来了。随着市场上，包括过年期间，很快每天都能保证各种鲜活鱼虾的充足供应，和人们生活质量、健康意识的不断提升，碗头鱼，这种有违人性和健康要求的旧规矩，自然而然地就渐渐被乡民们所抛弃了。

欲知大道，必先为史。历史正以前所未有的加速度向前疾奔，我们在不断欣赏沿途风景的时候，一定"不能忘记走过的路，也不能忘记走过的过去"。

（2021 年 9 月 21 日由"安徽散文·实力派"网络平台推出）

少年渔趣

我的故乡坐落在江南水乡的当涂县联三圩。圩内水系发达，农田高低错落。村前几十米外就是圩堤，一条连通姑溪河直达长江的外河，通过涵闸、水渠与圩内众多的水沟及一些较大的塘口相通。家乡过去水生动植物一直种类繁多，而且都是纯野生的，再加上那年月种田除了偶尔打些六六粉，不打其他农药，用的都是农家肥，各类水生动物多如牛毛，总是取之不竭。

环村的沟塘虽说都姓公，但村民们只要不在里面用罟网，钓鱼、捕虾、钓鳝、钓王八等，还是被允许的。都说"靠山吃山，靠水吃水"，水乡的孩子，有着源远流长的"吃水"基因，天生喜渔。

我们当年上学，出了校门就是玩耍，除了寒暑假有少量的一点儿课外作业，平常是没有的。当然，更没有什么课外辅导。到了十岁以后，我们大多随着水性泳技渐如纵壑之鱼，玩儿水家里大人已不再担心。课余时间，特别是节假日，除了做些力所能及的，诸如看鹅、放鸭、挑猪草等家务，玩儿一些农村孩子常玩儿的，譬如甩泥炮、撞拐、躲猫猫和逮麻雀等游戏，我们多数时间都喜欢玩儿渔戏，而且总是乐此不疲，常常因时因兴一天能玩儿好几种渔戏。

渔戏的过程有期待，有紧张，更有成功的喜悦，始终充满着欢乐，而且常常妙趣横生，使人终身难忘。

弄鱼

弄鱼是家乡俚语，是能将野外的鱼弄回家的办法的统称。

先说钓鱼。成年人一年四季要在生产队挣工分，根本没工夫钓鱼。钓鱼在水乡，过去一直是有闲的孩子们的专利。钓具除了线和钩是买的，浮子和杆都是就地取材自制的。钓饵是农村极为常见的蚯蚓，出门前只要在口袋里装点儿米就行。

孩子们钓鱼，一年中一般只是在仲春到夏初以及中秋后的一段时间，太冷和太热的时候一般是不会出去钓鱼的，而且不分早中晚。那年月，家乡的鱼好像都很"呆"，很好钓，即便是初学钓鱼的人，只要稍有耐心，一次钓几碗自家吃的鱼还是没问题的。问题是，多数孩子没那个耐心，到后来一般也就是那几个越钓越精的人喜欢垂钓。

夏季至中秋是水乡最好逮鱼的时候。水乡雨多。初夏，正是家乡多数鱼类产卵的季节。只要连续下一天以上的中到大雨，最好是夜晚伴着雷打豁闪，大雨连天如注，并且第二天还在继续下，所有的水田都会因蓄满水自上而下地沿着田埂外溢，或沿着村民预留的缺口向下流，然后汇入低处的水塘或水渠，最终流进圩内最低处的沟里。这样，家乡的野外就会自然分布着众多不断流淌的水系和小飞瀑，沟塘里那些急于产卵和众多想趁机到外地旅游的鱼——家乡叫戏水鱼，就会纷纷逆水流而动，跑进水田、别的水塘或其他陌生的地方。第二天清晨，早起的孩子穿着雨披空身到熟悉的沟塘边巡查一遍，返回时就能很轻巧地拎回一大串戏水鱼。因为冲入沟塘的各个飞瀑下一般都会砸下大大小小的水坑，这些坑里会不断有鱼游进，人只需伸手进去摸捉就行。还有一些肥大多子的鲫鱼会横躺在小坑里任小水流冲击肚皮，人见到简直就像是在捡鱼。其后的孩子，只要接着巡查或到别的地方巡查，还是会不断有所收获的，只是难度相对大了一些。

　　在几天连续大雨转小雨或初霁的时候，你只要找准一块临沟或大渠的水田，在出水口处稍稍挖深并将长约1米的袋网，网口用两根削尖的小树棍或小竹片紧插在出水口的两侧，将两侧空隙处和网口底部用泥巴等填充压实，使出水基本上都能流进网内，然后再将上一块田的出水口用泥巴拦死或将水溢往别处。这样，不费吹灰之力，游进这块田里的鱼基本上都会随着水流主动入网。运气好的话，一次能有几十斤的收获。如果还想扩大战果，再依次将上面的水田如法炮制即可。不过，正常情况下，上面的水田一般已被其他的小伙伴占领了。

　　随着气温渐渐上升，孩子们在河塘玩水的频率也越来越高，后来几乎是天天都泡在了水里。孩子们玩水时都会自发地带上一个脸盆，这不是大人的要求，纯粹是为了能更好地玩耍。他们先是在水中疯玩一阵，稍稍感到有点疲累时，开始在水下摸螺蚌，并且很快每人都能摸上一脸盆。这种交叉的玩法，使孩子们既恢复了体力，又顺便保证了全家螺蚌的供应。然后孩子们放下脸盆，兴高采烈地投入到更加热闹的跳水、打水和泳技比赛等活动中。由于人多，水面总是被弄得浪花飞溅震天价响，胆小的鲫鱼和王八等总是被吓得纷纷钻入泥土或水下的石缝中。这时，孩子们在活动的空当中，将小手恰到好处地伸进石缝或在泥土上摸，一般都会有不错的收获。有时，孩子们在水中行走，会无意中踩到藏身泥土中的王八，于是，又多了一份格外的惊喜。

　　每年汛期过后，外河的水位会逐日下降。至枯水时节，村口的河床上会留下一个个大小不一、形状各异的水凼。这些水凼不姓公，谁都可以在里面捕鱼。大人们只关注那些大水凼，各种渔具辐辏于毂后，便成了各家鹅鸭的天堂。一些较小的水凼却成了孩子们的最爱。他们常常两三人合伙选中一个水凼，用脸盆戽（方言读 fú）水，涸凼而渔，一般都能逮到几条稍大的鱼和一些小杂鱼。过程中，每个人只穿着一条小裤衩，全身都搞得泥巴拉乎的，而且不仅白天太阳暴晒，黄昏时有蚊虫叮咬，有的水凼还要戽两三天，工作量对孩子来说不可谓不大，但由于孩子们是兴趣使然，真玩累了随时可到近处的深水凼里洗澡玩，所以一直也不怎么觉得很累。大人们对这种事一般也不管，只要求孩子回家前将身子洗干净就行。而孩子们戽干一个水凼后，往往休息不到两天，又会迫不及待地投向下一个水凼，直至所有的小水凼都被村里孩子扫荡了一遍。

在个别气压较低，水中溶氧量不足的闷热天气里，清晨有的鱼会成群地浮到水面边游边张大嘴巴呼吸，嗒喋有声，在塘埂沟堤上能清楚地看到成片翕动着的灰黑色的鱼嘴。如果是较大的鱼，孩子们会迅速跑回家拿来自制的竹柄小鱼叉，用力将鱼叉以小角度掷入鱼嘴群中，鱼叉深入水下后会自动向后反弹，一般叉上都会带回一两条鱼。记得一次我在村前的大塘里，一叉竟中了三条半斤多重的大翘嘴参。

逮鳅

双抢（水稻抢收抢种）时节，大人们一个人要当两个人用，每天披星戴月，根本无暇兼顾其他。早稻田刚打完稻，草把子还一个个竖在田里，正是孩子们放鹅鸭的绝佳去处。因田里一般没有积水，孩子们将家里的鹅鸭赶到那里后，总是在留意鹅鸭找食嬉闹的同时，先捡稻穗，然后将稻田里挖沥水沟时两侧留下的成排的小弃土堆，一个个扳倒或用锹挖开——那里面湿度相对较大，容易藏金黄色的泥鳅。只要看到有光滑的泥鳅洞，顺洞用锹挖或用手扒就肯定会有收获，而且常常一个小土堆里会藏有几条，甚至有的还是个黄鳝洞。将这些逮到的泥鳅和黄鳝（主要是泥鳅），用在尾部打了结的稻草或狗尾巴草等一条条串起，待鹅鸭放好回家时，再一并带回。

随着掼桶或脚踩的打稻机不断向前进发，孩子们也会积极跟进，开辟新的战场。但随着前面已翻挖过的稻田灌水深耕至耙田环节，一些孩子就会拎着小提亮子（方言，指缘浅木桶）或小竹篓紧跟在耙后面捧捉泥鳅，因为那样更好玩儿而且收获会更直接更多。虽然有俗语说"孩子靠哄，泥鳅靠捧"，但水乡的孩子早就学会了单手捉鳅。已经有些板结的农田经深耕灌水后，躲在各处的泥鳅就像被打开了牢笼一样，纷纷跑了出来。耙田的目的是将耕翻过来的泥块经水透泡后，尽可能打碎并均匀地压平。过程中，一些藏在附近的泥鳅受惊后必然要仓皇逃命，它们摆动尾巴拼命往泥土里钻。由于田里的水很浅，泥鳅的摆动一般难逃孩子们锐利的眼睛。耙每到一处都会有许多条泥鳅被惊动，前面的孩子弯腰在那里捧捉，后面的孩子跟着耙走，又成了前面的孩子。所以，尽管有一群孩子跟在耙后面，但大家都是各取所需，互不相扰，区别只是机灵的程度而已。

家乡近一个月的"双抢"一般在立秋前后结束。这期间及其后的一段日子，正是一年中最热的时候，太阳酷烈，焦金流石，下午直到太阳落山前，已栽过秧的水田因水都很浅，总是烫得让人难以下脚——女人们下水田都是穿着长裤，让双脚和裤脚部分都深埋在泥土中才行。这种情况下，水田里躲在水下的泥鳅们就会扎堆争相往水相对深一些的、过去栽秧时留下的如成人手掌大的小水坑和沥水沟的泥下钻，而且总是要把那个地方的水搅得很浑。

贪玩儿的孩子们肯定不会放过这种能轻松大逮泥鳅的好机会。吃过中饭后，太阳最毒，水更烫，他们三三两两相约着，戴着草帽，提着小提亮子或拿着脸盆，都只穿着一条短裤，一人一块秧田地沿着田埂巡查，只要发现一个小水坑里的水明显比周边的浑，两只手插进这种水坑下的泥土中，一般都能捧出几条泥鳅，而且一个坑里常常会有好几捧。这样的水坑如果相对较多，说明这块田里的泥鳅也多，然后人只需沿着田里的沥水沟用脚底慢慢滑行，躲在沟底的泥鳅这时就会沿着脚背往你脚底侧钻，你只消凭感觉就能将泥鳅捧捉，而且常常也是一处就能捧捉多条。这样一路滑行一路捧捉，时间不长，就在一个水田，一家人几天吃的泥鳅就已绰绰有余。如果兴趣正浓还想继续，家里便将多余的用来喂鸭。

记得有一次我将双手插进水坑，捧上来的却是一条盘在里面的水蛇。虽说水蛇无毒，水乡的男孩儿一般也不怕水蛇，但突然捧出一条蛇，还是把我吓了一跳。在我慌忙将这条蛇匆匆抛出的时候，它还是狠狠地在我手指上咬了一口。

说句题外话。想当年人在野外疯玩儿，有时不小心弄破了皮肉，甚至流血都是很平常的事。每次只是就近用水简单清洗一下，有时也找来破布、塑料布什么的临时包裹一下，然后该干嘛还是干嘛，包括仍在泥田里玩耍等等，根本不知道会有破伤风的风险。家乡过去也有用烂泥或灶膛锅灰止血的风俗，虽然后来知道这是陋习，但当年确实也有些效果，而且我至今也没有见过或听说过，有谁因此得过破伤风的。

捉鳝

钓黄鳝是个技术活儿，虽然基本套路看着大人钓就能学会，但要想会钓，除了有善钓者悉心传授外，还要通过实践不断摸索才行。黄鳝洞曲曲折折，一般有两个出口。钓钩要用类似于自行车轮的细钢丝制作，直直的，长四五十厘米，将一端烧红捶打磨尖再弯曲成鱼钩状就行。

钓黄鳝一般是单独行动，孩子们很少会独自到沟塘里钓。从双抢时稻田深耕灌水到中秋前后，田野里也不知道从哪儿一下子冒出来那么多的黄鳝，有钓钩的孩子再带上一个口小肚大且有倒刺盖的小竹篓，沿着水田的田埂两侧或渠堤内侧先寻找黄鳝洞口——一般就在水面上下的位置。如果洞口光滑新鲜，只要不是有人刚钓不久，里面就会有一条如洞口般粗细的黄鳝。这时只需将穿着整条大蚯蚓的钓钩顺洞三进二退般渐渐向里延伸，一般黄鳝在这个过程中就会主动咬钩。如果因洞弯曲钩不能再进时，黄鳝仍未咬钩，说明里面的黄鳝不饿，对蚯蚓的兴趣不大，你需要不断加以引逗。先将钩后退约 1 厘米左右，然后在原地作轻微的进退运动，原理如同钓鱼时不断地拎钩。过一小会儿，如果黄鳝还是不咬钩，再一只手拿钩，用另一只手的食指或中指与拇指配合，轻弹洞口一侧的水面，发出黄鳝吃食的水声。很快，躲在深处的黄鳝一般就会过来抢食。只要黄鳝一咬钩，准会把钩往里拖，你拿紧钓钩用劲往外拉就行。经过一番短时间激动人心的较量——这是钩鳝最大的乐趣所在，待黄鳝头部一段出洞后，用另一只手的中指与食指、无名指配合，将黄鳝锁住，一条黄鳝就会乖乖地进入篓内。

手里没有黄鳝钓钩的孩子，在逮泥鳅等玩耍活动中，如果在田埂边发现有新鲜的黄鳝洞，只要田里的水深不超过 5 厘米（超过这个深度就难捉了），天性使然都会停下来空手捉黄鳝。他们先是站在那儿努力寻找黄鳝的另一个出口，目的是为了在接下来的操作中，黄鳝出逃时能及时发现。有时，另一个洞口隐蔽得好，实在难找，也不要紧，反正就在附近，只是增加了观察和捉的难度。孩子们先将一只手的一两个手指伸进洞里，再顺洞往里延伸，必要时可用手扒开碍事的软土，常常能感觉到非常滑溜的黄鳝头随着手指的深入渐渐后退——黄鳝在洞里是不会咬手指的！过程中，双手在动，双眼要紧盯另一个出口处——未找到的，更要留意附近的情况，因为黄鳝常常会突然从另一个出口逃出，而且逃速极快，稍不留神就会前功尽弃。直到碰到下面的硬土或洞深已超过手臂的长度，手已难以再向前伸而黄鳝还没出来，怎么办？孩子用一只手或脚抵住那里，再稍稍用力不停地向洞里撞击，这时另一个出口处不管起始是否找到，都会一目了然地伴着节奏向外吐水，随着吐出来的水越来越浑，片刻工夫，里面的黄鳝就会被逼出来。

许多黄鳝将洞筑在秧田中间，因需爱护秧苗，孩子们一般不会下田寻找。但若发现田里有明显的大量黄鳝吐出的沫儿，孩子们知道那里肯定藏有大黄鳝，而且有沫儿的地方洞口都较大，肯定会忍不住要下去将其捉来的，而且一般都会在尽可能少破坏秧苗的情况下手到擒来。

其实逮黄鳝最方便快捷的，是在水田做熟到插秧后一段时间的晚上照黄鳝。那时，黄鳝泥鳅都会从藏身处跑出来觅食，而且有一些就在田埂边游动。人们只需带上马灯或电筒、长木桶或能装黄鳝的大竹篓（野生的黄鳝特别活跃，一般的木桶它能从底部箭跃出去），和一个自制的专门用来夹黄鳝的竹木夹子——原理和形状就像是一个放大了的老虎钳，在寂静的野外，伴着悦耳的蛙鸣交响曲，顺着田埂灯光交替着照向两侧水田。奇怪的是，不知是不是突遭灯光照射的原因，看到的黄鳝大多都是静静地伏在浅水中，即使偶有游动的，也是那种正常觅食般的慢游。此时，你只消将夹子对准黄鳝，轻轻一夹就能搞定，而且常常在一处一逮就是几条。当然，照黄鳝时也能发现较大的泥鳅，但此时人们对它已经是不屑一顾了。

准确地说，这种情况下，人们不是在捉黄鳝，而是在"捡"黄鳝，而且时间不长就能捡半桶（篓）。因为捡多了也不能拿到街上去卖，人们往往见好就收，够全家几天吃的就行。如果实在收不住沿途又多捡了一些，那也是回家后选相对较小的剪成段喂鸭。所以，家乡过去一般是很少有人下笼诱捕黄鳝的，而且鸭长大后，不仅鸭肉格外鲜美，连鸭蛋也是红心的，营养更加丰富。

不过，晚上照黄鳝是有风险的。家乡有一种生活在水下的叫闷水铁的毒蛇，也喜欢晚上跑到水田里觅食，且在灯光下的浅水中，背影几乎与黄鳝无异，尽管有经验的乡民能够鉴别出来，但在灯光较弱时也会出现误夹。好在一旦将其夹离水面，它就会立马显出原形，不是被人随手甩向远处就是被当场处死。真正让人害怕的是家乡有一种叫土公蛇的蝮蛇，剧毒，虽然碰上的概率小，但如果碰上，那是很危险的。家乡还有一种叫火赤练的蛇，夜晚喜欢追灯光，虽然毒性不大，但遇到也很恐怖。所以如果没有大人带，"双抢"时孩子们即使是两三个人结伴去照黄鳝也是不被允许的。即便是"双抢"后家里大人带着孩子晚上出去，那也是村里胆儿相对较肥的父子或兄弟，不仅都要穿上深筒胶鞋，将裤管扎紧，而且根据这两种蛇的习性，走到水田前，是大人拿着东西打着电筒走在前面；进入水田的小田埂，孩子在前提灯照看，大人在后夹黄鳝。

直到秋季开学后，田里已是秧苗韶秀葱茏蓊郁，不再需要经常灌溉了，孩子们在田里逮鳅捉鳝也就越来越困难了。于是，他们又将目光投向了村里大大小小的水渠——在水渠弄鱼也是不受公家限制的。好不容易等到星期天（当年一个星期上五天半课，星期六下午学校卫生大扫除），小伙伴们三三两两地早早来到事前选好的已经是较浅的水渠边，先在靠近水沟的一端选取不长的一段，两头筑堤埠水，然后用脸盆把里面的水舀干，逮完可取的鱼虾后，再用双手一层一层地，从一端开始，手向后次第深扒下面的烂泥，有的地方能扒半米深，为的是捉拿藏在里面的鳅鳝。接着再取下一段，如法炮制，直到黄昏或整条短水渠都被深翻了一遍。这样的活动，孩子们在一年中要一直玩儿到天气转冷，在家不得不穿上长裤长褂，才算真正告一段落。

捕虾

捕虾的方式在家乡主要有两种：扳虾和扒虾。

扳虾一年四季皆可。但由于在忙于弄鱼捉鳅鳝的季节，孩子们的兴趣根本不在虾，而特别寒冷的天气又不愿外出玩儿水，所以扳虾常常是在每年的春天和中秋后的一段时间。

家乡有句俗语，叫"早钓鱼，晚钓虾"。扳虾一般选择在日落前。六七十厘米见方的扳虾罾，孩子们根据年龄一般需 8 个以上。太少了耽误时间，如果多于 15 个，孩子扳虾不仅没有休息的时间，而且收工时扛着那么多湿漉漉的虾罾，再加上收获的河虾、小鱼等，就有些吃力了。扳虾的饵料是各家都有的油饼取一小块——每年油菜籽上市后，所有农户都会将油菜籽挑到油坊换回香油和油饼，捣碎后加一点儿米糠和水均匀搅拌即可。

　　孩子们出门扳虾时，扛着一捆基本晾干的虾罾，带上饵料和装虾的小提亮子或笸箕，来到沟塘或较大的外河水凼边，每隔一段不长的距离放下一个虾罾，然后在每个罾里放上一两块就近拾取的小瓦片或碎砖石等，目的是便于网布能快速下沉和起网收虾，再在网中央甩上略少于成人一节小指体积的饵料，将网放入拉竿尽头稍前的水面，让其自然下沉，然后再将拉竿横拉到连线的尽头轻轻放下。待所有的罾都如此这般放好后，第一个放下的就可以起网了。因饵料很香，很快就会引来鱼虾，时间等长了鱼虾会因吃饱或吃完饵料逃走。当然，也不能太短。

　　起网时，轻拿拉竿慢慢提起，直到网的四周已离开水面方可快速将水下的网提起。网里一般除了河虾，还会有贪食的小鱼、泥鳅和急急爬过来的螺蛳。取尽里面的鱼虾等，扔掉螺蛳，再放入等量的饵料，原法原地再放罾，再起下一个。如此一轮下来，再进入下一轮。由于每次一般都有收获，逐渐积少成多，孩子们往往越扳越来劲，常常忘记回家，直到家里大人打着电筒来喊，才恋恋不舍地收网回返。

如果一处上网的河虾渐渐稀少了，孩子们就会换下一个塘口，然后由近及远，直到朔风凛冽，才会将虾罾入库等待来年。一般在这个时候，多数孩子不会再玩儿水了，只有少数兴趣大的孩子还会换用虾笆扒小米虾和螺蛳。

虾笆用来固定细网的骨架是用竹篾或拇指粗的树枝制成的，两根弓背的顶部被紧扎在长柄拉杆的一端。冬天扒虾一般选择有水草之涘，那里小米虾多。人站在水边，手握虾笆拉杆的另一端，将虾笆向水中尽量伸远并轻放水底，然后贴着泥地轻收拉杆，直到在有水草的地方移动受阻，再将水下的虾网紧贴水草在回拉中顺势轻抖——为了使躲在水草里的小虾能尽可能地进入网内，然后再快速将虾网拉出水面。网里除了一些小虾，通常还会有一些小鱼、螺蛳和一些小碎瓦石子水草等。拣去废物便是收获。这样，时间不长，也能轻松搞定一家人吃的两三碗小鱼虾和鸭子几天吃的螺蛳——冬天各家饲养的老鸭少。

钓王八

乡民们除了偶尔在早晚的路上能逮到正在过水爬行的王八，玩儿水时无意中踩到王八，以及涸泽而渔后用稻叉划烂泥，捉拿藏身其中的王八外，要想吃王八，只能下钓。

下王八钓也是一年四季皆可，但基于同样的原因，多数孩子也是选择与钓鱼相同的时间段。虽然家乡有"中午钓王八"的说法，但全村几乎没有一个会在中午出去钓王八，都是选择傍晚时下钓，第二天黎明前收钓。

王八钓制作很简单。一根二三十厘米长，成人小指般粗细的短棍或近4厘米宽的竹片，一头削尖，一头削一个用于系绳的浅浅的凹槽，用一根长于4米的细尼龙绳，一头系于那个凹槽，一头紧系在一根小缝衣针的中间就行。这样的钓子，一般要有20个以上。饵料通常是大蚯蚓或小泥鳅或泽蛙，用猪肝那是根本不可能的。当年的乡民们普遍认为猪肝是补血的，特别适合体虚的人补身子，尤其是产妇，猪肝不仅很贵而且很难买，就算是买到了那也是必须要给人吃的。

下王八钓前，都是在家把饵料穿好，然后用竹篮盛着所有的钓子来到野外的沟塘边，根据王八喜在河湾、水草茂密处和腐殖质丰富的水域觅食的习性，找准那些地方下钓。下钓时先放开细绳，再将竹棍深插在水边的泥土中，然后将饵抛入那块水域即可。直到所有的钓都下完。

第二天收钓必须赶早。否则，已上钩的水货因拼命挣扎，可能会咬断钓绳或拽弄竹棍逃掉。收钓时，只要看到钓绳在水中绷得很紧，就说明水下一定有货，除了大概率是王八，还有可能是大黄鳝或闷水铁。

当然，不是每次所有的王八钓都能有所收获，但只要有几个能钓到就足够了，接下来的几天就不用再下钓了。后来竹棍换成了能浮在水面的小而厚的泡沫，尼龙绳又适当加长了一些。这种王八钓的优点是可以随心所欲地把钓饵抛到想抛的地方，容易钓到水货且拽不坏，缺点是收钓困难，要带上一根扎上铁丝钩的长竹竿，还要时不时地下水捞。所以天气转凉以后，这种钓就只能抛在水面不宽的塘或窄长的沟边，否则不管是风吹还是咬钩水货的拖动，浮子大概率会漂浮到竹竿远远够不着的地方，使你常常望浮兴叹。

虽然钓王八几乎没有成本，但由于下钓前的准备工作和下钓起钓的每个环节都要很专注地去做，而且还要起大早，常常是单独行动，这就有违孩子贪玩儿嗜睡的本性了。孩子们一开始都是因为好奇和好玩儿，但多数钓了几次之后就会兴趣大减，到后来村里真正喜欢钓王八的孩子也不多。当然，村里也有极少几个成年人利用工余时间钓王八。这些人家，有时王八多得实在吃不掉或者已经吃腻了，会很随意地分送给邻近的亲朋——当年的王八在家乡也只是一种很平常的水货。

度娘说，王八在每年 11 月中旬到翌年 4 月中旬要冬眠。这种说法，对我们家乡的野生王八来说至少是不够严谨的。家乡在寒冬腊月也有人钓王八，只是因为天冷，确实难钓。用老辈人的话说：有点儿不大容易开口。

记得我 11 岁那年腊月二十七的黄昏，我的叔叔去下王八钓，是泡沫浮子的那种，路过我家时，特意嘱我明天一早跟他去起钓，他来喊我起床。我非常愉快地答应了。叔叔当年膝下有三个女儿，都比我小，生活压力山大。据父亲后来告诉我，叔叔那年家里很苦，一直到那一天，大年三十晚上的大菜也没能准备几个，一些菜还要留着过年招待来客。为了孩子，一直忙于生产队挣工分的叔叔，好不容易等到生产队年前歇工，便开始不顾刺骨的寒风四处觅食。

第二天天没亮，外面还是黑黢黢的，叔叔站在窗外把我叫醒。我赶紧穿上棉袄棉裤，戴上能遮耳的帽子出门。叔叔穿着深筒胶鞋在前面扛着竹竿，拎着小桶，我穿着布棉鞋，双手插在口袋里跟在后面。墨染如倒扣的大锅般的天空，只有几颗苍老的寒星睁着昏花而惊奇的眼睛，路上只有我们叔侄俩。冷风削脸，我冻得一直浑身哆嗦。每到一个放浮子的塘口，叔叔先是用手电筒找水中的浮子，找到后让我拿着电筒照着，他用竹竿去捞。开始的七八个都是空的，来到一个有较多枯萎菰草的水塘边，一个浮子的线被拉直了，缠绕在一堆枯草的根部，叔叔试了几次就是拽不上来。他说了句下面有个大王八，就放下竹竿，毫不犹豫地把衣服脱得精光，迅速扑进水寒彻骨的塘中，顺着线三转两绕一路追踪，硬是把一个有 3 斤多重的王八给捉了上来。叔叔脱衣服时，我已经感到非常的讶异，看他光溜溜地钻入水中，我惊愕得目瞪口呆。这么冷的天，在野外的这个时候，就为了逮一个王八……

叔叔单手爬上岸后，身体战栗，嘴冻得直打啰啰。他匆匆用旧外套擦了一下身子，就穿上衣服带着我往家跑。在跑动驱寒的过程中，他只跟我结结巴巴地说了一句：剩下的……浮子……吃过早饭……再弄。

我到家时，天已大亮，爸爸妈妈还没有起床。

这件事，我的叔叔可能早就忘了，因为对他而言，这实在是不值得一记的小事一桩，但于我却是镂骨铭心的。都说身教重于言教，叔叔用行动告诉了我，什么叫男人的责任和担当。后来，随着年龄的增长，我的这种体味越来越深，而且每想起一次，对叔叔的敬爱就会更多一层。

　　（2022 年 3 月 30 日由"古稀童趣"网络平台推出）

水乡的回忆

水乡的少年，没有不会水的。

一般在 8 岁之后，家长就会有意教会孩子凫水，因为这在水乡完全是一种基本的生活技能。教游泳的方法简单而统一。盛夏，在孩子的渴求下，家长先是在浅水中面对面地手托孩子下巴，让他按狗爬式反复操练，待基本熟练后，再渐渐引入深水处。这时候，孩子的兴奋完全被紧张所取代，他总是非常胆怯地一再哀求大人不要放手，家长则一边假意地宽慰，一边瞅准机会突然抽手，并迅速游到不远处踩水，静观孩子在求生本能的驱使下胡乱地拼命挣扎——此时的大人，非必要千万不可施以援手。孩子在饱喝了几大口河水后，一般都能自然而然地用上划水的动作。如此反复几次，绝大多数的孩子就能在水中自由自在地独立漫游。

刚刚学会游泳的孩子，就像刚刚会骑车一样，有瘾。吃了午饭之后，只要有空，就会往水里跑。沟塘成了孩子们真正的天堂，潜泳、仰泳、踩水、狗爬式外加脚有节奏地拍水和在水中玩各种游戏，缀织着他们消夏的每一个下午，使他们盛夏的每一天都涨满了快乐。

打死会拳的，淹死会水的。事物的对立统一使得家长们不得不在孩子会水后，又开始限制孩子玩水。他们白天要在生产队挣工分，如果孩子没有爷爷奶奶看护，在可能玩水的季节，每次出工前，总是要一再叮嘱孩子不要玩水，多数还会在孩子身上画出各种记号。可是，他们前脚刚走，孩子们就会后脚跟了出来，总是要一直玩到他们快收工的时候才恋恋不舍地起身回返，曾经有记号的自己再补上。当然，这些小伎俩一般是瞒不过家长的。为此，孩子们没少挨打。但打归打，玩水永远都是痴心不改。

难以忘怀的是我9岁的那年，9月初开学没几天，秋老虎仍在逞威。中午我们走进教室，因时间尚早且闷热难耐，一些习惯了这个时候玩水的男同学便很自然地相约着来到了村后的大塘。大家因打水仗玩得特别开心，再加上才开学又多了新的玩伴，都忘形到了不知返校，等老师气冲冲地赶到塘边时，才知道大事不好。老师一脸怒气地把我们的衣服一件件拾起后，唬了一声"回学校!"掉头便走。我们七八个男孩子垂头丧气地一个跟着一个，裸体回到教室面壁——老师的这种做法现在看来确实很不妥当，也是绝不允许的，但在当年，家乡 10 岁以下的男孩子不上学时，裸体在外玩耍是很正常的事。

家乡虽然是水乡，但村前一公里外有三座小山。我们当年上学，出了校门除了帮家里干一些力所能及的家务，譬如挑猪草、挑小鹅草、放鹅放鸭等，就是玩耍。但囿于条件，我们只能在村庄四周有限的范围内活动。孩子们久玩不厌的游戏除了玩水，不是到山上爬树掏鸟窝，用弹弓打鸟、打橡子、捡松果等，就是在村里玩跳格子、甩泥炮、抓石子、撞拐、弹玻璃球、玩纸飞机、打元宝、抽陀螺、丢手绢、躲猫猫、粘知了、逮麻雀，或用自制的竹木刀剑、手枪等玩抓特务、攻山头等游戏。待到十一二岁后，水乡男孩大多随着水性泳技渐如小英雄雨来，玩水家里大人已不再担心，兴趣便很自然地就由单纯的玩水转向各种渔戏，并通过渔戏不断提高自身的渔技。因过程充满着紧张、快乐，并伴有成功的喜悦，而且通过合作共赢，还能加深小伙伴之间的友情，孩子们总是越玩越有兴趣，且积极主动,不知疲累。

一年四季,孩子们在水中不是逮鱼、扳虾、钓王八,就是捉泥鳅、钓黄鳝、逮青蛙,此中妙味,我在《少年渔趣》中已作详叙。在此值得一提的是逮青蛙。当年家乡的蛙不仅数量众多,而且品种也多。除了土褐色的泽蛙和蟾蜍,青蛙有金线蛙、黑斑蛙、虎纹蛙、射尿蛙、青皮蛙等等,大的足有三两多重。人走在寂静的田埂上,前面总会不断传来"啪,啪,啪"的,大大小小的各类蛙受惊跳进水塘或水田里的声音。"听取蛙声一片",绝对是家乡那时夏季夜晚的标配。

童年时,大人们夏天捉回一只青蛙,总是用细线的一头拴住青蛙的一条后腿,另一头攥在孩子手里,让孩子把青蛙当玩具玩儿。孩子们在自己会逮青蛙时,常常会结伴带上小竹篓和一根长约 1 米的小竹棍巡田埂去逮。泽蛙因太小,体长约 5 厘米,孩子们除了钓王八时用来做饵料,一般懒得去捉;蟾蜍因体表布满了有毒的疙瘩,孩子们都不愿碰。他们一般只逮青蛙,带竹棍除了能逼出藏身在草窠深处的青蛙,更主要的是为了打草惊蛇——水乡当年蛇多。

逮青蛙的过程充满了趣味和刺激。逮回来主要是为了喂鸭,人一般是不吃的。在水田没有秧苗或秧苗不深的时候,人走在田埂上，躲在埂边侧的青蛙受到惊扰会迅速跳起，画出一道优美的弧线，钻入水田并快速在水中潜行一段距离，然后全身收缩紧贴在水下的泥土上，而且常常鸵鸟般将头埋在秧田倒卧的枯草下或凸起的泥土中；藏身在秧田中间的青蛙会悄然全身没入水下，惴惴然也作如是般躲匿。殊不知，由于田里的水一般都很浅，而且还比较清澈，青蛙水下潜行和躲藏时泛起的污泥完全暴露了它的行踪，人站在田埂上甚至能清楚地看到它藏身的模样。此时，人空手下田便可轻松捉来。如此，孩子们很快就能满载而归。

写到这儿，我忽然想到，其实，青蛙们如果能充分发挥自身弹跳力极强的先天优势，不断快速地跳跃着逃跑，别说孩子，就是大人也很难捉住它们。可它们偏偏舍长取短，岁岁年年，祖祖辈辈大都因用了这种掩耳盗铃的方式而致误了卿卿性命。在它们的遗传密码里，可能已明确：只有那样做才是最安全有效的求生方法。由此，我联想到整个动物界，包括我们人类，这个富含哲理的命题还真的很耐人寻味。

待到秧苗葳蕤苍翠时，孩子们在秧田逮青蛙就很困难了。于是，他们将目光又转向了沟塘。藏身沟塘的青蛙虽然难逮，一旦入水更是难上加难，但过程刺激性更强，而且一般都是大青蛙，逮上十几个就能装上半竹篓。它们有的静伏在水生植物的浮叶或倒卧的树枝上，多数则隐藏在塘埂沟堤的内侧，"独坐池塘如虎踞，树荫底下养精神"，须借助小鱼叉或匍匐在埂堤上用手偷袭才行。好在家乡沟塘众多，孩子们每次一般都会有较满意的收获。

蛙的繁殖能力极强，过去水乡的人们虽然每年都是几乎不讲节制地捕捉，年年还是多如牛毛。遗憾的是，后来随着化肥逐渐取代了农家肥，特别是大量农药的使用，家乡各种蛙类渐渐变得稀少起来，甚至有的青蛙已经绝种，就连过去极为普遍不可胜计的泥鳅、黄鳝和蛇等也变得不多见了。现如今，家乡山河依旧，青蛙和蟾蜍竟到了需要立法加以保护的地步，作为食物链最顶端的我们人类，难道不应该有所警醒吗？

掰高瓜、打莲子、踩嫩藕、采菱角是孩子们最喜欢干的事。过去，孩子们几乎没有什么零食，这些水生植物的果实自然就成了孩子们的最爱。高瓜，学名茭白，生长在一些水渠和沟塘边，都是野生的，每年的五六月份和十一月前后成熟两次，村里人谁都可以去掰。但早就惦记着的心急的孩子们是等不及高瓜成熟的，只要发现菰的茎明显有些膨大，是肯定要掰下现场当水果吃的，那是真的既香又脆又甜。孩子们一般现场吃好后，会将该处剩下的所有已发现的高瓜，能掰下的统统掰下带回家，然后第二天再巡查别处。大人们若想掰高瓜做菜，除了天冷时在一些水深，孩子们够不着的地方，只能靠捡漏。

环村沟塘里的藕菱，比高瓜更香更脆更甜，绝对是孩子们眼中的水中极品，其诱惑力是可想而知的。只因数量实在太多，孩子们在里面采摘，只要不是太过分，大人们一般是不会说的。

藕塘里的荷叶可以用来遮阳，粉红的、瓷白的莲花可以用来玩耍。莲子现身的季节，正是天热的时候，孩子们如鱼般灵巧地穿行在荷梗之间，尤其是那荷叶田田、人迹罕至的地方，常常会有肥大熟透的莲蓬害羞地躲藏在那里。为此，孩子们就是身上被带刺的荷梗划出一道道的血痕，也是要勇往直前的。孩子们采莲后，一般都会在藕塘边将莲子吃完，然后乘兴在浅水区找寻那些荷叶尚未完全打开，最好是小荷刚露尖尖角的荷梗，用脚尖顺着梗底探寻藏在塘泥中细长而白嫩的藕梗子，用脚挑起，再弯腰或一个倒栽葱将其拽出，现场洗净大快朵颐。胆大而有经验的孩子，有时会走到荷叶茂密处踩嫩藕吃，那真的是"味道好极了"。

家乡菱芰不分，都称为菱，到处都有，区别只是野生的和生产队的。野生的菱角小，大多是芰，四个角都很尖，但果肉密实味道更好，虽然村里任何人都可以去采摘，但由于极易被扎手，且吃的时候嘴也容易被刺，就像家乡极普通的芡实，因从叶到根全身长满锐刺儿，果实米又少，吃起来很费事而且每次都会被扎，所以孩子们在有其他东西可替代时，对其一般都是敬而远之。

种植的菱芡不仅大，而且总是繁茂碧绿，密匝匝地涨满整个池塘或大半条长沟，人蹲在岸边不借助任何工具就可采摘。当然，水中采菱更能随心所欲。孩子们一般喜欢现采现吃水中的生菱，因为这种菱不仅鲜嫩，吃起来方便，而且格外甘甜爽口。由于水里的菱角实在太多，且一茬接着一茬，菱芡落花后不久，孩子们常常会成群结队地到沟塘中踩水吃菱，直到水冷不宜再下水。其情此景，纵是现在想起，也依然让我满口生津，心驰神往。

我的黄金时代——童年和少年，都是在当涂水乡度过的。当年的行囊里塞满了"山笑水笑人欢笑"，日子虽然过得很清贫，但人活得恣情欢乐，没有任何压力，就连回忆都是七彩而甜蜜的。

（2022 年 4 月 16 日由"古稀童趣"网络平台推出）

伤　疤

　　我左小腿的正面有一块横向的长约 4 厘米的伤疤。它刻录的是我当年一段不堪回首的往事。

　　过去，江南的故乡是年年都要抢种"双季稻"的。每年从 7 月上中旬到立秋前后短短二十多天的时间里，也正是蕴隆三伏时，生产队靠约 70 名能上工的男女劳力，不仅要把全队 201 亩包产农田里已经成熟的黄澄澄的稻谷全部抢收回来，颗粒归仓，还要将这些农田再灌水深耕做熟，将绿油油的晚稻秧苗一棵棵地抢栽下去——每棵一般有 3 到 5 根秧，直至全部完工。这个过程有个专有名词，叫"双抢"。

　　一个"抢"字本身就足以说明其紧迫性和重要性了，何况还是"双抢"呢！期间劳动量之大、强度之高和劳作之苦，没有经历过的人是万万想象不到的，而且除了稻谷脱粒时可以借助人力脚踏的打稻机和犁田耙地有牛帮忙外，几乎都是靠传统的人力所为。在那段异常辛劳的日子里，故乡伟大的农民，用老辈人的话说："那简直就不是人过的日子！有时人累得真的是屎都吃得下。"不仅户户都是全家总动员，而且在农村还没有通电的长期酷烈高温下，所有劳力都须在野外天天"白加黑"地拼着命"战天斗地"，都在一直不断挑战自身极限，说"惊天地、泣鬼神"是毫不为过的。

当然，也只有在这种情况下，各家才有机会能额外多挣些工分。因为时间太紧，任务太重，生产队长为了确保任务完成，总是要竭力发挥全体社员，包括各家老老少少参与集体劳动的主观能动作用，特别是在全体劳力集中几天割稻后，要将剩下未割的稻田逐一根据大小，以奖励工分的形式——一般分值较高，由各家自愿认领去割。条件是，必须在生产队打稻机按序打到该稻田前将稻割完。

20世纪70年代初，家父因一直在大队工作，家里只有母亲和姐姐在生产队里挣工分，而母亲又常常生病，家里总是年年超支。母亲为了在这个时候能抓住机会尽量多挣些工分，在烧锅弄饭等有腿残的哥哥负责的情况下，总是在身体许可时，带着姐姐在每天披星出、戴月归地玩命劳作之余，尽可能再以自我残酷压榨的方式额外多揽些割稻的任务。在我十一二岁的时候，当母亲和姐姐累得实在受不了时，为能"割一棵少一棵"，也会驱赶着我下田。开始，我由于属于"帮忙"，是边割边玩儿的，真割累了也可以回家玩耍休息，所以并未真正体会到其中的真味。

独立承包割稻是在姐姐已被招工到外地的 1976 年，我 13 岁的暑假。母亲因身体原因已不能下田。我承包的是一块两亩多的中等稻田。开始的几天，母亲为了让我在太阳出来前能尽量多割一点儿，总是在东方未晞、公鸡未鸣的夜里，就把我从梦中叫醒。我下床后不等漱洗就匆匆拿上锯镰刀和揩汗的毛巾等，赤着双脚只穿着一条短裤，一路伴着星星边走边瞌睡着来到田边，而且一般直到此时蹲下，才能勉强看清一棵棵站立着的稻秸。

术业有专攻，割稻有讲究。有过割稻经验的人都知道，锯镰刀斜割比平割省力，稻桩留得越高越省力，但生产队是不允许用这种省力的方法割稻的。不仅仅因为脱粒后的稻草是所有农户主要的烧锅柴和生产队耕牛过冬的饲料，以及一些农户要用来翻修旧草屋等，主要是斜割的稻桩或稻桩留得较高的话，在生产队除了部分大姑娘小媳妇，其他劳力几乎都是赤脚劳动的情况下，是极不利于后续的一系列劳作的。是故，"稻要平割，桩要留浅"是所有割稻人都要自觉奉为圭臬的。否则，那是要遭众人骂的。

因早稻一般长得都较壮实，且间距也较均匀，成年人一般从右到左横向一行，可一次连割6到7棵（年龄小手臂短的视情酌减）。割稻常见的，也是动作最协调最合理的姿势，是双腿按两脚之间纵向两到三行，两脚外各两行的方式自然站立，身体与稻秸的距离以腿关节适度前倾，上身向前伏下时，左手能自然握住最右侧那棵稻秸的中下部，右手很方便地在稻秸根部稍稍用力向后拉刀为宜。割稻时，横向的一行割完后，全部握在左手，左手顺势将这把稻从眼前甩出一个小小的弧形——也为了将稻穗自然甩齐，将稻秸的尾部轻放在刚割的最右侧的稻桩上，并将稻穗偏向右前方，然后右脚前移，左脚在割到左侧时自然跟进，再将割下的这一把稻放在前一把稻上，只是这两把集中放下的稻的尾部应呈"鲤鱼尾"式交叉摆放，组成一铺稻——为了方便后面打稻的人能更干净、更快地抱起脱粒。这是割稻最基本的一个循环。通过这一循环的不断重复，一直割到前面的田埂，沿线很有规律地留下一铺铺躺倒的，非常整齐的稻秸，才叫割了一趟稻，然后回头再割下一趟……

诚然，大热天这样割稻，头一直深埋在左侧和前方的稻穗下面极端燠热不说，面朝黄土背朝天，弯腰弯腿撅屁股，双手一直不停地伸伸曲曲，始终重复着同样的机械运动，而且还要时不时防止雪白锋利的锯镰刀误伤自己。这样，就是没有割过稻的人也能想象得到，时间稍长，人就会腰酸背痛、大腿发胀、两臂发麻。久而久之，这种难受就会越来越强烈，人也会越来越痛苦。

起初，我一行割5棵尚能割一小长段才站起来休息一会儿。渐渐地，每段割的距离越来越短，站起来休息的时间却越来越长，而且即使是在清晨，我尽管只穿着一条短裤，很快也是浑身汗如雨下，眼睫的汗水常常遮蔽了双眼，毛巾只能用来揩脸——揩其他地方已没有实际意义。裸露在外的发肤上沾满了稻穗的碎屑，和或长或短、或青或黄的稻叶，这些东西随着汗水和人体的运动，在身上或淌或滚、或脱落或岿然不动，给人的感觉就是两个字：很痒！问题是，这种痒你只能忍着。你越管，身上就越会觉得痒。这样，你还怎么割稻？颇具生活哲理的是，当你忍过了最初的一段时光，你的皮肤就像渐渐开始适应了似的，或者说已经麻木了，就不再觉得痒了。至于稻叶会时不时地在两条胳膊和大腿上报复性地划出一条条血印子，并且经汗水一浸，还有点儿火辣辣的疼，那也只好忍着了。

因第一天清晨忘了带水，只割了一会儿，喉咙便开始冒烟。不得已，我只好不断地跑到附近的沟里喝生水。第一趟稻刚割过大半，太阳就已急吼吼地跃过了东方的山头，并且很快就张牙舞爪起来。直到坚持将这一趟割完，在肚子一再的顶格抗议下，我赶紧跑到沟里将全身埋在水里痛痛快快地洗了个澡，才匆匆回家吃早饭。

农家的早餐一般是稀饭，佐饭的除了咸菜就是家里自制的酱菜。

吃过早饭，人也休息好了。二话不说，带上母亲已经备好的草帽、毛巾和绳系双耳的满满一钢精锅，据说能防暑的家里自制的野山里红茶，再逆天穿上厚厚的防暴晒的粗布外套——长褂长裤，赶紧下田。这个时候下田和清晨只穿着短裤下田，感觉就完全不同了，不仅日头越来越毒，老天越来越闷热，而且还要始终穿着这早已大部分被汗水浸透的厚厚的铠甲。只割了一会儿，曾经的难受就已经被唤醒了。站着割实在受不了时，人只好蹲着割。蹲着割时腰虽然好受一些，手臂也因高度降低酸胀有所缓解，但大腿的酸胀又加重了，特别是屁股越来越坠胀，最后又不得不跪着割——故乡的男人过去除了跪天跪地跪父母，还要跪稻秸！跪着跪着，稻田里很自然地就留下了膝盖和小腿压出的两条细长的非常清晰的印痕。待到膝盖和小腿又渐渐受不了时，人只好又站着割，然后再蹲，再跪……每一个循环用时会越来越短，同时随着温度越来越高，上晒下烤中间闷热蒸人，身上不仅一直是万涓成水，而且汗会越流越快，水也会越喝越频，疲累和全身的酸胀会越来越重，很快就逼近了人的生理极限，让人苦不堪言。这种情况下，频繁地喝水和到沟里洗澡便成了我临时性自我救赎的唯一办法。每当实在坚持不了时，我只好跑到田埂上小坐，或干脆用草帽盖住脸四仰八叉地躺下小憩片刻。你可能想象不到，在那种情况下，特别是那样躺下后，尽管天悬火日大地炙烤，刚洗过澡的身子很快也是大汗淋漓，但这些都已经"不是个事了"，难得的是全身肌肉彻底放松，那才叫通体舒畅呢！没有那种经历的人是体会不到那种情况下的那个爽的，真的能让你千金不换！只是时间不能长，否则人的意志一旦松弛下来就会不想起身。现场无人监管，全靠自己把握。直到带来的水已全部喝完，我再割一会儿后，便将一只手臂擓着空着的钢精锅，双手按在腰的两侧，拖着沉重的双腿，回家吃中饭。

那年月，家乡因劳动时间过长和劳动量过大等原因，夏天里每家一天是要吃四餐的。中餐一般在 11 点前，因晚餐吃得都比较迟，在中餐和晚餐之间还有一餐，叫吃点心。说来还真有点儿让人啼笑皆非，家家这一餐吃的明明都是中餐剩下的冷饭冷菜，有的还是就着早餐菜吃开水泡饭，可先民们却苦中作乐地美其名曰吃点心，想想也是用心良苦。更让人不可思议的是，当年为了防止中午的饭菜变馊，家家餐后的剩饭都是先用笤箕盛起来，和剩菜一起放在屋内通风的地方，再用那时做蚊帐的白纱布分类盖上。由于覆盖常常不能保证完全严实，总会有一些苍蝇等害虫进去作乱，有的人家甚至会成群。不知是乡亲们的肠胃早已适应了这种状况，还是劳动人民本身抵抗力就强，包括大家习以为常的直接喝生水，我那时也没听说有谁会因此吃喝得发烧拉肚子什么的。

　　按理说，这样高强度的劳动，各家的伙食一定不能差。其实不然，家家作为正餐的中餐和晚餐，端上桌的，除了不易变质的分别用大碗装着的蒸螺蛳、蒸豆酱和特别能下饭的蒸烂咸菜，一般就是水乡常见的蔬菜，如菱角菜、山芋梗和一些自家菜园子里的菜等，连农家常见的鸡蛋都很少上桌。虽说户户都有一些家禽，但没有来客，谁家都舍不得宰杀一只。如果桌上能端出诸如黄鳝、泥鳅、鱼虾等水中荤菜，那也一定是家有喜欢捉鱼摸虾的少年，或有虽已不能下田劳动，但善弄水货的老人的缘故。那时的乡亲们，生活还只停留在讲温饱的阶段，说讲营养那是"天方夜谭"。

为躲过中午的骄阳，饭后我照例将凉床搬到屋内大门口躺下睡午觉，也期盼这一觉能将上午所有的疲惫睡跑。外面热浪灼灼，树荫都缩成了根部很小的一块，树叶也几乎不动，知了们一个个上气不接下气地轮番狂嘶："热啊——热啊——"屋内也是暑热难耐，穿堂风小到近无，身上仍是汗流难止，一个接一个刚下过蛋的母鸡，像是生怕主人不知道似的，纷纷比赛着十分嘹亮地叫着"搁个蛋"……这些都影响不了我瞬间就能进入梦乡，而且酣睡难醒。直到母亲叫我起来吃点心，我才极不情愿地在凉床上留下一汪汗水，翻身坐起。

吃过点心，人再次穿戴整齐，带上茶水和已呈土黄色的揩汗毛巾下田。新的受罪模式又重新开始。好在身体已得到了很好的休息，虽然肌肉疲劳有记忆，但体能已经恢复，再加上日晒渐小，闷热渐轻，熬过最初的一段痛苦时光后，日近黄昏，地表温度开始渐渐下降，劳动强度自然也降低了一些。于是，我扔去草帽，脱光外套，尽管中途仍要频繁地站起休息，但为了能趁此良辰尽量多割一点儿，一直都是在极努力地强撑着自己。直到夜色四合，看稻棵已经有点儿模糊，人也早已饥肠辘辘时，才踏着月色一路蹒跚着回家。

晚餐与中餐、点心一样，又是两大碗米饭（成年人一般是三大碗起步）。饭后洗过热水澡，我赶紧到外面的凉床上仰身躺下，轻摇着蒲扇，一句话都不想说，只想合眼默默地享受这全身，特别是腰部酸胀缓缓减轻的愉悦。母亲忙完家务后，极心疼地一直为我扇着扇子。很快，在这盛夏燥热的夜晚，尽管身上还在冒汗，我又沉沉地睡去。

两天下来，我累得已没了人形。但即便如此，我也不能中途退场，否则，那是要落下话把子，被村里人耻笑一辈子的。第三天，我跌跌撞撞地走在回家吃午饭的路上，发现打稻机离我所割的稻田只有约两天的劳动量了，吃惊不小！我生于斯，长于斯，虽然年龄小，但深知"不能误农时"的重要，打稻机也不可能越过我所割的稻田先去下面的田里打稻。否则，后果真的很严重。饭后，我再也不敢在家躲日头午睡了，母亲让我吃下 10 颗仁丹，刚刚缓了一口气就又不得不强打起十二分的精神，武装整齐地再次扎进太阳直射的火炉中。

中午时段，太阳最毒，铄石流金。天气预报的最高气温应是38℃上下，地表温度是多少我不知道，赤脚走在田埂上，没有草的硬土上脚烫得一秒钟都不敢停留。来到田头，人已浑身汗透。金黄色的旷野中，没有一处可供遮阳的地方，即使偶有微风掠过，那也是溽热燥人的。身边除了嚓嚓的割稻声，就是汗如雨下般扑向大地的声音。读者朋友，你可以想象，这种情况下，人就是戴着草帽穿上厚厚的外套坐或躺在田埂上，很快都会晒烤得受不了，何况还要埋头弯腰，边孤独枯燥地忍受着稻田里近乎残酷的闷蒸，边在极度疲累，全身肌肉酸胀仍在不断加强的情况下，持续不断地割稻。此中艰辛，怎一个苦字了得！人所有的神经末梢都在一直忍受着这异常酷烈的痛苦煎熬，而且哪怕你已力竭实在无法忍受，喘口气后，"只为那些期待眼神"，也不得不舍命咬牙抬起头，强撑着伤躯继续战斗。人世间最苦最让人受罪的活儿，我想也不过如此了。

回家吃点心的路上，我累得腰都已经直不起来了。跨进家门的那一刻，我迫不及待地除去铠甲，只穿着一条湿短裤，见凉床上摆着饭菜，便不管不顾浑身汗涌地睡在了家里的泥土地上。在屋里躺下休息已是我最大的奢求。妈妈将我脱下的带有浓浓汗馊味的衣服，挂在了外面的晾衣绳上后，又在不停地为我揩汗扇扇子。我真的很想就此睡下，但很快又不得不强忍着勉强起身，因为接下来割稻的"黄金时间"我真的不敢浪费。

吃过点心，妈妈让我换上干净的短裤和外套。因为不仅我身上的短裤一直未干，脱下的长褂长裤，尽管我中午下沟洗澡时也几次顺手在水里洗了一下，但基本晒干的地方仍然发硬，而且还有一层很明显的盐霜。我出门时，妈妈也武装整齐地要和我一道下田，我坚决不同意。妈妈有病的身躯是不能受大累的。万一让她累得病情加重了，我不仅前面的罪算是白受了，作为人子，也是不可饶恕的。

但是，我割了不长的一段后，妈妈还是来了。我极担心地撵妈妈回家，妈妈就是不肯。她笑着跟我说："儿子，我已经来了，就割一会儿，真累了就回家。"我站着割，妈妈蹲着割；我蹲着割，妈妈还是只能蹲着割。割着割着，我哭了。哭着哭着，我跪在了已湿透衣服快赶上我的妈妈面前，一再求她不要再割了。妈妈无奈地站了起来，用太息般的眼光定定地看了看眼泪伴着汗水的我，泪水也忍不住流了下来。她赶紧擦了一把脸，说："好，我家去。你不要哭了，不要急，不要伤了手。真割不下来，我去跟队长说。"然后才行迈靡靡地往回走，强忍着一直没有回头。

母亲边走边一直不停地用毛巾揩脸。我知道，她揩的不仅仅是汗，还有泪。那时，太阳还没下山。我迅速脱去外套，扔掉草帽，像是对自己下战书似的开始玩儿命。人真发起狠来，疲劳的弹簧好像也暂时松了下来，痛苦感似乎减轻了不少，已经在闷热异常的稻田又连续割了近一天稻的我，居然此时割稻的效率不逊于清晨，尽管后来也是疲倦至极。直到估计剩下的稻明天能割完，我才稍稍心安地再次步履艰难地伴着星星回返。

　　谁知，第四天清晨母亲叫我时，我浑身难受得如同散了架似的，连爬起来都感到很吃力。直到听到母亲要过来看我时，才又很勉强地下了床。我几乎是闭着眼睛来到田头的。就像爆发力已经过去，疲劳又强力反弹似的，腰已经不是我的了，我只能蹲着或跪着割了，而且需要站起来休息的时间也更长了。问题是，打稻机离我已越来越近，而我已累得快趴下了。心里除了没有甜味，其他什么滋味都有。有那么一两个片刻，一种从未有过的"叫天天不应，叫地地不灵"的痛苦，甚至是有点儿崩溃绝望的感觉完全笼罩了我。但我明白，我无路可退，别无选择，更不能精神崩溃，只能硬着头皮再强迫自己艰难地向前。此后，包括午饭后的继续战斗，那更是拙笔难书，想起来我至今都心有余悸，是炼狱般的以命相搏……

吃过点心，我已经麻木到只能机械地跪着在那儿慢慢地割了。时间跪长了，不说小腿和膝盖有多难受，人连站起来都很困难。也许是老天怜我受的磨难实在是太深了，真的是六月的天（农历），孩子的脸——说变就变。刚才还是烈日当空，白云朵朵的，很快就变得乌云翻滚，狂风大作。很明显，天要打暴（方言，指天气正热，但很快就要下暴雨）了。全队男女劳力全都立刻丢下手中的活儿，跑步赶赴稻场抢稻。绝不能让已经收进稻场的稻子遭到雨水浇灌或被冲烂，这是全队"双抢"时压倒一切的头等大事。大家必须赶在大雨之前，将稻场上铺开晒着的所有稻谷，快速堆成几个大圆锥体，然后再用稻草把子按照祖传的角度逐层密密覆盖。这期间，大风吹得人格外舒畅，天地也变得非常凉爽了，我终于能再次卸下铠甲，人也仿佛还了魂似的，又渐渐进入到昨天黄昏后的模式。

　　"轰隆隆"的几声炸雷后，大雨倾盆而下，打得人睁不开眼——尽管我是后脑朝天。我干脆跑到田埂上用草帽盖住脸仰面躺下，任雨水淋浇。那是真舒服呀！到沟里洗澡，上层的水还很烫人，这个雨水让身上的暑热全消了，而且各处的肌肉都得到了痛痛快快的休整。暴雨下了一阵后，渐渐变成了小雨，队里的男女劳力都穿着雨披去拔秧了，我也爬了起来继续割稻。此时，人好像更来精神了，埋头割稻时也不再感到闷热了，割稻的效率明显提高了。直到母亲来到田边催我歇工，我看看只剩下最后一趟稻没割了，才双手按着腰跟着妈妈慢慢地走了回去。

这天晚上的觉真好睡。第二天早上，母亲还有意让我多睡了一会儿。直到天已大亮，我才下田。讵料，这一觉睡过来，我的腰部酸痛和全身肌肉酸胀反而像是更厉害了。但不管怎么说，毕竟只有这最后一趟了，我心想就是趴着也能把它割完了。又是一番痛苦的极限忍受，直到打稻机距我最短的直线距离已不足 40 米，我才把这最后的一趟稻割完。随后，人就像一只泄了气的皮球，伴着打稻机"咕叽，咕叽"的声音，如释重负般完全瘫软在地。我的心里，这时除了有一点儿终于解脱的喜悦，更多的却是对再承包割稻的恐惧。这个代价实在是太大了，远远超出了少年的我心理和生理所能承受的极限。说来现在的年轻人也许不信，我这四天多来如此玩儿命的劳作，按当时生产队的工分值计算，也只挣得不到两块钱的人民币。

也许是黎明前的黑暗吧，意外往往会在接近或刚刚获得成功的时候出现。当我右手拿着锯镰刀、左手按着腰再次艰难地站起来，抬头回望自己几天来的战果时，蓦然发现，不远的田埂边有几根稻漏割了，正骄傲地，更像挑衅似的站在那里随风起舞。我下意识地移了过去，就像跟稻赌气似的，腿已不肯打弯却用尽全力发狠般挥刀砍了下去。谁知，因用力过猛，锯镰刀顺势深深地插进了我裸露着的左腿……

有人说：苦难是一个人巨大的财富，而且应该是在年轻的时候。我深以为然。这次凤凰涅槃般的痛苦经历，使我真真切切地体会到了农民种田的艰辛和粮食的金贵，仿佛是提前给我的成人礼，人一下子就像长大了似的，从此心里便有了将来一定要跳出农门的最初的想法。国家恢复中考后，我之所以能如愿考进能吃上皇粮的中专学校，这对过去极端贪玩儿，从不把学习当回事的我来说，这次的经历就是我当初最大的动力源。

有些场景，经历过就不会遗忘，有的甚至是铭心镂骨。我终生都要感谢这块伤疤。此后，每当我在前行的路上遇到困难、挫折或懒惰松懈时，只要想到、看到或摸到这块伤疤，我的心中就会骤然升腾起克服任何困难的勇气和积极向上的动力，人就会义无反顾地不畏泥泞，披荆斩棘，勇往直前。

（2022年6月25日由"古稀童趣"网络平台推出）

抗旱，打塘

我的老家——江南水乡的当涂县联三圩，水田漠漠，沟塘密布，自古以来，给农田灌溉都叫打水，有意将塘里的水打干叫打塘。至于为什么要用"打"这个字，现在已无标准答案。比较靠谱儿的推测是与过去使用的水车有关，因为水车的每个小木块下水时都要拍打一下水面。

抗旱

众所周知，沟塘的功能除了村民吃水用水，主要是为了周边农田的排涝和灌溉，而且水塘的设置也是为了解决水沟灌溉鞭长莫及所用的。按理说，家乡怕涝不怕旱，但事实上，在生产力非常低下的过去，除了汛情特别严重发大水的极个别年份，乡亲们是愁旱不愁涝的。

圩内稍大的水面，如小湖、长沟，过去一直都归大队，只有环村的农田、水塘属于生产队。汛期排涝，乡亲们一般只需在每块田的田埂上挖开一个适当的小口子，所有农田和大大小小水塘里多余的水，一般都会自上而下沿着层层水田、水塘和纵横交错的水渠，自行流进圩内最低处的沟里，最终由大队排灌站排放到连通长江的外河便可。但给农田灌溉，情况就不同了。家乡沟里的水虽然能通过排灌站调节，塘里的水却只能靠天收。正常年景，每口水塘保证周边几块农田的灌溉绰绰有余，如遇大旱，用乡亲们的话说："那就要受瘟罪了。"

20 世纪 60 年代，家乡打水依然是靠人力脚踏龙骨水车。这种古老的农具由水槽、龙骨、车头转轮、车尾小转轮和脚手架五部分组成，均为木制。长条状的水槽内恰好能放入众多起水闸作用，如过去中小学作业簿大小，且能在水槽内缘槽作直线运动的薄木块，每节木块相隔约 20 厘米，以脊椎状木榫连接，因形似龙骨而得名。车头转轮两侧各安装了 1 到 3 组相互独立，形似木槌的车拐。车拐每组有 4 个，互相垂直，专供一人踩踏所用——在家乡这叫踩水。踩水前，车头转轮和脚手架一般先固定在塘（沟）埂上，水槽的尾部放入水下，水槽与水面摆成适宜的锐角。踩水时，踩水的人根据水车大小一般有2到6个，每个人手扶着或上半身稍稍趴在脚手架的车杠上，像平地走路似的不停地踏着车拐，可快可慢，合力带动车头转轮滚动，然后通过中间木齿轮牵动龙骨带动车尾小转轮，节节木块依次从水上打水发出轻轻"啪"的一声后进入水下，再将水压入水槽并带上车头流出。几个踩水的人动作必须统一，只有齐心协力，步调一致，才能把水提上来。

踩水不仅是一项单调而又艰辛的体力劳动，也是一项技巧活儿。初学者眼盯着转动的车拐常常手忙脚乱，一不小心就会从上面掉下来，搞得一身泥水很狼狈不说，还极有可能弄伤皮肉。功夫到家的，在体力尚可的情况下，轻车熟路，步伐自如，边踩水边聊天，还可以腾出一只手来干其他的事，一副悠闲轻松的样子。为此，有不谙农事的骚客曾美其名曰："人车共舞，水如泻玉。"

旱情严重时，生产队的所有水车——一般有四五个且大小不等，全部投入使用。全体男女劳力分组排班，确保水车一天二十四小时能最大限度地处于运行状态，而且还要打一阵换一个地方。踩水的人都是身处旷野，一直不停地做机械的走路运动，"日行千里，原地不动"。他们白天头顶炎炎烈日，常常只靠一顶草帽遮阳，全身上下几乎一直都是汗出如洗。都说"男女搭配干活儿不累"，但在离村庄稍远的地方，一些中老年男人根本不希望有女人分在同一组。他们要裸体上阵，因为即使是在如火的烈日下，他们的短裤和用于防晒的单褂一直都是汗湿的，长时间穿在身上不仅难受还容易引发炎症。好不容易熬到夜晚，日虽落，但余威尚在，再加上蚊虫叮咬，困倦难熬……这样连续作战，此中艰辛，你只要简单脑补一下就能知晓，而且旱情究竟何时能缓解谁也不知道。

一轮下来，几乎每个人都会累得疲惫不堪，一些人脚底已磨出了水泡。但即便如此，第二轮又不得不马上开始……几轮下来，如果旱情还未缓解，大家已精疲力竭不说，有的塘口已经干涸，其他塘口也快要见底。如果再不下雨，怎么办？沟里虽有水难解近渴，太阳正盛，铄石流金，而且高烧持续不退，乡亲们几经周折辛辛苦苦将秧苗栽了下去，不能眼睁睁地看着心爱的秧苗渴死。所谓"民以食为天"，秧苗就是农民的命根子。救秧就是救火，是各生产队当前压倒一切的大事，也是全体村民的共识。再苦再累再难，乡亲们也不会放弃努力，必要时甚至能与老天以命相搏。

水车仍在不停地运转。最困难时，一个水车在沟里打水，其他水车逐级上提，不踩水的男女老少，只要能担水走路的，不论大桶小桶，在每天白天和上半夜能上的都要上，把水通过肩挑这种最原始的办法，从沟里送往远处近乎龟裂的农田。人人都在挑战人体极限！说来让现在的年轻人难以相信，日头最毒的中午，地表温度是多少不知道，但天气预报的最高气温是三十八九度，当队长发出"大家歇一会儿"的指令后，许多人放下担子只借助少量的树荫，用草帽盖住脸，即使全身仍汗如雨下，就地躺下须臾就能鼾声一片。

犹记当年生产队夜里人力送水，男人们只穿一条短裤，姑娘们和小媳妇都穿着单薄的长裤长褂，中老年妇女一般是短汗衫加长裤或大裤衩，每个人的颈上都挂着一条用来揩汗的已呈土黄色的毛巾，并且基本上都打着赤脚。大家担着水桶长蛇般穿行在旷野的阡陌中，途中几个紧要处没有高挂马灯的都有一个半大的男孩儿拿着手电筒站在边上，只要有来人就提前打开手电筒照路。离村最近的男孩儿身边常常会站着几个或背或抱着幼儿的老太太，她们只是为了让苦累的媳妇能就近给仍在啼哭的宝贝孙儿喂一口奶……

奇怪的是，在那样的日子里，老天还真像是有意跟人作对似的，很多时候无风，连树冠上的叶子都不肯摆动。白天大地烫脚，人挑着担子上晒中烤，就像行走在火炉中；无风的夜晚，家乡还未通电，空身的人坐在旷野的凉床上摇着扇子都会闷热难耐，更何况还要挑着重担一趟一趟地快走，且扁担走汗水流，还有蚊虫一路疯狂追咬……让人心酸的是，这些还不是乡亲们最感难受的，他们当前最大的愿望只是希望马上、立刻能痛痛快快地睡一觉。晚上在担着空桶返回的路上，大家自然放慢了脚步，很多人边走边打瞌睡，桶撞桶，人撞人，闭着眼睛走路一脚踩空，连人带桶四仰八叉地摔倒在路边田里，都是很常见的事。

人毕竟不是铁打的！时间稍长，一些年老体弱者就会累倒。这种情况下，生产队长一般会及时调整战略，让社员们轮休，即白天干了晚上可以不干，晚上连着干了第二天可在家睡半天，少数边远的农田实在救不了的只好放弃，不能把社员们全拖垮了。

好在家乡大旱之年少，而且出现这种情况后，也许是老天被乡亲们不屈不挠的顽强意志和自我牺牲精神所感动，要不了几天，一场久违的透雨就会伴着轰隆隆的雷声驭风挟电而来。

大雨初降时，社员们就像久困沙漠的人突然看到了前来解救的飞机，纷纷将桶甩在一边，多数人边跑边跳欢呼腾跃，还有的迎着风雨仰天长啸，有的干脆躺在田埂上任雨水淋浇，有的跳进沟里让水将自己完全浸泡……这种欢快、幸福的场景，任你是如何的铁石心肠，也会被感染得心花怒放。

朋友，看到这里，你是否对"谁知盘中餐，粒粒皆辛苦"有了更深的理解？请珍爱粮食吧，浪费是犯罪，首先是对农民的犯罪！

打塘

因抗旱分阶段打水，最终被迫将塘水打干，这在家乡不叫打塘。打塘，在家乡专指有目的地将塘水打干。过去，一般在每年冬季农闲的时候，生产队按计划是要打干一口藕塘和其他几口水塘的。

除了塘打干后需要挖塘泥、修埂坝以增加蓄水量，来年开春再晒一晒——杀菌，以增加水的清洁度等因素外，打塘还有一个重要的原因就是要起鱼起藕（塘干捉鱼挖藕之意），分给全体社员。一般是初冬时节先打干藕塘，然后再逐个打干其他水塘，并且为方便各家过年用鱼，最后一口水塘——一般是当年计划打干的最大的塘，最好是在腊月的二十七八打干。

打塘是全生产队的盛事。凡塘必有鱼。尽管生产队因集体经济薄弱从未放养过鱼苗，甚至有的前一年还曾打干过，大自然就是这么神奇！从打塘的第二天起，我们小孩儿和一些大人没事就爱往那儿跑，除了关心水位下降了多少，就是对塘里会有多少鱼，有哪些鱼，有没有大鱼，哪天能捉鱼等的好奇。到了塘干捉鱼的时候，除了生产队安排的打塘和捉鱼的壮劳力，塘四周必围满了本村看热闹的人，其中一些准备捡漏的还自带了脸盆或竹篮等工具。公家捉完看得见的鱼虾后，最后一道工序必是几个人拿着稻叉，在塘的中下部淖泥中由下而上沿着四周横竖划一遍，因为可能有老鳖、黑鱼等藏身其中。只有等他们宣告捉鱼结束，提着鱼桶往上爬时，其他捡漏的人才可以下塘。

关于捡漏，有一件事我印象特别深刻。一次是公家捉鱼的人正在塘底捉鱼，在塘的中部有一个近似椭圆的小水凼，里面静静地躲着一条长约15厘米的鱼。站在近处塘埂上的人虽然看不清那是一条什么鱼，但凼里有鱼却是看得真真切切的。就在公家捉鱼的人快要结束时，受人鼓动，一个失去双亲比我大一岁的村中男孩儿突然猛地冲了下去，只见他双手捉住鱼后转身就快速往上跑。塘埂上的人都笑嘻嘻地看着他。谁知，他冲上塘埂后，竟把鱼仓皇地甩在了一边，先是哭着蹲了下去，两只手痛苦地捂着在胸前颤抖，嘴里不停地喊："疼，我疼……"倏然又惨烈地哭号起来，"爹爹妈妈，疼死个了"，接着竟痛苦得在地上呼天抢地般打起滚儿来。原来，他捉上来的是一条鳜鱼，匆忙中没有看清，等他双手用力捉住往上跑时，鳜鱼那坚硬而又锋利的背刺猛地参开了……开始，他只是有点儿疼，忍住了还舍不得将鱼扔掉，等他冲上塘埂时，既疼又胀的感觉越来越强烈，小小年纪的他是实在受不了了，而且双手的伤口呈直线形密布，鲜血直往下流……从此，村里的孩子们谁也不敢再随便抓鳜鱼了。

首先打干的藕塘，捉完鱼的第二天，生产队肯定会安排部分社员来塘里挖藕，总是要连续挖几天，直到把塘泥翻了个遍，多节的长长莲藕已堆成了小山。这些熟透的鲜藕外面裹着部分塘泥，分到各家后在冬天很容易保存，直到春节期间用来做菜都没有问题。问题是这些鲜藕是我们小孩子的最爱，对我们来说那就是人间最好的"水果"。在那物资极其匮乏的年代，我们小时候连苹果香蕉长什么样都不知道，所谓的零食能有的大多是山芋干儿和炒米，欢团那也是年底的事。鲜藕，特别是那嫩藕头，洗干净后生吃，除了嫩，既香又脆还甜，而且汁多，一口咬下去能拖出一些不断拉长的白色细丝，是既好吃又好玩儿。

家里嫩藕头全部生吃完后，尽管母亲每次用中间的大藕节做菜时，会将里面最白最嫩最甜最干净的生藕心留给我，但我还是时不时地想吃剩下的大藕节。我们小孩子怎么能抵挡得住家有珍馐的诱惑呢？

家里的藕要留一部分过年时做菜，大人们是不可能由着孩子毫无节制地当零食吃的。于是，天性好动的孩子们便主动搞起了创收。因为年年习惯使然，事实上在大人们起完藕的第二天，孩子们就会一个看一个地带着铁锹来到塘里捡漏，尽管有的还没有锹高，尽管塘底已被大人挖得千疮百孔。由于藕是藏在泥土里的，或深或浅，社员们挖藕时不可能一次性将藕全部起清，更何况有的社员还可能因挖藕太累人而偷懒呢。

孩子们挖藕就像山里人挖冬笋，反正不挖出来也会烂在土里，生产队是允许的。刚开始的几天，每个孩子或多或少都有些收获，其后便是日渐稀少，偶有收获。等到孩子们在冬天一般都挖不到了，自然也就不再挖了。但到第二年开春，当仍深藏着的藕从泥土中性急地伸出绿绿的小尖角时，有小孩儿看到后"顺藤摸瓜"就能挖出那藕，即使有的泥土已经板结，小孩子挖不动，也会请家里大人来挖。只要有一人挖了一只藕，从第二天开始，村里的孩子们放学后只要有空儿，准会又扛着锹来藕塘巡视，只要有小尖角已经露头或快要露头的一般都会被挖走。尽管这个时候的藕已经快要腐烂，味道差远了，但孩子们还是乐此不疲。直到雨水将水塘已覆盖了大半，孩子们这个跨年的寻藕行动才叫真正结束。

按理说，像这样长时间赶尽杀绝式的挖掘，藕塘里不应该再有藕了，但令人惊喜的是，到了夏天，又会是满塘荷叶飘香。大自然生命力之顽强，由此可见一斑。

直到 20 世纪 70 年代中期，家乡抗旱打塘用上了抽水泵，人力脚踏的龙骨水车才真正完成了它们的历史使命，乡亲们这才真正脱离了抗大旱的苦海。从此，家乡也不再有旱灾之虞了。

改革开放后，家乡分田到户，原来属于大队的水面由村委会几年发包一次给个体户搞水产养殖，塘按照"随田走"的原则都承包给了相关的村民。从此，村里所有的塘都由各承包者自己打理，至于打不打塘，其他的村民一般都兴趣不大了。

（2021年6月27日由"同步悦读"网络平台推出，其中的《抗旱》刊于《马鞍山文史》2021年第3期，发表于2022年1月7日的《安徽法制报》，被《散文选刊》2022年第8期选用，获《安徽法制报》副刊好头条征文三等奖）

童年纳凉

身处江南水泥森林的城市，溽热的盛夏，白天人就像是生活在火炉里一般。好不容易熬到夜晚，城里也是到处都如蒸笼般热浪滚滚，就连电风扇吹出来的也是阵阵热风，再加上那恼人的无尽的喧嚣声，要不是有空调，估计现在的人们已经不知道该怎样挨过苦夏了。

我想起了童年家乡纳凉的情景。那时的夏天，在我的记忆里，非但不觉得苦，而且还是美妙的，是舒心快乐的，尤其是在夜晚纳凉的时候。

20 世纪 70 年代初，还没有通电的江南水乡，人们的生活基本上还是原生态的。盛夏，日坠西山后，玫瑰色的晚霞正在渐渐变淡，白天的炙热也在慢慢减弱，受酷烈的阳光欺负了一天的村民们，就像刚刚被解放了一样，家家都在积极地做着夜晚外出纳凉的准备。除了村边的个别住户，大多数人家都是先将凉床、竹椅和板凳搬到村头的圩堤上，呈一字形摆开，并且为了能尽量减少将要纳凉时的灰尘，也使那里的地表温度能快些降下来，都在自家凉床的周围相对有些平整的泥土堤面上，泼洒了一些河水。

村头的圩堤是全村最近的高地。在那里，人们举目四顾，除了村庄，满眼皆绿，绿的山、绿的树、绿的秧苗、绿的水，能最大限度地享受自然风的吹拂。圩堤夹岸的斜坡上夏茵繁茂，点缀着五颜六色的鲜花；内侧靠近村头的一段底部，不规则地生长着一些杨树、柳树、楝树、榆树和洋槐等。众多生活在层叠匝密的树枝上的蝉，正在一个个你方唱罢我登场，声嘶力竭地呼叫"知了，知了"，像生怕村里人不知道似的，一再提醒着人们：快快出来纳凉了。

仿佛是为了呼应蝉的鸣唱，也像是为了欢呼村庄纳凉大幕的即将徐徐拉开，一些灰喜鹊和成群的麻雀在农家的屋顶、树梢和草堆上，边唱着动人的情歌边尽情地嬉闹，或在人们将要纳凉的圩堤上空，成双成对地频频秀出优美的舞姿。漫天飞舞着的红的、黑的、黄的以及金黄与墨黑相间的各种大小蜻蜓，好像知道人们纳凉时最讨厌的是什么，正在那里不辞辛劳地提前"清剿"那些害人的蚊虫……直到暮色四合，人们吃过晚饭洗过澡后，才会陆陆续续或独行或扶老携幼地相继走出闷热的房屋或庭院，出来定心定意地纳凉，并且除了婴幼儿，每人都会手拿一把芭蕉扇，尽管有的扇子已经很破旧。

在外纳凉时，除了一些大姑娘小媳妇仍穿着色彩单调的长裤和短袖衬衫（当年的衣服基本上都是自家请裁缝做的，布料需凭票购买），髫龄女童和 10 岁以上的男性都是只穿着一条大短裤，中老年妇女一般是大裤衩再加一件短袖汗衫——有个别白发皤然的老太太也是光着上身只穿着一条大裤衩的，而所有的垂髫男童却都是纯天然的寸丝不挂。人们来到自家凉床边，或坐或躺，都是轻摇着扇子，如释重负般开始彻底放松自己，间或轻声说着一些家常话。多数人家只有一张凉床，面积只是相当于学生集体宿舍的单人床。凉床上坐着的基本上都是母亲或奶奶，带着家里几个或坐或躺着的大大小小的孩子，而且越小越有躺的优先权，其他人一般只有坐竹椅、板凳或凉床边的份。母亲或奶奶不仅要时不时地为孩子们扇着扇子，往往还要哼唱一些动听的童谣。每一张凉床及周边展现的都是一个个平常人家温馨和美、其乐融融的幸福场景，即使偶有孩子哭闹，那大多也是孩子的贪爱，也是一种别样的幸福。

　　纳凉的圩堤自然成了人们夜晚热闹聚会的场所，家家户户很快都是人走屋空，而且门窗都是洞开着的。这时，灰喜鹊和麻雀们都已经归巢，蜻蜓们也找地方睡觉去了，知了们喊累了，声音渐渐有些稀少，成群也喜吃蚊虫的蝙蝠们却不知从什么地方飞了过来，就在人们的头顶上往来翕忽飞来飞去，也像是为了人们能更好地纳凉，都在自觉地奋力继续着蜻蜓们的事业；田里和水里的青蛙们已经热闹起来了，它们不论远近大小，也不分种族肤色，纷纷此起彼伏地扯着嗓子"咕咕咕""呱呱呱""咕乖咕乖"，声音袅袅，重重叠叠，汇聚成了乡村夜晚最具特色、最为美妙宏大的蛙鸣交响曲；美丽的萤火虫似乎受到了感染，纷纷在人群四周和树间草丛中蹿来蹿去，画出一道道亮丽的弧线；蟋蟀等小昆虫在不甘寂寞地跳跃起舞的同时，也纷纷亮出了自己动人的歌喉。越来越凉爽的多情的夜风，裹着菱荷的芬芳和稻秧醉人的气息，挟着水汽，从毫无遮拦的河堤对面徐徐吹来，不断地轻抚着每个人的薄衣和肌肤，再顺便带走一些人体的热量。村庄显得格外恬静、通透，连犬吠声都几乎没有了，就像是一个伴着天籁之音裸身熟睡的孩子。这种情况下，说家家夜不闭户都不足以形容当年家乡的民风之好，乡亲们的心里好像连防贼的概念都没有。

　　一些大人开始和自己幼小的孩子互动起来，或嬉戏或讲童话故事等，他们将一串串欢声笑语尽情地抛洒在无垠的旷野中，恣意地享受着醉人的天伦之乐；一些大人习惯性地带上小凳，来到圩堤上一处相对开阔的空地，大家边纳凉边谈农事、推山海经（家乡俚语，聊天之意），在融融泄泄中不仅增进了各自的情感，而且也在润物细无声中起到了不可低估的扬善抑邪的作用。

　　不知不觉，星星和月亮因羡慕和好奇，纷纷走到了台前。它们无所顾忌地睁大着雪亮的眼睛，把夜晚的大地映射成了银白一片。蛙声更欢了，萤火虫和蟋蟀们也更来劲了，就连一直深潜水下的鱼儿，有的也按捺不住地用尾巴很用力地拍打一下水面，或直接跃到空中想探个究竟，平静的水面顿时涌起一圈圈，有的还泛着银光的同心圆般的涟漪。有人情不自禁地从家里拿来了二胡，有人拿来了口琴、笛子或箫等，他们迎风各展才艺，尽情吹拉起心爱的曲子。尤其是那箫声，清脆涓细、悠扬缥缈，在夜幕下的野外格外使人着迷。此时，乐手们身边常常会聚起一群热心的听众，善歌者也会在众人的一再鼓动请求下，伴着乐器高歌一曲又一曲。

纳凉最热闹的当然是孩子们。天性好动，稍大一点的他们在撒过娇，简单凉过后，大多很自然地聚在了一起。他们就像一群放飞的鸽子，在没有大人讲故事的时候，总是不知疲累，成群结队地玩着各种久玩不厌的快乐游戏，譬如躲猫猫、抓特务、丢手绢、斗鸡跳马等等，不一而足。总是要玩到感觉有些疲累了或是村里犬声四起时，才在大人们的一再呼喊声中，重新回到凉床边。当然，有的还需要在就近的河里，在大人的监护下再洗一遍冷水澡。

纳凉最吸引人的是讲故事。村中记性好的德高望重者，在凉好以后，常常会受邀讲一些从上辈口耳相传下来，并经过自己适度加工的老故事，譬如金台、岳飞、杨家将、薛仁贵和孙悟空的故事，还有《三侠五义》和一些神鬼故事，等等。讲到高潮时，讲者往往会有意卖起关子来，什么"要知后事如何，且听下回分解"，什么"要睡觉了"，必会引来一大片的央求声。有时，讲者也会佯怒："你们围得太紧，热死人了"，或是"口干了，不能讲了"。猴急的孩子们会在一些大人的示意下，有的卖力地为讲者扇风，有的回家端来了凉茶。于是，故事又继续开讲。

幸福的时光总是过得很快。渐渐地，夜深了，已经凉透的人们纷纷带着凉床和椅凳回屋睡觉去了。尽管屋内还有些闷热，但大家都很困倦了，多数情况下煤油灯都不用点，在方顶的棉纱蚊帐内，倒床就能沉沉睡去。不过，也有少数贪凉的汉子，仅凭一把扇子、一条床单，一直露宿在自家院子的凉床上，直到被众多的蚊子叮醒，或被凉风、露水冻醒，或者直到天明。

童年的故乡纳凉，是深刻在我脑海里的"清明上河图"。

（2021年9月17日由"同步悦读"网络平台推出，同年刊于《姑孰风》杂志总第49期）

那条毒蛇真的没咬我

生活在水乡的孩子天生就爱玩水。

童年的记忆在我脑海里至今仍能叮当作响的，大多与水有关。其中，印象最深的是因玩水与毒蛇的一次亲密接触。

自从学会走路，我童年时每年的夏秋季节，家里大人只要去村边的塘里洗澡，一般都会带上我。大人们除了给我洗去身上的污垢，一个重要的原因就是要帮我尽快熟悉水性。渐渐尝到甜头后，我对在野外玩水兴趣越来越大，以致后来只要大人歇工回家，我就会蛮不讲理地吵着哭着要大人带我到水里去洗澡。那时节，每天能跟着母亲下塘沿，抓住时机独自玩水，一直都是我灿烂的幸福时光。

在我 6 岁那年一个盛夏的上午，约八九点钟的光景，村里的"双抢"刚刚结束，母亲从家里左手拎着一个淘米的筲箕和一个装菜的大长条竹篮，右手挎着一个装满了全家已经洗过头遍脏衣服的大圆竹篮子，去村边的池塘淘洗，我习惯性地赤着脚全身光溜溜地跟在身后。母亲到塘边刚放下竹篮，我就迫不及待地顺着塘边的护石溜进了水里。

还不会凫水的我这样做，母亲是允许的，只是不许我离她太远，而且只能在靠岸的浅水区玩儿。

池塘靠村庄的一侧是用石头护砌的。因村民隔几年要捞一次塘泥的缘故，塘底呈锅状，越到中间水越深。我先是摸着上面的护石沿着塘的边沿在水里走，然后便在离母亲几步远的地方，用双手扒着高出水面的护石，利用水的浮力尽量趴在水里学凫水，并用双脚很夸张地扑打着水面。这种方式玩累了，我停下来站在水里，又学着大人的模样用小手击水，间或捡起岸上或从小脚下的烂泥中抠出的小石块扔向塘的深水区，目的就是想把水声弄大。这时的母亲总是蹲在那边做事边不时一脸慈祥地看看我，并时不时地提醒我回到岸边。

生活在水乡的人都知道，水里的一些鱼，特别是鲫鱼、老鳖等，胆很小，听到水面有异常响动，因池塘水面有限，一般都会吓得匆匆躲进水下的石缝或钻入泥土中（也有鲫鱼会自投罗网般紧贴着人的脚钻入脚与塘泥间的缝隙中），且动静越大鱼鳖躲得越快。这时，人们在水下摸鱼常常会有不错的收获。

一番折腾后，再加上过程中村里有另外两名妇女也来到塘边洗衣，三个大人正边大声说笑着，边用棒槌在青石板上捶洗衣服，弄出的响声一直都很大，我开始在水下护石间的石缝里摸起鱼来。手小在石缝里摸鱼自有小的优势，虽然一些稍大的鱼我难以弄出水面，但对付一些相对小一点的鱼还是有办法的，这也许就是水乡孩子的天性吧。

不一会儿，我就摸到了几条鲫鱼。我边向妈妈报喜，边学大人将鱼甩到了岸上。

妈妈望着我笑了笑。为了不让捶衣的脏水射向我，妈妈转过身来，背对着我继续在那捶洗。很快，我来到了妈妈身后一块没人洗衣的大青石板下。那里水下的空隙很大，我把双手伸了进去。

忽然，我摸到里面横躺着一条约有成年人手指粗的"黄鳝"，顿时兴奋起来。我小心翼翼地用双手握住"黄鳝"的两头，将它捉出了水面。因怕它从我手中溜走，我叫了一声"妈妈"。棒槌声中见妈妈没有反应，我便来不及地用双手几乎是托举着这条"黄鳝",用两肘支撑着石板,自行爬上岸来。

站在仍低头捶衣的母亲身旁,我用小腿碰了妈妈一下,然后一脸自豪地告诉妈妈:"妈妈,妈妈,我逮到了一条'黄鳝'。我先送家去。"这时,妈妈才边洗衣边扭过头来,同时瞥了一眼我手中的猎物。

谁知,这一瞥不打紧,母亲惊得手中的衣服瞬间脱落。再仔细一瞧,我手里抓的竟真的是一条在家乡被称为"闷水铁"的毒蛇。这种蛇通体呈铁灰色,一直生活在水里,平时是很难见到的。

不用说,母亲已被吓得"魂不在身"。可就在这刹那间,我已转过身来,兴颠颠地背对着母亲两手托握着"黄鳝"的两头,小跑着往家奔去。

情急之下,母亲顺手操起棒槌猛地站了起来。不知是长时间蹲在水边的缘故,还是因为极度紧张,母亲后来告诉我,她当时双腿发软竟迈不开步,只得站在那里非常恐惧地挥舞着棒槌,带着哭腔声嘶力竭地喊过我的乳名后,一直在说:"快甩掉!快甩掉!不要跑!"就是急得忘了提醒我那是一条毒蛇。

我生平第一次好不容易逮到这样一条大"黄鳝"，那是肯定不舍得甩掉的！我还期待着家里其他大人的表扬和在小朋友们面前炫耀呢！我把母亲的话全当成了耳边风，继续托握着"黄鳝"向家跑去。母亲边上的两个妇女，也不知道发生了什么，只是蹲在那里呆呆地望着我们娘俩。

　　这口紧挨着村庄的池塘像一根长茄子，呈东西向，我玩儿水的地方是水面相对大一点儿，水相对深一点儿的塘的西侧，我家在塘的东头100多米远的地方。就在我已跑到塘的东侧时，借用古代小说里常说的一句话：真是无巧不成书！我的叔叔扛着一把铁锹迎面走了过来——他本来是在生产队的田里干活儿的，不知什么原因，提前抽空儿回了一趟家，好像是特意来救我似的。

　　见到我叔叔，母亲像是见到了救星，忙喊了一声叔叔的名字，几乎是哭着让叔叔拦住我，说："他手里抓了'闷水铁'，让他甩掉！"说完，母亲的双腿好像有了感觉，她拿着棒槌向我追了过来。

　　母亲的话我当时应该是没有注意听，更何况那时的我也不知道"闷水铁"是个什么东西。看到叔叔，我主动停了下来，举着"黄鳝"正准备表功，谁知一向喜欢我的叔叔，看了一眼后脸竟倏地阴沉了下来，大喊一声："蛇，快甩掉！"说时迟那时快，叔叔迅速将肩上的锹拿了下来，如临大敌般以我从未见过的凶狠，两眼紧盯着我手中的蛇，双手紧握着铁锹并且将雪亮的锹口近距离地直指我的胸膛，同时又凶巴巴地补了一句："快甩掉！"

年幼的我何曾见过这种阵势？叔叔一讲是蛇我就已经呆了，这时吓得更是据说连哭都不会了，说三魂丢了两魂半也毫不为过。我呆站在那里动都不敢动，两手一直僵硬地伸在那里已不知道将蛇扔掉，任蛇在我手和前臂间游动……

叔叔因投鼠忌器不敢贸然出手，等看到蛇头和部分蛇身垂空在我的手下，才迅速将铁锹插入蛇头与我的肚皮之间，先是小心地将蛇头部分挑出，然后以迅雷不及掩耳之势用锹猛地用力顺势将蛇全部抛出。不巧，蛇又落入塘中……

这时，母亲正好冲了过来。她一把抱住我哭了起来，然后忙不迭地查问我有没有被蛇咬了。见我吓得不知道答话，母亲和叔叔当时也顾不得了，赶忙急着仔细检查我身上有没有被蛇咬过的痕迹。就在他俩不断翻弄我的身体时，我渐渐回过神来，随即"哇"的一声便大哭了起来。

不承想，母亲这时却高兴地说了一句："好！能哭出来就好!"接着又是边安慰我,边继续检查我的身体,直到能基本认定蛇没有咬我,母亲和叔叔才长长地舒了一口气。

因我不愿跟叔叔回家,母亲便挽着我一路安抚着把我又带到了原来洗衣的地方。母亲安顿我在塘边的树荫下坐下后,把剩下的衣服匆忙捶洗完,才叫上我一道回家。其间,我再也不敢下水了,不仅仅是因为刚才受到的惊吓,还因为那条蛇仍在塘里,只是不知道是死是活罢了。

回到家后,不用母亲招呼,我几乎是有点儿反常地寸步不离母亲左右。渐渐地,人显得有点儿无精打采。中午,我勉强吃了一点儿饭后,母亲让我在凉床上睡下。本来下午要出去挣工分的,因心有余悸,生怕我万一还是被蛇咬了,母亲便继续留在了家里。

据母亲后来告诉我,我这一觉睡了很长很长时间。其间,母亲多次翻动我的身体检查有无出现红肿的地方,我都未醒。傍晚时分,我开始出现发热症状,母亲清楚那是因为受到过度惊吓所致。

晚饭时,我不想吃,母亲便安排我早早睡下。那一夜,母亲几乎没合眼,因始终有担心,便与父亲轮流不时地查看我并为我扇扇子。我一直睡到第二天日上三竿。

真是小孩子装不了假，我烧退了，肚子很饿，一骨碌就下了床，忙喊母亲要吃的。母亲摸了一下我的头，又上上下下把我仔细看了一遍，便赶紧为我打蛋下面，同时高兴地大声对父亲说道："小把戏好了！蛇真的没咬他！"

这件事已过去五十多年了，每年都会像放电影般在我的脑海里过几回，并且随着岁月的不断淘洗，整个过程不仅一直历历在目，还逐渐清晰、立体起来。这不仅仅是因为曾经受到过的惊吓，主要是心中有一个至今都未能解开的疙瘩。

我和我的家人至今都难以理解，那条蛇按理说有太多的理由和太多的机会攻击我，也有多次机会能快速逃掉，而且按照蛇的本性也一定会攻击我的，可为什么始终会不呢？这确实很不合常理！如果那天母亲一开始就说那是一条蛇，我当时手一松蛇掉在我脚边或脚上，或是因为紧张以及在紧张的甩蛇过程中弄疼了它，会是怎样的结果呢？如果在面对叔叔时，我一开始就被吓哭了，在哭的过程中很可能会因某个无意识的动作而惹怒了那条蛇，又会是怎样呢？……问题是，没有这些"如果"！

我请教万能的度娘，她也是顾左右而言他，连那条蛇的学名叫什么也没能告诉我。曾经见过一些世面的父亲生前曾笑着对我说过：也许那条蛇正处在水下蜕皮期或刚刚完成蜕皮，是最虚弱的时候（那种情况下的"闷水铁"很少会主动攻击）；也许是你那双小手握得不紧，没有使它感到不舒服或危险；也许……

谁知道呢!？

(2020 年 12 月 10 日由"赭麓文学"网络平台推出)

逮麻雀

阳春二月，正是"花须柳眼各无赖，紫蝶黄蜂俱有情"的时候，许是老天的眷爱，连日来，我与妻每天在晨光微曦中自然醒来，都能听到窗外叽叽喳喳的麻雀声。有时感觉是两只情愫缱绻，二重唱缠绵柔和；有时好像有好几只在大合唱，声音清脆悦耳，时高时低，时急时缓，而且伴着歌声还时飞时跳，好像都特别钟情于我家飘窗下的小放置台似的。说实话，每天能这样伴着欢畅的鸟鸣迎来朝霞，心情愉悦地开启新的一天，对久处水泥森林里的我俩来说，委实是一桩可遇而不可求的人生幸事。

今天是周末，我俩晨醒后，干脆都继续静躺在床上，怡然自得地贪听这迷人的天籁之音，直到麻雀们潇洒地飞走。我赶紧起床，好奇地查寻原因。原来飘窗一侧的上方有个弃用的空调洞，被麻雀选中做了窝。因洞里可能有麻雀在孵蛋，我又轻轻关上了阳台一侧不常开的窗。

我告诉来自大山腹地的妻：我们水乡的麻雀聪明胆儿大，警惕性特高，繁殖能力极强——除了冬季，一年能繁殖三次，每次可产蛋 4 至 6 枚。它只要觉得没什么危险，为了能有效遮雨挡风，敢把窝就筑在农家的屋檐下或墙洞里（在树上筑巢很少见），也敢人前抢食，敢与高大威猛的家禽家畜争食。可它只要稍感异样，就会立马逃离，包括弃窝而去不再回来，哪怕里面还有未孵化的蛋或小麻雀……

说着说着，小时候逮麻雀的历历往事，不期一幕幕竟如波浪般纷涌到了我大脑的显示屏上。

20 世纪 50 年代末，麻雀曾被列为"四害"之一，在举国上下开展的以除"四害"为中心的爱国卫生运动中，几近灭绝。1960 年，麻雀被移出"四害"之列。时间不长，其家族又发展壮大了起来。在我稍能记事的 60 年代后期，因家乡盛产水稻和小麦等农作物，麻雀们常常是成群地飞来飞去，有时是黑压压的一片。那时的村庄除了有两三家是青砖黛瓦的平房，其他的都是泥墙草屋。每家草房子的屋檐下和村外较高大的生产队的草垛上，总是密密地布满了麻雀窝。除了部分窝是空的，其他的窝，成年麻雀一般都有一两只。

我们小时候，玩具一般只有大人们就地取材自制的一些小玩意儿，譬如用稻草麦秆编制，或用树枝削成的小人儿、小动物等，若大人们能捉来麻雀给我们玩儿，那是再高兴不过的事了。麻雀很难逮。大人们根据不同季节，除了用鲁迅先生在《少年闰土》中所记叙的，借助大竹匾或无把的柳筐等工具捕捉的办法，比较常见的，就是打开家中能引来麻雀的一个房间的一扇窗，关闭其他所有的门窗，再在那个开窗的窗台上和房间床前较显眼处各撒少许稻米，人静静地躲在房内便于快速关窗的墙角守株待兔便可——窗台前的院子里最好没有人。开始，窗台上飞来麻雀，急急地啄上一两粒就飞走了，在不远处的树枝或院墙上观察一会儿后，感觉良好才会禁不住再来，而且常常还会不断引来同伴。窗台上的稻米吃光了，自然会有麻雀发现房内地上的稻米，但它们不会贸然飞进，总是先在窗台上小心翼翼地左瞅瞅右看看。只有在确认没有危险时，一两只胆儿大的麻雀才会率先扑向那些稻米。就在此时，一直躲在那儿大气都不敢出的人急遽关窗。麻雀见状会拼命地寻找逃离的出口，也会时不时地误撞透明的窗玻璃。然后，人只需用一根细长的竹竿不停地驱赶它，不让其有片刻的停留。最终，麻雀不是累倒在地簌簌发抖，就是撞昏在窗下。

逮到麻雀后，大人们用一根长长的细线——多数是缝衣的白线用两根搓在一起，一头拴在麻雀的细腿上，另一头系在孩子手上或让孩子攥着。小孩子对它而言，当然也是个庞然大物，它像个遵守契约的战俘，从不会主动对孩子攻击，也不会有屠格涅夫笔下为母则刚的麻雀的表现。对孩子来说，麻雀的好玩儿不仅仅因为是个活物，还在于它走路总是蹦着走——雀跃，总是不停地试图飞逃。每当线被它飞得拉直，孩子就会及时将其拽回，妙处往往就在这不停的一飞一拽之中。当然，孩子们大意的时候常有，但遗憾的是，麻雀即使逃离了人的掌控，由于腿上还系着长线，一般都活不长，比较常见的是它的尸身最后被倒挂在了树枝上。

麻雀性烈，养不活。好不容易逮到一两只麻雀，不论大人小孩儿，谁都想像饲养家禽一样让它能一直活下去。可麻雀偏不！"不自由，毋宁死！"被逮到后就开始绝食，一般都活不过三天，有的当天夜里就会悲壮地死去。米水就是放在它的嘴边，它也不会张一次口。有时，它会旁若无人般连续凄厉地对天嘶鸣，像是呼唤同伴，更像是要跟同伴作最后的诀别。后来，人们即使掰开它的嘴，往里灌水塞米粒饭粒等，它也不会吞咽，只要人的手一离开，它就会不停地甩头，甩出嘴里喉咙里的东西，总是表现出一副不甘受辱，伯夷叔齐不食周粟般宁死不屈的英豪气概，直到把自己活活饿死渴死。是故，我成年后，对麻雀一直心存敬意。

稍长，已是快乐少年郎。我们更喜欢自己动手逮麻雀了。除了前面讲的方法，我们先是学会了玩儿弹弓。其实，用弹弓打麻雀，主要还是为了练技巧，逮麻雀倒在其次。由于弹弓所用的子弹都是就近拣取的细小碎石、碎砖瓦和一些野果的核儿，形状轻重各异，很难从中悟出什么高妙的道道儿来，"十网难免九网空"，即使偶尔瞎猫子蹚上个死老鼠，麻雀不是伤了翅膀或断了腿，就是有了很深的内伤，不仅不好玩儿，而且会死得更快。渐渐地，我们便放弃了这种效率极低的单打独斗，选择联手晚上照麻雀。

印象中，这种活动只专属于我们少年，成年人是很不屑的。月色朦胧的夜晚，麻雀们都已进窝。根据事前的安排，一两个是家中惯宝宝的小伙伴从家里带出了手电筒，有人带来了一个装麻雀的网兜，然后两个人扛着我家的长木梯子，从最近的草屋开始照麻雀。每来到一家屋檐下，带手电筒的人先是找准有麻雀的窝的位置，然后两三个小伙伴合力将梯的顶端，尽可能静悄悄地停靠在近鸟窝一侧的土墙上，一般是我悄悄地缘梯而上，爬到适当高度后再一手扶梯，另一只手快速地扑向麻雀——这是一项技术活儿，讲究的不仅是手电光熄灭后能快速稳准地捉到麻雀，动静还不能大。否则，不仅窝中的麻雀会飞走，附近窝里的麻雀也会成惊弓之鸟，甚至会起连锁反应地飞走。

最明显的是在野外的大草垛里逮麻雀（村内农户家里的草垛通常都小而矮，很少有麻雀）。麻雀在草垛里藏得深，窝很难找，不像屋檐下的窝和麻雀那么明显，而且，在草垛里逮麻雀不能用梯子，只能借助高高的长凳。当你好不容易照到一只伸手去逮时，过程中肯定会触碰到边上的稻草，也就在那瞬间，麻雀会本能地向里退——它的窝一般筑得比较深，或从它预留的边道逃走。不管你最终是否逮到这只麻雀，你大概率也会惊吓到藏身在它周边你根本不知道的麻雀。骤然间，扑棱棱就像对外喷射般，从草垛里连续飞出许许多多惊慌失措的麻雀，倏忽就会一个不剩，而且在其后的许多天里，这个草垛晚上都不会再有麻雀。因此，我们几乎不去草垛照麻雀。

你也许会问，屋檐下为什么那样能逮到麻雀呢？那主要是因为麻雀有很重的夜盲症，只要干扰不大，一般不会飞走。当然，在它感到危险来临而不顾一切地仓皇逃命时，盲飞中撞伤自己也是常有的事。每次行动，小伙伴们一般逮到每人够分一两只就会收兵，因为逮多了没用。至于下次何时再集中行动，全凭大家的兴趣，是很随机的。

最难忘的，是闯下大祸的那次照麻雀。那是 70 年代初，年前一个雪后放晴没几天的晚上。那晚，人很多又是时近年关，大家兴致都很高，把村里的草屋照了将近一半时，收获已经足够。本来准备再顺道照几家就结束的，当梯子将要路过村边一对儿老人住的，中间主梁是一根大毛竹的小草屋时，走在前面拿着手电筒的小伙伴像是突然心血来潮，先是一个人快步跑到那个屋檐下照了一下——那家老爷爷很凶，我们平常是不敢来这家草屋逮麻雀的，待他发现许多窝里都有麻雀，尤其是中间毛竹伸出来的那一段竹筒里，靠外站着两只很壮实的麻雀，很是诱人，便忍不住兴奋地用手招呼大家去看。此时，梯子已经过了他家。大家抱着侥幸让梯子又退了回来，都努力静默着用"哑语"交流。经验告诉我们，必须先逮那两只麻雀。当我按部就班驾轻就熟地轻轻爬到梯子顶部，调整好站姿并将手迅速扑向那毛竹的洞口时，麻雀同样条件反射般顺着竹筒急速往里逃去。谁知竹筒里面最近的几个竹节子都已经不存在了，手伸进去抓到的是一团麻赖赖的东西，本能地以为是同时抓到了几只麻雀，等拿出竹筒被手电一照，居然是一条冻僵的蛇——当年尚不知蛇有冬眠一说，吓得大吃一惊，"呵唷"一声便松开了手，身体摇晃了一下，还好没有跌落。这可是我们从来没有遇到过的事。下面扶梯子的和就近正仰着头看我逮麻雀的小伙伴们，刹那间也都吓得呼啸着作鸟兽散。待大家回头看清是一条"死"蛇时，又都轰然大笑了起来。遗憾的是，笑声不仅吓飞了这个屋檐下所有的麻雀，还立马引来老爷爷坐在床上长时间恶狠狠的叫骂。

也许是被老爷爷臭骂后心里有些不平，可又不敢回嘴，我们反而像是赌气般将村里剩下的草屋都扫了一遍。结果，收获多到每人三只还有余。在分麻雀的时候，不知是谁说了一句："听说麻雀肉很好吃，我们不如一起烧了吧!"顿时引来一致的赞同声。大家纷纷将已分到手的部分麻雀又放回了网内。

天地良心! 之前，我是没有吃过麻雀的，其他小伙伴估计也差不多，因为家乡过去一直没有吃麻雀的习惯。更何况麻雀那么小，逮到都是为了玩的，谁也没有想过要把它吃掉，都是玩死了扔给猫吃。可是，夜已深，到谁家去烧，怎么烧呢? 大家正在犯难，四九子主动提出，到他家请他妈烧——他出生时爸爸 49 岁，上面几个全是姐姐，在家是个妥妥的"小皇帝"。他家的小厨房是单独的一间，他把妈妈从床上请起后，她是边斜着手扣上衣，边来到厨房的。谁知她一看有那么多人，那么多的麻雀，又不干了。四九子一再央求，她提出了条件：只帮助洗切烧，其他的概不提供，而且还要求我们先闷死麻雀拔毛，并自带碗筷。小伙伴们都看着我，因为我是他们的头儿，是村里大人们戏称的"儿童团长"。缘是大家太想吃了，经过简单协商，有人回家搬来了几捆劈好的，准备过年用的硬柴，有人从家里拎来了香油瓶，其他一些人也分别拿来了酱油、辣酱、火柴和装盐的罐头瓶等等。因为每个人都想积极表现，都不愿遭伙伴们嗤笑，拿来的每样东西都远远超过了需要。

正当大家在昏暗的油灯边围着大盆子积极参与拔麻雀毛时，四九子妈又好心地提醒了一句："麻雀不够你们吃，不如再弄些蔬菜来。"于是，我又安排几个稍大的还没有从家里拿东西来的人，赶紧去自家菜园子里弄点儿菜来。他们拎上篮子就出发了，直到麻雀快烧好了，才不负众望地拎来了满满一篮子蔬菜，有大白菜、红萝卜、白萝卜，有香菜、菠菜、大蒜等。大家合力将其洗了两遍，再由四九妈清洗一道后切碎放入大锅里一锅煮。待都悄悄回家拿来碗筷，两锅菜很快就被馋嘴的少年们，饕餮相十足地一扫而空。大家吃得那是真舒畅呀！每个人都是浑身通泰，怀揣着满满的幸福感回家睡觉去的。

　　孰料，翌日清晨，我还在梦中，村里已经炸开了锅。昨晚弄蔬菜的几个人，许是天黑不敢走远，他们不是在自家菜园子里弄的菜，而是在村口就近的路边。更由于他们忘了带刀剪等工具，所有的菜都是用手拔拽的，萝卜缨子拔断了就扔掉，再拔剩下的，再加上天黑地还有些湿，有的菜叶上还残留着少量的雪，他们不仅糟蹋了许多园子里的菜，还把附近几家的菜地都踩得惨不忍睹。先是早起到自家菜园弄菜的一家主妇发现了问题，惊得暴跳如雷。她从菜地骂起，一路骂进村来，然后站在村口肆言詈辱唾沫飞溅，如喀秋莎火箭炮声震天地般连番倾泻着各种脏话。接着，她家菜地相邻的几家主妇又相继怒发冲冠地加入进来，其声势之熏灼真的大有要一举踏平贼家之势。她们从脚印判断是孩子干的，而且是搞恶意破坏，快过年了，肯定是早有宿构，居心一定不良。正在好奇的人们纷纷围拢过去一探究竟时，村里就像电影《地雷战》里鬼子进了村一样，昨晚埋下的"雷"又猛地一个个被连环引爆了，都认为家里昨晚遭了贼。村里是七处冒火，八处冒烟，再加上胡乱猜疑进而指桑骂槐，骂声吵闹声相互叠加，互相呼应，据说那是村里历史上从未有过的"天下大乱"，就连其他的一些人家也在纷纷检查家里有没有东西被盗。

我被吵闹声惊醒，待回过神来，知道已大事不好，赶紧起床吃早饭。果然，大人们很快就知道了真相，村里相继传来了小伙伴们的哭号声。我赶紧溜出去躲了起来。一些人还是在我母亲面前告了我的状，说我有指派教唆之罪。母亲拿着一根有成人手指粗的棍子最终找到了我，问了几句话就怒不可遏地狠狠打了我两棍。然后我逃，她拿着棍子把我往村里赶。我不敢回家，母亲便在村子里追打。母亲样子虽然很凶，其实再也没有一棍打到我。后来，母亲追得上气不接下气，看看追不上了，才停下大声地对我说了一句："小把戏唉，你总要家去，这一顿你是跑不掉的！"便转身回家去了。中午，姐姐找到我并带我回家吃饭，妈妈没有再打我，但饭后还是被狠狠地申斥了一番。

直到长大后我才明白：那次不是母亲真的追不上我，是母亲必须要演这出戏。但从此，我们小伙伴在一起玩耍，谁也没有兴趣再在一起照麻雀了。我也没有再逮过一只麻雀玩儿了。据说，那次也是村中孩子们结伴照麻雀历史上的绝版。因为几年后，改革开放了，全社会都开始重视孩子的学习了，更主要的是，村里的草屋很快就全被砖瓦房以及后来的楼房所取代了，野外也没有大草垛了，麻雀们在村里能做窝的地方越来越少，再加上后来农村种田农药的大量施用，麻雀在农村很快就变得比较稀少且难逮难照了。尤让麻雀们身感雪上加霜的是，随着社会上养生学的兴起，有人挖掘出它有补肾壮阳、固精缩尿等功效，一些人便趋之若鹜，大肆捕杀，这个种群的命运便可想而知了，以至到了1989年需要从国家层面立法，将其列为国家二级保护动物加以保护的地步。2013年，它们还被列入《世界自然保护联盟濒临物种红色名录》。细思，真的令人唏嘘。

行文至此，我家窗外的麻雀又在叽叽喳喳了。我真希望，它们世世代代都能一直这样幸福安详地生活着，与我们大家和谐共处，共享一片蓝天。

（2022年5月18日由"古稀童趣"网络平台推出）

水乡热水澡

生命里有些记忆是深入骨髓的，想忘都忘不掉。譬如故乡的热水澡，那是一个时代的印记。

20 世纪六七十年代，我最无忧无虑的童年和少年时光，是在江南水乡当涂县的农村度过的。天热的时候，水乡人尽管可以利用得天独厚的自然条件，免费在湖河沟塘里反复任性地洗冷水澡，但每天夜晚纳凉前的最后一把澡，绝大多数乡亲，包括孩子，即便是三伏天，还是要洗热水澡的。各家会在烧晚饭的时候，在土灶的大锅里，烧上一两大锅滚烫的热水。从晚饭前的黄昏开始，按先小孩后老人再劳力的顺序，一家人陆续在家用澡盆洗热水澡。

澡盆先前都是木制的，后来才有了塑料的。一个家庭一般要有三个澡盆。小孩子一般由大人帮助用小澡盆洗澡，家庭其他成员用的大澡盆是按男女严格分开的，且男用澡盆要比女用澡盆更大。谁家也没有专门的"浴室"，一些贪凉的少年和成年男子喜欢穿着裤衩在自家的院子里洗，其他的人（除小孩儿外）都是要把澡盆端进闷热的房里去洗的。

那年月，香皂在农村绝对是奢侈品，很难见到，就连肥皂——家乡专指臭皂，也是要凭票供应，要节省着使用的，更别谈还有什么其他洗涤用品了。洗澡时，只有部分讲究的青年才使用肥皂。由于他们最后都没有用清水净身，洗完澡身上会散发出或浓或淡的肥皂水味，纳凉时往往会引来一些村民略带羡慕的招呼声："哟，用肥皂洗澡的嘛！"

天冷以后，特别是进入冬季，乡亲们除了年前洗一次过年澡，一般是不洗澡的，但内衣外套是要不定期换洗的。天寒地冻的时候，我们都是早晨在被窝里把自己先脱得精光，将需新换的内衣拿进被窝焐热再穿。因为大人天天要干活，小孩子总是疯玩，大多数的人都免不了要经常出汗，如果恰如大文豪苏东坡自嘲所言："老来百事懒"，内衣外套不能勤换洗或长期不洗头的话，特别是一些年长的男性和小孩儿，身上会散发出一股馊味，甚至头上身上成了虱子窝，棉袄领子袖子上乌黑发亮的污垢，有的能有厚厚的一层。他们在靠墙根或草垛晒太阳时，一些耆老会脱下棉袄等坐在那里习惯性地扪虱而谈，一些小孩儿则由家里大人不是用篦子篦头发，就是像老猴子帮小猴子翻毛一样，查寻藏在头发和衣服褶皱里的虱子。逮到虱子后，人们一般是用两个大拇指的指甲背将其夹死。许多小孩子的手背因宿垢太厚实而致皮肤皲裂，总是黑乎乎的。

你可能难以想象，在温饱不是问题的当年，家乡人冷天最感惬意的，不是吃和穿，而是有人帮助在后背搔痒。你能想到的请人搔痒的方式都存在。有时身上实在痒得难受，把搔不已，又找不到合适的人搔背，干脆自己倚着门框或屋外的青砖墙角或较粗的树干等自行解决。就连一些大姑娘，有时也会偷偷脱去棉袄，背靠大树像羊蹭墙般龇牙咧嘴地蹭背。

你也许要问：你们那里就算不像山里人那样能在自家澡锅里洗澡，难道那时还没有澡堂吗？他们为什么不去澡堂洗澡呢？我们公社当年有三万多人口，只有集镇上才有一家烧锅炉的澡堂。男浴池正常只能容纳四十多人同时洗澡，澡资是成人6分，孩子减半，1米以下的免费。我们村庄离集镇不远不近有7公里，且大多是斗折蛇行的乡间田畦。不是乡亲们懒惰，嫌路途遥远，主要是当年都很穷很忙，且都秉持着传统的节俭习俗。平日里，各家除了要参加生产队的劳动，尽量争取多挣工分，每天还有许许多多做不完的家务活，又没有星期六星期天，大家都忙得手脚不停，而且家家只挣工分不见现钱，能够换钱的鸡蛋鸭蛋等，都要积攒着用来换取食盐酱油等基本生活必需品。即便是年终分红，除了一些超支户，那些小有进账的人家，首先考虑的除了还债就是家庭成员添衣、必要的生产生活器具采买等，仍然小有积余的，那也要积少成多地攒着，以备将来家里办大事所用。乡亲们普遍的想法都是能将就的尽量将就，能省 1 分是 1 分。祖祖辈辈赓续下来的这种传统的生活习惯，使大家都没有了那个"穷讲究"，都认为上街洗澡既耽误工夫又要花钱，"不划算!"甚至绝大多数人，好像连那种应该去洗把澡的意识都没有。

但到了腊月，特别是过年的脚步声越来越近的时候，家乡人常挂在嘴边的一句话就是：有钱没钱，干干净净过年。每家每户年底掸尘，家具抹灰，里里外外清洗干净，每个人年前洗一把澡，那都是老祖宗留下来的规矩。

到街上洗过年澡是我小时候非常期待的一件事，因为顺便能跟着父亲到街上玩儿，还能央父亲帮我买一两个我喜欢的东西，或得到一点口欲上的补偿。

街上的澡堂是几间相连的砖瓦平房，后面有一个紧挨着的主要是烧粗糠的锅炉房，高高瘦瘦的铁皮烟囱直插云天。这个烟囱是小镇的一个标志，它天冷时连续吐出的长长的黑色浓烟，乡下人远远就能看到，并且由此可以判断澡堂子是否已经开业。澡堂子平常总是要到每天下午才能开门，只有时近年关，才提前到上午约十点钟的时候。

澡堂子正面过道的中间，靠墙设置了一个仅能容纳两个人，呈梯形台面的窄窄的柜台。里面的人一个负责收钱记账，一个负责发放由竹木制成的长条形小澡牌。柜台是木制的，上方环外延用玻璃将内外相隔。迎面的玻璃上有两个方便递钱拿澡牌的拱形小门洞。柜台的两侧按男左女右分设男女澡堂。澡堂子进门就是一道厚厚的棉布帘，然后穿过一条两米多长窄窄的过道，又是一道陈旧的蓝士林布门帘。掀开这道门帘，里面才是大通铺休息室，没有雅间，更没有电视机。两道布帘的作用除了能更好地隔热，一项重要的功能就是为了能更好地防止里面的人走光。

大通铺门帘边靠里一侧，摆放着一张有两三个带锁抽屉的小条桌。桌子的主人是里面一位跑堂的老师傅。他的主要职责就是负责收取澡牌，帮助客人临时看管贵重物品，譬如手表、皮包等；客人下池前发一条湿澡巾——一般由客人在小桌上自取，出池后再发一条干净的热毛巾；在客人离开前再将两条毛巾收回，然后将前一条毛巾稍稍抖动几下，拧干后折叠放回小桌，将已冷却的后发的毛巾集中堆放后由锅炉房派人定时来取——送回时又是干净的热毛巾。期间，他得空还会用带钩的细竹竿帮客人挂取衣物。

因老师傅有可以多递一条甚至两条热毛巾的特权（按常规每人只能享用一条），他在里面比较吃香，一些稍有点讲究的人，都会主动与他套近乎，包括递烟或送一点小零食等。他在收送毛巾的过程中，嘴里叼着、两耳夹着香烟，手里还时不时地拿着几根烟，这是澡堂里很常见的镜头。他的抽屉里有一个专门用来盛装这些散烟的铝制饭盒。

大通铺的地面是水泥的。里面除了桌子和必要的人行过道，密密地摆放着一个个木制的能斜靠带躺的仰椅（斜榻），共有三十多个。每个仰椅上都有一条用来垫身的大浴巾，其中靠墙的仰椅的上方，都有一个不大的铁制衣帽钩——有的就是一根大铁钉。仰椅下面原先是空的，后来被设计成带柜的，能放衣物。柜子的锁和钥匙是要交押金才能领取的。里面的空气非常污浊，除了水蒸气和人体的汗馊味，还弥漫着香烟和臭鞋臭袜，以及所有脱下的衣服内散发出来的各种难闻的气味。

由于年前人们都要去洗澡，远在乡下的我们是不可能洗到头水澡的。等排队买了牌进去后，里面早已人满为患，而且一直进进出出，川流不息。洗好澡出来抹身的，铺位边已经有人在坐等。其他等候洗澡的人只能边观察边问询，然后暂选一个铺位，在边上耐心坐等。此时，外面朔风凛冽，里面温暖如春。说来真是"久而不闻其臭"，人在里面只待了一会儿，竟也渐渐就适应了环境，不再觉得气味是那么难闻了。

跟父亲去洗澡，我们父子俩只能共用一个仰椅——小孩子是没有铺位的。好不容易等到前面的人穿好衣服走人，父亲便先将那条脏得已经变色的大浴巾，拿起用劲儿掸抖几下再重新铺好，然后将装了钱的棉袄，请老师傅挂在上面的钩子上——也为了防盗，其他衣物都堆放在仰椅上。曾记得里面有人脱衣时，非常夸张地解下手表，故意大声地很骄傲地请老师傅妥为保管，再配上几句略带自豪的台词，一时确也赚来了一些羡慕的目光。

父亲脱完衣服再帮我脱，然后带着我快速穿上木制的踏板拖鞋，走起路来吧嗒吧嗒的，声音很响，再各自取一条澡巾，用力推开一道带小滑轮的木门——人进出后能及时自动关上，才进入到真正的浴室。浴室地面也是水泥的，上面有两个连体的一大一小长方形的水泥池子，三面墙的顶部各开了一个很小的约一块方砖大小的换气孔。靠里的小池子水下垫了一层稍厚的，呈网格状的木制隔栏，隔栏的下面就是烧水的锅炉。人在里面洗澡，能听到很响亮的烧锅炉的连续噼啪声。大小池子的水经底部一个不大的方形孔洞连通——主要起调节水温作用。小池子里的水一般比大池相对干净，但水温一般较高，腾腾地冒着热气，非老皮不怕烫者不敢去那里抹身。不过，在锅炉停烧，水温不是太高时，也有少数长者在那儿泡澡。比较常见的，是有人躺在小池靠墙的水泥台面上，用湿澡巾盖着肚脐酣眠。

水池里的水都是靠人工在晨曦初露时，从集镇外一担一担地挑进来的。水深一般不到 40 厘米。浴室里没有搓澡工，也没有任何用清水净身的装置。里面水雾氤氲，远处只见人形，难辨真容。近处的大池子，四周密密的全是人，多数是坐着的；池子中间，人就像下饺子一般，或蹲或站，也有人将头靠在用折叠的澡巾垫着的池沿的角上，仰躺在池里泡着。一些人在里面大声地说着话，回声总是嗡嗡地响。我随父亲来到大池边，先是站在池外将澡巾不停地伸到池里，濡湿后抹身，待体温稍稍有点儿适应，再找个缝隙努力入池——仍很冰凉的身子，特别是脚，这时如果不小心碰到了人，那人一般都会非常理解并条件反射地主动侧让。

在池中，人先站着抹身，然后蹲下泡身，再站起洗头，同时观察等候空位。好在时间不长，人就能坐到池边，然后再定定地在那儿推宿垢。父亲总是让我自己先推，然后再帮我推背和那些父亲认为我推得还不到位的地方。接着，我再用小手竭尽全力地帮父亲推背。有时，父亲干脆利用池子的边沿自己蹭背。直到全身打过肥皂——这种热水澡人们一般都会自带肥皂，再就着池子里的脏水抹洗一遍，我们才通体舒畅全身染红般出池。

里面异常闷热，心肺功能有问题或有其他一些基础疾病的人，在里面是不敢待长的。再加上大家几乎都是几个月才这样洗一次澡，都是"尘垢满肌肤"，何况相当多洗头和洗身的肥皂水都留在了池子里，且越积越多，尽管有工作人员隔一段时间——一般比较长，会从外面拎来几大桶热水倒入大池，并用纱布和长竹竿制成的抄网，在池子里捞去肥皂沫等水上漂浮物，池子里土灰色越来越深的水事实上已混浊如汤，人在里面稍有走动，就会有厚厚的沉渣泛起，而且里面还混杂着一股越来越浓的肥皂水味、小便池的臊味和其他一些你想象不出来的怪味。但尽管如此，由于乡亲们都认为那是理所当然只能如此，除了部分幼儿，浴后不仅没有人会觉得那是在遭罪，相反都会是一身轻松，满脸的愉悦。想起家乡过去流传很广的一句话："只有人脏水，没有水脏人"，真是一种绝妙的自我安慰。

出了浴室，人立马神清气爽，先用澡巾将身上的水揩个大半干，再用老师傅及时递来的一条热毛巾将全身上下抹擦一遍。待回到仰椅上坐下休息，由于身体仍在持续喷热冒汗，特别是头上，需要不断地用那条所谓干净的毛巾揩擦——这就是人洗过澡后还想要第二条甚至是第三条热毛巾的缘故。按理说，人洗过澡后，都可以在仰椅上多躺一会儿，至少也应休息到身上不再出汗，但由于边上站着或坐着等候的人，虽然一句话不说，就像自己先前等别人一样，你真的不好意思多坐。每次都是我头上还在渗汗，父亲就先帮我将除棉袄棉裤外的全部冬衣穿上，然后给一包在时不时从外面进来，拎着篮子叫卖的人那里买来的，只有成人拳头高，呈宝塔状用旧书纸包着的葵花籽，让我坐着边嗑边等。等到我们父子都满脸通红，敞着棉袄急急走出澡堂子时，父亲的情况我不知道，也没问过，我可是才换的内衣又被部分汗湿了。

开年再洗热水澡，又要等到气温回升到能洗盆澡的时候。

现如今，故乡过去众多的茅草屋和少量的砖瓦平房，都早已被两三层的楼房所取代，相当多的楼房连外墙都贴上了瓷砖。几乎家家都有了含淋浴和浴霸的家庭浴室，乡民们也和城里人一样，随时都能在家洗热水澡了，而且洗得随性、干净、惬意。城镇的澡堂子也大多早就改成了洗、搓、吃、休闲等一条龙服务的洗浴中心，里面装潢精美，人性化设施应有尽有。洗澡已被赋予了休闲娱乐畅快尽兴的功能。

想想现在的孩子们，包括改革开放后出生的年轻人，他们是真的赶上了好时代，是真幸福！

（2022 年 5 月 26 日由"古稀童趣"网络平台推出）

忙过年

曾经的活法，随着岁月的河水缓缓流淌，有的已经完全沉睡在了泥沙之下，成了那个时代的印记。

家乡有句俗话："大人盼种田，小孩儿望过年。"每当进入冬季，尤其是到了冬月的时候，我们这些小孩儿就开始天天扳着手指望过年了。

为了迎接新年，大人们早早就开始忙碌起来了，总是要一直忙到大年三十的晚上。这个过程，地处吴头楚尾，长江下游东岸的家乡当涂，叫"忙过年"。

锲鞋底做新鞋

我所理解的"忙过年"，应该始于村中妇女为了家人新年能穿上一双新布鞋而动手做鞋的时候。当年的农村妇女是全天下最勤劳的群体。她们白天要参加生产队高强度的劳动，歇工回家，也都有总是忙不完的家务活儿。

每年秋天，"双抢"过后稍稍有些农闲的时候，妇女们会忙里找空儿为家人做新鞋。她们每年至少要给家里每个成员做一双新单鞋。如果有旧棉鞋已经小了或破旧得不大保暖了，还要为他/她再做一双新棉鞋。

做鞋要先做鞋底。记得母亲先是将家里一些不穿的破旧衣服等找出来拆剪成片状，加上上一年做衣留下来的一些碎布片，逐片洗净晒干。然后选择一个晴日，将家里的一扇房门卸下，平放在铺了稻草的院子里。在门板上薄薄刷一层浆糊，铺一层厚度相同的布片，然后再刷再铺，一般要铺四五层。这在家乡叫"褙骨子"。母亲待其晾干后，从门板上取下压平，按事先用纸片剪成的不同鞋样大小，剪切成各个布鞋的鞋骨子，再掩边——一般是用细细的白布条将鞋骨子借助浆糊紧紧包边。

接下来，母亲会在鞋骨子上再用碎布片逐层铺压（前脚掌和脚后跟部位可略铺厚实些），至压紧的厚度有近2厘米高时，先简单缝订剪裁，用一块干净的蓝粗布将其里外包裹紧扎，再将新撕的白棉布或有条纹的棉布——家乡称上街买布为"撕布"，作为面子布再一次完全紧裹，才进入到纳鞋底——家乡称之为"锲鞋底"的程序。

"锲鞋底"是做鞋耗时最长也最磨人的活儿。用的针叫大底针，比缝衣针略粗长些。线是用家乡的野麻经过扒皮、水浸、拉丝等程序专门搓制而成的。一般右手的中指会带上用于顶针尾的顶针箍。首先是将环鞋底边缘锲两圈儿，目的是为了紧固四周，压实面子布。要密密地一针一针地从下向上穿过层层布障和硬化了的浆糊的鞋底，再费力将针拔出——常常要借助牙的力量，再将线绳全部拉出并将线尾用力紧拽才行。每锥成一针，妇女们都要付出洪荒之力。为了能延长布鞋的使用寿命，尽可能减少将来地面与线的摩擦，"锲鞋底"的人要将两个针眼之间的距离严格控制在毫微之间，必须近到将线用力拉紧后，在鞋底的正反两面都只能看到深嵌其中的线的一个点——绝不能哪怕是再小的线段。然后再锲鞋底的圈内部分，要一排一排地，每排间距一般只有三四毫米，均匀密布这样的线点，此中辛苦不是亲眼所见是很难想象的。功夫深——女红技术好的，能将每个点的排列锲得就像一个接受检阅的方阵，横平竖直斜成行，有的还能将鞋底锲出更加好看的花鸟等图案，譬如姑娘出嫁摆笸箩的鞋和给新郎做的鞋。

由于量多时间紧，妇女们会抓住一切可以利用的时机，包括出门参加生产队的劳动时，会带上用头巾包着的鞋底针线，利用中途休息的时间席地而坐"锲鞋底"。雨雪天歇工，妇女们常常会聚在一起边拉家常边"锲鞋底"。印象比较深的，是每年秋冬季节的夜晚掌灯时分，一家人为了省油，陆续围坐在堂前只亮着一盏煤油灯的小方桌四周，我在灯下看书写字或玩耍，妈妈和姐姐在忙完其他家务后，总是坐在远离桌面的一侧边其乐融融地参与聊天边"锲鞋底"。连续不断的"呲——""呲——"的拉线声，像是一种音乐伴奏，一直是那段平凡岁月里夜晚"家人闲坐，灯火可亲"所固有的图景。也许是母亲和村民们都不知道可以先给线打蜡以降低摩擦系数，也许是为了省钱，反正我始终没有见过有村民用蜡烛磨过"锲鞋底"的线。在不断的锥针拨针过程中，有时难免会误伤到自己。我经常会在不经意间听到母亲或姐姐条件反射般发出轻轻的"啊唷"的疼痛声。紧接着，母亲或姐姐会将手指放进嘴里吮吸止血。那时候，我常常是看着妈妈坐在床沿上"锲鞋底"的后背，伴着有规律的拉线声慢慢进入梦乡……

小时候，我对妈妈"锲鞋底"时常常将针头伸到头皮上磨擦不解，有时每锥一针母亲都要先在头上磨几下。后来才知道，那是因为当针锥得有些费力时，根据祖传的方法，只不过是将针头部分多擦一点儿头皮的油脂而已。事实上，历代这些伟大的女性大多知道，长期这样不断地操作，对自身的头皮就是一种慢性损害，人在疲困时还会经常误伤头皮，但她们"明知山有虎，偏向虎山行"，为了家人，总是一代一代地义无反顾，奋不顾身。

鞋底做好后，母亲和姐姐再做鞋帮。鞋帮的面料大多选用黑色的咔叽布或灯芯绒布。最后一道工序，便是绱鞋。

根据气温情况，新棉鞋做好后，最好要留到新年的年初一再穿；新做的单鞋，那是肯定要等到新年才能穿的。但如果年初一就可以穿单鞋，那也是必穿的。

做新衣酿新酒

"过新年，穿新衣"是每个孩子对新年的热望。尽管家乡过去有"新老大旧老二，缝缝补补是老三"的说法，但在我年幼的时候，谁家也不可能让孩子大过年的穿上打补丁的衣服。过年时，家里大人的外套可以不是新衣，孩子们一般都会穿上新的。

当年的新衣，一般都是凭票到街上"撕布"，回来请裁缝师傅做。我们村有四五十户人家，裁缝师傅却只有一人。年底，是裁缝师傅一年中最忙最累的时候。各家根据量的多少，请他上门做衣，少则一天，多则三天。再加上他自家还有一大堆亲朋，他总是不顾寒冷和风雨，天天"白加黑"，连上茅房都要跑步前进。夜晚从他家门口过，屋子里总会连续传来"哒哒哒"的缝纫机声。

踏进良月，村里就有人邀他上门做衣了。其后，便是一家接着一家地排队相邀，总是要一直排到腊月的二十八九，而且时不时还有外村的人因师傅盛情难却须从中插队。师傅每到一家，一般是先由这家人把缝纫机抬进家门，便开始马不停蹄地劳作，一日三餐也只能在这家解决。常常是这一家还未做完，下一家的人就已经急吼吼地坐在那儿等着抬缝纫机了。

进入腊月，如果全村剩余未做新衣的人家年前实在排不过来，缘是同村人，师傅会在晚上帮亲朋做衣之余，再加班帮那些量少的人家在自己家里做。为了让全村所有想在新年穿上新衣的人都能遂愿，他总是竭尽全力。

每年冬月的中旬到腊月上旬，是村中绝大多数人家陆续自酿过年新酒的时候——当年的农家一般一年只做一次，一次只做一缸米酒。家乡自古就有酿制米酒的传统。做酒的缸有大有小。我家的那口比家里的吃水缸还大。做酒的前一天，父母先将再次筛选过的糯米一百多斤，淘洗后用清水浸泡。当天，母亲负责分几次将泡好的糯米捞起沥干，放入大锅里煮——后来，多数的人家改用蒸桶蒸；父亲将酒缸先用清水清洗几遍，再用开水将内侧冲洗，用烫洗过的新毛巾抹干——缸里不能留有生水，更不能有油盐，这是做好米酒的金规铁律。

然后，父亲依次将煮熟的糯米饭及时铲出（派生出的糯米锅巴米香浓郁，脆而不硬，是农家的上等馐膳，家家都会单独珍藏），放入大小竹匾摊开自然降温，并适时用冷开水透浇助凉。其间，父亲会将一定比例的酒曲——家乡称之为酒药丸子，在石臼里轻轻捶碎以备用。

待所有的糯米饭都吃进了适量的凉开水并完全冷却后，父亲依次将其放入缸内，每放一层都要薄洒一些酒药丸子的粉末，再用手尽可能匀拌，直至所有的糯米饭都已倒入缸内，将面上的拌匀后再在各层之间全面深拌一次。然后，将缸里的米饭用手进一步压实压平，在中间掏出一个深有尺余，底部能放得下一个成人拳头，顶部有碗口大小的井坑，再将面上的糯米抹平，将最后预留的那么一点点儿酒药丸子粉末尽可能都匀洒在面上。

少顷，父亲用自编的略大于缸口，厚约四五厘米的草垫子将缸口全部紧紧覆盖，并且为了保温，用一些破旧的棉被棉衣等将缸的四周包裹起来，再用一捆捆稻草将其紧紧环绕。为了不让鼠猫等小动物因被酒香所诱，夜晚冒险利用或创造缝隙钻入，父亲还会在草垫子上放两根长棍或一块长木板，再在上面放置几块重量适宜的石头。其后几天，除了父亲偶尔会揭开盖子探查一番里面糯米的发酵情况，其他的人是不允许动盖子的。

酒缸里一般三天后来浆。原浆酒米汤一样的白色，有些浑浊，非常黏稠。待井坑内装满了这种酒浆，再将一定量的冷开水倒入，几天后便可饮用。这缸酒家乡称之为"头高酒"，味最纯最正，口感极爽，"香浓绵甜回味悠长"。

多数人家一年就做这一缸"头高酒"，并且不起酒让其仍留在缸里继续发酵，需要喝时再从缸里按需过滤装壶即可。有的人家过年来客较多，便将"头高酒"全部起出装入专门用来盛酒的有七八十厘米高的坛子。为了尽量不让米酒走味，坛子的小口用一个扎紧的装满干净细砂的双层布袋完美覆盖。再将新制的冷开水倒进酒缸，至水完全浸没里面已经基本挤干由糯米饭质变而成的酒糟，再同法盖上草垫子，便可继续"静候花开"。因为口感的缘故，没有谁家会再做第三高酒。但有个别糯米比较多的人家起完"头高酒"后，会重新淘米再做一缸。最后留下的酒糟都被乡亲们用大钵子盛着，放进家乡盛产的米虾，搅拌后留待明年开春做菜，或用来糟些咸鱼、咸肉、咸鸡、咸鸭等。

由于纯米酒酒精度数低，尽管后劲儿很足，遇到酒量大的，一顿十来碗是不在话下的。再加上亲戚们平时难得相聚，过年时兴头上难免会多喝，一些人家的米酒往往年初十不到就有可能被喝光。后来，有人想了一个办法，渐渐被许多人家效仿，即在米酒入坛后再从大队供销点购买一些高度白酒，每个坛内倒入几斤——家乡俗称"烧掺白"。这种酒味道更加香甜，保存时间也会更长，只是很容易喝醉。如果你自我感觉已经喝到了六七成，那就不能再喝了。否则，你肯定会"醉倒在家门口"。

干干净净迎新年

到了腊月，各家忙过年的脚步自然而然地加快了。男劳力们一般都还在外上圩（家乡读 yú）——挑土加高加固圩堤，女劳力们撑起了生产队家门口所有的劳动。各家会交错选择一个农历晴朗的单日——并不是书上所说的腊月二十四，但也不能是腊月的初一和十五，全家总动员，掸尘出臭。目的不仅仅是为了除旧迎新，也有"臭的不出，香的不进"，祈求来年"五谷丰登，六畜兴旺，全家安康"之意。用家乡的话说，"有钱无钱，干干净净过年"。

这一天，我父母和姐姐全都歇工在家，全家人都要早早起床。常常是我还在穿衣，母亲就已来到床边拆被子下蚊帐了。吃过早饭，大家合力先将床上所有盖的垫的都抱出去晒，包括垫在床板上的稻草，将家里所有能搬出去的物件尽量搬到院子里，甚至连床板床架都要搬出去，再从草垛中抽出几大捆干净的稻草铺开晾晒。然后，母亲和姐姐头上扎着包头方巾，带着年少的我和行动有些不便的哥哥，将鸡毛掸子和一个扎紧的草把子分别绑在两根长竹竿上，先将屋顶吊挂着的一条条"阳尘"和大大小小密布着的圆形蜘蛛网搅旋除去，顺便踩灭掉在地上的蜘蛛，尽可能将屋内房子的顶层掸拂一遍，再自上而下除去所有墙角高高低低不规则水平密布着的，已落满尘土的三角形废蛛网，将所有的石灰和泥土内墙，包括烟囱的屋内部分所贴的一些破旧纸画撕下并全部打扫一遍。

其间，屋内纵使门窗全都洞开，始终都是灰尘弥漫。当年没有口罩可戴，村民们也都没有要用东西捂住口鼻的习惯，要完成上述操作，每个人是须要同时几进几出的。其后，妈妈如果认为有必要，我还会在她的监护下，爬上厨房屋顶外的烟囱口，为更好地畅通烟道，提高柴草的利用率，用长长的木棍仔细摩擦烟囱的内壁。

当年各家的鸡笼为了防黄鼠狼，晚上一般是放在堂屋内的。鸡笼的形制有两种：一种是简易篾制的，可以早上拎出，傍晚拎进；另一种是竹木制成的，常年放在家里，上面摆放一两个供鸡下蛋的简易鸡窝。我家的属于这后一种。鸡笼下产生的秽物是不定期要清理干净的。掸尘的这一天，那也是必须的。接下来，母亲和姐姐主要是洗已泡好的床单被子蚊帐和家里所有年前应该清洗还没有来得洗的衣物等。我与哥哥负责将家里洒完水后，先将必须要拿到水塘边清洗的，如鸡笼铁锹锄头钉耙空稻箩和一些沾满灰尘的坛坛罐罐等，全部清洗干净拿回院子晾晒，然后按照先内后外的原则，再将几乎所有的家具门窗，包括站在凳子上能够得着的屋柱的裸露部分，里里外外、上上下下全都抹擦至少一遍。

通常，我们兄弟俩门窗还未抹擦完，母亲和姐姐已经完成了所洗衣被等的全部晾晒。母亲回来先检查我们已抹过的部分，包括门窗的上沿。如果不满意，她和姐姐还要再加抹一遍。然后，再由母亲分工，大家合力完成剩余物件的除尘，再将院子里干净的物件一件件地往家搬。

碗筷锅铲等的清煮和碗橱的清洗，历来是由妈妈亲自操作的。碗橱不仅要用清水洗一道再用热水洗两道，还要用滚开水透浇一遍，直至基本晾晒干才能归位。

母亲烧过晚饭，已是傍晚时分。她带着姐姐先将已晒好的早上从草垛里新抽出的稻草，均匀摊铺在每张床板上，盖上晒好的垫被和直到过年都在用的干净的床单，便与姐姐开始订被子——家乡称"盛被单"。直到所有的被子都盛好，全家才会坐下来吃晚饭。

其实，这一天最忙最累的还是父亲。他要先将家里各个房间装尿的粪桶挑出，掺水浇到菜园里。等吃过早饭，再将吃水缸和用水缸里的水全部舀出洗净，然后用水桶挑水将两个空缸和家里用来清洗抹布的大大小小的木盆全部换水注满，再清理粪堆和猪圈。

各家院子里都有一个堆放生活垃圾的粪堆，一般会选在某个旮旯，平时可用于给菜园沤肥。这一天，粪堆上的垃圾是要全部起运干净，挑到菜园按需抛洒的。

　　清理猪圈是一件既累又脏还很臭的事。当年的农家猪圈里根本没有什么水泥地坪，除了垫少量的片石就是泥土，而且大部分还成了淖泥。要在猪的干扰下完成里面众多的臭料，包括部分淖泥的清运以及将猪圈再打扫一遍，再挑进草木灰和一些干燥的硬土填充弄平，此中辛苦可想而知。

　　接着，父亲还要清理自家的茅缸。过去，农家户户都有一个茅缸，或大或小，不分男女。最简易的就是在自家院子的一侧挖一个较深的坑，正好能放入一口缸，在缸的上面用木棍撑起一个仅能容一人进出呈锥状的小茅棚。我家的茅缸是一间低矮的，有一扇半截小木门的砖砌的小瓦房，里面是一个面积近三个平方，深度超过一米，砖砌的矩形粪坑（家乡仍称为茅缸）。父亲要将里面存留的肥料——冬月里已被生产队以记工分的形式安排社员挑走了大部分，用粪桶一担一担地挑出直至清空，再透浇在菜园的其他地方，然后挑两担清水将里面的蹲坑和一些坑壁的上部冲洗干净，才在用水塘边将空的粪桶刷洗干净挑回。

　　掸尘过后，各家除了偶尔会在劳动间隙排队爆米花，主要是利用早晚的时间，熬制麦芽糖，炒炒米，排队到手推的石磨上磨糯米雪（糯米粉的意思），再细筛贮存；分批次宰杀家养的鹅鸭——绒毛经开水烫后，用纱布包着晒干可以用来做棉衣棉鞋；长毛可以直接卖钱；一些内脏和血等当天煨了吃，剩下的全部腌渍留待明年。接着，农家便开始做欢团，做炒米糖或米花糖，有的人家还会做黑芝麻糖（水乡芝麻种植很少），抽空儿上街办年货，等等。

期间，我们父子三人要寻机到村里的剃头匠那里去剃头——所有的男丁年前都必须剃头。过去民风不允许留长发的家乡有个很吓人的说法："正月里剃头死舅舅"，由此可见家乡对年前剃头的重视。当年剃头的工具，除了老式的剃头刀剪和手动的推子，印象比较深的是挂在木架上的一条宽约10厘米，长长的粗厚油腻的荡刀布。剃头匠每次用到剃头刀时，一般都会先将刀在该布上来回荡几下。

剃过头后，全家会选择两个下午——常常是因雨雪生产队歇工的日子，按男女分次上街到澡堂子里洗过年澡，再顺便采办些年货。

街上，特别是供销社和食品公司的柜台前，一直都是人头攒动，摩肩接踵，分外热闹。

制粉丝杀年猪

寒冬打霜结冰的日子，天气晴好之时，一般是在腊月初十前，正是村中多数人家自制山芋粉丝的时候。

山芋早在深秋生产队起分到各家后不久，要做粉丝的各家（有的人家指望着盛产山芋的丘陵地区的亲朋相赠），留足家里所需的，而且是相对较小和残破的，其余的山芋洗净，经手工碾磨、沉浆（残渣用来喂猪），都已用白纱布将山芋淀粉兜压过滤，晾晒成上大下小底部呈球形，上面是方中带圆的一个个雪白的"山芋粉团"，存放在自家的香火台子上。这样的粉团各家有一到四个不等，每个的重量一般在三十到六十斤之间。

制作粉丝不仅是一种技术活儿，也是很累人的体力活儿。功夫主要在和面上。那段日子，村中和面技术较好的壮汉，几乎每天都会被几家相邀。从在第一家吃过早饭开始，几乎天天都要忙到最后一家挑灯夜战完成。各家制作粉丝的现场不是选在自家空旷的院子里，就是在村边较大的空地上。现场除了和面的器具和必要的桌椅，有一个用砖石临时垒成的能放得下一口大铁锅的低矮锅台——铁锅里盛着大半锅干净的水，紧挨着锅台的外侧有一口装满冷水的缸。为方便操作，这几样东西都呈一字形摆放。

壮汉每到一家，要先打芡，然后将山芋干粉按适当比例加水加芡，人工揉搓成表面光滑柔软，不结块，不粘手，不干不稀的面团。女主人负责锅边烧水。一般水烧开了，基本上面也和好了。只见壮汉迅速解开所有的上衣，抽出光溜溜的右胳膊，再在上腰部用一根布带或草绳将上衣连同空的衣袖，尽可能捆裹在身上。然后，他左手平端着一个专制的，里面装满了和好面团的短柄白铁漏瓢——瓢的底部均匀布满了孔径七八毫米的圆孔，将漏瓢放在距已揭开锅盖的大铁锅沸水之上约五十厘米的高度，边平稳走瓢边抡开光着的膀子，先用右手背拍击漏瓢里的面团，待面团较少时，再用拳砸，使面团从瓢孔呈上粗下细流线般不断徐徐"流淌"进沸水中。

此时，水上在不停地拍击，锅下在不停地烧，男主人作为壮汉的下手（助手的意思），除了要时不时地向漏瓢里添加面团，待粉丝在沸水中煮了约三秒左右的时间，由锅底浮上来时，用长竹筷快速一并捞起，直接拖入冷水缸中冷却，再根据需要的长度利用锅沿将其压断；家中的另一个人——不一定是青壮劳力，将拖过来一手的粉丝在缸中过水后，用一根洗净削好的葵花杆从中间穿过，再将葵花杆的两端架在水缸的沿上。待葵花杆上吊挂的粉丝达到所需的量——一般是八到十手，这个人再托举着葵花杆的两头，将其有序架在两根悬空的长竹竿上，让粉丝沥水并自然冷冻，然后再在地上铺一层白塑料纸，以承接可能滑落的极少量的粉丝。整个过程如同流水作业，人人都要各尽其责，马不解鞍地重复操作，直到所有的面团都变成了葵花杆上的粉丝。

第二天日出后，各家将所有葵花杆上部分冻结在一起的粉丝洒些温水后小心搓开，再让粉丝在自然状态下继续接受日照和夜晚的冷冻。一般两三天后，山芋粉丝就能晒干。农家便可打捆带回家贮存。

日子挨着日子，进入到腊月二十四，各家大人忙得可以用"热火朝天"来形容了。这一天，是家乡祭灶王爷的日子。记得从我初懂人话的时候起，每到这一天，起床时和祭灶前母亲都会一再交待：不能哭闹，不能乱说话，一定要多讲好话，天上的灶王爷能看到、听到……

祭灶过后，各家便开始泡黄豆磨豆腐，制千张做八宝菜、做熏鱼、蒸团子等等。所谓团子，是先将一定量的糯米雪加水调揉成面团状，再从里面抓取一个个大致相当的小面团儿，简单用手搓成球形，放入一个专用的，里面刻有"福"或"喜"等字样的木制模具里压平的，一个个柱状或圆台状扁平的小面饼。蒸熟后的团子冷却后坚硬如铁，一般第二天各家都会将其全部浸养在大木盆等器具里，隔三岔五地换水，这是全家几乎整个正月早餐的主食。

时光的列车缓缓驶向年底，年味变得越来越簇密深浓。到了腊月二十七八，一般是生产队在正常年景大多数劳力年前歇工的时候，也是农家年前最开心最热闹的日子——杀年猪。当年，家乡户户都养猪，几乎都是黑猪，一般只能养一到两头。养三头的很少，不是家里劳力多，就是可能年里要办大事。

猪特别能吃，就知道吃了睡、睡了吃，食量随着体重不断增加，一年所消耗的食物相当惊人，而且出了猪圈就会搞破坏。它在猪圈里饿了总是"嗷嗷"地拼命嘶叫，饿极了会"造反"，不是拼了命地冲撞圈门，就是努力翻爬围墙，而且还总是不加节制地随地大小便。当年没有专门的猪饲料，猪食主要是米糠、剩饭剩菜、大量人工采割的绿色植物和一些其他杂粮，如山芋瓜皮等。农民再忙再累，也不管天气有多么的恶劣，都不能忘记要天天想办法，至少一日三餐地填饱猪的肚子。他们要将年初买来的一头小猪崽儿健康养大，费时费力不说，真的是费尽了心血。

挑猪草是我童年和少年时期做家务永恒不变的一个主题。一般是放下书包，就会挎上一个大竹篮，带上一把旧锯镰刀和一根细竹竿，放出院子里关了很久的那些急不可耐的鹅鸭——鹅鸭们出了院子门，常常会兴奋得在一阵助跑后飞了起来，能猛地飞出几十米远，然后才收起翅膀昂首挺胸地学着公社干部走路的模样，边"嘎嘎""咕咕"地热烈交谈，边相互簇拥着前行。遇到路边有可口的秧苗或稻谷时，它们总是本能地不忘一路偷吃。如果主人阻拦不及时，它们还会趁机停在那里大快朵颐。

待将鹅鸭们赶到目的地后，我和小伙伴们一道，一边放鹅鸭，一边就在附近的田野里寻挖猪喜欢吃的各种野草。待篮子实打实地装满，天也快黑了，鹅鸭们也基本上都吃饱了，然后将篮子里的草连同篮子一道在水里简单清洗几遍，再赶着鹅鸭拎着篮子回家。回家后，将篮子里的草直接倒进猪槽。猪总是急吼吼地边吃边发出"哼哼"的欢快声。

猪渐渐长大一些后，除了孩子，各家的大人也会抽空儿经常到外挑猪草。这样，猪草就会变得越来越难挖。好在那时的家乡，春天的水田里到处都是葳蕤葱翠的红花草；夏秋季节，村庄四周密布的水系里有浓密碧绿的野生菱茭和荇菜等水生植物，地里也有山芋和一些果蔬等的藤叶；冬天里还有水葫芦可作补充。只要人勤不怕吃苦，农家在尽量少动用口粮的情况下，还是有办法能多弄些猪食回来的。

当年的猪长得很慢，养到年底，一般也就一百来斤，有的还只有七八十斤，大多是要拉到街上去卖的。公社食品公司独家收购，手握定级定价权，按一、二、三级分级付费，而且还不加商量地要扣除一定的分量。记得当年有权定级的人，是眼睛朝天横着走路的，他嘴上叼着烟，双耳架满烟，手里还夹着一些散烟，屁股后面总是跟着一群竭力想讨好巴结他的忠厚的农民。当年能定为一级的猪很少，二级猪的收购价大概是每担（一百斤）四十多块钱——食品公司对外出售猪肉的价格一直是每斤七毛三分钱。卖猪所得，在工分值（每十分工所值）大多不到一块钱的当年，那可是农家一年中最主要的一笔现金来源。各家都是眼巴巴热盼着的。

平日里，家里如果不是办大事，谁家也不可能杀猪。但多数的农户一般隔几年要杀一头年猪。记得我家杀猪的那一天，父母天一放亮就起床了，根据事先的约定，要提前做好各项准备。杀猪师傅一到，事先请好的几个壮劳力便在他的指挥下，联手很费气力地将正在拼命挣扎干嚎着的猪，架上临时摆好的杀猪台。只见他脱去棉袄，穿上一件长长的布满油渍的粗布围裙，拿起杀猪刀就快速精准地给猪放血。待端走盛满了大半盆猪血的一个稍大的木盆，他又用刀在死猪的后肘部割开一个小口，用一根长长的有成人食指粗细的圆头铁钎，分别从小口处沿皮下捅向猪前胛和其他一些部位，然后用嘴直接从开口处向里吹气，直到吹得自己脸红脖子粗，吹得猪身膨胀成圆滚滚的，才用一根细麻绳将口子紧扎。

　　这时，家乡呈元宝状的长腰盆里已倒入大半盆滚烫的开水，两根特制的粗麻绳呈波浪形正横放在长腰盆靠中的位置。大家合力将死猪抬入盆内，师傅和父亲各握一根绳的两头，依次站在腰盆的同一侧，将猪身不停地上下翻动。随后，师傅便开始用专用的刮刀刮猪毛，一片一片的猪毛随着"刺——""刺刺"的刮毛声脱离了猪身，直到最后敲去猪蹄硬壳，前后大约十多分钟，整头猪便完全露出了白白胖胖的身躯。

　　接着，师傅用拇指粗的 S 型铁钩从猪的肛门扎进，众人再合力将整头猪挂上近处的木梯。下猪头、剖肚清理内脏等，师傅一气呵成，动作如行云流水……

我一直在现场跑来跑去，师傅知道我的小心思。他快速将猪尿泡割下，说句"拿去玩吧"就扔到了我的脚下。我捡起猪尿泡用草木灰揉搓一番，去其油渍后，招呼众多来玩儿的小伙伴像宝贝似的拿到塘边洗净，回来用布揩干，再请大人将其吹成篮球般大小的皮球，将口子扎紧。那两三天里，在农村孩子玩具极其匮乏的当年，这个皮球就成了我和小伙伴们最好的玩具。大家总是疯抢着这个真正的皮球，或直接踢来踢去，直到外皮逐渐风干起皱，以至完全干瘪不能再用。

农家杀年猪对外出售的不多。自家杀猪前早早——甚至当年的年初就主动告知了一些亲朋，依据传统的互助互济原则，或者叫礼尚往来，要将相当多的猪肉及内脏分成若干份送给亲朋，而且最好要比前几年亲朋们送给自家的略多一点儿。这也是为什么自家要在年前杀猪的一个重要原因。猪头、猪蹄和猪尾是必须留作家用的。剩余的除了留足自家必需的，包括要腌渍的，才能卖给附近的一些村民。

当年的农家，平常的饭桌上一般鲜有猪肉。即便家里来客贴着碗蒸了薄薄的一层咸猪肉，家里的人也只能每人最多吃到两片。家里杀猪的那天中午，父母要设宴招待师傅和来家帮忙的，以及各方亲朋，主打菜当然是猪肉和各种猪下水。因为量足，我们也会大饱口福。晚饭后，父母一般会趁热打铁在家熬制猪油。我和哥姐会每人端着一个碗，就着脸盆里堆得满满的金黄色的热油渣，不受节制地站在锅台边，一块一块地蘸着农家自制的辣酱慢慢品尝。这个画面，一直都很幸福地珍藏在我的记忆深处。

第二天，父母为了让我们更好地解解馋，还会端出一脸盆的红烧肉，让我们一碗一碗地放开肚皮吃。那时的猪肉真香！色泽枣红，爽滑酥嫩，肉汁四溢，口感饱满，总是一家烧肉，全村飘香，而且还经久不退。那是真正的人间珍馐啊！只可惜，现在的人们再也吃不到当年的那个味儿了。

这两天，村里也有不杀猪的人家，宰羊。

写门对子雕花钱

从杀年猪的第二天开始，到腊月二十九的晚上，村里的空气中都弥漫着忙过年的喜庆味道。各家油炸豆腐、圆子，刻羊糕，将所有年后须用的禽兽肉，包括为了年后做白斩鸡新杀的一两只大公鸡等，统统熟煮放入吊筐备用——这在当年没电的农村，过年又忌杀生，街上食品公司也放假的情况下，是家家祖传的能较长时间保存肉食的唯一办法。

　　大公鸡尾部漂亮的羽毛拔下来后，家中的女孩子会择优选一些，以铜钱为垫，做成鸡毛毽子踢。那是她们过年时最好的玩具。其间，生产队也正好打干了一两口大水塘。各家所分得的鱼虾都是尽量留作过年所用，必要时可将部分红烧暂存。多余的如果实在留不住或不宜招待来客，除了年前吃掉，只能腌渍。

　　每到年底，总让我想起的，常常是父母水煮肉食时，屋子里始终氤氲着浓郁的肉香味，年少的我总会被勾得不肯离开灶台半步。每当父亲揭开锅盖用筷子戳肉查看情况时，我总恨不得眼睛里能伸出一只不怕烫的手来，撕下一块塞进嘴里就跑。不一会儿，母亲会将一整条煮熟的猪尾巴放在倒了少许酱油的一个大碗里，要我躲在门后偷偷独自吃掉，还不能说话，说是可以防治晚上睡觉时磨牙——祖传的说法。

　　父亲在给煮好的猪头羊腿牛蹄等剔肉时，我肯定会眼巴巴地站在他身边，就像一条忠诚的小狗在焦急地等待主人的赏赐。父亲会将那些粘连着少许筋肉有意不剔干净的骨头，一块块地递给我啃。有些骨头啃完后还可以用锤子敲破吸髓。那骨头啃起来味道是真绝！也许是当年的印象年年叠加太过深刻，即使我长大后，吃过太多的各种烧法的猪牛羊肉，却总是顽固地认为，还是小时候的那种味道最有劲道，口感最好！只可惜，现如今那种味道同样也只能永远地留存记忆了。

年前必不可少，也最能体现家家户户过年喜庆气氛的，是贴春联贴挂钱。春联在家乡叫门对子，挂钱叫花钱。这两样东西，当年还没有印刷品。门对子大多是买回纸张请村里毛笔字能拿得出手的先生裁写，有的是让自家已上过初中的孩子书写——字写得好不好并不重要，图的是那份家里也出了个"文化人"的自豪。

门对子一般用的是大红纸，代表喜庆，有期盼全家在新的一年里日子过得红红火火之意。上下联大多摘自毛主席诗词和具有时代特色的报纸社论，横批通常都是四到七个字的独语，如：春回大地，风景这边独好，社会主义就是好，等等。后来，供销社卖小历书，书的最后几页有"春联集锦"，人们常常买来直接抄用。

如果家乡有人家老了人，为了表达守孝和追思之情，当年的门对子要用黄纸来写，第二年再改用绿纸。只有等到三年守孝期满——算头尾，家里的门对子才能继续用大红纸。缘于过去村民中有文化的人极少，这种特殊的门对子一般只能请村中的先生来写。

因先生年年要给村中大多数的人家写门对子，一般到了腊月二十，他就要全身心地投入到角色之中，而且要一直忙到腊月三十的上午。村民们上门只需带一张大纸，先生做过记号，到了约定的时间来取便可。家乡自古民风淳朴，邻里热心相助相扶是深嵌在每个村民骨髓里的优良传统。先生帮写门对子不仅纯粹是义务劳动，而且还要自贴油墨，必要时还会贴纸——如果因裁写不当废了一些纸张。

写门对子裁纸可是一项技术活儿。门有单扇双扇之分，且正门房门厨门等大小各不相同。就一张纸，裁大了不够用，裁得太瘦小又很难看，必须根据各家具体情况精打细算谋划好，而且还要留出一些需竖写的小条幅，如："五谷丰登"——贴粮仓，"吉星高照"——贴灶头，"六畜兴旺"——贴在猪圈门上，等等。最后，多余的纸再裁成大大小小的菱形，依长对角线写出单个的"福"或"春"字。当年农家没有专门的裁纸刀，用削铅笔的小刀或用剪子菜刀等，都容易将纸裁偏。最好的办法是用一根长度超过桌面三四十厘米的缝衣线，将线的一端固定在一条桌腿的上方，将折好的纸沿折线部分用指甲再次压实，然后将线从中间穿过，一只手按住纸张，另一只手将线的另一端顺着折线位拉线便可，既快又准。写好的门对子要先放在椅凳上或地上等候晾干，再接着写下一家的。只有等同一家的门对子都全部干透了，才可有序打包并腾出空位，用线系好再做个记号，统一暂放在自家的香火台子上。

各家贴在门楣上的花钱一般都是自雕的。我的中小学时期，从小学四年级开始，便年年主动承包了家里花钱的雕刻。能为家里过年尽一份力，独自完成一项任务，对孩子来说无疑是一件很自豪的事。为此，我总是乐此不疲。

寒假开始的时候，我在家先做模板。将一个硬纸块裁剪成约 64k 或 32k 纸张大小，将矩形的长边从上到下先预留四五厘米的宽度用于将来粘贴，然后用铅笔直尺画出边框。在边框的最上方一般先写下三四个字的短语，如："新年好""春到人间""欣欣向荣"等，然后在边框的中间自己再凭想象构图。最常见的是正中一个被圆圈圈住的"福"或"春"字，四周通过一些花鸟树枝与边框相连，最下端再设计成流苏状。定稿后用圆珠笔再深描一遍。

雕刻的刀具都是就地取材的。一根断了的旧钢锯条将尾部用布条层层包裹后用麻线系紧，再将前端按要求细细磨砺，就成了一把锋利且能握在手里的刻刀；找来一些大大小小的铁钉，分别将尖端烧红用小锤子敲打成所需大小的扁平状刀口，再细磨。然后将模板和部分已裁好的纸用几个较长的铁夹，固定在一块木板上，用刻刀和小锤子依次将多余部分剔除便可。

花钱的颜色自然要与门对子一致。雕花钱时，刀口要锋利，下手要准，讲究的是慢工出细活儿。稍有不慎，极有可能出次品。

吃年夜饭守岁

时轮飞转，除夕瞬至。这一天，家家都在忙着做年前的最后冲刺。年货如有缺漏，再忙也要争取办齐。

一大早，父亲照例要将家里的鸡笼尿桶粪堆和茅厕等尽可能再清理干净（猪圈一般已无猪，空栏的第二天基本上已清理干净），再次将两个大水缸挑满，彻底打扫干净庭院，便开始协助母亲烧中晚餐。姐姐除了再抹桌椅窗台和擦鸡笼外，基本上还是洗洗洗。家里掸尘后又弄脏还未能及时清洗的衣物等，她统统找出洗净放好，再到菜园里弄些蔬菜，洗净拿回家备用。哥哥上午仍在专心写门对子。母亲让我用篮子分批装满粘有泥巴的各种鞋子，拿到塘沿逐只清洗。后来，家里有了一辆永久牌自行车，那天早上把自行车推到塘边细细擦洗也成了我必做的功课。那年月，农家能有一辆自行车，都像宝贝似的，都舍不得放在水里洗，说是容易生锈，都是先用湿毛巾将自行车一点儿一点儿地抹擦干净，包括每根钢丝，然后再用干毛巾依次擦干擦亮，直至几乎簇新如初。

吃过午饭，我与哥哥开始贴年画和门对子。母亲事先为我们备好了浆糊。年画都是新买的，根据家人喜好张贴，一般堂屋居多，卧房较少。贴门对子很有讲究。要先贴正堂，再贴正门和各个房门，然后才是后门、厨房门和其他需要单独贴条幅的地方，最后才是院门。正堂一般只贴花钱和花钱正中上方的一个大大的"福"字；门对子一般是先贴上下联再贴横批，在横批正中的上方贴卜一个"福"或"春"字（一般正门的这个字比正堂上的要小一些，比其他门上的要略大一些），在门楣横批的下方再对称贴上单数的花钱。

花钱贴最多的是正堂7张。多数人家是正堂正门和院门各贴5张，房门厨门和后门各贴3张，灶的上方及窗户稻仓米桶猪圈茅厕鸡笼等，一般也各贴1张。

贴完门对子，父亲便开始张罗在家里祭祖——家乡称上饭。走完相关的程序，待父亲撤出桌上的碗筷等，将农家一年中自家人团聚最丰盛的年夜菜往桌上端时，全家一直热盼着的年夜饭终于在一片喜庆祥和的氛围中隆重开场了。

全家关上院门吃年夜饭的时候，天还没有黑。当年家里没有计时的钟表等，估计应该是在下午四点多钟的光景。端上桌的至少有十二道菜，全是货真价实的农家顶级菜肴。爸爸妈妈除了碗头鱼，每碗菜都会拣上少许放进我们碗里，让我们"每道菜都要尝一点儿"，然后再随心所欲地吃各自喜欢的菜，尤其是那平常难得一见的老母鸡炖汤。

父亲早早温好了米酒，除了我很小的时候，家里人多多少少都会喝一点儿。父亲几杯酒下肚，总是要给每个家人，包括他自己作出年终点评，然后再提出一些来年的希望和家里的计划安排等。好在吃年夜饭图的就是骨肉亲情间的温馨与快乐，期盼的是来年圆满无愁，父母讲的全是表扬鼓励和祝福的话，儿女们也都随性惬意。一家人融融其乐，个个喜逐颜开，整个屋子都塞满了欢声笑语。

渐渐地，天越来越黑了。村庄显得格外恬宁静谧，连犬吠声都没有。堂前的两盏煤油灯，灯光虽在摇曳，却变得越来越亮了。母亲一般是不会多喝的，她总是第一个放下碗筷，给儿女每人一两块钱的压岁钱后，再送上一些祝福的话，便又风风火火地赶到灶台边为我们热菜或整理锅碗去了。这顿饭一般要吃几个小时，直到父亲最后也心满意足地放下碗筷，手捧着茶杯开始兴高采烈地讲述那久听不厌的古老的家族故事。

吃过年夜饭，母亲便不再让儿女们插手，总是独自洗锅碗、炒葵花子（偶尔也炒一点儿花生，水乡花生种得少）。葵花子都是母亲在自家菜园收割抛晒的。有人说，这世上最好的美味是"母亲的味道"，我深以为然。不知道是因为食材还是现炒的缘故，母亲炒的瓜子就是好吃，总让人有越吃越香，越吃越想吃之感。其实，母亲用的就是家常炒法，也没见放什么特殊的调料。我长大后同样也不知吃过多少品种的葵花子，包括五香的、奶油的等等，可就是觉得都没有母亲炒的瓜子好吃，就是没有那种特有的香脆味。当年，不管母亲在桌上倒下多少熟瓜子，一家人总是围坐在桌子边，边说着闲话边像小鸡啄米般很快将其扫空，然后再请母亲倒一些，再倒一些。

期间，父亲和叔叔会相互到对方家中小坐片刻，说些关心问候的话。临走时，给未成年的侄儿侄女们每人一点儿压岁钱。

我们专心致志地在家嗑瓜子的时候，村上已经热闹起来了。村民们为了好好享受这难得的休闲时光，一些人开始相互串门扎堆推山海经。有的为了过一把棋瘾，相约着在一起下几盘；有的在一起打扑克；等等。当年没有打麻将的——据说这玩意儿在"文革"中作为"封资修"的东西，全被公家没收处理了。

这一晚，村上只有村民们自发的这些娱乐活动，但热闹劲儿却丝毫不输现今，甚至从某种程度来讲还有过之而无不及。

我们这些小孩子，口袋里装满了瓜子和炒米糖等，除了偶尔看看大人们的热闹，就是更加无所顾忌地在一起玩儿各种久玩儿不厌的游戏。

除夕夜里，各家堂屋的煤油灯按规矩是通宵不灭的。我在外疯玩儿回来后，母亲把各人新年需要换穿的新衣新鞋新袜，包括干净的内衣都放在了各自的床头或床边，已和姐姐睡下。在我还是个小小少年时，父亲一般是坐在堂屋里笑嘻嘻地等我回来的。我稍稍长大后，父亲便不再等了，也会早早睡下。

我陪着哥哥嗑着瓜子坐在灯下守岁。外面北风呼啸，空旷的堂屋里脚底渐渐变得寒意深浓。都说"针大的眼儿，斗大的风"，拼了命从门窗的缝隙里硬挤进来的阵阵寒风，总是很放肆地呼啸着快速跑进屋内。家乡没有烤火的习惯。为了驱寒和那阵阵的睡意，我们坐了一会儿不得不又站起来走一走，然后再坐再走，而且还要争取尽量不影响家人睡觉。幸而有瓜子打发时间，还因为胸中有一种肃然的使命感，我们守岁的心在期待中是平静的，甚至还有些激动，在这静悄悄的深夜里，竟没有丝毫的孤单和焦灼感。

当年没有烟花。放天雷子，村里有多种说法。有的说应该过了夜里十二点，有的说应该等到第一声鸡叫后，等等。我们是不管三七二十一，只要听到村上或远处传来第一声天雷子响，就会迫不及待地开门去放。

天雷子一般有一捆（十个）大雷子和一大长串小雷子（鞭炮）。过去的大雷子，学名叫"双响爆竹"。每放一个，人都是站直点燃引线，用单手的几个手指轻捏雷子的下半段靠近引线的位置，然后迅速伸直手臂侧抬，让雷子斜斜地指向天空（雷子的下端不能指向人）。很快，雷子就会响起"嘭"的一声震耳欲聋的小炮声，接着一两秒钟，天空便又传来"啪"的一声穿云裂石如雷鸣般的炸响。

按规矩，要先放两个大雷子再放小雷子，然后才将剩下的八个大雷子放完。放完天雷子，母亲已起床为我们兄弟二人各倒了一杯甜甜的欢团水。母亲亲自将水杯递到我们手上，同时仪式感很强地送上几句祝福的话，再拎来水瓶给我们续一点儿水——这在家乡叫"撞财",有祝愿新年多财多福之意。做完这些,母亲就会心疼地催我们赶紧睡觉。之后,她才重新躺下,才能真正安心地进入梦乡。

刚上床时,我还有些激动,一时睡不着。堂屋仍亮着灯,外面的雷子声还在此起彼伏。渐渐地,雷子声有些稀疏了,人在迷迷糊糊中也不知不觉地睡着了。新年踏着春天的鼓点,就这样静悄悄地,在我们甜美的梦中,将大地,将我们完完全全地包裹了。

（2023年1月在"古稀童趣"网络平台推出；其中《父亲的年酒》发表于2023年1月20日《安徽法制报》）

蒙冤记

1977 年，自行车在农村还是个稀罕物，年仅 14 岁的我，因家距学校有十几里地，上学全凭两条腿走路，不得不选择住校。集体宿舍位于一个废弃的厂房内，离学校仍有两里多路，里面住着十几位与我一样的农家子弟。

在班上，我比较矮小。那年仲秋的一天上午，同宿舍一位同学的一块名贵的上海牌手表不慎丢失了。要知道，这可是我们全宿舍唯一的一块手表。那年月，中学生戴手表是极稀罕的，农村的孩子就更不用说了，更何况那还是当年响当当的上海牌呢。它的丢失，在全班引起了不小的震动。同学们都替他着急，纷纷帮助寻找，连他去过的厕所内外都没有放过。可是，直到下午第一节上课铃响，手表仍未找到。

不知是我参与寻找不够积极，还是因为上午课间休息时我与他曾一前一后上过一趟厕所，丢表的同学下午将怀疑聚焦到了我的身上。开始，他大概也仅仅是怀疑，后来竟邻人遗斧般认定是我捡了他的表，而且这种"认定"很快便风传到除我之外众多同学的耳中。

好事者趁我不在，搜查了所有他们认为我可能藏表的地方，包括我的抽屉、书包和宿舍里的床铺等，后来还将这种怀疑向班主任老师作了汇报。大概是在班主任的授意下，抑或是得到了他的首肯，那天下午放学后，班团支部书记与另一名老团员破天荒地请我留了下来，以谈心的方式就在教室里找我谈话。他俩先是给我上了一番道德课，然后非常策略地暗示我，应该尽快交出所捡的表，且以学生时代被视为崇高荣誉的团籍相威胁。直到此时，我才如梦初醒，悟到了自己目前的处境。难怪其他住校的同学离吃晚饭时间尚早，就像约好了似的都离开了教室。怎么会这样?! 他俩还说了哪些让我头皮发麻的话，我已经忘了，只记得年少的我当时就被这飞来的横祸弄懵了，一时竟茫然不知所措。我哪里遇到过这样的事情? 而且他俩说的大多是一些启发性的暗示语，我当时有心想直接点破并实情相告，不知为何却因怕有"此地无银三百两"之嫌而作罢，最后只是气鼓鼓地丢下一句："莫名其妙！"便拂袖而去。

路上，我越想越气，心情越来越沉重。走着走着，我一个人竟无意识地走到了校外一块长满浅浅红花草的农田里，并在那里又漫无目的地走了一会儿，才很无奈又很无助地坐在田埂上生起闷气来。

万万没有想到，我的一举一动已受到监视。我心情复杂地回到学校食堂打饭时，几个梦想成为"校园福尔摩斯"的监视者立即赶到了那块田里，说句不恰当的比喻，他们就像闻到血腥味的鲨鱼兴奋又仔细地搜寻起来，尤其是在我曾经走过和蹲过的地方。很明显，他们认为我有可能把表藏在了那里。

因学校地处一个小山包上，他们的所作所为全在我的视线范围内，已经恣意妄为到根本不在乎我的感受！看到这一切，我羞愤交加，可又无法发作，因为明摆着，那样做无非就是自取其辱。人格和尊严被朝夕相处的同学踩在地下肆意践踏，这比在大街上让人剥光了衣服示众还令人难受。也许是我的沉默使他们更加坚信了自己的判断，晚上在宿舍，几个同学正义感满满地像唱双簧般你一言我一语地说起了风凉话。要说那个时候我能有"任凭风浪起，稳坐钓鱼台"的定力，那纯粹是胡扯。然而，尽管我是抱着反正不是我捡的，只要没有直接点我的名，管你们怎么说的态度，表面上装得像是与己无关，这一晚还是生平第一次失眠了。

翌日早读课，班主任将那块手表送到了我那同学的手中。原来有几个低年级同学在放学的归途中捡到了这块表。有要好的同学后来向我透露，班主任和那几位"福尔摩斯"曾严密地考证了捡表经过，在铁的事实把我从中做手脚的所有可能——排除后，才真正打消了对我的怀疑。

岁月如梭，转眼已是白头。一路走来，尽管我也曾经历过其他一些或坚硬或锋利的磨难，但都没有这件事——那些同学可能早就将其丢到爪哇国去了，就像一直铭刻在我心版上一样，始终让我无法忘怀。它不仅对我当年造成了极其严重的伤害，使我由此产生了深浓的心理阴影，而且后来还余震绵远。

事后，我越想越感到害怕：假如那几位低年级同学捡到表后未上交，或是表被哪个过路的人捡走了，我不是要背一辈子黑锅了吗？如果捡到表的是我的同班同学，没有及时归还或上交的他/她在强猛的舆论下顺势而为，将表悄悄放到丢表的同学或我私人专属的地方，那我就更是跳进黄河也洗不清了。若丢表的同学怀疑是我偷的呢？……

　　没有经历过这种事，你根本不会想到，后来我不论读中专、上大学，还是在参加工作后的一段时间内，只要一听到有同学、同事或邻居家说丢了东西，哪怕是八竿子打不着，都会条件反射般如惊弓之鸟莫名地紧张起来，有时甚至会惊恐得像个焦虑症患者，生怕再遭人怀疑。那真是"一朝被蛇咬，十年怕井绳"啊！更要命的是，遇到这种事，我虽会"自打强心针"并不断告诫自己，但理智的堤坝常常拦不住内心惊恐的洪流，有时脸色会不由自主地发白，表情会不受控制地变得很不自然，而这恰恰又极易被人误以为是作贼心虚……这种心理顽疾长期以来曾使我倍受煎熬。直到多年以后，经过不断的自我疗伤，我的这个"病"才在一次次的结痂中慢慢治愈。

　　有位哲人说过：你在别人的前路立一块警示牌，比插一杆炫耀的旗帜更有价值。今天，我说出这段曾经的隐痛并立此存照，当然是因为随着世易时移，自己早已原谅了当年那些并非出于恶意，情急之下曾伤害过我的同样青涩的同学——尽管事后他们没有一个人曾为此向我道歉过，目的只是为了给善良的有缘人提个醒：怀疑是你的权利，但千万不要自以为是！请你务必掌控好度。否则，稍有不慎，你极有可能会造成对别人永久的伤害。

切记！切记！

（1996 年 1 月 18 日发表于《安徽交通报》，2022 年 10 月由"同步悦读"网络平台推出，刊于《海外文摘》2023 年第 6 期）

苦涩的家访

　　1981 年 10 月，刚走出师范校门年仅十八岁的我，接手这乡村小学五年级班主任才一个多月，班上的学习尖子、班长何花突然连续出现旷课现象。

　　她先是有点迟到早退，理由是家里忙，要在爸爸妈妈不在家时照看弟弟妹妹。因她过去一向自律性很强，而且据了解，农村有些孩子上学时，偶尔一段时间出现迟到早退现象也很正常，我就没有深究，只是有点偏爱地提醒了她一下：回去跟爸爸妈妈说一下，今后家里再忙，也不能影响上学。

　　上个星期四下午，她最后一节课没上又早退了，而且还没有请假。我准备第二天再找她深谈一次。不成想，她竟然是一天旷课。讶异之余，我想当然地以为，她家里近期可能有什么特殊情况，或者说是她突然生病了，心想，那就等下周一再说吧。

周一上午，她还是没来。我有点儿着急了，经问询她本村的同学，说她不念了，是她爸爸妈妈不让她念了。我这一惊非同小可，尽管这个说法我当时根本就不相信。

当天下午，我一路打听，急匆匆地赶到了她家。这是我教师生涯的第一次家访，终生难忘。三间低矮的草屋内，两个小女孩儿坐在地上玩耍，何花站在锅台边的一个小板凳上，背上用布带交叉背着一个小男孩儿，正背对着我在锅里洗碗筷。何花看见我后，先是一愣，接着便低头紧张地站到了锅台边。我有点儿气恼地说明了来意。半晌，她才带着哭腔嗫嚅道："我前几天偷偷跑到学校去，又挨了爸爸一顿打。他说下次再到学校去就打断我的腿……爸爸让我在家做事。"

做事？这么小，岂有此理！况且还是这么优秀的孩子。我百思莫解，更不能接受，火急火燎地在田头找到了她的父亲，满脸堆笑，迫不及待地说起了何花没有上学的事。

"她已经不小了，该帮我们做事了。"谈及此事，他没有半句客套，在田埂上语气极其平淡地开口就说出了这样一句让我莫名其妙的话。

"她才十周岁，正是读书的时候呀！"

他眼盯着锹边挖土边说："快活十年没福享。都十一啦，哪还能享清福呢？"

笑意顷刻凝固在我的脸上。我愣怔当场。他的话犹如大冬天给我迎面泼来一盆冷水，让我从上到下都感到透心的凉。作为父亲，他怎么能说出这样的话呢？片刻过后，他侧过身来，见我正愣愣地望着他，似乎有点儿过意不去，像是安慰我，继续说道："老师，我知道你是为我小花好，可我也没办法。她下面还有三个小的，最小的两个还是'黑户口'，都要找我要饭吃。唉，为了他们，我欠了一屁股债呢！再说，小花去念书，她妈妈就要在家带人料理，闲时不打紧，忙起来我一个人打水也不浑呀。"

他硬生生地剥夺了自己孩子读书的权利，居然还能如此面无愧色地说得头头是道、理直气壮！这是我万万没有想到的。他对"责任"二字突破下限的认知远远超出了我的想象。

"家里真忙的时候，你们可以想其他办法呀。何花她既矮小又瘦弱，那么多的家务事也做不来呀！"

他停下手中的活儿，面向农田站在那里，用一种很轻慢的眼神睨了我一眼，像是教导我一般说道："农村的孩子哪能那么金贵？做不来也要学嘛！再说了，一个姑娘家，书念得再好又有什么用？长大了还不是人家的人，只要能识文断字会算账就行了。"

我大睁着双眼，惊得险些掉了下巴。这又是什么怪论？太让人匪夷所思了。应该很好交流的我俩，思想为什么就像是同一磁盘上的两条磁道，总是无法连通呢？看来，这个解放前后出生的男人，重男轻女的思想还停留在那遥远的过去，与他讲父母对未成年子女的责任和义务等道理，不仅徒劳，而且容易使谈话变成争论，甚至是争吵，效果可能会适得其反。我冷静地思考了一下，决定另辟蹊径，借助何花自身的素质，期求与他同频共振了。

"你家小花聪明好学，在班上是学习尖子，还是个班长，老师同学们都喜欢。她真是块读书的好料，你怎么舍得让她退学呢？这不是误了她嘛。"我跟在他屁股后面，回到他家坐下后，再次强挤出笑容，非常诚恳地说出了这番话。

他快速地喷出一口浓浓的很呛人的烟雾，显得格外吃惊，提高了音调说："误了她？"随即，好像明白了我的意思，接着说道："我还真怕她念迂了呢！每天我们都睡了，她还要看书写字。我说才上小学的人，白天那么长，书还不够她看吗？

要是日后念成个书呆子，再用个眼镜架着，在农村搞得文不成武不就的，那才叫丢人现眼呢！"

我再次莫名惊诧。他的话比烟更呛人！世上居然还有这种系列的歪理邪说。我今天像是遇到了一个"天外来客"。孩子喜欢看书写字，作为父亲肯定是很高兴的，他怎么会有这种想法？他话中关于农村青年回乡，戴了眼镜很不方便干农活儿的意思，在农村是有这样的先例，但总不能一叶障目，以偏概全吧，人多学点儿有用的知识的好处难道还用说吗？我把相关的道理说给他听，甚至告诉他，何花将来有可能考上中专或大学。他一句"你能保证吗？"又让我瞠目结舌。

话说到这个份儿上，我知道他已经是铁了心要让何花辍学了。在他的这套惊世骇俗的"外星人"逻辑面前，我理虽不屈，但词已穷，真的是空有一身武功，却连招架之力都没有。我这几年的师范算是白学了！此时，越来越厚的块垒正在我胸中翻腾，我已经出离愤怒了。但我深知，决定何花能否继续上学的权利在他手上，他如果坚持不让何花上学，神仙都拿他没办法。为了给何花返校能留下哪怕是一线的希望，年轻气盛的我，只得努力克制着自己。

正思考着，何花的母亲回来了。我像是一个久困深井的人，突然看到有人放下来一根救命的绳子，赶紧主动跑过去，向她重复着我的来意和请求，并请她做做她丈夫的工作。谁知，这根绳很陈旧，刚刚用上力就断了。她先客气地给我倒了一杯水，然后表情很淡然地告诉我，她家的事是她老板做主（方言称丈夫为老板）。她还告诉我，她也认为何花不能再念了，必须在家做事了，全然像是在说一件本就理所当然的事。说完，她就转身忙她的家务去了。

刚刚燃起的一点儿希望又破灭了。我怅然自失，已黔驴技穷，但终究还是不甘心。我不能眼睁睁地看着自己的尖子学生就这样被埋没了。无论是站在教师的大义上，还是出于指望她在明年的"小升初"升学考试中能为学校和初出茅庐的我争光的私心，我都应该硬着头皮再努力一把。我把目光重又投向了何花的父亲，他正坐在那儿低头抽着劣质的香烟。蓦地，我好像灵光乍现，走到他身边坐下，态度极其真诚甚至是近乎哀求地说道："何花非常想念书，请你让她去吧。她缺的课我替她补上。以后上学的学杂费，我跟学校建议减免一部分，剩下的我帮你们出，不要你们承担一分钱，你看行吗?"

他面无表情地站了起来，俯视着我说道："老师，谢谢你! 小花不上学根本不怪你，也不是钱的事，你就不要再讲了!"然后,他也自顾自地忙他的去了。

我不得不心情沉重十分懊丧地起身告辞。来到门口,看到双眼挂满泪珠站在门外偷听的何花那悲伤的眼神,痛楚与伤感顿时就像潮水一样从我心底涌起。小荷才露尖尖角呀……

第二天,我请校长陪我一道到他家再做工作,同样是无功而返。他甚至还明显地表现出,根本没有闲工夫跟我们"扯淡"。

第三天,我找到分管小学的大队干部,请他上门做工作。几天后,他告诉我:随他去吧……

无可奈何花落去。何花是真的辍学了。长期以来,我一直为自己当年的无能为力深感伤心自责。

当年11月下旬的一天上午,我正在上课,因学校是敞开式的,没有围墙,不经意间忽然发现教室外,紧贴着背面墙躲着一个人,两眼通过后窗正专注地紧盯着黑板。因为像是何花,我不假思索地奔了出去。

果然是她!只是我绕过教室来到背面墙外时,她已左手拖着一根捡屎的耙子,右手提着一个柳条编的屎筐子,很狼狈地像逃似的背对着我快速跑开了。

我叫她"别跑",她跑得更快。我不能也不忍去追。这个图像从此便永远地定格在了我的脑海之中，至今仍清晰如昨。

望着她渐渐远去的背影，我百感交集，情难自禁地迎着无情的西北风，很悲怆地大声告诉她："你随时可以来教室里听课，你的座位我给你一直留着。"回到教室，因担心她当时由于慌张没有听清，我还安排她的同学，将我的意思当天传给了她。

可是，自此以后，我便再也没有见过她，尽管我后来还专程又到她家去过两次。

（原载于1998年6月8日《安徽交通报》，略加修改后，发表于2022年《作家天地》增刊）

老师，你太自私

1931 年师范学校毕业后，我踌躇满志，逸兴遄飞，原指望能进中学教书，不承想，被阴差阳错地分到了本公社边远的釜山小学。

学校位于釜山村庄内，没有围墙，村中的主要通道从中间穿过，三栋用于教学的平房都是原生产队弃用的公房，其中两栋还是土墙草屋。唯一的砖石瓦房也很破旧，用作教室的门窗没有一块玻璃。所谓的操场只是一块约 70 平方米较为平整的泥土空地，只有一个吊在办公室门前树上，用来打铃的小半段铁轨和两个静卧在操场的另一侧，已经有些缺角开裂的水泥乒乓球台，使其看起来才像个学校。我报到前，学校除了一名已接近退休，只代一些副课的老校长是个公办的，其他老师都是本大队的民办教师。学校的教学质量，在全公社二十多所小学中，据介绍过去一直都是排在后几位的。

强烈的心理落差我姑且按下不表。由于家乡是多雨的江南水乡，且家距学校有超过 5 公里的路程，下雨天我只能靠双脚在那非常粘人的泥土路上行走，人不仅很遭罪，到达目的地后还很疲累，更何况在正常情况下，我一天需要走两个来回。特别是中午，时间实在太紧，如遇雨天，路上我简直就是疲于奔命。大概一个月不到，在我的强烈要求和大队干部的关心下，我终于住进了村庄内靠近学校的一个大祠堂里。

为解决一日三餐问题，我好不容易联系上了附近唯一的一家公社农场食堂，虽远在 2 公里之外，但好在走的都是机耕路。食堂因受地域限制，也因为其服务的对象大多是本公社的合同制农民工，其菜谱常常是当地很廉价的蔬菜"老三样"。那时，因误了吃早餐时间而饿肚子上课是常有的事。

住在祠堂里，难熬最是夜晚。倒不是因为寂寞——寂寞对喜欢看书的我来说，是一种福利。时年 18 岁的我，夜晚一个人独守着偌大而阴森可怕的祠堂，里面经常发出的一些古怪的，现在看来也许是那些野猫、狐狸和老鼠等弄出的声响，和那些古老而怕人的传说，总是吓得我久久不敢入睡。

一个学期下来，我已身心俱疲。能虎跃平阳入老林，或至少能进入中学教书，成了我当时的最高理想。而实现这一目标的唯一办法，只能是：参加高考，再度深造。

寒假期间，我找到公社教育干事。他告诉我要工作满三年才能报考。初出茅庐的我，把公社干部的话是当圣旨看待的。回家后，我整个人就像是一个霜打的茄子——蔫了，那个年都过得无精打采的。第二学期开学后不久，我得到了可以参加电大招生考试的消息，而且理科可以全脱产学习，就像抓到了一根救命的稻草，欣喜万分。还有两年半的时间才能参加高考，我实在是等不及了，是电大也要争取先上了。我报了名，很快就拟定复习计划，进入到状态之中。

当年，农村小学最缺的是数学老师。我代的是四、五年级两个班的数学兼五年级班主任，两班共有七十多人，大多数学生的基础确实很差。我白天转得像陀螺，便十分珍惜夜晚的大好时光。

一天，我开门正准备去食堂吃晚饭，很意外地看到靠着祠堂外墙门边站着的四年级学生刘丽。她是当地部队农场少量驻军干部的女儿，大胆、聪明、活泼，在班上学习成绩始终位列前两名。我以为她是来问数学题的，谁知她嗫嚅了半天，却提出了一个让我意想不到的请求："老师，我妈妈说请你晚上到我家给我补课，或者我到你这儿来，一个星期三次，行不？"那时，家教对农村来说还是个非常陌生的名词，连我本人都从来没有想过，何况她的学习成绩根本用不着补课，且又正值我个人复习迎考的关键时期。我找出许多理由委婉地拒绝了她的请求，其中最重要的一条就是：我自己晚上要看书。

第二天上午上课，一向听课认真的她在听我的课时，表现出从未有过的漫不经心。我当时也没有太在意。下课后，她从教室里追了出来，在过道上喊停我后，愤愤地丢下一句："老师，我妈妈说你实在太自私！"就头也不回地跑进了教室。

你可以想象，作为一名从教不久的年轻教师，我猛然听到自己的学生，在这种情况下说出这样的话，内心的震惊会有多大？尽管她还只是一个稚嫩的小学四年级学生。我有一种瞬间被石化的感觉，愣愣地站在那里足足有一分多钟，心里有恼、有苦，也有几分莫名其妙。特别是"自私"二字，犹如穿胸之箭，我实在难以接受。当天下午，我诚恳地找她单独谈了一次话，进一步重申了她不需要家教的原因，希望她能理解，并详述了她这样不认真听课的利害。

谁知，事情的发展出人意料。刘丽由课堂上对我的课漫不经心，发展到以故意捣乱来与我对抗，后来竟任性到课下也与我对着来。她不听批评，班主任出面做工作，也依然我行我素。再后来，青涩的我竟也赌气地任其自然了。

电大招考后，为了迎接即将到来的"小升初"升学考试，也为了证明我自己，我几乎是全身心地投入到帮助五年级毕业班复习迎考之中。课后的时间，我基本上都用在了备课，刻、印试卷和批改作业、试卷等事上。自然，又无暇顾及给刘丽补课的事。

天道酬勤。1982 年秋，我以电大招考全芜湖地区理科总分第二、全县总分第一的成绩，非常荣幸地成了全县唯一一名被允许全脱产进修的小学教师。那班五年级学生在"小升初"升学考试中，数学的及格率、平均分都是全公社第一，不仅破天荒地全部考进了初中，而且全公社数学单科前四名中，除了第三名都在这个班，第一名还是满分。

我带着荣誉和成就感离开了釜山小学。但在其后的日子里，"老师，你太自私！"这句话却常常搅得我寝食难安。我深悔自己曾对她的母亲心里有过不满，未能及时到她家家访一次，以取得她父母的理解和支持，消除她的逆反心理。我也深知自己在她心目中的形象，更清楚她的这种任性会导致什么样的后果。我为自己当年的赌气一直深感内疚。

当年电大放寒假时，中小学还在上课。我到家的第二天，就带着这份愧疚专程去了一趟釜山小学。她已随父转到外省一个谁也说不清的地方求学去了。茫茫人海，有些人，有些事，真的一别往往就是永远。从此，我永远地失去了对她补救的机会。一念之差，终成"千古之恨"！

刘丽，你在哪里？你的数学后来学得还好吗？但愿我的"自私"没有带给你太大的不良影响。

（原载于 1996 年 5 月 9 日《安徽交通报》，现略加修改）

钓海虾

　　莫言先生在《哪些人是有罪的》的演讲中，谈到动物的贪婪时，举了这样一个例子："据说印度人为捕捉猴子，制作了一种木笼，笼中放着食物。猴子伸进手去，抓住食物，手就拿不出来。要想拿出手来，必须放下食物，但猴子绝对不肯放下食物。"阅罢，我很是惊诧，旋即掩卷沉思起来。

　　我首先想到了人们耳熟能详的猴子掰玉米的故事，继而思维发散，过去在中学教书时钓海虾的往事浮现在了我的眼前。

　　所谓海虾，其实就是我们家乡——皖南水乡遍地可见的小龙虾。这一物种原产于北美洲，直到 20 世纪 70 年代末才在我的家乡普遍出现。海虾随着水温和光照时间的不同，一般呈青灰色或暗红色，但所有海虾性成熟后都会呈现出明显的暗红色，有的甲壳部分还呈黑色。由于海虾食性杂、繁殖和适应能力强、生长速度快，既可生活在水中又能在陆地爬行捕食，且好打洞——冬天一般在洞穴里休眠，在当地的生态环境中具有绝对的竞争优势，故而总是水陆并进呈辐射状开疆拓土。据查，现已渗透到全国除西藏外的各地。

这种生活在淡水中的外来物种，大概是因为长得像海产品大龙虾，生活在内陆水乡的乡民们初识其真容后，一些博识的乡贤便想当然地将其称之为海虾。于是，广而传之，家乡人至今仍一直以海虾相称。小龙虾的称呼只是后来才有的"官方语言"。

我所教书的中学位于紧邻县城的乡下，背靠一座小山丘。出了校门，满眼都是广阔的田园风光。那里阡陌纵横，一个个或大或小的池塘和众多宽窄不同的水渠星罗棋布地散落在形状各异的水田之间。就在这些池塘和水渠里，生活着众多大大小小的海虾。

我们住校的老师都有晚饭后外出散步的习惯，这在当地是一道靓丽的风景。成了家的自然是出双人对，单身的或结伴或独行。大家一般都是沿着风漾霞染的乡间小径或田埂渠堤，伴着天籁之音神游六合八荒，边观景聊天边漫无目的地行走，在恬淡曼妙的情境中增进情谊，愉悦身心，直到月光潋滟才乘兴伴着星星回返。

80年代末，我在与妻散步的过程中，因受附近村顽的启发，一天路过一个水塘边，一时兴起便也试着玩儿起了钓海虾的游戏。开始我俩只是为了增加一点儿散步的色彩和生活的情趣，是纯粹为了玩儿的，不成想这东西嘴太馋太好钓。于是，钓趣大增，从次日起，我俩外出散步时就会常常带上钓海虾的工具。

　　说到工具其实很简单，就是一根不长的细线（不是钓鱼线，用几段缝衣线搓合在一起就行，强度只要能吊起一两只大海虾），一个装海虾的塑料袋和一根长约50厘米细小的棍子或小竹竿。前两个出门时可装在裤袋里，后一个可在田野中拾取或干脆取一段较硬的植物茎替代，不怕麻烦出门时自带一根也不影响散步。钓饵就是田埂塘边极常见的灰褐色癞嗒咕，学名叫"泽陆蛙"。这种长不足6厘米的小动物稍受惊扰便会从藏身处蹦跳出来，但跳不高也跳不远，生活在水乡的人们空手很容易捉到。

　　想钓海虾时，只需顺道捉一只癞嗒咕，将其摔死后在水边用线的一头将其捆牢，将线的另一头系在棍子上，然后手握短棍将癞嗒咕作饵放入水下即可。人只要时不时地拎一下线，稍有手感，便能钓上一只海虾，而且手根本不用下水，可把海虾直接提到岸上来。钓海虾时，你尽可谈笑风生，无需那么神情专注，也可像玩儿似的在岸边边走边轻拖着水中的饵，海虾在水中有时会跟着饵追。

没有见过钓海虾的朋友也许会问：你这样钓海虾，海虾不会跑？不说在水下，就算你把虾饵和虾提出了水面，天生就是弹跳高手的它，在没有受到任何限制的情况下，能不逃吗？呵呵，恭喜你，问对了！它是真的不逃。到嘴的食物它舍不得放，过分的贪婪使它丢掉了对危险应有的警觉，口欲的快感已使它忘形到不顾身家性命。可悲的是，直到将海虾与饵放到岸上，人伸手去捉，有的海虾还死死抓住食饵不放。而且就是这样钓，我们还时不时地一次能钓上两只海虾。是故，海虾在乡民们口中还有另外一个贱称，叫"笨虾"。

我们夫妻俩散步时顺便钓点儿海虾，既享受了过程的快乐又改善了生活，还能强身健体节约铜板，真是一举多得的大好事！每次我们只要钓够第二天吃的就不会再钓。因用时不长，为了做到散步和钓海虾两不误，后来我俩总是先散步，走得远远的，然后再在返回的途中边走边钓。

在水塘边垂钓，小海虾常常抢食，有点儿讨厌。水深不见底且长有水草的水渠里一般都藏有大海虾。比较惊心的一次是在一个杂草丛生的水渠边，我刚刚将癞嗒咕放入水中，大概一分钟不到，突然钓线猛地往下一沉，我以为是一只大海虾在拖食，忙提杆上拉，谁知拉出水面的竟是一条长约 50 厘米的水赤链蛇。这条蛇已将癞嗒咕整个吞进了肚里，任我将钓线在水里和水上如何用力地左摆右摇上下抖动，它就是不肯将吃进去的东西吐出来。妻子吓得一再催我扔掉线杆，已经被激起好胜心的我岂能容忍这畜生张狂，忙边安慰妻子边让她在我身边蹲下，然后手握钓线的另一头再次将蛇提出水面，以手为圆心用力甩动起来，先是上下做圆周运动，后渐渐转到我的头顶变成水平圆周运动，且越甩越快。也不知甩了多少圈儿，这条蛇终于被我远远地甩了出去，估计应是性命不保。

　　钓海虾还有一个更快捷的办法。如果家里宰杀了家禽或较大的鱼，只需将要丢弃的如鸡头、鸡肺、鸡屁股、鱼内脏等用细绳分别绑在过去家用竹篮的内侧，再用一根较长的绳子，一头系在竹篮的把上，然后拎上竹篮和绳，带上准备装海虾的袋子即可。到稍大的水塘边只消将竹篮抛进水里，将绳的另一头系于塘边的树上或用石块压住或干脆抓在手里。然后你该干嘛干嘛，大约七八分钟的光景，只消收绳将篮徐徐提起，常常一次就会有十几只海虾的收获。说来让人好笑，因竹篮孔洞众多，一些饵料难免在运动中有少部分伸出了篮外，将竹篮提到岸上后，有时篮的外侧甚至是篮子底部的外侧还趴着在水中追过来的海虾。

一天，在钓足海虾的归途中，妻无限感慨地说了两句我至今难忘的"名言"：古有姜太公渭滨溪垂钓，直钩无饵且钩离水面三尺高，他钓的是王侯而不是鱼；今人无钩钓海虾却是千真万确，而且司空见惯。古云竹篮打水一场空，今竹篮钓海虾无盖很轻松。

后来，学校附近的沟塘都承包给了个人搞水产养殖，我俩就再也没有钓过海虾了……

蓦地，我又想到了作为地球上唯一高等智能生物的我们人类，一些人甚至包括那些为数不少的高智商、高情商的所谓"社会精英成功人士"，他们心为形役，其贪婪的程度不与那猴、那虾、那蛇是一样一样的吗？甚至有的还有过之而无不及，就像柳宗元笔下的一种背上有黏液的虫子——蝜蝂，一路见东西就粘在身上，直到把自己压死。

这也是人的本性吗？醒醒吧。

（2021年5月28日发表于《安徽法制报》，被《散文选刊·下半月》2021年第7期选用）

怕回故土

　　劬劳一生的母亲，不幸于四年前驾鹤仙去。我们兄弟姐妹在父母的精心培育下，一个个都因吃上皇粮早已远走高飞。故土祖传的老屋里，固守着不习惯在外地生活且日益孤独的年近七旬的老父。

　　于是，抽空儿回老家探望成了我作为人子始终不敢忘却的义务。

　　每次回去，帮老父把尿桶挑出洗净，把两个大吃水缸净空挑满是我必修的功课。遗憾的是，水不仅渐渐难挑，而且难吃。后来，每次我都是因为腹泻、发热等疾病而不得不狼狈地提前回返。

　　是故，我越来越怕回老家，可故土又有我不尽的思念和不能不回的牵挂。

家乡山少圩多，典型的江南风貌，风景十分宜人。美中不足的是，沟塘虽然纵横，但因人为的原因与外河阻隔，蓄水全靠天收。由于是江南亚热带气候，家乡总能沟肥塘满。儿时的记忆中，沟塘留给我的尽是欢乐。那年月，家乡水清鱼肥，荷芰竞绿，菰蒲争艳；水中醉欢，摸鱼踩鳖，还有那非常香甜、脆生生的莲蓬、嫩芰，和那带刺儿的芡实果等，总能让我们这些村顽流连忘返，直到父母千呼万唤或是拿着棍棒来赶时，才极不情愿地起身回返。

如今，山河虽然依旧，但美景只能留存于记忆了。

责任田承包到户后，所有的沟塘均按就近处理的原则被人承包了，没有留下一个公用吃水塘。承包者为了有效地开发水面，在沟塘里搞起了渔业养殖。这本来是一件好事，可由于操作不当，美丽的花朵结出的却是很酸涩的果实。他们为了方便打捞，赶尽杀绝了沟塘里荷芰等漂浮类水生植物；为节约成本，把一担担牛粪抛洒在沟塘里，且呈养鱼不歇，洒粪不止之态势。由于大量牛粪的污染，故乡的水已由清变浊，有的已开始发黑。沟塘里再也见不到往日群童嬉戏的场面。说来令人难以置信，全村就是在这样的污水里淘米、洗菜、洗衣的，吃水要到很远很远的大沟里去挑。由于大沟肩负着周围三百多亩农田的灌溉和全村人的吃水重任，蓄水往往有限，大晴天去挑水也要穿上深筒胶鞋，带着水瓢下沟才能挑到。但即便如此，挑回的水也要打上大量的明矾才能饮用。

可怕的是，这种以破坏生存环境，牺牲全村人健康为代价的急功近利行为已恶果显现：村里恶疾迭出，几个年龄偏大而体弱者已染病身亡。

然而，面对这样的现实，村里至今却没有一个人愿站出来讲话。据说是因为搞承包轮转，每个承包者都想利润最大化，是共性问题，才"没办法"……

客观地说，村民们较过去是富裕得多了，楼房一家接着一家。可是，没有健康和生命作保障，纵然挣下万贯家财又有何用呢？

为子孙和长远计，愿村民们早日醒悟，在发家致富的同时，不要忘记环境保护！

愿故土绿水青山常在，愿我下次回家不再腹泻。

（载于 1996 年 9 月 28 日《马鞍山日报》）

乡民出行之嬗变

乡民出行方式的变化无不刻有深深的时代印记。

20世纪60年代初，我出生在江南水乡当涂县新市公社一个山少圩多的古老村庄。从能记事起至改革开放初期，我们一个三万多人口的公社只有一条通往县城，宽度不足5米的坑坑洼洼的砂石路，其他支路除了几条小山路就是窄窄的泥土路。全公社每天到县城除水路有一趟沿着弯弯曲曲的河道近乎爬行的过境小火轮，陆路只有上、下午各一趟客运班车。

那年月，人们从简陋的公社汽车站乘车就像要打仗一样，每个人都要使上吃奶的劲儿。客车尚未停稳，候车的旅客已一窝蜂地紧紧围着车门随车向前跑动，车上的人有许多也已聚集在了车门边。待客车停稳放了一声响屁后打开车门，车上的人还没下几个，上车的人就开始急吼吼地拼命往上挤，两股方向相反的人流在窄窄的车门处纠缠，连下车都变得非常困难。有的被挤掉了上衣纽扣，有的干脆从打开的车窗往里爬……孩子哭、女人叫、男人吼、老人骂以及管理员无可奈何的嘶喊和鸡鸭等有意无意的伴奏，是此时特有的"车站交响曲"。

只几分钟的时间，客车车厢里便挤满了像石榴籽一样一个紧挨着一个的人，就连车门踏步上都无缝隙地站满了人。车厢里混杂着各种难闻的气味，天热的时候如果停车时间稍长，体弱的人在里面真能被闷热出病来。好不容易等到吵吵嚷嚷甚至有些野蛮地将车门关上，客车哼唧哼唧一路颠簸着前行时，人在车上就如同在摇篮里一般，总是身不由己地左倾右摆。那时客车晚点，车站发生旅客打架、钱财被盗，人等了几个小时却坐不上车，是常有的事。

乡民们很少出远门，在约 20 公里范围内的出行，除特殊情况需划小船外，一般都是靠两条腿走路。简易的货物运输只能靠原始的手提背扛肩挑解决。记得当年生产队交公粮，男女劳力每人头戴一顶草帽，颈上挂着毛巾，一人一担沉甸甸的谷物，清晨一字长蛇般挑到远在 7 公里外的公社粮站，是我至今仍难忘怀的深刻印记。

　　乡民们在白露后的晴天外出，除部分汉子仍旧穿着草鞋外，大多数穿的都是布鞋，只有极少数回乡退伍军人和家里有关系的年轻人才有可能穿上解放鞋。每年从小满前到白露后的这一段时间，为了省鞋也为了方便，乡民们行走一般都是打赤脚的。只是在中间三伏天的时候，因大地实在灼热难耐，多数妇女和小孩儿在家门口外出才穿上木制的或破布鞋改装的拖鞋。说来你也许不信，人们即使迫不得已大热天要走亲戚或到外地办事，大多也是带着鞋挽着裤腿光脚走路的，只是在快到目的地或车站时，才会就近洗脚穿上鞋。

　　难行最是雨雪天。家乡的泥土黏性重，在能光脚走路的日子里，人们走在泥泞不堪的路上，一脚踩下去，烂泥从脚丫及脚底四周迅速朝脚背翻涌，同步将脚深埋，而且烂泥下的硬土层凸出的地方非常打滑，稍不注意就有可能摔倒在地，搞得浑身是泥。天寒地冻的雨雪天及雨雪初霁的日子，乡民们外出一般都是穿着低帮的浅口胶鞋（多数是旧的或打了几道补丁的，而且就是这样的胶鞋，在当年的农家也很难做到人均一双，小孩儿出门不是靠大人背就是拖着大人舍不得扔的破胶鞋），甚至有的还穿着钉鞋，或用几层塑料膜从外包裹着布鞋和裤腿，用布条等系着走路的。人即使穿着胶鞋在烂泥路上行走，只消十多米，泥巴必是挤满鞋背，甩都甩不掉，而且一不留神还会飞溅到身上或窜进鞋里……所以，雨雪天乡民们过去一般是尽量不出门的。

改革开放，特别是 1979 年我省实行"联产承包，分田到户"后，乡民们夙兴夜寐、胼手胝足，大多很快摆脱了贫困。从 1980 年起，人们很快便穿上了塑料拖鞋、凉鞋、解放鞋或回力鞋、运动鞋等，后来一些人还穿上了那时只有城里人才会穿的皮鞋。怕水、怕烂泥、易磨损且做工费时费力的布鞋在家乡渐渐成了历史。随着乡民人工建勤将村庄通往外地的主要泥土路改造成小机耕路，过去在农村非常少见，不仅价贵而且还需凭票购买的自行车才渐渐走进了寻常百姓家。

1984 年，我们村庄有两户人家先后购买了两台手扶拖拉机及其配套的农器具。他们农忙时帮助乡民耕田耙地，农闲时穿行在农村的机耕路上跑运输，不仅使自己的腰包渐渐鼓了起来，也极大地方便了乡民们的货物运送。

其后，伴随着乡镇企业的异军突起和乡民们外出打工潮的兴起，摩托车逐渐成了年轻人外出的主要交通工具，古老且效率低下的舟楫河运逐渐被乡民们所抛弃，就连水上小火轮也因经营困难最终被迫停运。

1994 年，随着改革开放的不断深入，我省全面放开了客货运输市场。我县统一车型的农村客运中巴车如雨后春笋般很快遍布每个乡镇。乡民们只要走到通客车的公路边，半小时内必有一辆中巴客车经过，招手即停，上车便走，既方便又舒适、快捷。这期间，我们村庄也有三户人家先后添置了小农用货车，村民们的大宗货物运输基本实现了机械化。

2005 年，村村通水泥路工程在我县成功实施。随后不久，水泥路又渐渐延伸通向了各个村民组，乡民们不仅从此告别了"晴天一身灰，雨天一身泥"的出行历史，而且在市场的催化下，一些乡民很快自购了小型面包车，专门跑各村庄到集镇的短途客货运输。经过交通主管部门的有效引导和科学规范，这些小面包车使乡民们的出行从此变得风雨无碍，不仅在家门口就可以上车走人，而且雨雪天也如同城里人一般，可以穿着皮鞋出远门了。尤其让乡民们感到欣慰的是，如遇特殊情况急需用车，不论白天黑夜，一个电话就可让车按时停在家门口，有效地解决了乡民们祖祖辈辈一直存在的家有急事出门难的问题。

2010 年后，伴随着国家对农村公路建设投入的持续不断加大，和四通八达遍及每个村庄的农村水泥（柏油）路网的有效形成，已经富裕起来的乡民们，有相当多的家庭纷纷拥有了过去连想都不敢想的私人小轿车。乡民们外出，穿着时尚，除自驾或坐客运汽车外，还可选择到离家乡不足 50 公里的南京禄口机场坐飞机，也可在 20 分钟内赶到县城上高速、坐高铁等等。特别是近几年来，随着农村老村道加宽、农村公路危桥改造等民生工程的有效实施和农村"四好公路"建设的持续发力，我县所有建制村都已实现了公司化运营的村村通中巴车客运，一些客运线路设立了物联网点并且在过村庄路段也像城里一样安装了路灯，所有临水临崖路段都有效实施了安防措施……乡民们在家门口抬脚就能上客车，人坐在家里动动手指也能购进外地的货物，所有客货运输车辆在宽敞平整的乡村水泥（柏油）路上由过去能通行已变得能畅行天下。

现如今，乡民们出行的幸福感已经爆棚。出行已演变成乡民们个人的一种美好生活享受了。

（2021 年 9 月 7 日发表于《安徽法制报》，获报社当年征文比赛二等奖）

嬗变之路

"那是一条神奇的天路，带我们走近人间天堂……"每当耳边响起《天路》的动人旋律时，我就会情不自禁地想起家乡的中韦路。

我的家乡是江南鱼米之乡当涂县一个古老的叫韦家的村庄。中韦路是我们村庄通往外地的主要村道。

最初记忆中的这条路，是被历代先民用脚踩出来的蜿蜒曲折的无名小田埂路，在村前的河床上还有一座古老的小石拱桥；路两边长满了杂草，晴天路面凹凸不平，雨雪天更是泥泞难行。那时的人们雨雪天一般是尽量不出门的，因为即便穿着胶鞋空身行走，走上十多米也会泥巴裹满鞋背，泥浆溅湿裤腿，是很遭罪的。

过去村庄很破旧，鲜有砖瓦房，更谈不上有楼房；全村货物进出，都是原始的手提背扛肩挑，犁田耙地全靠牛帮忙。直到 20 世纪 70 年代中期，随着手扶拖拉机在农村的逐渐推广，乡亲们在生产队长的带领下，男女老少齐上阵，宵衣旰食，栉风沐雨，将村前小山上大队采石场的一堆堆小碎石片敲碎后，硬是人工将这条小道历史性地通过分段裁弯取直，拓建成了宽约 1.5 米的"机耕路"。

有了这条机耕路，生产队购置的手扶拖拉机进村了。从此，全村大宗的货物运输和农忙时大部分耕田耙地的重任就由这辆拖拉机承担了，不仅极大地减轻了乡亲们的劳动强度，而且有效提高了劳动生产率，增加了生产队的集体收入。

改革开放，特别是农村分田到户后，村民们渴望发家致富的冲天热情一下子被激发了出来。在这条机耕路的助推下，村里过去众多的泥墙草屋很快全部被砖墙平瓦房所取代，收音机、手表、自行车、电视机、电风扇和摩托车等贵重的商品开始逐渐进入寻常百姓家。后来，乡亲们家里渐渐安上了电话、烧上了罐装煤气、通上了自来水等等，有两户人家还购置了小型农用拖拉机。乡亲们的生活变得红火起来了。

这条机耕路经过几年的碾压，不仅渐渐变得坑洼连片，修补成效不大，而且人行其上，晴天一身灰，雨天一身泥。尤其是雨雪天，拖拉机和摩托车都不敢外出——常常会深陷软路基坑中，自行车走这一段也只能是车骑人。那时的村民们是多么地羡慕城里人雨雪天也能穿皮鞋出门，走的都是水泥路或柏油路噢！

民之所望，政之所向。2005 年，在党中央的亲切关怀下，我县在全省试点实施"村村通水泥路"工程。这项主要由各级政府拼盘投资的"民心工程"，在全县遍地开花，轰轰烈烈。借此东风，家乡的这条机耕路当年就被拓建成宽 3.5 米的水泥路，并从此有了一个响亮的名字——中韦路。记得这条水泥路通车的当天，村民们不仅自发地放鞭炮庆贺，还专门请来了外地的一个戏班子，在村口唱了一天的大戏。

水泥路通车后，党心民心更近了。乡亲们在充分享受交通便利新生活的同时，一个个都甩开了膀子在致富奔小康的幸福大道上疾奔。种田渐渐变成半机械化了。各家富余的劳力纷纷腾出手来，从事农产品养殖、种植或外出经商、务工等。很快，村里的小平房大多变成了两层的楼房，过去只有城里人家才会有的冰箱、空调、洗衣机等家用电器也陆续进入到乡亲们的家里，两户人家的小拖拉机已换成了小农用货车，甚至先富起来的几户人家已经拥有了私人小轿车。乡亲们的日子不仅越来越红火了，而且还开始注重山水保护并不再上山砍树当柴烧了，村前几座过去的荒山也已全部披绿了。

随着社会和经济发展的不断加快，没几年，这条路路窄错车难和临水路段多、小桥年久失修有安全隐患等新问题又逐渐凸显了出来，渐渐变得已不能满足乡亲们对更高物质文化生活的需求，后来竟成了影响家乡快速发展的"交通瓶颈"。

2014年，习总书记高瞻远瞩，向全党作出了"要进一步把农村公路建好、管好、护好、运营好"的重要指示。随后，党中央关于农村公路危桥改造、老村道加宽等系列"民生红利"密集释放，我县主要由政府投资的农村公路建设进入到前所未有的"提档加速"期。中韦路也迎来了它第三次的靓丽嬗变。

2015年，中韦路上的危桥被拆除，新建了一座宽6米的高质量钢筋混凝土桥。2016年，原水泥路面拓宽至4.5米，两边各50厘米的路肩全部修建到位，在路两侧还栽种了四季青翠的香樟树，所有临水路段和平交路口都安装了护栏或警示柱，并在路口竖起了指路牌等。2017年以来，中韦路落实了"路长制"管理，有专人巡查道路、专人负责路面保洁，还与沿线各村民组、各农产品生产基地实现了水泥路的互联互通；接着，中韦路又开通了乡亲们期盼已久的客运班车，在过村庄路段还安装了路灯、设立了物流网点……

路畅百业旺。中韦路由通变畅后，伴随着路的"安、亮、洁、美"和有效管理，路上人流、物流、资金流和信息流渐渐变得川流不息。路上再也不见堵车了，过去频发的小安全事故也几乎没有了，农副产品不愁卖了，大农机也能十分方便地开进家乡的水田旱地，乡亲们种田基本上都是机械化了。许多外出打工的游子陆续返乡创业了，老板们也带车上门收购了，家乡的人气、财气变得越来越旺了。现如今，村里两三层内外豪华装修的别墅式楼房鳞次栉比，水泥路也是户户通了；孩子们上学、放学有专门的客车接送，路口有农家乐，路两侧有不同的农产品生产基地，村里还添了两家小商店，两户农用货车也换成了大货车，还有三户人家购置了小面包车跑运输，全村有一半以上的家庭拥有了小轿车……乡亲们外出已是风雨无阻，在家门口就能抬脚上客车；人坐在家里动动手指也能把外地的货物购进家门，再加上路的畅美助推了美好乡村建设，村里有了专门的"村民活动中心"和水泥地面的健身广场，垃圾也实现了桶装化，而且环村山清水秀，林翳鱼肥，四季风景宜人，用我们村老主任的话说："乡亲们已经过上了让城里人羡慕，过去连想都不敢想的神仙般的好日子了。"

伫立在今天的中韦路旁，望着路上的滚滚车流和风光旖旎的家乡，我思绪万千。中韦路的三次嬗变，一次比一次快，一次比一次好，村民们的物质文化生活水平是一次比一次高，家乡也变得一次比一次秀美，一次比一次更适宜人居，这难道不正是我们年轻的共和国快速发展的一个小小的缩影吗?!

"遥瞻前方万里路，福星高照到天涯。"照这样的速度发展下去，我坚信：中韦路、我的家乡、我的祖国，前方的路一定会福星高照，越走越宽、越走越快、越走越好！我们伟大的中国梦也一定会很快实现！

（2020 年 4 月 13 日发表于《安徽法制报》，2021 年 5 月获马鞍山市"建党百年颂党恩"主题征文三等奖）

归 来

1987 年 9 月 10 日，教师节。在当涂县黄山中学教书的我，突然接到父亲托人从老家新市镇政府打来的电话（当年我们学校只有一部安装在校长室的手摇式固定电话），说我家来了新西兰的外国客人，让我赶紧回家一趟。

放下电话，我一头雾水。但不管怎么说，还是请了一天假。当天下午放学前，我骑上自行车就急匆匆地往回赶。到家已是傍晚，正赶上菜已上桌准备开席。满桌佳肴水陆毕陈，看来父母是极尽所能，倾其所有了。客人是从未听说过的堂姐德蓉夫妇和他们两个未成年的女儿。

原来，1937 年初秋的一天，已 20 岁的德蓉的父亲——我的堂伯父，在赶集的路上被国民党抓了壮丁。此后，德蓉的奶奶终日以泪洗面，很快就哭瞎了双眼，爷爷也是天天唉声叹气，不久便卧床不起。两位老人几年后相继过世。唯一的一位亲姑姑，在二位老人走后不到两年，也不幸染病早亡。

族人都以为伯父早已战死。不承想，1949年，已是国民党军官的他随军队败退到了台湾，并在那里结婚生下了德蓉姐姐。伯父退役后，思乡的念头越来越强烈，常常带着姐姐跑到海边朝着故乡的方向长跪不起，号啕大哭。1984年夏，伯父因病含恨离世。临终前，他要求姐姐尽快取得外国国籍，争取以华侨的身份替他回老家拜望亲人，祭祖上族谱等。现今三年守孝期满，姐姐一家也已取得新西兰国籍。这次他们是从新西兰赶回来的。

他们这一趟很辛苦。从上海坐火车到南京，再从南京转车到当涂，到当涂后因未赶上县城开往新市的班车——当年班车只有上午、下午各一趟，又找不到"计程车"，只好一路打听找到了县侨办。县里安排小车，沿着从县城到我们村庄的大小砂石路，一路颠簸着辗转把他们送到了我家——家父曾在公社企办室工作。

我们用两天的时间，陪同、帮助姐姐一家完成了伯父所有的遗愿。这期间，他们吃住在村里。宗亲们轮流排队请吃，连早餐也被抢订了，浓烈的亲情使姐姐常常感动得热泪盈眶。由于文化差异与生活习俗的不同，特别是在吃水与上茅厕的问题上，他们很不习惯。在两个外甥女的一再坚持下，姐姐一家准备 13 日先赶到南京游玩两天，然后返回新西兰。

在回程的路上，姐姐告诉我：在台湾听说大陆的乡村非常贫穷、落后，住的都是茅草屋，不仅吃不饱，经常饿肚子，有时还靠树皮、观音土填肚，而且冬天一家几个人轮流合穿一条打补丁的裤子……我回来留心观察了一下，这些都是谣言！一路走来，我看到的基本上都是砖瓦房，而且一些还是小楼房，户户都通了电，家家基本上都有自行车、电风扇，有些人家还有摩托车、电视机、录音机等，家家有余粮，不仅人人能吃饱，而且还吃得很好；小车能开到家门口，抽水用上了马达，烹煮用上了煤……说着说着，她情绪激动起来，满是真诚地感叹道：大陆面积那么大，人口那么多，在短短四十年不到的时间里，在十分贫穷落后，满是百孔千疮的战争废墟上，能取得如此高的成就，真不容易！不是亲眼所见，我真的不敢相信。

姐姐一家返台后——他们大多数时间住在台湾，因工作和家庭琐事的羁绊，直到 2009 年 10 月，他们夫妻二人才得暇从台湾直接踏上了回故乡的路。他俩先是游玩了上海、黄山等地，然后坐飞机直达南京禄口机场。我们安排在外经商的堂侄开着自己的奥迪轿车，把他俩从南京沿着高速公路直接送到当涂宾馆入住，并且让堂侄作为他俩的专车司机，每天负责接送陪同。

　　在离开当涂的前夜，我与姐姐、姐夫漫步在当涂县城的街头。姐姐非常感慨地对我说道：家乡不仅所有的大马路都变成了宽敞的柏油路或水泥路，而且村村都通了水泥路，家家都用上了自来水，烧上了煤气灶，安装了电话，多数村民已住进了二层的楼房；当涂的新城街道宽敞整洁，高楼林立，灯光璀璨，并且据说很早就开通了出租车和公交车。不论是大上海、南京城，还是普通县城、乡村，变化之大、发展之快，我们只能用"目瞪口呆"来形容。一路上，我们真的是除了惊叹，还是惊叹，实在让人感佩！

　　2018 年中秋前，已近古稀的德蓉姐姐和姐夫，带着充满惊奇已过不惑的两个女儿再次回到故乡。他们游玩了张家界和北京城后，从北京一路坐高铁来到当涂。我开着私家车将他们从当涂高铁站直接送到当涂县城的五星级大酒店——长江国际酒店入住，当天晚上，陪他们游览了新建的非常靓丽的当涂护城河景观带。第二天一早，车览国家文明、卫生城市——当涂新县城后，沿着新建的宽敞的 314 省道，下穿宁安高铁、马芜高速，不到半个小时就到了我们的老家。家乡所有的荒山都已变得林木荫翳，所有的沟塘都是水秀鱼肥。乡民们的住房有许多已是别墅式的楼房，内部装潢精美，各种家电、卫生间、淋浴房等一应俱全；部分村民家已经拥有了小轿车，各家的厕所通过"改水改厕"，不仅变得干净美观了，而且垃圾也实现了桶装化；村庄有了专门的娱乐场所，就连农村小卖部也用上了他们不会用的手机支付。

在中秋宗亲联欢晚宴上，姐姐十分动情地告诉大家："这几天，我们再一次一直生活在巨大的惊喜之中。从上次告别家乡，才短短九年的时间，不说大城市的变化，就连当涂县城也通上了高速、高铁，家乡已变得像个旅游景区，村民们普遍生活富足。说到变化，我看用'翻天覆地'也难以形容！每次回来，大陆的变化都远远超出了我们的想象。我们真的感到非常震撼！我们的根在大陆、在故乡，今后只要身体条件许可，我们还想争取多回来几趟，并且想在村里多住些日子。"

我们热切期盼姐姐一行第四次回来能早日成行！我们更希望孤悬海外的宝岛台湾能早日回到祖国母亲的怀抱。

（2019 年 8 月获马鞍山市文联、侨联举办的"绿叶对根的依念"征文活动三等奖，刊于当年第三期《姑孰风》杂志，被《散文选刊·下半月》2022 年第 5 期选用）

责任编辑：杨 青

定价：240.00元（全5册）

ISBN 978-7-5068-9569-9

9 787506 895699

「我们经历过的岁月」

陶立群 —— 主编

江东风雅集

唐朝媚 —— 著

明媚不忧伤

中国书籍出版社

China Book Press

图书在版编目（CIP）数据

明媚不忧伤／唐朝媚著. --北京：中国书籍出版
社，2023.9
（江东风雅集）
ISBN 978-7-5068-9569-9

Ⅰ.①明… Ⅱ.①唐… Ⅲ.①散文集-中国-当代
Ⅳ.①I267

中国国家版本馆 CIP 数据核字（2023）第 175264 号

明媚不忧伤

唐朝媚 著

图书策划	许甜甜　成晓春
责任编辑	杨　莹
责任印制	孙马飞　马　芝
出版发行	中国书籍出版社
地　　址	北京市丰台区三路居路 97 号（邮编：100073）
电　　话	（010）52257143（总编室）（010）52257140（发行部）
电子邮箱	eo@ chinabp. com. cn
经　　销	全国新华书店
印　　刷	四川科德彩色数码科技有限公司
开　　本	880 毫米×1230 毫米　1/32
字　　数	167 千字
印　　张	7
版　　次	2024 年 1 月第 1 版
印　　次	2024 年 1 月第 1 次印刷
书　　号	ISBN 978-7-5068-9569-9
定　　价	240. 00 元（全 5 册）

目录

CONTENTS

谁言寸草心

报得三春晖

你好，吴昌英

　　我的母亲吴昌英，今年七十九岁，不足一米五的个头在经年的累压和衰老之中更显矮小了。这么多年，我写过外公，写过外婆，却鲜少有关于母亲的文字。母亲留给我的印象是：强势、生冷，说翻脸就翻脸，很少有温柔细腻的时候。在我近五十年的梦境里还常有惧怕母亲的噩梦画面。

　　在残阳将尽的余晖里母亲在前，我在后。膝盖做过手术的母亲腿脚不利索地蹒跚而行，费劲、落寞、沮丧。脾气暴躁的父亲刚刚又冲母亲发火了。我只愿远远地跟着母亲，不爱和她并行。所以母亲的心里应该是很苦、很痛的吧？没有老伴的善待、没有孩子们的理解，一个风烛残年的老人，该有怎样的心酸和哀伤?! 其实这个问题在我看《你好，李焕英》之前真没有想过。我只凭我的感觉、我的感受固执地不愿意给予母亲更多的亲近。

　　今天我静心坐下来回想着母亲近八十年的人生经历，唏嘘不已，感慨万千。我应该做得更好一点，和自己和解，也和母亲和解，不仅仅不忤逆，不仅仅只是义务和道义上的孝顺，应该体谅她、温暖她、爱她！不想演员贾玲的"子欲养而亲不待"的遗憾成为我的遗憾。

　　母亲应该出生于一九四四年的芜湖市，因外婆高龄产女，没有奶水又病体缠身，所以落地没几天，母亲就被送往四十里开外的农村带奶。母亲的奶妈是个孤女，还不满十六岁，几日前刚刚生下一个儿子，不幸夭折了。因为她有奶水，便成为母亲的奶妈。

　　母亲的奶妈从未感受过家庭的温暖，没有享受过父母之爱，还不到十六岁的她又刚刚经历了丧子之痛，她到底如何养育母亲的，我们很难想象。多年之后当我们询问早已成为我们最亲外婆的母亲奶妈时，她只是云淡风轻地说那时的日子太苦了。母亲后来关于这段回忆是模糊和不愉快的。但母亲奶妈给予母亲的照顾和爱应该也是不少的。其实在母亲七岁那年，芜湖市的外公与舅父曾经把母亲接回去过，但母亲很想念养母和养父，小小的人儿硬是顺着铁道，以当年日伪军残留的碉堡为参照，跑了回来。彼时，血亲外婆已病逝，外公看母亲已习惯了农村生活，也就没有坚持再接母亲回去，从此母亲的奶妈成了她的养母。

　　母亲八岁那年遭遇饥荒，为了活命，母亲被养母送去陆姓人家做了童养媳。陆家女人和男人之间有很大的嫌隙，男人是个手艺人，收入不错，置办了仓库，外出工作时便将仓库钥匙交予母亲保管，女人总是趁母亲大意时偷拿钥匙窃取仓库里的财物。男人回家发现财物减少，就会将女人毒打一顿，第二天当男人出门揽活后女人遭受的毒打便要复制给母亲。如此反复。母亲在陆家做童养媳的三年是她噩梦的三年，也是成为她怨恨养母的三年。母亲的生冷、强硬、缺乏温柔是否就是这样形成的？

　　母亲的养母、养父老实本分，勤劳却懦弱。在吃大锅饭的年代，在农村的生产队里欺软怕硬、恃强凌弱也是常见现象。为了更好地活下去，矮小的母亲逐渐变得既勤快能干，又泼辣强势，在当时的生产队无人敢小觑，她努力守护着养父养母、守护着他们破败的三口之家。

后来母亲自由恋爱嫁给了差不多是孤儿的父亲，随后我们四兄妹相继出生，家里的开支渐长，也为了让我们每一个子女都能上学，挣钱成为母亲最看重的事，于是照顾、呵护我们四兄妹的责任就都甩给了外公外婆。是不是这样才让母亲没有学会给予我们细腻温暖的母爱？

母亲用她的聪明智慧积攒着财富，她开过杂货铺、裁缝店，学了助产技术，是真真正正的挣钱能手。因着母亲的聪明能干，我们家终于富起来，先盖了瓦屋，又盖了楼房，是我们村第一家买电视的、用电饭煲和燃气灶的。可母亲对我们像对待她做的事情，简单直接，只看结果，一不听话非打即骂。我们都贪恋外公、外婆的温暖，不喜母亲。母亲应该是难过的吧？但她不一定知道原因。

渐入老年的父亲患上了慢性病，脾气一日胜一日地暴躁，母亲被父亲的坏脾气打压得委顿易怒，更让我们紧张疏离。老伴的不善待，子女的不亲近，母亲的内心应该是很苦的吧？

今日细想，哪有母亲不爱自己孩子的?! 在物质匮乏、贫穷至极的年代，哪怕勒紧裤腰带母亲也要送我们四兄妹读书；我和姐姐是我们村上第一对穿裙子的姊妹花，小伙伴们的羡慕眼光让我们姐俩骄傲、快乐了很久；我们过年的新衣服、新鞋子一定是同龄孩子们中最特别、最漂亮的；我们生病了，她比谁都着急，催我们去大医院就医，床前床后的照顾；我们兄妹中若谁家遇到烦心事了，她辗转反侧夜夜难眠；我们哪一家孩子的好坏她都深深牵挂在心头……

梳理母亲的过往，重新审视母亲和我们的交集，才发现母亲的母爱没有缺席，只不过因她生命历程的独特性，她给母爱包裹了一些荆棘。拨开荆棘，母亲的母爱和天下无私、伟大的母爱一样让人感动和动容。

母亲，春风已绿江南岸了。家乡的枯草返青了，柳枝婆娑缱绻，河水清波荡漾，梅花樱花缤纷灿烂。很快桃花、梨花、杏花也会我不让你，你不让我地次第开放，家乡江南已好一派美丽景象。

母亲，您说过您最喜欢与我和姐姐一起旅行。我和姐姐期待您从广东哥哥家回返家乡，由我们陪您去看草、看花、看风景。

母亲，您回来时，我和姐姐一起去接您。姐姐在左，我在右，她挽您左臂，我握您右手。我们要拥抱您，且要大声告诉您：妈妈，我们爱您！

父亲的眼神

　　我的家坐落在山那边的一块平地上，单门独院。打小我就没有什么玩伴。

　　我在家排行老二，上有姐姐，下有弟弟。身材瘦小，长相一般的我，父母似乎都不曾过多地在意过。姐姐美，弟弟淘，我们总不在一个节奏上。我很孤僻，不爱讲话，喜欢默默地发呆。上学之后有了同学和更多的玩伴，但我似乎不愿意融入他们中间，很少和同学结伴，喜欢独来独往。对学习也没有太大的兴趣，成绩是不上不下的状态。父母亲也从未在学习成绩和考试分数上要求我什么，所以虽然我的生活没有什么绚丽多彩和光彩夺目，但至少也没有什么压力。我就这样静静地不显山不露水地度过了六七年的学校生活。

　　那年，我读初二。秋风已起，万木萧条，山边的风格外凄厉和强劲。我着凉了，早上啥也没吃就去了学校。青春的身体是充满生命力的，很快我身体的不适就烟消云散了。彼时是二十世纪八十年代，台湾女作家琼瑶的言情小说风靡大陆，入侵了各大、中、小学校园。我们学校也不例外。初中阶段我的学习兴趣依然没有什么提高，也自然很容易陷入琼瑶编织的美好爱情童话里，且不能自拔。小说里的女主人公有我所不具有的美貌，小说里有生活中不曾见过的帅男，他们帅而有才亦温暖，对女主是万般宠爱与呵护，即便是千辛万苦也要和女主相爱到永远。这对于寂寞中成长且已入豆蔻年华情窦初开的我，是多么的有吸引力呀！刚开始是课下看，放学后看，渐渐地便控制不住地大胆到课堂上也看。

那天，就是我不舒服，早上没吃早饭的那天。同学们午饭后的时间，自然也是我一头栽入言情小说的时间。不知道过了多久，我无暇顾及，小说中正有你死我活的争斗情节呢。怎么有一团影子笼着我？我以为是同学恶作剧，正打算发作，抬眼间看到的却是父亲。我吃了一惊，吓了一跳，手一哆嗦合上了小说。我不知道那天父亲的眼里看到的是我的投入，还是小说？

听姑姑说父亲不满意和母亲的包办婚姻。至于父亲有没有一段刻骨铭心的凄美爱情，被爷爷奶奶生生破坏，我不得而知，但父亲他是压抑的。在我们的眼里父亲一贯严肃，很少对我们露出笑脸，也不常说话。我的内心是惧怕他的。那个午后不休息、不学习，看小说，被他抓个正着，我的心紧张惶恐到无以复加。我等着挨训，甚至挨打，但什么也没有发生。我偷窥到那日父亲的眼神是温和且透着暖意的，我似乎还看到了点点希冀之光。他问我，身体是否好些了？然后从棉服下的怀里掏出了一个饭盒，慈爱地说："着凉了，要吃点热的才好，给你包的饺子，趁热吃吧。"父亲的眼神在我和饭盒之间来回逡巡了几轮，稍顿，向我轻轻说道："快吃，我走了。"

没有批评，没有责骂。父亲那日温和且透着暖意还有希冀之光的眼神，在我的世界掀起了滔天骇浪。我孤寂的、死沉的、麻木的世界照进了阳光，我忽然羞愧得无地自容。我当机立断把正看到高潮的琼瑶小说还给了同学。

父亲那日温暖希冀的眼神自此就一直定格在我的脑海里，我也就是从那日开始脱胎换骨，一头扎入学习中。很快我从中班进入了快班，第二年中考虽然没有成功跳出农门，但考取了重点高中。

高中的学习我不敢有丝毫懈怠，小小的我每天挎着长长的书包带，宿舍、学校、食堂三点一线，从不旁顾。功夫不负有心人，我终于凤凰涅槃，浴火重生。我考取了大学，跳出了农门。

接到大学录取通知书的那日，看到父亲眼里有星星闪烁，唇角有笑意荡漾。

外　婆

外婆的记忆是从八岁开始的。

彼时，外婆不记得有父母，相依为命的是瘫痪卧床的祖母。祖孙两人贫病交加，依赖同村好心人的施舍，吃了上顿没下顿的艰难度日，但这还不是最可怕的。因受长年卧床没有行动力的痛苦煎熬，外婆的祖母早已心性大变，心理畸形而变态，只要外婆端水递饭出一点差错，外婆的祖母就会拿出一根系着活结的绳索示意外婆靠近。当时的外婆尽管因营养不良长得瘦弱，但心智还是正常的，看着祖母手里的绳索，再瞧到祖母扭曲的面容，小心脏跳到了嗓子眼，一动不敢动，静静地瞅着祖母，直到祖母气消收纳好那根绳，外婆才放松下来，但整张小脸因恐惧、害怕得惨白惨白的。在这样的成长环境中，慢慢懂点人事的外婆犹如惊弓之鸟，越来越萎缩不安、战战兢兢。同姓的叔伯再也看不下去了，心疼外婆，认为这样下去，这丫头活不了。于是大家齐心合力赶制了一口薄棺，将已没有多少活力却暴戾的外婆祖母提前入了殓，抬到村外的乱坟岗，搁置在少有人走动的旮旯里。

从此外婆成了彻底的孤女，被同姓伯父家收留。在那物资匮乏的年代，多子多女的伯父伯婶实在没有多少爱和物能给予外婆了。外婆成了伯父家免费的长工。每天天不亮外婆就被从厨房柴堆里叫醒，拾粪、看牛、楼草，一天忙到晚，经常错过饭点，吃点残羹冷炙。最苦的是冬天，没有一双像样鞋子的外婆，脚后跟总是长满冻疮，血糊糊的洞口很深很深。冻疮遇热即痒遇冷则痛，这种痒不可耐痛不可缓的痛苦，在寒冷无情的冬日里交替折磨着外婆。我可怜的外婆，您是怎么度过这冰冷无望的一个又一个难捱的冬日的?!

还不到十岁的外婆，没有人关心她的冷暖，更没有人关心她的卫生问题，少不更事的外婆哪会照顾自己？夜夜宿在柴堆里，头上长满了虱子到成包至流脓，不得治，最后外婆除了剩下鬓角、脑后一圈残发外，一头秀发全部烂掉。外婆成了秃子。从此外婆的脑袋终日被一块黑布包裹，再没见过天日。我可怜的外婆，那时的您要怎样才能熬过这痛苦而心碎的一日日?!

十五岁的外婆被伯父姨表亲家的一个十八岁孤儿，也就是我们的外公用一顶簸箕似的小轿（外婆的原话），草草抬回了一贫如洗的家。还好尽管贫穷，外公却是个憨厚朴实的老好人。第二年他们生下了一个孩子，可孩子落地就没气了。就这样我的母亲因生母年龄大没有奶水被寄养到外婆家来。外婆就这样成了我们的外婆。此后外婆再也没有生育，只有母亲一个孩子。她和外公把全部的爱都给了母亲，家里家外任由母亲做主。

母亲十九岁那年遇见了来生产队做会计的父亲，两人产生了爱情。可父亲基本算是一个无家可归的孤儿，善良的外公外婆没有任何怨言地接纳了父亲，帮他们成了家。大姐出生后的三十八天母亲得了乳腺炎，完全没了奶水，于是大姐就成了外婆的孩子。外婆一边上工一边想尽办法为大姐觅食，大姐就是冬在外婆的怀里、夏在外婆的蒲扇下一天天长大的。生活稍好一点父亲就要回自己的老家落根，外公外婆依然没有怨言、没有阻挠。在哥哥生下五个月的时候父亲考取了芜湖水利学校。当时父亲要去上学，必须要安排好妻儿才能成行，这样母亲带着哥哥又回到了外婆身边，外公外婆以博大的心胸再次拥抱和接纳了他们。为了有更多的自由时间照顾好两个孩子，外婆申请了替生产队看牛的活。外婆每天干完家务还要背着哥哥、牵着大姐忙着牧牛，在家乡的沟沟坎坎里，处处都印刻过外婆和两个幼小孩子的身影。外婆总是趁母亲和外公下工能照看孩子的空当去割草。夏天的午后多热呀，外婆拼命地割草，好省下牧牛的时间来照看哥哥、姐姐。汗水如溪流般汩汩而下，也没空擦一把。好想当时有我在，用我的小手为我勤劳辛苦的外婆擦擦汗、揉揉肩！

父亲毕业后才有了我和二姐，这时大姐和哥哥已经上学了，外婆就恢复了去生产队干成人工的工作，努力挣工分，所以外婆带我和二姐的时光倒不是很多。

流年似水奔赴前行不停留，我们家四个孩子陆续长大了，因有外公外婆毫无保留的奉献和殚精竭虑的付出，我们兄妹姐弟四人都尽自己最大能力读完了书。大姐、二姐初中毕业，哥哥成绩优异，十五岁就跳了农门，我也上了大学。家里每个孩子都能读书，这在当时是特别难得的事。感谢我们最最敬爱的外公外婆，你们辛苦了！

外公外婆仍然没有停下来歇一歇，在我们的孩子陆续降生后，外公外婆又开始愉快地帮我们照看孩子。孩子只要交给他俩，吃喝拉撒卫生安全问题都不是问题，我们可以安心地干我们自己的事。外公外婆带大了大姐的两个孩子，为了照看哥哥的孩子从未离开家门的外婆背井离乡一年多，又带大了二姐的老大，后二姐倚仗外公外婆的支持在三十六岁的年纪生下了二孩，并完全交给外公外婆照看，她和姐夫忙着开了一家不小的超市。我的孩子出生后外婆也离别了外公来我居住的县城帮我照看。

我们的外婆就是这样一辈子为我们操劳、奉献、付出且不求回报。如今的外婆已经九十一岁高龄，基本还耳聪目明，但因年轻时经常超负荷的负重，外婆的腰从七十岁开始佝偻，现在整个身子成了九十度角，行走非常不易。然而贤惠超常、倔强刚烈的外婆，什么事都自己来，绝不给我们添麻烦，也不接受我们金钱的馈赠，常常让我们揪心而无措。

我们至亲至爱至善的外婆呀，我们多想好好照顾您、孝顺您哦！今年我们反反复复做她的工作，让她要不接受我们的照顾到县城来，要不接受我们的安排请人照顾。最后外婆思考良久，为了不给我们增加金钱的负担，同意来县城。现在我和在县城陪读的二姐照顾着外婆，我一有空就去陪她说说话，帮忙照顾点滴，双休日我承担全部照顾的责任。外婆又总对我说："我为你和你哥做得最少，你这样对我，我心里不过意呦。"我们敬爱的外婆呀，您给予我们的太多太多了，您的良善、无私、奉献、不求回报的精神更是传承于我们的无价之宝呢！这个月十八号星期六我第一次替外婆洗澡，外婆终于没有再抗拒。她温顺地接受了我的侍奉。我小心地建议洗个头，外婆也没有反对，揭开那块包头布，我第一次完全清晰地看到了外婆的脑袋，斑驳凹凸，仅剩的两鬓和脑后几根稀疏的头发已经全白了。我温柔地抚洗着外婆的头，一遍又一遍……

外公，您在天堂还好吗？

在很多人的记忆里，最难忘的是妈妈的味道，而令我在流年中久久回味的却是外公的味道。

那时每到夏天，外婆种的青皮、花皮菜瓜便横一条、竖一根地陈卧在自留地里茂盛的瓜叶下，外公做饭前就这么顺手摘下两根，从中间一剖为二，掏瓤，洗净后，将菜瓜伏在砧板上。只见菜刀在外公的手中上下翻飞，眨眼间整片菜瓜已变成了无数片薄如蝉翼的瓜片。如此这般两根四片菜瓜，不一会儿在外公的刀下就进了菜盆。外公向盆里加入细盐、拍碎的蒜子或洗净刮皮切碎的姜末，然后用洗净的大手把盆里的瓜片揉来挤去，再放置一旁等其出水后，将水挤尽，根据我们喜欢的口味加进白糖、味精，最后一步就是淋上自家香喷喷的菜油，这盘凉拌菜瓜就大功告成了。此菜清脆可口，爽香扑鼻，几口下来唇齿留香，停不下来。还有外公做的芫荽（香菜）拌千张，也是我记忆里无法忘却的美味。此菜倒没有什么特殊工序，香菜洗净放入开水中焯一下，捞出过水沥干切碎，把煮熟的千张切丝混入，加入盐糖姜末，淋上多多的麻油拌匀即可。但此菜口味和菜色最关键的一步就在焯水。如果焯水时间不到，则菜不成形不入味，如果焯水过了，菜色会晦暗软烂，不好看不好吃，只有刚刚好的火候和时间，这道菜才会色泽青绿、口感清脆，大口咀嚼，最是幸福时刻。那时每次我回去，外公都做一大盘，撑得我小肚溜圆。现在此菜每年我都会做几次，但极少才能碰上外公那样刚刚好的菜色和口味。外公开年之后做的火腿烧莴笋，那红红流香冒油的火腿肉、那绿绿软软腻腻的莴笋块，吃进嘴里那香、那味，绵延不绝……

外公辞世，离开我们已经快十年了，但对外公的想念却依然那么强烈而浓厚。一回回在梦里见到了可亲的外公，但很快只见背影，怎么留，怎么拦也拦不住。生前极温和的外公还是那样决然地飘逝而去，留下伤心不已的我。每每就这样泪湿枕巾，在哭泣中醒来，才发觉原来是梦！外公不在了，再也不会回来了！尤其记得二〇一〇年五月十二日汶川地震两周年祭、外公入土下葬周年祭，因为太过心痛，所以不愿触碰，想回避，然而许是痛彻过心扉，或是过于刻骨铭心，哀伤与苦痛在我刻意回避下绕过了白天，在寂静的夜晚、在我的睡梦里它们携手蹒跚而来，来了就气势汹汹、铺天盖地！在梦里我梦到了可怕的死亡、梦到了外公痛苦地辗转于病榻，被病魔熬煎得形销骨立。梦里的外公在遗留的最后一点生命里，在骨瘦如柴的躯体上赫然让我看到了那充满哀伤、留恋人世、依恋我们，令我心碎不忍卒读的眼神；睡梦里我的心在悲鸣和痛楚中苦苦挣扎，直到似乎要流出血来；梦到了外公最后还是没有撑到我来给他送终，在我赶到时已魂归西去，留下冰冷的躯壳，再也不回应我的呼唤。揪心的哀痛蔓遍每个细胞和毛孔，也留下了至今依然啃噬我内心的久久遗憾——没能给外公送终呀！睡梦里撕心裂肺的抽搐声惊醒了自己。原来一切是梦，也不是梦！

外公憨厚、朴实，不能喝酒、不吃肥肉，一辈子与世无争，宽厚地、努力地对待所有人、每件事。外公从不发怒，偶被外婆数落或被外人欺负，最多就是蹲在墙角闷闷地抽烟。外公较高大，年轻时有一身好力气，所以不管是在起初的生产队还是后来分田到户，干活从不惜力。听说在生产队干活因为太猛，担得太多，就曾经挑折过腰，挑断过扁担，就此得了个"老孬呆"的友善雅号。后来分田到户，为了帮扶父母抚育我们大小不等的四个孩子，供我们上学，外公外婆竭尽所能，倾其所有。即使父母把家搬回了父亲的老家，外公外婆依然不急不恼，平静地守着养育过父母所有孩子的老屋，喂鸡饲鸭、种菜种瓜。只要我们回来随时就能一边享受着外公外婆提供的无比放松和轻松的温暖时光，一边大快朵颐外公烹制的美味佳肴。外公外婆对我们从不责备、从不抱怨、从不求回报，能做的就是付出和给予。在我们从小居住的老屋至父母迁居乡镇的这条道上，不知留下了外公送粮、送菜、送一切可送之物的多少个足迹?!

在我们姐兄妹一个个长大成人，成家立业的过程中，外公外婆在辛苦的劳作和岁月的双重磨砺下，霜白了头发，佝偻了身躯，年岁也越来越大。为了便于照顾两位老人的晚年，我们和父母商量，把外公外婆从我们出生成长的那个边远小村接到父母和姐姐们居住的乡镇。二姐开超市，勤劳的外公外婆依然里外帮衬着二姐家忙这忙那。当二姐因有外公外婆的支持在中年产下老二后，外公又成了小二子最好的玩伴。常常看到他们在一起玩游戏、搭积木，外公还和二子抢玩具，闹得不可开交，外公变成了可爱的老顽童。

　　闲来无事的时候我们和我们的孩子都喜欢斜坐在外公的腿上，揪外公翘翘的长满花白胡须的下巴，打趣说这是希腊美男的下巴。外公不懂，也从不生气，憨憨地乐呵呵地看着我们慈爱地笑，脸上深深的皱纹里盛满了浓浓的爱。我们和我们的孩子们就是这样与外公在和谐里感受着幸福和快乐。我们给他买好吃的，给他零花钱，他也不推辞，开心地收下，当作我们对他的孝心，让我们收获孝亲的安慰和喜悦。

　　似乎二〇〇八年那场百年不遇的大雪吓坏了外公。外公自从大雪里卧病后身体便每况愈下，直至熬到二〇〇九年的五月十二日咽下了最后一口气，安静地离开了这个让他深深眷恋的世界和我们，驾鹤西去，享年八十六岁。悲伤的我们和外公做着最后的诀别，也知道这是生命的规律，我们妥帖地安葬了外公。但我们对外公的想念却是那样的持久、浓烈，好像外公渗入了我们的血液、骨髓和灵魂里。

　　又到一年清明时。外公，我们想您了！您，在天堂还好吗？

陪伴是最长情的告白

> 此生唯一能给的，只有陪伴。而且，就在当下，因为，人走，茶凉，缘灭，生命从不等候。
>
> ——龙应台

冬天的午后有阳光透过玻璃窗暖暖地照在我和外婆的身上。我坐在外婆的对面，修补外婆自制绑腿的破漏处。刚刚洗完澡的外婆有一点疲倦，斜靠在姐夫特意为她购买的藤椅里看着我，有舒服满足的样子。

外婆九十二岁了。去年还耳聪目明的，今年耳背了很多，但思维清晰，依然关爱和关心着我们每一个人。记忆里母亲是强势的，她更在意怎么能多挣工分，多挣钱，鲜少有对我们的温柔和疼爱，一不满意对我们四个姐弟兄妹非打即骂，所以关于家的概念、关于爱的感受都来自外婆和外公。

外婆是不善言辞的，她的特质就是勤劳善良，然后就是用行动实实在在地对我们好。在我上初中的时候父亲执意迁居回他的老家，中学距离这个新家只有十分钟的路程，可我还是愿意走一小时的路去外婆家。当时自己也不知道为什么，经年后才明白我喜欢的就是外婆那里的温暖、自在和关爱。不管何时到总有外公外婆准备的可口饭菜，有外公外婆追随着的关切、疼爱的眼神，有轻松舒适的氛围。冬天滴水成冰的早晨，外婆也会早早起床，在我醒来时刚刚炒好一大碗泛着油光的蛋炒饭，或者正开锅把刚刚煮好的米饭上的蒸蛋取出来，这时总是烫得外婆直呵手，但外婆绝不会忘了趁热向蛋碗里放一勺猪油。外婆外公这种渗透着爱的陪伴，一直伴随着我们的成长。

后来，我工作了，单位在距离父母的家和外婆家差不多的中间位置。我还是愿意去外婆那里，哪怕是村路不好走。那时常常把学生刚考完的试卷带回外婆那里，吃完晚饭，洗漱完毕，我和外婆就窝进早被外婆用汤婆子暖热的被窝。我在这头，外婆在那头。我改试卷，外婆帮我理试卷，直到最后一张，没有丝毫的参差。我那时就想，外婆的这张陋床每一角都浸润着外婆对我浓浓的爱。

尤记得没有感情经验和经历的我第一次喜欢上一个人，但因父母激烈地反对，我很难过，躲在外婆的床上偷偷地哭泣。外婆不知该如何安慰我，就一直坐在床边陪着我，让外公一日三餐做好吃的，随时候着。正是外婆和外公这样默默的陪伴和精心的照顾，让我较快地从这次失恋中恢复过来。

九十二岁的外婆，腰早已直不起来，现在更是连走路也是吃力的。一向刚强不愿意给别人添麻烦的外婆感受到了自己的力不从心，从去年开始同意让我们照顾。她跟着二姐生活，我有空过去照应。远在深圳的哥嫂都会在不同的季节给外婆置备每一季的生活用品，在乡下的大姐忙里偷闲也会来看望外婆。

外婆一直是爱干净的，从头到脚，全身上下清清爽爽。她喜欢让我给她洗澡。趁给她洗澡的时间，我给她剪稀疏的发，洗斑驳的头，用她喜欢的温度的水给她冲背，用我还不太粗糙的手替她搓澡，给她穿衣，收拾洗澡后的一切。每次这个时候外婆总是既满足又歉疚，说自己活久了，拖累我们。今年竟然趁我们姐妹仨都在的时候提出来让我们把她送去养老院，任其自生自灭。

我们亲爱的外婆呀，我们是多么希望您一直活下去！让我们有外婆可喊，有外婆可看，有外婆可奉，因为您就是我们内心最温暖最柔软的存在，是我们心灵深处的家园呀！我们永远爱您的！

陪伴是最长情的告白，这句话应该不仅仅用于情人和爱人之间，其实在子女和长辈之间也是适用的。这就是所谓的你陪我慢慢长大，我陪你慢慢变老。这样的传承最美好！

陪伴是最长情的告白！

外婆藏在文字里

和姐姐一家住在哥哥家十八层楼近两年的外婆，早早计划好趁"五一"正读高二的外甥女放假的机会，她要和姐姐、姐夫一起回老家，回到她一人居住的小屋，独自过一段时间。

九十三岁的外婆老而不衰，除了因年轻时经年的超额负重，古稀之年后腰虚疼而致不能直外，头脑清晰，思维顺畅，感知敏锐，性格倔强，自尊贤惠，不愿予人以麻烦。看外婆主意已定，我们想最好的孝顺有时也应包含顺从。还好，回老家后，父母就在隔壁，有事应该也是可以照应的。

毫无征兆，五月十七日晚外婆突发脑梗，十八日晨接到母亲的告急电话。就近的姐姐们率先赶到，此时的外婆已出现嘴歪、流涎等脑梗病人的常见症状，且出现间断性的意识模糊，不能正确辨识她最爱的我们。当得知这一消息时，我控制不住情绪地失声痛哭。我很害怕外婆从此把我们忘了，或就此撒手人寰。这将是怎样的遗憾和悲痛？我想我是承受不住的。

外婆的生命力真是超级强大，十天的连续就医，九十三岁患了脑梗的外婆竟然奇迹般地恢复到七八成的水平。嘴归位、涎不流，意识清醒，思维顺畅，除了左半边身体有些许的僵硬后遗症，其他基本都恢复了。我们每个人又成为她心心念念、清晰记得的宝贝。

脑梗后的外婆还是发生了较大的变化。病前什么都是自己硬撑、硬扛，即使想念我们，即使照顾自己力不从心，但总是担心给我们添麻烦，心口不一地让我们该干嘛干嘛，不用老不放心她；病后的外婆却异常依赖我们，恨不能我们所有人天天在她身边。夏天的每一个黄昏，外婆都会搬一把椅子坐在巷子里眼巴巴地瞅着巷子入口，等待我们或一人或几人出现在她的视线里，看到我们就喜不自禁。但因为只此一项的等待就会显得漫长而急切，所以大部分时间外婆是失望至失落的。

八月底这一次回去看到的外婆又黑又瘦，刹那间我心酸得不能自已。我又一次提出来九月接她去我家，让我好好照顾她。本以为这一次她还会像以前无数次一样，要么毫不犹豫地拒绝，要么要好好考虑，过几天再因各种各样的顾虑放弃去我家的念头。然而这一次外婆没有丝毫的犹豫，满口答应，且有喜滋滋的期待之色。终于不用费劲、费心劝解，我满意地松了一口气。

因为一些原因，真正把外婆接到我家是十月六号。一直以来外婆都惧怕我家五楼的高度，不敢轻易来我家。逢年过节偶尔串门会由姐夫们背行，这次上五楼只有我和瘦弱的老公两个人护行，我做了几手准备。一是我和老公背一程，二是带上我家的小凳子，上一楼坐下休息好，再上一层。外婆死活也不同意我和老公的背行要求，只选择第二种方法。真是意外，外婆竟然只用了十来分钟就成功进入我们五楼的家。她看着为她准备好的一切：前几天刚买的装她衣物的大收纳箱，小巧精致的食盒，整洁舒适的卧室，外婆满意地笑了。以为从此在我耐心、细心的照顾下外婆会过一段幸福快乐的时光，我也会因为这样贴心地二十四小时照顾过外婆而心生欣慰。但，是我的过错也是老天的不成全，外婆到我家的第三天因为我和老公的失误，让外婆处于十分钟左右的监管真空，外婆从我家沙发上滑到地板上，因为急于挣扎起身，屡不成功而导致脑梗二次发作。彻夜地精心照料，还是没有遏制外婆病情的恶化，只能无奈送回老家治疗。我计划的无缝照顾外婆半年，最少也该三个月、两个月的心愿彻底落空，遗憾和内疚如影随形。

二〇二〇年的三月九日夜十点零二分外婆悄无声息地咽下了她的最后一口气，与我们再无交集。那个最爱我们的外婆，那个我们最爱的外婆从此了无痕迹。我们的往后余生再无外婆！

三月十日是外婆留在人间的最后一夜，听参加过至亲葬礼的大外甥女说，死人灵前的香不能断。那一晚由我和老公与两个姐姐守灵。姐姐们都太累了，夜深后不觉渐次发出此起彼伏的鼾声。我敬畏死亡！看到没有了呼吸的外婆有些陌生，心里滋生出些许害怕，但我牢记外甥女的话，灵前的长明灯和香火是不能断的。我想它们可能是照亮外婆上天堂的路，不能马虎！整整一夜我一刻也不敢闭眼，记录好每隔四十分钟香会燃到尽头，必须要重新上香。为外婆守好最后一夜是我对外婆最后的尽心。祝愿她在天堂与外公团聚，过另一种幸福快乐的日子！

三月十一日七点半民政局的车子如约而至。就要给外婆发丧了。因为疫情远在广东的哥嫂是不方便回来奔丧的，从昨天开始他们在广东和我们同步设置了灵堂，今早哥哥要求我们拍下外婆发丧的视频，他们要和我们一起举行送别外婆的仪式。不知什么原因，就那么奇怪，在外婆被抬离家门后的四分零九秒的拍摄视频里没有关于外婆丝毫的影像，除了声音，从头到尾都是黑屏。难道是外婆不忍心把死别的锥心画面留给我们？

从此再无外婆！往后感受外婆的气息和痕迹只能从文字里……

二〇一九年六月二十日

我要拿外婆怎么办？上次回学校上最后两天课，并参加中考监考，前后五天的时间，外婆硬说我走了半个月。

明天又该回去参加小升初监考和中考阅卷，外婆这里已是泪水汪汪，让我给她找支笔，她要在墙上每天划条线，看我几天能回来。

九十三岁脑梗后的外婆记忆常有混乱，但从不曾忘记我们。

生命，从不等候，此生唯一能做的就是陪伴。祝福外婆及天下老人健康快乐！

二〇一九年七月十日

五月里外婆在老家病了，脑梗伴左脑急性萎缩。外婆差不多完全失去自理能力，密切的陪伴成为必然和必须。

陪伴外婆的日子，极简、极易。从我睡的一米小床到门五步，从一米小床至外婆的床榻也是五步。外间有口烧柴的大灶。大锅煨着大骨汤，焖着白米饭。渐已好转的外婆，啃着稀烂的肉骨头，深情地看着我，眼睛里满是开心的笑意，浓浓的肉汁从笑开的嘴里、豁了的牙口流下来，我及时轻轻地擦去。觉得外婆像个可爱的孩子。

今早离别时外婆像个委屈的孩子，张着豁了牙的嘴，哭了！

二〇一九年七月十七日

外婆的小屋鼠患肆虐。白天大鼠小鼠就叽叽歪歪，稀里哗啦，似争斗，像游戏，因白天的背景声大，也就随它闹了；夜深人静的晚上，小屋的老鼠家族简直太不像话，胆大包天，肆无忌惮，四处乱窜。我睡在离外婆床榻五步的一米小床上，头顶有小鼠在奔跑，脚底有大鼠在翻越，那墙角的纸箱里应该在开鼠界 party，好一个长夜漫漫！它们热闹，我难入眠。整它！整它！一个声音在我心里叫嚣。于是，昨夜我用妈妈买的粘鼠板整死了两只。

二〇一九年十二月十九日

生命留给外婆的最后岁月竟是如此地狰狞恐怖。十二月九日的第三次脑梗，让她连挪动一下身子的能力也丧失了。整日的卧睡使她全身酸胀疼痛，保姆的洗洗擦擦根本减轻不了她的难受。可怜的外婆疯狂地想我、想姐姐们、想哥哥、想孙女婿们。希望谁来拽她一下、扶她一把、抱她一次……我的一星期两次，姐姐们得空就来的穿梭，哥哥的远程指挥，孙女婿们偶尔的看望，都无法满足外婆的需求。漫长夜色下外婆望穿秋水。

昨夜我来践约，一晚上都陪她。因为有我在，外婆开始撒娇、任性，要撕了憋闷的尿不湿，要下床排泄。一夜五次床上床下的搂抱腾挪，我穷尽了所有力气，腿软、腰酸。但愿外婆是满足和舒服的。

下午有课，十点前乘车回到家，一觉睡下去差一点忘了今夕何夕。

刚得知一位德高望重的文友于昨天车祸身亡。生命如此不易，且脆弱！健康的人们健康地好好活着吧！

二〇二〇年一月十二日

监考刚一结束，我立马进入伺候卧床外婆的工作（保姆嫌累，早就吵着要回家过年了，商量几次才同意等到我放假）。乖乖，没有经过长期锻炼，照顾一个瘫痪的九十多岁的老人真不是件轻松的事。抱上抱下，不停地换洗衣服……话说，我太难了！

然而外婆对我们的依赖不是一点的深，虽然深夜有断续的呻吟，但每次给她调整好姿势，很快就又发出浑厚的鼾声，体现出她的安心和放心。今晨四点四十五分最后一次翻身之后很快又酣睡过去，没有出现之前三、四点就开始张眼盼天明的苦景。

刚过去一天一夜，我已经累得腰酸臂疼。接班的哥、嫂十八号才能从广东惠州赶回来。还有 6 天必须加油，再加油！

二〇二〇年一月十五日

给外婆刷牙、洗脸时我说，把您洗得漂漂亮亮的哈。外婆说，好，洗得比你漂亮，卖卖去。要能卖两个钱就好了（外婆即使病成这样，依然想到她能有点钱给我们就好了）！

我说，白送没人要噢，外婆张开豁牙的嘴，乐了。我也笑了。我和外婆的日常在外婆的病痛中充满了一点又一点的轻松和快乐。

二〇二〇年二月七日

早上把外婆抱起来，给她穿衣服时，想测测外婆的智商和思维是否在线。我问她，又过了一年，您今年多少岁了呀？外婆窝在我的怀里，看了看自己僵硬麻痹的身体，说道："8 岁"。并接着解释，"不能穿衣，不会吃饭，不能上床睡觉，不能下地干活，不就是一个八岁的孩子嘛！"我说，照您这样说，您就三个月。外婆忍不住张开缺了门牙的嘴，笑出了声。我也忍不住搂着外婆笑弯了腰。大笑中我泄掉了铆足的劲，几次再用力也没能实现将外婆从床到轮椅的战略转移。

生命在有些人身上，在有些时候真的不易，但只要我们充满生的希望，生命就有希望！

祝福大家平安康乐！

二〇二〇年三月一日

因为疫情，我去看望和照看外婆的频率由之前的每星期一至两次，到春节前后的两星期一次，再到后来交通管制、小区封闭管理，我过了三个星期才有空去看外婆。

我预想外婆见到我，一定是一边委屈得泪眼汪汪，一边怨我、怪我怎么几个月（外婆已没有什么时间概念，几天不见就说几个月没见）不来看她。然后是各种不舒服的表达，不断地要求给翻个身、靠个腰、换个地，外婆的痛苦，有声有色。我虽然心疼，但觉得外婆的生命力是旺盛的。这是很好的安慰！

我昨天带着内疚、愧疚的心情走向外婆的身边，准备接受她的责骂和接下来的撒娇。可这是怎么了？那帽子下面的脸原来尽管有皱纹，但不多，九十多岁的脸庞白皙且一直有桃花红，可现在的脸小而黄黑，带在头上的帽子显得特别大。她无声无息地躺着，没有吵闹和呻吟，静静的，让我的心瞬间收紧，紧到泛疼。

我走过去哽咽地叫她，她无力地抬起眼，用浑浊的眼光看我，有刹那惊喜。说想我，但却久未见我。没有了以前强烈的情绪反应。

晚上给她换尿不湿，心痛得难以自抑。怎么不长的三个星期，原来虽几个月卧床已消瘦的身体依然血肉饱满，可现在屁股上都是瘦陷下去的坑，两条曲起的腿竟像骨头架，令人惊悚。我似乎闻到了腐朽的死亡气息。

真难受！心再次揪得痛。也许死亡是外婆的解脱，可想想没有了外婆这份最不功利的关爱、牵挂、疼爱和无条件的想给予的爱（听姐姐们说，前两天外婆还叮嘱要给我点钱），我这份浓浓的爱和感恩回报的心和情要何处安放?!

二〇二〇年三月十八日

外婆离开我们已经整整十天了！从清晨接到噩耗电话时的心里一咯噔，到心底蔓生出说不清的情绪将我的心裹缠住，然后再到麻麻木木的。

看到外婆逝去的安详遗容，我觉得有点陌生，有悲伤，但没有逆流成河。

我好像在回避外婆的死亡，回避用我喜欢的文字来描述和表达关于与外婆的死别。

十天了，被裹缠很紧的心似乎松了一点，于是从心底细细密密地向外渗透着刺痛的感觉。心绪不宁，心头泛紧，有丝丝疼意。

此后再无外婆！

想到以后再也没有外婆千叮咛万嘱咐的绵长厚爱；没有一回去就要使劲往你包、袋里塞她认为最好东西的暖意；没有分别时追逐牵挂的诘语和蹒跚有爱的脚步……似乎心底最厚重最温情最温暖的心灵家园湮灭了。

但相信外婆的爱和外婆与我们的故事，会让我实现自我疗愈。

祝福天堂的外公外婆怡乐安好！

雪中不了情

我们这座滨江小城，在真正南方人的眼里它属于北方，而在北方人的认知里她又是地道的江南。处在这样的位置点上，冬天下雪不是没可能，但也不会很常见。二〇一八年的第一场雪，早有预报，甚至从气象局到各政府部门还发布了大雪黄色预警。然而，虽没有不期而遇的惊喜，但对这场先声夺人的雪还是充满了期待。

一月三日下午同学群里的北方同学已经第一时间发了正落雪的照片。我兴奋地在这座不南不北的小城以静等花开的心情，静等这一场雪的到来。

一月四日一醒来打开手机，看到作家研讨群里正热切地议论着这场雪。有的要呼朋引伴去雪地里美拍，有的想招呼大伙共同堆个喜庆的雪人，有的愿意在冰天雪地里一起走走，直走到雪满白头……我急切地融进了这冰雪世界。此时家乡的雪不是绒雪，是粒雪，坠入地面粒粒有声。雪，洁白无瑕、晶莹剔透。我小心地落脚，旋即脚下发出咕嘰咕嘰的音响；我伸开双手，虔诚地接捧着这洁白剔透之物，尽管她冰冷入髓；我仰起脸庞承受上天这豪放的馈赠，满怀感恩，不管她稍纵即逝。满眼的雪，雪覆瓦头、雪上枝头、雪盖草头……我忍不住欢跑起来，想大笑大叫，一个人的清欢也是欢呀！我骤然驻足，欣喜地发现被雪覆盖的桂花枝头上竟然缀着不易发现的二次花开的花朵，嗅嗅，依然有香；抬眼又目击到高高挂满枝头似柚又不是柚的藏在雪中却又露出黄澄澄脸蛋的果子；吐气吸气间融合风雪气息的梅花香幽幽渗入了五脏六腑。

雪地，洁白无瑕、晶莹剔透；心地，纯净无染、空灵纯粹。我享受着这场雪！

今天也是约好给外婆洗澡的日子。因雪天路滑，我放弃了低碳行走之径，选择乘公交之法。上了公交我便埋头读和评微刊群中之文，许是太过忘我，就这么被公交车从我住的城南，带到了城东，驶离了我要去的城北，直至很远的城西。猛然惊醒，匆忙下车，怕外婆等得急，再无心等车。我开始在纷飞的大雪里狂奔。雪越下越大。我的思绪随着这漫天飞舞的雪花飘回到二〇〇八年那场百年不遇的大雪中。记不清那场雪下了多久，但清晰地记得出门就是雪掩膝盖，举步维艰。公交停了，私人巴士也息业了，交通全部瘫痪。恰在此时，忽传来乡下的外公病倒了的消息。病况不明朗。心脏慌突突地跳，毅然牵着女儿、领着老公踏上回乡之路。四十里，女儿刚刚十岁，没有路径，雪深至膝盖。我们一家三口在茫茫雪地里，就这么深一脚浅一脚往老家赶。没多久，女儿的羊皮小靴就被坚硬的雪摩擦渗水。但乖巧的女儿知道我们急着回去看生病的太爷，她没有哭闹，一直忍受着脚底的冰凉刺骨。四十华里的雪路，从早晨九点半出发，直到下午五点我们才疲惫不堪、跌跌撞撞地回到了老屋。外公病倒了，魁梧的身躯不再挺拔。许是我们这趟艰难的回家之行激发了外公的生命力，他的病情没有继续恶化，稳住了！慌乱的心终于得以妥帖地安放。

外公熬过了这场大雪，还是没有好起来。最终于二〇〇九年的五月十日，带着对我们的无限眷恋，驾鹤西去。留下了孤独的外婆和让我们久久不能释怀的无尽思念。

时隔十年，在这纷飞的大雪里，我脖上围着枣红羊绒长围巾、身上穿着无扣驼色长大衣狂奔在给外婆洗澡的路上，相信天堂中的外公一定可以看到飞扬、跳脱的我；相信我及与我并肩牵挂和照顾外婆的哥哥、姐姐们就是外婆最好的依靠。天堂中的外公早该笑了吧？

水岸小屋

> 东风吹过，燕子归来，
> 点点嫩绿从土壤中冒出脑袋。
> 缱绻温软的春天来了，
> 有很多东西正在痒痒地发芽、生长，
> 比如情、比如爱、比如思念……

水岸边的那间小屋很平常。

想写它，是因为小屋里曾经住过的人，以及在这个小屋里发生的事。

这间小屋始建于二十世纪九十年代初。那时靠水岸居住的人家在生活条件改善后，纷纷从山上装运来大块的片石堆砌在自家门前的水潭里，来扩展自家前院的面积。我的父母在这股扩建潮中也不甘落后，用大片石从水底砌出一道石基墙，再装来些碎石沙土填满内坑，这样一个四五十平方米的宅基地就形成了。我家院子的北面紧靠马路有一栋三下二上的楼房，足够居住，所以这块地一开始是闲置在那里的，有时妈妈会种点蚕豆或其他蔬菜。

后来父亲从拆迁工地买来了一些旧砖旧瓦，就顺势建了两间小屋。水岸小屋就这样随随便便地建成了。我家不缺屋，所以水岸小屋建成后并没有派上什么用场，也就平时随便摆放点杂物。由于无人管理，小屋空洞，毫无生机，我们很少涉足。随着我们长大、工作、成家，离开了父母也远离了水岸小屋。

1999年年过七十的外公外婆越来越承受不了农活的压力，父母和我们商量把二老接到镇上来，以后方便照顾，就这样外公外婆从他们居住了几十年的乡村搬进了我家的水岸小屋。也没见外公外婆大动干戈在小屋里做些什么，搬进来的是他们用过多年的旧家什，可是有了外公外婆的入住，这间小屋恍如新生了一般，充满生机，有了浓浓的烟火气。这里成了我们最爱光顾的地方。有事没事就爱在外婆的床上躺躺，在外公的凉椅上坐坐。从外面工作回娘家的我、从学校放学的外甥和外甥女们第一时间肯定都是穿过正屋的巷子，进院门，再走过院子，到水岸小屋来。在这里遇饭吃饭，要喝水喝水，想睡觉睡觉，它是最惬意的港湾。

1999年的暑假我休完了产假，必须要上班了，女儿八个月大，无人照看。外婆二话不说从我手里接过女儿，和外公悉心照料起来。就像以前每一次照顾哥哥、姐姐的孩子们一样。女儿迈开的蹒跚第一步是在外公外婆的引导下完成的，女儿的第一声妈妈也是外婆悉心教会的。

进入十二月离女儿的周岁生日就近了。女儿一天一个样儿，她的成长变化是以天为单位的。清楚地记得那是十二月一个寒冷的傍晚，已经一个星期没有见着女儿了，想念的苦折磨着我，放学后我跨上自己那辆半旧不新的女式自行车，在崎岖不平的村路上骑行了二十华里，急切地蹿进了娘家的院子，想第一时间见到女儿。我要抱她、亲她。当我跨进院门时就着暮色最后一点光亮，朦胧中看见女儿靠在水岸小屋北面的桂花树下，外婆在她两三米之外拍着手，召唤着女儿走过来。尽管外婆背对着我，但我能想象出此时外婆的脸上一定是绽满笑容，慈祥得像中秋月亮一样散发出柔暖的光芒。就这样我看见了女儿张着胳膊，摇摇摆摆地向着外婆迈开了第一步、第二步——我激动地飞奔过去，紧紧地抱着女儿，左亲一下，右亲一下，激动地说道："宝贝真棒！真棒哦！"女儿被我这一番操作弄得晕乎乎的，等她定好神，看着我，一下子搂上我的脖子，轻轻地叫了一声"妈妈"。女儿这一声妈妈叫得我心都化了，眼泪毫无征兆地奔泻而出。外婆站在一旁看着抱在一起又哭又笑的我和女儿，欣慰地笑着走进小屋准备晚饭去了。我想外婆为了这一幕应该带着女儿练习了很多次吧。

女儿过完一周岁生日后生了一次病，腹泻了好几天，本来就长得娇巧的女儿肉眼可见地瘦了　圈。外婆怕我担心就没有告诉我。天寒地冻，她怕女儿冻着，天天躺在被子里把女儿暖在胸口。外公则一遍又一遍地为女儿做易消化有营养的食物。当我周末回去，看见弓着身子暖着女儿的外婆，看着因生病瘦了很多的女儿，看到进进出出忙碌的外公，心疼得不行。可外婆外公没有觉得受累，而是觉得内疚。

在这水岸小屋里外婆和外公同样无微不至地将二姐家的老二从褓褓带到上学。这间小屋里弥漫着的就是外公外婆无私奉献的情与爱。后来我们的小镇建造新街道，这个充满亲情与挚爱的水岸小屋被拆除了，而这间小屋和小屋里的人与事一直留在我的记忆里、流在我的血液里，不管时隔经年，不管身处何方它们都依然在！

今年是外公去世的第十三个年头，下个月的十号外婆离开我们也满两年了，对他们的思念从未间断。我的梦里常常有他们清晰的影像，有他们一如既往的疼爱。那么真！那么近！

有人说遗忘才是真正的死亡。外公、外婆从不曾真正离去，他们一直在，在我们的心里、梦里、生命里。

瞧，那两口子

好的感情，就是于千万人中，遇见你所遇见的人，于千万年之中，在时间的无涯的荒漠里，没有早一步也没有晚一步，刚巧遇上了。

——张爱玲

那两口子，是我二姐和二姐夫。

一

我二姐一米五不到，只有一米四六的个头，但年轻时候的二姐虽矮小，却格外美丽能干。十六岁跟着大姐夫学了一门裁缝的好手艺。两年出师后，爸妈就把我家临街的东屋进行了改装，这样二姐就拥有了自己的小小裁缝铺，开始做起了老板。因为二姐手巧，又肯动脑，设计的服装新潮、美观，人又特别亲和，所以周围四邻八村的人都喜欢来找二姐做衣服。

二

　　二姐夫是我们邻村人，离我家不远，但因为我家是在八十年代初期才随父亲回归故里，所以对周边的地理概念和各家各人不是很了解。后来才得知二姐夫家有比肩长大的三个兄弟。二十世纪八十年代中末期在农村已然兴起娶媳妇要盖楼房的不成文规定。家底一直很薄的姐夫家为了儿子们能娶上媳妇，竭尽所能、倾其所有，盖了一栋楼房，紧紧巴巴地为大儿子、二儿子娶了媳妇，至此姐夫父母已是两手空空，口袋比脸蛋还要干净了。而那时的二姐夫也已到了适婚的年龄。精明的二姐夫妈妈开动脑筋、睁大眼睛仔细为小儿子物色一个能干的媳妇。她在上街、下街来来回回的过程中发现了我美丽能干的二姐。看二姐巧笑嫣然，每天迎来送往，裁缝店里顾客盈门，她动心了，回家动员小儿子上门找我二姐玩。二姐夫是个孝顺、顾家、踏实的儿子，一直跟着自己大哥做木匠活，努力赚钱帮扶家用，无暇他顾。他听从了母亲的安排，来我家找我二姐搭讪。他第一次见我姐就被她明眸流转、顾盼生辉的样子吸引，对我二姐一见倾心。此后把他细腻、温暖的特质在我二姐那里表现得淋漓尽致，最终赢得了我二姐的芳心。就这样二姐嫁给了只有楼上一间房，楼下一间房，其他一无所有的二姐夫，开始了他们的苦乐人生。

三

　　尼采说："每个不曾起舞的日子，都是对生命的辜负。"对于结婚后的一穷二白二姐夫耿耿于怀，做梦都想改变现状。

二姐夫虽然话不太多，语言的表达也不是很丰富，但他脑子活泛，敢想敢做。结婚后，二姐夫感觉总还跟着哥哥后面讨生活，每月领点打工费，自己小家的日子何时才能有起色呀？彼时正是上海人特别喜欢吃内地螃蟹的那个阶段，家乡有许多老生意人已赚了个钵满盆满。二姐夫为了尽快脱贫致富，在对螃蟹生意经一无所知的情况下贸然经商。市场信息瞬息万变，尤其是卖螃蟹，一天一个价，甚至一个小时一个价格。二姐夫毫无经验只是参考头一天上海销售价在家乡广收螃蟹，高价雇车运到上海，却发现市场价格已跌破收购价，又因死守对乡人说话算话的诚信原则，死扛着不改收购价，导致几次上海之行，亏损了七挪八凑来的七千多块钱。二姐因缺乏产后营养，生下长女后很快就没有了奶水，现在连给女儿买奶粉的钱都拿不出来。二姐急得满眼冒火，以离婚相胁才终止了二姐夫的这次冒险之旅。

这次的失利让静下心来的二姐夫明白——想赚钱还得从自己能掌控和擅长的行业入手。恰巧这个阶段父亲调入县城工作，并分得一套单位住房，母亲随父亲入住城关，家交给二姐打理，偶尔回来查看查看。二姐夫结合社会大形势，看到随着改革的深入，对外开放国策的推行，中国人的生活越来越好，而中国人最传统的愿望就是安居乐业，所以有了钱第一件事就是盖新房，盖了新房就互相比较哪家装潢更气派。二姐夫看到了这一商机就大刀阔斧干起来，把我家临街的两间正屋的墙壁全部敲掉，打造成门面房，安上卷闸门，办好营业手续，挂起了铝合金门窗安装公司的招牌。担心岳父母不同意，他来了个先斩后奏，等到木已成舟，父母虽然不高兴也不好说什么。

二姐夫显然是吃苦耐劳的，进材料，制成品，上门安装麻溜得很，因为一是手艺、信誉好；二是市场需求量大，很快二姐夫的一人公司就生意兴隆、财源广进了。看着二姐夫公司门庭若市，感受到国家对个体经济的支持，周边的人坐不住了，纷纷仿效二姐夫学做铝合金门窗生意。二姐夫看到市场竞争过于激烈，自己已没有优势，开始寻找新的商机。偶然在报纸上看到了一则玻璃刻花的广告，二姐夫二话没说，联系好培训人员，星夜兼程赶到山东滕州市，几乎是不眠不休用了十六个小时学会了别人要用十天才能学会的技术，又马不停蹄赶回家，迅速开始了玻璃刻花的生意。市场上家庭装潢的要求不断升级，玻璃拉门设计被越来越多的家庭接受，所以二姐夫又占得先机，迎来生意的新高潮，成功挖到了自己的又一桶金。二姐和二姐夫在市场经济的大潮里勇当弄潮儿，为自己也为他人闯荡出一条条致富之路。

四

父母对于二姐夫没有和自己商量就把自家房子改头换面是不舒服的，所以每次从县城回来，多少对二姐夫妇有点情绪。有了一定经济基础的二姐夫再也忍受不了这种寄人篱下的感觉，果断拍板，用对当时来说是一个巨大数字的价格，买下了先前生产队做牛棚的一块地皮。建造了第一个属于他和二姐自己的家。

二姐家新盖的楼房就在街口，高大、宽敞，很是气派。二姐夫依然做着玻璃刻花生意（因为这是一项技术含量较高的手艺，几年下来仿效者甚微），如鱼得水，二姐在一路支持二姐夫创业的路上功德圆满，辛苦的裁缝生意已不再继续，安心待产，幸福地等待二宝的到来。

五

新千年之后，我的家乡在改革开放的春风里也迎来了打造新街道的热潮，二姐的新家正好是规划图里新街道的街口。开发商一次次上门请求二姐和二姐夫支持新街打造工程。看看付出昂贵代价刚建造没两年的新家，二姐夫妇俩万般不舍，但他们最后还是深明大义、顾全大局地同意了配合拆迁，也没有多提过分的要求。二姐家的拆迁工作做好后，其他人家看二姐夫家这么好的新房都同意拆迁，也不好意思再坚持拿乔（方言，装出为难的样子，或找借口刁难别人以抬高本人身价）了，纷纷签了拆迁合同。开发商和乡领导感念二姐夫妇的深明大义、率先示范，让拆迁工作顺利开展，所以在回迁时把最好市口的街道口门面房给了他们，在其他方面也尽了最大可能地照顾。这应该就是应了好心得好报的说法吧。二姐家回迁的街道口三层楼房巍峨壮观，是进新街的必经之地。二姐夫感觉玻璃刻花既是技术活又是体力活，太辛苦了！当回迁的街道口新房装修好，二姐夫又根据现在人们消费能力空前提升的形势，利用好市口开起了超市。因他俩始终秉承不卖假货的原则，所以超市生意红红火火，每天都是顾客盈门，络绎不绝，很快二姐夫成了老家响当当的人物。

六

在社会主义市场经济体制下，我国确立的以公有制为主体，多种所有制经济共同发展的经济制度，既是一项充满生机和活力的制度，又是一项造福于人民的制度；改革开放是中国的强国之路，是国家和社会发展的活力源泉，是我们实现社会主义现代化和中国梦的必由之路！二姐和二姐夫只是全中国最普通的两口子，他们和中国无数家庭发家致富的历程就是祖国繁荣昌盛的缩影。

七

此去经年，美丽的二姐已没有了年轻时的光华，二姐夫因过于劳累，身体也出现了这样那样的不适，但他们伴随着祖国的发展进步，尽己所能，发家致富。他们做到了遵规守纪、顺应形势、合法经营，给远近的人们做出了很好的榜样。为建设全面小康，构建和谐社会，共圆中国梦，做出了最实在的贡献。

二姐依然温情待人，二姐夫也未改初心，他们夫妻恩爱甜蜜，继续努力打造幸福生活。

我爱你，不光因为你的样子，还因为，和你在一起时，我的样子……

——罗伊·克里夫特《爱》

第二辑

情不知所起

一往而深

谈谈爱情

我正在读民国才子名媛情书即遗落在岁月中的老情书《旧时光的爱恋》。想要穿越时光的隧道，回到那段旧日时光，深深，深入他们的爱情里，看一看那时，正当最美年华的他们。

从小读鲁迅先生的生平，一直就记住了他是伟大的文学家、思想家、革命家，是中国文化革命的主将，他深刻影响了五四运动以后的中国文学，他是凌厉的文学战士。他标志性的特征：竖立的头发、浓密的八字胡、坚毅的目光和始终夹着香烟忧国忧民的严峻神态。读了他和妻子许广平的《两地书》，看到了更完整的鲁迅。他也有柔情似水的儿女情怀。他和许广平的爱情浓烈而细腻，"小白象、小莲蓬、小刺猬"这些可爱的字眼曾是他们之间亲密的昵称。正是许广平的出现才使鲁迅体验到了真正的爱情，拥有了完满的人生。

光艳、清高的旷世才女张爱玲遇到了胡兰成。她见了他，头变得低低的，低到尘埃里，但她的心里是欢喜的，从尘埃里开出花来。爱情在这对才子佳人间绚烂绽放。她渴望拥有"岁月静好，现世安稳"的长久爱情，但滥情的胡兰成却负了张爱玲。

"因为懂得，所以慈悲"，张爱玲一次次原谅了胡兰成，然而最终慈悲是有限度的，深爱一个人的心也是不能无限制地被践踏和伤害的。当这颗心真正凉了，就再无挽回的余地，即所谓"我若转身，后会无期"。最终被伤透心的张爱玲远赴美国孤独终老，这朵开在尘埃里的花与她不可一世的才情凋谢在美国鲜为人知的公寓里。

两情相悦的爱情是奢侈的精神佳品，热烈时让人痴、让人疯、让人魔，但她又往往敌不过时间、敌不过距离、敌不过生活中柴米油盐的琐事、敌不过热情的消退、敌不过猜忌和不信任。

一生至少该有一次，为了某个人而忘了自己，不求有结果，不求同行，不求曾经拥有，甚至不求你爱我，只求在我最美的年华里，遇到你。徐志摩和陆小曼的浪漫爱情在当时轰动了整个文坛。他们相遇时，她是别人的妻，而他是别人的夫，为了爱情他们冲破重重阻碍终于结合，但他们的爱情甚至包括徐志摩的生命都败给了烦琐的生活和拥有后的不珍惜。失去了方知痛，陆小曼用她的后半生为这段刻骨铭心的爱情赎罪。

人生若只如初见时该多好！郁达夫第一次见到了王映霞，那个"明眸如水，一泓秋波"的女子，可谓惊鸿一瞥，他便深陷在爱情中，无法自拔！他终日徘徊在王映霞的窗下，频繁地给她写情书。他的赤诚终使他抱得美人归。然而再惊天动地的爱情，不懂得经营、宽容和妥协，最终也会败给时间和平淡的生活。婚后12年他们劳燕分飞，结束了这场富春江上的才子佳人恋。

相爱容易，相守难。心动或许仅一瞬。真正的爱情应该是把婚礼上的誓言落实到一辈子的行动中。既要享得了爱情浓情蜜意时的幸福，也能甘于爱情归于平凡时的平淡，能坦然接受爱情光环外的不完美爱人。互相体谅、相互包容、互相扶持。愿得一人心，白首不相离。"平平淡淡才是真，相扶相携自翩跹，只羡鸳鸯不羡仙。"这才是爱情最真实的样子。

时光静好，与君语；细水长流，与君同；繁华落尽，与君老。拥有爱情时请好好珍惜、多多经营，牵好彼此的手，将爱融入生命，倾一世温柔，与彼此一起待霜染白头，陪彼此看细水长流。让爱情赢得过时间、渗得进生活；让生活因拥有爱情而美美的。

谁是谁的唯一

"君若水上风，妾似风中莲。相见相思，相见相思。君若天上云，妾似云中月。相恋相惜，相恋相惜。君若山中树，妾似树上藤。相伴相依，相伴相依。君若天上鸟，妾似水中鱼。相忘相忆，相忘相忆。"回望当今当世，物欲横流、情欲肆意，很难找，谁还是谁的唯一。

捧读桐华的《长相思》一读再读。沉浸在故事里，关切着小夭和涂上璟的命运，感动于涂上璟对小夭深切唯一的爱恋，欣慰着小夭以无比诚挚纯洁的爱回馈于涂上璟。他们的眼里、心里、血液里、骨子里只有彼此。他们俩都是至高至尊至贵至慧之人，但他们只有一个愿望——相爱相守。为了对方，可以舍弃一切，包括自己的生命。他们就是彼此的唯一。

明知是小说、是作者写作才华的绽放，还是感动、还是愿意相信——无论是古代还是现世都还有美好的爱情，还有谁就是谁的唯一。

一读再读《长相思》，感动、心疼、快乐于小夭和涂上璟的曲折、坚贞的爱情，沉静下来另一种更震撼心灵的感情浮现在头脑里，让我心酸和敬仰。那就是相柳对小夭无限付出而又不求任何回报的爱。

初次相见是小夭误闯进相柳的军营，以相柳的狠、强、毒小夭应必死无疑。可能是小夭的调皮、狡黠，为了活命的卑微及坚持原则的坚定，让冷酷、冷漠的相柳心有所动，到小夭解释自己是谁的表达：我只是个被遗弃的人，我无力自保、无人相依、无处可去时彻底击中了相柳内心最柔弱的部分。也许是同病相怜、也许是潜意识里的善良被激发，爱的种子也于此种下。

以后的故事里相柳或以防风邶示人，用尽一切可能帮助小夭练习剑法，为的是她有力自保；在她最痛苦的日子里陪她玩遍好玩的地方，吃遍好吃的东西，为的是她不再寂寞和孤单；当小夭和唯一的爱者涂山璟命临危险或生命垂危时相柳都不惜代价默默出手，为的是她有人相依、有处可去；为了小夭以后能了无牵挂和自己的爱人幸福生活，在不得不死前抹去了自己留给小夭的所有可见的记忆。费心为小夭准备结婚的礼物，却以别人的名义送达，他只求小夭能幸福快乐！自始至终小夭都是他的唯一，尽管小夭不知道。

其实小夭拥有三个男人的爱：涂山璟的是浓烈至死不渝的爱；相柳是隐忍不求回报的爱；颛顼是无奈刻骨铭心的爱。涂山璟的爱让我感动唏嘘，相柳的爱让我敬仰感叹，颛顼的爱则让我鄙视愤慨。所以读完小说感慨万千之余就想发表一下自己的感触，写完涂山璟和相柳对小夭感天动地的爱觉得畅快，但鄙视颛顼尽管爱得刻骨铭心却不纯粹，所以一直不愿意梳理他对小夭的感情。沉静下来才觉得他对小夭的爱是刻骨铭心的，只是为了自己的王图霸业，他爱得无奈而压抑。

他和小夭自小在一起，因为家族的变故，他们成为唯一可以依靠的亲人。在那段黑暗痛苦的岁月里，他们结下了刻骨铭心的情意。他们牢记外婆（奶奶）临终叮嘱：一定要相互扶持，彼此照顾。所以在颛顼争取地位、渗入中原的过程中不管有多危险、多艰难，小夭不离不弃地陪在颛顼身边和他一起承担，竭尽所能地替他分担，因为在小夭的眼里颛顼是需要她帮助而她也义无反顾要帮助的唯一亲人表哥。然而颛顼对小夭的情感却不是单纯的亲情，他一直清晰地记着在爸爸战死、妈妈自尽的绝望日子里，是表妹小夭陪伴他、抚慰他、帮助他度过了一个个噩梦连连的夜晚；一直牢牢记着不谙世事的小夭，为了安慰他的无助和孤独随口说的"我会一直陪着你！"

为了自己的王图霸业，每次利用小夭获得涂山璟和丰隆的支持时，他都感到了无尽的耻辱；每一次为了平衡各方关系和利益不得不政治联姻时，他都有刺骨剜心之痛，再美的女人都入不了他的眼、动不了他的心。他的心里只有唯一的小夭。

当霸业已成，重权在握时他拥有小夭的愿望强烈到战胜了自己的超强意志。以为小夭唯一深爱的涂山璟消失，小夭就会永远属于他，于是他卑鄙地帮助一直要置涂山璟于死地的涂山篌企图杀害涂山璟。颛顼的爱是无奈、是自私，也终究无所得。

向纯美的爱情致敬！

那年花开月正圆

上

那年我十五岁，在乡中学读初二。

因为母亲疯，家里穷，十五年来我是极度自卑的。

（一）

我的家庭很特殊，爸爸长得高大也帅气，但脑子里似乎更多的是糨糊，死活不肯娶勤劳淳朴的村姑为妻，却乐意娶河对岸的美丽疯女（我的母亲）做老婆。八年间生了四个孩子，我是长女，下面有三个弟弟。

父亲是家里独子，爷爷在他很小的时候就因病去世，奶奶在家门口改嫁他姓，但一生都为父亲奉献和付出。父亲还有一个强势能干的奶奶，打小就宠溺父亲，一直要求因早年参加革命后来做官的叔公（太奶奶的小儿子）供父亲读书至初中毕业，无学可上了才回当时的大队当会计，没干几年能力不济，降到村里当会计，还是不能胜任，最后只能当了农民。

从小被宠溺，父亲严重缺乏独立和担当的能力，又读书多年，四体不勤，干农活实在是差劲。没了父亲当会计的收入，又挣不了太多的工分，我们家陷入了更大的窘境，在太奶奶和奶奶的帮衬下才勉强度日。

当年容颜秀丽的母亲早已被生活、被不断生育孩子磨砺得粗糙又憔悴，她每天活在自己的世界里，和父亲是不能正常沟通的。不幸中的万幸，母亲是有劳动能力的，也算是这个家庭的支撑。她只管自己干活，但从早到晚她总是边干活边自言自语，谁也听不懂她说什么。有时看她讲得累，劝她停一停，她充耳不闻，依然如故。对母亲的心疼却是这样的无法给予和无处安放！

父亲能力不强，生活中也不见细腻温存，但却特别在意子嗣的安全。指望不上母亲护佑孩子，所以父亲在生产队里干活，每隔一两个小时他就要回村远远地叫着三个弟弟的名字，等着他们一一答复，他才安心。

父亲应该也是爱我的吧，在得到三个弟弟响亮的应答后，父亲便"圣桂，圣桂"地唤我，直到我回应了，父亲又扭头赶往地头干活。

我们家每次吃饭都像一场战争，家穷，人多，每天的食物就那么点。从小被娇惯的父亲极其为嘴，一开饭几个弟弟一个比一个快地抢占有利位置，奋力往自己的碗里扒拉饭菜，于是就听父亲一直不断地呵斥着："少吃点，我还没吃呢！"已饿了好久的弟弟们哪等得了，接着便听到父亲用筷子一个一个击打弟弟们筷子的声音。每次我都趁乱取满一碗饭菜就溜一边慢慢吃。母亲基本就是一碗白饭，痴痴地傻傻地边吃边说。没人理会，她也不需要别人理会。

我应该是吸取了父母双方容貌的优点，生得美丽俊俏。可因为母亲疯，父亲"傻"，除了隔壁的表妹与我玩耍，其他的孩子都不和我玩，有时还欺负我，骂我"神经的女儿"，但也有例外的，村底下的兵哥哥就是。

（二）

兵哥哥应该和我同岁，比我大几个月。父亲是大队书记，母亲勤快能干，只有一个妹妹，家庭条件是相当的优渥。吃、穿、用度自一般家庭不可比。自然兵哥哥在小伙伴中威望也是不一般的。不仅如此，兵哥哥也是生得俊秀好看的。

村里的男孩们有机会就围住我欺负，有的捏我白皙红润的脸蛋，有的揪我的小辫，有的扯我的衣服，甚至有粗暴的男孩就直接将我推倒在地，一边说"神经的女儿"，一边看着我的窘相哈哈大笑。每次我都被捉弄得伤心大哭，可不一会兵哥哥就来了。他对那群男孩说："你们真怂，总欺负一个没用的小女孩，有啥意思呀？一会咱们比个手劲，看谁能！"男孩们一个一个灰脸耷脑地走了。这时候的兵哥哥总是有点凶巴巴地把手伸给我，说道："起来吧，真没用！快回家去。"当被兵哥哥拉起来后，我的手心里必是多了一块糖果。或是牛奶味的，或是软的。好稀罕的东西！我偷偷地边吃边开心到流泪。兵哥哥是我童年里最温暖的记忆。

我似乎在书本里更容易找到乐趣，所以除了帮家里干活，我的大部分时间都是用来学习看书的，故学习成绩一直不错。小学毕业考试，我以优异的成绩考取了我们的乡中学，成了一名中学生。

我的家地处乡西与别乡的交界处，距离学校很远，步行到校至少一个小时。冬天天不亮就要出发了，晚上放学时，天都黑了。而我们行走的道路都是田间小径，很长一段距离内是没有人家的。往往走着走着就被自己的想法吓了一跳，于是格外紧张，直到毛骨悚然，全身冒汗，慌不择路地跑起来。摔过好几次，甚至崴了脚。我一瘸一拐走路的样子一定很难看。

随着我们慢慢地长大，村里的男孩也逐渐懂事，以欺负我为乐的事情已很少发生，兵哥哥也很少出现在我面前。兵哥哥是和我同年考取初中的，但我们不同班。就在我因惊慌害怕摔跤之后的每次放学，或前或后似乎都能看到兵哥哥的身影，一开始以为是巧合，可后来的每一天都是如此。我好心安！以后放学再迟也不曾害怕。兵哥哥是我中学期间最灿烂的晴天。

（三）

那一年我十五岁，中秋到了，家家户户都为过节做准备，村里村外皆洋溢着节日的气氛。隔壁的同姓姑妈一早坐着划盆在自家东边的池塘里摘菱角。我又皮又淘的小弟在池塘边东蹿西跳，一会捞几棵菱叶撕着玩，一会又够着远一点的菱叶翻找菱角。我叫他回来，小心点，他也不听。不一会就听"扑通"一声，小弟栽到池塘里了。等大家七手八脚把小弟拉上岸，小弟已喝了大半饱水，脸也吓得惨白，我急得哭出来。闻讯赶来的太奶奶呼天抢地，不问青红皂白走上前来就左右给我两个耳光，边絮叨说："你个没用的东西，看个小弟都看不住，白养了你这么多年。"急吼吼赶来的父亲看着淹得半死的小儿子，也用利剑样的眼神剜着我。我捂着红肿的脸忘了哭叫，可眼泪流得更凶。委屈似潮水将我淹没，为什么错的总是我?!

帮着做完家务，团圆饭没吃就折进了自己的小房间。一个人任眼泪流成河。母亲的世界是混沌的，父亲的世界只有吃喝和儿子，弟弟们的世界应该是彩色的吧，但和姐姐没关系。不知道以后我的人生路要如何走？此时透过窗户看到了挂在天际的十五的月亮，既大又圆。但我感到的是中秋的凉意，有点瘆人，我抱紧胳膊俯下头。在呼吸之间，忽然有阵阵浓郁的花香飘来，那么好闻。我循着香气走到了隔壁姑姑家的小花园，看到了缀满枝头的米黄色小花类植物，隐约记得表妹好像说过是姑父买回来的桂花树——它开花了！

姑父是个文人，喜欢读书写字，侍花弄草，自建的小花园常常是花团锦簇，繁花似锦。桂花树就是其中之一，今年是第一次开花。我闭着眼，贪婪地吮吸着这难得的花香，想忘记所有的烦恼。不知过了几许，我睁开眼，却惊诧地看到兵哥哥不知何时站在树影下看着我。

那大我梳着高马尾，刘海自然卷，穿着合肥叔公女儿、我的四姑淘汰的白色的确良上衣，左胸处绣着五彩的蝴蝶，很好看，我特别喜欢。下装穿着的是四姑淘汰的藏青蓝过膝裙。本来就美的我在中秋的银色月光下，我想应该更清丽脱俗吧。

我认真打量着月色树影下的兵哥哥，我已经好几年没有如此近距离地注视过他了。现在的兵哥哥更是一个俊朗少年，个头很高，高出我许多。那晚的他特别安静，忽然让我想起《易经·谦》中的"谦谦君子，卑以自牧"，我的理解应该就是他这个样子。

他忽然把背在后面的右手伸到我的跟前，掌心里躺着一块包装精美的月饼，轻轻地说："听你弟弟讲，你又挨太奶奶打了，晚饭也没吃。饿了吧？垫垫肚子吧。"我羞涩地接过月饼，紧紧抱在怀里，用大概只有自己听得见的声音道了声："谢谢！"

默了一刻，他又柔柔地说道："快了，只要你继续努力，考取学校，跳了农门，你想要的好日子就有了。"

兵哥哥目光坚定地看着我，似乎在等我的回答，我认真地向他重重地点点头。他愉快地笑了。月光下，他像如切如磋如琢如磨的玉般温润。我的少女心在那一刻有悸动的感觉。

兵哥哥告辞而去，我急回卧房，我要好好温书，向那幸福的方向前进！

那晚花开正浓，月儿正圆，我的心温暖丰润。路在脚下，前方有我心向往之的地方。加油！加油！

下

我参加了那年的中考，以不错的成绩考取了县财会学校。我终于成功跳出了农门。当我接到录取通知书的那一刻，幸福和喜悦淹没了我，禁不住泪流满面。

（一）

兵哥哥在那个暑假第一次给我写了信，一份祝贺我"鱼跃农门"的恭喜信。虽然，信里没有提及任何有关感情的字眼，但快乐依然充盈了我的全身。我又想起两年前那个中秋月圆之夜的桂花树下。兵哥哥在得知我被太婆打、被父亲责备连晚餐都没有吃的消息后，就怀揣着月饼徘徊在我家的房前屋后。当我被月光和姑姑家的桂花香吸引出来时，才看到皎洁月色下温润如玉的兵哥哥一直在等着我。一块包装精美的月饼、一番鼓励我勇跳农门的话语，成为我接下来两年中最大的奋斗动力。那晚令我心弦悸动的情愫，一直在悄悄酝酿，我相信这份情感有一天终会开花结果。

（二）

财会学校开学报到的那天，我拎着家里唯一笨重的旧木箱挤上了开往县城的班车。除了中考，这是我第一次独自前往县城，对于未来的无数未知心里充满了忐忑。

随着拥挤的人流下得车来，我就迷失了方向，不知何为西东。在杂乱的人流中我睁着大眼惶恐地张望着，不觉中我的笨重木箱离开了我。慌乱回首间看见兵哥哥拎着我的笨木箱看着我笑。

兵哥哥和我同年中考，他的中考成绩让他在县城重点高中有了学籍。在小小的县城里我们俩的学校距离并不遥远。他已早我近半个月入学了，却一直记得我报名的日子，并知道我会迷路，特意赶来接我。我那颗慌乱的心瞬间安稳下来，且生出丝丝甜蜜的感觉。

我在财校开学后的日子倒是没有那么紧张，但兵哥哥的高中学习生活一定是忙碌的，他没有经常来看我，只在家里带了好吃的时会送一点给我。他知道我家里的情况，父亲是不会给我充足生活费的。我偶尔去兵哥哥的学校等着偷偷地看他几眼。

（三）

时间就在我们不着过多痕迹却已将彼此深纳心底的变化中悄然流淌，我三年的中专学习生涯宣告结束。非常幸运，八十年代全县财会人才是欠缺的，因为不错的成绩，我留在了县城，进了农业银行工作。兵哥哥的高考成绩也不赖，考取了师范高等专科学校，未来会是一名老师。我似乎都看到了我们繁花似锦的未来，但生活哪有那么多的一帆风顺。就在这个当口，兵哥哥的父亲，我们村昔日的大队书记，被查出来患了胃癌，且已到晚期。兵哥哥的天空塌陷了！他成了家里的顶梁柱，必须面对和解决一系列问题。父亲在耗光家里所有钱财后，撒手人寰，留给兵哥哥和母亲、妹妹的是一身债务，所以在兵哥哥上大学期间家里已无力给予他经济的支持。为了减轻兵哥哥的压力，我在接济完自家后，省吃俭用把攒下来的一点钱在月底寄给兵哥哥，虽然不多，但也算雪中送炭吧。一开始，兵哥哥是拒绝的，但我坚持寄，并强调这是借。

在生活的磕磕绊绊中我的工作越做越好，开始升为银行部门经理。兵哥哥也如期毕业，被分配到家乡的初中——我们的母校任教。我们的经济状况都得到了很大的改善。兵哥哥开始频繁地来县城看我，我们在花前月下聊天、谈心，向往着美好的明天。尽管如此，兵哥哥从来没有说过喜欢我、爱我的话语，但我们俩都心照不宣，认定对方就是自己最爱的爱人。

（四）

记得特别清楚，那年我就要满 24 周岁了。那年的秋天很反常，一直少雨、温暖，进了深秋还只是微凉，不觉寒冷，桂花八月开了一次，到了九月半竟又轰轰烈烈地绽放枝头，甚至比第一次更花繁香浓。简直要把人给熏醉了！

那个周末的傍晚兵哥哥接上下班的我，徜徉在河边的桂花树丛里，馥郁的花香让人陶醉，我们什么也不说，都觉得幸福。忽然兵哥哥抓起我的手，慌张地、红着脸问我，是否愿意嫁给他？有点突然，我愣了一下，其实我等这一刻已经很久了，但我还是想恶作剧地逗一逗他："你这是向我求婚？就这样？似乎没有什么诚意呀！"我抿着嘴、忍着笑，促狭地抬眉，假装正经地说。

兵哥哥憋红了脸，想屈膝跪下，但终没有做到，趁我不注意，将一枚金灿灿的戒指套到了我的手指上。狡黠地说："套住了，你就是我的啦！"我再也不想继续装下去了，开心地扑入了他的怀抱。一个温暖的、宽厚的、安全的怀抱。

在来年月圆桂花又开的季节，我和兵哥哥幸福地走进了婚姻的殿堂。

婚后，我们依然分居两地，我在县城工作，兵哥哥在乡中学教书，因没有钱在县城买房，所以我们的新家安置在兵哥哥学校的教师宿舍里。那时的交通远没有现在发达，我们相聚回家的路长且阻，我们当时的生活模式是现在很多大城市时兴的周末夫妻的模式。但这丝毫没有影响我们的工作和幸福生活。我们工作上互相勉励，生活上互相照顾。我在银行的工作成绩始终保持优秀，工作职位不断升高，在我工作的第十个年头，我被总行领导委任为市农商行行长，重权在握。兵哥哥在乡中学也干得风生水起，教学成绩斐然，也早升任了教导主任的职务。

我们婚后第二年，美丽的天使女儿诞生了，但因我们工作繁忙欠缺了对女儿的陪伴，这一直成为我和兵哥哥心中最大的愧疚。随着女儿一日日长大，父母的陪伴、关注、引导、管理格外重要，兵哥哥放下一切埋头看书，参加了市中学招考老师的考试，最终赢得了到市中学工作的机会。我们在市里安了家，并立即将女儿从乡下婆婆那里接到了我们的身边。女儿有了爸爸的朝夕相伴，有了妈妈的早晚呵护，越来越懂事、出色，我们的日子犹如蜜里调油，甜蜜幸福！

幸福平凡的日子里从未曾忘记那年的花开月正圆！

野百合也有春天

一九九〇年的那个七月,骄阳似火,酷暑难耐。

百合高考落榜了。这个七月于百合却似身处地狱,周遭寒凉而黑暗。十几年寒窗苦读,百合拼尽全力,就希望能跃过农门,摆脱苦累的农耕生活,也想给多子女的家庭必要的帮助。然而事与愿违。

身为农民的父母和子女众多的家庭失去了继续支持百合跳农门的耐心,百合大哭一场,撕毁了所有的高中课本,跟随姐姐们的脚步深一脚、浅一脚地参与了这一年的"双抢"大会战。做农活,百合是笨拙的。往年的百合愿意包揽家里从早忙到晚的所有家务,也不愿意下田干活,而今年的百合麻木地跟着姐姐们干着熟悉或陌生的农活,不知疲倦,似乎想将自己累倒不起才好。

农忙刚结束,父母就和姐姐们合计给百合找婆家。一是因为百合多年求学,没有经过长期农耕生活的磨炼,所以对家庭的支持价值不是很大,二是家人想趁百合刚刚高中毕业、年轻貌美,给她找个不务农的丈夫。单纯懵懂的百合还没从落榜的伤痛中缓过劲来就莫名其妙地被相了亲,男方对她一见钟情。百合还没作出反应，双方家庭就开始紧锣密鼓地筹办订婚宴。百合被姐姐和媒人拖拖拽拽地第一次去了男方家，两间低矮的茅草房，一进门一家子人，酒宴已经摆上，慌得百合不知所措，想夺路而逃，但姐姐和媒人拉着她说："亲戚都来了，酒席都摆上了，你走，怎么收场？"心软善良的百合最终无奈、软弱地妥协了。

本年的元旦一过，百合还没来得及把自己从单纯无知的学生角色转换成成年农村村姑，关于她的婚礼就举行了。稀里糊涂中百合成了没谋几面的男人的妻子。

结婚之后的百合欲哭无泪。两间低矮破陋的小屋，除了丈夫，还住着丈夫的爷爷、奶奶和小叔。为了这场简单的婚礼，家里举债七千多元，奶奶和爷爷因为多年来带着两个爹死娘跑的孙子已然厌倦而疲惫，所以债务一分不担。当时百合的丈夫是一名农村小学教师，一个月的工资一百多块，家里的其他开支也由丈夫支出。这七千多元的债务压得百合喘不过气来，每年年底索债的上门，百合急得要吐血，但无人给予她一点帮助，娘家把她嫁出去似乎甩掉了一个包袱，很少过问她的婚后生活。婆家的爷爷、奶奶也不喜欢百合，认为她中看不中用，家务干不好，农活更不行，辛苦培养出来的孙子好不容易跳了农门，结果又娶了个什么都不会，还没工作的媳妇。平时从来不心疼百合，甚至有时还为难她。

婚后三个月百合怀孕了，丈夫在距家十公里之外的学校任教，周末才回转家来。平时百合和爷爷、奶奶及小叔一起生活，家里从不买菜，每餐除了自家种的些许蔬菜就是一碟酱、一碗咸菜。破旧的桌旁围坐着爷爷、奶奶和小叔，百合连多夹一筷子咸菜都不好意思。所以后来百合和女儿开玩笑时说，女儿没有长歪长残，真是一个奇迹！结婚第二年爷爷、奶奶就和百合分了家，只划给他们一间破屋，家里唯一的电器就是一个电饭煲。以后一年的日子，家里所有的食物就只用这只电饭锅简单熬煮。因为没有余钱，女儿五六岁了还没有进过幼儿园。百合的日子是一地鸡毛。

百合没有家人的疼爱，在那个不熟悉的乡村也没有朋友，她无助辛苦地熬煎着日子。百合最大的心愿就是能找一份工作，养活自己，贴补家用，早日还清债务。一九九二年，改革开放犹如给饥渴的神州大地注入了神水。之后，各地的个体、私营经济如雨后春笋般冒出，百合的家乡也不例外。胆怯害羞的百合某一天抱着牙牙学语的女儿，毛遂自荐去了一家毛巾厂。最终她的真诚、坚决、迫切打动了厂长，百合终于找到了她的第一份工作。百合抱着女儿喜极而泣。

百合十分地珍惜这份工作，每天晨起抱着女儿步行七八华里赶到工厂，认真地工作一天，晚上下班后再顶着星星抱着女儿步行七八华里回家，从不早退和迟到。虽累但百合觉得有一份工作，且只要努力认真就能每个月领到像样的工资，百合觉得充实而有成就感。可惜一年后毛巾厂改制，百合无钱参股，无奈离职。

百合失业了！想想没有还清的债务和依然不会的农活，百合茫然无措，心中一片兵荒马乱。最后百合循着姐夫的人脉在乡供电所找到了一份临时工的工作。供电所里清一色的男人天下，彼时的百合虽已生育了女儿，但生性懵懂质朴，高中毕业后迅即结婚，少与人交，故几年之后一如以前的青涩稚嫩，带着一副近视眼镜，有股清秀的书卷气。婚后长期缺乏营养，身材苗条，但因年轻脸蛋依然水嫩。所里的同事们都喜欢这个话不多，勤快腼腆又美丽的女人。

供电所所长，一个近四十的中年男人，和妻子结婚多年无育，抱养了一个女儿。彼时所长的妻子因多年不孕，自卑而自暴自弃，身材走形，邋邋遢遢不修边幅，所以百合无疑是所长眼里的一股清流、一朵出水芙蓉。所长待在所里的时间更长了，有事没事地在百合眼前晃晃，有事没事地找百合问个话，嘘个寒问个暖。单纯的百合刚开始对所长心存感激，虽然觉得临时工的工资不高，但在这里人人对她热情友好，她觉得很开心。慢慢地所长不仅仅是在百合眼前晃，而且越来越大胆地向百合跟前蹭，甚至不经意地在百合的身边擦过，在百合的手上滑过，这让百合很不自在，但也没多想。也不知为什么百合发现所长妻子来所里的次数多了，时不时恨恨地瞪她一眼。直到一天所长找个没他人的时候对百合说，只要她愿意跟自己好，马上给她二十万。哇，我的个天！二十世纪九十年代二十万，天文数字呀！更何况百合被结婚时欠下的七千多元债务压迫得几年都抬不起头、喘不过气来。后知后觉的百合终于醒过神来，慌得像一只受惊的小鹿，不知如何是好，落荒而逃。回家后的百合一夜未眠，左思右想，虽然特别舍不得这份来之不易的工作，但还是决定一早去所里辞职。本来胜券在握的所长正做着春秋美梦，结果等来的是百合义无反顾的辞职。蒙圈了！

其实关于所长对百合的那点小心思，所里的其他人早已心知肚明。大家每天看着百合菜篮里不见荤腥还少得可怜的几样蔬菜，对百合是充满同情和怜惜的，所以他们一方面希望所长能改善百合的生活，另一方面又不希望淳朴美丽的百合被所长染指。

那天早上看到百合决绝的辞职表现，每个人的心里又升腾起对百合的另一种情愫——敬佩！所长夫人也专门找到百合给她鞠躬致敬，感谢百合善良明理，保全了她的家庭。

百合又一次不知该何去何从。还好，所里一位年长百合几岁，对国家形势颇有研究的大哥，他知道国家正进一步深化改革，扩大开放，要实实在在让人民富起来，便适时给百合指明了道路，让她去盘店做服装生意。没有主意的百合坚定地接受了这个建议，忙着找好店面，并进行了一些市场调研，然后四处打听寻找最好的进货渠道。百合纯良、不贪，她的货又都是不辞辛苦从杭州和广州进来的，很时尚美观。生意火爆！很快，百合帮助丈夫还清了债款，且手头有了积余。百合每天数着赚来的钱欣喜若狂，喃喃自语："我再也不用被人追债了；除了电饭煲我要买彩电、买冰箱……我要立马送女儿上幼儿园……"百合的天空开出绚烂的花来。

百合做生意一直秉持薄利多销、童叟无欺的经营原则，因而生意一直红火。几年后，攒下了第一笔钱。恰此时女儿读高中，因为不习惯离开妈妈、离开家的高强度学校生活，成绩严重下滑。一直感觉愧对女儿的百合，忍痛关掉了生意兴隆的店铺，举家迁居城关来到女儿的身边。

改革开放乃中国的强国之路，是党和国家生存与发展的活力源泉，是当代中国命运的关键抉择，也必然是我们建设中国特色社会主义和实现现代化及中国梦的必由之路。在商海里滚打摸爬过的百合，对国家大势和经济形势也是清楚明了的，认为只要吃苦肯干，在哪里都能发家致富，过上好日子。所以她再也不害怕没有工作的日子了。到了城关之后，她尝试了几种工作，最后选择了最适合自己的房地产。那几年正是中国从上到下房地产火热走高的局势，百合的生意做得稳稳当当。"我们在时代春风里，春风催我永开拓；我们在灿烂阳光下，跟着共产党建设大中国……"百合和大多数中国人一样，在时代春风里挽起袖子大显身手加油干。这不，年前百合刚换了一套大房子。丈夫性格内向沉稳，虽话不多，但踏实可靠，一直感激百合在艰难困苦的日子里没有放弃他们的婚姻，没有抛弃他们的家庭，所以对百合是无比地温柔以待。百合感觉幸福而满足。

今天的百合早褪去了她的懵懂稚嫩，可以说是商海里的一个精灵，但她保持了自己的淳朴、善良。她说："真没想过，没有考取学校的自己还能有这样一番作为，还能通过自己的努力过上这样的好日子。真得感谢我们伟大的党！伟大的改革开放呀！"

百合在改革开放的春风里迎来了自己的全面春天！

野百合也是有春天的！

守　婚

　　田悦牵着五岁的女儿站在月台上，看着载着老公呼啸而去的列车，忽然的酸涩爬满心头眉间。

　　一个月前老公顾清寒接到南下广州创业同学的求救电话，请求顾清寒尽快南下帮助他渡过创业期的难关。老公似乎没有做过多的考虑便奋不顾身地做着南下的准备。没有认真和田悦做进一步的沟通和商量，便着手处理各种事务，紧接着辞职，打包行李，买票，最后告知田悦出发的时间。一向独立能干的田悦，尽管对于老公这一气呵成的所作所为心里有那么一些不舒服，但并没有表现出强烈的反对。既然阻挡不了，那就随他去吧。

　　田悦没有想到一个人带女儿是那么的苦和难。老公刚走不久，女儿就在换季的秋风里感冒发烧了。当时还正碰上公司改组，晚上还要加班做账，那时的田悦一边要照顾生病的女儿，一边还有不得不完成的繁重工作，分身乏术。焦头烂额。陆宇就是在这个当口改组到田悦所在的部门，成了他们的部门总监。

　　陆宇第一次见到田悦就觉得这女孩特别清纯美好。落在陆宇眼里的田悦脸蛋饱满圆润，白里透红。斜扎着一只辫子，挂在右前胸，不长不短，真好看！上身着一件黑色弹力体恤，下身穿一条白色的西裤，合体的衣服衬托得田悦窈窕又丰满，真令人赏心悦目！在一个部门工作之后，陆宇才得知田悦已嫁作他人妇，且育有小女一枚。陆宇的心酸酸的、空空的，但还是忍不住要关注和留意这个女人。陆宇每天看田悦急匆匆地来，着急忙慌地走，特别好奇，这女人每天在忙些什么呢？

田悦是个开朗明媚的女人，总是笑脸迎人，为人真诚、善良。工作之外对于别人的要求是有求必应，不计较得失，哪里需要哪里有她，从不吝给予。她那甜甜的笑脸、暖暖的笑容让她如春风，让沐浴者温暖舒适。老公刚南下的日子，田悦一人带着女儿应对所有，有点应接不暇，所以每天来单位要和同事姐妹们描述一下自己艰难奋斗的一天，叫唤着一个人带女儿好苦好累，但这样的描述却充满了喜感和搞笑。这应该算是田悦的一种调解和宣泄吧，说完就乐呵呵地投入一天的工作中，虽然忙却很少抱怨和沮丧。陆宇的心有点不受控制地开始喜欢上这个已婚的率真女人，且情感越来越强烈。

陆宇换手机了，选号时选田悦喜欢的数字，设密码用自己偷偷查到的田悦生日。如果田悦工作忙，走不开，陆宇就装作正好出门办事顺便帮田悦去学校接放学的女儿（女儿经常来公司，和妈妈的同事都很熟）。一切似乎都不露痕迹。但心思细腻的田悦还是发现了某些端倪，但她不露半点迹象，守着这个秘密，也维护着他人的尊严。之后和陆宇的相处中田悦保持着原来的状态：开朗、明媚、随和，却特别留意自己的分寸感。

老公去了广州之后，许是同学创业艰辛，事务繁多，他很少和家人联系。劳累一天的田悦多么渴望老公能打来电话嘘个寒问下暖，表达一点爱意和暖意，但总是失望，寂寞的心越发寂寥和空洞。尤其是漫漫冬夜里，无尽的空虚，蚀骨入髓。在无数个午夜梦回、辗转反侧的夜晚，陆宇那温暖的笑容、深情的眼神会偶尔跳入田悦的脑海，轻轻拨动着她的心弦。当看到身边甜美酣睡的女儿，当想起演员马伊琍引用的那句传为经典的话：恋爱易，婚姻不易，且行且珍惜。田悦便使劲甩甩头，压下所有的情绪，念着老公的名字，沉沉睡去。

陆宇对田悦的喜欢有增无减，看着她寂寞的脸上漾起的微笑特别心疼。陆宇的心里有个声音在叫嚣："我来陪你；我会爱你！"

那时，办公室里正流行使用 mp3，很多人上班、下班，路上、车上，耳朵上挂个耳机，很流行也很时髦。陆宇赶紧买了一个最时尚的，找了一个时间，假装不经意地送给田悦。田悦万分感谢地予以拒绝，说自己不喜欢耳朵里塞耳机，因为觉得影响听觉。没有表现出尴尬和让对方难堪。

田悦讨厌陆宇？其实不是。陆宇是田悦喜欢的类型，工作能力强，还低调，待人温和、谦逊，是个踏实、稳重的人。有点温润如玉、谦谦君子的味道。

田悦的日子依然过得手忙脚乱，遇到女儿生病或自己加班，简直就是兵荒马乱，但田悦依然以自己的韧劲抵抗着生活中的风雨险阻，没有崩溃也没有颓败，每天把自己和女儿打扮得清新怡人，在生活的秋霜雨雪中美丽绽放。

随着人民生活的改善，私家轿车进入了千家万户，结果导致开车出门经常堵车。田悦在上班和接送女儿上下学的路上不知道因堵车一事郁闷了多少回，太耽误事了呀！田悦打算改用电瓶车作为代步工具。电瓶车可以走街串巷，灵活方便。

想到就行动，周末田悦就打算买车、学车。田悦骑自行车倒是一点没问题，但骑电瓶车还是觉得缺乏自信，怕难驾驭，感觉应该找个会骑电瓶车的人指导一下。田悦在办公室问了一圈，结果姐妹们周末都有安排。田悦托着腮帮正考虑要怎么解决这个问题。不尽快上手，上班和接送女儿上学都成问题。

"我来教你。"田悦吓了一跳，缓过神来。不知道什么时候在里间独立总监室的陆宇站在了自己的身边。

田悦立马拒绝，说："谢谢总监！不用了。自己摸索一下，慢慢来，没问题的。"

陆宇打定了主意要帮助田悦，根本不在乎田悦的拒绝，不急不慌地说："那怎么行？驾驶电瓶车没把握，危险大，弄不好不仅仅是摔了自己的问题，可能会成为马路杀手的。反正这个周末我没事，教教你，没事的。我这不仅是帮你，也是对我城老百姓的生命健康负责嘛。"看陆宇说到这个份上，田悦不好意思强硬拒绝，只好默认了陆宇的建议。想到周末还有几天，可能到时他就忘了。

周日的早晨难得不用起早，田悦抱着女儿美美地睡着懒觉。手机音乐铃声不屈不挠地传到田悦的耳中，抓来一看，是总监陆宇的电话。陆宇说自己已做好准备，随时接受田悦召唤，陪她练车。看来是躲不过去了。田悦匆忙洗漱，安顿好女儿，推起昨天刚刚买来的电瓶车，有点艰难地向和陆宇约定的地点走去。

阳光明媚不燥，火红石榴花开正艳，鸟儿在林间树头尽情欢畅。离田悦居住小区不远的山边这条路上行人稀少，在这里学车真是不错的选择。陆宇应该是早就到了，斜斜地靠在自己的车上，双手抱胸，慵懒地叉着两条大长腿，帅帅的样子。当看到田悦时，忙不迭地跑过来帮忙推车。其实会骑自行车的人学电瓶车没有太大的难度，保持平衡性，胆子大一点，加油，稳住方向，就能骑好。所以从骑自行车到骑电瓶车最大的问题就是克服加油加速时的紧张和害怕，保持好身体和车的平衡，基本就可以上路了。陆宇先以身示范，再让田悦驾驶，自己坐后面保驾护航。慢慢地田悦克服了紧张和恐惧，车骑得越来越熟、稳、快。在田悦还沉浸在自己学会骑车的喜悦中时，坐在田悦身后的陆宇却是情转百回。看着因开心而红晕染脸的田悦，还有她被风撩起的长发在自己的脸上、脖颈上缠绕不休，陆宇很想紧紧地搂着这个美好的女人，但还是没敢造次。

转了若干圈，田悦觉得学车一事已大功告成，便将车稳稳停在了路边，转身向陆宇道谢。陆宇的脑子里一直是乱纷纷的，他很想告诉田悦自己对她的感情，又怕被拒绝和痛斥，可这次机会难得，纠结慌张中他握住了田悦的手，语无伦次地絮叨着，这么久以来自己是怎样喜欢着她。当田悦懵懵中听到他的手机号选的是她喜欢的数字，他的各种密码用的是她的生日时，心脏漏跳了一拍，随后氤氲在一片暖意之中。难怪每次看到总监的电话号码觉得那么熟悉和顺眼。田悦想到自己和老公顾清寒虽然是大学同学，当年也是老公主动追求自己的，但他从未为自己做过这么有心的事。田悦有点感动，傻傻地怔在那里，忘记了反应。陆宇加重了握手的力量，满含期待地问："我可以爱你吗？我等你可好？"田悦如梦初醒，慌张地甩开陆宇的手，掩饰性地捋了捋头发，镇定了一下，向陆宇笑了笑，说道："怎么可能呢？我结婚了呀！有家，有孩子。我没有资格被别人喜欢，也没有权利喜欢别人。总监，您这么优秀，您一定能找到更好的爱人。今天就到这里了，感谢您教我学会了骑车。谢谢！再见。"说完这些，田悦骑上小电驴向家奔去。

晚上老公打来电话，温情地告诉田悦，他想家、想她、想女儿，准备回来发展了。

田悦喜不自禁，开心地对老公说："我和女儿，等你，回家。"

我有一点矫情

已过不惑几近知天命之年的我，还是有那么一点矫情。

在旁人眼里我大概是个优雅端庄的温婉女子；在姐姐姐夫哥哥嫂子们眼里我是个一直七岁（一次网络游戏测年龄，我身边的朋友、家人，最大的108岁，而我的游戏结果只有七岁，于是家人从此后就称我为"七岁"）、简单直接的开心果；在姐姐们的女儿、女婿的眼里，我是个一直有颗冒着粉红泡泡少女心的小姨……要问哪个是我？那就都是呗。

我，唐朝媚，热爱生活，喜欢用文字抒写情绪和感受；喜欢用文字描述四季更替、花开花落、云卷云舒、潮起潮落……喜欢明媚阳光、和煦春风、人间温情……

我给自己起了个"明媚春光"的网名，自成为网民的第一天开始就一直没有换过，因为我最喜欢充满生命力的春天，喜欢春天里给人温暖和愉悦的明媚春光，所以就希望自己能像春天里的一米明媚阳光，明亮自己，温暖他人。我喜欢读书，爱好习作，希望自己的文字有温度、有力量，既能愉悦自己，也能快乐他人。我希望自己是一个温暖的人、温情的人，能带给别人舒服和自在……

我喜欢靠近温暖的暖源、渴盼温情的人设。别人的一缕温暖、一点善意、一丝友好都会让我感动、感激，想以涌泉报之。这样的我嫁了一个酷冷的老公。他严格自律、干净整洁，一年有十多个月都是西装革履，从头到脚纤尘不染；无不良嗜好，一直追求进步。八七年中师毕业，之后一边工作，一边考大学、拿文凭、考研，接着辞职、读研、找工作，再参加全国司法考试，有一份大学老师的工作，并兼职律师；不拒绝家务，尤其擅长卫生清理，但唯独不懂人情、不解人意。平日里做着自己习惯做的、喜欢做的事，就是没有对我的温柔和体贴，对于生活中表情达意的机会一直是置若罔闻、无动于衷。我们经济各自独立，日常消费中老公也是比较计较，从不花他认为不该花或没意义的冤枉钱，生活中为此我常常郁闷和沮丧至极。这样纠纠结结、自怜自艾、自我调节就过去了很多年。

二〇一八年一月十八日是我们结婚二十周年，看着、听着朋友们结婚周年老公送的厚礼，也真是羡慕这份重视婚姻的庄重仪式感啊！村上春树说：仪式是一种很重要的事情。我也这么觉得。微信公众号为"温暖的女子"专栏作者李思圆说："在生活中，一个拥有仪式感的人，更加热爱生活，也活得更有质感。其实再好的感情都需要经营，而仪式感就是对婚姻最大的尊重和修护。仪式感是对美好的向往，是对庸常的不妥协，也是对自我的取悦。仪式感是一种植根于内心的修养。"于是乎越发渴望老公能在这个重要的纪念日做点什么、留下些什么，为我们的婚姻生活增添点色彩、增加些佐料。指望他自觉自愿自主地有所作为，可能性不大，大概提前半年我就不间断地提醒他："老公，今年可是我们结婚二十周年哦，我们应该好好庆祝一下的。"想必诸位看官已经看出我有矫情了吧？可是，我的矫情他不懂呀！老公每每都是不置可否，问急了就说三个字：知道了。

转瞬二○一八年一月十八日过去了，结婚的农历腊月二十也过去了，小女子我这已经心塞气短，七窍冒烟，只差七窍流血了，再瞧那厮依然不动声色，像没事人样。哇呀呀，我心疼、肺疼、肝儿颤呀！不理他、不理他，就是不理他。哪曾想他也不理我、不理我，就这么一直不理我！

呜呜，这不是我想要的样子、不是我喜欢的结果嘛。我气、我忍，可最终忍无可忍。我要求对话、要求谈判。我让老公先说，他依然不知所以，于是乎我开始说，从男人在家庭中的角色定位，到男人在家庭中是天、如山、像树的作用，至家庭中男人和女人的差别，及家庭中女人喜欢一些被男人在乎和重视的仪式感的那点矫情的诉求……男人终于默想很久后低下了他那油盐不进的脑袋，算是接受了我的观念和意见了吧。这不，今年的"三八"女人节就给我来了个大大的红包，哈哈哈。现在被他构建了十几年的经济壁垒也不见了哦，这让我感觉自己不再是个挣钱养家的女汉子，我也有老公可依靠呀！

嘿嘿，女人的矫情赢了！欧耶！

与谁共度余生好时光

世界真的很小很小，好像一转身，就不知道会遇见谁；世界真的很大很大，好像一转身，就不知道谁会消失。此时此刻的你，正在错过谁，又或者，正在遇见谁，开始或者结束着怎样的一个故事……

2021 年的春天较往年倒没有太大的差别，但就李婉而言，这个夏天是天翻地覆的，在她的世界里掀起了惊涛骇浪。

李婉在别人的眼里是一个优雅端庄的女子形象，平日里娴静温柔，爱美爱生活，骨子里传统正派却又充满浪漫情怀。她尊重婚姻，渴望婚姻幸福，但努力经营的二十年婚姻却在这时分崩离析了。一边是忍痛收拾这场婚姻的残局，一边是费力疗愈伤痕累累的心。无数个独自自处的日子，她都在苦苦思索，回忆过去她自觉问心无愧，真的尽力了！面对未来却感到茫然无措，但绝不想独自凋零。她渴望有懂她的人来懂她，有她喜欢的人与她一起奏响往后余生的美妙乐章。刷手机时，单身群的相亲网站一次次蹦出来，一次好奇李婉点了进去，按照平台的指导上传了照片，提供了必要信息，成功登录，有了自己的一方网络空间。

李婉很文艺，也有点才情，心思细腻，日出月升，花开叶落都有感怀。那天，已进入六月，蓦然间发现百花齐放的春天已过，而在六月盛开的除了花开荼靡的夹竹桃，好像最多见的就是合欢花。因夹竹桃有毒，自生一种疏离，而静卧葳蕤叶中对对开放的合欢花，却让她联想到了并肩而立、默默相伴的幸福夫妻样子。

颜晟就是看到了这样一段线上心语，落寞已久的心似乎被拨动了一下，他不由自主地在线上和李婉打了招呼，并要求加为好友。

等待的时间似乎格外漫长，终于李婉上线了。回复谦逊有礼，让颜晟对她的好感度又增加了几分，虽然李婉拒绝了立即加为好友，倒没让颜晟有尴尬和不愉快的感觉。

每天给对方留言，再等待回复似乎成了颜晟一天最悸动的时刻。

自从李婉登录相亲网站以来，每天都有若干男士找她搭讪，有的夸她漂亮（看照片），有的说她事业编制的职业好……这些都无法让李婉入心。本来李婉对相亲平台中不肯出示真实头像的人是没有好感的，觉得不真诚，网络相亲彼此不了解，不就是通过多一点的展示让大家寻找合适的嘛。可那个使用网上虚拟头像的月朦胧的网友给李婉的留言，却让她留下了较深的印象。他的留言让李婉意外地感受到，他通过她空间里的文字看到了自己内在的东西，发现了自己真正的内心需求。李婉的心弦轻轻弹跳了几下。

李婉礼貌地给予了回复，表达了发自内心的感谢。每天有那么几条往来留言，彼此越来越有你很有点特别、我被你懂得的感觉。

颜晟开始不满足于每天不定时的几条信息，已经被拒绝过一次，这次他用了迂回的方法，提出想看李婉更多的文字，包括她写的文章。此时的李婉也放下了防备，果断留下了微信号。那算是一个特别的日子，因为颜晟、李婉这一天成为真正的微友了！

颜晟请求李婉每天给他发两篇文章。自己用心写出的文字有人喜欢，期待阅读，这是令每一个作者十分开心的事，李婉也不例外，她愉快地答应了颜晟的请求。

阅读让颜晟在文字里看到了一个热爱生活、明媚温暖、情感丰盈的女子；交流让李婉从颜晟那里感受到了被清晰地"看见"、被深刻地懂得、被欣喜地发现这些从未有过的体验。两个人的心湖随着沟通的深入泛起了一波又一波的涟漪。

那个晚上似乎与往常无异，李婉正在健身房挥汗如雨，突然就接到了颜晟的电话。李婉极为意外，因为她从未告知过他自己的电话号码。李婉想他该怎样地用心才能从别的城市寻到她的电话号码？心不由地悸动了。他说要来她的城市看她，李婉根本没信，开玩笑地说："好呀，过来了接着说。"一个小时后又接到颜晟电话，说他已经接近她的城市了。按照常理李婉应该有点慌张、害怕、不知所措，因为她是一个很传统和保守的女人，从未想过会面见网友，但不知为什么李婉的下意识反应不是常理的反应，她是有点感动、有些喜悦，还加几分期待。

在停车场，李婉第一眼看到的颜晟皮肤有些黝黑，穿着一件洗得泛白的蓝黑套头衫和一条灰绿色卡其裤，一双运动鞋也挺陈旧的，总体看上去像个下工后简单打理了一下的农民工。说来也奇怪，李婉算是个精致的女人，穿着打扮虽不追求名牌，但也是相当有自己品位的，然而见到有点灰暗的颜晟却没有生出陌生和嫌弃，看着他欢快的笑脸竟然生出一些安心的感觉。

在李婉熟悉的城市，于颜晟而言在这里除了李婉只剩陌生，李婉能想到的招待颜晟的方式，就是陪他一圈一圈地沿着绿化带转圈圈。

李婉陪颜晟溜圈的过程中是坦然和淡定的，真诚地陪着一个为她而来的男人，心中有温暖和感动，又安然和恬静，找着自己能想到的话题尽量让他们之间不冷场、不尴尬。彼时一旁的颜晟有着怎样的心理活动李婉是不知道的，一个为了自己奔赴百里之程的男人见到自己会有什么看法？李婉不曾有担心，也没有刻意地额外表现。她有足够的自信，她的好自己清楚是由内而外的，如果对方发现不了、看不见，那也不是她想要的。她更多地想留心观察这个有点勇气的男人是不是符合自己的要求。

不知道颜晟是带着怎样的心情和期望来见李婉的？是他的临时起意还是被李婉的那句"好呀，过来了接着说"激将的？他到达李婉所在地已是夜幕四合、华灯绚烂的时候，在停车场的暗蓝色路灯下穿着宝蓝色枫叶长裙，长发被一丝不乱盘着的李婉接着电话一步步朝颜晟走来，当颜晟确认她就是自己要见的那个女子时，刹那间心脏漏跳了一拍。这不就是自己喜欢的女人的样子吗？！本来还在犹豫要不要连夜赶回去的颜晟决定就近找个宾馆住下来，希望还有更多的时间和李婉做进一步的沟通、了解。在随李婉沿绿化带一遍一遍转圈圈的时候，李婉的淡然宁静不乏温和的陪伴，让颜晟的内心百转千回。小旅馆一夜，颜晟睡得安宁又有些不安稳。

第二天早上李婉如约而至，用足够多的时间陪着颜晟散步、聊天、爬城楼、吃饭，在一系列互动过程中两人之间氤氲着愉悦甜蜜的气息，但确如颜晟所说独没有说情话。李婉觉得这样正好，虽然两人有过多次网上深度地交流、真诚地袒露、真切地感动，但毕竟那不是现实，感情的事是纯洁又神圣的，是关乎后半生快乐幸福的大事，又怎能轻率、随意?!

七月的午后太阳热辣，天气炎热，李婉和颜晟在美丽的梧桐大道上郑重道别。那时两人心里有没有惜别之情？应该是似无若有吧。

这第一次的见面似乎一切都中规中矩，但在两个人的心里应该是发生了某些反应。颜晟回到自己的城市就有了后悔回来的感受，不舍的情愫在心头萦绕，李婉也期待这样愉悦甜蜜的感觉可以继续延续下去。这次别离后的网上联络，两个人默契地变得更亲近，好像有了很熟悉的亲人的感觉，每天通过网线传递过来的对方声音，成为彼此心底最开心的慰藉。

长雨将息，夕阳微露，此时最是赏荷的最佳时刻，想想翠叶粉花雨珠滚，该多美！李婉也就嘴上一说，颜晟下班后就认真地去寻荷塘、找荷花。当一张俏丽的雨后荷花图出现在李婉微信里的时候，李婉紧锁的心门颤巍巍地打开了。

手机的清理、生活中遇到的小问题在颜晟三言两语的指导下就能迎刃而解，让李婉的内心生出一股骄傲。以前李婉就特别羡慕姐姐，遇到什么事找姐夫一切都搞定，现在自己也有个啥事都懂的男人，心里的那份喜悦充满了李婉的整个心田。

李婉有意逗逗颜晟，发个生气的表情，不知就里的颜晟立马道歉、认错，声明不是故意的。似乎真在验证他承诺的"我会让着你、宠着你、惯着你"，李婉的心柔软成棉。

李婉心中一直住着的粉红女孩复活了，她跟颜晟犯傻、犯幼稚、犯萌，颜晟一概稳稳地接住，给她想要的回应，和她一起犯傻、犯幼稚、犯萌，李婉心中的甜蜜泛滥成河！

遇到不确定的困惑，颜晟耐心地从不同的角度与李婉分析、探讨，让李婉忧虑的心瞬间得到安抚。

……

思念如白马，自别离，未停蹄。

那个异地的、陌生的男人就这样一点一点地走进了那个矜持拘谨的叫李婉的女人心里。

> 总有太多的话想要对你说
>
> 总有太多的时间想跟你消磨
>
> 总有太多的地方想跟你走过
>
> 总有太多的欢喜想跟你分享
>
> 总有太多的时候
>
> 希望属于你的声音在耳畔响起
>
> 今天就让我轻轻地对你说
>
> 我很喜欢你！
>
> 就让我们相伴一起，
>
> 度余生好时光，好吗？

第三辑

时光静好

与君语

明媚不忧伤

Ming Mei Bu You Shang

我们仨

兰、霞、媚，二十世纪八十年代末的一个八月底，这三个来自不同乡村正值芳华的女孩，齐聚在当时她们县城的最高学府，成了同班同学。同是来自农村，有共同的农村孩子身上的淳朴、羞涩和拘谨……因为这些，她们仨自然而然走得近，成了高中阶段最好的朋友。

兰

兰的家乡在县城的大公圩腹地，距离县、市相对较远，所以她一口浓郁的家乡口音，说话常带着"一总"两个字。"你一总好哦""我一总喜欢""这个菜一总好吃"……甚是可爱。兰长着一张国字形大脸，皮肤白皙，一双大眼虽说不上顾盼生辉，却也乌黑清澈，透出不谙世事无邪的光。兰是我们仨里面最大的，但她的单纯以及对世事的懵懂常让我们乐不可支。一日就寝前同学们议论宿舍里好像有老鼠洞，看到有红红的无毛小老鼠在洞里吱吱叫。彼时我们的兰突然来一句"老鼠什么时候在洞里下了蛋，还孵出了小老鼠"？宿舍里的同学人人笑喷；另有一次在明媚的春天里，我们同班的女同学相伴去周边的采石矶游玩，路遇公园里一对情侣正忘我地拥吻。那时的我们都害羞地不忍直视。有位女同学以为我们没看见，一个劲地说："看，那边有人在kiss。"我们的兰大惑不解，然后恍然大悟："噢，kiss 是接吻的意思，原来接吻就是两个人巴嘴呀。"顷刻，我们集体笑弯了腰。

我和兰很长时间住上下铺，平时基本就是彼此的影子——形影不离。那时候家里条件都不是很好，平时可吃的零食基本没有。我们偶尔交错回家，谁从家里带来的食物就是大家共享的佳品。那时，我父亲会趁来县城出差的机会，从家做点好吃的菜带给我。事隔经年我已经不记得我分享过什么菜给了兰，但在兰的记忆里我父亲带来的没有放酱油的红烧鸡，却是她二十多年来一直忘不掉且再也找不到的美味。

兰，分科时选择了理科，高二下学期她进了理科班，但我们依然交好，日常有机会也总是同来同去。我们都是勤奋的学生，三年的时光在我们辛勤的汗水里转瞬即逝了。那时的升学率真低，一个班能通过高考跳农门的也就那么四五个人。所以我们的汗水并没有换来自己所期望的结果。兰，彻底落榜。我和霞的高考成绩达了委培线，还有一线走的希望。子女众多的农家家庭终于失去了支持兰读书跳农门的耐心。兰悲痛地撕毁了所有高中课本，接受她最不愿意、最害怕的农耕生活。

许是担心兰一直读书，没有经过农活的锤炼，肩不能扛、手不能提，怕给多子多女的家庭带来负担。回家没几天父母、姐姐们就开始帮兰物色相亲对象。兰在姐姐和媒人步步为营的相亲局里稀里糊涂地就在当年的元旦嫁给了没谋几面的男人。嫁入婆家的兰欲哭无泪，两间矮小的房屋，还住着丈夫的爷爷、奶奶和弟弟。家里没有任何的盈余，草草的一场婚礼却欠下了七千多元的外债。兰没有工作，丈夫是个小学老师，当时一个月工资大概也就百把块钱，要支付家里所有的开支。这七千多元的外债就像一座沉重的大山，压得兰喘不过气来。兰跑回娘家大声恸哭，质问她们为什么不了解清楚，把自己嫁给这样贫穷无望的人家?！家里当时只听信了媒人说男孩是公办教师，人老实可靠，没有做其他考量。现在木已成舟，除了羞愧也没有别的办法。哭完的兰擦擦眼泪还是回了夫家。没想到的是丈夫的爷爷奶奶多年带着儿死、媳跑留下的两个孙子早已厌倦而疲惫，一等到大孙子结完婚，马上把他们赶出了两间小屋，债务一分不担。最害怕也不会做农活的兰咬咬牙下田笨拙地耕耘分给他们的几亩薄田。每到年终看着上门要债的债主，兰几近崩溃。最苦的那一年家里连买一口锅的钱都没有，一个电饭煲就是家里唯一的电器，一年一家三口的所有食物就靠这只电饭煲。唯一的女儿，因为没有钱，幼儿园也不曾上过。经年之后，听兰风轻云淡地谈到这里时我忍不住想哭、忍不住要捶胸顿足。怎么也没想到我们这一代人日子还有这么苦的！后悔为什么在兰最苦的日子里我们没有在她身边、没有给予她帮助。兰在家里苦苦熬日子的每一天都在想念着我们，回忆我们在一起的点点滴滴，怀念我父亲做的没有放酱油的红烧鸡……而我们忙着升学、工作、结婚、生女，几乎忘了我们的兰。

　　一次机缘巧合，兰在好心人的撮合下在丈夫学校边上的镇上盘了一门店，开始做服装生意。兰真诚、纯良，也不贪心，不久生意就红红火火起来。兰终于过上了手头宽裕的日子。但因为进货、盘货、卖货太过辛苦，水润、大脸盘的兰却成了干瘪的巴掌脸。分别后第一次见到她差点没认出来。

兰进城还是因为女儿。女儿上高中之后因为不适应，成绩下滑厉害。一直觉得愧对女儿的兰，忍痛关掉了生意红火的店，托人把丈夫调入县城工作，举家迁居县城。这才有了我们的第一次相遇。时隔这么多年，又是突然相见，看着憔悴的兰我有点懵，没有给予兰期望的热情拥抱和惊喜后的涕泪滂沱。又数年后的促膝交谈时，我们的兰还为此耿耿于怀呢！

现在的兰干着一份售楼的工作，几年下来除了工资，还学着炒房，倒是赚了一些钱。社会的大熔炉彻底地改变了兰，她再也不是当年那个懵懂无知的女孩了，但依然纯真善良。兰的女儿也考了事业单位的编制，有份稳定的工作，圆了兰最大的心愿。丈夫依然老实、可靠。兰重新恢复了国字形大脸，皮肤又开始白皙起来。现在的兰，幸福而满足。

霞

霞不苟言笑，但她比我大方。记得刚分进高一（2）班自己的座位上时，环顾陌生的教室，偷窥着陌生的同学，我胆怯不安。彼时坐我右后侧的霞是和我打招呼的第一人，当时就觉得一股暖流涌入心田。便对她有了一份好感、一份依赖。

霞平时话真的不多，似乎有很重的压力。小小的人儿，背着一个长长的挎包，每迈一步挎包就拍一下屁股，眼光似乎就盯在前方十米处，从不旁顾，严肃认真。常常是一人踽踽独行在班级、宿舍、食堂的三点一线上。霞特别刻苦，是"两耳不闻窗外事，一心只读圣贤书"的那种。经年后我们相聚，回忆上学时的趣事，她什么都不知道，一件也不记得。让我们很抓狂！一直一直地逗问她，这么有趣的事，你真的不知道、不记得?! 你怎么可以不知道、不记得嘛?!

霞，人儿小小，但她写的字足以惊艳每一个人。刚劲有力、有棱有角，组合起来那么阳刚、道劲、美观。每次看她握着小笔随随便便轻轻松松这么涂涂画画就写出这么美的字，简直膜拜了！别看霞平时话不多，但关键的时候特别沉稳大气。清晰地记得高一我们刚入校不久，就要到中秋节，活跃的文娱委员积极组织开展班级中秋联欢晚会。演出节目分配下来，我们女生有一个集体合唱歌曲《让世界充满爱》的节目。排练时包括我在内的四五个女生先每人唱一句，然后再一起合唱。那时害羞、胆怯的我第一次在众目睽睽之下做这样的表演，本来已经排练很熟悉的歌词轮到我独唱时一个字也唱不出来。只停顿了那么几秒，在我左侧的霞看见紧张到要哭的我，马上跟上音乐把我的歌词唱下来。让所有拎着心的女同学松了一口气，避免了女生的一场集体尴尬，尤其是帮我摆脱了窘境。当时好想紧紧地拥抱霞，觉得我们的霞真是太棒了！

功夫不负有心人，霞第一个跳了农门。她学了热门专业英语，顺风顺水毕业工作，嫁了一个幽默温暖的好丈夫，生了一个聪明漂亮的女儿。过着幸福快乐的小日子。

媚

媚就是我。其实我的前十二年是在外公外婆那个偏僻的小乡村度过的，爬树上墙似乎无所不能，但就是见不得生人。上初中后就随父母搬到了乡镇居住，那时我的大姐夫和二姐都是裁缝。二姐和我最亲近，她经常变着花样给我做新衣裳，所以我穿出来的衣服常常是新潮美观的。记得上高一时我最喜欢穿二姐给我做的的确良淡绿色套头镶花边的上衣和藏青蓝直筒西裤（当时同学们都穿没有线条的大管裤），模仿地留着山口百惠似的短发，彼时的我应该算是亭亭玉立的吧。可那时的我不知怎么的就那么胆怯害羞，往往不敢直视别人的脸和眼，在班里就是那种特别安静的主。遇到男生找我说句话或被老师提个问，三秒之内一定是个大红脸。但这样的我却有较强的感悟能力，偷偷地瞟一眼、窥一下，很多的事就记住了、了解了。所以经年后我们仨相聚就数我记得当年的事多。

我的跳农门之路并不顺坦，第一年高考进了委培线，但还是没有走成。这已算不错的成绩，父母不想让我就这么放弃，鼓励我继续复读。可能是源于我的性格，复读第一年就觉得背负了沉重的包袱，举步维艰，怎么都摆脱不了这种负重前行的感觉。第二次高考以四分之差又一次名落孙山。那个夏天心境凄凉悲苦，不知道该何去何从。恰在彼时，我合肥的叔公回家省亲，看我愁眉不展的样子，果断决定带我去合肥复读。在合肥的一年里我只在晚上去补习班上三个小时的课，白天在叔公家帮忙做点家务、看看书，不需面对重负缠身的同学，远离总觉得愧对的父母，没有一点离家的不适应和难捱的一个人的孤独，我特别平静和放松。因为每天只有三个小时的补课时间，所以高考的六门课不是每天都有课。但就在这每星期几次的课程里，我爱上了我们的语文老师，一个四十岁左右不算太美的女老师。她留着短发，微胖，很中性的样子。但她上起课来，那劲头可是十足。一会儿有静如西子的恬静，一会儿又有铁骨铮铮好男儿的豪迈。太喜欢她的课了！突然就决定努力做一个像她那样的老师。

第三次高考后终于如愿读了我的师范专业。学业期满，我满怀信心地开始了我的教师生涯。全身心地投入，在一路行走的道路上，在许多领导和同仁的支持和帮扶下，我获得了无数教学的好成绩。那个见人就脸红，说话不敢看人的女孩，终于褪去羞怯和青涩，变得自信而沉着、淡定又从容。

现在的媚依然热爱着自己的教学工作，拥有那么几个同玩同乐的好友，喜欢用文字记录心情、表达情绪。爱自己、爱家人、爱朋友……虽然从未真正长大，但从未停止成长。目前正和几个志同道合的朋友一起学习心理学，成长自助的过程中希望有更大的能力帮助遭受心理困扰的人。嫁了个不断追求进步的老公，有一个美丽带点文艺的女儿。生活也是棒棒哒！

兰、霞、媚三个人的姐妹情缘和同学情谊依然在延续，偶尔聊聊、偶尔聚聚，快乐着彼此的快乐，幸福着彼此的幸福。真好！

姐妹同游栖霞山

现代科学的生活方式，提倡人的身体和灵魂至少要有一个在路上。读书，是向内旅行去往精神世界，是灵魂在路上；旅行，是向外读书探索天地苍穹，是身体在路上。

读书，我是喜欢的，但旅游却是兴致缺缺的。

以前每次跟着学校的集体暑假游都让我有负担。那种到了一个地方蜻蜓点水又赶着去另一个景点的疲惫焦灼憔悴之旅，真让我厌烦！

随着社会的进步、生活的改善，人们对文化生活的需求也与日俱增，其中自由游成为丰富我们业余生活的一种形式。

我特别喜欢和我的姐妹们一起旅游。喜欢我们之间的"我唱你合，你给我予，我摆你拍，你说我应，我走你跟"的形式和状态。姐妹们的年龄差距在十岁以内，性格各异、秉性不同、能力有别、兴趣相左，但我们都爱生活、爱美丽、爱朋友、爱一起旅游。

姐妹们磋商很久，排除各自困难，终于达成一致：十二月二日一日游，去南京栖霞山，看火红枫叶。其实我们几个姐妹每年都会以自助游和自由游的形式共同游玩多次，可今年秋后因各种原因尤其是我的事多，已错过几次这样同游的机会，所以这次我放下狠话，天塌下来也必须与姐妹们同游栖霞山，一起赏枫叶。

等待这次出游的心情竟然是这样的兴奋和期待，想起时就心里荡起涟漪，脸上漾起笑意。

等待的日子既缓慢又飞快，十二月二日到了。勤快能干的霞霞头一天就蒸好了好吃实成的大烧卖，好让我们早上喂饱肚子有力气爬山、赏枫、耍乐。我一早醒来，想起在浓郁秋色里戴上墨镜拍照很酷派，于是立马在群里招呼姐妹们带上各自的墨镜。单纯可爱的夏姐姐不知何故，急着忙着在家里翻找墨镜。老公问她找啥？她说：群里小妹要我们戴墨镜。是不是今天雾大要戴墨镜？夏姐姐老公连翻了几个不解的白眼。霞霞正在喝早上的第一杯清肠水，看到群消息，嘴里的水直接笑喷，但还是老实地找出墨镜对着窗外试了试。外面雾色正浓，黑压压一片，霞霞最终在窃笑中放弃了墨镜。

十二月二日怎么就起了这么大的雾?！我们出游的大巴车行驶缓慢，八点出发，十二点才到达目的地——栖霞山，比平时多走了两个多小时，但是也没有过多影响我们的快乐心情。

梦牵魂绕的栖霞山到了，然而并没有看到我们想象的规模盛大的漫山遍野的红枫叶。它们只种植在山道两侧，这里几棵，那里一群，但在十二月的季节里枫叶红得艳烈，在有点萧瑟的秋景里足够引人注目、夺人眼球了，于是立马就扫除了我们的一点点失望。姐妹们争先寻找最美枫叶和最佳拍摄点。刚刚加入我们姐妹群的跃英妹妹是照相达人，特别会找点、找角度，我们快乐地称她程导，其他人愉悦地做她手下的小演员。于是在程导的导演下我们摆出各种造型，或各具特色，或整齐划一，或统一在脸上、额上贴上美丽枫叶，或裹紧围巾，制造异国风情。一路笑，一路玩，一路拍照，似乎我们不加掩饰的、发自心底的这种欢乐都惊动了老天，为了和我们相应和，它淅淅沥沥地下起了雨。雨不大，让枫叶更鲜艳润泽，和姐妹们的笑脸交相辉映，既各美其美，又美美与共，融为一体。

　　玩累了随便找个石墩坐下歇个脚，姐妹们你一言我一语就是妙语连珠。我们真的忘了年龄，快乐的心情像十八岁的。饿了，我有薄脆饼，又香又酥的；霞霞有蛋糕，软甜软甜的；赵姐姐有面包，香喷喷的；跃英妹妹有掰好的柚子，水润润的；夏姐姐和吉姐姐各自买了甜糯的栗子与我们共享。

　　栖霞景如此美，姐妹情那么浓，生活惬意如此，夫复何求?!

我的跨国情缘

Carren 现居比利时·屈尔内，我安住于滨江美丽安静的当涂小城。我们之间隔着宽广的大西洋，似乎理应没有交集，但我们之间的情缘却历久绵长。

Carren 的中文名，应是濮维馨，因刚上学时写字不流畅，嫌濮笔画多，太难写，小小的她便自作主张地替自己和姐姐简化了姓，把濮姓改为卜，以后就一直冠名卜维馨。她是我工作第三年那一届中的一个学生。当时对她印象特别深是因为她有一个和她长得一模一样的双胞胎姐姐，她们俩像生长在农田里一对茁壮的禾苗，身上有阳光的味道，健康、快乐、朴实无华。妹妹大方、真诚，姐姐憨厚、诚实，姐妹俩形影不离，是我们学校里一道养眼的风景。

不太记得我对维馨有着怎样的另眼相看，但那时的我满身心地热爱着我的教师工作，应该也是热切地爱着每一个可爱的学生吧。不知什么原因维馨就喜欢上了我，在学校时常常欢快地出现在我的面前问个好，提个问题，送个礼物……

二〇〇〇年我调离了原来的学校，进入县城工作。距离隔离了我和维馨。新的学校，新的学生，维馨便慢慢地沉到了我的记忆深处。应是二〇〇二年的下半年女儿生日的那天，我恰巧出去教研，回到学校看到自己的办公桌上坐着一头可爱的棕黄色"熊宝宝"。同事们告诉我有一个女孩来找过我，"熊宝宝"就是她送的。当时的脑子里立马就想到了维馨。果不其然，不久就收到了维馨的来信，原来她考进了县二中到县城来读高中啦！真为她高兴！我们的情缘又重新续上。

经过高中的三年苦读，维馨考取了南京一所挂靠军队的学校，学习英语专业。她常给我写信，我也一封不落地给她回信。我们的感情似乎不仅仅是师生。

大学毕业后维馨去了大上海，没想到一个稚嫩朴实的农村女孩竟然在上海闯出了一片天地，自己开了一家二人公司，每年利润相当不错。去上海的几年维馨如何拼搏？到底吃了多少苦、受了多少罪、遭了多少白眼？维馨没有和我提起，我无从可知。而且那几年她中断了和我的联系，许是免我担心。再次联系已是四五年后。彼时的维馨已经和她的外国男友定居比利时，她通过姐姐的一次同学聚会从我同学那里得了我的电话号码。当她再次回国时便有了我们的久别重逢，没有隔阂和拘束，只有惊喜和欢欣。这以后我们的感情不再像以前那样只拘在师生的框里那般清淡和规矩。我们是师生、似母女、如姐妹、像朋友。每次回国她都记挂着我，给我家女儿买美味的比利时巧克力，给我带这带那。得知我脚跟冬天会开裂，特意买来国外的防裂膏……她在中国举行的跨国婚礼我们全家隆重登场；她举办的混血宝宝百日宴我绝不缺席；每年新春佳节不管多少，宝宝压岁钱我一定不会忘记（可现在的维馨觉得我工资不高，再也不同意收我给的压岁钱）。每次维馨的回国似乎就是我们的盛会，我们一起吃饭、聊天、逗宝宝开心。尤其二○一八年，维馨的姐姐维馥，我同学开霞（是姐姐维馥喜欢的老师），我们成立了一个"亲爱的们"组合，这样维馨每次回国我们四人就一起把酒（酒是维馨从国外带回的果酒）言欢，纵情喜乐，让我们的心情好到飞起来！

真喜欢这样纯净美好的友谊，真欢喜这份不惧距离的跨国情缘！

爱在，情在；情在，缘在。

空谷幽兰　香飘徐徐

　　若兰命苦，八岁上就死了娘亲。

　　幼小的若兰和父亲、奶奶相依为命。粗糙的农村汉子年纪轻轻就死了婆娘，成了鳏夫，内心是怎样的凄苦彷徨?! 再也没有心情去呵护、疼惜幼小的若兰。还好，有奶奶在。若兰在童年、少年、青年的生命里因有奶奶如母、如父、如祖的疼爱，虽然瘦弱了些，还算是身心健康。

　　因为家境的贫苦无靠，若兰特别珍惜学习的机会。由于当时农村教学水平低下，若兰经历了一些曲折才考取了重点高中。进入高中之后的若兰如鱼得水，克服了生活中的重重困难（父亲给的生活费少得可怜，餐餐吃素都难以维系，最热的天气里想买个五元钱的凉席都不能），成了优等生，一路凯歌，第一年高考就考取了安徽农业大学，成功跳出农门，获得新生。

　　淳朴、孤苦的若兰在大学里遭遇了她的第一段恋情，也为她以后悲苦的人生埋下了隐患。简单、善良的若兰从没有经历过感情，而从小的孤独成长，让进入芳华之年的若兰也渴望一份同龄人的呵护和关爱。就在此时她的一位老乡同学开始追求她，若兰轻易地坠入了爱河。他们之间有过一段初恋情人的美好时光，但随着新鲜感过去，若兰男朋友的不良品质开始暴露。若兰惶恐无措，要分手，男朋友威胁不允。弱小的若兰无力抗争，就这么稀里糊涂、不情不愿地嫁给了这个男人。婚后的男人好吃懒做，爱虚荣、讲排场，若兰苦苦支撑着这个家。还好有奶奶的慰藉和帮衬，日子虽然没有多少甜蜜、幸福，但还不至于绝望。

命运似乎和若兰较上了劲。在若兰生下女儿后不久，唯一疼爱若兰的奶奶却罹患癌症，最后因捱不过疼痛，辛苦一辈子的奶奶用最决绝的方式结束了生命。若兰没有来得及看上奶奶最后一眼，握着奶奶没有体温的冰冷的手，哭得死去活来、惊天动地。

若兰的天空似乎布满了阴霾，少有阳光，但为了女儿若兰咬咬牙，挺直了脊梁认真生活。然而若兰的苦命还没有就此结束，在若兰辛勤工作的时候，工作清闲的男人经常和一群小媳妇、小嫂子们忙着打麻将。结果就与其中的一女子勾搭成奸，回家绝情地通知若兰离婚。这是最后一根压垮若兰的稻草啊！一米六〇的若兰在短短十几天的时间里瘦至六十八斤，脆弱不堪，仿佛随时会倒地不起。最后，看一切无可挽回，若兰挣扎着擦干眼泪，跟谁也没说，就和男人痛快地离了婚。

折磨若兰的命运什么时候才是个头?！离婚之后，若兰一个人带着女儿过活，有点凄惶，还好若兰有一份非常不错的工作，经济来源是完全没有问题的。不久有好心人给若兰牵线，若兰认识了自己的第二任丈夫。这个男人对女儿很好，在若兰上夜班的日子里给予了女儿无微不至的照顾，满足了女儿对父爱的渴望。女儿对他很依赖。就这样男人买房、若兰装修，他们走进了第二段婚姻。日子过得还不错，所以对于丈夫和前妻的正值叛逆期儿子的种种针对她和女儿的小恶作剧，若兰都平静地给予了原谅和包容。

生活就这样下去该多好！第二段婚姻不满三年，凌晨传来噩耗。晚上没有回家的丈夫在国道上出了车祸，当场死亡，车上有一重伤的女子。迅即丈夫的桃色新闻满天飞。双重的打击，彻底击垮了若兰。她不发一言，不吃不喝，常常在夜不能寐的夜晚偷偷溜到堤埂上，任由冷风吹，一坐一宿。没有人知晓，没有人陪伴。难以想象彼时纤弱的若兰是如何战胜这份痛彻心扉的悲哀和灭顶之灾的绝望的？随即雪上加霜，葬礼刚刚结束公婆就入住进来，教唆孙子驱赶若兰和女儿。这套房子若兰投资了整整十万元作为装修资金，面对蛮横无理的老人和孩子，若兰再无力气争辩，带着女儿搬回了单位分的旧居。

我们的若兰是坚强无畏的，她再次挺直了腰杆，勇敢面对生活，只是再也不提感情、不谈爱情、不要婚姻。若兰努力地工作，智慧地引领着女儿的成长。经历了这么多常人不能承受的苦难，若兰没有整日以泪洗面，没有自怨自艾，而是在苦难中百炼成钢，凤凰涅槃，破茧成蝶。她乐观、开朗、从容、淡定，乐于助人。她是好多个群体的成员。她像妹妹、像姐姐、像阿姨，给予不同年龄的人关心和温暖。她是我和我的同事、朋友群里的小太阳。她经常组局，领着大家娱乐和玩耍，她不计较得失，豪气得像个男人。和她在一起你会觉得轻松愉快，她有那么多痛点，但她却没有任何忌讳，在她面前想说什么就说什么。她会为你的精彩喝彩，为你的幸福快乐！

孱弱的若兰犹如空谷中一株少有人知的兰草，倔强地生存，顽强地繁盛，开出芬芳的花来，源源不断、经久不息地为天地、为自然、为他人送来徐徐兰香。

牛　伯

　　牛伯是我老家的一位独夫。在我幼时的记忆里，关于他的印象并不深刻。模糊地记得他比我的父母要年长一些，似乎四十岁了也不曾娶妻。他在我打小生活的那个偏远乡村是一个独特的存在。因为贱生贱养就被取了个"小牛"的乳名。他一个人住在远离人家的河埂上，门前是芦苇塘，屋后是绵延几十里的分界河。他的小屋经常是铁将军把门，他总是忙碌在田间地头，其实他的农活并不好。听外婆说，牛伯自小就没了亲娘，父亲很快娶妻再婚。俗话说得好，晚了娘就等于晚了爹。随着弟弟、妹妹的相继出生，没了亲娘的牛伯开始了自己人生的至暗时光，他成了家里的免费保姆和长工。

　　牛伯少言寡语，除了闷头干活，也很少与他人交往。我偶尔见到他，有点害怕，感觉他全身充满了冷寂压抑的气场。很少敢和他搭话，顶多问个好，就缩着脖子赶紧跑开。牛伯的小妹应该算是父亲老来得女，被惯得不成样子。牛伯因为这个妹妹不知道受了继母的多少责罚，他不敢说什么，但和妹妹是生分的。牛伯特别喜欢他弟弟的孩子，尤其是侄子小兵。牛伯的后半生依然没有活出自我，他一直在为弟弟的家产贡献着自己的力量。

我和牛伯的深度交集，是那个炎热夏天的午后。彼时，我该是七八岁的光景，皮实得很。整个假期里和村里的同龄伙伴们玩着牵牛窝、跳田、玩石子、粘知了，还偷着下河摸螺蛳……父亲在人民公社工作，离家七八里，每天早出晚归，管不了我；母亲和外公、外婆正和乡亲们在田里进行双抢大会战，无暇顾及我。那天格外热，小伙伴们躲在大树荫下牵着牛窝，还是汗湿了各自的破衣烂衫。大我们一点的东莲用脏兮兮的手掌擦着额头上的汗水，叫嚷着："太热了！受不了啦！""不如，我们一起去我家屋后荷花塘里洗澡吧，顺便摸点螺蛳、河蚌。"

　　大家你看看我，我看看你，一个个满头大汗，灰头土脸，脏得很，也丑得很。几乎同时小伙伴们都点头赞同了东莲的提议，呼啦一下子全部向东莲家屋后跑去。那是七月底八月初的时节，雨季早过（那年的雨水不多），在烈日的炙烤下屋后的界河水快见底了。我们小心蹚过河道上的坝埂，上了界河里的河滩，河滩下有一亩左右的荷塘，不深，自然形成一个近圆形的河中塘。在整个界河宽大的河面上，这一池荷塘正开满了粉红的荷花，尤其显得灼灼其华，风华绝代。夏风吹过，荷叶田田的河面荡起了绿波，荷叶挤着荷叶，从一边漾到另一边，一下子让燥热的心安静下来。空气里飘散着淡淡的荷花香味，似有若无，深嗅时已沁人心脾。我们几个小不点悄无声息地下了荷塘，一个接一个地潜在荷叶的下面，舒服地享受着难得的清凉和润泽。把家人的叮嘱早抛到九霄云外去了。

　　凉够了的我们开始闹腾，在荷塘里挖花下藕，摸螺蛳、河蚌，最后还打起了水战。大人们都在埂南屋前的田里忙着双抢。那个下午似乎整个天下都属于我们几个半大不到的孩子的。不知疯了多久，随着脚陷入河泥，我好像听到了刺啦一声利器割肉的响声，旋即便是血涌河面，我发出痛苦的尖叫。小不点们看到我脚上方的河水不断被血水染红，她们不知道我到底伤在哪了，一个个吓得作鸟兽散。偌大的河面上归于平静至死寂。我害怕，我恐惧，估计自己要死了。

　　我们的村子很特别，没有前屋后房，每家都是骑在乡边界的河埂上建屋，一家接一家。每家都是背北面南，南面是农田，北面是看不到头的界河。东边河埂的房屋很稀疏，牛伯家就在东河埂，左右都没人家，孤零零地杵在那里的两间屋萧条、冷落。我和牛伯的深度交集就发生在——我的右脚后跟被河蚌壳片切了一个几厘米长的大口子之后，又被小伙伴们无情抛弃的那个下午。照说牛伯不该在那个时间到那个地方救了我。因为队里的双抢正在南面的田里进行得如火如荼，牛伯的小屋也距离我出事的地点有大半里的路程，但就是好巧不巧，就在那个时间那个地点牛伯路过那里，看到窝在荷花池边抱着脚绝望无助地啼哭的我。他着急忙慌地下河过坝上滩，抱起我，送我回家，及时包扎。后面伤口如何愈合，有没有发炎，我已经没有印象了，但牛伯在河水里捞起我，夹抱着我，下滩穿坝上埂，小跑着送我回家的感觉至今依然清晰又深刻。此后再见牛伯，少了先前的害怕，多出了一些亲切，但因我的内向害羞，终也没有明确地向他表达过谢意。后来我们随父亲搬家，又到更远的地方求学，和牛伯再无缘见面。工作之后我曾向外公外婆打听牛伯的近况。外婆摇头叹息，说这头小牛是苦了一辈子呀，一生孤苦无依，最后还得了绝症，死了好几个年头了。我唏嘘不已！此生欠牛伯的一声"谢谢"已无法说出口了！

上海，我们仨，真正来过

　　三年的封控让我们忘记了自由呼吸的滋味，旅游更是成了奢望。今年的春天是开放的春天，一定要去感受春天，寻找最美的春景，体验最好的心情。

　　草长莺飞的三月正是旅游最佳月，春风和煦、阳光明媚、花红柳绿、蜂飞蝶舞……处处是景，哪哪都美。我有些迫不及待。恰逢"量天尺"户外行发布去上海逛外滩和辰山植物园赏樱花的招募帖，我毫不犹豫地跟帖了。最好的旅行，必然是少不了好友相伴的，于是"我们仨"由三十五年前的南京中山陵走向了三十五年后的上海外滩。

　　刚刚经历了三月二十四日的降温降雨，二十五日虽没下雨，但气温还是不高，周遭充满了微寒的刺激感。我喜欢这种感觉。

　　晨六点三十分，我和兰按时到达上车点，霞已先我们一站上车。年过半百的我们聚首在旅游大巴上，好像忘记了年龄，呈现出兴奋、快乐、无邪的少女态。看来自由、友谊、旅行可以让人返璞归真，释放天性。这趟旅行我们是忘记时间和年龄的，仿如还是那年三个读高二的女生。

下午两点我们站在上海外滩的护栏边，看黄浦江上船只东来西往，虽没有百舸争流的气势，但也有船可达五湖四海的奔腾和开放感。外滩两岸的一系列地标建筑，也让我们由生出许多兴奋。我们仨好想振臂呼喊：上海，国际大都市，我们来了！

看向对岸，各色建筑鳞次栉比，高低错落，多却不乱。我们欢欣地寻找最佳拍摄点，和东方明珠塔、HSBC、MIRAE、震旦、花旗集团……合影同框。要把它们留在相册里，存入生命中。

乘上黄浦江轮渡，吹习习江风，看涛涛江水，这种感觉久违了。记得读巢湖师范高等专科学校的时候，上学、回家必须要乘芜湖轮渡，赶上节假日，黑压压的人流中你不让我，我不让你，挤压推搡的人身不由己，每次过江都是胆颤心惊。现在，芜湖长江大桥和马鞍山长江大桥已使天堑变通途，江南和江北再也没有明显的界限，北上、南下极为方便。

下得黄浦江轮渡，走不多久，东方明珠塔便赫然耸立眼前。多少次在影视剧里看见它，今天终于可以近观、可以进入、可以触摸，心在雀跃。没想到上塔没有那么容易，来游览的人太多了，左排一队，右排一队，足足等了一个小时才乘上观光电梯，抵达二球。三百六十度无死角呀，外滩两岸的建筑，上海的全貌似乎都尽收眼底了。球里到处是人，大家争相扑在玻璃窗边俯瞰外面的景色，我和兰看到窗边有空就插进去，和窗外的景合个影，快乐的滋味沿着嘴角的笑容延伸到窗外的云水间。

掌灯时分，外滩下面的几座建筑变成了金色，渲染出老上海的样子。店面里传出《上海滩》的主题曲，浪奔、浪流……我有点恍惚，围着白色围巾，穿着长衫，帅得一塌糊涂的周润发版的许文强在我头脑里闪现。那时的上海滩，刀光剑影，风云变幻。

忽又记起了《情深深雨蒙蒙》中赵薇扮演的依萍在百乐门舞台上包着头巾、插着羽毛，边歌边舞的妩媚来。此时去百乐门看看、听听，应该体验很不一般吧。我偷偷地这么想了一下。

在上海的第二日是去辰山植物园赏樱花和热带植物。早上八点我们进得园来，那迎面扑入眼帘的漫天樱花，让我们惊艳不已。果然这里的樱花不同凡响，它不是一丛丛、一撮撮，它是一棵棵高大的树，植在大道两旁，向东西方向绵延几里。樱花的树枝肆意伸长，枝干上的樱花一撮撮开得灿烂，让这里成了花的海洋。我们三个人随着人流步入樱花大道，由西向东赏花看景。这么美怎能不留影？于是三个半老的徐娘，像孩子般欢快地或捧着垂下的樱花，或钻进花丛间，或靠在树干上找着角度、摆着pose，想用美丽的樱花装扮一下自己，让自己沾染一点美色。

来这里赏花拍照的人真多！特别是一些年轻的女孩，为了拍出最美樱花照，以团队阵容出行，各种拍照道具齐上阵。在微寒的风里她们穿着清凉的夏服，做着各种动作，摆着各种姿势，不禁让人感叹：爱美之心，人皆有之。且，年轻真好！还有许多玩cosplay的年轻人穿着各种新奇的服饰、戴着夸张的假发在樱花树林里逗留、徜徉，形成一道别样的风景。

这趟旅行的最后一站就是辰山植物园的热带景观棚了。循着路标向二号门迈进，穿过古坑花园，朝东，远远望去那三个像蒙古包的硕大顶棚就是了。走进棚里气温骤升，里面的热带植物繁茂葳蕤，有高大的、矮小的，辅生的、丛生的、独生的……挤挤挨挨、层层叠叠，充满了生命的力量。在沙漠植物棚里，那高大粗壮的仙人柱，那大片足球状的仙人球，将你带入沙漠环境中，有点分不清何时何地的懵圈感。热带花果园里不计其数的热带花果，让我最难忘的是世界上最毒树种之一的"见血封喉"。看到介绍牌，恐惧感瞬间漫过四肢百骸，偷瞟了几眼，绕行而去。独木成林的榕树也可谓是道奇景。走在佛教圣树的菩提树下就立马生出很强的敬畏感来。

两天的上海行，好似经历了几十年的时光，观赏了几个季节的风景，体验了几个地域的风情。

兰说，此行很有收获！

霞说，下次再约。

媚说，大上海，我们仨，真正来过。

第四辑

在最深的红尘里
把风景看透

明媚不忧伤

Ming Mei Bu You Shang

迈向春天

春天来了！

风暖了，柳绿了，花开了，小鸟的鸣叫更婉转清脆了。在这渐渐美起来、热闹起来的世界里，女神节到了。作为女人们被世界关注的感觉真好，于是纷纷呼朋引伴迈向春天、感受春天。我也不例外。在植树节这天，约上两三好友，去探访古洞、古坑和古镇。

华阳洞

话说"福人遇好天，好天遇福人"，福人和好天就这样在三月十二日这个特别的日子隆重相遇了。我们第一站到达褒禅山，直奔北宋大家王安石曾寻访的"天下第一名洞"华阳洞。进得洞来，两三米之外便是渡口，一只木船在狭窄的洞道里来回运送游客。因为洞道太过矮窄，是无法用竹篙的，船公是牵引着洞壁上安装的绳索来回渡人。70米开外我们下船登陆，进入洞的更深处。此时我们赶上了前一船的导游，一个个子矮小但很专业的可爱姑娘。随着她清晰专业的讲解，就着她的手电筒上下、来回移动的光线，许多故事和栩栩如生的画面展现在我们眼前。那鸾那凤含情脉脉，彼此对望，好一派"鸾凤和鸣"的景象。那一块稍凹、平滑如砚的地方，让我们想起了王安石，想起了书房、文字、文学和他的学识。再向前，洞壁上用红色大字书写的王安石的"三不足"精神吸引了我们。"天变不足畏，祖宗不足法，人言不足恤"。他坚定的变法精神，在今天对我们的改革也具有莫大的借鉴作用。在 2008 年全国人民代表大会闭幕后的答记者问中，温家宝总理就曾引用过王安石的"三不足精神"，其后在中央和地方的一些重要会议上，多次提到在全面深化改革、攻坚克难的过程中，我们要弘扬王安石的"三不足"精神。

哇，前面红色聚光的地方，从上至下有一个扇形的冲积面，连上前面的一个凹槽和小凸起，就像一只美丽孔雀半开的屏。在时间的长河里，地壳运动、湖海变迁，造就了各种巧夺天工的地形地貌。看，这块石有三面脸，像座三面佛。那块像神窟、佛龛。左前方圆柱状悬挂下来的石柱，拍打时发出嗡嗡的钟鸣声，被冠以警钟厅之名。哎呀，右前方那竖起的状似兔耳朵的两爿石和下面凸起的"兔唇"可不就是"玉兔出宫"啦！再向前右手边有一块垂挂下来的钟乳石依然在千年不息地向下滴水，正对着下方一块好似引颈向上的钟乳石，它们这是要拼一个千万年向往的香吻？

呀，到最后的"凌霄殿"了。在那一节节堆起的石柱上跪伏着一只生机勃勃的虎呢，在它的左边，经导游的指引，那可不就像一只回首注目的龙，很有"龙腾虎跃"的味儿。接近后洞口的石壁上有几处摩崖壁画，有慧褒禅师的，清晰可辨，让人肃然起敬。

出得洞来，洞口的四个造型逼真的铜塑像，想必就是王安石和其一起探寻华阳洞的弟及友了。前有高举火把者探路，后有跪卧举把者照明，可见当时洞穴的险恶不清。我们是有福之人，不用担心"不出，火且尽"，而又少了王安石的"悔其随之而不得极夫游之乐也"的遗憾。我们贯穿全洞，畅游洞群500多米，尽观洞里被具象的一个个景点。幸哉！乐哉！

凌家滩遗址

离此不远的凌家滩村，一九八五年因村民万传仓给过世的母亲挖墓穴时，挖出了一批玉环、石锄、石凿、石铲等玉器，引起关注，随后相关人员向上级部门上报。自一九八七年以来考古队在这里进行了五次以上的考古发掘，发现了凌家滩遗址。这次伟大的发现将中华文明史提前到五千三百年前，应该去看看，近距离感受一下我们先古生活的地方。进入景区，那一个个或独立，或环绕相连的茅屋，一下子让我们有了很强的带入感。在导游的引领下，我们进入了凌家滩遗址演播厅。现代科技真让人叹服，在大型演示屏上，自一九八七年开始连续发掘出来的两千多件玉器中的精品，栩栩如生地展现出来。触屏就有放大的真实物品的影像呈现出来，可以让你精确地看到每一件远古玉器精雕细琢后的模样。

凌家滩先人的生活场景复原模拟图，更让人感叹。凌家滩真是一块宜居宝地，树林丛密，山水相间，四季分明，温湿适宜。

先人们在这里发挥着自己的聪明才智，代代绵延才有了生生不息的江域后代和源远流长的凌家滩文化。

离开演播厅，我们跟随导游来到了发掘的墓坑区。三块一字排开的县、省、国家遗址的石碑，告知我们这里的重要意义。站在观坑台上，凌家滩遗址一览无余。凌家滩遗址是中国第一个以地势分层次建筑的聚落遗址。以三个台阶为界限划分成三处功能不同的区域，具备了初级的城市"规划"水平。第一区域是普通部落成员的居住区、庭院区，房子带有明显的"城市"规划和精心设计的痕迹。这个区域出土了大量陶片。第二区域是3000平方米的红陶土块广场，这里是部落首领的宫殿区和部落会盟、祭祀、操演的场所。第三区域是大型墓葬区，中央有一处约一米高的祭坛，陪葬品有玉器、石器和陶器等。

中国古建筑协会专家认定，凌家滩的红陶块属人类有意识加工的建筑材料，是中国人类建筑史上的第二次革命，是已知所用各类砖的祖先。

凌家滩原始部落遗址是中国最早的城市，这表明中国最早在五千五百年前就出现了城市，从而使中国城市的历史又向前推进了一千多年。远古时期的凌家滩是一座繁华、热闹的城市，养殖业、畜牧业、手工业初步形成规模。凌家滩遗址对研究中国古代社会的演化，东西南北文化的交流与碰撞，具有突出地位。对研究古代宗教的起源、国家的起源、原始哲学思想的起源、历法制度的起源，以及制造技术、工艺美学、城市建设、龙凤文化等都有重要意义。是研究新石器晚期贫富分化、社会组织、玉器制作和文化的一颗璀璨明珠。凌家滩一游不虚此行。深为这片土地感到骄傲！

运漕古镇

我们计划去探访的古镇就是含山的运漕古镇。走进古镇口的牌坊，有一点点屯溪老街的味道，但还是少了一点气势和繁华。穿过牌坊，进得街来，一条不太窄也不很旧的石板路延伸到几百米处。没有想象中的一家挨一家的商铺，也就没有了琳琅满目的商品。这里似乎已完全失去了它的商贸功能，只成为过去繁华漕运的遗址，供人怀古。在街的中间段出现了一个开放的门廊，里面有一个休闲公园，看进去有一湾水面，颇有灵气。抬足而入，倒是别有一番天地。有许多老人和孩子在这里休憩和嬉闹，让这空荡的古街多了一些人气和烟火味。前面的木制长廊有点古朴的味道，有老人在下棋。我们踏着早春开放现已零落满地的玉兰花瓣上前围观了一下，边上墙壁的豁口大伤风雅，想到我们当涂精美的文化长廊，不禁心里暗暗为当涂又点了一个大赞。

出了公园，拐入另一条街。街上的木制二楼很有年代感。那名为"美人靠"的二楼窗户皆是精致的木雕花窗，记录和见证着当年这里漕运鼎盛、商贾云集的热闹和繁华。想当年那些浓妆艳抹的美人倚栏远眺，除为了生活而等客，会不会也有的在等自己的心上人？

"元和质当铺"应该算运漕古镇历史文化陈列集中的地方。进铺慢观，才知此当铺乃李鸿章四弟李蕴章家族所开办。李府财力雄厚，其当铺钱庄垄断了运漕一半以上的金融市场，生意十分兴隆。

运漕古镇坐落在裕溪河畔，是个典型的以水成镇、以水繁荣的水码头。早在东汉建安时期，东吴孙权就利用这条水道向东关前线濡须坞运送粮草兵员，阻击挥师南下的曹魏大军。东晋时也是通过这条水道，向淝水前线运送数万兵力和大批粮草，最终以少胜多，取得"淝水之战"大捷。南朝时的梁朝利用这条水道运输粮草，并将原蓼花洲正式更名为"运漕"，意为漕运重镇。

运漕人杰地灵。悠久的历史，繁荣的商贸，多元的文化，必然造就英雄辈出。在这块土地上，曾出现明代开国功臣华高、右军都督纪清、明威将军张亨，为建立大明朝立下汗马功劳。近现代更是涌现出不成功便成仁的抗日英烈张镜远，大义凛然、英勇就义的革命烈士程用书，英勇善战的战斗英雄李光善，等等。这里也是一代名臣李鸿章加官晋爵的发迹之地。

很想看看这孕育了众多优秀人才的裕溪河，带动经济发展的裕溪河，发挥重大航运作用的裕溪河。我们姐妹几人，在一条条巷道里凭着感觉往裕溪河的方向寻找。同样的巷子真多，最后请教了门边摘菜的婆婆才找到了捷径。上得埂来，左手边有横跨裕溪河的公路大桥，只是不知道在哪里可以上得桥去。埂下就是裕溪河，河面宽敞，河水悠悠流淌，一级级石梯下就是渡口也是周边家庭主妇洗刷鞋袜的地方。河两边都有渡船。问了正在洗刷鞋子的年轻妇人，才知对面就是无为市。

听来过运漕的人说，这里最特别的是早茶。南北早餐的精华在这里荟萃，在这里可以享用无数舌尖上的美味。可惜，我们是下午到的，除了在新街路边早茶店的墙面上欣赏了一下照片中的美食，就再没看到任何有关售卖美食的场所。也许这是下次再来的由头——为了运漕出名的早茶再来。

今天在春天的好日子里和姐妹们游玩华阳古洞，参观凌家滩遗址墓坑，拜访运漕古镇，收获了春天的美好，感受着中华文明的悠久和博大，体验到漕运历史的价值。多么快乐幸福的一天呀！期待春天再出发。

春天里，黄田，我们来过

林徽因说，最美人间四月天。

在人间最美四月天到来之际，我们来到了黄田。

其实在早上七点上车之前我并不知道黄田和我有什么关系，只知道这次由校长带队的我校妇女皖南泾县一日游，在这个节点是美的、令人愉悦的。

皖南虽不似江南古镇般柔情似水，却自有徽派文化的迷人之处，白墙黑瓦，依山傍水，炊烟袅袅。

三个小时的车程，我们终于落地皖南。环顾皖南的远山近黛，似乎空气里都弥漫着文化的气息。这里有宋儒理学大师朱熹同宗共祖的后人，是活字印刷术毕昇、宋诗"开山始祖"梅尧臣、爱国将领戴安澜、知名教育家陶行知、新文化运动领袖胡适等人出生、成长的家园。

上车之后倾听导游的介绍才知道，今天我们重点去泾县黄田，参观《大江大河》的拍摄地。原来黄田是《大江大河》的拍摄地，是宋运萍、宋运辉姐弟俩出生、成长的地方呀！当时看《大江大河》有多喜欢，现在就有多期待去到黄田，看看那里的山山水水，走走姐弟俩踏过的沟沟坎坎。

今天的天气格外好，春风徐来，阳光不艳不燥只如少女娇羞时脸上的红晕，偶有乍现，美妙无比。

午餐后旅游大巴载着我们全校五十一人驶向黄田，对于即将到达的黄田，五十一人应该有五十一份不同的心情吧。而于我，是充满期待和向往的。去年《大江大河》热映时我也参与了这批观看热潮，真的就喜欢上了。喜欢姐姐宋运萍的美丽、隐忍、善良、坚强和大局观，喜欢弟弟宋运辉的聪明、好学、淳朴、正直、敢担当，他简直就是读书人的楷模和榜样。

下午两点我们在停车场等待入村游览。站在村头看向黄田村落，只见在群山环抱之间，青山绿水之中，镶嵌着一片粉墙黛瓦的建筑群。应该是为了保持原貌，并没有见人为的粉刷一新，所以很有年代感。

入检票口后左转，整个黄田村尽收眼底，近在眼前有一副保存完整，但已被风雨侵蚀成黑枯色、依然在作业的圆形水车，一下子让人有恍如隔世的感觉。黄田村看上去并不大，两端尖中间阔，酷似一只小船，静静地停泊在港湾里，见证岁月变迁，人间向暖。

听讲解员的介绍，黄田村始于北宋嘉祐年间，距今已有千年的历史；占地1.5平方公里，共有古建筑五十六处。东依黄子山，南临凤子河。黄田村民居从选址、规划到建筑、设计皆依据《周易》阴阳、五行等学说，成功表现出"天人合一"的愿望。在村落的选址上"依山造屋、傍山结村"，村庄立足于河之北、山之南，取背山面水，负阴抱阳之势。村中明沟暗渠通向每家每户，活水穿村而流，让这座与世隔绝的村落充满灵动的活力。

我们沿右手的沟渠，左手的围墙，踩着片石路，由东向西而行。渠边的土地里有成片种植的玫红色玉兰花，空气里飘荡着清新的、美好的春天气息。我急切地想去看看宋家姐弟生活的那个少有人去的独立小院。我看过镜头里炎热夏天姐弟俩得知自己高考成绩过线了，那个充满欢欣的小院；看过冬天岁末姐姐接弟弟寒假回家过年时落满薄雪的小院，但没有见过春色满园、葳蕤生色的春天小院。这一次终于有机会，在春天里，我们亲身来了！

　　讲解员带着我们穿屋走巷，先是来到了一个满地砌成铜钱花纹图案的大院。讲解员说了很多，我的神思飞得有点远，只在她重点强调水磨花砖墙面时听了一点。这种花砖是泾县的特色建材，由泾县西山黄土、观音土和糯米汁糅合打造而成，有千年不沾灰、不粘尘、不结网、不开裂之说，质地细腻，手感舒服。花砖上的花纹不是人工绘制的，而是天生烧出来的，烧出什么花纹就是什么花纹。花砖画面不是浮在表层，而是在骨子里、在胚胎中。不禁让人感叹：中国的工艺无处不在，中国工匠智慧无穷！

　　当我们观看完代表朱氏家族最有成就的商家大院和出了文武官员的官家院落之后，我们又回到了溯渠而上的石片路。回眸围墙外、沟渠旁的来路是如此的熟悉。镜头似乎切回《大江大河》里，杨巡挑着馒头担子，沿路叫卖的样子就在眼前。每每想起杨巡为了能多卖几个馒头，多挣点钱，帮助孤寡的妈妈养活一屋子弟妹，那讨好别人的笑容就觉得特别地心酸。

　　我看到那棵歪脖子树了。为了一双儿女能上大学，多年被反革命帽子压得抬不起头来的宋父，把自尊踩在脚下，硬着头皮拎着自家最珍贵的药材，在歪脖子树下等那个过气的镇革委会干部老猢狲。真正是见识了什么叫狗仗人势、人仗形势的那个是非颠倒的年代。周遭的空气都是凝固的、压抑的，被迫害、打击的人是如此卑微和无力，任人奚落和宰割，低贱到尘埃里，抵死求得一点生存的机会。

再往前走我们来到了红卫镇革委会的院子里，那栋破旧的小楼因熟悉而变得亲切。宋家姐弟为了上大学来这里送过政审材料，弟弟宋运辉为了让镇革委会李主任了解国家的高考政策，在烈日下把《人民日报》背了近二百遍。过去的日子真难呀，多少人才被扼杀，幸好那不幸的年景已过去，今天我们迎来的是翻天覆地的、人民扬眉吐气的好时代。

走过沟渠，踏上木板桥，爬上坡来，宋家小院矗立眼前。我好似看到了姐姐运萍正担着从渠里打回的水，迈向小院。我欢快地叫着，就是这个小院！院口两旁的大石块还在，院里那棵桂花树依然繁茂，连从山里接下来的竹片水流还一如剧中一样地流淌。宋家四口围坐吃饭的小矮桌就在堂屋中央，宋运辉望穿秋水等来的大学录取通知书正正方方地贴在东面墙上，宋父切割草药的西厢房已没有了药盒、药柜，少了药香，但里面住着一位卖粽子的奶奶，粽香取代了药香。

运萍，你在小雷家的后山安息得可好？你和弟弟的家一直在，好好的。春天里，我们来过，替你看见。

约定陕北

　　我，生活在滨江小城，也是诗仙李白终老之地——当涂，是一枚典型的江南女子。日常目之所及乃绿水青山、四季花开、云淡风轻……我喜欢这种温婉恬静的生活环境，但久了，心里便生出不一样的渴望。想感受"北国风光，千里冰封，万里雪飘"的震撼；想见识"忽如一夜春风来，千树万树梨花开""大漠孤烟直，长河落日圆"的景象。

　　当看到新锐散文发出的榆林笔友会的招募帖，我几乎没有犹豫地生出无边的胆量：我要去，去感受边塞风情、大漠雄关、戈壁荒滩、滚滚黄河……去染一身黄土，去吹一脸劲风，去领略北方的粗犷和豪放。

　　我不热衷旅行，更没有一人出行的经历，但新锐和榆林的双重魅力让胆小的我有了莫大的勇气。我独自乘坐绿皮火车，在哐当哐当火车车轮的经久声响里，先东行，再北上，后西进，千里迢迢，赶往陕北，去赴一场文学和历史之约。

　　经过十八个小时的翻山越岭、钻山过河，绿皮火车终于将我带至这次笔会的终点站——陕北榆林。

一切都是最好的安排。同列火车上竟然有我们四位笔友，一下火车就见着她们，这么亲切，那么自然，心中的那点茫然和惶恐轻易消散。

这次的笔友会很有声势，与会人员是来自全国 20 多个省份的作家和文学爱好者。承办者许学琪老师为了这次榆林笔会能完美举办，动员了他多年来积攒的人脉，惊动了十几个部门，在我们未到榆林之前，榆林城已遍晓有一批人要来这一座城开一场与他们"无关"的会。这等声势连雷公雨神都被惊动，一场喜雨普降榆林。我们来到的榆林城空气清新润泽，地面湿润洁净，没有酷暑高温。行至宾馆的路上可见清澈的榆溪河，宽大的马路，布局美观合理的绿植，似乎除了舒适凉爽，这里与我们秀丽的江南没有二致。当在接近我们下榻的天瑞大酒店，看到榆林城的城墙时，才恍然醒悟，这里是边塞、是大漠雄关。

榆林采风的欢迎宴带着边塞和大漠的风情。与会者把酒言欢，豪情万丈。陕北的信天游，天南地北的地方曲艺在宽敞的酒宴大厅上空交相辉映。那与南方完全不同的大块羊肉、大烩菜、油馍馍、炸油糕等美食强烈地冲击着我们的味蕾，这是一场视、听、味的盛宴，轰轰烈烈地揭开了榆林笔会的序幕。

我们采风的第一个景点是位于榆林城北三公里处的红石峡。此处因召开过"红石峡会议"，和红色的沙石石壁上布满大量数朝数代文人志士留下的如"大漠金汤""力挽狂澜""还我河山""河山千古""蒙汉一家"等振聋发聩的摩崖石刻而闻名。

一九二九年四五月间，中共陕北特委在红石峡天门洞召开了第二次扩大会议。与会者有刘志丹、杨国栋、刘澜涛、冯文江等。这次会议集中批判了特委代理书记杨国栋的右倾错误，着重讨论了加强武装斗争的问题。会议宣布刘志丹担任特委书记，主持特委工作。这次会议为陕北党组织开展活动指明了方向，为进一步领导和开展兵运及群众运动打下了基础。当九十年后的今天我们重登红石峡，再攀天门洞，真是感慨万千。和平幸福生活来之不易，当珍惜之！

"誓扫匈奴不顾身，五千貂锦丧胡尘。可怜无定河边骨，犹是春闺梦里人。"边塞沿线北方匈奴长年侵扰，为抵抗凶猛的匈奴兵的巧取豪夺，为维护中原王朝的尊严，历代朝廷穷兵黩武，和匈奴进行旷日持久的拉锯战，导致大批男儿战死沙场，无数少妇幽怨深闺。

我们去到的第二个采风点是与山海关、居庸关、嘉峪关并称为"三关一台"的镇北台，它位于榆林城北四公里之红山顶山。据险临下，控南北之咽喉，如巨锁扼边关要隘，为古长城沿线现存最大的要塞之一。也被称为"万里长城第一台"。

镇北台建于一六〇七年，是为了抵御北面游牧民族的侵扰而建，属于万里长城防御体系之一的观察所，是明长城中部的要塞之一，与东边的山海关和西边的嘉峪关，合称为"长城三大奇观"，又有"天下第一台"之称。榆林最早归属绥德管辖称"延绥镇"，自镇北台修建之后有效地遏制了北面的游牧民族每年秋季跨越明长城来抢夺粮食过冬情况的发生，之后当时的军事、政治、文化逐年由绥德迁至榆林，所以说镇北台的建成对榆林来说是一个历史性的转折点。

当我们登上三十余米高，海拔一千一百米的镇北台顶，倚靠墙垛，极目远眺。此时年轻导游的解说词恰恰传来：长城以北为草原风沙区，是游牧民族所在区域，以前全都是沙漠；长城以南是黄土高坡，农耕区。榆林处于草原文化和游牧文化交界、相汇之处。在古代一直是官家必争之地，是关口要塞。而今经过六十多年的艰苦治理，长城以北再也不见"回乐烽前沙似雪"的景象，而是金沙蓝天、碧澄水库、逶迤长城，绿色林带和欣欣向荣的城郊建设风貌互相辉映，构成了无比绚丽的彩色画卷。

千沟万壑、绵延起伏、气象苍茫，广袤雄浑中透出些许苍凉，这就是陕北人赖以生存的黄土高原。数千年来栖息于此的陕北人，在艰苦无助的环境中，在向穷山恶水征战的过程里，向来以歌声作为自己的精神慰藉。这歌声，带着浓厚的黄土气息，蕴藏着苍凉、悲壮而又大气乐观的精神情愫。它，就是陕北民歌。当我们被安排进入充满民族风味的"陕北民歌博物馆"时，真被惊艳和震撼了。首场的球幕影厅镜头肆意在黄土高原上逼近、抬升、拉远，那高坡上、窑洞口，扎白羊肚毛巾的汉子正拉着胡琴唱着信天游……博物馆收揽了各种极能代表陕北民歌发展历史、历程和传唱久远的作品、实物和大量的珍贵图片，充分体现了它的"全国性、唯一性、权威性"。我们亲耳聆听了身穿民族服，头扎长辫子的姑娘为我们歌唱原汁原味的《兰花花》《走西口》，还有头扎白羊肚毛巾的陕北汉子为大家唱《赶牲灵》《走西口》，和各种号子民歌、生活小调等。为《东方红》填词的李有源老人的塑像是那样的栩栩如生。当看到黑板上《东方红》的五线谱时，我们所有人自发地同声唱响：东方红，太阳升。东方出了个毛泽东，他为人民谋幸福……博物馆里群情激昂。参观完毕，激动的心情依然久久不能平静。

我们在边塞榆林的夕阳里跟随与会者安排的工作人员踏入了榆林老城。宽阔、平滑的青石板街面，昔日驻守榆林的旗人为了家眷生活的习惯而沿街建造的四合院，让人有恍如隔世的感觉。这里有任何地方都不曾有的"北台南塔中古城，六楼骑街天下闻"的独特景象。从南至北，骑老街依次耸立着文昌楼、万佛楼、星明楼、钟楼、凯歌楼和鼓楼六座城（牌）楼，六楼面南据北，雕梁画栋。

晚上就餐的饭店就是老街上的塞上饭庄。一入饭庄就见红底白字的欢迎横幅，让我很有受宠若惊的感觉。饭庄里充溢着塞上风味，用餐气氛热烈、温馨，在彼此真诚的碰杯声中我似乎看到了文字、文学因共鸣擦出的美丽火花。那地道的榆林地方菜：拼三鲜、炸豆奶、醪糟汤…在唇齿间欢快流转。

陕北是长征最后的落脚点，是革命的大本营，是抗日前线指挥所，是中国革命的总后方，它的历史作用不言而喻。来到陕北，不去走一走、看一看革命前辈战斗、生活过的地方，那肯定是遗憾的。周到、贴心的组委会，将我们带到了杨家沟，中共中央十二月会议召开之地。一九四七年十一月二十二日毛泽东、周恩来、任弼时率领代号为"亚洲部"的中共中央机关、中国人民解放军总部随行官兵共计六百多人，转战陕北来到了杨家沟，在此居住了四个月零两天。我们流连、徜徉在这块红色热土上，寻找着老一辈革命家生活战斗留下的点点痕迹。我们在毛主席全身塑像前一次次留影纪念。中国革命的胜利，实现了中华民族的独立和中国人民的解放，如今全国人民的生活像芝麻开花节节高。我们很幸福。感恩！

"米脂的婆姨，绥德的汉"，这是广为流传的陕北名谚。这句话的出处最早应该追溯到汉末三国时中国四大美女之貂蝉，她是米脂人，而才貌双全的吕布是绥德人。而今的米脂婆姨在我认为不仅有米脂水加小米粥滋养的美丽容颜，更有贤惠、善良、勇敢、睿智的品性，而现在的绥德汉也不只是英武、威猛，更是具有代代传承的"忠、义、信、勇"的精神。来到绥德，我们从承办笔会的许学琪老师和他同学的身上感受到了绥德汉的真正内涵。

绥德不仅有内外兼修的"绥德汉"，它，蕴涵着陕北文化的源流，荟萃着陕北文化的精华。古往今来，绥德文化始终是引领绥德社会前进的动力。我们在穿越榆林、观光米脂之后，停息绥德。绥德与榆林相比要促狭得多，背靠大山，无定河穿城而过，将绥德城一分为二，主要有永定桥和千狮桥将两岸相连。浑浊的黄河水在这里不太张扬地徐徐流淌着，与西北道教圣地白云山处滚滚奔涌的黄河水相比要逊色很多。在一天半的时间里，我们以最高效的速度领略了绥德古迹和文化。那远播海外的"天下第一狮"山、掩埋公子扶苏忠骨的"疏属山"、汉化石像馆、绥德展览馆，让我们实实在在地见证了绥德文化的源远流长和博大精深。

想多看一眼，再看一眼。

想再学一学、听一听独源于这片黄土地上的号子、小调、信天游。

陕北的美食洋芋擦擦、鸡蛋泡泡、臊子面……让人回味无穷。

这片红色土地上的质朴文化和它独特的风土人情，让它充满无尽的魅力。

陕北来过，关中、陕南，也应该去看看。

相约江东

二○一八年十一月十三日下午上完两节课，大课间，习惯拿出手机，打开微信。意外地发现《同步悦读》作家群里很有威望的仁者见仁（孙仁寿老师）要求加我为好友。很是惊喜，立即通过。孙老师随即给我发来了江东文友会的邀请。激动、喜悦……迅即进入期待状态，我那颗不算年轻的心竟欢腾得如少女心般。快乐挂在脸上，喜悦融在脚下，幸福浸在心里。

相见欢

在急迫的等待中十一月二十四日如期而至，那么早醒来再也睡不着。约好同事兼文友伟伟一早赶赴马鞍山汇聚点。伟伟担忧这次来的文友很大咖，我们会不会上不得台面，入不得眼？我忙安慰她：应该不会。我俩怀有初心，只为真诚交友，只想虚心学习就好。

七点五十分我们等在外地文友下榻宾馆的一楼大厅，只在文友群里汇报了一下，不一会，这次文友会的组织者之一帅气的杨平老师，第一时间赶到我们跟前，欢迎我们的到来（在后面的接触中充分感受到他的全面、周到、温暖）。接着其他文友一个个翩然下得楼来，第一个是孙仁寿老师，高大、热情，很有领导范，与想象一样。随后看到了王长胜老师、戴旭东老师、张能泉老师、黄有龙老师、杨清老师、李梅老师……虽没有过互动，也觉得亲切，握手问好。接下来就见到了明艳动人的静姐姐（胡静老师），我们激动地紧紧相拥。姐姐夸我比想象中漂亮，我说姐姐就是我心中一直最美的样子。仔细打量着静姐姐，一袭大红色的羊毛打底裙勾勒出她玲珑有致的好身材，外穿蓝色羊绒大衣，精致的妆容，一切都是那么刚刚好。然后走来了于路姐姐，大红色的摆裙，大红色的呢外套，戴一顶有网罩的枣红色呢帽，优雅，充满英伦风，很是风情。热闹之间，瞥见了俊朗沉静的胡铭老师，再见到一俊秀静默的男士朝我们直直走来。大家介绍说，他就是我们的白夜总编。看到了吴显为老师，一说话充满安庆黄梅腔，似唱歌，有韵味。隐在后面的是一位文弱娇小的女子，总编说，她是吴婷。走近些，怎么觉得如此眼熟，我急速地在自己的头脑脸谱库里寻找，最终定格在中国保尔张海迪那里（上车后伟伟百度了一下，我们的小婷婷和张海迪真的很相像哦）。当叶子出现后，我几乎和伟伟同时叫出了她的名字。我们仨情不自禁地围抱在一起。

相见如此欢愉，似老友回归；相谈是如此契合，没有丝毫陌生和距离。今天的相约相聚必然是充满收获和感动的盛会！

采石矶采风

在孙仁寿老师的引导下我们上了豪华大巴。坐定后一直有位敦厚的姐姐温和地朝我们笑，后来知，她是马鞍山作协的郑茜老师。孙老师站在汽车前端，面向大家像导游更像领导，一路循着汽车所走路线给我们介绍人杰地灵的马鞍山。孙老师说，尽管马鞍山建市时间不长，但她却有着深厚的文化底蕴，曾是六朝古都南京的文化后花园。车达佳山时，孙老师向我们描绘了关于佳山的神话爱情故事。路遇雨山湖，其可谓马鞍山的眼睛，是马鞍山灵气所在。她清澈秀丽，风光无限。孙老师介绍鲜艳三色的雨山湖三个凌空大字是用雨山石堆砌而成时，我们都惊呆了。不经意间，采风点采石矶的翠螺峰就跃入我们的眼帘。峰形似海螺伏卧于长江岸边，山上全年树木翠绿，故称"翠螺峰"。转瞬，我们的汽车驶入了采石矶公园。采风活动正式开始。

在导游的解说下，我们对采石矶有了更全面清晰的了解。采石矶位于安徽马鞍山市西南五公里处的长江南岸，南接著名米乡芜湖，北连六朝古都南京，峭壁千寻，突兀江流，历史悠久，名胜众多，素有"千古一秀"之美誉。与南京燕子矶、岳阳城陵矶并称"长江三大名矶"。也因它突兀江中，绝壁临空，扼据大江要冲，水流湍急，地势险要，自古为兵家必争之地。南宋绍兴三十一年（公元 1161 年），这里曾发生了中国历史上有名的以少胜多的反侵略战争"宋金采石之战"。

采石矶历来为江南名胜，古往今来，吸引着许多文人名士，像白居易、王安石、苏东坡、陆游、文天祥、陈运河等都来此题诗咏唱。特别是唐代大诗人李白在这里饮酒赋诗，相传最后因酒醉赴水中捉月而淹死，更增添了神秘的色彩。可以说：名山得诗仙李白而益著，诗仙则望名山而流连忘返！

我们首先参观了为纪念诗仙李白而建造的太白楼。它与湖南岳阳的岳阳楼、湖北武昌的黄鹤楼、江西南昌的滕王阁，合称为江南著名的"三楼一阁"。

因为我是当涂人，离采石矶也只数里之遥，所以不止一次来过这儿，但从未像这次这样虔诚和认真。我细心留意着导游的解说，尽力观看关于李白的资料和不同年代遗留下来的物件。太白楼里太白一卧一立的两幅黄杨木塑像，特别可见诗仙飘逸、洒脱的神采。李白骑鲸升天的铜画更是为采石矶营造出一种神秘的仙气氛围。

文友们个个兴致勃勃，面露探寻、满足、兴奋、快乐之神色。在一路观赏的路上大家随心随地地组合，拍照、谈心、聊文，如此惬意，那么快乐！

最后我们来到了林散之先生的草堂，草堂里收集了先生的字、画、诗等多幅作品，让我们大饱眼福。真是感叹先生一生怎么有如此才气，涉足多个领域，却样样达炉火纯青的地步。看他的字，虽然外行，也被惊艳；看他的画，轻易就被迷倒；他的诗，是他自己最满意的成果。景仰！敬佩！

那一枚叶子

我说的叶子，不是一枚树叶，而是《同步悦读》微刊签约作家史太叶。她是淮南农民，每天不是忙着繁重的农活，就是农闲时和爱人开着农用车贩货做生意。走南闯北，风里来雨里去，其中辛苦一言难尽！但坚强、乐观的叶子却用文字妆点苦累，让去远方的路上充满诗意。

这次江东文友会组织者邀约了叶子。叶子应该是喜悦和憧憬的，爱人也是善解人意的，支持叶子的江东之行。然而农家人的生活是不易的，最后叶子决定和爱人贩货一车从淮南沿路叫卖，二十三日到达马市和文友汇合。山一程，水一程，身向马市那畔行，夜深万家灯。只为文字而来，为文友而来，多么深沉的文学情怀。叶子令我们感动，我们为叶子点赞！

江东文友会

下午江东文友会在孙仁寿老师的主持之下温情地拉开序幕。王长胜老师最先发言，知识渊博的长胜老师再一次帮我们认识了马鞍山辉煌灿烂的前世和今生。接下来让我们特别感动的是马鞍山作协主席、《作家天地》主编郭翠华女士，在孙老师的盛情之下带病参加了我们的江东文友会。她说："病着，本不能来，但为文字而相见。为文学为文字一定要来。在当今物质现状下搞文学真是热爱文学，是纯粹的，这样的文人是值得尊敬的。但只有文学不为物质，充满人性，才最有价值，可以永恒。"接着郭主席关于文学又谈了自己的几个观点，让我们很受启迪。她说：文学是精神的东西，永远不会消亡、不会磨灭，会流芳百世的。当我们读喜欢的文字，不管作者是何时代的人，我们都能够感受到作者的气息，感受到他通过文字传递出的温暖。杨·安德烈正是因为对法国女作家杜拉斯文字的着迷，才不顾年龄的悬殊，一辈子追随杜拉斯的。文学是有尊严的。郭主席说，我们在写作时既要保留自己的尊严，又要用平等的平常心写我们身边的人。最后郭主席语重心长地说：文学是家园，文人是亲人。当今文学已被挤入边缘，所以我们应该互相帮助，互相学习，互相提高，互相爱……

接下来《皖江晚报》主编胡龙生先生、《安庆晚报》主编魏振强先生、胡铭老师、于路老师、胡静老师、黄玉龙老师都做了精彩的发言。其间我们的王笋老师用她甜美如少女的嗓音为我们朗诵了她自己的诗作《我爱你，马鞍山》，使我们的文友会除了感动和收获，又充满温馨和灵动。

我们的白夜总编在发言中建议大家多投纸媒。纸媒才是检验作品的最好平台。他说：新媒体与纸媒是相拥抱的，不是相悖的。它培养、激发了一批文学爱好者的文学梦。《同步悦读》的作用是展示名家优秀作者的作品，打磨一批成长中的作者，培养一批新的文学爱好者。

江东文友会在丰盛愉悦的晚餐后落下帷幕。

开心卡拉

因我和伟伟家住当涂，担心太迟打不到车，虽有不舍，但还是动了先行的念头。当我们和前后操办接待的杨平老师说明我们的意图时，杨平老师真诚邀约我们一起去卡拉 OK。我们低调清俊的、总在关键时刻出现的白夜总编温和地请求我们一定要到场，特殊情况可以早点离场。本就不舍现在更是不忍。我们随着文友们一起进入了令我们叹为观止的最大号 KTV 包间。在余秋慧老师激情朗诵黄玉龙老师的诗篇中拉开开心卡拉的序幕。真是没想到文友们都是如此多才多艺。歌声优美，舞姿翩跹，好不热闹！

叹时光，流逝快；只愿意，真情在。伟伟唱了一首黄梅戏惊艳全场。我相形见绌，但为了表达我希望我们的同步家人们情意甜蜜深厚，依然勇敢地唱了一曲《甜蜜蜜》，却因为紧张连平常水平也不及，但不后悔。希望我的心意能被同步家人们感受到。

别离难

二十五号我因为要参加早安排好的培训课，不能和文友们一道畅游濮塘景区。看到同步家人传上群里的甜蜜合照，那个急呀，一上午都是心神不宁的，但同时也是兴奋和开心的。美好相聚的时光总是短暂，同步家人们共进午餐后即将各自奔归途。

其实早上八点刚过，白夜总编就在群里表达了他晨起后，心头就被深深的离别意笼罩的酸涩情绪。

不让送别，不忍离别，但终须一别！

午饭后周到、温暖的杨平老师洒泪和每一个外地文友一一拥别。回家本是欢欣的事，但三天的相伴相依相谈相欢，因文字结下的情义却让大家回程的脚步那么沉重、那么不舍。胡铭老师就被这浓重的惜别之情扰乱了正常的思维，开车三次出了错，在马市转悠了很久才回到正道，无奈地绝尘而去。是无心抑或有意?!

伤离别！

来路艰辛，回程不易的叶子的归途牵动了我们所有人的心。大家千叮咛万嘱咐，让叶子和爱人注意安全。叶子被这份莫名的真情深深感动，不时在群里汇报所到地点，以解大家的担忧之虑。

十四点十二分之后在归途中的文友们陆续发来感谢、感激、感叹这次江东之行的满满情义之言和浓浓的惜别之意。

……

诉不清离别意，道不尽离别情。

期待再相聚！

"江山"如此多娇

——江山行之登江郎山

关于"衢"字我不陌生，印象里好像小学三四年级的时候第一次见到"四省通衢"这个词，不知为什么就对这个生僻难写的"衢"字感了兴趣。从此就既记得了它的读音又记住了它的结构，但关于它的意思却是不甚了了的。"衢州"这个地名也是听说过的，但这个地方属于哪个省，在什么地方？倒是从来没去关注和深究。二〇二〇年十月二十九日有幸受长钢工会的邀请随当地作协的朋友们来了一次衢州江山游。

旅行社的豪华大巴用了六个半小时，将我们从江南的文明县城当涂拉到了浙江省、安徽省、江西省、福建省交界的衢州江山，至此我才完全清楚了"四省通衢"的意思，也才知道了衢州是浙江西部的一个城市，而我们到达的江山是衢州市下辖的一个县级市。

旅行社的安排是周到的，刚进入江山地界，地导就前来迎接，这个瘦弱的畲族女孩用她的热情、真诚和全面而翔实的江山文史知识为我们做了两天最好的服务。

她上得车来简单地问候之后就开始了她绘声绘色的精彩讲解。也许是刚进入一个新的城市，大家充满了好奇和兴奋，车里有很多的声音，但女孩没有介意，她竭尽全力地把自己知道的有关江山及江山的故事一样一样地端出来招待我们。这个环节每每都是我喜欢的，因为这能让我初步了解即将旅游的景区特色和人文故事，可以指导或印证接下来的旅游。我觉得是有意思的事。尽管车里人声嘈杂，我努力静心倾听女孩的讲述。

女孩从江山最有特色的 Logo 讲起，说它体现了江山的城市标志，一眼看上去就知道这代表的是江山。Logo 上的三点水代表的是江山的母亲河——须江；江字的工字部代表的是千年古道——仙霞古道；山字代表的是江山著名景点江郎山，当地人称"三瓣石"或"三爿石"，以"川"字形排列。

在衢州的每个县市还有一个随处可见的城市标志，就是一个形似两手交叉的"作揖手势"。衢州在二〇一七年重点打造"衢州有礼"品牌城市，推行衢州 4A 景点全球免费游，极大提高了衢州的知名度和影响力。

衢州称江山人是衢州的犹太人。他们能吃苦、脑子活，所以江山人也成为衢州最有钱的人，一个县级市的房价及消费水平和衢州地级市相差无几。

当我们的车刚刚进入江山城的时候，最先映入我们眼帘的是"江山如此多娇"五个毛泽东体的红色镂空大字，让人震撼和兴奋，一下子对这里多了几分探寻的欲望。江山人的确有头脑，他们巧妙地引用了人们耳熟能详的毛主席《沁园春·雪》中嵌有"江山"两个字的名句"江山如此多娇"来抓人眼球，又利用"黄巢率农民起义军南下攻宣州不克，乃引兵转战浙西东。复取道仙霞岭，开山伐道七百余里，入闽取建州"的历史，打出了"千年古道，景秀江山"的旅游口号。

黄巢率大军取道江山，挺进福建的过程中留下了很多故事，甚至国民党军统特务戴笠家乡所在地的名字都是由他而来。

话说那一日，黄巢将军在率军取道江山的行军途中忽闻孩童的啼哭声，声声不断，很是扰心。于是他命部下打探情况，不一会儿工夫，打探消息的部下带来一妇人，面黄肌瘦。只见她羸弱的背上驮着一个大约六七岁的男孩，右手牵着一个更小一点的男童，哭声应该就是来自这个男童。尽管因恐惧他停止了哭泣，但他脏兮兮的脸蛋上还残存着泪痕，间断间还有哽咽。黄巢将军觉得很奇怪！为什么这个妇人两个孩子中不背小的却背大的？一番追问。原来这位妇人背上驮的是邻居家的孩子，手里牵的是自家小儿。邻居一家四口在一场瘟疫中都未能幸免，唯留下了这个孩子，所以妇人好生呵护着这个孩子，希望能保存邻居家最后的血脉。将军被妇人的善良感动了，他对妇人说："回家去吧，在外颠沛流离太辛苦了。记得回家后在你家大门上插上竹枝和菖蒲，待我行军路过时看到这个会保你平安。"

妇人喜极而泣，拜别将军带着孩子回到了家乡。善良的妇人不想一个人独受恩惠，于是把将军的叮嘱告诉了所有的贫苦乡亲。

当黄巢带领大军行至妇人所在村庄时见家家户户的门上都插着竹枝和菖蒲，他陡然想起了自己对妇人"保你平安"的承诺。将军看到这满村满门的竹枝和菖蒲，对那位妇人更是由衷敬佩。保你平安！保你平安！于是此地就此得名——保安。这里也正是戴笠的老家保安乡。

江郎山是浙江省的第一个世界遗产，也是江山旅游业最响亮的名片。来江山，第一站必去江郎山。江郎山不仅有申遗成功的

丹霞地貌，还有凄美动人的爱情故事。十月三十日早晨八点一
过，旅游大巴载着我们直奔江郎山。纤瘦的畲族女孩又开始她专
业且认真的解说。

很久以前有一户姓江的人家生有三个儿子，没想到这三兄弟
同时爱上了美丽的须女仙子。无奈天地有别，须女仙子奉命回
天。三兄弟痴心不移，日日登巅遥望，最终化石为山。他们自东
向西呈"川"字形排列。老大江金体型庞大像一座城堡，老二江
亚上大下小像宝剑插地，老三江灵传说是一介书生长得俊朗灵
秀。江郎山上有三绝：第一绝就是耸立江郎山上的中国丹霞第一
奇峰"三爿石"；第二绝是老二亚峰和老三灵峰之间的"一线
天"。它长、高均为三百米，最宽处也就五米，最窄处只有三点
五米。经考证得"全国一线天之最"的称号。第三绝乃惟妙惟肖
的"伟人峰"。直到一九九七年才被浙江大学两个来此地休闲的
教授无意中发现。

专职游览车将我们从山脚拉到近五百米高度的伟人峰，我们
的登山由此开始。我们由北向南穿行在三爿石下，抬眼即看到对
面山石上的全国最大毛泽东手书体"江山如此多娇"的摩崖石
刻，灼灼耀眼。

穿越天然形成的会议厅洞穴（二〇〇六年八月十六日，时任浙
江省委书记的现任国家领导人来江郎山考察，曾就在这里指点江
山），往前二三百米处有一独立山头上矗立一亭，此谓"霞客亭"。

江郎山自古乃风景名胜地，来此观光游历的名人也是不计其
数。旅行家徐霞客曾三次登临江郎山，留下了"遍访名山独尊江
郎奇幻"的感慨。为了纪念及表达对徐霞客的敬仰之情，一九九
二年秋当地政府在灵峰之西，峭壁之上，辟地八百平方米，设

"霞客游踪"景点，建造了"霞客亭"。二〇〇三年十月文学大师莫言曾来这里进行文学采风，霸气地留下了"踏平江郎山　夺回神仙笔"的豪言。

从"霞客亭"折回来，我们开始攀爬中国之最的江郎山一线天。为了更好地方便游客观光游览，一线天下的山路已经铺好了石阶，我们循石阶而上颇不费力，很快进入一线天界。真感叹自然界的鬼斧神工，两峰高三百米，壁立千仞，之间最宽不过五米，窄处仅有三点五米，往上看更觉逼窄。此时约上午九时多一些，东方的霞光从两峰缝隙中穿透进来，如刀光剑影，令人称绝！

穿过三百米长的一线天，辗转向上到达登天坪，自此可以向郎峰绝顶攀登。仰望伟岸光滑的郎峰，定睛才看清了开凿于郎峰崖壁上的登顶"之"字形曲折而上的小道，我望峰却步了。畲族导游温暖的鼓舞，同行姐妹和朋友大力的鼓励，我才心有怯怯地尝试了一段，可还是头晕眼花两腿颤颤。对于一个恐高患者，挑战平均坡度八十八度，还有少数铁梯搭建处的九十度，"臣妾做不到呀！"于是为了不拖累大家，也不想让自己处于恐慌无力的状态中，我果断折返，放弃了"俯视临空，惊心动魄；东望临海，郁郁苍苍；西眺旷野，田舍俨然。上下攀登，左右环顾，仿若天游"的超强感受。量力而行、尽力而为应算明智之举吧。

为了不走回头路，我们选择了郎峰和亚峰之间的坎坷岭下山，也是风景遍好。

最后导游带领大家，来到以全景三爿石为背景的国家领导人曾经拍照留影的地方，我们所有人争相模仿着他的姿势留影纪念。十月底的阳光亮眼不燥，风暖日丽，有幸福之气在心头氤氲。

江郎山来过，幸甚！

"江山"如此多娇

——江山行之探秘军统文化

从江郎山上下来用过午膳，畲族女导游带领我们前往仙霞关景区的保安乡戴笠故居游览。和许多的江南小镇差不多，我们跟随导游的脚步穿过一个摆满售卖物品的小巷就来到了戴笠故居。跨进大门，有一小方天井，再进，见立一面镜子，上书"戴笠是中国近现代史上一位富有传奇色彩的人物，开放其故居，陈列其史料，旨在展示其一生之踪迹行实供游人认识、了解与研究。于此，谨撷章士钊一九四六年三月吊戴笠挽联为序：生为国家　死为国家　平生具侠义风　功罪盖棺犹未定；誉满天下　谤满天下　乱世行春秋事　是非留待后人评"。绕过镜子，里面有太多相似的房间，让我眼花缭乱，只能紧跟着导游，按她的顺序和节奏一一参观。每一个不大的房间墙壁上都挂满了珍贵的照片，有我们了解的或不认识的江山籍军统名人及与戴笠生平有关联的各色人等。畲族女孩用她熟知的故事把这些照片上的人、景和事串联起来，很有带入感。我似乎闻到了白色恐怖下弥漫的硝烟味、国民党特务牢狱里的血腥味，尽管那天气温很高，可在那没有窗户的各间小屋里，我依然忍不住偶尔打个寒战。

军统是戴笠亲手创造的特工谍报组织，机构与网络体系之庞大、之完整、之严密，非但中国历史上前所未有，即使同时的德国党卫军、美国中情局、日本梅机关也绝难望其项背。军统鼎盛时，有特工人员十万之众，武装队伍二十余万之巨，秘控伪军八十万之多。军统所行之谍报侦讯、策反敉乱、抗日锄奸、除异对共、剔蠹制暴等一系列特工活动，血雨腥风，震惊中外。可以说，戴笠创造了军统，军统成就了戴笠。戴笠是军统的缩影，军统即戴笠的化身。

在又一间没有窗户的长方形小屋东边墙面上，挂着两幅穿旗袍的女子照片，照片中的女人美丽、雅致、妖娆，似乎有些眼熟。走近一看原来是那时的著名影星胡蝶。看介绍她竟然是戴笠的红颜知己，且彼此有过白首之盟。一九四六年三月十七日，戴笠因飞机失事殉难，后来胡蝶侨居加拿大温哥华，直至一九八九年辞世。

沿着不是很宽阔的木质楼梯上到二楼，绕过天井围栏，看到了戴笠会见重要客人的客厅。陈设没有什么特别，靠墙的两边摆放着木制雕花的桌椅。唯有一处经导游介绍才发现它的奇异，就是在从客厅通向房间的门头上多出一个三角形顶板。导游说这是戴笠藏手枪的地方，以防来访的人中有异动，好及时得到武器进行反击。再向北进，最里间才是他的卧室。房间里倒不见豪华的装饰，但每间屋子的窗户是独特的，各有两层，都装着玻璃。听说是为了防止隔窗有耳。楼上共有七间房，中间是会客室和书房，四周是卧室。

在一楼时，导游故意卖了一个关子，说这间屋子里有秘密暗道，此时揭开谜底。原来二楼屋子中间壁柜、佛龛之后的墙壁上有一个不易察觉的暗道门，她推开暗门领我们由此下楼。暗道里的木梯更是窄短，呈螺旋状，仅容一人侧身而过。导游说这样设计：一是为了节约空间，二是为了防止遭暗杀逃命时被枪击中。真是"明梯暗道，机关算尽"！这座秘宅共有一百二十二扇窗，八十五扇门，室室相连，环环相扣，步入其中，似走迷宫。下到负一楼，走进最北面的里屋，映入眼帘的是铺着军绿色桌布的两张长方形桌子，上面一字摆放着两台黑色电话机和两台与谍战剧里一模一样的军绿色电台。刹那间有一点恍若隔世的感觉。

最后我们从后门出来，进入西边的小院，院子里靠这栋房子的西窗户种有一棵高大笔直的银杉树，听说这也是遇刺杀时逃生的一种途径。

不出院门，左转向上，右边的另一栋房子的第一间屋子，其北墙上挂满了戴笠及手下使用过的各种型号和种类的长短枪支，让人心生畏惧。想当年这些枪支不知道夺走了多少人的性命，制造了多少悲剧。

走出这座由戴笠亲自设计，建于一九四三年，建筑面积一千多平方米，主楼占地约三百平方米的粉墙灰瓦，木结构的两层楼，虽然感叹从这间屋子里发出去的指令改变了多少家庭和多少人的命运，但却没有了太多的悲哀。毕竟那个白色恐怖的时代终于远去，而今它们成为江山军统文化的一部分，供人参观、思考，让我们体会民族团结、国家统一、和平安宁的重要。

走出戴笠故居，时间尚早，导游又领着我们前往两公里之外的仙霞古道。

唐乾符五年（公元 878 年）黄巢起义军破饶、信、歙、虔等州，后南下攻宣州不克，乃引兵转战浙西东。复取道仙霞岭，开山伐道七百余里，入闽取建州。此山道关雄峡险，为浙闽赣三省要冲。素有"东南锁钥""八闽咽喉"之称。

仙霞岭地势险要，黄巢率军由此入闽，开山打通的仙霞古道在江山境内全程一百二十多公里。岭上设有四个关口，关墙高四至五米，用毛石干砌，关门上券顶用条石纵联砌置。在千年的风雨侵蚀下现只有第一关仙霞关保存最好，其他关口只剩下破败的门洞。

从停车场到仙霞关并不遥远，十几分钟的路程。穿过检票通道，是一稍宽的场地，前方有一桥——落马桥。得此桥名是因为一九四二年八月一至七日，国军为阻击"浙赣会战"中欲向福建流窜的日军，在仙霞关据险布防。日军从八月一至三日攻了三天三夜，竟还不能攻破仙霞关。日军队长十分奇怪，亲自骑马前往关前察看，不料刚到此桥便被子弹击中，滚下石桥，该桥由此得名。

过了落马桥，就是麻石垒砌的古道。道路近旁有一小块一小块的空地，听说曾经这里很热闹，路边有挤挤挨挨的商铺，往来浙闽的行人不绝。现在却有与世隔绝的况味，再也不是交通要道。两边的山上全是密集的翠竹，高耸入云，直插云霄。整个古道静谧深邃。我们循古道而上，很快就走近仙霞古道第一关——仙霞关。远远看到夹在两山之间，横跨古道之上有一堵长六七十米，高五六十米的城墙，墙头上有垛口，有点万里长城的城墙味道。我们在关口前后，墙头之上寻找最佳拍照点，努力想带走点仙霞关的印迹。

位于茫茫仙霞古道上的仙霞关，与剑门关、函谷关、雁门关并称中国四大古关口，是中国保存最完整的唐末黄巢起义遗址。

此关古时是由浙入闽的唯一陆上官道，南宋以来文人骚客多漫游于此，留下诗文千余篇，堪称"南宋诗歌之路"。聪明的江山人现在已将它打造成浙江八大徒步旅游线路之一，"古道蛇形竹海中，石磴青苔斑碧，沿千年古道登上仙霞关，看历史古迹，感悟当年岁月。"这已成为人们闲暇时一种有意义的选择。

南方行之多艰多乐

二〇二一年春节前夕，计划已久的南方行，因卷起的新一轮疫情被紧急叫停，让做了很久心理建设、已充分做好心理、精神、行动各方面准备的我受到很大的冲击，但想想一年来国家为防疫、抗疫作出的努力和牺牲，作为国民最大的爱国应该就是配合和服从吧。于是收拾好心情、调整好情绪与女儿过了一个最为酸涩的寄居春节。

定居广东惠州的哥嫂一家、旅居广东中山的姐姐一家一直不停地召唤着我。在生活不如意和亲情力量的共同驱使下，终于在二〇二一年的七月十二日，我和女儿登上了 K33 次列车，正式南下。滞后半年之久的南方行终于开始了。

每次上绿皮火车都觉得特别从容，就是不着急，慢慢走，时间足够。十七个小时我们在绿皮火车的硬卧间里一边听着火车哐当哐当奋力向前行驶的声音，一边安心地通过网络和朋友们快乐地聊着天。我们对这次南方行是充满欢欣与期待的。

十三日下午十三点二十七分我们按时到达广东惠州站。扫码验证出站后我和女儿站在南方特有的大榕树下等哥哥和小侄子来接我们。看着不大却另有一方景致的惠州站，我确定我们真的抵达南方了。

从行驶着的哥哥车子里望向惠州街道，那高大洁净的棕榈树、那缠绕在绿化带里绚烂开放的三角梅，还有叫不上名字，独属于南方花种的花儿随意地这儿那儿地红着或白着，让我们领略到这里和家乡的气候、物象都是不同的。尤其是那些大如伞盖挂满气根的大榕树，更是南方景色最显目的标记。

哥哥惠州的家，我是第一次光临，因为相距遥远，十岁还差一点的小侄子与我们见面的机会一年差不多只有一到两次，但除了血缘至亲，更重要的还是小侄子由生而来的温暖特质，他与我们是那么亲近和亲密。

白天哥、嫂要去工厂上班，留下我可爱、贴心的小侄子天天陪伴在侧，被他带着、牵着、倚靠着、搂搭着，或领着我和他的表姐熟悉环境、闲逛夜市、漫步南方别致小区，不吝啬随时给予的爱的抱抱，让我时时感受这份至爱亲情甜浓得像糖似蜜，幸福的感觉一直萦绕心尖眉头。

哥、嫂一定要在百忙中抽空带我们去双月湾看海、玩水、看日出。

二〇〇九年曾在学校的组织下去过北戴河，那次在北戴河下海的经历终生难忘。在无遮无拦的海滩上，没有丝毫防晒意识的我，在海水中戏玩两个小时后，皮肤彻底被晒曝，过了大约半年的时间才慢慢恢复，导致我对海滩、对烈日有了心理阴影，对于哥哥提出的去看海踏浪，没有兴奋，却心有余悸。

哥说这里的海滩不一样，另外我们还可以在海景房里看清晨的海上日出，会让你震撼无比的。我既担心又期待地跟着哥、嫂一家入住了双月湾鲸叹大酒店。当我和女儿一打开二十四楼的房间门就迫不及待地奔向了靠海的阳台。

哇，外面就是一望无际、浩渺无边的蔚蓝色大海，海滩边人潮涌动，好不热闹。此时，哥已先下海打探，发微信告诉我，高耸的酒店在海上投下了巨大的阴影，在这里下海戏水一点晒不到太阳。我再也没有犹豫的理由，同嫂子、侄子与女儿下海玩水。

海边的沙子被夏天的阳光晒得热烘烘的，踩在脚底痒酥酥的，清凉的海水在海浪的推动下一波一波地涌过来，绕腿旋转，润泽舒爽。海里游玩的项目真多，惊险刺激。哥为了让女儿感受一下这难得的体验，安排小侄子和她坐海上摩托车，完全是徒手就座，除了救生衣什么安全措施都没有。在飞驰的海上摩托车上女儿吓得花容失色，久久缓不过神来，想必这一定是她难忘的经历了。

晚上的海滩依然热闹，大家在空旷的海边点燃了各色各类的烟花，烟花炸裂的声音、璀璨盛开的样子，热闹了整个沙滩，照亮了整个夜空，真应了"火树银花不夜天"的美丽景象。

关于看日出我是没有常识的。

小侄子说，听海滩上的大爷讲，早上看日出五点就要起床，最迟五点二十要做好看日出的准备。最后我们三人临睡前商定闹钟定在五点十分。

我们是向往看海上日出的，想见证它挣脱海平面的艰难和刹那喷薄而出的壮观。当早晨的手机闹铃奏响时，我们仨不约而同地跳下床，拉开沉重的阳台门，睁大眼使劲眺望海的尽头。

天空有熹微亮光，但更多的是乌云，还伴着雷声。女儿说，今天太阳出不来了，立马倒头又睡下了。小侄子左右看了两下，看不出日出的迹象，跟着姐姐又进入了梦乡。我继续坚持，不想错过这难得的机会。时间一分一秒地流逝，海的那边除了渐次多出来的亮光始终没有什么变化，半个小时后我失去了耐心，爬上床迅速会周公去了。

当再次醒来时，发现哥哥在微信群和朋友圈里发出了美丽炫目的日出照。好一个悔不该又睡了一觉，错失了海上日出，白瞎了海景房呀！

吃过早饭哥哥带着我们驱车前往中国唯一国家级海龟保护区。它地处大亚湾和红海湾交汇处，是国际濒危、国家重点保护的海龟出生地。

海龟属于生殖洄游，它们每年在相距很远的出生地和觅食地间迁徙。据科学家研究，在近两亿年的漫长岁月里，它们凭借着自己的超强导航能力、适应环境的能力和深游海底的能力，抵御了地球灾难、气候演变和其他各种困难，几乎没有太大变化地活到今天。每年六到九月它们不远万里，漂洋过海洄游到出生地产卵孵化小海龟。

当我们进入保护区，没见过的南方植物，蔚蓝无际的大海，自在游玩的海龟，让我们领略着特有的南方风情。内心油然升腾起家好、国好、大家好的快乐感受！

你是我此生
最美的眷恋

七岁，那年

　　七岁那年，我生活的小乡村还处在吃大锅饭的年代。记忆里那年的夏天格外炎热，按照往年的惯例，七月底我们的陈湾队要与其他生产队一样拉开持续半个月的"双抢"大作战的序幕。

　　为了激励队员们发扬"一不怕苦，二不怕累"战高温、抢收抢种的斗志和热情，生产队在双抢结束后，大概在立秋日左右每年都有一个"大会餐"活动。那是生产队的年中盛事。又苦又累的"双抢"胜利结束，秧下田，粮入仓。队员中女人们将息着自己被水蛆、蚂蟥啃噬的伤痕累累的手脚；选个好日子，男人们开始杀猪捕鱼。猪在嚎叫，做着垂死的挣扎，鱼在拉网里蹦蹦跳跳，围观的孩子们上蹿下跳，整个村落都沸腾了，喧嚣尘上，好不热闹。下午四五点钟的时候，建在田冲里的公房上空就开始飘荡着大锅肉和鱼的浓浓香味。一年闻不了几次荤腥的孩子们的鼻子被那香味牵引着直直奔向公场上。此时公场的空旷晒场上已经摆放好一排排竹床，太阳一落山，大盆鱼肉就摆上桌床，有资格参加会餐的队员带着自家板凳围竹床而坐，接下来就是享受饕餮盛宴。彼时，一把手的生产队长说了算，他规定只有这一年在

"双抢"大会战中从第一天干到最后一天的人，才有资格参加秋后"大会餐"。

我们这些不够格参加会餐的小孩哑巴着嘴巴，巴巴地围在桌床边大口吃鱼、大块夹肉的狂欢者身边，口水流了老长。偶尔趁队长不注意被自己的父亲、母亲或其他长辈塞一块肉或鱼，嘴巴暂时得到满足的幸福，让我们眼睛发亮。为了不让队长看见而挨训，我们着急忙慌还没尝出肉真正的味道就囫囵吞枣地往下咽，结果很大可能没咬碎的鱼、肉就堵在了嗓子眼，好半天才压下去，常常是憋出一脸的眼泪。

七岁那年，我终于有铁锹大半高了，达到了生产队最低出工的年龄。七岁大点的孩子能出工干点什么呢？那时因生产队贫穷，田亩多，是没有能力购买足够肥料的，所以为了增加田地的肥力，早稻在收割时，是抛粧收割的。就是割稻时只割稻头，留下稻粧作肥料。当稻子割完、运走之后，男劳力们就开始翻地、浇水、耙地、踏田这一系列操作，接下来就是女人们插秧的活了。由于抛下来的稻粧太长了，经过以上这一系列的操作，水田里还是横七竖八地杵着各色稻粧，十分影响女人们的插秧效率，甚至会伤了女人们的手和脚，导致不能出工，于是就有了孩子的用武之地。孩子们可以自愿报名参加生产队的铳稻粧队伍，就是每人自带铁锹一把，在队长的统一安排下，蹚进踏好的水田里，把杵在水面上的稻粧用铁锹插到泥水里去，这算是为女人们快速插秧扫清障碍。

七岁那年，为了光明正大地参加秋后的"大会餐"，我毫不犹豫地在队长跟前报了名。七月二十六号我们陈湾队吹响了"双抢"的号角。女人们开镰割稻，男人们脱稻，孩子们抱草。在老式脱粒机的轰鸣声中稻谷四处飞溅，砸得我们娇嫩的脸上、身上的皮肤生疼生疼的，再在烈日的炙烤之下，更是火辣辣地难受。队长的女儿正桂首先丢盔弃甲地不干了，接着冬莲也受不了，回家了。坚持了一段时间的蜡梅瞧瞧只剩下我们两个女孩，也撂挑子走人了。看着四周清一色的男孩，都比我大，还一个个露出"真可怜，不行，快回家"的哂笑，我也有点想打退堂鼓了。可又不服气，再想想秋后的"大会餐"，似乎去年外婆趁乱塞给我的那块大肉香味还萦绕在我的唇齿间。"哼，就不回家，我要接着干。"我深深地白了最会起哄的狗子一眼，第一个跟着副队长下了田。乖乖，午后的水田在似火骄阳的炙烤下烫得我打了一个趔趄。碍于刚才的大话，死死地忍着拔腿就跑的冲动，堪堪地站稳。跟着队长的示范，小小的人儿举着高过于顶的铁锹，把挺立在水面上的稻桩一棵一棵地摁下去。汗水如小瀑布般在每一寸肌肤上流淌，我咬着牙坚持，坚持，再坚持。几天时间下来我挺住了苦、热、累的考验，干得欢欢的，可人黑得像棵焦木桩，当我呆立不动时，不看我转动的眼珠，可能就判断不出我还是个活物。

经过半个多月全村村民齐心合力的大会战，一年一度最惨烈、最热烈、最震撼的"双抢"落下了帷幕。为了犒劳半个多月来在高强度劳作中耗尽体力和精力的村民们，接下来"大会餐"的工作就如火如荼地开展起来了。随着猪叫鱼跳的消停，在夕阳将尽的余晖里，田冲公场的一排排竹床上摆上了香飘几里的大盆鱼、肉。那年的我无比骄傲，像只刚长冠的公鸡，瞟了一眼人群里的正桂、冬莲、蜡梅，高昂着黑黑的脑袋，一溜烟地蹿到了公场，大刺刺地择佳位而坐。心里好一个"美"字了得。然而，不一会儿竟然看到只上了第一天工和最后一天工的队长女儿正桂，也坐在竹床边参加会餐。"队长可恶，怎么说话不算话?!"我愤愤地腹语着。似乎那年的大鱼大肉的味道也较往年逊色了。经过一个多月的休养，我参加"双抢"被晒成的非洲肤也慢慢恢复了原样，我变得更强壮而又耐力。因队长的不公而带来的一点不快也随即烟消云散。

想想，七岁那年的超常磨炼应该对我的人生产生了重大的意义。在此后的生命里我格外看重诚信和责任，活得坦荡而心安!

生命中的灯塔

我叫四儿。在家排行老四,是父母的幺孩,因又是个女儿,父母已无心费神为我取一个正儿八经的名字,便就叫我四儿。

在我没什么记忆的前三年是大姐拖拉着我一天天长大的。大姐为了照看我延迟了入学时间,如再耽搁就要失去上学的机会了。于是,三岁后的我就只能是谁有空谁就看一眼,大家都没空时就把我锁在家里,一个人玩玩、尝尝自己的屎尿也是常有的事。

其实对于我的到来父亲是失望的。重男轻女思想浓重的父亲在有了哥哥一个儿子后,还希望有更多的儿子。听母亲后来说,在我落地时,父亲仰头叹息,沮丧地说了一句:"我唐家败了!"之后父母起了将我送人的念头。送别的新衣已经做好,牵线的人也找到了抱养人家,但就在离别的刹那母亲最终不忍骨肉分离,毁了约,留下了我。不过,打我记事以来,倒没有觉得父亲不待见我。感觉父亲还是很喜欢我这个幺女的。

那年过完春节我就七岁(虚岁)了,敏捷得像只猴子,门锁已经不能保证我的安全。父亲不忍心我在家有自己作死的可能发生，于是将我送到学校，央求老师收下了我这个年龄不达标的学生。

二十世纪七十年代末物质是匮乏的，精神生活也基本是空白。孩子们都不曾有什么学前教育或其他启蒙途径，所以每个孩子的认知水平和年龄直接成正比。故此，年龄最小的我成了一年级学生中认知水平最低的人。我稀里糊涂地玩过了一年级的时光。二年级时，换了老师，是上海的下放知青。模糊的印象里他有高大的身材，深邃的目光，尤其是下巴虽然被刮得干净，但总是青黑一片。现在想想他如果不刮胡子一定是个帅气的络腮胡大叔。

父亲早早送我去学校主要是为了没人照看的我有个去处，能保证安全；我因为年龄小，对学习没啥意识，以玩为主；老师对没什么学习概念、年龄又小的我自然也不会有什么要求，所以我的学习是没有什么成绩的。但不知为什么这个上海来的帅老师却特别地喜欢我。没有成绩，还是喜欢我。是因为我小？我可爱？不知道。

清晰地记得他会拉二胡，当时觉得神奇又好听。那个有蛇皮外壳的小盒子，装个把，拉两根丝，再弄个棍，这么一拉就有特好听的声音传出，当时觉得既好奇又神奇。老师看我对他的二胡特别感兴趣，一有空就拉给我听（彼时有没有手把手教我，倒是没有印象）。怕我胆怯他就故意逗我玩，把我因玩热了除下来的前面挂着两根似辫子的带子的风帽戴在自己的头上，让两根似辫子的带子挂在脑袋各处，很是搞笑，乐得我直不起腰。想必豁了门牙、笑弯了腰的小小的我，在上海老师的眼里也是搞笑的样子吧。于是在这笑声里所有的胆怯和距离都没有了。亲近后的我们最多的相处模式是上海老师高高坐在空旷教室的活动桌上，我靠在他的身边，他拉琴，我听琴。现在脑袋里还有若干这样的画面闪回，虽然太过久远，但依然能感受到那时我的快乐和无忧无虑。那个有青黑下巴的上海老师（原谅我实在想不起他的名字），戴着我有两根像长辫子一样的长带子风帽高高地坐在桌子上拉二胡的样子，此去经年依然牢牢占据在我记忆最深处。

因为上海老师对我的另眼相看，我开始有点意识到学生应该好好学习，但我依然贪玩，成绩有进步也只是平平。可是期末之后，我竟然被评上了"三好学生"，我激动得不能自已。记得领奖的那天，我的腰杆挺得特别直，感觉我的个儿都因此高了几许，但心情是复杂的。既有了一点自信和得意，又有一点自卑和愧疚。那时我太小，还无法感受有没有同学愤愤不平，气老师不公平？却是在那天我第一次有了强烈的存在感，第一次有了自我觉察的意识，开始自我审视，自我要求，知道一个优秀的学生应该品学兼优。只有这样的学生站在高高的领奖台上才无愧于心，才值得骄傲，才值得被祝贺！这是不是就是上海老师对我的苦心？

上海老师很快因"知青返城"的政策回到了上海，再无音讯。然而他那模糊又高大的形象一直铭刻在我的心田里、我的脑海里，历久弥新，像我生命中的灯塔，时时给我方向，给我温暖。

道一声：上海老师您好吗？请好好珍重！

为师至乐

我高三时牢牢确定了自己的高考目标——师范类院校，将来的职业就做老师。

人遂心愿，而为；天遂人意，而动。一切顺利。

今年是我从教的第二十五个年头。热情还在，激情未减。每次进入教室，走上讲台，似乎都用尽全力，熟透课本，条分缕析。二十多年的从教日子里也曾获得过一系列不俗的教学成果，但每年的教学总结在存在问题这栏都要无奈写上：有后进学生缺乏对这门课的兴趣。改进方法和措施里一再强调努力丰富课堂形式，改进授课方法，培养学生兴趣，调动学生主动性。然而多年过去了，后进生对政治这门课的兴趣和主动性并没有多大的提高。我有点苦恼！

二〇一二年我开始学习心理学，关注心理健康教育。这是一个漫长学习、渐进提高和渗透自我的过程，在二〇一九年学习心理学的第七个年头，我终于悟出接纳所有孩子和接纳孩子所有的重要性。接纳所有的孩子，不管他们呈现什么样的状态，不鄙视、不漠视、不轻视，对于有进步有闪光的表现及时肯定、称赞，由衷表达对他们的喜欢和爱等积极的情绪。尤其对于后进的学生给予更多一点的关注，记住他们的名字，在恰当的时候叫到他们，让他们感受在老师的眼里和心里他们同样重要；接纳孩子的所有，包括缺点，用陪伴代替催促，用鼓励代替苛责，用爱去填满一个个空白的灵魂。如此这般，课堂上再也不用声嘶力竭，不用怒发冲冠，不用横眉冷对，取而代之的是愉悦陪伴，快乐学习，寓教于乐，教学相长的过程。每一节课学生和我都觉得时间太短。

下课归来，当有学生看到我就像小鸟一样扑到我的身边，用她柔嫩的双手给我按摩肩颈；在校园行走中有学生像羽翼未丰的小鸡张开翅膀飞入母鸡怀抱那样扑向我的怀抱；当秋风起，秋叶落，入秋渐微凉时有学生送来护手霜。得知我总是忘了用，立马找来双面胶把"每天记得涂一点"的字条粘贴在瓶身上；当学生猜我爱读书送给我别致的书签；当学习到《师生交往》框目，要求对每个阶段的老师形象进行描述的教学环节时，有学生说我们初中的政治老师最美丽，最温柔，上课生动，有亲和力……每一个这样的时刻、这样的瞬间我都感动不已，快乐无比。我有触摸到为师至乐的感觉。

告别秋凉，又见冬寒，可我每天在学校的日常是被一群半大的学生围着，有的是来问各种奇奇怪怪、五花八门的问题，她以此为乐，我也因此开心；有的专门来拍彩虹屁的，你一句她一句，一不小心我这半老的老师就红了脸。可孩子们一点不省事，嚷嚷着争相指着我的脸说："老师被我们夸得又脸红了。"于是快乐的尴尬在我心间缠绕，我的脸更红了，学生也更兴奋了。我们的周身都是暖洋洋的。如此日子，真是美妙！

引领学生进入沙盘游戏的世界。当一场游戏下来，说自己上星期特别不顺，净遇到倒霉事的学生，发表感受时说自己也没有那么倒霉了；当上课不能安静两分钟的同学说道：觉得以前学习时时间过得太慢，日子很乏味，而进了沙盘室，开始沙盘游戏的过程觉得时间过得太快，很享受这个过程，期待老师陪他们做下一次沙盘……忽然就感动了，甚至有了震撼的感受。原来任何一点或一种无条件的陪伴、关注和回应，都能给成长中的心灵带来向上、向暖的变化。

每一天的日子都收获着学生们带给我的快乐和感动。当我刚刚上完"生命至上"这堂课，用身边的故事、切身的感受，告知学生们生命无价、最可贵。我们要热爱生活、珍爱生命。就有学生追着我，将她觉得有点丢脸的母女冲突而导致她在妈妈开车时打开车门的冲动行为告诉我。后悔自己的鲁莽，差一点就伤害了生命。后怕如果当时自己跳车了一定非死即伤，那就看不到或感受不到生活的美好和人情的温暖了。

当轮到我上课时有学生欢呼雀跃地说，又到正义之课了；当我走向课堂，有一批学生迎着我走来，其中包括最调皮、不爱学习的学生，说是来接我的时候；当我说你们这次作业做得不错，我爱你们哦！希望下次做得更好，让我有机会说："更爱你们了！"学生说："必须给您机会。"有满心的愉悦和幸福感。我觉得为师至乐不过若此也。

喜欢教育，陪伴学生是我今生最美的选择。

爱是教育最好的语言。学生在，爱就在。

那一朵花开

　　周末放学后我要赶去姐姐家看望外婆。站在公交站台上我引颈东望，不见公交车影。我着急地跺脚、转身，就见一少年微笑着直直朝我走来，心下一惊。又近些，笑容更浓，我似乎觉得有点面熟。最后他笑意满脸地静静站在我的跟前，笑容里有可爱的羞涩，露出的牙齿洁白无瑕，也就在刹那间我叫出了他的名字"沈国友"。他越发开心，我也特别激动。此时我认真地打量着他：整体清爽干净。衣服合体整洁；皮肤白皙；头发没有染色，乌黑且发亮，健康的样子，梳理整齐，有蓬松的刘海，不长，服帖于额头之上。完全一阳光俊秀美少年呀！我欣喜地问着他的近况，他告诉我现在还和父母从事船业工作，但也正筹备在县城盘店做生意。他说看见我了，电瓶车驶远了，还是回来见见我。

　　沈国友何许人也？他是我前几年带的一个学生。刚进初中就恶行累累，是个让学生惧怕，让老师无奈的学生，和当时五班的"四大金刚"合称为七年级的"五大恶霸"。

　　第一次见沈国友是在新生报到点。发长，梳向一边，染黄色，戴耳钉，皮肤黑得可以以假乱真为非洲人。他走路横着走，并同时间或甩着头勾着手旁若无人地往前冲。看他生气时双眼露出凶光，横横地斜视着你。他根本没有学习的习惯和意识，不会听课也从不做作业，还喜欢打架、撒谎、跟别人要钱、结交有偏常行为的人……这个学生到底成长在怎样一个家庭之中？怎么小小年纪就满身社会恶习了呢？我无比焦急和忧心，积极通过多种途径了解到：沈国友的沈氏家族是船民，家族成员几乎没有受过基本教育。他的父亲有过两次婚姻，他是父亲第二任妻子的第二个儿子。父母常年在天津海域里行船，把他和他的诸多个兄弟姐妹及诸多个堂兄弟姐妹交给多病的、年过八十的爷爷奶奶照看，家庭教育完全缺失。从小到大处于一种放养状态，生活的环境是条件极差的船民棚户区，结交的都是无人管束的船民孩子。除了饭点回家喂饱肚子，其他时间就是和不同大小游荡在外的人一起瞎混。恶习就是在这个过程中养成，无人纠正、无人引导遂成累累恶行。自从他成为我们班的一员那天起便是我重点关注的对象，谈话、聊天、谈心、哄吓、表扬无所不用其极。

七年级的沈国友十四岁，虽久经沙场，历经磨炼，面对我的无所不用其极，他还算消停，对我的话、我的要求还是有所畏惧或说还比较在意。尽管很多时候他想逃离我的管束，想随心所欲、为所欲为，可对我对他的不离不弃、时时关注、随时教育、频频谈心的做法竟也无可奈何。他玩笑似的跟我说：小学里老师怕他，校长都管不了他，现在他怕我。当然他说的怕也并不完全是害怕，他知道我所做的一切都是为他好，他曾在一篇周记里说我把他当自己的孩子管（他上课从不听课，我就让他写日记。想到什么写什么，能写多少是多少，然后我帮他点评和修改。这个法子还真帮我们班几个后进的学生练就了不错的文笔），我和他在一起的时间，和对他说的话，为他做的事，比他父母还多，所以在我这里他是有所收敛，不好太放肆的。且他慢慢有了改变，有了善行，偶尔会主动承担班级任务。有时会主动走近我，会突然帮我捏捏肩，会陪我去领书，会帮我拎包，上厕所会跟我拿手纸，说挣钱了请我们老师去最好的饭店吃饭。只是他还是管不住自己。他记得我帮他分析的如果不改正不良行为，会有怎样危险的后果，可一遇到损友的诱惑就什么都忘了。于是我们又开始新一轮的较量，就这样反反复复，我和他斗智斗勇。

沈国友十五岁了，读八年级。在一天天长大的过程中，他内心的恶魔似乎也在一天天长大，他和外界不良分子的接触更多了，尽管我死防严堵，还是防不胜防。一天沈国友被外校的学生打了，眼睛下缝了六针。当时的我心疼、气急、无奈。处理这件事，尽最大可能维护了他的权益。也适时抓住这次契机又一次更深刻地分析了他言行和交友的严重问题。这次事件应该是给了他很大的教训，结合我的谈话，他安分了许多。但这次事件却让我心悸不已，很不放心他的行踪，常常是走到哪就把他带到哪。他对我也有了依恋，这段日子于我于他都很惬意，我们之间似乎暗生出几许母子的情分。一次中午他年老的爷爷生病了，无人做饭，我说那就随我回家吃饭吧。他是那么开心！他骄傲地仰着脑袋，逢人就说，我要去老师家吃饭喽。看着他那嘚瑟的小样，我愉悦地笑了。

最终沈国友没有读完初中，在他有力气干船活后就被父母带去天津行船了。我和沈国友的师生关系也就此中断，但他一直是我心底深深的牵挂。我曾暗自祈祷他不要成为危害社会的分子，希望他成为一个合格的公民。

今天的偶遇真是一场惊喜。看着停在几十米开外的电瓶车，再看看眼前和从前判若两人的沈国友，就莫名地感动了。

　　在漫天夕阳里望着他远去，我竟开心得不能自已。因为那朵花儿，当真开了！

"看见"孩子

二〇二一年一月三日下午三点，我们线上《家庭治疗》读书小组开展了第一次线下见面会。组织这次活动的 S 老师还邀请了一名求助的嘉宾。在我们落座、自我介绍之时，几经纠结、犹豫，后勇敢赴约的嘉宾终于忐忑地走进了活动室。她是一位二孩妈妈，个子高高的，脸色苍白，整个人蔫蔫的，没什么精神，看见老师们有一些羞涩。在老师们善意温和的接待中，很快进入非常配合的叙述状态。

她是为儿子而求助的。刚上小学的儿子有很多令人匪夷所思的行为：大冬天他会脱掉鞋袜、外套，光着脚丫，只穿内衣裤，让自己冻得瑟瑟发抖；他会在同学不注意时拿同学的东西；上课时他想离开教室出去玩就出去玩，无视纪律和规则，也不管他人的看法……妈妈无奈、无措，前来求助。

在老师们有节奏有目的的问话里，求助嘉宾一点一点讲述关于孩子的过往。大家逐渐理清孩子异常行为的根源，孩子在出生和四岁时都遭受过分离创伤，造成安全感的严重缺乏，家人没有"看见"；这种创伤没有得到任何修复，之后妹妹出生，父母也没有做到很好地引导。还有外人"有了妹妹，爸妈就不会再喜欢你了"的无意却最伤孩子的玩笑话，让孩子产生爱被剥夺的焦虑，家人依然没有"看见"；孩子想得到妈妈的关注，日常总是一个劲找妈妈说话，妈妈嫌烦，叫他闭嘴，让他安静……

孩子想用怪异的行为吸引妈妈的关注。妈妈认为他有多动症，不让他参加喜欢的篮球运动，给他报他抗拒的书法班，试图让他改变多动行为，静下来；他喜欢画画，妈妈说不利于学习，不许画画……

这样的情况，这样的现象，在当今家长中是不是很常见？孩子的情绪，孩子的喜好，孩子的渴求，孩子的心理，长期不被"看见"，是孩子心理问题产生的最重要原因之一。

有人会诧异，中国的父母愿意为了孩子付出一切，每天以孩子为中心，给孩子做好吃的，督促孩子学习，送孩子上各种补习班，整天围着孩子转，心里眼里都是孩子，将孩子照顾得无微不至，怎么说没有"看见"孩子呢？

"看见"是近些年来心理学上应用较多的一个词，它不同于"看到"。其实每天围着孩子转，以自己的喜好和愿望来安排孩子的家长，只是"看到"了孩子，而没有"看见"孩子。

看见，顾名思义，就是"先看到表面，后见到心里"。现在越来越多的孩子出现了心理问题，很大一部分原因就是家长看不见孩子的诉求，无视孩子的情绪，强迫孩子按照自己的所谓"为你好"的方式学习和生活，在这种长期不被"看见"的状态下，情绪得不到释放，愿望得不到满足，情感得不到慰藉，天性得不到解放，人格得不到尊重，自尊得不到保护，孩子怎么可能不生病?!

想培养出健康阳光的孩子，请给孩子提供安全放松的家庭环境，让孩子在运动和游戏中获得心智的平衡；"看见"孩子，给予孩子有质量的陪伴、积极的关注、及时的回应、无条件的爱！

教育家玛卡连科说："一切都给孩子，牺牲一切，甚至牺牲自己的幸福，这是父母给孩子的最可怕的礼物。"

过度的牺牲不是爱，是不能承受的负担！让我们学会爱孩子，给孩子需要的被"看见"，积极关注 TA 的情绪，了解 TA 的喜好，理解 TA 的烦恼，尊重 TA 的想法，陪着 TA 健康长大。

尊重生命

不记得从哪天开始小区里多了这样两个人：一个黑瘦的形销骨立，看不出年龄，猜一猜该是六十岁以上的人。刚出来时坐在轮椅上，脖子周围绕着一圈软管样的东西，挂着一个占他前胸很大面积的白色滴水袋，渐渐才发现该是一个接尿的设备。前胸还系着一块小毛巾，该是擦拭随时流溢出来的口水用的吧。想想他不是经历了一场差点要了命的大病，就是经受了一场可怕的车祸。刚见着这么一个人真觉得有损小区的形象，太碍眼了！

几乎每天都能见到他，不久他脱离了轮椅，拖着一根有三脚的铁杆拐杖，艰难地行走在小区他能所及的范围。他真执着！他的执着应该就是为了活着，于是他的形象在我眼里不再丑陋。每次相遇不禁暗暗为他加油！为生命喝彩！

小区出现的第二个引人注意的，是一个年龄在五十岁左右，体型有些胖，应该是经历了严重中风，刚有好转的男人。他一侧的手是勾着的，脚是僵硬无力状的。在妻子的陪同下，挂着拐杖困难地在小区里挪动。也是一样的坚持和执着——只为了活着！

活着真好！活着才能感受四季更替和天伦之乐，才能看见花开花落和至亲挚爱。世界就是因生命才精彩，生命是自然界中最宝贵的财富，每一种生命都是独特的、都有存在的价值，尤其是人的生命，它最具有智慧。所以我们每一个人都应该好好珍爱生命，在挫折面前不要轻言放弃生命。努力做有意义的事，尽可能让自己的生命有更大的存在价值。不要蹉跎了岁月，总是无尽地懊悔"时间都去哪儿了"？！

复旦大学校园的投毒案已成功告破，犯罪嫌疑人林森浩的犯罪动机只是为了愚人节的玩笑，就可以投下剧毒，置同学的生命于不顾。正是因为对生命的漠视和漠然，就此扼杀了两个被培养多年即将能贡献社会的生命，同时也造成了两个家庭的坍塌和无数人的悲哀和悲痛。

生命唯一！

生命无价！

让我们尊重生命，敬畏生命吧！

那山　那水　那学校

第三次高考我终于圆了自己的教师梦。整个暑假我满怀希冀地准备着自己的大学之行。

报名的日子在兴奋的期待中姗姗而来，我怀着欣喜、激动、快乐的心情，跟着爸妈，拖着行李，抵达汤山脚下、巢湖之滨的"巢湖师范高等专科学校"报到。

那山

那山真是汤山。东西走向，绵延数里。我们的学校便在汤山之南依山而建，西边毗邻工人疗养院、干部疗养院、地质疗养院，环境是相当不错的。记得大学的第一次集体活动是游孤山（唯此山一座，远立于众山之外而得名）。它在距离学校12华里正南方向。没有交通工具可达，但我们有青春的身体和万丈的豪情。说走就走，大家跨沟、爬坡，披荆、斩棘，一路欢笑、一路歌。今天已不能完全记清有哪些同学共游了此山，但依然清晰地记得当我们登上孤山之巅，一张张挂着汗水、布满红润的青春笑脸竟如此动人；猎猎作响的山风把我们或短或长的发丝吹散得四处飞扬；登高远望，心情无比空旷辽远，虽没有指点江山、挥斥方遒的豪气，想必彼时我们的心湖里都扬起了理想的风帆。

第二次出游，时值深秋。一行十几个男、女生混合的队伍，在余老师的带领下向含山境内的褒禅山进发。我们这支队伍虽谈不上浩荡，但还算有气势，青春勃发的生命充满了无限张力。那时的褒禅山还没有开发，完全自然态。从路边拦截的中巴车上下来，我们并不认路，凭着少数同学的大致印象探索前进。前途充满了未知，也让我们感觉更加刺激。逶迤山路似乎没有尽头，正当大家沮丧畏缩时，领头的同学大声欢呼，到了，到了！大家奔涌而至，只见不足数米之外的山窝里有个洞口，话说这就是我们要找寻的褒禅山山洞。洞里黑乎乎的，什么也看不清，但我们没有人犹豫，小心攀附、俯蹭，下到一米多的洞里。谨慎摸爬。忽，呼啦啦、黑压压一片，腾飞而起。我们与蝙蝠不期而遇，人人吃了一惊。又，继续前行，闻水声潺潺，为了避免王安石先生"既其出，则或咎其欲出者，而余亦悔其随之而不得极夫游之乐也"的遗憾，我们皆脱掉鞋袜蹚水往更深处行，深秋洞穴里的地下水是寒凉的，涉水很远依然不达终点，余老师怕洞内缺氧有危险，劝领我们原路返回。其实我后来对照了一下王安石先生的《游褒禅山记》，很大可能此山非彼山，此洞也非彼洞也。但这次褒禅山之行有点惊心、有点动魄，还很刺激，在记忆里留下了深刻的印象。

那水

说起"巢湖之滨",其实是名不副实的,巢湖与我们学校的距离少说也该有个几十里吧。巢湖,我国五大淡水湖之一,它宛如一面宝镜镶嵌在江淮大地,有"八百里湖天"之称,为巢湖国家风景名胜区主体区域。巢湖盛产名优水产——银鱼、秀丽白虾、湖蟹,三者被誉为"巢湖三鲜",是江北的"鱼米之乡"。今天才知道它还有"东方日内瓦"的美誉。可惜,大学三年一直都没有一睹其风采,也是一大遗憾呀!

那水虽不是巢湖之水,但还是有的。与我们毗邻的地质疗养院就有一个环院之河,有几人座的游船对外开放。在一个春暖花开的周末,同学们相约去游玩。男生前面划船,女生船后玩水,两岸桃花灼灼、绿柳依依、藤蔓婆娑、草木葳蕤,画面太美!醉了旁人、熏了春风。暗生的情愫也在互有好感的男女生的心间滋长、蔓延。"流光容易把人抛,红了樱桃,绿了芭蕉"。这应是我们锦瑟年华里不该或缺的一道风景吧。

那学校

我们学校傍汤山而建,背北朝南,地势北高南低。进了学校南大门,左转,再向北就坡而上是一条香樟大道。大道左侧有两座红砖黑瓦的二层旧楼,在高大的香樟树后若隐若现,那便是我们的女生宿舍。进宿舍有交集的第一个人是琴同学。琴随我后一天而至,却用了我头一天占的床位。当爸妈领我从合肥的叔公家回转学校发现这一情况后，因护女心切就一直据理力争、不依不饶。我怯怯地看着陌生的同学，默默地瞧着已铺好床位一脸尴尬的琴同学，悄悄地拖拽着爸妈的衣襟，轻轻地说"算了吧"。最后爸妈因我的坚持也妥协下来，我终于在女生宿舍的 206 安营扎寨了。没想到我这么一个不经意的举动，落在我们阿花同学的眼里却有了不一样的含义。毕业留言册上我们的阿花浓墨重彩地提到了开学之初的这个小插曲，让我心生欢喜。原来宽容是一种美德，能产生力量！

真是"不打不相识"呀，此后的大学生活里琴成了我最好的朋友之一。第一年暑假她随我去往我住的江南当涂的乡下，我又合着她的节拍从芜湖乘船向安庆靠近，最后到达了琴的故乡——怀宁的一个偏远小村。在这几百里水陆颠簸的旅程里，我们的友谊也不断加深。可惜随着琴的校园恋情和毕业分离，我们弄丢了这份珍贵的友谊。

至今依然把彼此放在心上的人，那当属我和徒儿。岚同学，第一次见她，有惊艳之感。高挑，穿着卡通圆领体恤，外穿黑色背带裤，短发，头顶两侧用丝带扎两小辫，皮肤特别白皙嫩透，像美丽可爱的洋娃娃。后知，她是爸妈四十五岁生养的幺女，上面有大她很多的一个姐姐和两个哥哥。她集万千宠爱于一身。可这样的岚并没有恃宠而"娇"，她宽大的脑门下尽是智慧，再加上她的勤奋好学，大学三年成绩一直在全校名列前茅，无人能与其争锋，当之无愧的"双优生"。

她何以成为我的徒儿，有个小故事。较之高中的学习、生活，大学的日子是自在的天堂，在我们那个年代大一女生最喜欢干的事，不外乎两样：跳舞和编织。跳舞受时间和场地的限制，而编织则简单易行。所以开学不久，当宿舍的同学们快速熟悉后，就呼朋引伴购买编织材料，开始了一场宿舍间互切互磋的编织活动。我在这方面稍积攒了一小点经验。当岚同学的大红色围巾工程进入收尾阶段时，遇到了难题：围巾两端的须穗怎么完成？她聪明的大脑袋转了几圈，没辙！四处讨教。也不知为啥，就在刹那之间，我不太聪明的脑瓜灵光一闪，就想到了解决之法。帮她漂亮地完成了围巾工程，当下她即唤我"师傅"，我也即称她"徒儿"。自此师徒情深被我俩演绎得姹紫嫣红、五彩斑斓。

汤山的朝霞和夕阳共同见证了我俩的形影不离、相携相挈。春雨的早晨我们相伴在汤山脚下捡地衣，温暖的五月我们牵手去汤山沟谷看火红石榴、去寻华荫伏盖的超大柿林，我们一起迎着朝霞去课堂、上图书馆，夕阳下我们挽手漫步校园的后山听松涛、看落日……

尤记得那个星期六，我的生日。我们俩悄悄地潜入即将闭楼的教室，开了场两个人的 party。她为我点起了生日蜡烛，我们一起唱响了生日歌，我拆开她送的礼物——余秋雨的《文化苦旅》。这是我喜欢很久的作者的书。幸福得想哭。那个午后连周遭的空气都是香甜的，永远难忘！

我住江南当涂，她住皖西六安，但距离不是问题，我们在有点距离的两地往来数次。她的家人对我如数家珍，我的家人对她怜爱有加。我们从不曾远去，就住在彼此的心里。时光不老，我们不散。

似水流年，我们也由芳华男女，至今日"尘满面，鬓微霜"的沧桑之态。但那山、那水、那学校不曾改变，不会远去，一直在。在梦里。在心中。

文学需要共鸣

工作之余，除了书和电视，便没有其他业余爱好和娱乐节目了。内心涌动的爱山、爱水、爱生活的澎湃之情要如何倾泻？于是写作成为我生命的出口。每当情有所动、心有所感时我最喜欢的就是用文字表达。若干年前也曾给报纸投稿，偶有发表，便成为继续写下去的强大动力。后来有了QQ日志，这块可以留存文字的芳草地，于是写QQ日志便成为我记录情绪和心情的方式。

正如长胜老师所言，生命需要共鸣，文学也需要共鸣。

当生命遭遇不能承受之重，疼痛和绝望淹没所有，于我，救赎自己，唯有文字。在无数个辗转反侧、夜不能寐的夜晚，在无数个彷徨无措的昼日，唯有敲打文字成为生命的出口。

写作是一个人的事，但这条孤独、苦逼的路也需要读者，更需要掌声。文学的孤芳自赏，是很难延续的。当自己用心、用情写出来的文字有人认可、喝彩、点赞，写作便有了向上的动力。文学有共鸣，便产生激情。

偶然也是机缘，遇见了《同步悦读》，贸贸然地成了同步家人中的一员，但心从此落定，她成了我的精神家园。每天的读文、评文，我与作者共鸣，读者与我共鸣，成了生活的必需，且通过文字"结识"了一批有情怀的同步家人。未见，却已深知。去年的江东笔会，同步家人终于由线上走到眼前，亲切、熟悉得犹如老友相见，应是文字的力量和魅力使然吧。

今年在火红石榴花开诗城之际，接到杨平老师邀我第二次参加江东笔友会的信息，虽不似第一次的激动，但却充满了期待。

这次的与会人员大都是新一拨人，心有惶恐。五月十一日早晨等我气喘吁吁地爬到南湖宾馆二楼的聚贤厅时，应邀来自全省各地的作家朋友们都一一就座。整个会议大厅在正中间用会议桌围成了一个长方形，作家朋友们就桌而坐，每个人都可以环视全场，体现了圆桌会议的平等精神。地面铺着厚厚的黄、灰为底色，以咖啡色勾勒成各种形状的地毯，呈现出富丽堂皇的效果。东边的墙面上有一块大型的宣传板。红底金字，上书"亿景·海棠湾观澜 群贤毕至 相约江东观亿景《同步悦读》作家论坛暨企业交流会"的字样，使整个会场充满庄严和喜庆的氛围。

首先开讲的是马鞍山作协主席、《作家天地》主编郭翠华老师，谈散文写作要领。今天是第二次亲耳聆听郭主席谈文学、谈写作、谈文人，依然激动和感动。首先，郭主席说话的声音就让人觉得特别悦耳，干净利索、清脆亲切；其次，郭主席一开言就是充满人性和情怀的，那样地真诚和发自肺腑。郭主席作了充分的准备，不断从她随身携带的包包里拿出资料，无私奉献着她的领悟、她的经验。正如她所说，文字是抵达灵魂的东西，是精神的东西。文人不该相轻，而是相亲相近。要彼此尊重，彼此提携，在文学园地里创造出更多的精品。所以她一直秉承着这样的理念，引领着、影响着在这纷繁世界里还用文字抵达灵魂的这拨人。

　　郭主席说，对文字的追求是我们一生一世的追求，所以我们写出的文字是有要求的，文字是要有用意的。为文者要有耐心和忍受寂寞的心。我们要不断沉淀、打磨我们的文字，这是对文字的尊重，也是对读者的尊重。她特以《桃红李白》《春风不到的地方》为范文讲解。这两位作者对文字的态度和追求，让人景仰和感动。《桃红李白》的作者追求到文字多一句不写，多一字不要，他的文，简、美、真，留下余地让人有无限遐想；《春风不到的地方》每段文字都有用意，在作者独特的表达里，让文字达到至纯、至真、至善的境界。

　　接着分享的是长胜老师，他把自己多年来创作的成功经验，以其拳拳爱心毫无保留地捧出来送给我们。他的"文学的核心作用就是把别人看不见的东西写出来让人看见"，让我们忽然有了沉甸甸的责任感；他多年读文、写文开悟的"好作品要连同未来"，为我们写文指明了方向。长胜老师说："生命本身是没有意义的，就是活着，而当生命有了目标，有了追求，生命就有意义了。"希望对文字的追求能让我们多一份提升生命的意义。

　　热情、大气，充满才气，活力无限的"仁者见仁"孙仁寿老师，以自己在线上、线下的为文、为人，向我们诠释着"写作就是玩，是心灵的归宿，是人性的铺展……"他把自己成功写作的游记体会以高度凝练的总结介绍给我们。会议期间白夜总编恰到好处的归纳、提炼，让我们对文字、对写作有了更清晰的领悟。胸膛下那颗不算年轻的心，在老师们深厚文学情怀的渲染下欢腾地蹦跳着，跃跃欲试。

　　会后和线上熟悉或不熟悉的"同步人"相见是那么亲切自

然，似老友久别重逢，像离家回归的亲人再见。是文字让我们相遇，是文字的力量让我们相近，是文字的魅力让我们相亲。

文学情怀是最真、最纯的情怀，亿景置业就是一个有文学情怀的企业，这次笔会成功举办都得力于他们的完美安排。企业和文学相遇，与文化相伴，它会更有影响力、更有前瞻性。

下午由亿景置业主办的省作家文化交流会暨母亲节诗歌朗诵大会《歌赋亲恩　品颂海棠》是一场文学的盛宴，也是一场文学的传承。参加朗诵的小选手们以自己的作品表达着对母亲的爱，浓浓的感恩之情在海棠湾上空久久飘荡。

孩子，请记住，母亲在你眼里不管是"好妈妈或是坏妈妈"（《我的两个妈妈》）都是最爱你的妈妈。你眼里逼你学习、促你成长的坏妈妈与台湾著名作家龙应台有着一样的母亲心："孩子，我要求你读书用功，不是因为我要你跟别人比成绩，而是因为，我希望你将来会拥有选择的权利，选择有意义、有时间的工作，而不是被迫谋生。当你的工作在你心中有意义，你就有成就感。当你的工作给你时间，不剥夺你的生活，你就有尊严。成就感和尊严，会给你快乐！"孩子你理解妈妈的严也是爱了吗？希望孝亲敬长的中华传统美德在这样的文学活动中得到更好的传承和践行。

作为评委的朗诵家们为我们的孩子做了经典的点评和高水平的示范。文字、文学、艺术在这里因共鸣擦出了美丽的火花。我们闻到了文学的味道，感受到了文字的力量，听到了文字开花的声音！

祝福同心向前、同步致远的文学之花越开越艳！

我说元宵节

　　元宵节，又称上元节、小正月、元夕或灯节，是中国春节年俗中最后一个重要节令。是中国与汉字文化圈地区及海外华人的传统节日。过完元宵节，年才算真正结束。

　　关于元宵节的由来说法众多，有汉武帝祭祀说，有纪念平吕说。在古代的农耕社会里，正月十五这一日本身就有着特殊的含义。它是人们刀耕火种、开始播种的日子。是冰雪消融，生命开始萌动的时刻，也是漫长严寒的冬季结束后，一年的始发。正月是农历的元月，古人称"夜"为"宵"，所以把一年中第一个月圆之夜正月十五称为"元宵节"。元宵节习俗的形成有一个较长的过程，直到汉魏之后才真正成为民俗节日。元宵节习俗自古以来就以热烈喜庆的观灯习俗为主。传统习俗：出门赏月、燃灯放焰、喜猜灯谜、共吃元宵、拉兔子灯等。此外，不少地方元宵节还增加了耍龙灯、耍狮子、踩高跷、划旱船、扭秧歌、打太平鼓等传统民俗表演。二〇〇八年元宵节入选第二批国家非物质文化遗产，二〇一四年正式批准为国家非物质文化遗产。

　　其实在我的记忆里元宵节的印象少有鲜明的。小时候物质匮乏，过年准备的平时难吃到的食物，早在正月十五前已被蚕食殆尽，到元宵节基本和平常日子没什么两样。况且过完元宵节就又要上学了，所以对元宵节没有期待也没有喜欢。倒是记得有一次，我大概只有十岁不到的年纪，那年的元宵节村里的未婚男孩和女孩们特别兴奋，不知谁号召的，都齐整整地在晚饭后带上各自粗制的火把浩浩荡荡地下田"烧蚂蟥"。从村队的东头烧到西头。用自己点着的火把，把田间地头的枯草败叶，一切可燃之物全部点着。空旷的田野里燃起了一堆堆熊熊大火。我们跟在哥哥、姐姐的身后看着映红了半边天空，烧得噼噼啪啪的火焰，快乐地嗷嗷直叫，手舞足蹈地乱跳。那一次没有被父母责骂，也没有被纪律约束，玩得特别尽兴和开怀，成为我小时候难忘的一次记忆。另一次比较难忘的元宵节是小时去十里长沟的表伯家拜年，因住得愉快，就一直待到了元宵节。早晨，当我从表姐温暖的闺床上醒来时，空气里飘荡的甜香的煎汤圆的味道，让我以寒假里前所未有的速度一骨碌穿衣下床。那个元宵节甜糯香滑的炒汤圆强烈地撞击着我的味蕾，经年之后想起那个早晨口齿间似乎还有那个甜糯香滑的味道。后来日子越来越好，连多备食物的习惯也没有了。十多年前居家的小县城在元宵节为了烘托节日气氛，举办了几次烟花晚会。一个小时的烟花燃放照亮、装扮了整个县城的夜空，绚烂、缤纷。可能考虑到环保和节俭，这样的元宵节烟花晚会好些年也没再举办了。

在查看元宵节的由来时，知道了元宵节自西汉以来逐渐成民俗节，最终成为中华民族的传统节日。对待这个节日各朝各代都是相当重视的。元宵节最主要的习俗就是观灯，故元宵节也称灯节。往往元宵节到来时无论京城或是乡镇，处处张灯结彩，倍添节日气氛。辛弃疾写道："东风夜放花千树，更吹落，星如雨"，说的就是宋朝元宵节花灯无数，烟花如星雨。

曹公的《红楼梦》多次写到节日，其中大书特书的一个节日即是元宵节。看过《红楼梦》的诸公应该知道，《红楼梦》开篇故事就和元宵节有关。甄府的英莲小姐就是在正月十五元宵灯会上弄丢的。在此之后，甄府破落，一场红楼大梦就此拉开。还有一次是原文第十八回元春省亲，一次是原文第五十三、五十四回荣国府元宵开夜宴。贾母带领众家人家丁大摆宴席、搭台看戏、捧壶敬酒、击鼓传梅、燃放烟花，从傍晚一直闹到四更才散。尽显富贵荣华。有红学研究者认为这次元宵开夜宴可以说是通部红楼的一个分水岭，是盛极之景象。"盛极必衰""盛筵必散"，正如王熙凤所言"年也完了，节也完了。"红楼盛极已过，下半部围绕"衰""散"说事了。

曹公将《红楼梦》这部心血大著的开篇、光耀门楣的元春省亲和分水岭之章回都巧妙地安排在元宵节，可见元宵节在大众心中的分量。

中华民族的传统节日是中华文化的一部分，是我们中华民族独特的文化标识，充满着我们民族的智慧和特色。

在飞速发展的新时代里，我们应该以更健康、快乐、科学的方式继承和传承好我们的民族节日。

二〇二〇年的元宵节注定具有非凡的意义。不知来源的新型冠状病毒给庚子年春节笼上了层层阴霾，但有党和政府的英明领导，有无数逆行武汉英雄们的无畏奉献，我们无惧，我们众志成城。相信熬过元宵节，我们就会迎来春暖花开的春天。

情动春天

　　复制了二○○八年的二○一八年的第二场雪声势浩大、后果严重。在先声夺人的科学天气预报大雪将至的信息里，很多学校没有来得及组织期末考就结束了学期工作——提前放假了！大雪整整下了三天。之后虽然雪过天晴，但这场大雪的后遗症并没有逊色二○○八年那场大雪多少。立春已至，但这场雪却导致今年的春天一直在和寒冷纠结、缠绕，致使春风拂面的脚步如此蹒跚，有时匆匆来一下，在冷空气凶神恶煞的盛威之下又趔趔趄趄地被吓了回去。本该褪去厚厚冬装展现轻盈的身体，依然要被严严实实地包裹着，本该在明媚春光里可以快捷赶路的脚步，却因为阴冷和阴霾而变得沉重了。

　　我不是畏寒体质，但依然一样地讨厌冬天。冬天的严寒像毒蛇攻击时呲呲吐出的毒信，令人恐惧、寒冷而压抑，所以特别渴望春天的来临。许是这份漫长的等待和强烈的渴望激发了潜能，觉得自己对春天的感知特别敏锐，一点点春的信息都能捕捉到，想象着离春暖花开的真正春天已不远了，便格外兴奋。

　　春天的脚步一定是挡不住的！明媚的春光有了、和煦的春风来了，春暖花开、莺歌燕舞，一切欣欣然张开了眼。每种生命都敏捷地感受到了春的气息，纷纷挣脱桎梏和束缚，爆发出生命的迹象。眨眼间生命在枯枝上绽放——枯木逢春，在水池里涌现——水藻葳蕤，在脚底下萌发——春草掩径……行走在春天的天空下，我似乎听到了生命在春天里生长拔节的声音——吱吱、嚓嚓、嚯嚯、噗噗……这种气势、这种状态合成汹涌澎湃的春的信息，迅速传输到我的身体、我的体验、我的感悟中，我似乎听到了体内细胞快乐膨胀的声音。不经意间，绽放在早春枝头的各色花卉，大剌剌地向世人宣告春天来了。黄的迎春、粉的桃花、白的梨花……装点了春天，芬芳了世界。但这时料峭的春寒给人的感觉还不是特别舒服，虽然不像冬天那样让人压迫和畏缩，但依然寒凉，偶尔会让人寒战。

我最喜欢的是三月末四月初的春天，草长莺飞，莺歌燕舞，鸟语花香，蜂飞蝶舞。此时的气温不高不低，让人感觉不冷不热，很是爽快；此时的春风拂面，像小时候母亲温柔的手在脸颊上的爱抚，很是舒服；此时的春水，碧波荡漾，倒映着杨柳依依的舒展倩影，很是美丽……人的视觉、听觉、嗅觉、味觉、触觉这五感在春天里获得了最大化的享受。这种享受让人有极致的愉悦。

特别当早晨睁开眼看到盈满窗里窗外的明媚春光时就莫名地感觉快乐和幸福，浑身充满了力量，似乎每个细胞都充了电，跳动起来了。这样的时节最适合走出去，融入自然，亲近春色，感知春天赋予生命的力量。去中国最美的乡村江西婺源体验"油菜花开满地黄，丛间蝶舞蜜蜂忙；清风吹拂金波涌，飘溢醉人浓郁香"的壮观；去普罗旺斯看无边的花语，为"等待爱情"的薰衣草的浪漫；去三瓜公社高地感受满坡象征爱的化身的郁金香高贵；去十里桃林回味三生三世十里桃花的故事；去古都洛阳欣赏正宗牡丹的雍容华贵……这些鲜活的、美丽的生命会让你感动，带给你震撼，让你懂得珍惜和感恩生命的美好，会更加热爱生活！爱自己、爱他人……

心在这份欣欣向荣的快乐里像要飞起来，此时的情思最绵长，情意最深厚，情义最真切。我想和春天有个约定：在春天里理清思绪、做好计划，带着快乐的心情从春天出发，在有限的时间里做无限有意义的事，提升生命的价值。我从未真正长大，但从未停止成长。

我自风情万种，与世无争

　　我一直很鄙视用作践自己或践踏别人来吸人眼球，提高自己知名度让自己成为所谓"网红"的人。可两年多前，我却喜欢并崇拜上因授课视频被传到网上而迅速走红的网红女——复旦大学社会科学基础部的思修老师陈果。

　　我搜了她的若干上课视频来看，越加喜欢。我喜欢她的自信、从容、通透、明媚；喜欢她的成熟、智慧、真诚、开放。她高挑、干练，是美女但也不算是真正意义上的美女。她上课很随意，手可以插在口袋里，像夹香烟一样地夹着粉笔。上课说到忘情时还会缩着脑袋，耸着肩，弓着背，但这些在我眼里都是陈果的万种风情。她的自信、她的高知、她的真诚……让她通体发光，成为光源，极具感染力！

　　她把自己几十年的学习所得和自己高悟性的人生阅历沉淀的精华毫无保留地"把我说给你听"。我被她的魅力征服，被她的思想吸引，被她的人生理念"赤化"。

　　其实她并没有穷其一生而追求的伟大理想，她只是把自己定义为：海上的一叶扁舟，随命运而走，不管命运把我带到哪个港口，我就在那个港口，好好安家落户，按自己的节奏，做好自己，过我幸福的生活。

陈果说她的生活目标就是：一、我要幸福的生活；二、在我的能力范围内尽力使更多的人幸福地生活。她说对于每个人来说只有两件有价值的事：你好好地活着；使更多的人好好地活着。她尽力地利用好自己的资源，在每一个阶段做最好的自己。当她的积累足够影响他人的时候，她站在了复旦神圣的讲坛之上，用她渊博的知识、发光的思想、澄澈的灵魂感召他人，引领大家完善自己做自己喜欢的人，成为别人喜欢的人。这样明艳、激奋人心，充满正能量的感召胜过千军万马的力量。

由陈果的影响我想到了几年前因过劳致病，挣扎在死亡线上的创新工场的董事长兼首席执行官李开复。其实在李开复接受杨澜访谈，并推出他的感恩之作——《向死而生：我修的死亡学分》之前，我对他一无所知，我想大多数人应该也和我是一样的。李开复曾就读于美国卡内基梅隆大学计算机系获博士学位，曾在苹果、微软、谷歌三家引领世界科技的公司担任华人最高层的职务，被誉为"青年导师""创业教父"，还曾获选美国《时代》杂志年度百大风云人物。他于二〇〇九年九月从谷歌离职创办创新工场。他的人生目标是："我所追求的就是做最好的自己，最大化自己的影响力，世界因我而不同。"为了这个目标他一直致力于用自己毕生的精力把自己的见识、才华和价值观传递给众人。于是他几乎每天奔赴在世界各地，组织大规模的演讲，想靠一己之力改变他人、影响世界，然而他毕竟是血肉之躯，这种超负荷的运转只持续了四年，他就被病魔击倒。一查：淋巴癌四期。生命似乎已经无望。此时他的心情就像生死哲学大师伊丽莎白·库伯勒·罗斯指出的，反反复复徘徊在"否认·愤怒·讨价还价·沮丧和接受"的情绪中。但最终柔软下来，他接受自己得了癌症的现实，开始坚强地和病魔抗争，开始关注正值叛逆期的小女儿的身心成长，开始回应妻子默默无言的爱。十七个月与家人和所有关心他的人共同努力，李开复向死而生，战胜了癌症。"跨过死荫的幽谷，那是我第一次如此真实地体验到健康可贵。"这是李开复病愈的感慨。随即他出版了"一次关于生命的顿悟，一次关于灵魂的对话，一本让你感悟人生，参透生命的心灵佳作"——《向死而生：我修的死亡学分》。修过死亡学分后，他才发现，过去一直怀有的"改变世界"，让"世界因我而不同"的企图心，稍有不慎，就会在体内留下难以清除的"毒素"。生命都难保，何以去影响他人，改变世界?!

癌症康复的这段时间让他重新认识到生命的意义，不停留在过往的追寻上，随时提醒自己，让心更开放，以便倾听、探索更广大的未知事物，在机缘成熟的时候，尽力做自己喜欢的事！而这些正确科学的理念，陈果在最美的年华、最健康的状态已经了然于胸，便用自己的所学所悟践行这一理念。

陈果说："在不干扰别人的情况下，在不给别人带来麻烦的情况下，我们真的不需要太在意别人的想法、别人的看法，做你自己，活出真实的自己，你会更快乐。"我深以为然。杨绛先生也用她一百年的生命感受告诉我们："我们曾如此渴望命运的波澜，到最后才发现：人生最曼妙的风景，竟是内心的淡定与从容……我们曾如此期盼外界的认可，到最后才知道：世界是自己的，与他人毫无关系。"

当我们不功利不势利，不媚上不欺下，不矫揉不造作，一切由心而动，我们就活出了真实的自己。

当你活成你自己时，你的身体就会散发出一种自信，一种自由，一种感染力，你会变得优雅。

当你活成真实的自己，你会喜欢你自己，一个人喜欢自己这是非常非常美好的一件事，会让自己由内而外地散发出自信和自由。你会拥有诸多别称。一个叫魅力。一个叫从容。一个叫风情。

让我们抛开矫情造作，舍弃媚俗附势，丢掉束缚羁绊，活成真实的自己，活成自己喜欢的样子。

通透、自信、自由、明媚、优雅，这样的你，一颦一笑，一举手一投足，一低头一抬首都会是风情万种！

愿我们都能活成真实的自己。我自风情万种，与世无争！

优雅老去

四十不惑。然而四十年的沉淀积累、四十年的岁月洗礼，生命的繁华已逝，衰老有势如破竹之状，一发且不可收拾。

"昨天"还觉得红颜尚在、美丽依稀，"今天"揽镜而视可能突然就发现眼角多了几条鱼尾纹，额上有了些许抬头纹，发线也有了白雪的痕迹，还常常出现令自己都难以忍受的丢三落四。昔日红润丰盈的脸庞也逐渐干枯晦暗，脸颊上也次第冒出点点讨厌的色素斑。其实无须讨厌，这是生命必经的历程。我们能做的不是对抗生命的衰老，而是以不惑的睿智顺应生命的进程，优雅老去。

四十不惑，我们能做到看明白很多事，但却不要有看透世事的消极；四十不惑，我们更应该懂得珍惜时间，努力对待生命中的每件事、善待生命中的每个人，而又以成熟淡然的心态接受努力后的结果，不以物喜、不以己悲；四十不惑，我们已能宽容一切、包容一切，无须再争强好胜，伤了别人，痛了自己，得不偿失；四十不惑，我们算是有阅历、经沧桑的人，因而我们要做好年轻人的榜样：认真工作做出成绩；热爱生活积极开朗；宽容诚信，与人为善；己所不欲勿施于人。以豁达真诚的心态面对生活，以从容淡定的心境迎接生命中的每一个站点，喜看四季轮回、花开花落，优雅老去。这样的生命是一种风景，且这边风景独好。呵呵，如此，老去也是快（乐）事！与已过四十者共勉之。

我读纳兰性德

女儿极喜纳兰性德，应该是喜欢他深情缱绻、婉丽清凄的词及他在后人心中的文武双全、情深高贵的样子吧。

我没有关注过纳兰性德，对于他的背景、成就和作为不甚了了。我喜欢纳兰容若的"人生若只如初见"，惊鸿一瞥的初见，最为美好且深刻。不思量，自难忘。

我一贯是读不进诗歌和辞赋的，觉得太凝练，没有耐心花心思去参透、领悟和揣摩它们的意境与意思，故关于诗词歌赋，我的脑袋里似乎是空空的。自从喜欢在微刊上发表习作以来，对照别的文友的文章，倏然发觉自己缺乏文化的深厚底蕴，看着别人的文章里适时、恰当地嵌入诗、词，觉得是那么的曼妙美好，羡慕得紧！

老祖宗留下的诗词歌赋是中华优秀传统文化的一部分，好东西呀！于是我有心想读一读、记一记唐诗宋词什么的。女儿喜欢这些，所以家里不缺这类书。第一本找来了《宋词三百首》，我很努力地想背一点、记一些，坚持了一段时间，最终搁置一边。我还是缺少这方面的耐心。

近期在女儿书柜里偶然发现了装帧精美，封面绚烂的《纳兰词——剪碎一地的残香与叹息》，忽然就心动了。子艮解读的《纳兰词》真棒，让我爱不释手，停不下来。此时我才发现纳兰性德字容若，纳兰性德即纳兰容若也。真为自己的无知和寡闻汗颜呀！

情感的跌宕起伏、坎坷曲折最是创作者创作的源泉。纳兰容若一生中爱过的三个女人让他尝尽爱别离、怨长久、求不得、放不下、死之人生之苦。而正是这些痛彻心扉的感受为绝世才情的纳兰容若提供了写下被当世广泛传诵，被后世不断研读、喜爱的缠绵清婉之词的无尽灵感。王国维言容若"以自然之眼观物，以自然之舌言情"。纳兰的《饮水词》皆是他伤情泣血之作。在当时"家家争唱饮水词，纳兰心事几人知"？

纳兰容若爱的第一个女人是避难寄居纳兰家的表妹。表妹因父亲是鳌拜的党羽，鳌拜被小小年纪的康熙玄烨及他的小伙伴容若等人设计拿下之后，表妹家惨遭灭门之祸。表妹人小，不起眼，在额娘的拼死护佑下侥幸在血刃下逃生至纳兰府。因遭遇如此大灾，冰清玉洁的表妹格外懂事和谦卑。纳兰容若自小就对表妹情根深种。他们青梅竹马、两小无猜，在庭院的梨花树下表妹看容若给自己写词，容若教表妹吹箫，他们相拥着，看纳兰府的四季更替，一起在草地上放风筝。容若告诉表妹他愿意永远做她手里的风筝。岁月静好。这场初恋之爱，刻骨铭心！

然而父亲纳兰明珠更为势利，认为这样的女子对儿子前途无益，甚至是儿子发展的绊脚石，于是偷偷将表妹送至宫中。最后表妹成了康熙的女人。纳兰容若是康熙自小的陪读和玩伴，情同手足，长大是康熙的侍从，自己从小呵护长大爱之深切的女人成了这样的他人的女人，可想对于深情的容若是怎样的打击和折磨?! 心碎、情伤，无法自拔。

纳兰容若最终在包办婚姻里无奈、落寞地走进了洞房。挑开红盖头的那一刻，容若被惊艳了。眼前的人儿美艳娇俏、温婉恬静，容若的内心似乎注入了氧气和阳光。而且妻子卢氏出身名门，知书达理，解诗情、识风雅，是个才貌双全的难得女子。容若爱上了自己的妻子。他们快乐地享受画眉之情、田园之趣、读书之乐，他们爱得缱绻、秾丽，容若坚定地认为"不信鸳鸯头不白"，他们夫妻鹣鲽情深、琴瑟和谐。

是造化弄人? 还是命运捉人?! 一次生育遭遇难产夺走了妻子卢氏的性命。纳兰容若终是情怯难了，情殇不已，他再次陷入了情感的炼狱，痛苦不堪，伤心欲绝，神形俱损。"尘满疏帘素带飘，真成暗渡可怜宵。几回偷拭青衫泪，忽傍犀奁见翠翘。惟有恨，转无聊，五更依旧落花潮。哀杨叶尽丝难尽，冷雨西风幂画桥。"

江南名妓沈宛，是纳兰容若爱恋的第三个女人。沈宛生得美艳不可方物，且多才多艺，很早因喜欢容若流传各地的词，便崇拜和仰慕纳兰容若的人。在朋友的引荐下，他们似遇见了故友、知己，很是相契。纳兰容若在沈宛那里获得了感情的慰藉，精神的滋养，填补了情感、灵魂的空洞，他又有了生机。但势利的父亲纳兰明珠是绝不允许儿子娶这样的女子的，纳兰容若再次承受爱而不得的痛苦。尽管后来容若在别处的别院里安置了沈宛，但后又被迫分离。纳兰容若似乎对这段分离始终耿耿于怀，总是觉得自己辜负了她。有词《采桑子》为证："明月多情应笑我，笑我如今。辜负春心，独自闲行独自吟。近来怕说当时事，结遍兰襟,梦里云归何处寻。"纳兰容若一生遭遇的情怯太多,而他又是个一旦动心,便如飞蛾扑火,全身心投入的痴情种子。正如后人对他的概括:慧极必伤,情深不寿。

在一个晚春的日子里,他拖着已病入膏肓的身子,与好友一番长饮,一醉三叹后,写下一首词:"而今才道当时错,心绪凄迷。红泪偷垂,满眼春风百事非。情知此后来无计,强说欢期。一别如斯,落尽梨花月又西。"此次醉酒容若便一病不起,刚满三十岁的容若病后七日就溘然长逝,令人扼腕叹息,唏嘘不已。这是大清的不幸,也是清词的损失!

纳兰性德,文武双全,清初第一才子,至情至性;纳兰容若,丰神俊朗,才华横溢,情深义重,其词清婉缠绵,直击人心。纳兰性德即纳兰容若,他天赐富贵,满腹才气,生而多情。对友情、爱情,都极其真挚,发自肺腑,是个多情、干净且纯粹的人。

这样的纳兰,直教人读你千遍也不厌倦!

在文字里狂欢

我是喜欢读书的。半辈子没有培养出别的业余爱好，所以空闲时最多的便是看书。常有感慨，便成读书小记。

（一）

没有系统地读过雪小禅的文章，时会在书刊中与她的某些文字偶遇。由她美丽的文字便联想到她一定是一个美妙的女子，有纤细的腰肢、长长的直发、白皙的皮肤、高挑的个子，感觉有不食人间烟火的气质。今天始读她的随笔，看到和感到不一样的雪小禅。她的形象是模糊的，但她有强大安详的内心、有高超驾驭文字的能力，也正如此她是孤独和寂寥的，但她的情绪、情感无所居处时她便在文字里狂欢。她的《无所居处》让我很有同感，我也曾写过一篇《与文字为友》的文章，也有类似的意思，但太简俗。"无所居处"这个词真是美妙。我们都是具有七情六欲的凡人，但亲、情、欲让我们困惑、无奈、痛苦地抓狂，也就是"无所居处"时，最好也是最高的境界便是在文字里狂欢。

(二)

上次说要好好读沈从文先生的散文，但最终没有持续很久。原因其一：读了几篇感觉太过具体，比如他贫穷寥落困在小旅馆里受尽白眼的细节也还能说明世态炎凉，可不知为什么他要细致入微地描述手淫的毛病，不觉得有任何意义；其二，他散文中大量描写他的故乡湘西的各种民风民俗与我们江南似乎没有什么共同点，找不到共鸣，提不起什么兴趣，于是乎弃之一旁。

为暑假搜寻而来的一提书挑挑拣拣还剩几本，再看看萧红的散文吧。其实读萧红的书不是第一次，记得二〇〇四年的暑假在贵州大学的图书馆里借过一些书，就包括萧红的。也许是因为贵州的夏天不够炎热，加之远离故土的原因，一看书就有点困困的迷离状态，所借的书应该都看完了，但似乎没有留下什么印象。这次好好看看吧。真的没有勉强，好好看了下去，虽然没有一口气看完整本书，但还是一直有欲望地读完了它。果真她不愧为二十世纪三十年代的文学洛神和民国四大才女之一呀。只是命运太悲苦，短短的一生，总是被无情、贫穷、饥饿、疾病所缠绕，受尽辛苦！特别喜欢看她描写在东北的生活片段。尤其是关于饥饿的描写，形象得让没有这方面感受的我，刻骨铭心！因为看过汤唯和冯绍峰主演的《黄金时代》，觉得她每篇散文的每一句话都和片中的镜头高度契合，非常有画面感，读她的散文似乎又在重温《黄金时代》。

读她描写鲁迅先生的章节，更增添了对这位文学战士的敬仰和对许广平女士的崇敬。他的家里每天都有络绎不绝的造访者，有的是慕名来请教的，有的是亲戚朋友来探访的，有的是贫困无食来蹭饭的……鲁迅先生从来都是不吝赐教的，来者不拒。身体好的日子里总是亲自作陪，直到十一二点大家各自散去后，鲁迅先生又开始笔耕不辍直至天明。为了节俭，用省下的钱帮助更多的人和做更有意义的事，许广平女士每天里里外外、前前后后地忙碌，从不让自己闲下来，即使在陪别人聊天时也总做着不同的手工，比如替海婴拆洗、编织毛衣等。这是一个了不起的女性，她们俩都是平凡又伟大的女人！

（三）

在姐姐家看见了外甥女的枕边书《永远不要找别人要安全感》，信手翻阅开来。不错呀，是我喜欢的内容和风格。作者韩梅梅，不了解。但看介绍，她却是超级畅销书作家。定下心来，挤在姐姐超市琳琅的商品里，吹着穿堂风，嚼着红豆冰棒，惬意地融入了韩梅梅的文字里。

读完全书我的脑子里出现了这样的画面：在一个静怡的咖啡馆里，有一个安静美好的角落，外面有暖暖的阳光，我的对面坐着一位洗净铅华素颜温暖的女子在和我聊天。她年龄不大，四十不到，却已在浮躁喧嚣的尘世中摸爬滚打个遍，爱过、伤过、痛过、自在过，现在正幸福着。她是智慧的，尽管没有足够的岁月沉淀，只因经历过，已然有了最透彻的人生领悟，变得从容、淡定、恬静、成熟、柔软、快乐，并总结了无数人生经验和教训。在这些经验和教训里我记得最深刻的是：往往就在你走投无路的时候，就是峰回路转的时候；别人对你好，不是应该的；别人对你不好，也不是不应该的。这给了我极大的启迪，让我明白，人生没有过不去的坎，每一把锁，都有一把钥匙，相信柳暗花明又一村；知道了没有人应该一定对你好，所以当有人对你好时学会感恩和珍惜，当别人对你不好时选择宽容。宽容了别人，自己才能获得解脱和快乐。要做心智成熟的人，不要做怨妇，学会调整，学会自找快乐。这样的聊天（阅读）真是既愉悦又大有收获，感觉美美的。

以死换生

二〇一八年八月二十七日是学校召开开学会议的日子，在徒步去学校必经的护城河河心桥上发生了惨案。远远地就见特警车开过来，一批特警人员朝河心桥快速奔跑。看来是出了大事，心中不免生出几许担忧。走近，便看到桥洞的河水里有一个五六岁大小的男孩，被两位中老年人扶坐在露出水面一点的石沿上，脸色惨白，惊恐的眼睛四处张望，应该是找救他的爷爷吧。可听旁边围观的人说，爷爷为了救孙子，沉到河底快半小时，应该是没救了……

一天一晚我的眼前都浮现着那个孩子惨白的脸，还有那无助、惊魂、惶恐的眼，他在用目光找爷爷，可是爷爷再也不能陪他护他爱他了。于是我以这孩子的口吻写下此文以告慰以死救孙的爷爷之在天之灵。

二〇一八年八月二十七日那个初秋的早晨，我六岁不到，天气已有些许凉意，可我依然觉得热燥，我吵着要去护城河河心桥吹风看风景。正当壮年的父母忙着工作定然没有时间陪我，于是爱我疼我，自打我出生以来就把我当心肝宝贝、眼中宝玉的爷爷

190

自然成了我最贴心的陪护。我骑着我的四轮自行车，得意地骑行在风景如画的护城河公园，爷爷像我的守护神紧跟在我的后面。我想做追风少年，我把车骑得飞快，衣服被风吹鼓起来的感觉很棒，爷爷有点跟不上。到了！到了！我一阵欢呼，脚下使劲，一个下坡，我的小车咪溜溜地冲向桥栏，我已慌了手脚，无措地顺其自然，可怜弱小的我在速度的驱使下被抛越栏杆，生生地坠入河中。爱我如命的爷爷拼命地追赶着快速冲撞的我的小车，想拦住车，救下我，可终究慢了一步。当我落水的刹那，似乎看见我亲爱的爷爷一步不停留地跳进了河里，捞起我，托着我，等来在河边垂钓的好心人伸手施救，他才体力不支地恋恋不舍地放开我，沉入那该死的河中。我恐慌的眼眸里好像看到最后刹那爷爷的眼角有泪，唇边有笑。因为舍不得我？因为救了我？我心痛，很痛！我惨白着脸，四处张望，爱我护我的爷爷您在哪里？在哪里呀？不要离开孙儿，孙儿离不开您。而此时的湖水平静如镜，连微澜都不曾有。我最亲亲的爷爷不见了，被可恶的河水藏匿起来了。

应该是有好心人报了警，我无神疲惫的双眼里看到了一波又一波穿着救生衣的警察走近了。我的眼里有了光，他们是来救爷爷的，爷爷有救了！然而我有点迟钝的双耳还是听到了围观群众说，爷爷沉下去快半小时，肯定没救了。嘈杂的人声终于淹没了我的意识——我昏死了过去。

我做了一个好长的梦，梦里有爷爷在，他不厌其烦地陪我捉迷藏，故作傻样地让我一次次抓到他，在我咯咯地乐不可支的笑声里笑了；他一次次地包容我的耍赖和任性，不顾年老体弱甘愿做我的坐骑，驮着我在家里爬行转圈，看我兴奋地手舞足蹈，他偷偷地擦着额头的汗水满足地乐了（很多人说，这应该是爸爸陪儿子干的事）；我是男生又皮又淘，还喜欢上了舞枪弄棒，爸爸忙着他的事似乎总也没有时间陪我玩儿，可是我的亲亲爷爷总是"在线"。我让他做我的敌人，一会他便被我打得人仰马翻、落花流水，让我充分感受胜利的喜悦。我让他做我的盟友，他便睿智骁战，足智多谋，一会便能陪我玩出诸多花样……

我有点娇气，吃饭挑食，这便难为了我亲爱的爷爷，于是他绞尽脑汁，变着花样给我做好吃的。一次吃不多，不厌其烦地给我少吃多餐，因为有爷爷这样的精心呵护，我倒也长得眉目清秀，白白嫩嫩，惹人爱怜。

我喜欢热闹，爱看风景。爷爷用他粗糙却温暖的大手牵着我爬过小山、遛过公园、跨过河流，走过东街，穿过西巷，引着我把眼睛、把头脑装满。

我也有喜欢静的时候，静静地看爷爷给我买的各种画本，知道了孔融让梨、凿壁借光、司马光砸缸、卧冰求鲤等种种故事和很多道理。此时的爷爷总是静静地坐在我的身旁，随时回答我的"十万个为什么"，那么耐心，那么慈祥，是幸福的模样。

……

我真该死！那个初秋的早上我为什么不静静地看爷爷买的书?！我为什么要想到桥上吹风，看风景?！

爷爷以他毫不犹豫的死，换回我稚嫩无知的生！我的心又痛了，痛醒了我。我睁眼环顾，一屋子的人，独独没有我的亲亲爷爷。

那个初秋的早晨，我还不满六岁，爷爷用他的死换回了我的生，从此我便没有了爷爷。

那一天，整个城都在传诵爷爷以死救孙的故事。

无声的文字，有声的倾诉

假期。早晨。没有计划安排。心中莫名升腾起"无可奈何花落去，似曾相识燕归来，小园香径独徘徊"的时光匆匆之惆怅。此时需要浓度纯一点的精神佳品慰藉一下，才可充盈这一刻空洞而寂寥的心田。于是，第一时间想到了《朗读者》。

麦家说：读书就是回家；梁晓声说：每个人都有现实的家园，书本可以构建一个精神家园。

记得在飞天奖的颁奖典礼上董卿说："文字给世界带来了光，而如何让这道光照亮在更多人的头顶是我们的使命。"可能这就是董卿他们创办《朗读者》的初衷。

搜到《朗读者》，点开，传来董卿特有的温润美妙开场白的声音："雨果曾经说过，谁虚度了年华，青春就将褪色。是的，青春是用来奋斗的，不是用来挥霍的。仰望星空，地球是宇宙给人类的礼物；低头凝望，一花一叶，是大自然给世界的礼物；孩子是给父母的礼物；朋友是陪伴的礼物；回忆是时间的礼物。告别是一种心情，告别也是一种决定；告别不是遗忘，而是转身，告别是结束也是开始，是苦痛也是希望。就像茨威格所说，勇气是逆境当中绽放的光芒一样，它是一笔财富，拥有了勇气就有了改变的机会；勇气有时候是一瞬间的闪念，有时候是一辈子的执念；勇气是在你看清了生活的真相之后，依然热爱生活。"画面里的董卿或走或靠，或双手合胸，或回眸凝望，或侧颜念白，每一个身影都足以打动你、吸引你。她的声音，她的整个状态和节目营造的氛围都是那么有感染力，有净化心灵、荡涤灵魂的效果。

一下子洞开的窗户，飞扬的窗帘，浩瀚的书海，漂移在屏幕上的中外名著，似乎有些纷扰杂乱，但自己却感觉被文字、被书籍包围，心忽然安静下来，特别想聆听。

随即，门开，云起，灯闪烁，董卿巧笑嫣然地朝我们走来。她那么纯净，美丽，知性，优雅，大方。和嘉宾的互动中，她的一颦一笑，一言一行，还有始终保持的微笑和动情的泪光都是那么恰如其分。她和嘉宾的对话中没有咄咄逼人，只有温和地询问，机智地引导，善意地化解悲伤或尴尬。《朗读者》的魅力与董卿的魅力是分不开的。

我是个容易被感动的人，但泪点应该属于正常稍偏下一点而已。可不知为什么，看《朗读者》，没有血雨腥风，没有肝肠寸断，我却常常喉咙酸涩，泪腺洞开，泪盈双目。比如，看到嘉宾赖敏，年纪轻轻就因为遗传疾病只能坐在轮椅上，生命随时可能结束，当看着她纯洁灿烂的笑脸，看着她和丁一舟把两个人过成了一个人的爱情时；当看到因脑瘫而头歪、嘴斜、脚跛、口齿不清却用最摇晃的步伐，写出了最坚定诗句的农民诗人余秀华时；当看到南极科考队原领队郭琨因七次赴超低温的南极进行建站和科考工作而导致瘫痪却无怨无悔，面对南极危险和恶劣的工作和生存环境却说，为了国家献出自己的生命也是光荣的时……甚至有时就是简单的一句话、一个动作或一个场景我就有了抑制不住想哭的冲动。这与悲伤无关！我想这应是《朗读者》和董卿的魅力使然。

无声的文字，有声的倾诉。

看《朗读者》明白了"时光可以在皮肤上留下皱纹，却无法给灵魂刻下痕迹"。保持灵魂的高洁，我们将永远不老。

雨果说："有了物质，那是生存；有了精神，那才是生活。"这告诉我们在满足物质所需时，还应追求精神的养分，过真正有品位的人生。

听女排姑娘们朗读流沙河的诗《理想》：理想是火，点燃熄灭的灯；理想是灯，照亮夜行的路；理想是路，引你走到黎明。

理想使你忘记鬓发早白；理想使你头白仍然天真。

理想开花，桃李要结甜果；理想抽芽，榆杨会有浓荫。

请乘理想之马，挥鞭从此启程，路上春色正好，天上太阳正晴。

……

使我们懂得人生不能没有理想，理想导向、驱动、调控着我们的行为，激励着我们不断超越自己，让我们充满了实现自身价值的喜悦，使我们的人生充满幸福。

听百度之父李彦宏和他的小女儿朗读爱尔兰诗人罗伊·克里夫特的《爱》：我爱你，不光是因为你的样子，还因为，和你在一起时，我的样子……

让我们看到了爱最好的样子。

核研究专家魏士杰前半生献身祖国的核事业，后半生回家照顾智障的儿子及患有精神分裂症的妻子和女儿。四口之家只有他一个人是清醒的。七十七岁了，连生病也不敢，所以他自称"核弹老人"和"倒霉老头"。每天照顾妻儿辛苦无比，但他一定抽出两个小时进行他喜欢的小说创作。他说："人生就像硬币的两个面。一面是苦，一面是乐。要热爱幸福的生活，也要热爱苦难的生活，这才是真正热爱生活。"

忽然间我明白了作家雪小禅的人生态度：与光阴化干戈为玉帛，把光阴的荒凉和苍老做成一朵花别在衣襟上。也懂得了轮椅作家史铁生的生活哲学：休与生活论公道，只有承受和解，才是唯一的选择。

……

作家毕飞宇参加《朗读者》时说：如果人类的生生不息，它伴随着阅读，这个生生不息，将变得伟大，变得深刻，变得欢愉！

文字有光，它能照亮思想和灵魂。

腹有诗书气自华的董卿和她的同事们制作的《朗读者》，无疑是最大限度地发挥了阅读与文字的作用。每看完一期《朗读者》，我都感觉生命很美好，生活很美好，世界很美好。于是心情也跟着很美好，全身充满了力量。

董卿说，时光的藤蔓攀爬着光阴的故事。我相信《朗读者》一定会成为时光藤蔓上开出的最美、最久的那朵花。一定会给光阴的故事增加浓墨重彩的一笔！

守一盏灯，煮字疗饥

　　父亲，二十世纪四十年代生人。自小父母离异，家境贫寒。上过学堂，但常常因食不果腹，无人照管，上学是三天打鱼两天晒网。因其聪慧睿智，老师对其常态旷课的行为是睁只眼闭只眼的，就这样父亲断断续续竟读完了初中，且成绩一直蛮好。彼时父亲写得一手不错的毛笔和钢笔字，文采也是棒棒的，在当时已算是文人一个，被招为会计。平时也是喜欢读读、写写、画画的。后来机缘巧合，父亲有了一次考学的机会，贫穷的父亲可没有钱买书、买资料，机会难得不可放弃，裸考一下吧。因为去得早，无事可干的父亲就把校门口宣传栏的内容看了个仔仔细细、透透彻彻，没想到考试时派上了用场。父亲一举中的，考取了芜湖水利电力学院。两年学业期满成了公家人，进了公社机关工作。自那时开始父亲就有了长期读书订书的习惯，《十月》《当代》《古今传奇》……一直就没有间断过，我的读书兴趣也就是在那时培养起来的。我每天翘首企盼着父亲下班回来能带回一本书来。那时为了不让我们学习分心，父亲虽然没有严格地管控，但并不提倡我们随心所欲地看课外书，所以每次父亲订的书回来了，我们只能行掩父母耳目的偷看之行径。把书藏在作业本下、掖在被窝里，但因为心虚胆怯，每次都被精明的母亲发现，然后引来一阵唾骂，甚至遭受揪耳朵、吃毛栗的后果。即便如此，对读书的兴趣和欲望都从没有减弱过。

书有色，由来姿色动人。

腹有诗书气自华。

唐朝皮日休的《目箴》里写过这样的句子："惟书有色，艳于西子；惟文有华，秀于百卉。"曾国藩也说过："人有气质，由于天生，未能改变，惟读书可变化气质。"德国作家赫尔曼·黑塞如是说："世界上任何书籍都不能带给你好运，但是它们能让你悄悄成为你自己。"其实很小的时候并不懂这些道理，就是喜欢作者构筑的一个一个引人入胜的故事，喜欢故事里有血有肉有情有义的主人公，为故事中跌宕起伏的情节和主人公的命运悬着心、捏把汗，希望他们有美满幸福的结局。后来上了大学，读书再也不用有所顾忌，于是乎自己买、图书馆借，古今中外的名书名著还真是读了无数。台湾著名作家、旅行家三毛说过"读书多了，容颜自然改变，许多时候，自己可能以为许多看过的书籍都成为过眼云烟，不复记忆，其实它们仍是潜在气质里、在谈吐上、在胸襟的无涯，当然也可能显露在生活和文字里"。不记得什么时候开始喜欢动笔写，但我的第一篇变成铅字的文章《最后的选择》是发表在大学校报上的。此后便越发不可收拾，我手写我心，喜欢用文字抒写情绪和感受；喜欢用文字描述四季更替、花开花落、云卷云舒、潮起潮落……慢慢地就不再满足于这种自我对话、自我欣赏，开始向《马鞍山日报》和《皖江晚报》投稿，随后我的《健康·简单·愉快》的随笔在《马鞍山日报》刊出，我的《在路上》《带上好心情出发》《欣赏也是一种爱》《音乐可以填满孤独寂寞里的空虚》《行走的快乐》等文章陆续在《皖江晚报》天门山副刊发表。二〇一七年十一月又有幸邂逅了国内知名微刊《同步悦读》，自十一月二十五日始至今已同步推出我的《谈谈爱情》《外婆》等多部作品。我的文章应该有属于我自己的鲜明爱情观和亲情观，体现着传播真善美的正能量作用。有读者说我的文字有温柔的力量，也是有温度的文字。

女儿在我的影响下自小也是喜欢读书的，活泼好动的女儿一旦读起书来，世界都跟着安静了。女儿喜欢每本书都读几遍，好文好词熟透于胸，常常是出口成章。小学二年级参加全县征文比赛《看举起手来观后感》就获得了一等奖。初中之后成为《皖江晚报》萌芽小记者，连续有作品在《姑溪校报》美文欣赏和《皖江晚报》小记者专栏发表，高中之后每次作文基本都是老师讲解作文的范本。女儿一直喜欢读的书是唐诗宋词和历史书籍，从小爱幻想、崇尚古典美、热爱汉文化，志向是做一名文艺清新的语文老师，所以大学她选择了师范汉语言专业。

现代科学的生活方式提倡人的身体和灵魂至少要有一个在路上。读书，是向内旅行去往精神世界，是灵魂在路上；旅行，是向外读书探索天地苍穹，是身体在路上。读书，让我们三代人沉醉其中，其乐陶陶；读书让我们自我提升、自我丰富，让我们在书中发现了诗和远方；读书，让我们有能力与文字为友，用文字抒写甜甜的爱情、浓浓的亲情、美美的友情，用文字描绘四季更替、风霜雪雨、云淡风轻的自然之美。

　　守一盏灯，煮字疗饥，让精神和生活皆充满诗情画意；捧一本书，调息吐气，让气息和神思去领略世界各地的美妙风光。生活若此，怡情、怡心，美生活、谐社会，甚好！

你若盛开，蝴蝶自来

看《锦绣未央》，观李长乐、李常茹、李未央的人生和她们的结局，我有了一个清晰而深刻的感悟：对待自己喜欢的人或事不要有太强的觊觎之心、不要有非我不可的极端执念，应心存"得之我幸，失之我命"的淡然心态，饶了别人也放过自己。有弱水三千，你偏取一瓢饮，极大可能会作茧自缚。其实成全、祝福、守望也是爱的表现形式。

做一个内心强大的人吧，没有了谁，自己照样可以活得精彩灿烂。春去秋来是自然法则，生老病死是人生常态，不必伤秋悲冬。簌簌掉落的秋叶不是生命的终结，而是"落红不是无情物，化作春泥更护花"的生命升华。我们应满怀"冬天来了，春天还会远吗？"的希冀，来对抗漫漫严冬给我们带来的寒苦，于是生活中处处有阳光，生命中时时有希望。

让自己的心明媚纯净起来吧，真诚待人，认真对事，坦坦荡荡、简简单单、快快乐乐！宠辱不惊，闲看庭前花开花落；去留无意，漫观天外云卷云舒。不必太在意别人的看法，更不可把自己的情绪建立在别人的评价上，只要问心无愧，就内心释然。我的快乐我做主!

很多人还记得杨绛先生的 100 岁感言: "我们曾如此渴望命运的波澜,到最后才发现人生最曼妙的风景,竟是内心的淡定和从容;我们曾如此期盼外界的认可,到最后才知道:世界是自己的,与他人毫无关系。"

不要把自己看得太高太重,没有你地球一样地转,没有你别人该怎么活还是怎么活,你真的没有那么不可或缺。珍惜、感恩重视和关心你的人,别人的无视和漠然就是一种正常,真的不必放在心上。人生的幸福,不在于得到的多,而在于计较的少。

放下嫉妒,学会欣赏,做到宽容,于是自己也便成了别人眼里的美丽风景。

你若盛开,蝴蝶自来!

你若精彩,天自安排!

值得最爱的好女子

看厌了宫斗剧里的钩心斗角、尔虞我诈、阴谋诡计、你死我活……所以对于《芈月传》开播前很长时间狂轰滥炸的宣传，我是嗤之以鼻、不屑一顾的。《芈月传》开播之后我也没有给予任何的关注。认为这部剧应该与其他宫斗剧相比，只不过是换了一个朝代、调了几个演员后的新一轮钩心斗角、尔虞我诈、阴谋诡计、你死我活……

偶然的一次，我看到了一幅秦王陶醉地背着芈月，芈月在秦王的背上甜笑如花，这般静好的图片，以及那么一段文字：没有一个女人愿意离开对自己好的男人！黄歇那么好，芈月却终究没有跟黄歇走，因为秦王对她实在太好了，好到她迈不开腿！秦王临终的时候仍说："丫头，我还想再背你一次……"其实很多时候，女人不会因为你的贫穷或富有而选择去留，而是因为你对她的情是否用心尽力。没有一个女人不希望被疼爱被呵护，没有一个女人会受得住一个男人用生命去对她好。其实能留住一个女人的，不是因为你是谁，而是在你眼里，我是谁。

我动了心。刹那间感觉这部剧和前期的宫斗剧或有不同。可以看看。真是用生命在追剧呀！缩短了睡眠时间、酸涩了疲劳的双眼，因为开始了就停不下来。几天时间就看完了 81 集《芈月传》。这部剧刷新了我对宫廷剧中女人的看法。虽然觉得上面的说法很有道理，但于芈月而言，却不尽然。所以看完全剧，更多的却是对芈月的敬佩。她虽为女子但心中有乾坤。做小女子时她率真可爱、心地纯良、冰雪聪明、不争不抢，谨守小女子本分；但时势把她推向历史的风口浪尖，她勇敢承担挽救秦国于既倒和引领秦国统一天下的使命，为此她能豁得出性命，吃得了辛苦，不墨守成规，不怀挟偏见，既能一掷决生死又能一笑泯恩仇。比大丈夫还大丈夫！秦国也就此一日比一日兴盛，为以后的嬴政灭六国，统一天下打下了坚实的基础。

芈月年少时在楚国后宫嫔妃的战争中苦苦挣扎求生存。几经生死。但她一直纯真善良，知恩图报，保持个性，乐观积极，不屈从、不媚俗，虽苦却活得恣意跳脱，黄歇就爱上了这样的芈月，并终身矢志不移、忠贞不渝；在无奈进入秦宫后，她的率真可爱、她的善解人意、她的睿智聪慧，让秦王欢喜不已，给予了她无上的恩宠和无比的信任。正是这份信任让芈月为秦国奉献了以后所有的人生，也包括忍痛割舍对黄歇刻骨铭心的初恋之爱；义渠王第一次看到芈月是她为了保护姐姐、引开敌人。她穿着姐姐的大红色披风，迎风立于车上，大红色的披风在西北的烈风中飞扬起舞。此时的芈月，一边急急地赶车，一边狡黠地用自己的弹弓回首击打敌人。面对追兵和死亡是那么勇敢无畏、泼辣明媚、灼灼耀眼。义渠王就此深爱芈月至死不渝。后来为救芈月几度涉险，甚至为了芈月的性命愿意以命换命。

三个极为优秀的男子都毫无保留地把最好的爱给了芈月。只因这样的芈月，是天下最好的女子！

韩梅梅与雪小禅

用文字腌制时间，煮字疗饥，过鲜衣怒马生活，享受银碗里盛雪闲情。在三生韶关贱的光阴里，指尖上捻花，孜孜以求，散发微芒。

——雪小禅

也许，走过一些路，爱过一些人，受过一些伤，才会明白，别人给的安全感都是幻觉，而真正的安全感，永远来自内心的独立和自足。

——韩梅梅

读完雪小禅的《繁花不惊 银碗盛雪》和韩梅梅的《永远不要找别人要安全感》，我由衷地喜欢这两个女人。但这两个各有才华的女人的气韵状态和文字表达风格是有极大差异的。韩梅梅虽然年龄不大，是个八〇后，但她做过很多事，走过很多地方，有一段肆意闯荡，跌打滚爬的经历。爱过、伤过、痛过、自在过，正幸福着。她变得从容、淡定、恬静、成熟、柔软、快乐。

努力地生活，珍惜现有的幸福。主张返璞归真、崇尚原生态，一切随缘。她就像一个不是很熟，但真诚值得信赖的朋友一样，用最质朴简单的文字把她参悟的人生得失、经验教训娓娓向你道来，给你指点、给你方向。"往往就在你走投无路的时候，就是峰回路转的时候；别人对你好，不是应该的；别人对你不好，也不是不应该的。"

雪小禅，我觉得她应该有仙女和美女情结。初读她的文章，文字美、意境美、故事美，必然也有很美的主人公。所以我想象中雪小禅是个喜欢穿白裙，长发飘飘，高挑白皙的美女。读完她的《繁花不惊　银碗盛雪》的散文，我的感觉有了很大的变化。尽管她没有清晰地描述过自己的容貌，但从她的文字里我依稀能感觉到她的长相应该是极普通的，与真正的美女没有太大的关系。但她喜欢美，渴望美。她不像韩梅梅在人生的舞台上尝试了各种角色，品味了不同的人生体验，然后提炼出宝贵的经验和教训，再用最质朴简单的文字表达出来，而她却是经常离群索居，不与人交，把自己逼入极致的孤独寂寞中，然后激发出丰富的想象力，再用高超的驾驭文字的能力，写出唯美、才情、充满诗意的文字。一朵花、一根草、一棵树、一只鸟、一个午后，在她的笔下都能用艳丽、柔美、妩媚、温情、突兀、另类等文字串成充满诗情画意的文章。"午后。一个人在时光的悬崖上跳舞。北风呜咽。任风吹。努力活得美而坚韧。步履不停一直向前，让文字和生活成为渡己舟船。就像你一直读，我一直写。""有趣的灵魂终会相遇，无趣的灵魂越走越远。"

韩梅梅是八〇后超级畅销书作家；雪小禅，知名文化学者，著名作家。虽然她们的气韵状态和文字表达的风格迥然不同，但她们的文字却有一个亮丽的共同点，就是不颓废、不低俗，积极、健康、美好，充满正能量！

她俩一个用灵魂写作，一个用生命著书，虽各有不同，但都魅力非凡，我喜欢！

行走的快乐

搬了新家，家与单位的距离一下子拉长了几倍。于是从家到单位，从单位到家通过何种交通途径便成为摆在我面前的一个问题。坐公交，还没开通线路，不行；骑车可以，家里有一辆刚买不久的小型自行车，然而寒冷冬天的西北风是那样无情肆虐地侵蚀着每一寸可见或不见的肌肤。冷渗透到骨子里，寒战不已，所以实在没有勇气通过骑车来和寒风对抗，想想最后还是弃车，选择步行。

步行可以走小路，抄近道。每次行走在长长的、空旷的、行人稀少的小路上，少了车马喧嚣、人声鼎沸，可以享受难得的清净，心中每每好生窃喜；因为步行运动身上一会就热乎了，寒冷轻而易举被打败，它裹甲落荒而逃，于是好生得意；因为快速的步行可以大量消耗卡路里，所以我不再刻意地拒绝美食，尽情享受美味也是好生快意呀；因为长长的安静独行，便有了长长的时间和空间，就这样不安分的思绪开始了信马由缰的驰骋，或古或今，或现实或梦幻，或自己或他人，或今天或未来……让我沉醉！

开心、喜欢!

行走的快乐让我爱上了独行。

步行,您也来吧。有没有感觉到我们越来越频繁地遭受恶劣天气的侵扰和自然灾害的危害?当我们刚刚经历三月的大雪零下五度的严寒,又倏忽间享受二十一度的骤热,您除了感叹天气的无常,有没有深层地认识到这是环境问题严重的表现?

环境是我们人类赖以生存的空间,也是今天社会经济发展的基础。环境是我们每个人的,保护环境,人人有责!所以只要时间和条件允许,就让我们以步代车,为环境为自己快乐行走,迎接低碳时代的来临吧!

音乐可以填满孤独寂寞里的空虚

　　别离的笙箫吹扬起丝丝缕缕的别绪离愁，慌乱的心还没来得及安定，环顾四周，又蓦然发现新环境里我是唯一常常孤独留守的人，于是更有寂寞来袭。寂寞的彷徨、空虚而无措。

　　对于电脑我偶尔会功利性地使用一下，寂寞中的无措却让我开启了角落里的电脑，打开程序，点击附件—娱乐—windows media player。悠扬的乐声刹那间倾泻而出，溢满了整个空间。不同的音乐表达，音乐表达的不同内容碰撞着我的心灵。我的精神在音乐无垠幽深的海洋里酣畅地游弋；我的神思在空灵静美的音乐原野里飘逸地游走：我舞动着《隐形的翅膀》穿过《天路》，飞越《青藏高原》去《那片海》《看海》，巧遇《黄昏》的落日滑入地平线，好美!《天黑黑》，我借着《蓝色月光》看《一千零一夜》等待《天亮了》。我唱着《彩云追月》想乘着《故乡的云》《到台北去看雨》。嗅着《九百九十九朵玫瑰》的《暗香》，我开心得像朵《女人花》。《有没有人告诉你我很爱你》，《我只在乎你》?《你是幸福的我就是快乐的》。《宁夏》已过，《秋天不回来》，只能《大约在冬季》。我唱着《春天的故事》看到了

《从头再来》的《希望》。快哉！美哉！乐哉！——音乐！

音乐填满了我孤独寂寞里的空虚，孤独不再让我彷徨无措、不再空虚失落，生活重新变得充实丰盈。其实我们每个人都会遭遇人生里不济不佳的状态，但只要用心都能找到适合自己的最佳平衡点。不能在人生低谷里沉沦，而应努力寻找适合自己的最佳调适方式，使我们再有力量、有勇气去攀登人生的其他山峰。前面会有明媚灿烂的阳光，会有柳暗花明、豁然开朗的心境，会体验收获喜悦人生的快意。

你寂寞了吗？郁闷了吗？忧伤了吗？痛苦着吗？快来用心为自己寻找最佳的调适方式吧，一切皆会 ok！

人生就要精彩地活

　　二〇〇九年九月九日，揭开了我家新居装修的序幕。接下来便开始留意为新居选择净化空气、美化环境的绿色盆栽。选择的标准最少符合两个条件：一是能达到净化空气的目的；二是要具有一定的欣赏和观赏价值。也曾上网查询，也曾到花卉市场实地观察，一直在踌躇中没有购买。一日清晨，在旧居楼下的小市场蓦然看到了在一辆小三轮车上的这盆"滴水观音"。她高高立在一个白瓷盆身印有花团锦簇牡丹的华贵花盆里。她有一节不长不短古铜色的茎，茎秆圆润干净。在茎秆的上端匀称分布着三四株鲜绿欲滴的掌叶。从花盆到茎秆再到掌叶整个布局都是恰到好处的，令人赏心悦目。不再迟疑，买下了它。择日送入新居，摆在敞亮的客厅，于是她便成了我家新居一道亮眼的风景。

　　许是我们不懂得养花之道，也或许是缺少阳光的普照和自然雨露的滋润，这盆让我一见倾心的"滴水观音"在忠实履行了她的两大义务的若干个月后，茎秆的上端渐渐变得细弱，并慢慢整个茎秆松垮弯曲下来，如老妪佝偻的背。我们都以为她不久会彻底枯死，作为一种生命最终消失，陡生出很多怜惜之情。然而，真是奇迹！她那如盖的叶在那样不堪的茎秆上日日、年年繁茂翠绿，于是她又成为我家一道夺目的奇景。来过我家做客的人无不啧啧称奇，感叹和钦佩她生命的顽强和执着。

其实人世万物很多时候不同的结局就存在于一念之间的选择。是坚持还是放弃，是顽强还是脆弱，就在自我意念、态度支持下的刹那间选择，而选择不同，结果也就大相径庭。

面观我家"滴水观音"的生命历程，渐生诸多感悟，凝结为一点：人生难免有磨难，不想快点死，就在顽强、执着中精彩地活！

四月的美在于"绿"

因为疫情防控的需要，复课后竖立在街道巷口的隔离板依然没有拆除，我去学校就无法走小路抄近道了。

中学复课的时间定在清明小长假之后的四月六日。早上穿过小区唯一允许通行的南大门，融入滨河路，二百米后越过梧桐大道就进入了护城河公园。学校就在护城河对面，河心桥被封，现在去学校必须从护城河公园的这头走到那头，上主干道的提署路，再折向南营路，才能抵达校园。护城河公园在我们这段是南北走向，很宽广，有几条或平行一段或前面交叉的小径（路面有一米多宽，说小其实不小），小径的中间还夹抱着或宽或窄的河内河。

我每次都喜欢穿过连接两条小径，横跨在河内河之上的笔直石板路，到达护城河边的砖道上行走。这条道的右边是延伸近百米至梧桐大道的绿化带。花呀，草呀，树呀，渠呀，池呀，一块块、一片片、一个个，专业布局，层次分明，结构紧凑，一年四季景色各异，但都离不开一个字——"美"！

冬雪里光秃秃的梅枝上绽放的冬梅，香气馥郁，沁人心脾；

年刚完，红梅傲雪，送来早春的气息；接着黄的迎春、红的桃花、白的梨花……在三月的料峭春风里次第开放。春天大刺刺地来了。从未见过像垂丝海棠这样杂乱的枝杈，肆意生长，横七竖八，没有规律、没有方向。刚进三月，红艳艳的垂丝海棠一朵朵在杂乱无章的枯黑色枝杈上开得热热闹闹。但感觉热闹是看客的，花儿没有叶的衬托和呵护，似乎很孤单寂寞、高艳清冷。

进了四月，风暖了、水清了，空气微凉不燥，每天来来去去穿行在这条长长的公园绿道上心静、情怡。不觉间绿色充满了眼眸。经过寒冬熬煎的绿色灌木似乎被解除了封印，新绿的枝条挣脱了原来修剪整齐的老枝；像羽翼未丰的雏鸡钻出鸡笼的一个个毛茸茸脑袋。各种植物都在疯狂地抽枝长叶，开在三月的各色花儿已经谢幕了，它们的枝条上取而代之的是茂密的叶。有了满枝棠叶的修饰，垂丝海棠再也不似无叶开花时杂乱无章的样子，多了几分秀气。像银杏这类秋天落叶的树种，在整个冬天看不出一点生机，像枯死很久的样子。但到了春天，经过二月、三月的积攒，进入四月后，造型像手掌向上的银杏树，它的四五根像手指的枝杈上长出像绿色蝴蝶一样的叶。仔细观察了一下，这些叶只向上一个方向生长，在风中像一只只翩翩起舞的绿蝴蝶，煞是好看。

四月里整个护城河公园被绿色的枝枝蔓蔓填满了所有空间，翠绿、嫩绿、深绿、浅绿……挤挤挨挨，比着个头赛着颜色，一不小心就伸到了道路中间。当行人折身绕过这些绿枝的时候不得不感叹，四月是生命最勃发最旺盛的月份。四月最耀眼的就是满心满眼的绿。

四月的空气里怎么这么香？比花香绵长、悠远。寻着这香味我走到了石板路的尽头。是橘子树开花了，白色的小橘花朵洁白无暇，隐在翠绿的叶里开满了整棵树，花心里有黄色的蕊，花型似迷你的白兰花，花香也像白兰花的味道，花香馥郁。出了公园上的桥来，那浓得化不开的香味是来自桥头几棵如硕大华盖的香樟树。每次走在这十米长的香樟行人道上，脑子闪现最多的就是两个字——"盛大"。它粗壮高大的树干、繁杂茂密的树枝、葳蕤生色的叶片、无边无际的香气，无一不凸显着它的"盛大"。走过树下感觉自己被花香包裹、浸润，觉得自己也是花香扑鼻的了。是什么让香樟树这么香呢？我在树冠延展十多米的树下寻找着答案。原来进入四月后在原有的老枝上生长出来一节新的枝叶，在新叶的最前端结出了一束一束像米粒一样绿白色的小花。没想到这些不起眼的小花有这样大的能量，能散发出如此浓郁的花香味。

走进校园右转，那围墙边上不起眼的三丛灌木怎么也散发出沁人心脾的香味？走近些，在修剪如球的灌木丛里发现了一枚枚像咧开口的开心果一样的牙白色花儿。让你忍不住驻足、深嗅，香味就是它们散发出来的。打听后得知，它们有一个美好的名字叫"含笑"。

四月，你是无穷无尽的绿，你是一树一树的花开！

  你是一树一树的花开

  是燕在梁间呢喃

  ——你是爱，是暖，

  是希望

  你是人间的四月天！

蔡旭东 —— 著

陶立群 —— 主编
江东风雅集

让生活在
书香中精彩

中国书籍出版社
China Book Press

图书在版编目（CIP）数据

让生活在书香中精彩／蔡旭东著. --北京：中国
书籍出版社，2023.9

（江东风雅集）

ISBN 978-7-5068-9569-9

Ⅰ.①让… Ⅱ.①蔡… Ⅲ.①散文集-中国-当代
Ⅳ.①I267

中国国家版本馆 CIP 数据核字（2023）第 175255 号

让生活在书香中精彩

蔡旭东　著

图书策划	许甜甜　成晓春	
责任编辑	杨铠瑞	
责任印制	孙马飞　马　芝	
出版发行	中国书籍出版社	
地　　址	北京市丰台区三路居路 97 号（邮编：100073）	
电　　话	（010）52257143（总编室）（010）52257140（发行部）	
电子邮箱	eo@ chinabp. com. cn	
经　　销	全国新华书店	
印　　刷	四川科德彩色数码科技有限公司	
开　　本	880 毫米×1230 毫米　1/32	
字　　数	90 千字	
印　　张	5.625	
版　　次	2024 年 1 月第 1 版	
印　　次	2024 年 1 月第 1 次印刷	
书　　号	ISBN 978-7-5068-9569-9	
定　　价	240.00 元（全 5 册）	

自序

　　我不是一个有写作天赋的人，家族也无文化底蕴。

　　我祖父本是农家子弟，据祖父讲，其祖上是世代文盲，后祖父加入抗战部队才被扫了盲，也就在参加革命工作后，祖父才真正地认识到了文化的重要性，于是就想方设法让其长子，即我父亲上了 3 年私塾，而我父亲也就成了我们这个家族第一个较系统地接受文化教育的人。解放军过江后祖父即受命转业到地方工作，全家也到其工作地安了家，因多种原因，我是在祖父身边长大的，也是在祖父的引导下启的"蒙"，启蒙的方式很简单——看小人书。

我记得，在我懂事后，祖父那件老旧的中山装大口袋里永远装着一两本最新出版的小人书，从祖父耐心地一字一句念给我听，到后来我念给祖父听，就这样我爱上了看书，虽然不求甚解，但是爱看书的习惯一直延续至今。当然，因为年代的原因，我直到高中毕业也没有看过几本小说，后来参军到了部队，连队的那一个小小的图书室成了我的最爱，《红楼梦》《水浒传》《西游记》《三国演义》《钢铁是怎样炼成的》《红与黑》等，近300本的图书让我欣喜若狂而流连忘返。当然我也买了很多书，从有限的津贴中挤出几元钱购买了"四书""五经"，以及《聊斋志异》《三侠五义》《高山下的花环》等，从1981年到1989年总共购买了1000册左右的书。书读多了，我就尝试着写读书笔记，也就是从走进部队大门开始，在连队领导、老兵的引导、鼓励下，我开始写日记，这一写就是近20年，只是转业到地方工作后才没有坚持下来。

从开始绞尽脑汁的二三十个字，到沾沾自喜的百十多字，最后到洋洋洒洒的千字以上，就这样在坚持中，我将自己的迷茫、苦恼、欣喜、快乐等所走过的每一步都尽可能地记录下来，将自己对人或物或事的感悟、体味、困惑等留存在纸面上。当然，日记只是自娱自乐、自我陶醉的载体，是私密性的，无体裁的限制，也无规矩的考量，更无社会性的谨慎，所以在日记中我肆意挥洒着自我感受，尽情享受着文字排列的快乐。应该是在2009年左右，因工作的需要，我开始尝试着文学创作，有散文，有诗歌，有小说，虽然在部队、公安机关近30年的工作中，我写了很多工作计划、工作方案、工作调研、工作总结等，但是我知道这不是自己对生活的感悟与思考，而文学作品才是自己最真实情感的表露。这些文章在本单位网站"警营文化"的栏目上发表后，受到了很多同事的称赞，有一些文章还被市公安局、省公安厅以及公安部网站采用，这使我很受鼓舞。 2012年我市公安机关邀请部分本市籍的省、市作家协会会员创作市公安机关广大民警在"清网行动"中一些典型事迹、典型案例的报告文学，准备汇编成册予以发表，而我有幸参与其中。也就是在这次的创作活动中，我结识了不少省、市作家协会的会员，进而加入县、市作家协会，并且在他们的帮助与鼓励下，开始将自己的文学作品在报纸杂志上发表。

从写日记的喜好到走上业余创作的道路，也许就是一个偶然，或者是一个爱好，一个只是为了表露个人对生活的一种私密性的感悟、理解。

我出生于 20 世纪 60 年代，于 20 世纪 70 年代走进了校门，于 20 世纪 80 年代初进入军营，在世纪交换之际回到了地方工作。在这一段波澜壮阔的社会大变革中，不管是有意还是无意，是主动还是被动，我都无条件、无理由地参与其中，虽然尝尽了生活的酸甜苦辣，虽然得与失总是让我们无法释怀，可我还是感觉到生活给了我很多，很多为之温馨、为之感动的情怀，让我忍不住想写出来留着回忆，这也许就是我写作的初衷吧。

2023 年 6 月 20 日

目　录

CONTENTS

让生活在书香中精彩

记得小时候最喜欢的事就是听故事，每当夏日纳凉，抑或冬日晒阳时，总是早早地端着小凳子守在门前的老榆树下或是背风的墙脚边，等着邻里大人们聚集时的谈古说今。这时我们可不再是满街跑、四处飞的"野小子"，而是特别听话的乖孩子。当然，这时的大人们却也正是头疼的时候：是不是孙悟空的妈妈看他调皮，才将他踹到石头里的？海螺姑娘住那海螺壳会不会比我们家房子大？月亮里一定比公园好玩，要不嫦娥阿姨怎么不回来了？月亮不是比太阳近吗？怎么后羿能射太阳却射不了月亮？李爷爷院子里的老槐树会不会也是土地公公变的？武松打的老虎一定是被哥哥一个人偷吃了，所以他嫂子才生气吗？在我们这些问题面前，大人们只能笑呵呵地说：等你们能够识文断字后就知道了。于是，能够成为一个识文断字的人成了我们童年时最大的梦想。

开蒙后，我的阅读是从连环画开始的，虽然字识不全，却也连蒙带猜地读一个大概，因为我们那个时代的连环画主要是电影内容。如《小兵张嘎》《英雄儿女》《地道战》《地雷战》《平原游击队》《红色娘子军》《白毛女》等。初中时，我看的第一本长篇小说是《红岩》，第一本唱本是现代京剧《海港》，第一本繁体竖版的古书是《水浒传》，还有就是已经忘记书名的描述成吉思汗成长史的第一本长篇叙事诗歌等。当然，那时我们无论是在初中还是在高中阶段，阅读资源都是有限的，能够阅读到的只有《艳阳天》《金光大道》《高玉宝》《创业》等有限的书籍，所以才有了评书《岳飞传》播出时万人空巷的场景。

在英雄主义情怀的感召下，20 世纪 80 年代初我实现了成为一名军人的梦想，而能够享受阅读快乐的时光也正是在部队。那时的基层连队已经有了规模不小的图书室，在这个弥漫着浓浓书香的图书室里，我与唐僧一道执着着理想的目标；与曹雪芹商谈着人性的纯真与率性；在《家》《春》《秋》的煎熬中渴望着自由的曙光；在荒郊野岭里牵着蒲松龄的衣襟寻找着狐仙鬼怪；还试图走进司马迁的世界，在历史的烟云里窥探兴衰存亡的轨迹……每一次聆听完智者的心语，我似乎又登上了一个台阶，领略到更为广阔、深远的奇峰异景，又一次矫正了思想上的"贪欲"与衣袋里的"小我"，似乎在自由王国向着必然王国跋涉途中又前进了一步。

随着时代的飞速发展，新媒体的影响力以不可阻挡之势介入我们生活的方方面面，快餐文化似乎成为人们生活节奏逐渐加快的产物，让人们在其中只收获了碎片化知识。曾经有一个导师对他即将毕业的学生们讲：我只希望你们走上社会后，每年能够踏踏实实地看一本书。五年后当师生们再聚首时，在导师询问下没有一个学生能抬起头。是生活的节奏让我们没有阅读时间了吗？可是在欢娱场所为什么总有我们的身影？是我们已经能够驾驭自己的生活了吗？可是为什么我们总是觉得身心憔悴？是我们已经到达了梦想的彼岸吗？可是为什么在熙熙攘攘的人群里，我们却倍感孤独……

停一下，让灵魂跟上。

停一下，将迷乱的心情晾晒。

挤一点时间走进书香弥漫的空间，用《六祖坛经》的棒喝清醒我们已经麻木的灵魂，和金庸一道围炉夜聊着成人的童话，在老子的轻声慢语中理一理我们浮躁的心灵，站在圣人的肩膀上让我们一起沐浴温暖的阳光，或者如贾平凹们一般，将各种生活里的"食材"都烩一烩，然后再沾沾自喜地品尝自己的生活精彩。

（2014 年第 4 期《江淮》、2016 年 6 月 4 日《人民公安报》的《剑兰》周刊）

幸福的白鹭

白鹭很美，细长、有力的纤腿让她能够自如地漫步在农田、沟渠、浅滩的角落，一身洁白的羽毛使得她无论是在山峦林海，还是在农田浅滩，都如精灵般凸显着她优雅的身影。是的，她是优雅的代名词，她的漫步，她的翩跹，就是受到惊吓而匆忙离去时，都如自信、淡定的淑女般，永远不慌不忙地保持着自己最优雅的身姿。

最早知道有白鹭这种鸟儿是 20 世纪 60 年代末。童年时很喜欢绘画的我，无意间在一发小家中看到了清朝时期绘画刻本，那简单明了的线条惟妙惟肖所传递出山水林木鸟虫的精神，让我一下子就喜欢上了。在这些山水画册中，有许多画面上有一种比雀鸦大，又与鸡鸭有着根本区别的鸟，开始我以为是丹顶鹤或天鹅，发小读过私塾的爷爷告诉我们那叫白鹭，是一种常见于江河湖泊、深受文人雅士钟爱的白色水鸟。就这样我知道了白鹭，知道了"两个黄鹂鸣翠柳，一行白鹭上青天""何处飞来双白鹭，如有意，慕娉婷"等诗句。我问家人可曾看到过白鹭，出生于皖北长江边的奶奶说她小时候偶尔在长江边的芦苇荡里见过，不过现在看不到了。

"人都吃不饱，哪能有它们待的地方。"爷爷沉默了一会儿才轻声地咕噜了一句。

也是，虽然生活在本应盛产鸟儿的江南水乡，可是在我童年和青少年时期所能见到最大的鸟儿就是灰喜鹊或乌鸦，偶尔也能在空旷的县城上空看到盘旋的鹰，或者就是春来秋往，只见其形而不知其貌的雁。这并不是说我所生活的城市不适合依水而居的鸟儿生存，相反，作为长江边上的江南小县城，不大的主城区里原本有两条环城的内、外护城河，在内外护城河中间散布着几十个大小不一的水塘，大多数的水塘边都长满了各种各样的水生植物，这里本应该是鸟儿的天堂，然而在我记事后主城区里所见到的主要是麻雀了，在物质贫乏的年代，打麻雀对我们来讲是一件非常愉快的，也是得到家长支持的业余活动。还有见得比较多的鸟儿就是燕子了，燕子可是不怕人的，因为家里的长辈在我们懂事时就告诫我们燕子是益鸟，一定要爱护好，更有家里屋檐下有燕子窝的人家，只要看到小孩追逐着低飞的燕子，一定会大声地呵斥"那是我家的"。

我最早听说家乡有了白鹭是 20 世纪 90 年代中期，那时我还在东北的部队工作，有一年春节探亲回家，我爱人告诉我每到开春时节，白鹭都在开垦的农田里翻踬，还说在马鞍山市佳山敬老院后山的竹林里，每天早晚都能看到很多白鹭，这让我很是向往。奈何探亲时间的原因，一直到 21 世纪转业回家乡工作后，才得以亲身感受江南水乡白鹭的风采。

回家乡工作后不久，我特地找了个时间在傍晚时分到了佳山敬老院。果然，在敬老院后山的竹林上空，隔着很远就能看到如风筝般飞翔在夕阳里的白鹭，在竹梢上如小气球一样也点缀着很多白色的斑点，我立即兴奋地下了车，顺着田埂向着竹林方向跑。可是离竹林还有约一百米时，一位正在田埂上遛弯的老妪立即将我拦住，很是警惕地问我干什么？我说来看看鸟。老妪看了看停在不远处的车，又看了看我，才说："鸟怕见生人。"随后就开始唠叨着什么"要保护鸟""这里总有人白天来探路，晚上就来打鸟"等，再加上从不远处又有两三位老人正匆匆忙忙向这边赶来，吓得我只好"落荒而逃"。

白鹭现在在家乡的农田、沟渠里随处可见，就是主城区也是如此。当然，最让人激动的是村民们在水田里耕作时，那就如同白鹭的节日一般让人心动不已。也是我回家乡后不久，有一年，我到一个乡里开展工作，在路过一片农田时，猛然看到路边不远处一个村民赶着牛在一块已经泡透的农田里犁地，有七八只白鹭围着他翩翩起舞，村民时不时地大声吆喝两句，耕牛不紧不慢地走着，那七八只白鹭或在刚翻开的犁沟里追逐、觅食，或盘旋在村民的周围，这一和谐、唯美的画面把我看痴了，这是我从童年时就在脑海里想象的画面。于是，我让车停下，不由自主地走到了那块田边，因为我这个"不速之客"的介入，白鹭们立即轻盈、优雅地四处飞散，村民很是不高兴地狠狠摔响了手中的鞭子，这时我才发觉自己的莽撞，也只好尴尬地冲他傻笑。

或许他已经习惯了有人打扰，所以当犁到我所站的田埂边时便停了下来，眯着眼问道："来看白鹭？"我赶紧赔笑地递上了一根烟，并与他攀谈起来。他说现在鸟儿多了，主要是剧毒农药被禁止使用，都在搞生态养殖、种植，吃东西讲究绿色食品，所以环境保护得好，特别是水干净了，这样小鱼小虾小泥鳅等鸟儿的食物也多了。他说现在没人敢打鸟了，连麻雀都是保护动物，何况是这些漂亮的鸟，只要发现有人打鸟儿，肯定会被抓起来坐牢。也就二十多分钟的时间，有几只白鹭又盘旋到我们的头顶上，村民看了看对我说："不聊了，要不然一会儿它们要闹了。"

至于怎么"闹"村民没有告诉我，我只是看到一人一头牛一群白鹭不慌不忙地在水田里来回移动着，这时天很蓝，水碧如镜，远山如黛，四周绿色葱郁，一丝微风轻快地抚摸着田野，那泥土的芳香氤氲着我醉意朦胧。

（2018 年 10 月 12 日《安徽日报》"黄山"副刊）

坝上的风情

这是一次期待已久的旅行。

"不到坝上，不要说自己是摄影人。"这是内蒙古克什克腾旗一位摄影人的骄傲。确实，为了这趟坝上之行，我等待了近三年的时间，为的就是能与摄影老师们一道去捕捉坝上的精彩，为自己能够走进摄影圈贴上一个沾沾自喜的标签。

这是一次追逐銮跸的旅行。红山军马场位于内蒙古克什克腾旗西南端乌兰布统古战场的核心区，清康熙皇帝与准噶尔的噶尔丹大汗曾经在此大打出手。乌兰布统汉语意为红色的坛形山，也称塞罕坝，与河北省承德市围场县境内的塞罕坝相连，属承德避暑山庄外八庙风景名胜区的一个分景区，清朝时期著名的皇家猎苑"木兰围场"的一部分，连皇帝每年都要来旅游的地方，肯定值得一游。

这是一次惊艳异常的旅行。我们从江南水乡还未退去暑热的秋日中出发，惬意地漫步在承德避暑山庄依旧绿叶成荫的庭园中，惊叹那红山军马场缤纷多彩的秋色，转眼间一场秋季的雪，又让我们意外领略到了"万里雪飘"的北国风光。9月25日至30日，六天的时间，我们从夏走到秋，又搭上了冬的航班，"赚到了！"同行的影友们纷纷喝彩。

这是一次收获丰硕的旅行。坝上的秋色美得如一幅刚刚出炉的水粉画，色彩饱满艳丽，通透明亮，线条明快轻盈，却又浑厚端庄。那高高的山峰连绵不断，如丘陵一般一座连着一座，无边无际，在千万年的风沙打磨下，这些丘陵如沙丘一般肤润柔顺，少有陡峭嶙峋之态。此时牧草已经收割了，黄色成了这幅水粉画的基调，山坳或背风的山坡上有着一丛丛、一簇簇白桦、山杨、柞树等树种，黄的、绿的、红的、蓝的、白的等，三三两两的牛儿马儿悠闲地走在空旷的草场或林间，还有匆匆忙忙追逐可口草芽儿的羊群，再加上穿着五颜六色服装的游人四处寻找着美景风光，坝上的秋天就这样被渲染得缤纷多彩，芳菲四溢。

下雪了，从 28 日下午起直至 29 日中午，红山军马场突然下起了鹅毛大雪，此时坝上的秋色迅捷蜕变为一幅水墨画，这幅水墨不似江南的清淡飘逸，而是重彩丹青，虽大雪纷飞，然白桦、山杨、柞树等这些根植在坝上草原上的树种，依旧保持着它们昂然向上的姿态，坝上的色彩依然张扬着她缤纷多彩的绚烂。

广袤的红山军马场现在是一个以旅游业为主导的地区，给我们开车的小哥告诉我们，每年的 7 月初至 10 月 8 日是该地区的旅游旺季，到底有多少游客他不清楚，但是他大概知道每天要出多少辆车。红山军马场因地理地形以及草场保护等客观原因，除了极少数自驾游的客人外，到这里来的游客都是换乘当地的越野型车辆到各个旅游景点。这种车在当地有 1500 多辆，旅游旺季还需要从周边地区调车，要保证在三四千辆才能满足每天的需要。每辆车只允许乘坐四名游客，也就是说每天至少一万人活动在红山军马场的各个景点，所以每天凌晨四点钟发车时，在各条公路上我们看到的是不见首尾的车灯，那一条条车灯组成的灯火长龙，让你脑海里不由自主地浮现出曾经"猎出五更行，千骑列云涯"这一皇家围猎时的壮观场面。

司机小哥说，在旅游旺季他与所有的司机都是凌晨3点钟起床、4点钟出发，每天如此，很是辛苦，这时就想着每天能多睡上哪怕一个钟头也是好的，可是等到旅游旺季结束后反而睡不着了，到了3点就醒，无聊的他只好坐在床上发呆到天亮，好在现在这里一年四季都有游客，就是大雪封路了每天也要保持在500辆左右车的需求，所以他全年几乎不怎么休息。辛苦是辛苦，但是日子好过多了，他说他家的第一台车是三年前买的，15万元多一点，现在开的是今年刚买的第二辆车，26万元左右，还有就是他喜欢跟着"玩摄影"的跑，他说他就是弄不明白"哪怕一片破树叶，你们咋就能整得那么帅呢"。

(2018 年 12 月 5 日《人民摄影报》)

母亲的节日

　　每年的节假日我们一大家子都与母亲一起过，2016年的元旦也不例外，因为母亲已经提前两三天就挨个通知她的几个子女了。

　　节假日到母亲那儿聚餐是很多年来的习惯，我们已经忘记了这个习惯是从什么时候开始的，只是年复一年习惯性地重复着。记得 2012 年春节期间，母亲被姐姐接到广州，在她外孙女儿家过春节，我与弟弟两家人都不知道这个春节是什么味道，感觉年夜饭不香，贺春的酒不醇，连辞旧迎新的鞭炮声也不响了。于是等母亲回来后，我与弟弟强烈要求母亲给我们补上这一顿年夜饭，不在于那份香、那份醇，而是为了补上那份辞旧迎新的习惯。

其实每次聚餐最累的是母亲，虽然已经是快 80 岁的人了，但是所有菜肴都是她一个人准备的，无论是女儿还是儿媳妇都插不上手，当然也不允许插手，这也是多年来的习惯。不过这几年我们姐弟等人已经达成了默契，就是每到聚餐的那天都早早赶回家，然后由几个家人默契地拖着母亲打麻将。虽然母亲总是说这几个菜还没烧，那几个菜还没配好，但是最终还是抵挡不住麻将的诱惑，这也就有了她的晚辈们大显身手的机会。当然，无论是洗是烧或是配某道菜时必须请示，于是母亲一边乐呵呵地打着麻将，一边不断大声指挥着、询问着或解答着承担厨房重任子女的种种问题。当然，一心二用的结果就是陪着玩麻将的家人在她不断抱怨声中苦不堪言。

这个元旦，母亲的抱怨更多了一些。

父亲去世后，母亲最大的乐趣就是书画、与家人打麻将，她的毛笔字、绘画是在县老年大学学的，虽然学了十几年也没毕业，不过真、草、篆、行这四种字体写得很有风韵，工笔、写意绘画也很传神。原本考虑到母亲岁数大了，我们都劝她写字以行书为主，绘画以写意为佳，可是母亲置若罔闻，快 80 岁的人了现在还迷上了小楷，此次更是用了一个多月的时间，于元旦前完成了 408 个字的王羲之《兰亭序》小楷横幅，在元旦这天很是忐忑地问我们这幅字能不能挂在墙上。看着这幅每个字宽窄约 2 厘米、横竖撇捺来去清晰而又决不抖颤、起首结尾呼应有序的《兰亭序》横幅，我们又一次被母亲征服，很是敬佩地立即将此横幅挂在了客厅正墙上。

母亲在我们的惊叹与赞赏声中，又开始不断地抱怨我们在出牌时又没有提醒她。

（2016 年 1 月 22 日《人民公安报》的《剑兰》周刊）

漫步在皖南山区的古村落

　　说到旅游，就不能不说到古村落，说到古村落，就不能不想到安徽省的皖南山区。皖南山区的崇山峻岭中藏匿着众多的古村落，如黟县的西递、宏村，歙县的棠樾牌坊群、阳产土楼，旌德的江村、朱旺等，这些坐落在云山雾海中的古村落，如世外桃源般古朴、秀美而又神秘，确实让人心驰神往。

道不尽的古村落

　　陶渊明在《桃花源记》一文中写道："自云先世避秦时乱，率妻子邑人来此绝境。"皖南山区崇山峻岭中一个个古村落的形成也基本如此，如休宁县建在海拔近千米高的木梨硔古村落，这里的人自言先祖是江西省人，在明朝万历年间因家族中有人犯案，遂改名换姓举族潜逃到此处。这些为了避乱或避祸而逃到此处安家的人们能够将家族延续至今，就不能不让我们感叹生命之顽强和人类的聪明才智，那连通家家户户的水渠，就是一代又一代古村落人最直观的智慧结晶，是一段又一段愚公移山般人定胜天的传奇凝结。

其实有很多的古村落与我们曾经生活的家园至少在外观上是类似的，我生活在靠近皖南山区的一个小县城，粉墙黛瓦、马头墙、天井以及那狭窄的青石板巷道等，这些徽派建筑风格的民居曾经就是我们童年时的"摇篮"。漫步在这些古村落里，我们耳边似乎又回荡着"城门城门几丈高，36丈高，骑花马，操洋操，问你吃橘子吃香蕉"的童谣，似乎又在袅袅炊烟升起时听到了父母呼儿唤女的悠长与温馨，更不要说那跳不完的青石板、躲不尽的"猫猫"、说不完的故事，恍惚间又找回了"一家有事百家忙"的纯朴与温暖，又找回了无忧无虑的悠闲与暇适，也许这就是我们这些普通游客对各种各样古村落心驰神往的原因所在吧。

说不完的古村人

如果说古村落是一张又一张地方志的册页，那么生活在这里面的人就是册页里一个又一个鲜活的文字。

我们在木梨硔景点遇到了一个卖油炸糯米芝麻团的20岁左右的当地姑娘，她穿着一身时下流行的皖南山区采茶女的服装，与其他古村落人兜售商品不同的是她一直安安静静地坐在那儿，低眉顺眼，欲语还休，俏生生地就如山里的小白花般不胜凉风的娇羞，引得那些刚刚上山的游客们忍不住地纷纷花10元钱去买3个如乒乓球大小的油炸糯米芝麻团。这时小姑娘立即笑眯眯地收钱，再用小塑料碗装好递给游客，不到十分钟就干脆利落地将七八个游客给打发走了，然后她又俏生生地坐在那儿等着下一批准备被她认认真真"忽悠"的游客们。

2017年11月，我们在阳产土楼乘坐上山的接待车时，领队已经和他们说好了每人 6 元的团队价格，可是车上的司机小哥乐呵呵地说他不是土楼人，只是利用节假日来这儿帮忙，他的车不属于团队接待车，所以必须是 8 元。等我们吃过午饭回到山下准备向下一个景点出发时，忽然有个女游客惊呼"我的手机丢在山上的饭店了"，一阵忙乱后领队说"联系好了，饭店老板的弟弟马上就送下来"。约 20 分钟还是那个司机小哥开着车乐呵呵地将手机送来了，并且连连道歉说"人太多，忘记提醒了"，更让我们没想到的是，这司机小哥说什么也不收女游客 50 元的感谢钱。

做生意就是做生意，挣钱是第一位的，而做人就要有做人的原则，诚信为本，司机小哥让我们看到了古村落人的纯真。

还有那梦中的路

之前，交通不便是这些古村落走向现代文明的桎梏，现在古村落人再也不需要藏匿自己的行踪了，反而迫切希望有一条宽广、平坦的连通外界的路，好让他们能够自由自在地呼吸现代文明的气息。

古村落人能吃苦。 2017 年 11 月到木梨硔景点旅游时，我看到有六七个 50 岁以上的老人从停车场往山脊上的村庄背沙石等建筑用材，因为这个景点目前有近一半的上山道路还没有通车，这段路有多长我不清楚，我只知道徒手登山需要 50 多分钟。这些老人每次背百十来斤，每天只能背四五趟，在我们惊叹声中有一位 71 岁的老人边擦着汗边淡然地说，只要是山里没有的，自古以来都是这样一趟趟背上山。

古村落人不缺乏智慧。古徽州地区有"前世不修，生在徽州，十三四岁，往外一丢"的说法，恶劣的生存环境逼迫着一代代古村落人走出大山，凭借着自己的勤劳与智慧创造财富，改变家乡贫穷落后的生存环境。也正是这一代代古村落人，造就了今天以"徽"字为代表的一段传奇。还是在木梨硔景点，有一位 76 岁鳏居的詹姓老篾匠，他告诉我们现在下山方便多了，到了半山腰就有汽车，早上下山不到中午就能回来，不像过去稍微一耽搁当天就回不来，老人乐呵呵说现在政府好，正在给村里修路，等路修通了，自己家里的十多亩山林可是个宝贝，老人说他一天编一副箩筐拿到山下就能卖到100元，自己的生活水平也早就到"小康"了。

这些自强不息的古村落人坚信只要能够修好出山的路，就一定能够凭借双手去改变自己的生活状况，就一定能够实现千百年来祖祖辈辈梦想中的家园。

(2018 年 2 月 6 日《皖江晚报》)

《我的当涂梦》——路

安徽省当涂县是一个典型的江南鱼米之乡，"一山四水五分田"使境内水道纵横。20世纪70年代以前，县内的主要交通方式还是以船为主。尤其是大公圩地区，以船代步、出门行舟，美则美哉，然而不便的交通方式极大地制约了人们与外界的交流，小农思想让这里的人们满足于悠闲平静的生活节奏、满足于自给自足的发展模式、满足于经年不变的纵向比较。

后来虽然某些乡镇通了公路，但是受到经济等多种因素的影响，公路交通发展得也非常缓慢。如20世纪80年代后期，到本县查湾乡的公交车只有中午一班，分单、双日往返。到了20世纪90年代初期，公交车是早上去、中午回，每天一班。一直到 20 世纪 90 年代的中后期，随着体制的改革，这种状况才得到了彻底改变，每天在查湾至县城这条班线上行驶的中巴客运车逐渐增多，班次那就更多了。便利的交通使人们增强了与外界的交流，拓宽了视野，全县人民也逐步摆脱了小农思想的羁绊，一批又一批有识之士在经济改革的大潮中拼搏奋斗，一批又一批富裕起来的农民如雨后春笋般，激励着全县人民努力奋斗。

当然，那时的公路状况普遍较差，出门难的问题依然存在。 2000 年我刚到公安系统工作时，有一次到湖阳乡办案，一路颠簸了三个半小时才到达目的地。为了改变这一现状，几届县委县政府集全县之力改善交通条件，314 省道路、围乌路、青黄路等，纵横交错的公路网、四通八达的"村村通"，在缩短了城乡距离的同时，也为公安机关能够及时赶到案发现场提供了极大的便利，特别是那些对现场勘验依赖性极高的案件，因为畅通的道路使我们能在案发现场从蛛丝马迹中还原犯罪事实。 2007 年的一天凌晨 1 点多，熟睡中的我突然被电话叫醒，我立即赶到湖阳乡出警，从起床到县局再到湖阳乡只用了不到一个半小时，就更不要说全县其他乡镇了。

记得在公安系统工作了一辈子的父亲曾经跟我说：以前到乡镇都是接到任务后先到汽车站、小轮码头了解汽车、轮船的始发时间，往往都是今天接受任务，第二天才能坐车、乘船赶到目的地。如果是重大或紧急案件就得骑自行车或步行，那时就希望各乡镇都能通公路，这样在赶路的时候就不需要为一个又一个的沟、塘而发愁。

今天的当涂公路建设已经远远超越了这个梦想。前段时间到黄池看一个朋友，在交流时无意中说到了城乡差别时，朋友讲：现在还有什么城乡差别，路都修到家门口了，想到哪里就到哪里，穿的、用的都是一样，吃的、住的比城里人还好。

"同心筑梦、赶超跨越。"谋新篇、布新局、闯新路，当涂新一轮大发展、快发展的号角已经吹响，一个充满活力、充满希望、充满生机的新当涂即将展现在我们的眼前。

我的梦，一个警察的梦，就是让更加宽敞、平坦的路如神经末梢一样延伸到全县的家家户户，当群众需要我们的时候，亮丽的警灯能飞速无碍地出现在群众身边。

我的梦，一个当涂人的梦，就是让更加便利的交通迎来更多的朋友，也激励着更多的家乡人闯荡四海，把新的经济发展理念、新的经济成果、新的创新精神带回家。

我的梦，一个共产党员的梦，就是能够在筑建当涂新一轮高速发展的快车道上，成为一颗筑路的砂砾，让全县人民在这条快车道上迎来一个经济更繁荣、社会更和谐、人们更幸福、山青水更绿的新当涂。

（获 2013 年《我的当涂梦》征文一等奖、2013 年 5 月 10 日《马鞍山日报》）

到浙南网红点去打个卡

受疫情、汛情等影响，今年外出采风计划直至 10 月"双节"后才得以实现，浙南地区 5 日行。

我们所到的浙南地区，是浙江省的温州、丽水两市所辖的遂昌、永嘉、云和等县，因时间、疫情等原因，所以只能在浙南地区找了几个网红打卡点来聊以自慰。

郑山村的自信

永嘉县桥下镇郑山村，是浙南群山里海拔千米左右的一个普普通通的小山村。据我们所住的农家乐老板娘介绍，她们村原有七八百人，是这周围比较大的山村，后来大多数青壮男女都下山打工，挣了钱后都在山下买了房，所以现在村里只有 150 人许。她说她和丈夫以前也是在温州打工，挣了钱也在山下买了房，4 年前听说家乡要开发旅游产业，就与丈夫回乡投资两百多万元盖了这座依山而建、地下二层、地上四层的楼房，办起了农家乐，目前贷款还没有还清。她自信满满地说：没压力，因为村里已经与我们商量好，这里的梯田今后全部都会种上油菜，一开春油菜花肯定好看。

他们的梯田以种植水稻为主，那时，梯田内的水稻青黄相嵌，部分早熟的水稻已经收割了，三三两两的村民忙碌在层层叠叠的梯田里。站在农家乐的楼房顶上，头顶是伸手可捉的朵朵白云，远处是海浪样起伏不定如水墨画般的群山，周边是一座座矗立于山腰上四五层楼高的民居，民居的脚下就是向着山下延伸的层层叠叠的梯田，以及忙碌其间的山民。心荡神摇啊，那如裙带般一层层缠绕在群峰山峦上的梯田是如此的飘逸俊秀，那郑山村人用梯田夯实出的历史是如此的大气磅礴，那一

代代山民用梯田弹奏出的命运交响曲是那样的豪情万
丈，我为此感叹、为此赞美、为此而敬畏。

氤氲在谷香中的云和梯田

我有养花的爱好，尤爱兰花，在兰花绽放时，只要
有闲暇都爱泡一杯清茶，慵懒地坐在兰花边，与若有若
无的兰香或浅谈碎语或吟风弄月或对诗联句而好不
滋润。

可当我站在云和县境内从海拔 200 米至海拔 1400 米、
约 840 公顷的云和梯田里，熟透的稻谷在初升阳光的照
耀下，将我们逐渐淹没在只属于稻谷特有的香味，感受
着香味里那阳光的灿烂、那大地的纯厚、那高山泉水的
清甜，还有着那淡淡汗水的咸涩时，我才知道了兰香的
寡淡、浅显与虚无。因为那扑面而来的稻谷香，就是一
首首天荒地老的神话传奇，是一股股笑傲江湖的风流豪
情，是一段段刀耕火耨的爱恨情仇，是一曲曲改天换地
的千古吟唱。

　　站立其间，似在寻找，却又茫无端绪，只能举着相机不停地拍摄，拍摄着天的蔚蓝、山的苍翠、梯田的妩媚以及如蝴蝶般飘来飞去的游人。带回去！将这天、这地、这迷人的画面带回去，等待回到家中清醒时，再一张张慢慢品尝、细细回味。

南尖岩上的红花油茶

　　浙南山区无茶田，这是我们跑了几个打卡点后的想法，可是在路过龙泉县准备上南尖岩时才知道错了，一进入龙泉县就看到道路两边、房前屋后、山脚坡地等成片成片的龙井、黄金条、银霜、白茶等茶田铺天盖地，那是一种无法叙述的震撼美，空气中清淡的茶香让人神清气爽。就在这绿色海洋里我们无比惬意地来到了海拔1600米左右南尖岩上的尖笋头村，才发现这里的空气只能用"灵气十足"来描述，无胸闷、耳鸣、气短的不适，似乎浑身万千毛孔都在狂欢。不过有意思的是这里没有如山下，或者如我们皖南山区般的茶田，迷惑之下所住农家乐的毛姓主人告诉我们原因，是"山高气寒"不适合普通茶树的生长。

不过，这位年轻时走遍了周边百千山峰的老放映员继续告诉我们，现在有一位"山下"的大老板承包了村里八百亩的山地，种上了红花大油茶。他说，这红花大油茶特别适合在这里种植，虽然才承包了3年，一到春天，茶园里到处都是大朵大朵的红茶花，而油茶果如小苹果般让人爱不释手。他说尖笋头村现在几乎家家都有人在茶园里打工，每天150元的工钱。他又指了指自己5层楼的农家乐并自豪地说，花了300多万元，2014年贷款盖的房子，贷款不到五年就还清了，因为游客都爱来这里，忙不过来，所以连嫁到山下的女儿都带着一家人回来定居了。他说，这一切的变化都是在20世纪90年代初，"山下"的一个老板以150万元承包了南尖岩搞旅游开发时开始的。

敢为天下先。这是我了解情况后的感慨，20世纪90年代初，到底是姓"社"还是姓"资"的讨论方兴未艾，浙南人却已经以实际行动践行着"发展才是硬道理"的真言。险峻的峭壁、翠绿的竹林、朝阳下的云海以及清爽舒适的"灵气",浙南人将这深藏于崇山峻岭中的南尖岩仙境呈现在世人面前,既愉悦世俗,又富庶一方。

无法回避的网红打卡点

从南尖岩下山后,一路向东疾行至晚上 8 时许才赶到了缙云县的仙都景区,第二天凌晨 4 时许又匆忙赶到朱潭山景点的板堰矴步桥边,选一个满意的位子支起二脚架,然后就是等待,等待着那一幕老农牵牛、老妪挑担以及寸步不离大黄犬过桥的独幕剧。

这是烙印在所有摄影人脑海里的山村晨曲画面,山峦似画、烟雾如纱、绿荫两岸、溪潭清澈,老农、老妪、耕牛、家犬,石板矴步桥以及溪潭里的倒影,虽然我们都知道这是表演,而且这一幅画面也已经亿万次地被保留在人们的相册里,可是一批批摄影人、摄影爱好者依然对此心驰神往。

千里跋涉、苦苦等待，只为了这一幅画面，值吗？记得曾经携妻与十来位摄影老师到皖南山区某景区采风，约好了第二天凌晨 4 时去拍日出，可是第二天却下起了毛毛细雨，妻子劝说这种天还去拍日出？开什么玩笑。然而我们十来个人依然兴致勃勃地带着装备，撑着雨伞，赶了五里多山路到了最佳摄影点，坚持等到了 7 时多才浑身泥水、嘻嘻哈哈地回到旅馆。此后妻子再也不跟我们出门采风了，她说：搞摄影的都是一群疯子，我可是正常人。

因为喜爱，所以我们疯狂，所以我们无悔。

（2020 年 9 月 9 日《人民摄影报》）

孙悟空的工匠精神

　　我是从伟人的词句里知道孙悟空这个名字的，"金猴奋起千钧棒，玉宇澄清万里埃"。这是怎样的让人壮怀激烈，这是怎样的让人万千遐想，所以年少的我就有了对孙悟空的寻找，就有了对这本古典话本的研读。

　　《西游记》这本书，穷尽了世人的想象，可是随着多次的回顾，却也让我有了一点新的想法：孙悟空保护唐僧取经的经历，不就是一个有着崇高理想与奋勇拼搏的员工对本职工作精益求精、创业创新、担当奋进的成长经历吗？书中的孙悟空天生地长，说明他出生在一个普通平民百姓家庭。只是因为他的追求、他的斗争精神，终于拜在了一名大学教授的门下，又因为自己的努

力得到了教授的青睐，所以他才有了 72 般变化、筋斗
云等为代表的学术成果。可因其不甘管束，最终因"危
险方法危害公共安全罪"而被判刑入狱，悠悠五百年后
经观音菩萨的介绍得到了一份带有考察期的保镖工作，
并多经磨难终于捧起了梦寐以求的"铁饭碗"，所以
"西游记"就是一个平头百姓励志奋进的故事。

成功没有侥幸，在成为保镖后，孙悟空任劳任怨、
努力奋斗，不因职业低微而自卑，不因困难艰巨而放
弃，始终朝着目标而刻苦努力，历经千般艰辛、万般磨
难，最终成为保镖行业里的模范与巨匠，成为标兵与标
杆，并且以"斗战胜佛"的职称而成为一名公务员。纵
观孙悟空的求职、入职，最终实现目标，有三个方面值
得我们学习、借鉴。

首先，坚定的目标追求是成功的保证。捧起"铁饭
碗"是孙悟空念念不忘的追求，为了这个追求，他敢于
公然反抗招考制度，"刑满释放"后为了目标，他毅然
决然地当上了临时组建的考察团里面的一名临时工。在
这个小团队里，他能够忍受团队成员的"冷嘲热讽"

"百般刁难"，为了解决问题哪怕是被勒令下岗也无怨无悔，始终向着完成任务、实现目标而努力。如在"三打白骨精"里，在团队其他成员都被假象所迷惑而选择了错误的解决方法时，他能够寻根追底，拨开迷雾看清问题的本质，坚守初心，最终圆满解决了问题。

其次，不断的学习才是进步的阶梯。孙悟空是一个非常好学的人，这也是他能够圆满度过考察期的关键。其实在《西游记》里，孙悟空刚开始并不是一个本领高强的人，一如我们刚刚步入职场一样，有太多的困难让我们举步维艰，可是孙悟空的长处就是他的谦虚好学、不耻下问，决不会因为自己是高材生而固步自封，也不会因为困难而自暴自弃。如在第十六回黑风山这一段故事里，其实黑风怪这个问题在整部书里并不复杂，也没有多么高深莫测，可是面对这个小问题孙悟空却束手无策，几经失败后他不但虚心请求广目天王帮忙，更是找到了观音菩萨求教。而在后面的故事里，如人参果、铁扇公主、真假美猴王、青牛怪等，孙悟空遇到问题的难度越来越大，而他在多方努力失败后，并没有放弃自己的追求，而是上天入地求教解决问题的办法，连玉皇大帝、西天佛祖都成了他的老师，所以孙悟空能成为一代巨匠绝不是偶然的。

最后，必须要有战胜一切困难的信心与决心。孙悟空也是一名凡夫俗子，他不可能真的是从石头缝里蹦出来的，他有血有肉，爱恨情仇、喜怒哀乐等在他身上同样存在，只是因为目标坚定，所以他才能百折不挠，愈挫愈勇，这一点在整个取经过程中表现得特别明显。当然，他也喊过"散伙"，他也到菩萨、佛祖那里抱怨过，也在玉皇大帝、太上老君处恨天恨地地吵闹过，他在"红孩儿"的困难面前更是痛苦绝望地暗自流泪，可是面对困难他都能及时调整心态，以屡败屡战的精神，向着远大的目标，信心百倍地一次又一次迎接新的挑战，这就让我们想起了铁人王进喜那句震撼一个时代的誓言：困难是弹簧，你弱它就强。我想这也是孙悟空工匠精神的最好体现。

（2022年元月当涂县总工会"阅读经典好书，争做时代工匠"读书征文比赛一等奖）

石门印象

2010年8月23日的《皖江晚报》第A13版上刊登了题为"当涂县发现李白署名题刻初考"的文章，论证了本县新市镇横山境内石门峡谷处的一壁岩上所题刻的"石门"两字系唐代大诗人李白所书。听居住在马鞍山市的亲戚讲，此文发表后，在市内反响不小，有不少人利用节假日自驾到石门峡谷探寻，同时提出让我陪同一游，遂欣然同意，说来惭愧，因为我也没有去过。

8月29日，周末，我陪同亲戚及家人驾车到新市镇横山境内的石门峡谷，也学文人雅士去探寻诗仙的遗墨，看能否借诗仙之灵气长自己之才情。

　　沿 314 省道向东出城约 30 公里，到新市镇横山林场的指示牌处向北下道，又行约 5 公里远，通过横山林场的场部，就到了横山脚下。当涂 17 大名寺之一的澄心寺即在此处，澄心寺以前名为隐居院，明洪武年间改名为澄心寺，是南朝齐梁时"山中宰相"陶宏景隐居横山炼丹修行的地方，姑孰八景中的"丹灶寒烟"即指此处，古寺庙在"文革"中被毁，现为民间募捐重建。因为正是雨后不久，四处都觉得湿漉漉的，松针、不知名的阔叶上虽没有挂满水珠，却也是白晶晶地闪着亮光，蜿蜒而上的盘山道上，不时能看到涓涓的溪水蜿蜒而下。刚上盘山道，两旁的松树约 20 米高，蔽天遮日，然不过一个弯道后，却感觉像到了山腰处，右边傍着山，左边是顺势而下的山坡，山坡中间夹杂着块块的农田，树、竹间突兀出几幢白墙黛瓦的楼房，却也有"绿树天边合，青山郭外斜"的闲逸之感。转过几处山弯，就见到道路右边的"横山抗日英雄纪念碑"，这座纪念碑是 2005 年 9 月开始筹建的，目前只有主体建筑，规划中是一个烈士陵园；左边就是该镇在 20 世纪 70 年代村民们自筹资金、自备劳力修建而成的"向阳水库",在树缝间,当见一泓碧水如蓝宝石般镶嵌在两山中间,微风中,水面晃动着阵阵涟漪,蒸发出片片烟霞,如出塞的昭君披上了面纱,美哉!因为这些景点都不是目的地,只是在车上眺望一二,不多评述。

沿道再行驶十来分钟,一座如墙壁般的山峦猛然横亘在眼前——石门峡谷到了。

该峡谷为南北走向,峡谷的东边是人工扩宽的山坪,广约六百平米,现仍然在开采中,从开采处可看出可能是为了继续扩大山坪,因为山体是由泥土与碎石所构成,不可能是采石场,如果无繁茂的植被所覆盖,应该早就被雨水冲刷得沟壑纵横了,山坪边立有永久性"马鞍山市人民政府重点保护单位"的标牌;南边即是有所镌"石门"壁岩的山峦,山峦上绿树满覆,间杂着怪石嶙峋,虽不高大壮美,却也不能不引人入胜,惊叹自然的鬼斧神工;站在东边的山坪上可以俯瞰巨大壁岩上的"石门"二字;山坪到谷底十米许,游人已经踏出了下谷底的小径,谷内杂树丛生,巨石垒垒,激湍的山泉拍打着巨石，清漱回应，如天籁和鸣；从谷底可攀上所镌"石门"二字的壁岩，"门"字的左下角有几个已经模糊的题刻，《当涂县发现李白署名题刻初考》一文认为这就是篆体"李太白"题刻，专家论证无须我们多言，我只知道现在有个说法，只要摸了"石门"二字，可保出行平安，此为游人的戏言，以博一笑。横山中的石门峡谷美不美？在此引用《当涂县志》的记载以供嚼味：横山，因四望皆横而得名，东距县城 30 公里，主峰太阳宫，海拔 459 米，为县内第一高峰。山势威严，峰峦叠起，苍翠亘天，林壑幽美。在一条峡谷深处，有天然两扇石壁，左右排列，状若大门，气势恢宏，由于岁月沧桑，石门右侧已毁，在幸存的左侧石壁上刻有"石门"二字，字径 1 米 2、横 2 米 1，笔刀遒劲，赫然入目，字乃唐人所镌。越过石门，峰回路转，如入万壑之中，山中林木葱茏，怪石嶙峋，奔流的山泉"恍若玉帛嵌崆，声如破竹，随着季节的变化，泉流或大或小。春夏霖潦之势若天河下落，秋冬细流一碧萦抱如练"。前人高雅，文章锦绣，也无须我们多言。

　　石门峡谷只是一条小峡谷，幽、威、秀、奇不敢与天下名山大川比肩，然是否俊美，也自有游人评述。但是，古人有"以小见大"的说法，现在全国各地都在打旅游牌，电视里也不断地在介绍各地的风景名胜，这些地方我们不可能都跑到，如果在自己家乡的某一处也有奇峰、山泉、怪石和山林，游荡之间，印照着从电视、书报里得来的其他景区的奇观，以小见大，以平见奇，踏步乡土，心游海内，这也不失为一件乐事。因为旅游的目的在于放松，在于心灵的洗涤，在于利用短暂的时光摆脱俗事的羁绊，去追寻自然的人生，就如"旅游频道"里的那句名言"身未动、心已远"所承载的内涵一样，用心去感悟自然、思考自然，又何须鞍马劳顿，遍游海内呢？本县曾经有个旅游团到丽江游玩，就在大家纷纷赞扬丽江之美时，却有一人突发奇言："这有什么美的，我看还不如我们的姑溪河好看。"外面再美，也不如家乡美，只在于我们如何去发现、去感悟。

　　作为江南水泊之地的当涂，有峡谷可观，有山泉可嬉，有山坪可炊，还有诗仙踪迹可寻，这就不能不视为传奇，不能不视为我辈之福了。借用诗仙李白在此留下的名句，感喟心中所想：石门流水遍桃花，我亦曾到秦人家。不知何处得鸡豕，就中仍见繁桑麻。

（2019 年第 3 期《作家天地》）

与督察同行

——写在《公安机关督察条例》施行十七周年前夕

　　我是 1999 年下半年转业到我县公安机关，经过短暂的基层锻炼即于 2000 年 5 月分配到局纪委，兼职警务督察工作，至 2012 年 5 月才重新调整到新的工作岗位。一晃 12 年，从警的历史也就是履职警务督察的历史，喜哉悲矣？又或甜矣苦哉？ 12 年从事警务督察工作未间断，由兼职督察员到警务督察大队长，这是对自己工作的肯定，说明了领导的信任与同事们的支持； 12 年未调换工作岗位，也就未能更好地、更全面地在其他警种岗位上感受到公安工作的火热与激扬，一丝别样的情愫在心头。

　　12 年的警务督察生涯，让我感受到了公安干警的坚韧与柔情：在困难面前他们百折不挠、挫而愈坚，穷尽所能地维护着法律尊严，固守着道德底线，用大爱温润的真、善、美更加艳丽多彩；面对惊呼与无助，他们又是义无反顾地赴汤蹈火、倾囊相助，无惧无畏地遮风挡雨，只为了善良不再次受侵害，只为了将公平与正义默默地传递。

12 年的警务督察生涯，让我感受到了公安工作的庄重与冷峻：在每一次正义与邪恶的对垒、职责与情感的交融中，面对着亲情的疑惑、仇视的恫吓以及无形的罗网，始终如一地尽显着法律的尊严与关爱；在法与理、令与情、廉与贪的底线上，始终恪守着恬淡清廉的本色与职业的良知，只为了法律的尊严不允亵渎，只为了心中的信念清纯明亮。

12 年的警务督察生涯，让我感受到公安事业的神圣与艰辛：在维护和谐社会的无数个平常日子里，在实现中国梦的跋涉中，公安机关就是一道亮丽的风景线，如虹似霞般地流动在社会生活的方方面面；在社会转型、人口流动加速、个性意识与分散思维凸显的今天，繁重的责任、神圣的使命感，让广大民警负重前行而无怨无悔。

离开督察的日子里，我虽然想极力地忘记督察，尽快融入新的工作岗位上，但是潜意识里依然与督察同行，依然以督察人的行为方式衡量着自己、审视着自己周围所发生的一切，警务督察已经如"维他命"般地成为我生活中不可或缺的一部分，这是督察情结吗？

警务督察已经诞生 17 周年了，这 17 年来警务督察活动在公安机关各个警种、各项警务活动以及全体警察队伍的日常工作中，如啄木鸟一样不断地敲打着公安机关的各个部位，寻找着可能影响这个机体健康的"病灶"，提醒着广大民警远离"高压线"，保护着广大民警从业与服务的权利。可是督察又让民警很纠结，爱是爱不起来，因为督察总是让民警生活在无形的"压力"中，如"紧箍咒"般不知什么时间会"发作"；恨又恨不了，因为督察时刻在提醒着民警什么事不能干、什么东西不能沾，使得广大民警在潜意识里拒绝一切非警务行为。

这就是督察！

他是一个干"脏活"的清洁工，虽然被人敬佩，却也让人远离，他每天将楼道、走廊、窗户、扶手以及许多被人忽视的地方打扫得干干净净后，就默默地坐在一旁看着人们舒心地生活在整洁、明亮的环境里，享受着生活的美好与温润。

他是一个干"杂事"的居民小区保安，既要防火防盗保安全、维持小区的交通秩序、电水气畅通，还要打扫卫生、修剪花草、疏通下水道，虽然整日操劳，事繁而琐碎，可是责大权小。

他是一个干"闲事"的园丁，有事没事拎着个剪刀在苗圃里四处查看，只要看到"不顺眼"的旁枝斜权，不是这里剪一刀，就是那边来一剪子，让花草无天然可品味、无自由可玩赏，纯属"添堵"。

作为一个曾经的督察人，在《公安机关督察条例》颁布 17 周年的纪念日前夕，只希望——

爱护督察，公安机关需要这一群干着"脏活"、担着"杂事"、管着"闲事"的人，没有他们，我们就没有一个整洁、明亮、舒心、自豪的工作、生活环境。

尊重督察，这一群耐得住寂寞、忍得住孤独、守得住清贫而又远离聚光灯的人，他们别无所求，只需要理解，哪怕是一瞬间的回眸。

保护督察，近年来基层县级公安机关的警务督察机构不断在变化，不断地从一个部门合并到另一个部门，如飘萍般的无根无源，似乎很超然，其实更彷徨。

（2012 年第 11 期《安徽警方》）

妈妈喊我抢红包

　　妈妈的智能手机是她 80 大寿时我们"硬要"送给她的生日礼物，因为妈妈一直反对我们玩手机，特别反对我用手机看小说，认为"工作第一""眼睛都看坏了"。而她孙子这一辈，当面她是不会讲的，可背后总是说我们没有教育好："一个个玩游戏都上瘾了，一点上进心都没有。"所以，她对智能手机有着本能的反感。

　　妈妈的微信也是我们"强行"开通的，目的是让独居的妈妈有一个更好、更便捷的交流窗口，这是我们一个很"自私"的想法，不过妈妈还是很高兴，毕竟她的很多老姐妹们都在玩微信，都在夸耀着微信的神奇与趣味，以及自己如何如何在朋友圈中被"点赞"。妈妈就这样成为微信一族，她在微信中了解到了许多"奇闻逸事"，读到了许多"心灵鸡汤"，及时知道了亲朋好友的动态情况，也收获了许许多多的问候与祝愿。当然，她也不断地转发着各种各样的"奇闻逸事"与"心灵鸡汤"，当然，更多的是上传自己的书画作品以及作品获奖情况。这是属于她老人家的骄傲与自豪，也是她老人家的精神寄托，上了十几年的老年大学书画班，几乎年年都能获得几个不同种类的奖项，能不骄傲吗？经常晒一晒确实是非常应该的。

渐渐地，她与子女们通话都改用视频了，这是目前生活在广州市的女儿教会她的，妈妈非常满意这"业务技能"并且迅速"精益求精"。她在今年初开通了手机中的"运动健康"程序，于是她记住了家人每天运动的基本步数，如果哪天谁的运动步数少于基本步数较多时，她都会开启视频通话了解原因，"不是身体原因就好"是她最希望得到的答复。

她的小儿子因为经营需要建了一个微信群，在群里每天都发一个分成 12 份的三五元红包，这纯属一个乐子。可是有一天去看妈妈时，很意外地被她老人家"挑"了我很多的毛病，反正就是我不好。于是，我与妻子就旁敲侧击地探寻着事情的原委，好半天我们夫妻才"目瞪口呆"地知道了事情的真相，原来她老人家在她小儿子建的群里从来都没抢到过一分钱的红包，而我却在群里抢得一个欢实，这怎能不让她老人家生气？原本逢年过节时我们在自己的家庭群里发红包，都是先通知妈妈，等她老人家抢过后我们再抢，可是她小儿子的这个群就不一样了，她手脚慢而且我们又没有通知她，她老人家当然抢不到了，这确实是我不对。于是，我赶紧告诉妈妈她小儿子一般情况下每天发红包的时间，以及抢红包的技巧，并且在第二天弟弟发出红包的第一时间就赶紧通知她老人家，还不错，妈妈第一次抢就抢到了一个"最佳"，第三天又是一个"最佳"。虽然只有三四角钱，可是妈妈非常开心，到了第五天正在工作的我意外接到了妈妈的视频电话："抢红包了。"

于是，我就很"自然"地忘记了抢红包的时间，每天都等着妈妈喊我抢红包了。

(2018 年 8 月 24 日《马鞍山广播电视报》)

我心中的世外桃源
——濮塘

我曾经于 2017 年 6 月去过马鞍山市的濮塘镇一次，那一次去得比较匆忙，只是到荷花塘进行了采风，当时的印象是游人如织，几乎人人都忙着用相机或手机在拍摄。荷花确实很美，不过现在有荷花池的景点也多，所以简单地拍摄了一会儿也就回来了。那一次到濮塘几乎没有什么印象，私下里认为虽然宣传得很好，但是濮塘风景区也不过如此，不是吗？

濮塘最引人关注的应该就是怪坡了，它全长约 120 米，坡度约 2 度，是目前国内最长的，就是这一点点的坡度造成了人们视觉上的误差，使得人们都愿意到现场去印证一下挂空档停止的汽车向高处滑行、水向高处流的奇观。不过我一直没来过这里，就是去年在荷花塘拍摄也没有专程跑到这里来猎奇。

今年 9 月我们的摄影老师吹响了到濮塘采风的集结号，虽然没抱多大的希望，可老师的话不能不听，同时，心里也想着老师应该会给我们带来一份惊喜吧。果然，这份惊喜来得很快。我们首先来到的是濮塘国家度假公园，此时正好有一对从和县来的夫妇带着小孩来此处度假，和煦的晨曦下，一辆车、一顶宿营帐篷，背靠着青山，挂满露珠的杂草，立马就给了我们如塞北草原上的野性之美，我们的选择就是迅速拿出相机。

这里的度假村住宿区是用集装箱改建的，本地人俗称"铁房子"，这是此度假村的特色，是招牌。我们没工夫进去参观，因为这个小山坡上的绿树、错落有致的建筑，再伴衬着晨光的渲染，已经足够我们想象着这里的舒适、宁静、清爽。当如机器般的现代人在劳累了一段时间后到此小住几日，虽不敢比世外桃源，却也能暂离凡尘，歇一歇自己匆忙的脚步，松一松自己紧绷的心弦，再清一清那满身的风尘，这确实是一份不可多得的奢侈。

濮塘国家度假公园是依托该处的东方红水库而形成的，这里也应该是整个濮塘风景区的核心地带吧，整个度假公园被保护得非常好。水库是 20 世纪 70 年代初建成的，经历了 40 多年的时光，现在的水库已经与周围的群山形成了一个有机的整体，所以虽是人为，却更超越了原有的自然风貌，呈现出一种更加精致的原生态美，山青、水绿，碧空如洗，水不粘纤毫尘垢，一切的一切都让人感觉到了灵气十足，一草一木犹如精灵般在自由奔跑着、嬉戏着、舞动着。

大坝上这一架长长的紫藤花长廊充分展现了度假公园建设者们的聪明才智，在人工大坝上搭配绿色植物，能极好地还原自然景色，同时，高贵、端庄而又神秘的紫色，本来就是人们追求的高端意境。我想，每年花开之际，这里一定会引来无数少男少女，在紫藤花的陪伴下，畅想着自己心底的梦，共述着明天的理想与追求。

度假公园的旁边是南塘村，这是该镇新农村建设的示范村，这个曾经深藏在深山里的小村庄，依托度假公园而走上了小康生活的快车道。这里的村民肯定参与过东方红水库的建设，如果说当时建设水库的目的是解决饮用水和灌溉难题的话，那么今天的旅游开发又让他们享受到了生活的便利、舒适与富足。

就像老人们所说的那样，虽然没城里人工资高，可是这里空气好，和城里一样喝的是自来水，天然气、电视、电脑也与城里的一样，现在路也通了，想到城里逛逛、看看，方便得很。当然你们城里人来也方便了，一到节假日我们这里都忙不过来。尊敬他们，因为他们是绿水青山的建设者与保护者，羡慕他们，他们也是绿水青山的受益者。

当然，享受这片绿水青山的不仅仅只有他们，还有我们这些游客，我们这些摄影人，因为国家的日益强大，富民政策的接地气，一个又一个曾经与世隔绝的村庄融入大城市的建设氛围中，这些美丽、和谐、纯朴的绿水青山，成为我们放松、解压、休闲以及采风的绝佳场所。

（2018 年 12 月 12 日《皖江晚报》）

远去的家书

最早知道家书这一事物还是 20 世纪 60 年代的后期，我刚记事时，那时每天早上有一位白胡子的老爷爷会搬一张长条桌子放在我们家巷子口的马路边，桌子上竖立着一块用硬纸壳做的牌子，上面用毛笔写了四个字，已经上学的玩伴告诉我是"代写家书"四个字。其实我家也经常收到家书，只是我们称之为"信"，那都是在外地工作的姑母、叔叔们写来的，每次接到他们的来信，家里的长辈都很高兴，特别是我不识字的祖母，总是要将来信放在口袋里好几天，没事时就拿出来捏一捏，或者让我父辈们再给她读一遍。祖母的举动让我很困惑，我就追问这是为什么，祖母摸着我的小脑袋笑盈盈地说了句"等你长大了就知道了"。虽然没有得到答案，不过我本能地感觉到这信或者叫家书的东西一定很重要，因为长辈们都喜欢。

我写的第一封家书是在部队的新兵连。在改革开放的第二年，我高中毕业后应征入伍来到东北某空军部队，一直到世纪之交的前夕才转业回家乡工作，在那一段激情燃烧的岁月里，家书承载着我对家乡无法割舍的情感，也记录了我所走过的每段路。

记得是到新兵连的第二天开班务会时，班长给我们每个新兵发了一个信封、三张信笺和一枚两分钱的邮票，下达了我们到部队后的第一个任务：给家里写信。说是离家已经有 10 多天了，一群刚刚从学校里毕业出来的半大小子一出家门就是几百、几千里，家里肯定不放心，让我们赶紧给家里写信报平安。

任务下达后，班里的其他新兵一个个都趴在床铺边埋头疾书，可是我对着信笺却不知如何下笔，心里虽然有千言万语可就是无法用文字表达出来，就这样用了近两天的时间，终于吭哧憋肚地写了一封约 120 个字的家书，这是我人生中的第一封家书，虽然比不了其他战友，可我依然兴奋异常。

家书寄出后就是"漫长"的等待，我几乎每天都要往连队收发室跑，看着其他战友美滋滋地拿着家书那欢快的劲头，心里就如猫抓般的难受，终于在一个星期后收到了父母的回信，当我拿到回信时的那一刻，喜悦、兴奋、激动等词都不足以形容我的心情，我也瞬间明白了当年祖母的举动。可是第二天我就被一盆凉水浇得浑身冰冷，姐姐来信了，同时还将我的第一封家书给寄了回来，用红笔在上面帮我改正了近 40 个错别字，我很没面子，特别是在同班战友的哄笑声中，郁闷的心情可想而知。大概又过了三四天，我收到了父母寄来的包裹，一本《新华字典》和两本笔记本，鼓励我要养成写日记的习惯，说我已经是一个成年人了，应该学会每天反省自己的得与失，这样才能让自己尽快成长。于是，写日记也就成了我日常生活中的习惯，文字表达能力也逐步得到提高，而每一封家书就成为我向父母等亲友汇报自己成长过程的载体。 20 世纪 80 年代后期，家书往来更加频繁，我几乎每个星期至少写一封家书，因为我恋爱了，在家乡找到了我的所爱，家书也就理所当然地成为我感情的寄托。每当一封家书寄出后，新的家书又开始在脑海中酝酿。虽然没有花前月下的呢喃，也没有柳绿桃红的芳香，可是那鸿雁衔来送往的一封封家书，依旧让我享受着属于我的温馨与烂漫。

20 世纪 90 年代以后，家书却与我渐行渐远，公共长途电话、磁卡电话、家庭固定电话、手机的使用，使千百年流传下来的联系方式发生了革命性的变化。人们可以随时通话，及时沟通，徜徉在现代化的通信方式里，就再也没有心情写家书了。虽然我有时还是想重温一下家书的香醇，可是拿起笔思来想去，算了，还是打个电话吧，千里之外能听听父母妻儿的声音，随便找个话题聊上个十来分钟，这才是最真实、最美好的享受，而家书，只能慢慢地沉淀在我的记忆深处。

（2019 年 9 月 20 日《马鞍山广播电视报——诗城壹周刊》）

身边的上古文化遗址
——姑溪河畔的钓鱼台

当涂县境内有许多新石器时期文化遗址，位于主城区东南部的凌云山东麓姑溪河畔的钓鱼台就是其中的典型代表。

我是 20 年前从部队转业回家乡工作时才听说了有关钓鱼台的奇闻逸事，特别是北宋词人李子仪那首咏传唱千年的《卜算子·我住长江头》更是深深地吸引了我，虽然那时并不知道钓鱼台的具体位置，可我还是在一个秋日的上午决定去探寻一下这座神秘而又充满浪漫色彩的上古文化遗址。可是在我走上探寻钓鱼台遗址之路时，我才知道自己有一点天真，因为按照朋友的介绍只能知道钓鱼台遗址的大概方位，却根本不知道如何找到遗址的具体地点，后来通过不停询问当地群众，我才从荒芜的野塘、土丘、杂草中，沿凌云山的北麓绕道到县自来水厂取水泵口处下到了姑溪河的河滩上，又沿着枯水期的河岸线寻找了大约一个小时后，才终于找到了卧躺在姑溪河河滩边的钓鱼台——一座离河面7米左右高、占地约30平方米的小山丘。之所以说它是小山丘，只因为它是由山石组成而隆起在河岸边，否则只能算是土丘。看着这座普普通通、淹没在荒草中的小山丘，如果不是山丘上立有一块"马鞍山市人民政府重点保护单位——钓鱼台遗址"的石碑，我实在无法将此与曾经是当涂文明的起源地联系起来，所以也就兴趣索然。大概在2010年左右，在凌云山山脚东北边的一个自然村里，一个村民开了一家农家乐，并且修筑了一条直通钓鱼台的小土路吸引顾客，可来访的人依然寥寥无几。总之，位于我们身边的这座新石器时期历史文化遗址，确如"旧时王谢堂前燕"般陌生。

钓鱼台遗址真正走进寻常百姓视野是在主城区东扩后，以凌云山为主体，依托姑溪河建成了一座占地

47.9 公顷，命名为"凌云山绿地公园"的集娱乐、健身于一体的公共休闲场所。在这所大型绿地公园里，一条环公园的"安徽绿道"将深闺中的钓鱼台这一新石器时期历史文化遗址与现代都市生活串联了起来，于是，钓鱼台也就成了寻常百姓热议的话题。

我的家就住凌云山公园附近，公园建成后理所当然成了我的最爱，无论是清晨健步，还是晚餐后的休闲娱乐，我都愿意在这天然氧吧里徜徉，而每当走到钓鱼台时，总是喜欢在钓鱼台旁的观景台上看一看，看一看这座当涂县上古文化地标性的遗址，看一看万千年来滋润着这方土地的姑溪河。这座距今 6000—5200 年的新石器时期历史文化遗址，因为河水侵蚀等原因，已经无法让我们感受到先民们曾经生产生活时的场景，只有一些零零碎碎的石锛、石斧、陶饼等文化标本让我们去追忆，可就是这些不多的文化标本，却让我们感受到了血脉传承的温暖与脉动，感受到了生命永恒的坚韧与不屈，感受到了一代又一代人战天斗地、气壮山河的恢宏气概。

姑溪河，一条名副其实的母亲河，她诞生于皖南山区，由东向西蜿蜒穿越当涂大地后注入长江，由此而哺育了一部属于姑溪河流域的人类文明史。

在流域的东段，有距今 6000 年的原当涂县新市镇临川村张家甸自然村的张家甸遗址、联三村朱岗渡自然村的朱岗渡遗址，以及位于流域中西段的钓鱼台遗址，这三处已经被考古证实了的古遗址几乎与著名的河姆渡文化遗址同期。而围绕在钓鱼台遗址周边约 10 千米范围内姑孰镇松塘村的立新遗址、灵墟村的杨坟遗址和老坟山遗址，太白镇太白村的船村遗址、孙家村遗址以及芮岗村的船头村遗址等，这些曾经活跃于姑溪河流域的新石器中晚期遗址，与钓鱼台遗址一道，横跨夏、商、周、春秋战国，又走过了秦汉、两晋、唐宋元明清直至今天。在这漫长的岁月长河中，人类的足迹从来没有离开过这一片美丽、富饶的土地，人们眷恋于此，奋斗于此，一代又一代人在这片土地上辛勤耕耘、繁衍生息，这是姑溪河的丰碑与荣耀，这是生命对姑溪河的膜拜与礼赞，这更是今天生活在姑溪河畔的我们的骄傲与自豪。

姑溪河水粼粼，万千年来她一如既往地缓缓流来，注入长江，最终汇入蔚蓝色的海洋，钓鱼台寥寥，万千年来她就这样孤独地卧躺在姑溪河畔，默默注视着那缓缓流淌的姑溪河水，只是今天她不再孤独，那一条"安徽绿道"让她又恢复了曾经有过的喧嚣，这份喧嚣，让她青春勃发、魅力无穷。

（2020年3月6日《马鞍山广播电视报——诗城壹周刊》）

舌尖上的当涂

最近纪录片《舌尖上的中国》正在中央电视台的几个频道上热播，收视率颇高，天南地北的美食让世人大饱眼福。"食色，性也。"一是生存，二是繁衍，远古的孔老夫子将填饱肚子排在了人类生存的第一位，人只有填饱了肚子才能考虑其他的事。所以，在20世纪90年代初，《中国的人权状况》白皮书中明确提出"生存权是中国人民长期争取的首要人权"。

有人曾经自豪地说："中国是世界上最会吃的国家。"这就有点夸张了，各国都有自己的美食，只是中国幅员辽阔，因地理、气候等原因形成了不同地域的菜系，如苏、浙、川、鲁、湘、粤、徽、闽等，无论是中国人还是外国人，都被这些五花八门的菜肴给迷惑得晕头转向。

当然，佳肴有精品与家常之分。精品美食只能是招牌，不可能天天享用，电影《甲方乙方》中那个吃腻了龙虾鲍鱼的大款非要过苦日子，就说明精品佳肴并不是我们真正需要的美食，偶一为之还可以。《舌尖上的中国》所推崇的美食是家常菜或"妈妈菜"，都是一些常见食材通过煎、烧、炒、烤、蒸、煮后成为人们餐桌上的常客，让人百吃不腻。正如"马家军"的主教练马俊仁所言：我这肚子只适合装大葱蘸大酱。大葱蘸大酱过去是黄河以北大部分普通家庭每顿不可缺少的菜肴。笔者曾经在东北生活过，也在不少当地居民家用过餐，他们所用的大酱应该叫"酱汤"（如市场上卖的天津蒜蓉酱一样），是黄豆发酵的，一般的家庭将酱汤煮熟后即可食用，讲究一点的是用油炸一下，再打个鸡蛋，大葱并不是葱杆（或称之为葱白），而是葱叶（葱杆基本上都切成葱丝拌菜用）。记得有一次在东北一朋友家用餐，一大盘凉菜（有黄瓜、干豆腐皮、葱白、凉皮，均切成丝后佐以红辣椒油、味精、白醋等），一盘尖椒干豆腐，一碗酱汤，再有就是一个小箩筐中放了一小堆葱叶、尖辣椒，看似简单，却引得我们垂涎欲滴。

一方水土养一方人，每个地方都有自己的特色美食。当涂是水乡，所以当涂的美食以水生动植物为主，如特色菜类有清蒸刀鱼、莴苣烧黄鲅、醪糟蒸桃痴、泥鳅炖豆腐、咸鱼烧老鳖、螃蟹烧鲤鱼、咸菜苔炒鸡蛋和腌菜花炒河虾等，现在又增加了横山老鹅、丹阳的羊肉面、杂鱼锅子等。有意思的是当涂的腌菜苔，也就是每年春天油菜起苔又未开花时的那个带着花苞的苔。这个腌菜苔连南京都没有，而芜湖却腌不出当涂的那种酸咸味道，所以每年我家都要送江苏、芜湖等地亲戚近百斤腌菜苔。还有就是现在冬季我们吃的矮颗白菜（不知道具体名称）也只是当涂及周边才有，这种白菜只在冬季才有，霜打后易熟，口感糯、甜，我岳父母在江苏连云港市生活时，每次回来都要带上个百十来斤，非常受在当涂生活过的人们欢迎。

主食上无外乎米、面，只是做法上有所变化。20 世纪六七十年代，当涂城关比较有名的有：马益顺饭店的烧饼（俗称草鞋板子）和油条、东风饭店的小笼包子、西街大众饭店的发糕和开花馒头、花园饭店的羊肉包子等。马益顺饭店每天早上卖早点时，都要在店门前放一张小方桌，固定的有四五个老人，好像有一个是修自行车的、一个是铁匠、一个是县供销社第二门市部看门人、一个是理发的等，都是自带茶水和咸黄瓜、什锦菜、咸萝卜等小菜，买一两根老油条（前一天卖剩下的回锅油条，现炸的油条是 7 分钱加 1 两粮票买两根，而老油条是 3 分钱一根，无须粮票，非常客而不卖）。其中有一个老人很夸张，应该是住在旁边老邮电局巷子里的居民，每早让家人搬一张藤椅，带上四小碟小菜，有酱生姜、臭干子、盐水煮花生和五香萝卜干等（这四样在当时可是早餐配菜的精品），老哥几个坐在一起天南地北地边聊边吃，多年不变，好不惬意。

现在食材丰富了，当涂的美食也多了，也许是高脂肪、高热量的食物吃多了，现在的人们开始热衷于所谓的土菜，也就是无化肥、无农药、非人工合成饲料养殖下产出的食材统称，所以市面上就多了些土菜馆、家常菜馆，反正是这些饭店都极力宣称自己所用的食材是正宗的天然产品，这都是一厢情愿的事。在对食品需求量成倍增长的今天，那种纯自然而低产出的生产模式已经是一去不复返了，农作物、家禽家畜工业化生产模式已经是不可逆转的趋势。

现今当涂的美食应该首推大肉面，这是早餐类的代表，是从205国道七里松路段的"205国道大肉面"和"小刘面馆"这两家面馆发展起来的，现主城区有"小武面馆""蔡五面馆""老沙大肉面"和南营菜场的"205大肉面"等，虽名称不一，但都是面条配上猪肉与香料熬成的浓汤，吃完面条后再喝一口汤，爽！西苑北路的"小芳炒饭"、丹阳的老鸭汤泡锅巴等也是特色早餐。曾在原薛津镇的菜市场吃过一次早餐，记忆犹新：薛津的馄饨、油条，配上花津的臭干子，非常有特色，后来才知道这个薛津馄饨可是百年老字号了，是上了中央电视台的大牛品牌，我为当涂人而骄傲。中晚餐的特色菜前面都提到了，各饭店只是在做法上有点区别，不过有几样特色菜还是值得品味，如南寺居饭店的鱼鳔锅子、东营的老阚狗肉馆的狗肉锅子、洪洪饭店的煮干丝、花园巷的特色小杂鱼、县工商局门前羊肉馆的羊杂汤、丹阳桥头饭店的羊肉面等。应该还有我不知道的美味，开饭店的如果没有招牌菜，想红火可能很难，而一个城市的饭店有多少，我可是数不清，更是吃不完。还有卤菜类，城区有东街口的朱家卤鹅，瘦而不材，味纯而不烈；东营王家烤鸭，皮酥、肉肥而不腻；马家的卤牛肚，筋而不韧，味原本身。在这里所要提到的是年陡镇有一家杨姓饭店卤的硝牛肉非常有特色，用硝腌制的食材在 20 世纪 90 年代以前非常普遍，后来因为发现硝腌食品对人类健康有影响，所以硝类腌制的食材已经离开了我们的饭桌，但是那口感是真好，偶尔享用几次应该没有什么问题吧。

"妈妈菜"属于家庭菜，各家有各家的口味，适合自家口味的菜是永远吃不腻的，如我们家常吃的有辣椒炒肉丝、辣椒炒西红柿、二道芹、咸菜苔烧五花肉或鸡鸭或油煎豆腐等，汤主要是西红柿蛋汤，等开锅时再放上榨菜，就是一个字：爽！还有菊花脑、小青菜汤等。

人都是饕餮之客，由填饱肚子到享受美食，人类顽强地拼搏在这个星球上，并最终位于食物链的顶层，成为这个星球的主宰。因为解决了温饱问题，所以人类才有能力上天入地、穷宏观探经理，合理利用自然资源而为人类自身服务，促使人类最终掌握自己的命运。

（2013 年第 1 期《姑孰风》）

童年时的玩具

前几天在整理儿子小时候的物品时，意外地在那些琳琅满目的玩具中，发现了我用小学生作业本的纸张为他折叠的小"手枪"，快 20 年了，没想到这还被保留了下来。记得当时好像是看着儿子与其他小孩用塑料制作的战士模型在排兵布阵，一时兴起就用纸折叠了这把"手枪"，可儿子只是看了一眼就继续玩他的"兵阵"，搞得我趣味黯然，应该是爱人在收拾玩具时将小"手枪"保存了下来。看着这布满了岁月痕迹的小"手枪"，我非常激动与心酸，而童年时制作玩具的画面也浮现在了脑海中。

那是 20 世纪六七十年代，我们的玩具基本上都是自己做，所用的材料也都是我们身边所能接触到的东西，如泥巴、砖头、瓦片、树枝、玻璃、纸张、铁丝以及五颜六色的塑料布等。做的玩具也是五花八门，枪、炮、船、军舰、飞机，用纸张折叠成的小人、小手枪及常见的飞禽走兽、石头磨成的弹子、玻璃做成的万花筒等。

当然做的最多的还是男孩子们最爱的"手枪"，有纸叠的、树枝削的、小木块锯的、铁丝折的、砖块敲的、黄泥土雕刻的。用黄泥土雕刻"手枪"过程给我留下了最深刻的记忆。那是大概八九岁时，在学校里看到有一个同学用黄泥土做的"手枪"非常漂亮，无论是"手枪"的造型，还是枪身上雕刻的花纹以及泛出的光泽，就如真的手枪一样，我十分羡慕。回到家立即找来黄泥土自己做，原以为这是很简单的事，可是做了后才知道非常不简单：黄泥土一晒干就开裂，阴干也不行。自己琢磨一阵后认为黄泥土里如果掺合上一点稻草可能要好一点，就如那时盖房子用泥与稻草合在一起糊墙一样。可是稻草太粗了，不符合制作"手枪"的要求，于是只好找姐姐商量，剪了她一点头发掺合在黄泥里，而且还是用盐水和的泥，可无论是晒干、阴干仍是开裂，没办法只好问同学是怎么做的，可是那个同学的鼻子翘上了天。为此我苦恼了很多天，直到有一次妈妈在和面做馒头时，发现妈妈揉一会面就要用刀切开面看一看，妈妈说这是看面是否揉熟了，如果切开后面里还有气孔，就是没有揉熟，只有揉熟了的面做出来的馒头吃起来才有筋道。"泥巴是不是也是如此呢？"我立即按照此法将黄泥土反复摔打搓揉，直到切开的黄泥里没有气孔时才雕刻成"手枪"并阴干，嘿嘿成了！此时阴干的黄泥细腻如面，表面有一层金属般的质感，并且随着时间的推移越加坚硬，于是我也成为小伙伴们的师傅。有那么一阵子在我家住的巷子里，经常能看到七八个小孩在青石板上拼命地摔打搓揉着黄泥土，劈里啪啦的响声与"熟了""生的""还早呢"等争论声此起彼伏，就是现在想起来感觉也非常美好。

还有就是用6号或8号铁丝折"手枪"，配上橡皮筋能够打纸叠或铁丝折的"子弹"，我用铁丝折的最大是 30 多厘米长的冲锋枪，一次能打出 5 或 7 发"子弹"。当然，没过几天就被父亲"没收"了，学校也不让玩，因为有人用铁丝枪打人。记忆中最"科学"的就是用自行车链条做的能打火柴棒的"手枪"，装上火柴棒后一扣动扳机就能发出"叭"的响声，伴随着淡淡的火柴硝烟味不能不让我们欣喜若狂。

参加工作后，制作玩具的习惯有时一不小心还能表露出来。如上中专时经常用雪碧塑料瓶剪花篮，虽然花篮没有在我的寝室内放过一天；在医院住院时到处收集打吊瓶的塑料管编"龙虾"，住了半个月的医院编了40 多只"龙虾"，虽然我没留下过一只；在部队当兵时还用子弹的弹壳制作过一些枪械模型，用航空炸弹的弹皮制作风景画等。

现在这个"本事"是无用武之地了，自己肯定不会再玩了，也曾尝试给亲戚的小孩做玩具，可是他们都不感兴趣，因为现在商店里五颜六色、造型各异的玩具太多了，光、电、声以及自动、半自动化的玩具，极大地丰富了孩子们充满好奇、充满幻想的精神世界。

只是有时我还是"固执"地想：我们的童年是在玩玩具，而现在孩子们的童年是在被玩具玩。

（2013 年第 4 期《姑孰风》）

城市·公园

　　我是在祖父身边度过了自己的童年，对故乡当涂县城的认识，是从祖父家的小院落开始的。

　　当时祖父住在县城关镇的米井巷，房子是典型的徽式建筑，南4间、东2间呈"L"字型，东2间带有阁楼，大门沿巷朝东，西北角被围成了约半亩地大小的院子，整个院落只住着两户十来口人。这种依房屋形状而围成的小院落在米井巷内有不少，另外巷子里还有不少与谁家都不搭边的空闲荒地也被人用篱笆围了起来，主要是种蔬菜，还有山芋、向日葵等。记得之前还有人种过棉花、小麦，当然，鸡、鸭、鹅基本上家家都要养几只，也有的人家在院子里搭建个猪圈养上一两头猪。后来空闲的荒地上渐渐地都盖上了房屋，个别未盖房的也都荒芜着，最多种几棵树，据我理解很可能是因为鸡的问题，鸡都是散养，这些鸡可是见不得绿色，一米多高的院墙一飞就过，当时居委会的大妈们可没少为养鸡、种菜伤神操心。还有就是卫生的要求，那时居委会的老大妈们检查卫生那是一个严格，红、绿、黄三色纸条上分别印有"最清洁""合格""差"三种标准，每周检查一次，如果哪家门楣上被贴上了黄色纸条，那一家人连头都抬不起来。

祖父的院子里以前也种过菜，后来不种了，因为祖父爱花草树木，不大的院子里栽植了泡桐、水杉、楝树、杨树等20多棵树，另外就是种花。在一个近6平方米的花坛里种植了一株10多厘米粗的玫瑰，还有就是一年生的草本花，如六月菊、串红（炮仗花）、鸡冠花、指甲花以及菊花、美人蕉、大理菊等。在向阳的院墙边，祖母每年都要种上十几株向日葵。为了祖父这一爱好，祖母只好不养鸡而是圈养了五六只鸭子。祖父的院子在当时很有名，尤其是玫瑰花开时节，那小碗口大的玫瑰开满枝头，如火炬般照亮这不大的小院子，引得那些有事没事的邻居们都会到院子里，坐在树荫下，伴着四溢的玫瑰花香家长里短地聊上半天。

我爱祖父的院子，那里面的花草树木、砖瓦泥块都是我亲密的"伙伴"，每天来往的鸟雀、蝴蝶都是我远方的"朋友"，虽然当时我并不知道什么才是公园，所谓公园概念只是从电影里以及大人们口头相传了解的一鳞半爪。然而，祖父的院子里有花、有树，每天都打扫得干干净净，处处都收拾得井井有条，居委会的大妈们每次卫生检查时都会在大门上贴一张"最清洁"的评语。因此，我骄傲地认为祖父的院子就是米井巷以及周边街巷里最美的院子，是理所当然的公园。

直到十一二岁时，第一次随父母到他们同事家玩，我才改变了这一印象。那是中国人民解放军驻我县八六医院的一个非常神秘的大院子，是军事禁区，全封闭，很多人都以进过这个大院子为荣。这个院子四周有高大的院墙，东、西、北三面还被沟渠包围着，南边唯一的大门有士兵持枪站岗。在这个院子里，我看到了一个不一样的世界：平坦整洁的路面、高大繁密的树林、空旷平整的草坪，形状各异又欣欣向荣的花圃，成群的鸟儿穿梭在林间、枝头，绿树掩映下整齐的军营，苏联援建的带有异国风情的医疗场所和办公大楼，还有那清凉香甜而又融合了医院特有气味的空气，无不让我感到震撼。这只有在电影中才能看到的地方，就这样活生生地展现在我的眼前，而且就在我所生活的县城里。这也让我这个从来不知道规矩为何物的"顽童"，惊愕得连路都不会走。没有荒芜的杂草、没有低矮杂乱的稻草屋、没有随手乱扔乱丢的垃圾、没有喧哗争吵的人群，路边、庭院等空闲处种满了各色花草却又无人看管，更无被采摘的痕迹，一切都让我陌生，一切都让我不知所措。我知道这就是公园，她如一块"飞地"般镶嵌在我们生活的县城里，是我们这座荒芜、杂乱，如营养不良般县城的公园。而那里面温文尔雅、衣着整洁、充满自信的居民，同样让我自惭形秽而高山仰止，他们都是生活在公园里的人。后来，我经常站在这座大院子的门口，窥视着里面景象，梦想着有朝一日也能在这样的环境里玩耍、嬉闹，向认识与不认识的人骄傲地宣称自己是生活在"公园里的人"。

当然，这只是梦想，随着城区人口的增多，特别是唐山大地震后，不大的城区里到处挤满了没有规划的新建房、简易房、抗震棚，以内外护城河为主的沟、塘等水系也逐渐变黑、发臭，以至于内城河不得不被掩埋，还有那尘土飞扬的街道、永无疲倦争吵的居民、四处乱倒乱扔的垃圾等，"公园里的人"的梦想也渐行渐远。

不知是从什么时候起，当我们再也不用为填饱肚子而发忧愁时，当我们为了时尚潮流暗自比拼时，当我们自豪地走在宽敞整洁的街道时，当我们悠闲漫步在一个个开放的休闲场所时，当我们进出于一个个花园般的小区时，当我们再习惯于灯虹霓彩时，忽然发现童年记忆里的城区已经完全变了样。不是吗？城区扩大了，童年时感觉很"远"的外护城河已经变成了家门口的内城河，农田、房屋杂乱相间的两岸也被成串的休闲广场所代替；城区长高了，以规划整齐、高大精壮楼群为主的城区簇拥在蓝天里，再也不见了低矮、杂乱的稻草屋、抗震棚的踪影；城区变美了，以前的青灰色调为主的城区，已经被五颜六色的楼群渲染得勃勃生机，那不眠的霓虹、那街道两旁或中间的花圃、护城河两岸连绵的花海与树群；城区干净了，辛勤的保洁员们用他们的汗水，将城区打扫得光鲜明亮，这是多么伟大呀！他们用自己辛勤的努力，一步一步地促进着我们改变着生活的陋习，一招一式地教会着我们怎样迎接着新的时代。

　　这就是我们的县城——当涂，一座精致的江南小城。虽然这座小城到现在依然没有一个公园，但是，规划者和劳动者们用智慧与汗水，将整座小城建设成为一个花园，将我们都变成了公园里的人。

　　　　　　　　　　　　　（2014 年第 1 期《姑孰风》）

静静流淌的时光

有些事情确实是不敢想，这一段时间看到、听到"时间都去哪儿了"太多太多，多得你既不敢抬头，也不敢转身，深怕一不小心就被"时间都去哪儿了"给缠住。可是，能回避吗？不停地提醒，反复地叠加，持续地发酵，这个平淡无奇的词汇就如禅语般直指灵魂，把你的感觉搓揉得五味杂乱。

想当年还不知疲倦，可一转眼就只能旁观着满地的稚童们摸爬滚打；想当年花前月下、戏水穿柳，可一转眼老伴却说不要管年轻人的事；想当年儿子还抱在手里淘玩得没有个够，却一转眼儿子要找工作了；想当年总觉得时间如蜗牛般难熬，可现在还没怎么着一年又过去了；还有那曾经百玩不厌的玩具，现在也蒙上了厚厚的时间污垢，静静地躺在橱柜的角落里……是啊，时间都去哪儿了？回首望去，一路走来只记得在忙碌，似乎忙碌得停不下我脚步。在忙碌中，头发稀疏了，鬓角也渐渐地爬满了银霜，越来越密的皱纹如蛛网般顺着眼角延伸、畅展。我跟儿子说：年轻人要有敬畏之心。儿子却说"你的话我不懂"。老伴，虽然我很不愿意用这个词，可是我知道这个词已经走进了我的生活。他微笑着看着我：给他点时间他会理解。这就是代沟吗？那也就意味着从此我只能站在路边，静静地注视着曾经激情涌动的豪情被替代？只能凭着回忆去追溯曾经的中流击水、飞舟搏浪？还是只能默默地为青春祝福？

夕阳西下了，又是一天的时光静静地流淌到不知何处，窗外的音乐响起了，邻里的老哥哥、老姐姐们伴着悠扬、低缓的音乐，一招一式舞起了太极拳，专注的神情、认真的姿态、整齐的动作，在夕阳下如士兵般威武。小区里一下子热闹了起来，稚童们在相互追逐着，就是在校生也难得地没有被作业圈在家里，都在利用这电灯亮起的短暂时光，泼洒着生命的活力，连麻雀、斑鸠、八哥们也成群地在枝头欢闹、吵喳，三三两两年轻的爸爸妈妈们一边关注着孩子，一边家长里短地聊着天。缓缓的时光伴随着悠扬的音乐在慢慢地流淌，每个人的脸上都在夕阳下呈现出舒适和祥和，似乎一切都是应该的，人人都在安静地享受着属于自己的时光，惬意地与他人分享着自己的欢乐。

沏上一壶茶，伴随着窗外的音乐与欢笑，看着这几天找出来的一本本日记、一册册影集，过去的时光就这样一页又一页、一幅又一幅，被裁剪得整整齐齐摆放在自己的眼前。在安安静静的文字里我没有找到大起大落的跌宕惊魂，在色彩斑斓的照片中我只看到了微笑的记忆。老伴在一旁安静地看着书，时不时被书中的描述引发出一两声轻笑。时光还在流淌，月儿已经攀上了树梢，今天的经历与思想又被我整理成了文字，躺在新的一页里，不是为了祭奠，只为了淡忘心中曾经有过的惆怅。

（2014 年第 4 期《姑孰风》）

婺源行

2014 年 11 月初，我有幸参加了我县摄影协会组织赴江西婺源采风活动。我们是包车去的，一路很顺利，经过 5 个多小时的旅行即到达了婺源县有"烟雨江南、源头古村"之称的思口镇思源村，也就拉开了本次两日采风之旅的序幕。

婺源是因为 20 世纪 80 年代，香港著名摄影师陈复礼一幅在婺源篁岭拍摄的题为《天上人间》摄影作品获得了国际摄影金奖而蜚声海内外，由此婺源也成为摄影爱好者心目中的圣地之一。

可是我们这次采风旅程却并不完美，既与油菜花盛开的季节相距太远，又离观赏石城红叶的季节还差十来天，而且天公也不作美，秋雨萧萧，湿雾迷茫，绝难看清山村秋季特有的透亮之美。当然在其他摄影老师们眼里，这雨雾山色非常入画，而刚刚开始玩摄影的我是不太懂这些的，唯一的好处就是游人不多，无须为争抢最佳摄影点而操心。不过既然来了，游历一下拥有"中国最美的乡村"、唯一一个以县城名命名的世界最大文化生态园、全国首批生态农业旅游示范区等美誉的婺源，也是平淡生活中的一大趣事。

思源村，与我省皖南山区的众多古村落一样，依山傍水、粉墙黛瓦、飞檐翘角组成的古民居里养育了一代又一代人，无论富贵或贫穷，他们中的绝大多数人都是日出而作，日落而息，不弃不离地默默守护着这方故土，就这样一代又一代如轮回般地湮没在袅袅炊烟里。走在这静静的小巷中，似乎感觉到时光胶质般的在缓缓流淌，那湿漉漉的青石板上踢踏的脚步声、哞哞低语的牛声、溪水边的噼叭噼叭捶衣声，不断地从历史烟云中走来，裹挟着你我随着时光的脚步缓缓前行。

篁岭，是人与自然和谐、交融的典范，虽然我们没有看到油菜花的灿烂，可是那一层层的梯田，如年轮般地向我们述说着人类生存与创造的壮举。我们似乎看到因为有了人类的参与，这山、这水、这草、这木如文字般走进了历史的册页，一点一点记载着薪火相传的文明历程。

晒秋，一个多么富含着诗意的词汇、一个多么激动人心的词汇、一个多么香甜迷人的词汇，真实地反映了山区居民的生活方式。虽然我们现在看到的都是为了招揽游客的道具，不过这不能算是欺骗，这只是生活的再现，因为这里的生活本来如此。在地无三尺平的山区，人们依山而居，却能充分利用空间优势，将一年的劳动成果晾晒储藏，于是这劳动成果就成了天地间一曲最美、灿烂、香甜的诗歌，就成了一幅最厚重的财富画卷。我们似乎听到了诗歌中不时传来的高亢音符，那是主妇们相互在幸福地炫耀以及夸张地调笑戏谑，似乎也看到了墙角边一个个懒散晒阳的男人们，他们应该是被主妇们"赶"出家门的，因为山乡的劳作是辛苦的，那是男人的活，他们可是家中的顶梁柱，主妇们可舍不得让劳作了一天的汉子们再操劳家务活了。此时，他们不时地嘿嘿笑两声，又心满意足地吧嗒吧嗒抽口旱烟，惬意地看着、听着那群闹"疯"了的主妇们，这一切的一切都是对他们一年辛劳的回报，更是他们对来年幸福生活的憧憬。因为他们希望来年，这曲传唱千年的诗歌中最高亢的音符是自己的"家里的"。

婺源，中国最美的乡村，我来过，虽然匆匆一瞥，但是我却带走了你的云彩。

（2015 年第 2 期《姑孰风》）

饕餮西域五千里

西域！我最早是在《西游记》中知道了这个地方，虽然现在有着各种各样的影像资料详细介绍着西域，可是依然无法满足我从童年时就深深留下的烙印：孙大圣的战场是什么样？

7月，江南的7月已经是梅雨渐消，酷暑已至的季节，我携妻伴友由南京飞往兰州，稍事休息后即出甘肃进青海，开始了掀开西域神秘面纱的7日之旅。

塔尔寺，在这个藏传佛教的圣地，我们努力去感悟那些原地磕长头藏民们的内心世界，试图在酥油、堆绣和壁画中找寻佛法的博大精深，当然，我们更多的只能在转经筒前，画虎类犬样地寻找心灵的慰藉。

在青海湖，这个藏民们称之为西海的中国最大内陆咸水湖边，看着那仿佛伸手就能摘下的朵朵白云就这样慢悠悠地从我们眼前滑过，从蔚蓝色的天空与同样是蔚蓝色的湖面夹缝中滑过，最后都凝集成了座座雪峰的裙裾，与那高耸的雪峰一道，默默看护着这片湖水、这片土地以及土地上的所有生灵，而那些被湖水捕获的白云，却又变成了一堵堵墙，在微风中如江南庭院般在辽阔的湖面上不断变幻着舞姿。

门源，一个无比陌生的地名，可是那雪山脚下万亩盛开的油菜花以及连接天边的麦田，却让我们领略到西域春天的绚丽风光；在茶卡盐湖我们没有看到那自然凝结的盐花以及所谓天空之镜的画面，不过那烈日、那从周边雪峰上刮下来的寒风，如针刺般肆虐着我们裸露的肌肤，我们这才知道什么是高原。

一路向西，沿着被誉为中国最美的 227 国道一路向西，在蔚蓝色的天空和棉花团般白云的陪伴下，我们蜿蜒于祁连山的奇峰怪石、雪帽草毯、碧水黄花以及攀峰下滩如履平地的小尾寒羊和牦牛间。翻越达坂山垭口后重入甘肃，沿着祁连山与马鬃山护卫着的河西走廊一路向西，我们欣赏着云雾中的雪峰、连绵起伏的草原、悠闲四野的牛羊、沟壑纵横的黄土高坡、一望无际的戈壁荒原、泥水翻滚的黄河以及她的支流们，还有从汉代以来，连串的历史文化与地理地貌胜地。

在张掖见识到了被誉为中国最美的丹霞地貌，走在那寸草不生的土堆间，仿佛置身于热火朝天的建筑工地，可是要我说这张掖的七彩丹霞地貌，更像是上帝在绘制这个多彩世界后遗留下的颜料，也或是女娲补天时失落的粘连材料。

在嘉峪关，任性的导游一遍又一遍地告诉我们这里才是万里长城的第一关，因为她比万里长城东端的山海关早出生了九年。而我却静静地矗立在城楼上，面向关外迎着炽热的沙风，试图找寻那穿越千年的驼铃声。在鸣沙山，我们将自己妆扮成行走在沙漠里商队中的一员；在月牙泉，我们惊讶着自然的神奇与生命的顽强。

莫高窟，一个梵音已经远去的佛家圣地，一个佛教东进的桥头堡，一本记录着从十六国至元代延续千年凡俗市井追逐精神享受的史册，就这样摆放在我们的眼前。透过那残存的一幅幅依然闪烁着亮丽色彩的壁画，依然能感受到曾经的梵音嘹亮、檀香四溢、天花乱坠、仙乐飘飘的弘法场面，这是世人的想象，或者是情景再现？这只有当时的建设者们知道了，而我们只能通过这一幅又一幅的壁画，努力去感受先人们的精神世界与精神追求，去想象着先人们当时的生活场景与生活心态。当然，开放的洞窟只是少数，更多的洞窟都被封闭且不让参观，我想那里面应该是我的祖国那段受尽屈辱的历史见证吧。

　　一路向西，我们虽然只是窥视了唐僧师徒西去求法之路的一小部分，但是那一路上的登高涉水、穿沙走坡的艰辛万苦，在我们一个个每晚捶腰揉腿、每天清晨的哈欠连天中体会到了。可是我们却比唐僧师徒们幸运：在西宁，街边的一个手机维修店主耐心地用了近四十分钟帮我检查手机发生故障的原因而没有收取任何费用。在敦煌市，有两名同伴因贪恋灯火斑斓的异域街景而迷失了方向，被一名散步的热心市民用私家车送回了旅店，当问需要多少钱时，这位市民呵呵一乐："我正好到这边办事。"39 座的旅游大巴只有我们 18 名游客，沿途在购物点花费总计未超过 4000 元，可是憨厚的驾驶员、纯朴的导游依然一路热情而周到地陪着我们行走在西域，一如那行走在茫茫沙漠中无怨无悔的骆驼。

西域五千里，短短 7 日的行程，我只能如饕餮之徒一样，贪婪地用眼睛、用耳朵、用相机，将我看到、听到的所有画面、声音尽最大可能地装进记忆中，待闲暇之余，再如牛羊般慢慢反刍，静静消化。

（2015 年第 3 期《姑孰风》）

游龙虎山杂记

　　江西省鹰潭市所属的贵溪市龙虎山因其典型、成熟的丹霞地貌而被世人所熟知，更因道教正一道创始人张道陵曾在此炼丹，"丹成而龙虎现"才由原来的云锦山更名为龙虎山，并且成为道教七十二洞天福地的第一仙山，被尊称为正一道天师派"祖庭"而闻名于世。

　　虽闻名遐迩，可也直至今年 12 月中旬才有幸参加了户外团队到龙虎山二日游，以前我不怎么愿意出门旅游，原因有很多，可自从 2015 年的"五一"节假期购买了一台佳能 700D 单反相机后，我旅游的热情就上来了，近一年半的时间可没少跑旅游景点，西游青海，南下至厦门，登黄山，游西递宏村，闯安徽的"川藏线"

等，只要有时间就跟着旅游团外出旅游，很是过了把摄影瘾。

龙虎山作为道教圣地之一，在我的印象中应该是人头攒动，毕竟这里是我国真正本土宗教的第一洞天福地，也不知是季节原因，还是道教目前在人们心中的地位不高等原因，无论是在上清宫，还是在嗣汉天师府，乃至象鼻山和泸溪河等景点，均无如黄山、九华山等那种摩肩接踵之势，寥寥无几的游人都能数得过来。只不过道教的另一洞天福地齐云山的旅游人数颇多，所以我更愿意将这种原因归结为季节原因。据资料介绍，龙虎山是我国丹霞地貌发育最好的地区之一，其造型各异的99座奇峰异峦让人心驰神往，故此流传出了许许多多的神话传说，什么"仙女配不得""玉梳梳不得""尼姑背和尚走不得""仙桃吃不得""丹勺用不得"等，这些似像非像的奇峰异峦为人们提供了丰富的想象空间。当然，在这些奇峰异峦中，最出名的肯定是被导游称为"大地之父"与"大地之母"这两处特殊的地貌景点。我们知道上古时代的先民对阴阳的崇拜最早是因为种族繁衍、壮大的需要而存在的，后来结合一些特殊的自然现象以及自然景观而发展为宗教理论，并且逐步形成阴阳五行学这一中国古代朴素的辩证唯物的哲学思想，作为道教经典道藏之一《易经》中的"太极生两仪，两仪生四象，四象生八卦"，就是古代先民通过阴阳的对立与统一而形成了对自然界最直观的认识与理解的结晶。所谓"孤阴不生、独阳不长"，既是道教长生学说中的核心思想，也是追求"道法自然""天人合一"最基础的道教理论。作为因自然造化而生成的这一特殊的地形地貌如此契合道教思想精髓，又怎能不成为寻仙觅术修士们所追捧的理想修行洞府呢？所以就有了历代天师们"守龙虎山寻仙觅术，坐上清宫演教布化，居天师府修身养性"而沿守千年的道教文化。

龙虎山另一个吸引人眼球的景点就是岩葬，那泸溪河岸边百丈悬崖峭壁上，一个个自然形成的蜂窝状洞穴里摆放着200多具距今2000多年前古越人的棺木，据介绍年代最久的有2600多年，而且这些棺木摆放点基本上都在悬崖的中部，要知道这些悬崖峭壁可是如刀劈斧砍般光滑，有的悬崖高达 300 多米，在当时的技术条件下先民们是如何办到的呢？为此当地政府以百万元巨资为奖金向全世界求解答案，求解这千古未知的"悬棺之谜"，可至今无解，也确实无解，因为古越人已不知道去向了。据导游介绍古越人是在距今 2000 年左右失踪的，证据就是未发现 2000 年以来古越人的岩葬棺木，因为殡葬是有延续性而不应更改的，没有棺木可考那就可以肯定曾经生活在这里的古越人文明中断了，虽然我国其他地方也有岩葬习俗，可是这些岩葬习俗的来龙去脉非常清楚，均与古越人没什么关系。那么古越人到哪里去了呢？于是有人通过考证说越南人是古越人的后裔，也有的说日本人是古越人的后裔，既然是众说纷纭，那么也就是谁都说不清楚。这就有点意思了，古越人到底去哪里了呢？不会像现代修真小说里所描绘的那样，因为古越人在这奇峰异峦之地修炼大成后，通过所谓的空间隧道集体穿越到另一个更高层面的空间，或者叫天堂的地方？于是龙虎山也就成为修真者寻仙觅道的绝佳场所。更有意思的是张道陵张天师在此开道教之源距今 1800 年，古越人失踪也是距今 2000 年左右，这中间会不会有什么联系呢？当然这纯属是自己在瞎琢磨，不过有谜团才能吸引人，而且是众人都无法解释的谜团，这就更加吸引人了。求知未解之谜本来就是人类历史进步的动力，所以古越人的去向与悬棺之谜肯定会吸引越来越多的人来探寻，而龙虎山也会吸引越来越多的游客来此观光、解谜。

栈道，最早是我在上小学时从成语典故中了解到的这个名词，也就知道了世上还有建筑在悬崖峭壁上的路，至于李白老先生为什么会发出"蜀道之难，难于上青天"的感叹，因没有去过秦蜀之地而无法知道栈道之险峻、蜀道之艰难。龙虎山的象鼻山旅游景点的栈道，纯粹就是为了开发旅游资源而建造的，3.5 千米长的栈道蜿蜒在一座又一座奇峰异峦的腰间，四周环绕着因流水等外力因素的侵蚀、切割、崩塌所形成的一个个典型丹霞地貌的悬崖峭壁。这些已经让我们模糊了山的概念，又间或如走兽，如飞禽，如人脸等各种奇峰异峦，让人目不暇接。因为是冬季，峭壁上的青草绿叶已经稀

疏，由赤红色砂砾岩构成，又被大自然的伟力打磨得光
滑圆润、蜂窝般洞穴密布的崖壁，虬柯盘旋如巨蟒般的
千年古藤，无一不裸露、乖巧地展现在我们的眼前。到
了这里，你会发现这里的一切都是曲线形的，如波光粼
粼的海浪般缓缓向远方波动、延伸，决无粗犷或狰狞之
态。此时晨雾还没有散尽，在那四周如水墨画般景象环
绕的栈道上行走，仿佛永远也走不到尽头，那在晨雾里
时隐时现的同伴们，一个个恍若仙人般在蓬莱、瑶池中
出没，引得我们不时高声呼喊，纵情放歌。此时，无老
无少，无尊无卑，也无了性别上的差异，只是在尽情享
受着这融归自然的纯真与惬意，享受着这天地灵气滋润
下的舒畅与飘逸，享受着这天地造化所带来的奇思妙想
的兴奋与雀跃。这，也许就是寻仙觅道之人醉乎于山水
之间的本意吧。

（2017 年第 1 期《姑孰风》）

香樟花开

  每年的四月，香樟树的花就尾随着桃花、李花、油菜花们悄然绽放。

  香樟花很不起眼，既没有桃花的娇艳，也不似李花的绚烂，更无油菜花般的抢天夺地，如果不是那无时无刻弥漫在大街小巷清雅而又绵柔的香樟味，你根本不会将那布满枝头如小米粒般大小的乳黄色颗粒当成花，可就是这不起眼的小颗粒，却以它特有的香樟味主宰了四月的花季。

  从我记事起，香樟树就给我很神秘的感觉。

  记得那时家里有一只不算太大的木箱子，箱子外面刷的是褐色的桐油，箱内就是木材的本色，因年代久了呈现出土黄色。奶奶对这只箱子宝贝得不得了，说这是她的嫁妆，叫樟木箱，在这箱子里放衣服等物件不会发霉，也不会被虫咬，至于为什么会有这种效果我不知道，只知道我很喜欢闻樟木箱里散发的味道，淡淡的、柔柔的、暖暖的，不似樟脑丸气味那样冲得让人头晕。奶奶还说她老家那里有很多野生的香樟树，而且还有几处野生的香樟树林，在香樟树林里没有苍蝇、蚊子和烦人的蛛网，这让我对香樟树很是神往，夏天不受蚊虫叮咬，也无苍蝇围着你嗡嗡叫，这些可都是我们在夏季所能想到最最幸福的事。奶奶的老家在皖南山区，她说香樟树在我们水乡地带长不大，具体原因我不清楚，但是在我小的时候确实在我所能接触到地方没有见过香樟树，那时我们的城关地区种植的树种有柳树、楝树、枣树、构树、枫杨、刺槐、法梧、塔松、柏松等，就是没有看到过香樟树，当然，也许有但我没见到，更是因为我根本就不认识什么是香樟树。不过在我家附近有一秦姓的木匠家里，倒是见过几根有大碗口粗细的木料，他家的儿子告诉我这就是香樟树，于是他们家只要加工香樟木材，我们有时间肯定会在旁边看着，只为了闻一闻香樟木的味道。当然，想捡一两块香樟木的边角废料是不可能的，因为连树皮、刨花都被他们家给收起来了。

香樟树第一次给我留下最直观的印象，是 20 世纪 80 年代末在上海求学时，有一次学校组织参观宋庆龄故居，让我见识到了香樟树的伟岸、雄武与优雅，那几十株高大、粗壮的香樟树整齐地排列在院墙的周围，一如忠诚卫士般年复一年地默默守卫在国母的身旁，在那里我捡的两片樟树叶所做的书签一直保留到 21 世纪初。我第一次见到野香樟树林是在芜湖市的马仁奇峰旅游景点，在那一大片野香樟树林里我惬意地徜徉了两个多小时，虽然夏日的阳光毫不留情地曝晒着这片山峦奇峰，可是林子里却凉爽似春、清香氤氲，决无其他山林因通风不畅而导致烦躁、闷热之感，更无蛛、蚊、蝇虫的侵扰，奶奶的话相隔 40 多年后终于在这里得到了佐证。当然，在这些地方我都没有闻到香樟的花香，马仁奇峰是因为季节的原因，在上海虽然待了两年时间，只是因为那时香樟树并不多，而且空气质量也不算太好，估计清雅、绵柔的花香无法表达出自己的踪迹。

21 世纪后，我们县城开始将香樟树作为景观树种而大量栽植，马路两边、机关单位、居民小区、荒山野岭等，到处都是这种四季常青、花香清雅、祛虫避蠹，集众多优点于一身的树种。于是，不知不觉间，那清雅、绵柔的香樟花香将整个 4 月笼罩，也将我们生活的这个城市笼罩。当然，香樟树更是用它所散发出的特有樟香味，悄悄地蚕食着蛛、蚊、蝇等这些让人烦恼昆虫的生存空间，使得我们生活的空间更清新、更香甜，更加优雅、舒适。

（2017 年第 2 期《姑孰风》）

闲聊西藏游

自从旅游成为我们生活中一个不可或缺的内容后，让人们既向往又畏惧的地方可能唯有西藏，那披着神秘面纱的世界屋脊——珠穆朗玛、生命禁区里游荡着的藏羚羊、宏伟肃穆的布达拉宫等，让人不能不产生无限的向往。可是那不可确定的高原气候，那恐怖的高原反应，还有那伤人于无形的紫外线等，又让人畏怖踌躇。也许越是神秘的，越容易激起人们对未知事物探索的欲望。今年 7 月 3 日至 15 日，虽然身体患有这也"高"那也"高"的多个毛病，还是很勇敢地陪着妻子游了一趟西藏，于是也就很是骄傲地宣称：我来过，我征服。

高原反应

相对于生活在低海拔地区的人来讲，到西藏最大的畏怖就是高原反应，也是让人踌躇不前的最大障碍。

我们这次是乘由上海始发直达至拉萨的列车，在南京站上车后，途经蚌埠、徐州、郑州、兰州、西宁、那曲、格尔木站后到达拉萨。4日晚上9时左右在西宁站换乘供氧列车后，就明显感觉到胸闷，太阳穴肿胀得就像要裂开了一样，特别是过了那曲站后，根本就无法躺在卧铺上休息。一直折腾到5日凌晨4时多到格尔木车站后，在别人的提醒下，吃了"红景天"这个预防高原反应的药，再使用列车上配备的吸氧管后，才感觉人舒服了点。此时海拔已经2800米高，而且从格尔木开始火车一直爬坡，并在中午12时许翻越海拔5067米高的唐古拉山口，因有准备所以几乎未受到高原反应的影响。后来我们到纳木措，到日喀则等地，这些地方的平均海拔都超过4000米以上，因预防措施到位，基本上对高原反应产生了免疫力。

所以，应对高原反应的影响，我的体会有四点：一是"红景天"必须要按时服用，特别是在高原活动期间，千万不要认为自己身体素质好就硬撑着，我就是因为如此被折腾得一晚上没有休息好。还有就是要常做深呼吸，只要发现有胸闷的感觉，就赶紧做几下深呼吸，立马就会让你舒服得多；二是一定要听导游的话，在高原活动期间导游会告诉我们很多预防高原反应的小知识、小方法，这些非常管用，是经验之谈；三是在高原活动时，行动一定要缓慢，动作幅度千万不能过急过大，其实高原反应对所有人都是一样的，就是世代生活在高原地区的藏民也是如此，而他们的生活方式之一就是行动慢，动作幅度小，这也是我们笑称难怪西藏没有出色运动员的原因，当然，登山运动员除外；四是信心非常重要，当我们将所有的预防措施都做到位了，这时就要有"别人能去，我为什么不能去"的信心。当然，我们知道虽然高原反应的症状主要是流鼻血和太阳穴肿胀，可是高原反应有时也可能诱发我们身上本来就有的其他病症。所以如果你确实感觉到身体不适，应立即到拉萨的各个正规医院进行检查；如果确实不适应在高原活动，就必须听从医嘱立即返回，这里要说明的是这里的检查都免费，这是藏族同胞给予我们这些旅游观光者的第一份厚礼。

导　游

说起来我也参加过不少旅游团了，可是从来没有哪个导游像这个团的导游一样，如果问整个旅游观光期间给我印象最深的是什么，我会毫不犹豫地告诉你：导游！

这个导游姓潘，东北人，曾经在西北当过兵，在西南经过商，在西藏从事导游工作13年。他刚把我们接上旅游客车就开始用低沉沙哑又不太标准的普通话反复叮嘱第一天到西藏不能洗澡，如果高原反应大的话，第二、第三天也最好不要洗澡，争取做一个"有味道"的人。随后就是旅游期间各种必须要注意的事项，最重要的一点就是"你到西藏是来玩的，那就玩好，其他的事就不要管了，因为你管不了"，40分钟的时间就在他喋喋不休中度过，就是到宾馆门前了他还意犹未尽。第二天去林芝地区，沿着318国道从拉萨到林芝一路颠簸了近6个小时，而他却滔滔不绝地说了4个多小时，有沿途的民俗风光介绍，有林芝地区的历史人物典故及生平事迹，有印度高僧莲花生的传奇故事，有民间流传的奇闻异事，还有国家或各省市支援西藏建设的情况，山川地理、人文风情、典故趣闻等，那可是信手拈来，滔滔不绝。到纳木措的途中他讲六世达赖喇嘛仓央嘉措的故事，到日喀则的途中他讲十世班禅的故事，从日喀则经江孜县、浪卡子县回拉萨的途中他除了介绍沿途风光外，讲英国军队对西藏的入侵等。他的目的就是不让我们好好睡觉。有时他的故事无法吸引我们，在我们昏昏欲睡时，他只好"委屈"提醒我们，说在高原旅行最好不要在车内睡觉，他说"一睡着了，如果你有高原反应了，而我无法发现就麻烦了"，是不是这个原因我们不知道，只知道这个导游表达欲太强了。

　　所以，潘导游在布达拉宫、在大昭寺因为太能讲了，使得里面的工作人员不得不催赶"导游，你快带人走"，不过他又将这些没有讲完的内容在旅行途中继续向我们进行无死角、全方位地灌输，在扎布伦布寺，他告诉我们那恢弘庙宇与灵塔的建设过程以及所用金银珠宝的数量引得我们思考时，他"打击"我们道："没用，你们就不要想了，那些珠宝就在你们的脚下或是身边墙上，你也抠不下来，而且法律责任你们也要想清楚，不过踏着珠宝的感觉也很爽。"他看到我们兴高采烈地在各个景点挑选各种手链、项链等纪念品时，常常无奈地抚额长叹说，如果想要这些东西，可以到拉萨的批发市场买，要多少有多少。他对外界流传的"藏民一生只洗三次澡"、将"八廓街"被误传为"八角街"又表现出义愤填膺，他认为这是对藏文化的亵渎。他在讲述仓央嘉措的故事时，不但能背上几句这位活佛大人的诗句，还激动地朗诵起自己写的诗歌，在讲述十世班禅的典故时又被自己的讲述感动得热泪盈眶。

　　就这样，潘导游陪伴着我们度过了西藏旅行的全过程，西藏的蓝天、白云、雪山、庙宇、湖泊、草原、牦牛、藏羚羊等，随着我们离开了西藏，这一切将与我们渐行渐远，可是他那喋喋不休的执着、不依不饶的灌输、自我陶醉的叙述，还有那低沉沙哑而又不太标准普通话的声音，却时时回响在我的耳边。

民俗村里的接待员

此次到西藏旅行的十多天里给我们安排了两个购物点，一是林芝地区工布江达县的一个民俗村，这个点主要是营销各种银器制品，另一个是从浪卡子县回拉萨途中一个营销冬虫夏草等藏药的开发公司，看着我们面露不悦，潘导游翻了翻眼白：开了半天车了，让司机师傅休息休息，你们再"唱唱歌"不行啊？安全第一嘛。

我们所看到的这个民俗村是一个非常精致的小村落，房屋是统一建筑模式，另外就是每家都有一个半亩多地的院子，我们在旅行途中看到的藏民居住点基本上都是如此，潘导游介绍这都是国家统一为藏民们建造的，如果藏民自己愿意出资，也只是将面积扩大，但是房屋的样式不变。接待我们的是一个不到 30 岁的女青年，她介绍自己名字叫德青，也可以叫她卓玛（女孩子）。

她说她们以前居住在海拔 5013 米高的米拉山口附近，直至 2006 年由国家投资建造了这个定居点后，他们整个村落才得以从高海拔地区搬迁到平均海拔在 2500 米左右的定居点生活。

她说她是本村落里为数不多的几个高中生之一，也正是因为自己是高中生，才被选出来当接待员。接待员每月可以拿到 1800 元的工资，虽然与她在拉萨打工挣的工资差不多，可是在自己家门口工作，吃、住的钱就省下来了。而且，她现在接待员的身份也是将来竞争村干部的必要条件，只要能当上村干部，她就具备了相当于公务员的身份，也就"鲤鱼跳龙门了"，她说这才是她愿意回村当接待员的关键。

她说她已经结了婚，丈夫是"林芝山那边的人"，她嫁给丈夫时她家送给夫家 6 头牦牛，现在丈夫居住在她们家。看着我们了然的微笑，她赶紧补充道这不是入赘，这是习俗，夫家的聘礼一样都没少，如牛粪、干柴、灶具、食品以及新娘佩戴的金银首饰等，一切都是按照藏族娶妻嫁女的习俗规定。在藏族，如果一个家庭，包括共同生活在一起的家族有两个男孩的话，必须有一个要在 7 岁前送到寺庙里学习佛教知识或与佛教有关联的技艺如制作酥油花、壁画、唐卡等，一直到 18 岁，再由本人决定是否留在寺庙为僧或是还俗回家。

她说她们村能够走上富裕道路，除了国家政策好外，还要感谢四个汉人"扎西"（男孩子），他们是北京、成都、陕西和山东的四个援藏干部，因为他们分别教会了村民如何种植大棚蔬菜、果树培植、经商和饲养并创建了"藏香猪"这一品牌，"确确实实让我们体会到你们汉人的生活方式"，只是唯一遗憾的是他们村没有将这四个汉人"扎西"留下来。

在德青卓玛娓娓而谈的一个小时左右时间里，却让我不由自主地想到了公元 7 世纪那个统一了西藏高原的松赞干布，想到 17 世纪实行政教合一的五世达赖喇嘛，想到文成公主、金城公主的进藏和亲。如果说雄心勃勃的松赞干布、五世达赖喇嘛们的改革运动代表着藏民族贵族阶层觉醒的话，那么从德青卓玛这一个小时左右的叙述中，我们看到了藏民族普通群众觉醒的思想萌动，看到了广大藏族群众奔赴小康社会、努力提高生活质量的迫切愿望，也让我们看到了一个生机勃勃的新西藏正沿着文明、开放、自强的道路上迅猛奔跑。

（2017 年第 3 期《姑孰风》）

年的滋味

　　春节长假一晃就过去了，虽然我们现在在各种官方场合都已经以公历年为纪年方式，但是农历年依然是融入我们骨子里的新年伊始，依然是我们无法忘怀的亲情团圆。

　　在旅游热的带动下，越来越多的人选择在这个长假外出旅游，去感受另一种迎春的浪漫，而我却没有这种奢望。年轻时因在部队工作，我每年赶回家过年肯定是陪着父母妻儿享受着家的温暖；转业后到公安系统工作，因值班备勤的需要只能待在本地过年；随着年龄的增长，现在更不愿意外出了。于是，我就这样一年又一年重复着同样的故事而乐此不疲，当然也就渐渐地淡忘了年的滋味。

在我的童年时，春节是热闹的，是有着平日里无法见到而又吃不完的香甜美食，所以刚刚过了春节，却又在计算着、祈盼着下一年春节的早日到来。少年时的春节是有吃有喝有玩、无忧无虑的，是忙着东家走西家跑，说着拜年实则是索要压岁钱的日子，是忙着比拼将爆竹抓在手里燃放或是炫耀着自己有几多礼花的日子。以后的春节就是忙着准备年货、忙着哪天请客、忙着计算着要发放多少压岁钱的日子。

今年的春节稍有区别，因为今年我县主城区实行烟花爆竹禁放，没有了千年不变辞旧迎新的欢闹，没有了礼花漫天璀璨四溢的惊艳，没有了时有时无却又无处不在硝烟的佐料，似乎让我们少了许多许多年的滋味。然而，当我们不再因突如其来的冲天炮声看着老母亲捂着胸口那痛苦表情而束手无策时，不再在走亲访友的路上因街边燃放着的爆竹烟花而东躲西藏时，不再担忧孩子们在户外玩耍可能被爆竹烟花误伤时，还有聚餐时不再因震耳欲聋的爆竹声打断了亲情流淌时，年的滋味又让我们感受到了别样的温馨。

温馨，是我感受到这个春节真正的滋味。在广州打拼的家人回来了，在上海打拼的家人也回来了，从年初一开始，每天二十多人热热闹闹地今天聚在我家，明天聚到你家，后天又聚到他家。积攒了一年的话题，积攒了一年的希冀，积攒了一年的酸甜苦辣，就这样在温馨的氛围里慢慢流淌。此时的心是宁静的，是温馨的宁静，是浪漫升华后的宁静。在这宁静的氛围中，家让我们更加敬爱，亲情让我们更加回味，春节让我们更加崇拜。

这也许就是年的滋味吧，一年又一年，不变的是过年的形式，不变的是温馨的滋味，而变的是越来越多成长的旅程，是谈吐间不断增强的自信与坚毅，所以，开心的母亲笑眯眯地说：今年人齐，留个全家福吧。

（2019 年第 1 期《姑孰风》）

五月的凌云山公园

5 月是花儿的季节，如果将全年各种花儿编写成一部以花儿为主角的歌剧，那么 5 月就是歌剧中当仁不让的高潮部分，因为至少有一半的花儿在这个季节里或热热闹闹或畅意奔放或悄无声息。当然，美丽芬芳的花朵需要一个登场的平台，而当涂县凌云山公园就是这样一个甘愿奉献的平台。

5 月和煦的阳光洒满了凌云山公园的每个角落，47.9 公顷的范围内碧波荡漾，绿叶成荫，竞相绽放的花儿或点缀，或成片地铺洒在公园里，璀璨似锦，引得人们纷至沓来，特别是周末，悠闲、惬意的游人或漫步绿道坡堤、亭台曲桥，或三五成群地伴花而卧谈天说地，不知疲倦的孩子们则是四处追逐、嬉闹着，如蜂蝶般将五月的凌云山公园妆扮得兴趣盎然，如诗如画。

凌云山公园是当涂县续环护城河公园、环襄河湾公园后又一个大型、开放性的休闲、娱乐场所。公园地处主城区东南角的姑溪河畔，以凌云山为主要景点，东望白纻山，南眺大青山，西边的振兴南路连接着桃花村、万山村、詹村等环大青山旅游区，北边的滨河路将公园与居民区相连，使得整个公园如居民区的后花园般温暖温馨。

有山就应该有故事，就应该有了不起的典故，不到百米高的凌云山虽然占地面积不大，也无峭壁怪石、虬枝盘曲可寻，可是在它的西南山脚下有一处命名为"和合洞"的天然洞穴很不简单。传说该洞穴原本深达数百米，曾经是宋朝时期的和合二仙在当涂修行时的洞府，另有传说北宋年间在杭州西湖兴风作浪的黑鱼精被镇压后念避土仙术潜逃至当涂县的出口，这就让小小的凌云山顿现灵气缭绕、仙乐飘飘之态。20 世纪 70 年代初我曾与同伴们进过此洞穴，那时洞穴已经被河泥淤塞，只有一米多高，十来米深，最深处的淤泥中留有一径约 20 厘米半圆形的洞口，黑洞洞的，不知延伸至何处，后来开山采石将洞穴填埋，近些年才被清理出宽、高均近四米，深度约五米的山洞，不过道教一景观却成为佛教道场。

凌云山巅有 2011 年重新建造完工的七层八角凌云塔，这凌云塔可是多灾多难的修行之处，该塔最早始建于明朝嘉靖年间，当时就有算命先生言该塔每百年必毁于天灾，也果真如此。该塔确实是每百年毁于天灾一次，最近一次是 1911 年毁于暴风雨中，历经百年才得以重修。该塔是当涂县风水格局中不可或缺的一个基点，她与城北郊的黄山塔、城西郊的金柱关塔遥相呼应，成三足鼎立之势，人说此为太平鼎盛之风水，所以当涂古称太平府。这三塔与原先穿城而过姑溪河上的上、下两座浮桥并称为"三塔两浮桥"，从清朝初年起就是当涂县的标志物。近年来在山的南、北两面分别修建了一个大悲庵佛教道场和一座基督教堂，也已成为凌云山公园的标志性建筑之一。

在凌云山东面一小山坡上，新建了一座名为"之仪阁"的三层楼阁，据说是为纪念北宋著名词人李之仪而建，该阁的正南面约百米靠姑溪河北岸有一仄卧巨石，名钓鱼台，相传是李之仪被贬官在当涂时的钓鱼场所，也是《卜算子·我住长江头》的灵感诞生之处。此钓鱼台更是距今五六千年的新石器晚期遗址，是千百年来先民们在当涂县这片美丽富饶、充满活力的土地上繁衍生息的证明。据说 20 世纪八九十年代，细心的人偶尔还能在遗址周边找到先民们使用过的斧、刀、镞等石块或土瓦罐等器皿的碎片，曾有人在遗址上还挖到过黄豆般大小的朱砂，是此地的原产出还是先民们使用时遗留下来的就不得而知了。今天，我们站立此处，似乎能听到我们的祖先从远古穿越历史尘雾而来的铿锵有力且坚韧不拔的脚步声，似乎看到了祖先那穿越千万年时光的饱经风霜且睿智深邃的目光，让人不由自主地感受到当涂历史文化的厚重与文明传承的重任。

凌云山三面环水，整个山南边被一条南北向的土埂分割成两个池塘，这两个池塘应该是当年修筑姑溪河大埂时留下来的，西边的池塘据说是 1954 年姑溪河发洪水破堤时被冲刷出来的，东北角有一亩许大小的小池塘，东边环绕着一条水沟，南北延伸数里有余。这几处不知名的池塘四季清澈，水面错落着荷花、睡莲、芦荻等水生花草，众多知名或不知名的水鸟不时将平静的水面犁出一道道波纹，所以这里也就成了钓鱼爱好者垂钓休闲的绝佳场所。

丰富而又厚重的人文传承，凌云山在现代注重文化传承的人们的手中注定不会寂寞，所以，花就成了现代凌云山的载体之一。虽然凌云山公园的花儿从春节前后就开始陆续绽放，可那都是一些零星的木本花，如腊梅、梅花、垂丝海棠、白玉兰等，只有到了 5 月草本花大面积盛开时，才是凌云山公园最美的季节。

5 月，美丽月见草最先开放，一时公园南面的河岸、堤坝等被染成了粉红色；这也是让人紧张的时候，因为如果你不小心随便一脚踩歪了，几朵或十来朵稚嫩的花儿便成为你脚下的花魂，所以这时无论是休闲还是旅游的人们都是小心翼翼地沿着休闲绿道穿越花海。紧随着大面积开放的便是剑叶金鸡菊，特别是在公园东面的堤坝上，一条条剑叶金鸡菊组成的花带成了最靓丽的风景，还有格桑花、黑心葵、紫苜蓿、矢车菊、杜鹃、蔷薇等。此时的公园就成了花儿的海洋，微风吹过，花朵轻颤似波光粼粼，再加上凉爽清新的空气，游弋其间，恰如瑶池仙人般氤氲如烟、自若潇洒而又情趣飞扬。

于是，5月的凌云山公园也就成了争奇斗艳的场所，是人比花娇，还是花赛人艳，只能是仁者见仁、智者见智了。

（2019 年第 2 期《姑孰风》）

米井巷，我童年时的游乐场

米井巷是我祖父母居住的地方，我从不满三岁起在这里度过了 10 年的时光。

米井巷是有"九街十八巷"之称的当涂县原城关地区非常大的一条贴近城南姑溪河边的巷子，巷子呈直角，即由东向西再拐向北。米井巷准确地说是由两条巷子组成的，由东向西约 150 米叫米巷，由南向北约 200 米叫天井街，这两条巷子都很宽，最宽处近 15 米，最窄处也超过七八米，所以说它是条街一点也不为过。从我记事起，人们都习惯性地将这两条巷子统称为米井巷，具体原因应该是与新中国成立后政府统一制作的门牌号码有关。

当然，这条巷子之所以被称为米井巷，还应该与这条巷子的功能有关。据史料介绍，贴城南而过的姑溪河东连江、浙，西出长江，在水路运输为主的年代里，这条姑溪河自然而然成为南粮北调的重要水道之一，得地理之利，位于姑溪河与长江交汇处的当涂城，也就成了南来北往商贾、船工们休息、补给的重要港口之一，更是在明朝以前成为我国著名的四大米都之一，后因长江在此处的航道改变，当涂米市才让位于紧邻当涂的芜湖市。而离姑溪河不足百米的米井巷，应该是当时南来北往的粮商们进行粮食贸易与临时储存场所，成为米市并且被称为米巷也就理所应当。这里不仅是米市，过去的政府机构、医院、商会及教堂等，都在这条巷子里或巷子的周边地区。当然，米井巷被粮商们选作米市，还与这条巷子所在地的神奇之处有关，因为这条巷子被称为当涂主城区的鲫鱼背，即是说此地的地势很高，听说在20世纪50年代发大洪水时，整个城区都被溃堤的洪水淹没、浸泡，唯独米井巷是个例外，洪水来得猛，去得也快，几乎没有被洪水浸泡。

　　米井巷地处当涂城水路运输的交通便利地段，它东头连着东大街，由此向南不足百米即是曾经的姑溪河小火轮码头，或者称为上门口（古称上南门）。在我记事时这个码头主要以客运为主，曾经的这里用车水马龙来形容一点也不为过。不过童年时，爷爷奶奶坚决不让我单独来此处玩耍，因为这里有太多的不安全因素。不但车多人杂，而且南来北往的船只也多，有时一下子能有十多条大型船只撑着又高又大的风帆，浩浩荡荡地停靠在码头上，家长们都说这是船帮来了，他们就爱拐骗小孩到船上做童工，所以，就是大人不说小孩子们也不敢单独到此处玩耍。巷子的北头连着南寺街，我记事时这里叫团结街，这里可是无可争议的繁华地带，是当时当涂县最大的生活日用品的集中贸易区，就是今天当涂城区的面积扩大了一倍多也依然如此。这里因此成为我们童年时最爱的地方，因为各种各样的美食太多了，有时我们在供销社或食品商店门前能傻呆呆地站上一个多小时，为的就是多闻一闻店里飘出的糖食的甜腻、卤食的香糯，就是副食品店的咸菜味道，也让我们的鼻子抽动不已。

在米巷与天井街的拐角处，有一条约 5 米长的坡路与南城头相连，翻过南城头就是我们习惯性叫"市河"的南内城河。听说这条河在隋朝时就有了，比明朝时所修筑并且保存完好的、现在当涂人引以为傲的护城河还要早，只是这条环绕老城区的内城河现在基本上已经填平，只有在南京军区驻当涂的八六医院东北侧还留有一段，称之为玉带河。在南城头的这一段"市河"里我们学会了游泳，同时也学会了垂钓、摸虾、抓青蛙、捞蝌蚪，当然，为此我们可没少挨家人的打骂。另外还有两条巷子呈东西向在天井街的中段横穿而过，一条是铁丝巷，顾名思义这是一条如铁丝般细窄的巷子，也是当涂主城区十八巷中最细窄的巷子，它与米巷同长，最窄处不足一米。另一条叫柴巷，柴巷的西出口连着另一处姑溪河的码头，俗称下门口（古称下南门），这个码头以货运为主。童年时我们到这里玩耍的次数更少，原因是这里与我们差不多大的小朋友一个个长得又高又壮，我们打不过他们，这里是整个米井巷小朋友的禁区，就是有时不得不跟随大人们从这里路过也是提心吊胆的。

当涂县虽然受战乱影响很大，而且在抗日战争时期城区还被日本人的一把火焚烧了半个城，但是在米井巷内还是保留了很多徽派建筑的民居，粉墙、黛瓦、马头墙、小阁楼，还有高大的女儿墙。黛瓦上长有成片的瓦松，背阴处的屋檐、墙角长满了旺盛的苔藓。每到夏夜，忙碌的壁虎在已经斑驳、灰暗的墙壁上四处乱窜，蝙蝠们无声地盘旋在夜空中，让你不能不对这不知存在了多少岁月的房屋顶膜礼拜。当然，我们这些小孩们却不喜欢这样的房子，虽然它有阁楼让我们躲猫猫，有粗大的梁柱让我们攀援，更有那数不尽的墙角缝隙里所躲藏的蟋蟀在轻歌慢语，但是，阴冷、灰暗、潮湿、狭小，还有四处逃窜的鼠，不慌不忙蜿蜒在屋内各个角落的"家蛇"令我们害怕，更不要说在这些老房子里流传出的怨魂鬼怪故事了。所以，惊恐与畏惧的阴影时时陪伴着我们，这也是让我们非常羡慕那些新建成的集体宿舍的原因所在，虽然这些房子也不太大，可是胜在宽敞、明亮、干净，而且每次居委会的大妈们进行卫生检查时，这些房屋的门楣上总是贴着"最干净"的红纸条。

我记事时，米井巷的路面主要由两部分组成，一部分是用碎石子与"狗头石"掺合在一起铺成的路，不过碎石子铺得比较薄，坑坑洼洼的，很不好走，一到下雨天一个个小水凼子到处都是。还有就是用大条石铺成的路面，所说的大条石就是从山里开采出来的青石、麻石等石料。这种路至少也应该是清朝时留下来的吧，路有三米左右宽，先是用大条石构成三条纵向的框架，框架中或是用青石条，或是用麻石条填充，每块条石都有近 1 米长、40 多厘米宽、20 厘米左右厚，所有的条石都被岁月打磨得光滑、圆润，古朴的气息让整条巷子厚重、悠远。这条路最让我们兴奋的是经常能在条石的夹缝里或碎石下面淘到明清时期的铜钱、铜板以及战争年代留下的子弹壳等，曾经有人还淘到过一块有铜钱大小的玉佩，所以也使得这条路损坏得更加严重。大概在 20 世纪 70 年代初这条路被改建成了水泥路，这个乐趣也就没有了，不过，在这条巷子一些犄角旮旯里，只要仔细找，有时还是能找到一些可被当成古董的老物件。

　　20 世纪 70 年代前，整条巷子周围还有很多荒芜的空地，不仅野草、杂树丛生，还有一堆堆不知道是哪个年月遗留下来的破砖碎瓦。那时的人们可不敢随意在公共场所的空地上种菜，最多养点鸡、鸭、鹅，以前还有养过猪的，后来也不让养了。当时居委会的大妈们可是非常认真，整条巷子无论人或物都被治理得服服帖帖，那时如果哪家小孩不听话，一句"居委会的来了"比"警察来了"还好使。不过这些空地也是吵嘴打架的易发地，全年大多数时间都是为了家禽蛋争吵，因为这里经常能捡到也不知是谁家的家禽在此生下的蛋，这当然是谁捡到算谁的，可是辛苦又操劳的主妇们不干了，要知道在那个物资贫乏的年代，一枚家禽蛋可是正儿八经的一道菜。而一进入秋季，家家户户的主妇们就开始为争夺这些空地里自然生长的野草、杂树而寸步不让，那可是宝贵的"柴火"了。在煤炭凭票供应的年代，柴火是每家每户必须储备的战略物资，所以，为了争夺这些无主的柴火，有时男主人们也不得不赤膊上阵，这时就算是居委会的大妈们也制止不了。

　　当然，在我记忆中印象最深的就是巷子里的树，大大小小的树有很多，其中还有不少株被我们称之为"老树"的古树，如果现在还保留着的话，估计会给它们建立户籍档案被保护起来，要知道有几株"老树"连两三个成年人都抱不过来。目前我所能记住的"老树"分别是两株楝树、两株构树、三株枣树、三株枫杨、一株刺槐等。而且更有意思的是，用现在话讲就是两两相近的同类树种一定会分出雌雄，如那在民国年间设立的工商会所办公的院子里的两株楝树，相距约五米，一株主干有十一二米高，表皮相对光滑，一抱粗细，树冠也不大；而另一株主干只有约三米高，树结众多，主干要两个成年人勉强才能抱得过来，树冠也广。还有在这个院子里的两株距离相近的构树也同样如此，我们一直称构树为"谷谷子"树，一株粗大低矮，三个大人都抱不过来，而相邻另一棵构树却精细高大，大人都说粗壮低矮的树是母树，而高大精细的为公树，这个我可说不清楚。不过，构树很是招人喜欢，每年春天树叶长得有巴掌大小时，一定会有附近生产队的村民来打树叶，说是喂猪用，平时大人们都用它的树叶擦洗油腻的锅碗瓢盆，还有人家将树叶晒干后储存起来冬天用，而构树上的红果子让我们又馋又恨，因为它很甜，可是吃过后每次都要"闹肚子"，所以我们只能眼巴巴地看着这些红果子被苍蝇吃。

这些"老树"是我们的乐趣所在，如果说米井巷是我童年时游乐场，那么这些"老树"就是游乐场里的摩天轮。春夏秋这三季，只要有空我们一群小孩都会爬到树上玩耍，特别是那株粗壮的楝树，四五个小孩爬到上面玩耍一点事也没有，而且楝树上还没有如"洋辣子"这些让人畏惧的虫子。还有那三株枣树了，这可是我们的最爱，要知道在物资贫乏的那段岁月，我们这群如饕餮般的小孩们连楝树果子都忍不住要尝一尝，何况是又红又大又甜的枣子。所以枣树从发新芽开始就是我们重点关注的对象，就是解小便都要跑到枣树下解，说是给枣树施肥，至于什么时候开花、什么时候结果、什么时候枣子由青转白了，都如日记般被我们牢牢记在心里。等枣子刚刚染上一点红晕，幸福的季节也就到了，我们这群十来岁的小孩们一个个就像打了鸡血一样整天处于亢奋中。虽然每天都会被家长们反复告诫、吓唬说如果从树上摔下来会断胳膊断腿，虽然每天被树主人反复呵斥、驱赶，虽然每次都会被"洋辣子"给辣得眼泪鼻涕一大把，可是我们依旧每天都会想方设法偷偷爬到树上去采摘那诱人的果实，哪怕回家被打、被骂也决不悔改。

那是一段吃饱了就睡、睡足了就玩、玩累了就吃的快乐时光，就如大人们叫骂的"板凳上长了钉子""床上面有玻璃"一样，整天想的就是"巷子里肯定又发生了什么好玩的事"而不能错过一般，三五成群地游荡在巷子的各个角落。还有那夏日的夜晚，沿巷子的路两旁摆满了一张又一张的竹凉床，每一张凉床上都有听不完的故事、唱不完的歌声和扯不断的嬉闹声，更间或南城头上那个瞎眼老爷爷一阵又一阵悠长的"沙沙蚕豆嘞，粒粒开花两颗多"的叫卖声，让酷热的夜晚凭添了几分清凉的趣味；为了争夺在巷子里的主导权，我们如好斗的小公鸡般时不时地纠缠扯打，虽衣撕裤破、虽头破血

流、虽无论胜败都吓得不敢回家也决不退让；最辛苦的
是自己制作玩具，或是撅着屁股到处寻找水泥路面将汉
白玉石子、青石子磨成小蛋子，或者使劲摔打着黄膏泥
制成手枪、房屋、汽车等所能想到的玩具模型，或者费
劲地用六号或八号铁丝制作铁丝枪，或者在自行车修理
铺前收集自行车链条制作火柴枪等，再用这些自己制作
的玩具呼啸于巷子的每一个角落，相互比拼着各自玩具
的精美或准确度；还有在那些斑驳的墙壁上，沿着那些
斑纹描绘出一个个似兽似禽似人似物的奇形怪状的图
案，虽然被墙壁的主人叫骂、被居委会的大妈们堵在家
里"告状"而吓得痛哭流涕发誓改正而转眼又忘得一干
二净等。这就是我的米井巷，这就是我童年时代的游乐
场，虽然过去快 50 年了，可是我每每想到这些，情不
自禁的笑意总是会在嘴角显现。

　　20 世纪 70 年代后，房屋渐渐增多了，巷子拥挤
了，拥挤的巷子再也没有我们称王称霸的空间了，但是
对于我们这些已经踏入校门的孩子们来讲，又有了更广
阔的玩耍空间。因为我们长大了，玩耍的空间再也不仅

仅局限于米井巷这个小小的游乐场，我们已经有胆量不在家人的陪护下到小火轮码头去观看那撑着又高又大风帆的船只，我们可以瞒着家人到离家三四里路远的护城河里游泳；我们有能力到离家五六里路远的凌云山去寻找传说中的黑鱼精、和合二仙洞；步行一个多小时到小黄山游玩传说中，一个外来的瘌痢头和尚带着一只瘌痢皮猫与金鼻白毛老鼠精斗智斗勇的战场；一座晋朝时期建筑的五层没有楼梯的空壳子宝塔；步行两个多小时爬到七层高、明朝建筑的金柱关宝塔葫芦顶上冲着滚滚北流的长江高声唱着"大海航行靠舵手""东风吹、战鼓擂"；步行近四个小时到采石矶，学着大人们的样在三元洞的阁楼里买一碗大碗茶，嚼着采石茶干抖着腿七嘴八舌地吵吵着怎样才能帮那个长着长胡子的老爷爷把长江里的月亮捞上来；再后来，我们走出了当涂，南下北上开始满世界寻找自己的人生机遇。再以后米井巷彻底改变了模样，所有古老的徽式建筑，所有的"老树"，包括南城头，包括"市河"都没有了，随之而来的是全新的现代化建筑。童年时的米井巷也彻底埋藏在了我的记忆深处，只是在我满身疲倦或者步履维艰时，总会不由自主想起米井巷，我童年时的游乐场，这埋藏在我心底的窝巢，我人生旅途的源头，那一份温馨，才是我人生温暖的家园。

翻看着祖父的任命书

自今年 8 月中旬以来，我参与了县局"公安工作展示馆"的实物征集工作，此次征集的内容是从 1949 年 5 月初当涂县公安局成立至 20 世纪 90 年代末，所有与公安工作有关的资料、物件等，包括文件、会议记录、手稿、照片、警用装备、警服及警章、警徽、工作证等等。征集活动开展后，受到了全局以及全县上下的热烈响应，所征集物件的数量与质量均超出了我们的预期，短短十来天的时间，就征集到与我局历史有关的实物近 800 件，更让我意外的是在县有关部门查阅与我局有关的历史资料时，却意外发现了我祖父在新中国成立初期的 5 份任命书。

　　我祖父蔡某亭出生于 1901 年，是本省无为县人，他于 1937 年 10 月参加了八路军（应该是 1935 年，从 1935 年开始爷爷已经投入对敌斗争中，但具体资料缺失），在解放战争的后期，他应组织要求转业其战斗过的地方，即当涂县。而这 5 份任命书所记载的人生轨迹，是爷爷的生命历程，也是一个老革命家所走过的历史必然。这五份任命书分别为：1953 年 1 月 5 日任当涂县委委员、1953 年 2 月 24 日任当涂县委纪律检查委员会委员、1953 年 3 月 25 日任当涂县委组织部长、1955 年 12 月 26 日任当涂县委常委、1956 年 5 月 6 日任当涂县委监委书记。这是我爷爷的骄傲，也是我们这些子孙的骄傲。我的爷爷，只是一个普普通通的农家子弟，他参与了新中国的建立，作为一个普通的农家子弟，这已经是他的辉煌人生，可是他老人家并没有止步，就是退休了，也依然记住自己是党的人，时刻牢记着自己的使命。根据家人介绍，1963 年祖父就主动申请离休，原因是自感文化与知识水平不适应祖国建设的需要，主动离开县领导的岗位，但是在 20 世纪 70 年代初，他又应县委要求，与其他几名离退休老干部一道，创办了"当涂县发扬革命传统小厂"（后更名为"当涂县纸袋厂"，即生产纸质水泥袋的工厂）。该厂成立的主要目的是安置本县军、烈属的家属，解决部队官兵们的后顾之忧，从此至 20 世纪 70 年代末才真正彻底退休，需要说明的是他与另外几名离退休干部虽然创办了这家工厂，却不在工厂拿一分钱的工资、补助等费用以及劳保福利。

祖父在当年可以说是这个小县城的风云人物，可是在我的记忆里，他只是一个满脸胡子碴的慈祥老人，是一个整天只知道与他孙子抢小人书、小玩具的讨厌老头，是一个常常默默无声坐在藤椅里与世无争的长者。我也知道，我祖父年轻时肯定是一名令行禁止、雷厉风行的党员干部，也是一个不愿听解释、以坏"脾气"著称的领导，就是到快要卸任县纸袋厂书记职务时，他还在全厂职工大会上拍桌子骂人。他的文化水平不高，是在部队才开始识的字，所以他对小人书情有独钟，特别是对电影类的小人书尤其喜爱，虽然有时小人书他看得也很费劲。可是随着年龄的增长，我知道，是我的祖父，以及与他同时代的祖父们，奠定了新中国的基石，是他们捍卫了新中国的尊严，是他们以对党、对新中国、对中华民族的绝对忠诚，一边工作，一边摸索着理政经验，在一穷二白的基础上，很好地解决了四万万民众吃、穿、住、行的首要问题，是他们将一个以农业、手工业为主的国家，改造为一个欣欣向荣的以工业化为基础的现代化强国。

这是一个怎样的传奇呢？在查阅档案时，我看到了很多在新中国成立初期，县委县政府关于粮食调配、生产物资供给、春耕秋收劳力分配方案等命令、通知，更有对夹鞋（二层布的鞋子）、蚊帐等生活日用品的分配方案等，还有很多对贪污腐败、铺张浪费等问题处理决定的通报，其中 1951 年的一份处理贪污问题的通报，金额是 250 元（折合现在的币值为 2.5 分）。这些命令、通知、通报、计划、方案等涉及我们日常生活中衣、食、住、行的方方面面，从中我们可以真切地感受到新中国成立初期物资贫乏，统筹调配上的事无巨细，行政命令、指导上的令行禁止以及对贪污腐败行为严惩不贷的决心。当然，还有天灾人祸对社会稳定的影响，从这些文件资料中可以看到从 1950 年至 1954 年，水灾水患一直影响着我县经济的发展与社会的稳定，而国民党潜伏的特务、土匪等，也不断干涉、扰乱着我县的社会治安秩序与经济秩序，真正是百废俱兴、白手起家。但是，我们的祖父们却是坚定不移地在党的领导下，排除万难、发奋图强，经过十余年的不懈努力，与全国人民一道稳定了社会秩序，夯实了国民经济基础，当社会主义建设高潮来临之际，他们又毫不犹豫地离开了领导岗位，让一批又一批有文化、有知识、有理想、有抱负的年轻人走上了领导岗位，让社会主义建设事业沿着更加健康、更加科学、更加有序的轨道迅猛发展。我翻看着这些老档案，心中涌现出的词汇是：崇高、伟大。

这不能不让我们感动！为了理想与信念，祖父们投身到革命战争中，抛头颅、洒热血，创建了一个由广大人民群众当家作主的新中国，随后他们又在中国共产党的领导下，不畏险、排万难，殚精竭虑地建设着一穷二白的祖国，等到祖国稳定，经济建设高潮来临之际，他们又急流勇退，默默地为新一代的建设者们甘当阶梯。这就是我们的祖辈们，这就是那一群"头顶着高粱花"的共产党人们，他们用他们的行动，践行了"为共产主义事业奋斗终身"的誓言。

一代人有一代人的责任，一代人更应该有一代人的担当，我们不能指望着我们的前辈们将所有困难与问题都解决好，我们更不能非议或指责我们的前辈们某些工作、决策上的过失或失误，因为我们的前辈们在当时的特定环境下，所采取的政策与策略只能符合当时特定的历史时期与历史环境。而我们所要做的就是应该沿着前辈们的脚步，将前辈们的理想与信念更好、更扎实、更科学地巩固、实现与发展，这才是马克思主义的科学发展观，是科学社会主义的灵魂所在。《中国共产党章程》指出："中国共产党以马克思列宁主义、毛泽东思想、邓小平理论、'三个代表'重要思想、科学发展观、习近平新时代中国特色社会主义思想作为自己的行动指南。"这是中国共产党从新民主主义革命至改革开放以来，社会主义中国所走过的一脉相承而又与时俱进的各个历史时期，是中国共产党坚持不懈走社会主义道路的历程，是一代又一代中国共产党人薪火相传的实践着科学社会主义理论的总结。

这条路还在延续，新的一代又一代共产党人们，正在用自己的忠诚，用自己的行动，踏着先辈的足迹，为实现先辈的理想而不懈努力。

"大寒"之季话大雪

　　终于盼来了2016年的第一场雪，而且还是在24节气的最后一个节气，"大寒"节气的第一天。

　　近些年江南平原地区雪量逐年减少，而且雪下得也越来越迟，记得小时候经常是每年的11月上旬就开始观赏飘飘洒洒的降雪景象，21世纪后则往往推迟到入九前后，而今年尤甚。江南本少雪，现在更成了一件稀罕事，所以，当天气预报告知"大寒"之日将降雪时，街头巷尾随处都能听到人们兴奋地以雪为话题而延伸的如储水、储菜、备寒等讨论。

　　而且现在下雪的雪量也很小，这些年除了2008年的那场大雪让人记忆犹新外，基本上没见过大雪，那种一场雪下来满野皆是厚厚的积雪已经是记忆中的事，就是 2008 年的那场给整个南方带来诸多不便的大雪，也不如 20 世纪六七十年代的雪量大，更不要说我们这些曾经在北方生活过的人。记得是 1982 年冬天，那时我在吉林省服兵役，一场大雪从晚上 11 时许开始下到第二天凌晨四时许，大概是凌晨五时，我们连长不放心睡在离连队宿舍约 70 米处养猪房的我与炊事班副班长，等到了养猪房一看，近 2 米高的养猪房已经被积雪覆盖得只剩下屋脊和烟囱了，全连 40 多人用了近 3 个小时才将养猪房门前的积雪清理干净。而正常情况下一场大雪下来，我们只能清理出一条条小半米深的雪径供人行走，而且积雪融化的时间也长，这在江南地区却是不可见，也不可能见到。于是近些年来，北方地区开始在"雪"上大做文章，各类与雪有关的旅游话题层出不穷，引得人们特别是南方人心驰神往，跋涉千里，只为数日观雪，虽花费较多而恣意洋洋。

无雪不为冬，雪是冬天的精灵，她带给了我们太多太多的乐趣与想象。

每一场雪都是儿童们的狂欢节,打雪仗、滚雪球、堆雪人、寻冰挂,每每到了冬日,这些景象都会不由自主地出现在我们的脑海中,都会将我们带回那无忧无虑的童年;"瑞雪兆丰年"是写入教科书里面的常识,是那些将大地沟壑写在脸上的农人祈盼;"战罢玉龙三千万,败鳞残甲满天飞"是诗人的豪情与烂漫,咏雪或与雪有关的诗歌文章、佳句俗谚遍布我们的语言典籍、生产生活中。当然,"瀚海阑干百丈冰,愁云惨淡万里凝。"大寒节气是二十四节气中最冷的季节,是与冰天雪地、天寒地冻等自然景观相关联,在这个节气里下雪,也就意味着地面积雪将保存很长时间,给人们的生产生活必然带来极大的不便。

不过,四季轮回,一季一景,暑寒清爽,缺一不可。顺应,让我们在四季里感悟自然轮回的轻语;享受,让我们在四季里观察生命旅程的足迹。就让我们从漫天飞雪开始,开始这四季新的一轮轮回,开始着生命又一段的旅程。

雪,真的很美!

简单的生活

俗语有云：世上本无事，庸人自扰之。

这句话一般都来自师长或良友的规劝，也有为智者的自嘲，其意无非就是让人少想一点烦恼的事，或者不要疑神疑鬼、自找麻烦，与自己过不去。然而，作为一个社会人，我们自从诞生之刻起就属于这个社会，就开始与周边的人或事有了千丝万缕的关联，有形或无形的、各种各样的关联让我们无法超脱于现实社会而存在。于是，"事"也就无处不在，无时不显，谁也不能避免，也无法躲避，故此世间也就不存在庸者，而只存在对待生活理念的差别。一念之差带来的是喜悦与苦恼、抒怀与郁闷、灿烂与压抑等，辗转腾挪间或让我们疲惫不堪而心灰意冷，也或屡败屡战而踌躇满志。

前几天外出旅游时与开车的师傅闲聊，这个很喜欢聊天的师傅自豪地说他最大的爱好就是品茶，因为时间关系，他只能每天早上五点起床，洗漱后先喝一杯温开水，再烧壶水泡上一杯茶慢慢地品，边品茶边弄弄花草，哼哼小曲，想想当天所要行车的路程与路况，等到六点半上班时，再重新泡上一杯茶带着开始一天的工作，他说他这一习惯已经坚持了十几年。不难看出他是一个很有生活品位的人，也是一个很简单的人，在这个时时刻刻都存在着激烈竞争压力以及物质生活极其丰富的现代社会生活中，他只需要一杯茶，只要每天早上能够安安静静地品好一杯茶，就感觉到非常满足，并且为此而自豪。

其实生活有时就这么简单。作为每天都要满载着一车游客东奔西走的长途汽车司机，其责任与心理压力何其之大，如何排解好这份沉甸甸的心理压力应该是这位驾驶员师傅不能不考虑的首要问题。于是他选择了每天上班前这一个半小时左右的时间作为"自留地"，在这块"自留地"里每天重复着相同的生活而乐此不疲，也许你会感到这位师傅很是无聊，或者这位师傅太容易满足。可是，我们只要仔细地分析一下就不难发现，这位师傅在"自留地"里自娱自乐的核心并不就是简单的一杯茶，而是以茶为引子，核心落在"安全"这个词上。他十几年如一日地在出车之前，将每天所要行驶的路线在脑子里反复推敲，就是要对一天里所要行驶路线中可能出现的各种影响安全的因素进行预测，从而确保每一次的行车安全。只有安全了，他的生活也就有了质量，也就确保了他自己以及全家人的幸福，所以他为自己的这一习惯而自豪与满足。这就是他对待生活的理念，十几年来一直不变的以"安全"为核心的简单生活，一切与安全无关的人或事，对于他来讲都是小事，都能够包容。

我们一生中肯定会遇到很多的"事"，有高兴的也有不如意的，这些"事"并不因为我们是不是"庸人"而客观存在，并且将伴随我们的一生。既然我们躲无可躲、避也难避，与其愤世嫉俗、牢骚满腹，不如将自己的生活设计得简单一点，在简单的生活中追求那一份简单的幸福与满足。需知，再简单的幸福与满足，也是幸福，也是满足。

桃花节上的那些事

    今年我县"大青山桃花节"的特点如果从公安机关的角度来说,就是压力山大,全县所能抽调出的警力全都压上去还是感到警力紧张,原因无他,一是天气好,温度适中,再加上清风徐徐,桃红柳绿,不出门游玩简直就是在与老天爷拉仇恨;二是与清明节搅和到了一块,尤其是4月2、3、4日这三天,似乎全县都成了"大青山桃花节"的主景区,到处都是人与车,就是到了下午的4时多依然能看到缓缓的车流涌向主景区,这也导致了原定每天17时下班的警察们有一部分只能继续坚守在岗位上。早上7时半至下午17时多,近10小时繁重的工作量所获得的最大成果,就是顺利、平安、

圆满完成了 2017 年我县"大青山桃花节"与清明节的
安保任务，这是我们的骄傲。辛苦是辛苦，苦中也有
乐，我们在执勤中遇到或听说过一些鸡毛蒜皮的小事，
如果你将这些小事掰开来，再揉碎它，却也让人很是
回味。

交警与治安警

清明节的三天我们单位的执勤点在诗仙路詹村附近
"大仙堂"寺庙处，这里有一处公墓，我们的任务就是
劝导来此处祭扫的车辆不要停靠在公路边，确保公路的
畅通，因为这里的路比较窄。虽然工作的性质很简单，
但是工作量却非常大，而且还非常烦琐。我们从早上
7 时半到岗后，即开始不停劝导着一辆又一辆来此祭扫
的车辆，也就不停与驾驶员们发生摩擦，好在目前广大
市民的素质都很高，绝大部分的驾驶员至少在表面上对
我们的劝导都很配合。之所以说是表面上配合，因为驾
驶员们虽然按我们的引导将车辆停靠到指定停车场时，

但心中是不服的，从他们时不时地动几下的嘴唇就可看出。

目前，我县的大型户外活动越来越多，全警参与维护交通秩序是必然趋势，否则我们无法向县委县政府和全县人民递交一份满意的答卷。但是，在大型户外活动的安保中，群众对不同警种的认同感也不尽相同，如驾驶员们对头戴白色警帽、穿着反光背心的交警认同感就非常高，而对像我们这些从各个部门抽调出的民警的认同感就差多了，这是因为驾驶员们都知道我们不是交警，知道我们没有权力处罚他们，是"打酱油"的。可是如果发生了治安纠纷，我们这些执勤民警又被群众划归到了交警的行列。比如4月4日执勤时，在进入大仙堂公墓的山道上两台车因让路的小问题而引发了冲突，我队三名执勤民警全部上前制止，虽然制止住了斗殴行为，可是双方依然争吵不断，并纷纷打电话给亲友寻求帮助，可是等辖区派出所的民警一赶到现场，双方立即鸦雀无声。

这一段时间我也跑了不少外地的旅游景点，特别是那些4A、5A景点在节假日期间的安保工作，同样也与我们的安保情况一样，有交警，也有抽调的其他警种的民警，可是感觉上和我们这边不一样的是，当地游客（这个从车牌、游客的着装以及所带物品等很自然地就能分辨出来）对交警与这些执勤民警的认同感基本上是一样的，根本没有爱理不理或嘴唇动不停的现象，这说明什么？习惯，应该就是习惯。作为这些国家级的旅游景点，无论是交警还是"治安警"，加班加点应该已经是常态化的现象，而当地群众也习惯了不同警种的统一行动，可能对他们来讲，不管是什么警种，只要是在路面执勤的警察，都是法律的代言人，都必须无条件地听从警察的指挥与劝导，只有这样才能保证自己的人身安全。我想，随着我县大型户外活动的增多，广大市民也会对此形成习惯、达成共识。

当涂的桃花不美

今年我县的"大青山桃花节"是从 3 月 23 日开始的，紧随其后的双休日即吹响了我们维护桃花节交通与治安秩序的执勤行动。3 月 25 日上午 9 时许，正在待命的我们大队接局指挥中心的指令，要求我们立即赶赴和合小区处公交车总站处增援。这里本属县运管所的执勤点，因此地是前往"大青山桃花节"主景区的临时公交车的起、终站点，纷扰的人群让运管所不得不发出求助。等我们赶到时发现这里压力确实大，在此等车的游客队伍有四五百米长，虽然一趟又一趟临时公交车不断地将游客运走，可是长长的队伍依然只增不减，这一现象一直持续到中午 12 时许才有所好转。

"当涂的桃花不好看。"这是一群结伴而来准备坐202 路公交车返回的外地游客们发出的声音，等发现我们这些维持秩序的警察看着他们时，他们立即发表自己的观点："当涂的桃树被人为修剪得又低又矮不说，还没有一棵是老树，一点沧桑感都没有，花开得也不多，不像江苏等地的桃花那样树高花茂，老树众多，苍老的树与娇嫩的花对比之下让人浮想联翩。"当涂桃花节主景区的桃花确实"不美"，这些游客们的评论可是说到了点子上。桃树都很低矮，树枝也很稀疏并且只有一尺左右长，这就导致每株桃树上的桃花并不多，决无满树花团锦簇之态，而且在大青山的十里桃林中，也确实没有十年以上的桃树，据说在这里桃树的树龄只要超过七年肯定会被淘汰掉，原地重新种植新的小树苗。所以，在大青山的十里桃林中，我们看到更多的是黄褐色土地，桃花只是起到了点缀的作用，这与以李花、杏花等为主的景区不一样，更与如上述游客所讲繁花似锦的桃林也不一样。原因无他，因为当涂大青山的十里桃林并不仅仅是给人们观赏的，而是桃林的主人们养家糊口的收入之一，这些桃农们种植桃树的目的是收获桃树的果子。所以，这些桃林就是这样漫山遍野地种植在那里，游客们来观赏它是这样，不来观赏它仍然是这样，没有谁为了迎合游客们的雅趣而去改变十里桃林的实用价值，更没有哪级政府部门为了面子而强迫、命令桃农们舍本逐末地让大青山脚下的十里桃林"好看"起来。也正是因为如此务实的作风，虽然"当涂的桃花不好看"，可是却让当涂的桃花节跨度达到了六七个月，等到各种品种的鲜桃上市后，当涂的桃花节才宣告结束。

赔本赚吆喝

此次"大青山桃花节"听到比较多的就是"赔本赚吆喝"了，至于"劳伤民财""面子工程"等也不绝于耳。也是，为了举办桃花节，其他的先不说，就是清明节这三天里一个不是旅游城市的小县城投入的警力就达到了820多人次，所以整个桃花节期间的投入肯定是惊人的。那么这桃花节到底是"赔本赚吆喝"，还是"闷声大发财"呢？

3月26日有朋友游玩桃花节，回来后在微信群里抱怨，从万山、詹村再到桃花村，连午饭都没有吃到，只好买了一点小吃填了填肚子才有劲继续游玩。4月2日我与高中同学在詹村吃中午饭，这是几天前就订好的，这家小饭店本来只有六张桌，可是这天中午，饭店在大门口又加了三桌，却依然有游客在等着排桌。我们这一桌共12个人，菜、酒、饮料等各种费用加起来是560元，平均取500元，光这九桌就是4500元，这是一家饭店中午我所见到的收入，其他的饭店是什么样我不知道，只知道在我们吃饭时不断有人来打听可有桌子。3月25日我们在和合小区的公交总站执勤时，201路、202路等这些公交车的司机们，看着长长的队伍以及一辆又一辆满载游客的专用公交，羡慕得直流口水："暴利啊！"有司机说："早知道我请病假就好了，开个小中巴来一定赚翻了。"这些专用公交车每人2元，一台中巴车挤满大概30多人，按30人计算就是60元一趟，保守估计每台车一天也得往返跑十趟以上，确实不算少，至于如此众多的游客所带来的其他消费那就无法统计了。所以说，县委县政府举办桃花节可能确实是"赔本赚吆喝"，可是对于各景区的村民来讲，那可是一个非常大的商机。据不完全统计，清明节三天有17万人在"桃花节"的各个景区游玩，现在人们出游几乎都是早上出门，下午才回来，这大半天的时间肯定会产生消费，所以各景区的村民想不赚钱都难。 4月2日那天我坐专用公交车到主景区桃花潭，在车内有俩妇女在闲聊，其中有个约50岁大陇籍的妇女讲二十多年前，家里人给她介绍了一个桃花村的对象，她来相亲时一看桃花村的"那个穷样"，当场就把她给吓跑了，打死也不同意嫁到这里来，后来她嫁到了马鞍山市的银塘镇。她在叙述后低语道："没想现在这里富成了这样。"

不是尴尬的尴尬

无论是在和合小区的公交总站，还是在詹村执勤点，要说让我感到尴尬的就是游客问路。在公交总站这里还好一点，到马鞍山市的只要告诉他们坐202、203班线就行，而201、204班线只要问清需要到的地方，告诉他们是坐向东或者向西首发的车辆即可。而在詹村执勤点就不一样了，一个是问高速路口怎么走，这个相对来说还好一点，让他直接上青太路向太白镇方向走就行，虽然不知道诗仙路白象山矿的出口是否放行，方向总没有错。而另一个就是到石桥镇，我同样让他们上青太路再转向东北方向，这个也应该不错。可是有不少驾驶员都很疑惑，疑惑多了后来我也开始疑惑了，一打听才知道詹村这儿就有一条直通石桥的村村通路。这就让我很是尴尬了，我也知道这不能怪我，因为我确实不知道这里有一条近道能够通往石桥镇。之所以尴尬，是因为让那些问路的司机们多跑了不少冤枉路。

熟悉一个地方的地理状况应该是一名警察的职业素养之一，特别是辖区警察。当然我不是詹村所属护河派出所的民警，就是指路指错了也没什么事，而且大方向还是对的，但是如果在此执勤时，我能够提前做做功课，或者到了执勤点多少来点"八卦"精神，做个有心人，也许就不会发生这些尴尬的事。毕竟愿意和我们这些执勤警察闲聊的人还是很多的，而我们知道的越多，给群众的信赖感也就会越强，我想群众对我们的满意感也一定会提高。

记忆中的瘪子蛋

在我的记忆里，妈妈做得最美味的一次菜肴不是红萝卜烧肉，也不是蒸米粉肉、红烧鱼、筒子骨汤等，而是刚入初中时妈妈炒的一盘瘪子蛋饼。

所谓的瘪子蛋，就是在运输过程中因颠簸、挤压等原因而造成破损的鸡蛋，这种瘪子蛋在当年也是非常紧俏的商品，主要是因为便宜，又不用票证，而且还必须找供销社里的熟人开"后门"才能买到。好的鸡蛋是要凭票供应的，一户家庭每月也就一斤左右，一般人家都是要积攒到逢年过节时才买，比如春节时，摊蛋饺、煮五香蛋等，这都需要大量的鸡蛋。那时我们这些住在城里的人家虽然也养鸡，可是下的鸡蛋基本上都被存起来以备家里来客时应急，或者走亲访友时用，所以鸡蛋难得上一次饭桌，就是上了饭桌，不是至多两个鸡蛋的蒸鸡蛋糕，就是一个鸡蛋的青菜蛋汤、西红柿蛋汤，我们这样正在长身体的少年，每次都会将蒸鸡蛋的碗或汤锅吃得干干净净，当然，其他盛菜肴的碗碟或锅也同样如此。

记得是那一年四五月份的月末那几天，爸爸妈妈都出差了，连续两天都是由大我十来岁的大姐照顾我们姐弟三人，清汤寡水的饭菜让我们饥肠辘辘，连每餐大姐分给我们一小汤匙的酱油，都让我们紧张地盯着，生怕自己少了那么一点。第三天中午放学回家，习惯于晚回家的我刚入家门就立即被厨房里飘出的香味给吸引，浓浓的菜籽油香味中还夹杂着都不知道多长时间没有闻到的鸡蛋香味，我飞快地奔向了厨房。

妈妈回来了，只见妈妈正在煤炉上炒着小半锅金黄金黄的鸡蛋，上小学的弟弟正流着哈喇子围着妈妈转圈，蹦蹦跳跳地一口一声"妈妈"欢叫着，上高中的二姐早早将碗筷摆放在饭桌上，这会正瞪着眼睛看着那炒锅里上下翻飞的金黄色身影，大姐却是小心翼翼地蹲在厨房门口，将一摞子鸡蛋壳一个一个地倒扣在她心爱的几盆花里面，时不时地还扭头看看正在忙碌的妈妈。

这注定了是我们难忘的一餐中午饭，也是异常奢侈的一餐中午饭。等我们狼吞虎咽地将一大盘炒鸡蛋吞进肚子里后，才知道今天吃的是瘪子蛋，妈妈出差到某公社开展血吸虫防治工作，今天早上回来时，公社领导问妈妈，公社的供销社里有瘪子鸡蛋，问妈妈买不买，妈妈一下子买了 15 个，回家听大姐讲了这两天我们姐弟四人的情况后，妈妈二话没说就将 15 个瘪子鸡蛋全部炒了，不但放了比平时多出一倍的菜籽油，而且在快炒熟时，还加了将近一汤匙的猪油，于是，我也就深深地记住了这美味的瘪子蛋。

40 多年过去了，鸡蛋现在已经是我们日常生活中的常备食品，就像是油盐酱醋一般寻常，当然，也有很多家庭已经不吃鸡蛋了，较高的营养含量让一些高血脂、高血压等病人望而却步，就是我自己现在也很少吃，可是那一餐记忆中的中午饭，那香美异常的瘪子蛋却依然让我时时回味。

定价：240.00元（全5册）

ISBN 978-7-5068-9569-9

9 787506 895699

责任编辑：杨玲玲

［ 记述我们身边的生态 ］

陶立群 —— 主编

江东风雅集

刘 炜 —— 著

秋收冬已藏

中国书籍出版社

China Book Press

图书在版编目（CIP）数据

秋收冬已藏：刘炜著. --北京：中国书籍出版社，
2023.9

（江东风雅集）

ISBN 978-7-5068-9569-9

Ⅰ.①秋… Ⅱ.①刘… Ⅲ.①散文集-中国-当代
Ⅳ.①I267

中国国家版本馆 CIP 数据核字（2023）第 175256号

秋收冬已藏

刘　炜　著

图书策划	许甜甜　成晓春	
责任编辑	杨铠瑞	
责任印制	孙马飞　马　芝	
出版发行	中国书籍出版社	
地　　址	北京市丰台区三路居路 97 号（邮编：100073）	
电　　话	（010）52257143（总编室）（010）52257140（发行部）	
电子邮箱	eo@ chinabp. com. cn	
经　　销	全国新华书店	
印　　刷	四川科德彩色数码科技有限公司	
开　　本	880 毫米×1230 毫米　1/32	
字　　数	103 千字	
印　　张	5. 125	
版　　次	2024 年 1 月第 1 版	
印　　次	2024 年 1 月第 1 次印刷	
书　　号	ISBN 978-7-5068-9569-9	
定　　价	240. 00 元（全 5 册）	

自　序

　　岁月不居，时节如流。从在当涂县作家协会承办的文学期刊《姑孰风》发表第一篇文章算起，至今已近八周年。对一个刚刚高考结束的学子而言，第一次发表文章的心情是尤其激动喜悦的，这意味着自身的文学创作得到了初步的认可，令人难以忘怀。年少的心总难免有些轻狂。最初我总想着一鼓作气，涌动出一种冲动的念头，恨不得短时间内激发出自己全部的潜力，多发表些高质量的文学作品，好证明自己也是个作家的苗子。或许是文学的根基不足、阅读的作品较少，或许是作为学生的身份，一直以来都是温室中的花朵，社会阅历较浅，自身感悟不够，每每想要下笔时，心中有万般思绪，却不知如何写起，只得笑叹词穷，自嘲墨尽。刚开始的三年，好不容易挣扎着写出一篇短小的作品，满心欢喜向一些省级期刊投稿，结果都是石沉大海般没有回音。

　　俄国作家契诃夫谈及自己写小说给出版社、杂志投稿，经历了两千次失败。即便如此，这并没有影响他的创作情绪。即使作品没有成功发表，他都没有放弃写作这件事。我常常在内心询问自己：这几年是什么原因让我坚持创作？写作本身就是一件很有意义的事情。每次看着自己完稿的作品，内心的自豪感与充实感油然而生，这是任何有价值衡量的物品都无法代替的。每一篇作品或直接，或间接地充分表达着自己内心的感情以及对世界的认识，像是在和亲密无间的爱人当面诉说着这一路走来酸甜苦辣的故事。有些话语，有些阅历直接与他人说出口总觉得缺乏着意蕴。于是，文学创作给我们提供了一种为纯粹的内心需要而表达的形式。

　　写作的灵感，有时就在一瞬之间。都说文学来源于生活，又高于生活。一路走来，所相处的人，所经历的事，无论酸甜苦辣和是非曲直，都是生活这个宝藏给予我们的最初的直接灵感来源。年幼至今，我的外祖父外祖母，还有我的父母都喜欢给我讲述他们那个年代的故事。外祖父曾经是一名军人，参加过对越自卫反击战，与曾经的战友们感情甚笃，一直以来都保持联系。年幼时常在身边听他们诉说曾经。外祖母一直对我们呵护有加。在照顾我们生活起居的同时，常常诉说与乡村故地的亲朋邻人相处的故事。母亲与周边朋友相处最是友善。来往之间，常向我介绍着，并说明每个人不同的性格特征，让人印象深刻。父亲童年家境贫寒，但是苦难反而塑造了他坚毅不屈的特质。每次在我遭遇困境，想要躲避退却之际，常以自己的经历感染着我。人生匆匆数十载，如同与一种不明的力量在拔河，冥冥中总有一种东西若明若暗地掌控和牵引着。他们的诉说和陪伴让我得以像清代诗人龚自珍写的那样："直将阅历写成吟。"

纸上得来终觉浅，绝知此事要躬行。孩提时代，老师布置作文作业，绞尽脑汁也常难以下笔。父亲常会带我以作文主题为目标去体验一番。有一次，父亲带我去化工厂后山采摘桑树枝叶，一起栽种在平房的院子里，后来慢慢地长成粗壮的大树。仅仅这一次经历便让我感受颇深，应试时无论是写自然类、生活类或是亲情类的作文，得以文思泉涌，下笔如有神。工作三年以来，我最喜欢与不同行业的人进行交流，得知他们的辛酸苦辣后，即使未经历，我也感同身受。哲学中常用直接联系和间接联系用以说明客观世界联系的普遍性和多样性。他们的阅历通过诉说，再加以整理和修饰，也便与我构成了间接的联系。独自建立了一个群聊，用以通过网络的形式随时记录自己的灵感。起初，着重于遣词造句，想着定要写出华丽的辞藻来突显让人耳目一新、更高一筹的水平。随着岁月的积淀，更为注重的是表现与之朝夕相处的现实。叙述方式上也不见有大开大阖，而是像小河的水潺潺地流。这两三年来也得以发表更多的作品。

　　我把这本散文集命名为《秋收冬已藏》，原意是秋季为农作物收获季节，冬季则贮藏果实以待一年之需要。于我而言，这本汇总了这两年创作的散文便如同秋季丰收的成果。对于下一个创作阶段有着十分重要的指导意义。初稿原为四十篇，分为阅历、亲情、故乡、旅途、生活等五种不同主题，而后篇幅略有删减。包含了杂文、随笔、游记等众多体裁，体现写人叙事、写景抒情、历史评论等不同分类。

　　在创作的过程中，我始终都是饱含深情并且心怀敬畏的。若是没有思想、个性和真情，又怎能做到让读者"读着不累、合卷含味"？《圣诞守夜人》中卖红薯的摊位是我大学时常去的地方。以大学生活为开篇，其中包含了三层的线索和对比。一是老年人相互扶持的爱情，醇厚浓郁与相互扶持，与大学生间存在的"快餐式"爱情形成鲜明对比。二是二十世纪简单朴实的婚庆与如今追求浓重热烈形成了第二层对此。三是从题目中暗藏的线索。洋节日追求的热闹，与我们民族为逝者守夜的传统构成第三层的对比。《沂蒙师者》是全书笔墨最浓重的一篇，反映了与大学时代四位恩师相处间的点点滴滴，是我们对青春的美好回忆。他们的关怀与教导让我们感恩于心，他们崇高品质给我们做出了表率。

《埋藏的岁月》是我对亲情表达的最强烈的回忆。开篇以父亲出差看望我引出线索，深情地回忆了父亲的童年以及父母相处的点滴，更有着难以挽回的遗憾。《穿越千年的探寻》以前往西安旅行为开篇，引发了对秦国历史的感悟。他们奋六世之余烈，筚路蓝缕。代有明君，重用贤臣。抒发了对完成这彪炳千秋统一大业的感慨。《诗词人的真性情》分为上下两篇。一是唐朝诗人李白，二是宋朝词人柳永。他们有着种种相似之处，曾经年少轻狂，没有在仕途一展雄才，从此留恋市井，浪迹天涯。未成王侯将相，却是民间的"白衣卿相"。其余作品，不一一列举。

　　太阳那么大，可还是有照不到的地方。写作的过程是痛苦的，可千万不要停下来。不停地写作才能使内心敞开，格局也会打开。谁又能知道自己日后会走多远呢！用力地抓住每一道窗口透进来的光亮，让自身置于那光亮之中，如同在昼夜交替间驱走黑暗。

　　仅此为自己的第一本文学作品集作序。

　　　　　　　　　　　　　　　　　　2022 年 5 月于家中

目 录

C O N T E N T S

·· ·· ·· ●● 秋收冬已藏

异乡旅程

故乡情愫

人在旅途

生活哲思

后　记

人海浮沉

秋收冬已藏

圣诞守夜人

北方的秋天总是特别短暂，一如蒙着面纱的少女，不愿让你多见。这不，国庆假期刚结束，气温骤降，所有的绿叶仿佛一夜变黄，路上的行人也变得更稀少。人们还没做好准备，就入冬了。其实，有时也不用完全凭借天气预报判断，每年入冬伊始，总会有人在路边推着地瓜炉车，见着来往的行人吆喝着。炉口上的地瓜大大小小围成一圈，有的两边都是锥形，有的一头锥形一头扁平。灰褐色的圆棉布给它们盖上被子，路远处依旧清晰可见。

近日里，大学城门口也多了一处地瓜炉车。在这个来往人流密集处，倒是省了吆喝的工夫。下午时候，主人是个老婆婆，裹着厚厚的褐色麻布围巾，慈眉善目，称地瓜多出的几角钱也都给学生们省去。有些熟客出门不买地瓜，也都爱和她打声招呼，老婆婆每次都乐呵呵地回应着。晚上时分，是个老大爷，戴着一顶军绿色的雷锋帽，大约六十岁，不喜言语。北方的夜间刺骨的冷，他有些皲裂的双手喜欢贴在炉车旁。有时闲了下来，从口袋里摸出一包皱巴巴的沂蒙山香烟点上。在家的时候，老婆婆总是不让他抽，说是都大把年纪了，伤身体。来到这里没人管他，倒也乐得自在。晚上卖到九点多，那时晚自习下课的学生们大都饿了，冬夜里裹着寒风小跑过来，围着炉车转一小圈，左挑右拣的，好不热闹。来迟一步的，也只能暗自叹气，失望而去。

转眼到了十二月中旬，大学城周围裹上了一层红色的气息。街道两旁的商店玻璃都贴上了大大小小的圣诞老人、铃铛和雪花的图纸。有的在门前摆放着圣诞树，有的店员也戴着圣诞帽。来往的学生不由得被吸引住了。有个活泼的女学生也送了一顶红色的圣诞帽给老婆婆。老人家觉着新奇，笑呵呵地收下了。回到家里，大爷佯怒道："一大把年纪了，你弄这玩意干啥?"

这一天是平安夜。对于大学生们来说，这是属于他们的节日。青春期的小伙子小姑娘们把自己隆重打扮一番，相互送着平安果，参加着形形色色的晚会。下午的时候，老婆婆没有来卖地瓜了。晚上的时候，也不见老大爷。有人调侃道：兴许他们也给自己放个假，过过洋节哩。

圣诞节的早晨笼罩在一片雾气下，路边的电线杆、房屋、树木都显得灰白。下午的时候，熟悉的那辆地瓜炉车好似到了生命的尽头，纵使被人用力推着，从远处看上去也是没有多大动静。学生们感到不大对劲，仔细一瞧，原来下午赶来的是老大爷。他的背变得有点佝偻了，从雷锋帽外显露出的头发也变得更加花白。之前送老婆婆圣诞帽的那个女孩从大学城里来到炉车旁，任凭仔细挑拣，还是觉得今日的地瓜少了许多。

　　她平日里下午见惯了老婆婆，忍不住好奇地问道："下午怎么不见大娘来呢？"老人原本平静的脸上闪现一丝波澜，他没有回答。等到从口袋里掏出那包沂蒙山攥在手心里，断断续续地说道："昨天大概是回去了吧，去之前的地方，对，应该是的。"女孩觉得大爷今日说话奇怪了许多，拿着称好的地瓜，也不再多想。等到女孩走后，老人从盒子里找着一根烟。打火机的火一次，两次，都被寒风无情地熄灭。老人用手捂着，弯腰站在炉车后，一次，两次，终于点着了。站累了，就蹲着抽两口。

　　雾此时已经完全散去，天空变得透亮了。点点的雪花开始在空中飞舞，像那吹落的梨花瓣，零零落落。落在炉车上，落在老人的帽檐上。接着，雪花越来越大，落在商店门前的圣诞树上，看上去那么美丽。校门外的学生们，约定好似的急急地赶着回去。

　　炉车一直就等在原地，直到天黑了下来。老人在不远处的屋檐下，看着雪地上被行人踩踏后留下的鞋印。原本洁白的雪经人一阵踩踏，也变得脏了起来。也许那些看似繁华的风景，是最经不起岁月考验的。而那朴实得甚至与周遭洁白格格不入的炉车，却有着说不尽的人生百态。

雪停了，北风又开始呼呼地刮，似是想让凛冽的狂风卷走人们身上的衣服。结果，路口的男男女女们为抵御寒冷侵袭，缠绵的双手将大衣裹得更紧。

晚上，大学城宾馆门前走出了一对恋人。他们兴许是饿了，兴许是累了，左右张望着。他们心里想着，那么寒冷的夜里，应该是找不到什么店家了。这时，他们寻找到了老人和炉车的身影，仿佛看到救星，急忙走去。最后仅剩的两个地瓜也被买走了。临走时，他们也不知在嘀咕着什么。

老人的双手还是一直贴在炉车上，不舍离开。寂静的夜空突然放起了烟花，五彩缤纷的，一阵又一阵，震得老人的耳朵感觉气闷。不知什么时候，平安夜、圣诞节成了人们喜庆的节日，有人赶着这一天向心上人表达爱意，有人赶着这一天办婚庆。

他的思绪回到了四十年前。那时，哪会放什么烟花。他还记得，他和老太婆的村子在沂蒙山脚下的两边。双方订好了日子，媒人将女方送到了两个村子交界处，他带着两个哥哥去接新娘。那时也是不要礼金的，女方娘家人带着一个红色托盘，两把艾草，一对龙凤碗，两双新的红筷子，就当是嫁妆了。中午总共也就八个人，凑了一桌，这也便是自己的婚礼了。如今，望着烟火的天空，也只能一个人流连这花好月圆。

第二天一早，大学城门口的角落堆起了两个小巧玲珑的雪人。鼻子是地瓜，眼睛是圆圆的石头，其中一个还戴着圣诞帽。它们手牵着手，好像有说不完的心里话。一些细心的学生发现了，还驻足观赏。

有人说，那天夜里，老人直到凌晨才离去。他双手一直贴在炉车上，像是守护着自己的天使。

也许老人希望自己和心底里的人真的是雪人，这样永远都不会老不会死。太阳出来，他们就一起融化，一起等到下一个冬天。到那时，再变成雪人，直到永远。

不见的星火

　　夕阳西下，洒下的余晖覆盖着这座南方小城。冬季刚刚过去，早晚仍旧保留着一丝寒意。村口外的小河静静地流淌，悠闲地诉说着岁月。岸边杨柳依依，含情脉脉。路过的两只野狗耷拉着脑袋趴在地上，时不时望着远处的油菜花。又到了柳絮纷飞的季节，白日里时不时飘在身上。说来奇怪，冬日里飞舞的雪花虽然严寒，却惹人亲近，孩子们宁愿不打伞，也要在头顶上落上一些。雪花飘落在头顶，孩子们提前尝到了白发的滋味，露出无邪的笑容，可如今看到这纷纷的柳絮，却面露嫌弃，唯恐避之不及。

　　在村口有一条狭窄的水泥路连接着镇上。在路口处原先有一家刀刃厂，四周的围墙砌得很高。自从女儿在镇上读了高中，村里的陆师傅在忙完农活时在这里炸炒米。他的年龄是个谜，有人说他四十出头，也有人说他实际上五十余岁。他将一个葫芦状的炒米机架在煤炭炉上，靠在墙角边。旁边的储物箱里面摆放着小型的鼓风机、煤炭块子等用品。他每次都喜爱戴着迷彩帽，拿着小板凳坐上。

每次放学归家的孩童们都会在旁看上一会儿。他给炉加着炭，往炒米机里放些米。一边拿起铁钳，往火炉里加煤，一边摇着炒米机上的把手。看到仪表盘上的压力够了，便站起身，吆喝着："要开始炸喽!"旁边的孩童纷纷捂着耳朵，抿着嘴巴，表情有些害怕，然后一路小跑回家，不停地叫嚷着："要爆炸了! 要爆炸了!"

待他们回家后，又吵嚷着问家人要米和零钱过来排队等候着。看着师傅右手上的旧手套破了一个洞，露出的一节手指黑灰黑灰的。左手干净一些，不过一些老茧清晰可见。他们在地上蹲着，笑嘻嘻道：爷爷的手比我的还脏嘞。随着炉火通红，小小的火星不断四散，他们远远地走着几大步，背靠着蹲下，双手紧紧捂住耳朵。随着"轰"的一声闷响，少许炒米飞溅出来，随之升起了一阵烟，一股米花的香味儿扑鼻而来。

镇上的年轻人路过，点起一根烟，弯下身来问道："我身上没有现金，你这没有二维码让我网上付钱吗?"陆师傅不好意思地笑道："这个玩意我还不会弄呢，下次让我丫头教教我。你要是没带现金，下回给也是一样的。"年轻人笑道："你太落伍了。可以炸些蚕豆吃吗？"他回应道："可以，我这个'大黑葫芦'可是相当厉害。"

清明前后，在仲春与暮春之交，迎来了淡淡的雨季。老天也会理解人们的哀伤，雨花点点洒落像是在天幕下低泣。丝丝细雨，打湿了过往。村口外的小河随之上涨了一些，岸边的淤泥显现。常出现玩耍的两只野狗也消失了踪迹。村里的人们都在抱怨着，家中晾晒的衣服很难干透。

陆师傅只能收摊了，将炒米机放在家中门前的屋檐下。雨丝丝飘洒，即使聚少成多，也难以洒进这里。但它曾经见证的音容笑貌已不在身边。它变得渺小而卑微，想证明自己不应被忽视。周末的一天，丫头回家了一趟，按照惯例要了些生活费。他想让她教自己什么，却不知怎么开口，就在旁帮忙收拾些书本。他小心翼翼，甚至于谨小慎微，像个犯错的孩子。四年前，他已经弄丢了一个天使，说什么也不能再弄丢另一个小天使。

他继续像往常一样，忙完了农活，再去村口忙。只是时间越来越久了，一直到太阳下山，小路上没有人为止。以前不好意思，现在还会多吆喝上两声，心中期待着很快会围上一圈人。快速左转三圈、右转三圈，不时望望摇把中间的压力表。他始终认为，再多用些力，就能节约这一锅的时间，一天也就能再多干些活。把炒米机从炭火上提下来，放入橡胶袋口，用脚踩住，再打开阀门，一整套流程更加熟练。

炒米机好像买来就是这么黑似的。用了这么久，也不见什么变化。洁白的米花随着膨胀的冲力一下子喷射到后面的网兜里，在旁人看来，这是他们期待已久的美食。他们一边看一边念念有词道："唉，怎么又忘记让他加糖了？还是甜一些更好吃。"

秋季的夜里，气温骤降。岸边树木的枝叶逐渐稀疏。小河仿佛也失去了活力。村里的人们早早钻进了被窝。忽听得"嘭"的一声，还是熟悉的炸炒米的声音。只是声响比往常来得更大一些，剩下的一丝丝断断续续的声响，但是没人听得真切。

第二日，路过的村民发现村口的围墙上溅着一些血迹，还有几片小小的黑色铁片，都疑惑不已。一个小孩拿着其中一片朝小河扔去，期待泛起水波。

货　郎

　　老唐头的杂货担今天没有出现在百顺胡同。这是百顺胡同三十年来第一次没有响起"惊闺"的声音。

　　嘿得隆咚！嘿得隆咚！从前的百顺胡同，一到亥时一刻，"惊闺"声便准时响起。伴随着摇鼓的声音，"卖……卖花儿呦！针线！胭脂！洋……洋胰子、洋毛……毛巾！"的叫卖声结结巴巴地从老唐头的嘴里一个字一个字地艰难蹦出。老唐头是个结巴。本来在山上砍柴砍得好好的，谁知道一场无名大火烧光了他的家，家里六十岁的老娘也在火海里再也没有出来。从此，失去了家的他开始了挑着杂货担走街串巷的日子。

　　当年的老唐头还是牛街胡同里的小结巴。因为结巴，他成了其他货郎捉弄的对象，也因为结巴，胡同里的太太小姐们都记住了他。老唐头始终记得那是个冬天的黄昏，许久没见着阳光的北平城，天气阴沉沉的一丝光亮都没有，昏黄厚重的乌云像咸菜坛子上的大石头一样沉甸甸地压在人们心头。老唐头挑着扁担，正发愁今天的晚饭怎么对付，没留神走到了牛街胡同最深处。

"喂！卖花儿的小结巴，你这有红色剪绒花吗？"女孩有点喑哑甚至略显粗犷的声音打断了老唐头的思路。剪绒花是今年最潮流的头饰，尤其是红色的剪绒花，戴在女孩乌黑的云鬓上像春天开出的红梅，也像黄四娘家后院里偷偷伸出的那一支羞答答的桃花。张大官人的大小姐就带着这样一朵剪绒花。"卖……卖光了。明……明天就去进货。五……五个铜板，你……你要就……就给你两个铜板。""行啊，你记得明天带来，我叫英子，千万别忘了。"那一瞬间老唐头似乎看见了有那么一丝丝阳光从厚厚的乌云里挣扎着漏了出来，一直照射到他心底。

其实老唐头从来没有卖过剪绒花。剪绒花是今年的抢手货，聪明的货郎们早就垄断了货源，哪里能轮得到一个不讨喜的孤僻小结巴来卖。第二天一大早，老唐头点头哈腰花了八个铜板终于从其他货郎手上买到了一朵红色的剪绒花。捏着这朵剪绒花，老唐头突然觉得即使三天都要用冷水充饥，肚子里也是温暖饱和的。

日落黄昏，老唐头的杂货担准时出现在了牛街胡同深处。然而临近夜幕，那个喑哑的女声始终没有再响起。老唐头捏着剪绒花顶着寒风站了许久。在看到跟他交好的小乞丐端着讨来的玉米杂烩后，终于忍不住缩着脖子问出了声："你看着没……没看着英……英子？""谁？谁是英子？""住……住在牛……牛街胡同最深处。""啊？你说的是老李头家的大闺女？卖了！就昨个儿傍晚，二十个铜板，趁黑往麻袋里一装就扛走了，可惜了黄花大闺女，摊上了这么个吸大烟的老爹。唉，别说这个了，你听说没，明儿张大官人家的大小姐出阁，说要摆一桌流水席'普度众生'，嘿，我说咱哥几个喝……""卖……卖哪儿了？""什么卖哪儿了？""老……老李头家的大……大闺女。""还能卖哪儿，百顺胡同呗。"手里的剪绒花被老唐头不自觉地攥得紧紧的，本来俏皮的红绒也早因为淌出的汗水湿趴趴地黏在了手心里，颜色暗淡了下来。

从此，牛街胡同的小结巴再也没有出现过。牛街胡同的货郎们可惜少了一个可以戏弄的对象，太太小姐们则伤心再也买不到这么便宜的针线了。

百顺胡同来了一个说话结结巴巴的小货郎，每天一到亥时一刻，他结结巴巴的叫卖声伴随着"惊闺"叮叮咚咚的声音准时响起。一开始黑漆漆的百顺胡同里总会有"叫什么叫！这个点没人买你的货。快走快走！"的吼声，时间一长，胡同里的人们也懒得再理这个厚脸皮的货郎了。小结巴在百顺胡同的叫卖声中慢慢变成了老唐头，胡同里的人们也渐渐习惯了他的存在，甚至开始有点喜欢他了，毕竟只有在他这里可以买到比别的货郎更便宜的胭脂水粉。

腊月二十三的夜晚，北平城下了一年里最大的一场雪。一大早，桥洞里的老乞丐嘟嘟囔囔地抱怨着老天爷，然而和往常不同的是，这一次隔了很久都没听到那结结巴巴的附和声。回头一看才发现，杂货担旁横躺着一尊早已冻僵的人像，那尊人像无力地张着嘴似乎在结结巴巴地说着什么。分走了杂货担最后一点财产的乞丐们将老唐头送到了乱坟岗，而那一朵始终没有送出去的褪色了的红色剪绒花，最终也陪着老唐头一起埋在了地下。"惊闺"声从此再也不会响起，今晚百顺胡同的客人们终于可以睡个好觉了。

花　开

　　他家门前栽着一颗铁树。

　　整整三年，他每日精心呵护，就像对待自己的孩子一般无微不至。施肥，修剪，翻盆，日复一日，成为他生命中不可或缺的组成。初春，雨过天晴，一滴滴玉珠与枝叶缠绵，仿佛一个个跳跃的精灵，随风摇曳，欢笑奔跑，充满了生机与活力，这是多么令人神往的风景！

　　听一位老人说起，要欣赏铁树的花儿很不容易。它的花期很长，大约需要五十年。俗话说："千年铁树开花。"这种景象是千载难逢的。一般种养的人，很难看到它的绽放。因此，铁树的花儿也就显得很神秘，很珍贵。他的内心油然而生一种莫名的敬畏。

　　老人劝他放弃这个执着的念想：一个年轻人何必为了一棵树浪费美好的青春年华？他摇摇头，陷入沉思。这棵树是母亲生前

的最爱。每日，她都会精心呵护，像对待自己的孩子一般。这棵
铁树在他眼里仿佛成为母亲的化身。任凭风雨飘摇，他也会一直
坚持。

　　二十多年来，当初幼小的铁树不断茁壮成长，当年年少稚嫩
的他早已年过而立。他们相互扶持，共同挨过岁月的沧桑。大地
春回，万物复苏的时候，铁树长出了比以往更加碧绿的叶子，而
且显得更加精神了。它的叶子厚而亮，细长细长的，好似抿嘴一
笑时优美的弧线。它的叶尖犹如钢针，手儿稍微一触摸，立刻便
感觉钻心的疼痛。

　　天气乍暖还寒，蒙蒙的雾笼罩着这座小城。匆匆的行人和车
辆穿过湿漉漉的街道，迫不及待地朝着各自的目的地行去。路边
的电线杆、房屋、树木都显得灰白，唯有那棵铁树依旧矗立在严
寒中，威武不屈。

　　冬去春来，春暖花开。一日，他忽地听到一阵仿佛永不停歇
的鸟鸣，匆匆地走到门前。抬起头，蓦然间，才发现原来竟是铁
树开花了。花蕊娇柔地微微翘着，犹如蝴蝶的触须，而且洁白得
一尘不染，在风中些微荡漾。为了能在漫长的花期后绚丽夺目，
这棵铁树吸纳了多少日月灵气，天地精华？

　　这一刻，他足足等了二十多年。

　　此刻，他抬头望着天，眼眶里噙着泪水。

忆往昔

　　这似乎是一个很有趣的现象：诸多作家都会从外祖母讲述的故事里汲取最初的文学灵感。我的外祖母和母亲都是一个很会讲故事的人。至今仍旧记得，童年时候听她们诉说的往事。我的外公有一个同胞哥哥，我叫作大爷爷。他是一名老公安。虽然因病离开我们已有十年之久，可是家人每每提及，都会感受到熟悉与亲切。他临终前写的纸条被父母保存至今。

　　父亲从小勤奋好学。在读完中医学本科后又自学考上了法学本科，曾经也为考入政法系统努力过。当年高考结束填报志愿时我陷入困惑。结合我的性格特点，又想着日后无论进入体制或是企业，总得有一门过硬且适用范围广的专业知识。于是，我们意见达成一致选择了法学专业。

　　刚上大学时，正值电视剧《何以笙箫默》热播。我们在一个个场景镜头中见证了何以琛和赵默笙的成长，也看到了他们守候的七年过往。在看似这么多的平淡背后，是他们二人背负的思念隐忍。同为法学专业的学子，若是被冠以"法学院何以琛"的称号，简直是男同学们梦寐以求的至高荣誉。与之形成强烈对比的是《爱情公寓》中的张伟，生活拮据、运气不佳、事业不顺，即使多次折戟司法考试并顺利通过后，仍旧面临业务不精、缺乏案源的桎梏。在面临知识点庞杂的这一学科，恐怕众人都会在内心调侃道：我们学好了就是何以琛，学不好就是张伟。

想着提前为毕业后的工作生涯打好专业知识的牢固根基，于大一暑期返乡之时，在父亲的建议下，我来到家乡的基层法院实习。和我同一间办公室的，是一名"60后"的法官，审判经验丰富。他和我同姓，又年长父亲好几岁。闲暇独处时，我称呼他为刘伯。当时的法检系统面临着案多人少的老大难问题，作为实习生的我也只能为部门法官们打打下手，略尽绵力。

刘伯有着多年的烟龄，常常在起草判决书中陷入沉思之时点上一根。这时朝他看去，其在电脑屏幕前的整个上半身被烟雾缭绕。待一支烟点完，烟雾散去，刘伯就顿觉思路豁然开朗，成效显著。有时当事人双方矛盾突出，在沟通中难以达成一致。他常会做耐心细致的调解工作，多次对双方进行劝说，讲理叙情，耐心调解，最终促成双方达成和解。

　　我在上在职研究生时，看到新学期的课表上需要学习行政法。曾经的司法考试在我们毕业的当年正式变成了法律职业资格考试。忽然想起至今未参与法律职业资格考试仍旧是我的心中遗憾。于是，每日在单位忙碌了一天回到家中，又得翻阅起曾经的课本，捡拾起过去已模糊的记忆。后来考试日期一拖再拖，我一边秉持着乐观放松的心态，一边在工作之余积极投入到备考中，最终得以顺利通过。

　　寒来暑往，斗转星移，时节如流。我不确定自己未来是否会从事政法工作，也不确定是否能坚持对法学专业知识的学习。只是这世上唯一的英雄主义，便是在认清生活的真相后依然热爱生活。

记忆中的风景

一

收拾家中旧物，无意间又找到童年时用过的乒乓球拍。两年前代表单位参加比赛，还拿来使用过。只是将正面的黑色狂飙胶皮换成了蝴蝶牌，不变的还是反面红色的生胶。记忆被带回了曾经训练的场景。团结街小学的前身是清朝光绪三十二年创办的县学宫明伦堂。2005 年秋季入学时学校办了一场百年校庆。我们四年级组要求表演的节目是小品类，有幸被班级选拔参与其中。

2006 年时，小学的球馆被承包出去。那年夏天，我们那一届的团结街小学和师范小学众多学生前来学习球技。数年以后，众人又在同一所初中和高中学习，友谊仍旧深厚。夏季天气炎热，每次正式训练前我们都需要锻炼体能。众人排队蹲下，间隔两三米，围绕着小操场做着蛙跳。操场周围的梧桐树密密麻麻，年代已久。树根粗壮，枝叶茂盛。每次跳至树荫下时，倍感凉爽，丝毫不觉炎热。带队的侯教练身材微胖，但是步伐灵活。当初没有练习好基本功，略有失意。他仍旧万般鼓励我，向我建议道：你手感那么好，不如将反手胶皮换成生胶。颗粒状的胶皮有所不同，讲求快速的出手速度和进攻的突然性克制弧圈球。从此，反手面红色的 563 型号的生胶一直使用至今。

二

六年级开学时，跟随朋友来到八六医院内的球馆练习。张教练身材瘦弱，性格豪爽，总以笑脸迎人。常让大家以师兄弟相称，颇有江湖侠义之感。众人练球之际，他点上一支烟，在旁仔细监督。八六医院内树木茂盛，九月以后正值丹桂飘香之际。我们在训练前都会按照他的要求跑上一圈，以做热身。闻着桂花的香味，跑起来顿感神清气爽。有时看到树下飘落的桂花瓣，宁愿绕开去，也不愿踩上。

朋友的爷爷住在那附近，房子是以前计生委的家属房。朋友曾经对我调侃道："我爷爷干着计划生育的工作，我父亲在乡镇也做这个，看来以后我也要搞这一行了。"说罢，我们哈哈大笑起来。屋子在二楼，还得走上一层略微陡峭的旧楼梯。经常训练完毕后，我们便去歇息一会儿。他的自行车就会停在狭窄的楼下。中学以后，我们逐渐喜欢上篮球。周五下午，是学生们最期待的时刻。放学时约好，他骑车带着我寻找场地。学校球场没空缺位置时，便来到医院内部露天的球场。高中时，周六常常补课。有时，为了赶着看一场美职篮最后的决胜时刻，也常骑车一路狂奔，寻找一处安静的小店，赶忙让店家将电视机调整到体育频道。高考后，他选择去西安一所高校读临床医学。虽然忙碌，课余时分仍旧不忘进行篮球和乒乓球锻炼。他曾经与我一般的身高，也变得超出我一点。

三

　　每年的阳春三月，又到了家乡桃花纷纷开放的时候。桃之夭夭，灼灼其华。伴随着四周的青山，脚下一望无际的草地，望着蓝天白云，与这周边的红花构成了一幅绝美的画卷。点点飞红，艳如少女。花枝不高，触手可及。嫣然一笑，情意绵绵。步入其中，尽是春色。仿佛来到了武侠剧中的桃花岛，稍有不慎，便会迷失方向。与世隔绝，满眼尽是山水。那便尽情地享受着当下，尘世间所有的烦恼顿时消失不见。

周末时，友人带我来到了位于这附近的住宅。这里的山路虽然蜿蜒崎岖，但是路面修建得干净平坦。开着窗户，伴随着山间的空气沁人心脾。几年前，他的父母购买了这里农户的宅地，并重新装修了一番。庭院不大，自家还栽种些蔬菜。墙壁上挂着一个篮球筐。想着许久未运动了，便拿起球来准备锻炼一番。这时，屋内的金毛犬闻声冲了出来，不停地摇着尾巴，向我们热情地扑来。你若是运着球后做着投篮动作，它便努力站立着试图将你围住，像是一名防守球员与你斗智斗勇，那场景着实有趣。友人介绍道："父母虽然在城里工作，工作日也住在城里，但是一旦得了空闲便会来此。"毕竟，看着四周原生态的景色，呼吸着如此清新的空气，很难让人舍得离去。

四

姑孰城东二十公里处有一村，名双尹。从省道交叉口沿着河道往南，或是再朝前往南经过八卦社区便可到达。从清晨到薄暮下，望着两岸开得正灿烂的油菜花，自有一派水乡田园风光。被岁月浸染的美景在这悄无声息中惊艳了四方。

一生痴绝处，无梦到徽州。双尹的建筑是典型的白墙黑瓦的徽派建筑，深刻融入了中国风俗文化之精华，风格独特，结构严谨。期间亭台轩榭的布局和假山池沼的配合，颇有苏州园林的韵味。村内青砖巷道，木栅院门，置身其中恍如桃源仙境一般。每年的四月，这里 400 亩紫云英便会纷纷绽放，一派姹紫嫣红的景色。每一株都是伞状的花序，紫红色的花瓣，绿色的枝叶。放眼望去，充满生机的绿色与明艳动人的紫色相互融合。步入周围，仿佛进入云端，飘飘然，美成了一首诗歌。古往今来，这不正是多少世外高人梦寐以求的隐居之地吗？

五

在晋朝虞喜所作的《志林》当中，一个叫王质的青年，上山砍柴，在下山途中路遇两个老者正在对弈。他沉浸其中，竟然忘了时间。等棋局结束后王质猛然间发现自己手中的斧头都已经烂掉，待他出山竟发觉现在的世界大变了模样。"山中方一日，世上已千年。"原来他在山中度过的那短短的一天，竟然山外世界已经过去了百年。

都说前世的五百次回眸换得今生的一次擦肩而过。一生之中所有遇见，所历人情冷暖，皆是缘分。回首再看时，竟有一种恍如隔世的感觉。

异乡旅程

秋收冬已藏

沂蒙师者

一

时光飞逝，本科毕业转眼到了第三个年头。之前我一直想着再回去沂蒙大地看看，去大学见见曾经的师友。可是，刚刚踏入工作的旅程，却一直抽不出时间。等到研究生笔试成绩出来后，面试要求还需要带上本科学校盖章后的成绩单。留在临沂的同学王锬知道后，热心地说道："过来一趟不容易，我帮你跑趟学校弄好以后寄给你也很轻松。"想着过去三年心头一直念念不忘的第二故乡，我婉拒了他的好意，独自踏上回校的旅程。

记忆中的校园最大的特点是面积大。跟这个城市的特点也是最相符合的。同一个校区分为一区和二区两部分。两区之间若是用步行的方式，来回一趟也得超过一个小时。当年校园内都在调侃：分别住在一区、二区的情侣可真算得上是异地恋。

第二天一早，学弟王泽新开车从济南过来跟我会合。他比我晚一年进法学院。为人真诚，身材高瘦，说起话来有点腼腆。普通话说得很好，光听口音你可判断不出他是山东人。三年不见，还是熟悉和亲切的感觉。我开口调侃道："学校乒乓球协会第一届社长亲自回母校了。"当初，他发现学校没有乒乓球协会，于是第一时间去社联注册成立。年幼时分，我参加过一段时间的乒乓球培训班。虽然技术生疏了许多，但也热衷于参加他举办的社团比赛。时间长了，更加深了我们之间的友谊。一次聚会后，带着些许醉意，他说道："以后我就不叫你学长了，叫你大哥。"我听罢哈哈大笑起来："那我们算是拜过把子的交情，也满足了我曾经在电视剧中看到的对山东豪杰行走江湖的向往。"

由于学校对出入管理严格，我们费了一番波折才联系学院开了证明，才总算是进来了。这是我生活四年的地方，刹那间回忆涌上心头。

二

崔老师是我们专业三个班级的辅导员。"70后"，戴着眼镜，皮肤白皙。入学时在阶梯教室给我们开会，喜欢双手背在后头，一边说着一边来回踱步。虽然是女性，可严肃起来，也会让男同学们感到害怕。

高考结束后，两个多月的假期让我变得懒散起来。开学后严格的军训要求实在让我适应艰难。一次睡过头后，导致早上迟到。同样犯错的，还有一个山西的同学。我们站在她办公室门口，等待着她的批评。只听她缓缓地说道："你们在这里签个字，学院会通报批评。如果再通报一次，就很难毕业了。"后来，一位高年级的学长知道后，在我面前自嘲道："查寝和旷课让我每学期都会被通报，那我估计早就毕不了业了。"话虽如此，可对刚入学的我们来说可真是胆战心惊。

学院对学生宿舍管理严格。不论是整洁度，还是物品使用都有详细规定。每学期的两次突击检查总会让我们手忙脚乱。

我们的寝室是四人间。室友陆玉林是云南昆明人，个头不算高，练得一手好厨艺，节假日时候喜欢给我们在宿舍煮点东西吃。可是电煮锅算是违章电器，每次用完他都得偷偷地藏到衣柜最深处，然后锁上衣柜才算放心。室友黄凯是内蒙古人，五官俊朗，喜爱健身和足球，每次踢完球回来收拾踢球装备是他最热衷的事。室友谢世林是临沂本地人，热心肠，学习勤奋。

入学那年的十一月刚来，临沂便连续下起了三天的大雪。很多南方的同学甚至从未经历过，对他们来说满天飞雪确实很稀奇。我们四人合作，在宿舍的阳台堆起了一个精致的雪人，给它穿上衣服，戴上帽子。隔壁寝室的同学甚至拿来一支烟放在它嘴里，给它点上，这场景每每想来着实生动有趣。

就在这时，同学收到消息，说是辅导员老师亲自来查寝室了，已经快到门外了。这下，大家可真是感到手足无措。众人看向我，一人说道："不然你先拖住老师吧。"我急中生智，赶忙拿出茶叶，放入一次性纸杯泡上，走出寝室门口，正好碰到崔老师："老师，最近天冷，给您泡杯家乡的茶叶暖暖。"她欢喜起来，聊着家乡的风土人情。等到进入寝室检查时，大家刚好收拾整齐了。这件事总算是圆满处理好了。

听学姐说，其实辅导员不是一个严肃的人。尽管发现学生犯了一些错误，却不是抱着惩罚的目的，而是耐心说理，总想着给他们一次改正的机会。

有人调侃道，身在山东，不孝有三：一是不考研，二是不考公，三是不考教师。上千年孔孟文化深深影响着这片齐鲁大地。法学院的同学们热衷着考研，辅导员们也是最为提倡。她对我们的学习情况也是特别关心，路上遇到了会询问大家是否确定了考研目标院校。我偷偷瞒着老师在为国考做准备。当她询问时，我就回答说是在想着准备江苏高校的考研呢。

当国考面试通过时，我再将实情告诉了她。她并未生气。在考察组前来学院对我进行政审时，她还热心地帮我提前联系好参与的老师。

毕业前的最后一次会议，她告诫我们道："千万不要眼高手低。要是有工资高又轻松的工作，你们联系好，我也辞职去干。"大家在一片欢笑声中感悟良多。

黄凯向我建议道：我们一起去找老师合影留念吧。我们三人在她办公室门前拍了合照。临走前，还不忘告诉我们常回母校看看。

三

学院在我们这一届入学时首次实行了本科导师制。我和陆玉林的导师都是曹老师。他是"60后"，浓眉大眼，体型微胖，年轻时研习书法，在当地王羲之书法文化研究院担任职务。近年来致力于公务员考试命题的研究工作，成果丰硕。

我们入学时他在办公室第一次召开了导师同小组的见面会。办公室内挂着他自己的书法作品，摆放着一些绿植，别有一番书香气息。桌上的烟灰缸里放着一支刚刚熄灭的烟头。在各自介绍和交流一番后，他提议道："大家不如给我们小组起一个名字吧。"众人纷纷低头沉思。忽然，他看向我，让我说一个。当时我也没有细想，只想到他的名字其实挺有深意，并且作为小组名字也是合适不过，于是就回复道：那叫"长远梦想小组"如何？他面露微笑地摇头拒绝了。后来他提议从《三字经》中"昔孟母，择邻处。子不学，断机杼"中选取"机杼"二字作为小组名。他耐心地向我们解释其中的深意，引得众人纷纷赞同。

此后再见时，再也没看见他抽过烟了。听人提起，一个高年级学长进入公务员考试面试阶段后，前来向他请教。学长烟瘾很大，学习效率不高，总想着停下来点上一支，吞云吐雾。他调侃道："我们打个赌吧。你在准备面试期间，尽量少抽一点。若是你通过了，我们一起把烟戒掉。"待学长顺利通过后，他们按照约定成功戒掉了烟。

我的想法一贯很多。既然决定了备战国考，总想着得提前跟老师加固情谊。他担任我们班级法律逻辑的授课老师，于是我自告奋勇担任起了课代表的职务，常常在课前前往学院的路上假装和他偶遇。朋友对我调侃道："我们追求女生都没你那么积极呢。"

听他在课堂提及过：他年幼时居住山村，家境贫寒，其上还有两个哥哥和两个姐姐，老母亲劳心劳力抚养他们长大。刚工作时，也曾经年少意气。遇到网上辅导机构错误的公考教学也会批评指正。结果反遭人家嘲讽，说是来自沂蒙一个山村的老师能知道什么。后来，他也改变了，一心钻研学问，不问世事。

　　班级要求几人自行组队开展课题研究，并自行寻找辅导老师。我们定的课题是公职考试制度方向，于是我赶紧找他辅导一番。交谈中，他忽地提及一个想法：可以成立一个公考学习的社团，把有志于以后从事公职的同学聚集并形成浓厚氛围。中途还幽默地说道："你可以担任这个社团的负责人，若干年后事业有成再回母校，肯定别有一番感慨。"我们说干就干，他担任社团辅导老师并为我们起草了一系列规章制度。王泽新担任我的助手，并和我一起跑遍了各个学院。此后举办了多次活动，收效颇丰。

　　大四参加国考前，我遇到学习问题，总是第一时间想起他。曹老师有自己独特的公职考试教学方法。他一直强调淡化专业思维，从一个公职人员的角度去分析和处理问题，而不能仅仅靠专业知识得分。

　　工作三年以来，我一直从事文字工作。他在申论考试中强调的思想性、政策性、针对性、可行性、逻辑性仍然影响着我的公文思维。有时无从下笔，想起曾经他创新性的策论逻辑框架，至今仍旧深受启发。

四

初次见张老师，是在入学时的期中会议上。当时我们刚刚入学两个月，心态还沉浸在高考结束后的放松之中。他向我们介绍道：要从年级一百多名同学中选拔三十名组成卓越法律人才实验班，实行特殊的培养制度。

那时的他 30 出头，"985"高校博士，担任学院办公室主任职务，正是干事创业的良好时候。听人说起，他踏实能干，周末常会来单位加班。

经历了笔试和面试的选拔后，实验班顺利组成。后来我才知道，其实笔试的题目是找曹老师出的，选拔也是完全按照公务员考试的要求进行的。不光考察知识，更重要的是考察各种能力素养。我心中深以为然：若是按照期末考试的一贯要求，以一本参考书知识点为考察范围，短时间内确实容易获得较大提升。他的考察方式着实考虑周全。

我们每学期都会重新选拔班级干部。第二学期我竞选了班级卫生委员，无论是班级晚会还是周末的蒙山之旅都认真组织并热情参与。

张老师在春秋季来校时，都会穿着一身笔挺的西装，更凸现了他沉稳的气质。说起话来，时而慢条斯理，时而激情洋溢。这习惯至今还影响着我，让我在工作中时常记着穿着正装。

他注重实践教学。组织观看法庭庭审、辩论比赛，暑期实践等多种活动。在一次暑期实践活动中，要求形成学术论文并进行班级比赛。那是我第一次接触并尝试写学术论文，时常思绪中断，无从下笔，艰难完成初稿时，只感觉层次不够清晰，却不知如何完善。于是，独自去往他办公室请教。他没有批评，只是语重心长地说道：在动手之前一定要详细构思整体结构，修改时要从别人的角度来审视，真正做到心中有沟壑。本着尽善尽美的原则，想着他白天的谆谆教导，我回去后又重新罗列文章框架，从逻辑性的角度出发，不断修改完善，最终在学院的评比中也获得了名次。

在经过两年的培养后，他在实验班的教育中形成了自己独特的管理方法，并以卓越法律人才培养为课题，准备完成一部学术专著，在积极鼓动同学们报名参与后，便一丝不苟推进着。我当初由于害怕搞学术研究，认为自己不具有这方面专长，便没有参与进去。等到出版后，看到参与的同学名字放在书本后序中，当时也是后悔不已。他向我们展示着专著，不时地跟我们调侃道：等到你们考研面试时，可以拿出来给老师们看，说不定还能加分呢。

大学的最后一年，他和班级的联系变少了很多，可是情谊却没有减弱半分。后来我们才知道，他是辞职去了江苏省内的一所高校。近年来，他的行政职务更进一步后，学术成果也更加丰硕。一次，在浏览微信公众号时，无意间看到他在中国逻辑学会上作学术报告。忽然想起当年在大学课堂上，他曾经说："你们曹老师也是我大学的逻辑课老师。从这层关系上来说，我们不仅是师生，也是师兄弟呢。"

为了圆满完成硕士毕业论文，在开题前，我便时常思考着学术论文的逻辑。他在学术上的深入思考和独到见解，至今仍然影响着我。不仅如此，无论工作还是生活，若是长久养成这种理性逻辑的思考习惯，身处困境时又何愁不能迎刃而解呢。

五

这次短暂地归来，在校见到的便是闫老师了。不是在校生，进入校内还得学院开书面证明。他热心地帮我们弄好后，托人送了过来。

他年长我们十岁。在我们大二暑假那年，他博士刚毕业来到学院任教。在韩国求学多年，研究方向是刑法学。课下时，时常听他提起身在异国他乡适应环境、专心学术的不易：在深夜撰写博士论文时深感压力，对于之前排斥过的香烟有时也会吸上一支用以缓解。

　　闫老师在校时喜欢穿着深蓝色西服套装。本身便已肤色白皙，五官俊朗。和我们交谈起来，不像是谆谆教诲的师长，更像是年长几岁的家中兄长。有时，大家也会朝他打趣道："在韩的几年，您也有了韩国明星的气质。"

　　记忆中印象最深刻的，是他时至今日每周都会跟自己的大学导师电话联系。从学术到生活等进行交流，感情甚笃。每每想起，我便感到一丝惭愧。求学和工作让我远离家乡七年之久，就连对父母，有时也不能想起每周打个电话联系。古语有云："不学礼，无以立。礼教恭俭庄敬，此乃立身之本。"每次课程结束，他总会动情地看着讲台下的学生深深鞠躬。在礼教方面实在为我们树立了绝佳的典范。

　　他的普通话说得特别标准，动情之处常常表现得抑扬顿挫，在校内外青年教师讲课比赛中每次都是名列前茅。他擅长通过案例教学引导学生从不同角度进行探索，从不同层面进行分析，从正反两方面比较，培养我们的发散性思维。因此，相处之间都处于一种轻松愉悦的心理状态，把师生关系更多地转换成了朋友关系。

　　随着相互之间日渐熟络，我们相互交流得也更加深入。一次课下交流中，我无意间说道："您这样海外名校的应届博士学历，若是去别的省份走政府人才引进路线，也会有一番作为。"其实，于他而言，常与家人相伴，共享天伦之乐确实是更加珍贵的。

生活需要仪式感，在期待着与美好邂逅的同时又能感受到诗意与远方。他有两个孩子，一儿一女，活泼机灵的同时也乖巧懂事，羡煞旁人。他在他们成长的每个重要时刻都不曾缺席。在周末能够陪伴家人度过美好时光是他晒出的最骄傲的幸福。

毕业前的一次聚会，是我们至今唯一一次的对饮。孔孟之乡的氛围熏陶让这里的饮酒文化变得博大精深。对于山东的师生而言，在毕业的那一刻更是凸现得情谊如酒香般醇厚。加上泽新，也就三人，我们却热情不减。离别前没有伤感，更多的是对未来美好的期盼。他如同兄长般向即将踏入社会的我们，娓娓道来地说着自己的人生经验。还有他的大学老师曾经对他的教诲，一一向我们分享。时至今日，我仍旧记得那句："不要在得意之时做决定。"每每想起，似乎就在昨日。

毕业离校的前几天，我们三人一起走遍了学校各处进行合影。他还向我们要了照片，说是要好好保存。这次再见时，听闻他高升进入学院领导行列。我们表示祝贺，想来他平日的勤勤恳恳和对人友善定会得到收获。

六

　　第二天一早，泽新开车将我送往车站。临走时，我再三叮嘱他："结婚之日确定时一定要尽早通知，我好提前准备，喝上他的喜酒。"他依旧腼腆说道："好嘞，大哥。"

　　友人曾经说起："你若是在本省读大学，这些四年相处的师者必定还能继续相互走动，对你事业上也会受益更多。"

　　我想，若是相处时带着某种目的，不说情谊会不会长久，就是自身也不会感受到轻松愉悦。见面频次和距离又怎会影响浓烈的师生之情？

　　父亲问起过："毕业后有没有想过留在临沂工作呢？"

　　我说道："人生本就是折腾。"当初一心想着远离家乡求学，毕业时又一心想着回到家乡求职。可是，近日里，在一次梦中，倏忽又回到了那里。

　　人生匆匆数十载，情谊永长存。

红色沂蒙

在我办公室隔壁办公的，是一位退二线的局领导。去年从领导岗位退下来后，他身上的担子顿时也轻了不少。每日从食堂吃过午饭后，总是要扯开清亮的嗓门哼上几段。

前日里，他经过办公室门前，一段"人人都说那个哎沂蒙山好，沂蒙那个山上哎，好风光……"轻轻响起。从耳边掠过，一股隐约的亲切感在我心头油然而生。

在沂蒙求学的四年，沂蒙山小调是我们学校每日清晨和午休时必放的曲目。它诞生于蒙山脚下，至今已传唱六十余年，本地人皆能哼上几句。

沂蒙大地的人们有着山东人固有的豪爽大气与不拘小节。走上街头问个路，他们指完方向还会进一步耐心说明，其与生俱来的热心肠凸显无疑。在家乡，若是比自己年长个十多岁甚至二十多岁，定会叫上一声叔叔；在这里，年长十多岁的，大家都叫一声哥；若是年长个二十多岁，叫上一声老哥。这样，不知不觉拉进了人与人之间的距离。他们的巨大酒量仿佛是与生俱来的，着实令人叹服。南方人若是与他们一起对饮，肯定是万万不能及的。

出门在外，仿佛来到了金庸的武侠世界，周围大抵都是些侠肝义胆的好汉。若是遇上些烦心事，旁人一句："老弟，有我呢，这啥不用愁。"让人感受到他的温暖，一切的愁绪似乎顿时就烟消云散了。儿时，在无数的梦里，我幻想自己是沂蒙大地上一个铁骨铮铮的好汉，若是在古代的沂蒙，定要如秦叔宝、宋公明般义薄云天。自古琅琊多才俊，这是一片诞生无数圣贤的神奇沃土。"智圣"诸葛亮、"书圣"王羲之、"算圣"刘洪、"孝圣"王祥……他们灿若星辰，光照千秋。

沂蒙若是有色彩，定是红色的。我们的校歌写道："感恩这方捧出无数圣贤的土地，今天又把红色的大学深情托举。"当年学校因为满足抗日根据地军政建设和文化建设而建立，如今红色革命的传统教育成了她的优势和特色。《沂蒙文化与沂蒙精神》是面向全校学生的必修课程，《沂蒙文化史》《沂蒙红色文化概论》等教材为学生提供了学习红色文化的沃土。红色教育是学校"红色育人系列工程"的组成部分，红色文化亦是校园文化。漫步其中，可以看到红色教育课堂和基地的红色馆，就连电影院的名字也是叫作"红色影院"。

《沂蒙六姐妹》是学校在新生入学时必会组织观看的电影。孟良崮战役是解放战争由战略防御转为战略进攻的重要转折点。沂蒙六姐妹用自己的勇敢智慧支援革命前线，为此役的胜利做出了积极贡献。

在抗日战争和解放战争时期，沂蒙人民用煎饼养育了革命。他们将亲手烙上的煎饼用小车推到战士们身边。革命战争年代，国内生产力极度落后。作为随身携带的干粮，沂蒙的煎饼易保存、不变质、便携带、耐饥饿，为战士们提供了充足的保障。如今，漫步沂蒙的街头，随处可见卖玉米、黑米、小米等各种口味的煎饼，价格便宜，且分量十足。求学的四年时光，假期回乡时，我总会买上一些带给亲朋好友。相比家乡煎饼的柔软，沂蒙的煎饼咀嚼起来更为生硬，实在悬殊。虽然南方人吃不惯较硬的面食，但是他们却吃得津津有味。一边感受舌尖上的味道，一边感受那背后蕴藏的深厚的历史和文化底蕴。然而，人心随着社会的发展也在变得更加浮躁。现在大多都是机器煎饼，手工制作的却越来越少，传统的制作工艺被淹没在时代的浪潮之中，出现了传承危机。

当下，沂蒙的红色旅游资源更加被充分挖掘。华东革命烈士陵园、孟良崮战役纪念馆、沂蒙革命纪念馆、新四军军部旧址等无不承载着当年战火纷飞的革命岁月。每一幅历史的画卷，都向我们诉说那个令人难以忘怀的年代。荡涤心灵更加需要这些物质载体带给我们的深深震撼。

如今，数十年的红色沂蒙文化凝缩为"爱党爱军、开拓奋进、艰苦创业、无私奉献"的沂蒙精神，它深刻体现了当地人民的伟大力量。在艰难困苦的革命岁月，他们无怨无悔地爱党爱军，"最后一口粮当军粮、最后一块布当军装，最后一个儿子送战场"。

在风风雨雨、历经沧桑后，祖国母亲迎来了七十岁生日。随风飘扬的五星红旗守我家国，山河依旧。我想，那国旗的红色，其中一定有沂蒙的红色所浸染。

蒙山山脉层峦叠嶂，此起彼伏。那天，我漫步在费县的蒙山脚下，看到有蜂农在山路两侧卖着自家养殖并酿造的蜂蜜。他们徜徉在天然的山林之间，那些漫天飞舞的精灵让他们收获琼浆。那几个蜂农为人热情，与人交谈间折射出诚恳厚道的性格特点。他们靠自己的双手酿造向往的生活，这勤劳一如当年红色岁月再现。

异乡游子吟

一

从家乡前往大学的路途没有直达的列车，又懒于前往别处转车。父亲从别处打听了从芜湖始发的汽车，正好途经家门口的高速路口。每日两趟班车从两个城市对向行驶。估摸着他们从起点发车后，赶紧打上电话。待在路口处，属于迎风口，夏季倍感凉爽，但冬季也感受不到寒冷。父母帮着把行李拿上车去，还不忘嘱咐："到了一定要发个消息。"从大学返回时，他们前几日总会查询好天气。待我当日上车时第一时间向其回复。他们好估摸着到达时间，每次也是提前半个多小时就来到路口等待。

十八岁可谓人生的一个分水岭。成年之前，每逢佳节从未与家人缺席。成年之后，除了春节，其他节日难以保证与家人共

度。每个大学都有众多的家乡群聊。我进入其中，却从不发言，
活动也从未参与。毕竟，就算是身处异地，作为同省甚至同市的
人，带着同属一个家乡的背景尝试着去相识，未免太过牵强。就
算拥有相似的成长环境与饮食习惯，可若带着目的交友，也毕竟
是不够直爽的。试想，若是在同一场校园活动中相识，两人经过
细细交谈，发现彼此三观几乎一致；再了解到，两者家乡距离也
甚近，岂不是更加增添了一丝缘分！

　　每逢节假日，住在本地的室友总会欣然返回家中，剩余我们
外地的三人。刚开始心中有点兴奋的劲头，想着可以有自己独立
的空间，后期逐渐变得有一丝羡慕之情。无奈，三人结伴，或是
中秋佳节之日，或是端午安康之时，择取一处安静饭馆，来上两
杯这里特色的扎啤饮上。安徽，云南，内蒙古，虽是三地，也算
是凑齐了东西南北四方位。即使是众人皆为熟悉的菜肴，各地的
称呼也是各有差别。酒过三巡，再说上各自的童年趣事和家乡趣
闻，分享着一些成长之路的心得，稍稍排解了异乡的孤寂。

二

　　2014 年，正逢我高考刚结束，全家搬进了位于县政府旁边的
新小区。住进的当晚，我难以抑制自己内心无比喜悦的心情。在

天井街小区的十二年，每日将我从梦中催醒的仿佛不是生物钟，而是楼下制作油条的震动声与人群往来的嘈杂声。人总是会念旧的，至今想起，也是分外怀念。

新房子阳台的对面是县税务局。大学四年的寒暑假，最经常做的便是看着税务局大楼的工作人员上下班往来。母亲笑着对我说道："你要是毕业了考进县税务局工作，离家该多方便。若是下班有事，在办公室朝家大声喊我，也是能清楚听见的。"殊不知，年轻的儿郎常梦想着仗剑走天涯，总想体验不同的风土人情。

2018 年的国考让母亲对我的期望顺利成了现实。只是，这一次我选择了淮河沿岸的远方。在山东四年的大学生活让我学会了如何去适应不同的风土人情以及去尝试说一些地道的方言。这一次，又面临着陌生的环境，我做好了充足的准备。从学生到公务员的转变就这样不经意地完成了。我不敢奢求自己日后能够指点江山激扬文字。作为年轻的一代，我们更多的是需要一个充分发挥自己能力与才智的舞台，得到认同与尊重。若能如此，相比之下，钱财与虚名倒显得不值一提了。报到的当天，终于穿上了自己期盼已久的白衬衫配黑皮鞋的装扮。从内心深处真正认同自己开始踏上社会的舞台。想着离开父母的怀抱后，可以天高任鸟飞，步子也不经意间迈得更开。

　　一个月后正值中秋佳节，我想着很快就是国庆假期，便没有回乡，独自来到小饭馆，点了两个小菜，一瓶啤酒，真正是做到了"独在异乡为异客"。小饭馆两侧的玻璃门敞开着，夜间透着风，还有着丝丝的凉意。门前来了一只小土狗，黑白相间的毛色。耷拉着脑袋，趴在两只前爪上，垂着小尾巴。我尝试着丢了一小块肉到它跟前，刚刚弯下腰去，它似乎受到了惊吓，惊恐万状地看着我，小身体微微向外侧前倾，准备随时逃离。我微笑着挥手示意自己其实并没有恶意，并缓慢放在地上，立刻进屋去。它朝前弯下脑袋嗅了嗅。看得出内心深处其实是想吃上一口的，也许当着我的面，不相信我这个陌生人，或是刚刚远离父母的怀抱流浪，还沉浸在悲伤的心绪之中。

　　第二日，友人邀我共进晚餐。他是我的中学同学，通过校招来到这里的电厂工作。我们互相庆幸，毕竟不是独自在这里奋斗。他乡遇故知，亦是人生之喜。他认真对我说道："会在异地感到孤独吗？毕竟语言不通，生活环境不同。"我仔细想来，也只有刚上大学的时候感到孤独与思乡。这几年，在忙于个人事务的同时，心性也随之改变。当真正沉下心去做一件事，也容不得精力去纠结于内心的想法了。古以色列的所罗门王在年老的时候说："已有的事，后必再有；已行的事，后必再行；日光之下，并无新事。"

三

在单位附近的小区租住一年后，我又搬到了大学对面的学生公寓。说是公寓，实际是乡村自建的两层平房。其内模仿宾馆的构造，两侧房间对门而隔断。条件不算好，胜在安静。我常觉得这个居住环境虽生活方便，但对于文学创作来说难免有些不适宜。可是，慢慢地，我已经习惯在这种环境思考，最终发现却不得不依靠这种环境创作。想着近日遇见的人和发生的事，确实能获得一定程度的积累。若是进行不同程度的放纵，必定积下不同程度的顽劣。大约每隔半个月叫上一桶纯净水。送水的师傅是个年逾六十的大爷，皮肤黝黑，头发花白，双手伸开时略微粗糙，每次把水放在电动车上，到达时会电话通知。周末时，我穿着清爽简便，待下楼取水时，他热心说道："你们是不是快放暑假了？"想来他定是把我当成对面大学的学生了。我急忙否认道："我已经毕业了。"最近几次送水，没见着他。前来的人跟他长得很像。我好奇问道，他回应着："俺哥最近腰伤着了，让他多歇歇，由我来替他干着。"

研究生阶段的课程不算多，但需要常常通过练习开放性的论述题来锻炼思维。有时需要寄送纸质的答题册，为了方便，都是提前预约好时间上门寄件。快递师傅三十出头，左脚走起路来有点瘸。到了楼下会给你热情地打个电话，之后靠着快递车上享受地抽着烟。把答题册交给他后，他热心地对我说道：用 App 预约多麻烦呀，你加我微信，以后寄东西直接跟我说，我随叫随到！看着他立刻向我展示着加好友的二维码，我也不忍拒绝。第二日，我看寄件单号显示的物流信息中，竟还没有寄出。想着后天就是老师约定的时间了，可不能耽误。急忙给他发消息询问原因。他鄙夷地说道："我都习惯了，这个快递公司太垃圾，容易耽误事儿，我来给你换一家，很快就能发货。"我马上给他发个红包，意思是补上差价，也不能让他倒贴。谁知他豪迈不羁："没事，不用，以后多照顾我生意就行。"看他发的朋友圈，常常一个人吃饭。点上一荤一素，来上一小瓶酒。有时怨气满满：下午要下大雨，谁给我下单我跟他急。有时故作幽默道：有没有想打麻将的，我这里可是一缺三。

周末时常买楼下的烤肉饭。店主年纪不大，比我年纪稍稍年长几岁，微胖身材，戴着一副黑框眼镜，平常自己备菜，忙碌时分，就由他的母亲做着。待学生下单后，自己骑车往大学送去。有时说上几句，会变得腼腆。我在店里等候的时候，也会跟我聊上几句家常。他至今未考虑过婚恋之事，只是想着一心做事，多攒点钱。初春三月，乍暖还寒。夜间多凉，我下班回家，路上的学生多未脱下冬装。我去店里时，见他穿着短袖，甚为惊讶。他腼腆解释道："干活淌汗了，屋里厨房还是比较闷热的。"有时早起，我也会晃晃悠悠坐着公交上班。在店里付账时，为了从他那换取硬币，在网络支付时都是多转相应的钱数。身旁穿着保安制服的大叔热心地在口袋里掏出十余枚硬币。正准备分两次向他们各自转账时，店主笑道："这是俺爸，一起转一次就造（方言，意为：可以）。"有时回家路上碰到了，他们都会热心地朝我打着招呼。你瞧，太阳那么大，总会有它照不到的地方。即使经历着生活的捶打，但仍要用力地抓住每一道窗口透进来的光亮。

四

近两年，每次开车归来，在城里转悠时总会使用车载导航。父亲调侃道："怎么家门口的路都不认识了？"我随口道："还不是怕被扣分呢。"一年归来寥寥数次，其实已经记不清家乡城中的路了。密闭的空间歌声回荡，望着烟波里久违的故乡，思绪万千，想要说些什么却又不知从何说起。

六岁之前，我和父母都是住在父亲单位的平房里。儿时，为了写好作文，父亲带我去化工厂后山采摘桑树枝叶，一起栽种在平房的院子里，慢慢地长成粗壮的大树。前几年还都会结桑椹，近年每次去看，只剩光秃秃的枝干。不过，卧室里至今还放着年幼时看过的书籍。望着那锈迹斑斑的小窗，摸着那年久的墙壁，一切都还别来无恙。

　　这似乎是一件很有意思的事情。在外地工作和生活，即使白日忙碌，夜间回想起家乡的人和事，总有写作的灵感出现。但是回乡居住时，即使一日无事，想着专心写作，却失去方向，不知如何写起。友人听闻，对我笑道："何不换一个网络签名呢？就是你最喜欢的那首歌词。异乡的午夜特别冷清，一个男人和一颗热切的心。"我心想：那不是真成了"为赋新词强说愁"吗？

　　唐·吉诃德拥有打败风车的勇气，可并不代表他真的就能打败风车。即便如此，也不要停止前进的步伐。往往觉得穷途末路时，说不定下面还会有峰回路转。谁又能预测到自己会走多远呢？

似是一首老歌

从闹市区搬到大学附近居住已经一年有余。虽然距离单位更远了些，但是远离了闹市区的繁华喧闹，重新投入到了含蓄而内敛的环境中。每日下班后，草草吃过晚饭，又翻起了陈旧的书本细细读来，着实令人感受到另一种意蕴悠长。

近日里，楼下新开了一家小酒馆。店主是三年前毕业的大学生，因没找到合适的工作在此创业。我不爱饮酒，唯一向往的是它那古色古香的环境。每日九点以后，都能听到响起的音乐声。等到传进我的屋子，声音减弱到若有若无的感觉。丰富而不张狂，让人可以亲近。惊奇的是，店家的音乐从不是当下的流行歌曲，却是二十世纪末的一首首经典的老歌。品味倒是和我出奇一致。

犹记得年幼读书的语文课堂上，老师常常向我们强调着"诗言志"。等到课下时，我跟伙伴们说着："诗言志，那歌就是言情呀。"有人会在课本上摘抄一首首歌词，待到课下闲来无事，嘴里念念有词起来。

我一友人钟情歌唱，最喜爱的是用歌词来表达情感。听他哼唱起"怀念你柔情似水的眼睛，是我天空最美丽的星星"，想必是爱情上受了挫折；过几日哼唱起"当年情，此刻是添上新鲜"，一定是对曾经友情的怀念。

高中和大学时期的班级晚会，我曾经也鼓起勇气登台歌唱。如今感到遗憾的是年少时未曾学过一门乐器。于是，便通过网络平台联系了教授吉他的王老师。

初次见面，是在他家小区门前。那是二十世纪八十年代建造的工厂职工的家属院。门前两排苍老的梧桐树仿佛失去了活力，唯一能听见的声响是小贩们此起彼伏的叫卖声。他中等身材，微胖，年近四十。身上的白色短袖有些起皱。怕我不熟悉，早早地便等候着。

授课地点是在他的卧室，墙面上贴满了中外知名吉他手演奏时的海报，其中的一张摇摇欲坠。房间的地板上还放着两把古典吉他和电吉他。我把想学的歌曲告诉他后，他很诧异我喜爱的歌曲竟是伴随他童年成长的熟悉歌谣。虽然我没有经历过那个时代，但是从共同喜爱的歌曲中，也和他有着巧合的相似。

　　之后的几次课我们都是提前约好了时间。我慢慢地了解到，他和他的母亲一起居住。因为要照顾卧病在床的母亲，怕影响她午休，在家的授课时间一般都是在晚饭后。等到节假日，他会赶去市里的乐器班给小学生辅导。

　　一次，他无奈地苦笑道：现在网络直播平台都有免费的直播教学课，还是速成的，我们线下班也受到了影响。有时，他也会网上发消息辅导我："岁月如流在穿梭，喜怒哀乐我深锁。别忘了这句要用扫弦的手法。"

　　在练习了两个多月后，因为忙着参加证书考试，我便没有时间去上课了。

　　夜晚时分，在读书感到疲劳的时候，我还会翻看乐谱，担心发出的声音会影响旁人，也便未曾弹奏过。

　　若是觉得戴着耳机听歌不够尽兴，就赶忙下楼去听小酒馆播放的乐曲。生意冷清的时候，店主会蹲在门前抽着烟。听他提起，有时来往的学生还会埋怨店里放的歌曲太老旧了。对他来说，这些就像是陈年的佳酿，时间越长久，越觉得醇厚。在这余音绕梁中，有着千秋情义和猎猎风骨，也有着拳拳的赤子之心。

　　近期，琐事缠身。打开窗户仰望星空，也不知怎的，常常陷入莫名的感伤之中。欲言又止中，倏忽又听见"梦里依稀，依稀有泪光"。

一条小路

　　最近外出租房，离学校着实远了些。好在友人告诉我有一条可以通往校园的小路，解决了我的麻烦。

　　这条小路十分隐蔽，藏身于一排茂密大树的身后，平常时候却是难以发现的。推开一排被铁丝围起的栅栏，便正式踏入了这条小路。它一眼望不到尽头，遍布着硬泥巴和大小不一的石头。两旁还有些断断续续的菜地，绿色与棕黄色交织在一起，形成了一幅别具一格的水墨画。走着走着，便荆棘丛生，划出了一条完美的鸿沟。

　　日出东方，路上出现了金黄色。这时，一条棕黄色的野狗从路中穿过。它耷拉着脑袋，夹着尾巴，怕是也经受不住这寒冬的晨曦，想要寻找食物，却漫无目的地迷失了方向。这座城市是否有许多人也像它这样，漫无目的地逃避着熙熙攘攘的人群，继续自己探索的旅程？虽经历人情冷暖、世态炎凉，心中却依旧满怀热切和希望。虽然青春被时光抛弃，在梦醒后依旧奔波在风雨的街头。他们的一生有两条路：一条是平坦大道，看似毫无阻碍却熙熙攘攘，难以寻觅自己的空间；另一条是乡间小路，虽遍布荆棘、崎岖不平，却人烟稀少，总有自己的立足之处。当他们面临抉择时，选择了人迹更为稀少的一条，从此决定了一生的道路。

终于走到了小路的尽头。我回头望去，野狗仿佛已找到了温暖，靠在一个大石块上。这时，天气好像也变得暖和，它惬意地打着哈欠，似乎与这条小路格格不入。

曾记得电影中有一句经典台词：那个人的样子好奇怪，他好像条狗啊！其实，人生不逢时比四处流浪的狗更可怜。他们总是在不断地赶路，却忘记了出路，在一次次的失望中寻找慰藉。要相信，踏过荆棘，终会迎来平坦之路。既然选择了这条人烟稀少的小路，没有理由不在这块曾经几近荒芜，而今已芳草初现、晨曦微露的土地上继续坚持与守望。踏平荆棘，崎岖小路终会开拓成一条平坦大道。

夜幕降临，我踏上这条小路返回住处。这时，小路显得更静谧了，仿佛与这座城市的繁华格格不入。我的内心燃烧着一盏明灯，虽身处黑暗，依旧一往无前。那是披荆斩棘，指引迷途心灵的方向。

当走到这条小路的尽头，迎接我的终会是一条康庄大道。

在他乡

　　早在中学的地理课本上就曾经学习过，秦岭淮河一线是我国南北方的地理分界线。长江与淮河流经安徽，将全省分为皖北、皖中、皖南三大部分。各个区域大小均衡，可谓错落有致。从小我便生活在长江沿岸的平原，这里被誉为鱼米之乡。姑溪河是家乡的母亲河，属于长江下游支流，千百年来哺育着两岸的人民。

　　自从来到淮河沿岸的区域工作，深感这里的风土人情与家乡相比差异颇大。新中国成立后，这里因煤而兴，如今正面临着资源型城市转型的阵痛。

　　这里的酒文化尤其浓郁。不光酒量要大，还得熟稔各种酒桌规矩。酒桌之上，主人先领着众人一起喝上四轮。之后便是各自相互敬上。觥筹交错间，主人时刻把握进度，等待着酒杯见底时好给众人一齐满上。若是此时稍感头晕目眩，只得用当地方言来上一句："造了，造了。"遇上对方饮啖兼人，不由得在心中暗自钦佩道：真是"过劲"（方言：意为厉害）。

单位毗邻八公山区。工作第一年，由于时常久坐，怠于运动，身材略显臃肿。时常下班后，沿着二通路一直向北，待步行数公里后，隐隐可见八公山轮廓。这时会感受到脚下的地面稍微变得有些倾斜，一旦加快脚步就会些许吃力。

沿着丁山路一直往西就是八公山森林公园的东门，这里属于八公山的辖区。从南大门的八南路一直往南走就到了寿县的辖区。在历史的长河中，这里曾经诞生了很多的成语典故。在著名的淝水之战中，秦军在逃跑时听见夜间风的响动和鹤的叫声，以为是晋兵追来，惊慌万分，由此留下"风声鹤唳，草木皆兵"的历史典故。相传淮南王刘安与八公在此学道成仙，因此留下"一人得道，鸡犬升天"的典故。

八公山景区在淮南子文化园内打造了栩栩如生的石雕：一人手持弓箭，将其藏进布袋里，寓意深刻。西汉皇族淮南王刘安及其门客收集史料集体编写而成《淮南子》一书。其中的"千里之堤，以蝼蚁之穴漏""见一叶落，而知岁之将暮"等名句不可胜数，至今仍广为流传。

若是家乡友人来访，一定得用这里的特色小吃招待他们。早上时分，来上一碗沙汤配上油条或是牛肉汤配上烧饼，只觉色香味俱全。一边大快朵颐，一边讨论着这里的风土人情，岂不快哉。

在寿县站往西两公里处，有一农家菜馆。由老夫妇二人经营，食材都是些自家种植的蔬菜，用的也是八公山上流淌的山泉水。店里不大，只能摆两三张桌子。我还是送友人去车站时顺路发现的。中午时分，炒上一份这里的黑千张，一边品尝着这里的特色豆腐，一边谈论着淮南王刘安无心插柳发明豆腐使之成为豆腐之乡的典故，好不惬意。临别之际不禁赞叹连连，直呼不虚此行。

《滕王阁序》有云："所赖君子见机，达人知命。"继沂蒙成为我的第二故乡后，这里也成为我的第三故乡。岁月泛起涟漪，异乡的午夜只见寒江孤影。也许，日后江湖重逢，也成了他乡之客。

回归心灵的净土

近日闲暇，在一个辅导班做起了临时教师。每日放学时分，当孩子们看见我在学校门口等待，定会兴冲冲地小跑过来，主动向你诉说今日的见闻。晚餐十分简单，大多是一个馒头或油饼配上一荤一素。我们南方人习惯了大米，在这里一周也不一定能吃上米饭，这着实让我有些不太习惯。记得第一次吃的时候无从下口，身边的孩子问我缘由，也只能勉强微笑应付着。晚间的作业一向都是重任，好在他们认真、听话，让我的工作进展顺利。结束一天的疲惫，他们会围在你的身边谈天说地，倾诉自己的小秘密。在他们的世界里不存在任何差异，你就是他们最真诚的朋友。

一方水土养育一方人。在沂蒙这片钟灵毓秀的神奇沃土上，曾经诞生了无数圣贤。他们灿若星辰，光照千秋。在抗日战争和解放战争时期，沂蒙人民曾用自己的双手为中华民族的独立和人民解放立下了不朽功勋。现如今，这里的人民继承着质朴淳厚的优秀品质。那些纯真的孩子更是其中代表。你看那一张张在阳光下真诚明亮的面庞，绝对是对心灵最好的净化。如果厌倦了尘世间的纷繁杂芜，不妨来感受一下这纯净的美好。

曾经，我们都是在过来人的教诲中亦步亦趋地小心长大。他们说这是一个拼人脉拼资源的时代。的确，你可以工作优秀，可以处事灵活，但是如果不能让他觉得物有所值，愿意把你笼络进利益的圈子，你也不过就是一枚好用的棋子罢了。于是，我们就像是一只只爬树的猴子。向上看，都是屁股；向下看，都是笑脸。在追逐的过程中，时光消逝，容颜不再。最终失去的，将是当初最纯净的心灵。

曾记否，岁月轻狂，我们也曾为自己的选择冲动。身处不夜城，处处都是霓虹。如果被浮华束缚，请记得寻找一方净土，回归心灵的纯净。

繁华落尽，身处喧嚣迷离处，请叩响灵魂。那是指引迷途心灵的方向。

车　途

一

友人和我在同一城市的两个区工作。周末想要过去一趟，还得转上一次公交车。今年春天，市里新开通了 17 路班次，可以直达去那儿。对我而言，着实方便了不少。

周末的早晨，公交车上最多的一类人群莫过于学生了。对于二十世纪的学生而言，周末去老师那补习功课简直前所未闻。可如今不同了，升学和竞争越来越大。管你在校时成绩如何，若是假期不去补补课，好像一定会落后似的。

他们背着书包，三五成群地在同一个地点上车。个子不高，沉重的书包压得他们始终挺不直身板。其中一个学生，刚上车就从书包里拿出了英语课本，翻到的页面上，红色的、绿色的水彩笔在课文中划着波浪线。为了坐得更稳，左手搭着预留出的巴掌大的座位。眼睛扫过课本四五秒，然后快速地合上，一边看着窗外的风景，一边嘴巴默背着什么。等到接近目的地，也就不管背诵任务是否完成了，赶忙站起在后车门等待着下车。

有的人竟在这坐车的过程中悟出了规律。上车时如果没有座位，他就站在背着书包的学生身旁。他知道那些学生的下车地点无非是那两所培训学校。与其等待着他人在未知的地点下车，倒不如守在学生的身旁，也就七八站的样子，等待的成果也就享有了。

随着年纪的增长，我越来越不喜言语，更爱好在一个安静的空间观察生活。这种短暂的孤独是我一种自觉的独处。不是一种怪癖，而是自我存在的一种状态：活在一个辽阔的空间里。

二

近年来，中国高铁的发展日新月异。无论是长途还是短途，很多人甚至把它当作首选的出行方式。一路欣赏着窗外的美景，不用担心汽笛轰鸣的吵闹，也不用担忧突如其来的刹车。累了可以将座椅往下放些，闭上眼睛小憩。

一次出行，身旁坐着一个朴实的汉子。闲来无事，我们在交谈中彼此熟悉起来。他今年刚刚步入而立之年，是中部省份的一个地地道道的农民。几年前，父母因病先后去世，剩下自己独自生活。因为身患腰椎和颈椎疾病，一直不能干重活。这次，同村外出务工的朋友给他介绍了一个外省的相亲对象，为了赶过去见一见，他卖了家中的两只羊。

他听人介绍，若是双方这次见面满意了，按照女方家的习俗，还得给上十万块的礼金。他在说出这件事时，黝黑的脸庞上尽是不可思议的神情。可是，父母临终前一心想抱上孙子，错过了这次，他不知道下次缘分何时降临。

他继续说道，还记得当年父母跟他说他们结婚时的场景。那时的婚姻还是不要礼金的。他们所在的两个乡镇紧紧相邻。结婚当天，媒人将他们送到两个镇的交界处，中午约莫八九个人凑了一桌。这也便是全部的婚礼内容了。

说罢，他转过头去望着窗外。其他没经历过的事情，我倒也是会安慰上几句，可面对婚姻，我也是个门外汉罢了。于是，我们便又回到了刚上车时的陌生状态了。

三

我常常跟友人谈笑道：若是出行路程较远，我更喜欢坐夜间的绿皮火车。你且细细想来，夜间八点上车，坐个卧铺，第二天早晨醒来时刚好到达目的地，既节约了时间，又省了酒店过夜的费用。友人听罢，顿时欢笑起来。

一次清晨，绿皮火车上上来了一位老人，看上去依旧精神抖擞，似乎不会被睡眠打败。听他和同行的人聊天知道，他是一名参加过对越自卫反击战的老兵。当我转头见到他时，黑色的大皮袄完全包裹了他瘦小的身躯，干枯如柴的手随意搭在卧铺的扶手上，稀疏而花白的头发努力地撑着有些倾斜的毛绒帽子，丝毫不见他的出奇之处，唯有那双鹰一般的眼睛。他的双眼不像普通老人那般浑浊昏暗，而是时刻透着一股不屈的傲气，犹如钢刀出鞘，犀利逼人。

他的同伴同他寒暄了几句，话题便向着老人的经历直奔而去。这段经历也许已讲过了不下百遍，然而一提起，他的目光依旧在这一刻被一种看不见的力量所点燃，眼神中自然流露出一种自豪的情绪，他缓缓开口讲述了那段终其一生都无法忘却的往事。

"我当时还是一个新兵，是我们排里的号兵，给我们排的同志们发进攻和撤退的指令，那就是我的小号。"老人指着自己身后的一个架子骄傲地说。一支铜黄色的军号平躺在架子上，小小的号身虽布满了刮痕，却通体光亮，纤尘未染，显然被老人经常擦拭。那闪动在军号上的光晕，仿佛是那个年代血与泪的缩影。"我们连冲在那场山地战的最前面，冲锋的时候都能感觉子弹就从头顶飞过……"老人的声音有些模糊不清，却蕴含着一种特殊的魔力，牵引着我回到了那战火纷飞的时代。我仿佛看见，大批战士在冲锋号的鼓舞下不畏生死，向敌军阵地发起猛烈地进攻，如血的黄昏倒映着他们英勇的身影，抱着保家卫国的不屈信念，他们用热血与身躯捍卫着脚下的每一寸土地。无数先烈用血肉筑起了通往新中国的道路，用生命换来了今天的和平。不信青春唤不回，不容青史尽成灰。

　　有些回忆，值得用一生铭记。即使被重复提及多次，每次说起来嘴角也会不自觉地上扬。

故乡情愫

秋收冬已藏

埋藏的岁月

八月正式上班后，我便在单位后面的旧小区租了一处房子。那的居住环境实在让人挑不出优点。小区的道路特别狭窄，与周围新世纪的建筑相比，一眼瞧上去就知道是二十世纪的产物。一楼的车库密密麻麻排列的都是店铺。晚上下班回家，路上斑斑点点的都是鸟儿的排泄物。每日吵醒我的不是闹钟，而是此起彼伏的叫卖声。当初要不是贪图距离近，早起上班时可以多赖一会儿床，肯定是另觅他处了。

国庆过后，父亲从省城出差顺路看过我一次。他自然明白，虽然我嘴上不说，但心里对这居住环境肯定是有抱怨的。那天见面时，他脚上穿着的是我前年买的皮鞋。那时成立大学社团，专门买了皮鞋穿上参加会议。我和他的鞋码一样大小，于是我的几双旧鞋竟变成了他的新鞋。我的个头比他高十多厘米，不穿的牛仔裤裁剪一小截给他穿，倒也显得合适。母亲调侃道，这下能为我们家省下不少钱呢。

我租的房子面积小，房间的床铺倒不算小，两人躺着倒也不挤。时隔多年，竟又回到年幼时他陪我入睡的场景。

我们不停地聊了很多，从他的童年到我的童年。我一向不容易满足，这次抱怨的却是与心理落差极大的工资收入了。他告诫我要珍惜来之不易的工作机会，要学会知足。

父亲生性内敛，他很多过去的事我都是从母亲那里听来的。

在他童年时分，我的爷爷便因病过世了。作为家中的幼子，他上面还有一个哥哥，一个姐姐，因为家境困难，两人都没有完成学业，只有父亲拿了毕业证，文化程度最高。我的奶奶以务农为生，我至今仍难以想象是何等的坚强才能使她独自拉扯三个孩子长大。

父亲从小就很争气，学习成绩一直很优异。苦难的生活并没有使他意志消减。在中学的食堂打饭，他每日点的最多的就是一毛钱的青菜。这还不是一顿吃完，他常常是午餐吃一半，还留着一半带回家当作晚饭。

青春期的他特别瘦弱，个头在同龄人中毫不起眼，仿佛一阵大风吹来，就已经站不稳了。现在他常常自嘲："当初确实是生活环境苦，要是如我现在一般的生活水平，个头肯定还能再长高的。"

　　八十年代的冰棍不像如今是放在冰柜里卖的。那时的小贩把冰棍放在装有冰块的泡沫箱内,在炎热的夏季骑着自行车贩卖。课间时分,父亲的同学都会花零钱买来解暑。听他说起,那时的价格是五分钱一支。也许在他的眼里,能在酷热的盛夏尝到冰棍已经是难得的幸福了。有一次,是他的老师买来用作奖励他的,他至今难以忘怀。

　　也许是因为病魔让他从小就经历过失去至亲的痛楚,父亲中学毕业后选择了学医,等待中专录取通知书的时候却遇到了波折:本应收到通知书的时间,却怎么都不见踪影。后来发现是他的亲戚偷拿了。那亲戚本打算让自己的孩子冒名顶替去上学,幸亏父亲他们发现得及时,不然又是一个沉重的打击。对于一个指望学业脱贫的孩子来说,简直是难以想象的失落。父亲坦诚道:"年少时对这气愤异常。随着时间流逝,现在也逐渐释怀了。"

　　毕业分配后,父亲在工作的医院附近租着房子。母亲因为工作,也在附近租着房子。他们在共同打热水的时候相识,也就是那个时候,父亲和母亲开始相恋。

　　母亲到现在都会和我说起第一次去父亲家的情景。那时奶奶的身体状况已经不如从前了,父亲会给她夹菜,然后奶奶又会叫着父亲的小名不停给他夹菜。那时天已经有些凉了,母亲和奶奶睡在一起。到了晚上的时候，寒意更加明显。奶奶便把母亲的双脚放在自己身前给她暖和。这个事情，母亲每年都会跟我提起几次。大概，这已经深深烙印在她的内心深处，成了生命中不可或缺的重要组成。

在母亲怀有身孕的时候，奶奶患病走了。她等来了儿子成家立业，却没能等到小孙子出世的那一天。

家里的相册有很多过去的老照片。母亲指给我看过唯一的一张奶奶的照片：她的背已经佝偻了，面容憔悴。她孤零零地坐在用藤条编织的小椅子上，背后是空荡荡的房子。我在父亲的手机相册里也看到过同一张照片。

我一直都称呼外公外婆为爷爷奶奶。他们也特别疼爱我。也许从年幼开始，这两种称呼于我而言就已经毫无分别了。

母亲说，要是爷爷奶奶看到我们的幸福生活，看到小孙子的突出表现，一定会笑口常开的。

现在，我们也只有每年的农历初二和清明才会回博望老家。父亲在老家没有房子，他到县城工作以后，回去的机会也变少了。我从小是在我的外公外婆协助父母的照顾下长大的，因此，我跟母亲的娘家人更亲近。相比较之下，对于父亲博望老家的亲戚倒是显得有些生疏了，也许现在支撑我回去的唯一动力，便是拜祭爷爷奶奶了。等到大伯、姑妈、父母在坟前磕头结束，我会默念着，在内心深处和他们说着悄悄话。

岁月不饶人，回忆已经成了生命中不可或缺的一部分。一次翻阅老相册，看到父亲身着的一件毛衣，感觉特别熟悉。墨绿、棕黄、黑色依次组成，胸前还有并列的菱形图案。中学时，我还记得曾经拿来穿过。虽然时隔多年，但是质量依旧很好。

父母跟我都特别恋旧，也特别重感情。对于曾经有意义的物品即使旧了、坏了，也都不喜欢扔掉。搬了新家之后，我们在阁楼打了一排柜子，专门储存过去的东西。

转眼江淮大地迈入寒冬，气温一日低过一日。夜幕降临，路上的行人也变得更加稀少。我曾经一心追求的流行衣服款式已经逐渐变得不耐穿，它们或者旧了，或者不保暖。

等到下次假期回家的时候，我会在衣柜里找到父亲的那件毛衣，期盼着依旧能够穿在身上。

博望手艺人

姑孰城东三十多公里处有一地，名博望，位于苏皖交界处，设区已六载。其境内风景优美，横山耸立，是个旅游散心的绝佳去处。对于美食爱好者来说，博望的香菜实在不可错过。它由高秆尖叶的白菜腌制而成，口味香辣、脆嫩适口。过年时分，家家户户的餐桌上都摆放着自家腌制的香菜用来招待宾客。外地人初次尝起，都是赞不绝口。

博望是我祖祖辈辈生活和奋斗的故土。父亲自成年来到姑孰工作至今，我们也只是过年才会归乡。随着时间的流逝，我们对故乡的人情礼节变得有些生疏。然而，那份烙印在心底的深切情感却不曾减弱半分。

博望有着中国刀具之乡的美名。说到刀刃的生产，它的江湖地位实在难以取代。走在博望的街上，你就可以明显地感受到，一般城区的街上都是各种商业店铺，而博望镇上则不然。道路两旁机床、刀刃生产的中小企业几乎占据半壁江山。

在我的记忆中，对博望的机床和刀刃的生产倒是印象不深，唯独对磨刀修剪的手艺人记忆犹新。童年，我一直居住在城关，城关的磨刀手艺人几乎都来自博望，几乎每日都可听到"铲刀磨剪子咧——"的响亮叫喊声，回荡街巷的每个角落。

地道的博望话很难听懂，我曾想学着去说一说。无奈从小没有学习语言的环境，一切努力都只是徒劳。那些夹杂着博望口音的叫喊声却不难听懂。你且仔细听去，时间久了，也是一种语言艺术。

在我城关老宅的街巷中，有一个老手艺人是常来的。估摸着七十上下，头发花白，岁月的侵蚀让他已经变得佝偻。右肩搭着窄窄的长凳，长凳两旁系着的布袋看上去长久没有清洗过了，布袋里放的是他的磨刀工具。右手扶着肩上的长凳，左手还得保持平衡。走起路来摇摇晃晃的，磨刀石不时地就会碰到肩上。没有特别的耐力，常人实在是难以忍受。

他一边走，一边时不时地喊上两嗓子："铲刀磨剪子咧——"有时候，几个聚在一起玩耍的孩童看见了，也会用童真的声音模仿他的叫喊声。手艺人听见了也并不生气，微笑着回应，继续着自己的工作。

"喂，师傅，我要磨刀哦——"这时，有需要的顾客便会拿着他们的刀具叫停手艺人。手艺人立即放下长凳，以骑马状跨坐在长凳末端。也许对他们来说，工作就是最好的休息。常人看来，长时间搭着长凳实在是一种煎熬，放下来工作至少是一个稍微轻松的姿势。

你可不要小瞧了这门手艺，磨刀具实在是一种技术活。刀刃与磨刀石的角度，手握刀柄的松紧程度都甚是讲究。看似简单，工序却繁杂。先用砂轮去锈，再用磨刀石打磨。原本黯淡无光的刀具仿佛顷刻间变得银光闪闪，重新焕发出了生机与活力。不单单是慢慢地细磨，还得靠巧劲敲打。

初步磨好刀后，手艺人习惯性地用座位上的碎抹布轻轻地擦拭后试刀。他眯着眼睛，仿佛沉思，又像是欣赏自己得意的作品。直到自己非常满意为止，他才会放心地交给顾客。

博望来城关工作的手艺人不止这一个，然而童年的记忆中我也只依稀记得他了。约莫七八年了吧，我再也没有在熟悉的街巷中听到那熟悉的叫喊声，看到那辛勤磨刀的手艺人弯曲的背影。或许他早已颐养天年。可是，不光只有他一个人，不只在熟悉的街巷，就连在整个县城，我都没有再遇见磨刀的手艺人了。

有人说，磨刀手艺人是孤独的，不像其他职业，可以抱团取暖。他们有着自己固定的区域，只得单打独斗。一人肩挑长凳，从日出到日落，在叫喊声中就开始消磨自己一天的气力。他们也没有交流的时间与渠道，只是被动地等待顾客找上自己。大概那句不断重复的叫喊声业已是一天的所有语言。

　　过去，东西坏了，人们首先想着找师傅修理。现在呢？大概是换一个新的吧。

薛津回忆

母亲的老家在薛津。她久住城关二十多载，现如今只是逢年过节才会归乡。儿时，她随我的外公外婆还有舅舅一起居住。从小到大，她受到父母的百般呵护。外公外婆对做菜甚是讲究，母亲从饮食到穿着都算优越。中学时分，她与同学相处甚是融洽。无论性别、家境之区分，总能打成一片。遇见相熟之人，往往第一时间打声招呼，人缘颇佳。因此，母亲在薛津的生活是充满幸福与喜悦的。每次与我分享时，我从她的眼中看出的是满心欢喜。

母亲童年的旧宅位于薛津老街上，靠近卫生院。自搬到城关居住，薛津的老房子已经卖掉。仔细看去，薛津的老街几十年仿佛都未曾改变，就像吃了长生药的垂垂老者，即使风烛残年，却一直延续至今。老街的店铺都是对向开着的，抬头看去，屋檐却显得格外不起眼，取而代之的是撑开的篷布，将四周的店家凝聚在了一起。童年时分，逢年过节回来，走在老街上，还会踩到泥巴。经过修缮，如今的小路也变得干净平整起来。

往里走去，有两家著名的美食，一是臭干，二是馄饨。颇为有缘的是，这两家都与我家甚是相熟，一是友人，二是亲戚。俗话说：民以食为天。我国流传几千年的饮食文化那是光明而璀璨的。享用美食，若伴随美酒，二者相得益彰。

制作臭干程序繁琐，步骤甚多。光是卤液就由多种香料配制而成，这样臭味才能更纯正和美味。遥想当年高考结束，我兴冲冲跑去食品制作工厂兼职，没想到仅仅半天，就因忍受不了卤水味而逃回家去。薛津臭干作坊屹立多年不倒，其背后的艰辛于此可见一斑。

制作好的臭干黑里透白，将臭与香两种截然相反的气味完美地结合在了一起。即使相隔数米之遥，也是未见其形，先闻其味。臭干可与早饭一起食用，亦可在宴席之上当作配菜。我最爱将臭干油炸着吃，将其配上蒜蓉辣酱，简直令人垂涎三尺。

现在要说到我更爱品尝的薛津谢家馄饨了。早在百年前，其祖上就已挑着担子沿街叫卖。如今的老板是第四代传人，他的姐姐是我母亲的堂嫂。母亲常常回忆起童年时从挑着担子处盛着馄饨品尝的情景，在她的形容下，这场景仿佛就浮现在我的眼前。

与现代的商业店铺相比，这是多么具有历史年代感的画面。

当今社会一味地追求速度，往往忽视内在价值的体现。用于面条、馄饨的面皮现如今多是机器制作，仔细品尝入口，总感觉显得些许生硬，少了那么几分原味。我曾仔细观察过薛津馄饨面皮的制作。它是由人工反复手擀而成，这是馄饨口感保障最关键的一步。若是擀出的面皮不适做馄饨，便会重新再做。我品尝过的几家馄饨，多是皮过厚、汤浓而配料重。谢家馄饨则不然。它皮薄而清淡，面皮仿佛入口即化。待整碗连汤水都一起入肚，吃客心中不免连连一阵感叹："这才是真正的原汁原味的馄饨。"

我本对饮食不算讲究。但若是在薛津馄饨面前，也变成了地地道道的吃货。松宝舅舅经营城乡大巴车多年。每次假期归来，为了解馋，我总会搭上他的顺风车前往薛津。来回的劳苦，也就是为了一解馋意，说来实在惭愧。如今可好了，他们家在城关的兴隆街也开了分店，口味一脉相承。对我而言，这着实是个大好消息。

可是，最为母亲津津乐道的却不是薛津的美食，而是薛津的同学和朋友。母亲当年性格外向，她常说自己是假小子，班中同学都是与其相交甚欢。那时，母亲家境优越，她的初中同学常来家中玩耍，一齐席地而坐，或是交谈，或是观看黑白电视。

世人皆向往权势之友，实在太过势利。若朋友遇事他不理，花钱之时他退缩，纵有万贯家财，此友交之何益？而母亲的朋友则不然。多年的交情，早已让友情蜕变为了亲情。母亲常说，我们都是亲的兄弟姐妹。

　　他们各有千秋。丁舅舅风趣幽默，玩笑话中处处透露着睿智。礼山舅舅这位"塘主"平等待人，真心对人。郜舅舅是我出生时第一个抱我的，为人豪放又洒脱。程强舅舅身姿挺拔，正义凛然的军人气质一览无余。彭亮舅舅为人热心，常开着要我追女生的玩笑。银生舅舅精明干练，酒席上常出幽默之语，逗得众人纷纷大笑。

　　如今，母亲对于薛津的独特情感传承到了我这里。于人于物，不会随着时间的流逝而冲淡。这些都深深地镂刻在了我内心深处，每次回忆起来，嘴角就会不自觉地上扬。

葫芦情

　　沂蒙市区的人民广场建成已近二十载，文化内涵丰富，匠心独运，是市民休闲娱乐的好去处，要论热闹非凡，全市无一地能出其右。每当到了节假日，它便成了我和友人消磨时光的首选之地。

　　曾经，我总是被它浮华的外表所吸引，常常忽略了一些不起眼的角落。殊不知，经过岁月的打磨，那些承载着厚重历史文化和情感内涵的物件更值得人品味。你瞧，在广场的东南角落刚刚新开了一家葫芦店铺，那铺子在周围众多娱乐商家的簇拥下更是显得别具一格。

　　还没进去，你便会被门前那一排藤蔓装饰所吸引。一排排嫩竹支撑着那些纵横交错的藤蔓，藤蔓上挂着大大小小的葫芦装饰，上下两处圆弧凸起着，多么富态。不用打探，便知道这家店铺是做什么的。待小心踏入，地上的箱子里都是些小巧玲珑的玩赏葫芦。柜子两旁摆放着刻有文字的大葫芦。有的是深褐色，有的是翠绿色；有身材窈窕、腰细而体丰的，有细颈而肚粗的；有腰粗浑圆的，也有歪嘴偏肚的。各个摇曳的生姿不一而同。这时，店家便会赶紧走来热心地为你详细介绍着。

葫芦象征着福禄，自古以来就是一种灵物，亦可当作水瓢、酒壶等器具。还有的农家在屋檐上悬挂着葫芦，寓意着平安风顺。多年的借物抒情，让人们对葫芦产生了无与伦比的崇拜和喜爱。如今，它的身上承载着深厚的历史文化内涵。可是，于我而言，它不仅仅代表着人文，更承载着多年烙印心底的情感。

犹记得童年时分家中也栽种着一株盆栽葫芦。那时，一部关于葫芦的国产动漫风靡一时。对于一个孩童来说，拥有一个神秘无限的宝葫芦该是一件多么具有诱惑力的事情，然而对于父母来说，读书才是头等大事，他们拒绝了我的苦苦哀求。于是，为了满足我的期望，栽种葫芦成了外公劳心劳力的事情。

那时，外公刚刚退休在家，远离了半生的工作生涯，转而开始热心于种植花草。栽种葫芦对他而言亦非难事，很快便行动起来。经过仔细挑选，逐步完成了选盆、用土等步骤。待到成活后，幼苗便长出了卷须。那时，我每日放学回家的首要之事便是观察这株葫芦。外公常常告诫我不要心急，说是付出了栽种的努力，就一定会享受到收获的喜悦。他每日都会前来观察，修修剪剪时也是处处小心，像是爱护一位孩童，就算是稍微用力的碰触也会担心产生伤害。

收获的喜悦在漫长的等候中终于来临。那些枝杈上爬满了青色的藤蔓，缠绕着一个个小葫芦，看起来童趣横生。我试着采摘下一个小葫芦，想着可以随身携带，好帮我遇事逢凶化吉。可是，毕竟要去课堂学习，怎样携带着实成了一个难题。这时，外公在葫芦上端对称的圆弧处挖出了两个小洞眼，用细线将小葫芦两端串联起来。他将小葫芦挂在我的颈上，便解决了我的困境。

想着这是外公的杰作，我自豪地将葫芦挂在胸口，在课堂上也是舍不得摘下。一名天真烂漫的孩童和一个小巧玲珑的葫芦组成了一处妙趣横生的画面。我的老师见着了，也是非常喜欢，忙问我这是何处购买的。我尽情地向她讲述着葫芦的来历。等到第二天上学时，我将新采摘的一个小葫芦送给了老师，她也是十分欢喜。

外公的旧式二八自行车是每日接送我上下学的交通工具。在见到我之前，他会扶着车头等待出发。待我兴冲冲地小跑过来，他便用脚打下后轮胎的支架，两只手将我抱起坐在车的前杠上。年幼的我自是十分淘气，长久地坐在硬车杠上着实不易。这时，小葫芦便发挥了作用。外公用细绳将它系在车把上，身体部分紧紧靠在车篮内侧。随着车的行驶，小葫芦也开始左右摇晃起来。我的注意力完全被它吸引了，一番仔细的观察后开始了小心地把玩。在回家的路途中，它是我最忠实的朋友，也是护佑我和外公的平安符。

听母亲说起，外公曾经也是一名军人。当年的军旅生涯塑造了他坚毅不屈的个性。即使身患病痛，亦不失坚强本色。于我而言，他是至亲，亦是榜样。如今，曾经的挺拔身姿也经不住岁月的侵蚀，变得更加佝偻。都说葫芦具有福禄的谐音象征，于是，我期盼着能够亲手种植盆栽葫芦，能够为他带来好运。

远离故乡四年之久，曾经的光景竟变得有些模糊。事业和情感伴随着我不断前行，在奋斗攀爬的旅程中，有别离，亦有新欢。在逃离尘世喧嚣的过程中，于沂蒙的葫芦店铺，我竟又巧合地寻回了当初最为纯真的情感。于我眼中，葫芦已不是童年陪伴的玩物。于我心中，它如神明一般崇高。

再次来到沂蒙市区的人民广场，我赶忙去店铺里购买最新鲜的葫芦种子。想着在居处的阳台上亲自播种希望，那份期待一如当年……

中药情缘

父亲是一名中医，行医近 30 年，其言传身教令我受益匪浅。年幼时分，曾梦想追其步伐，学国粹之精髓。然世事多变难料，未能如我所愿。只能将脑海回忆一一记叙，遂成此文。

儿时体弱，常有病痛。那时县城医疗条件落后，只能辗转他地。父亲常说西药虽见效快，但副作用甚有隐患。中药虽见效慢，却能治本，这是西药难以企及的。于是，从记事时，每每感染病痛，父亲便会为我望闻问切，开方拿药。中药之苦，对于儿童实在难以下咽。这时，父亲便会准备糖果。等迅速下咽之后，我赶紧将糖果塞入口中。喝的时日久了，便感觉这苦味渐渐淡了许多。

可以说，年少时候，父亲单位的中药房就是我的天堂。左手抓起一把苍耳子，右手拿些甘草，过些时候，又被蝉蜕给吸引了，它形似蝉而中空，呈棕黄色。我尝试着去拿起蝉蜕，然而这时，带刺的苍耳子已经挂在头发上、衣服上，弄得我狼狈不堪，真是有趣极了。每次父亲下班脱去工作服后，我总会被白大褂上那淡淡的草药味所吸引，仿佛那是一种神奇的让人留恋的力量。

2003 年的非典以雷霆万钧之势蔓延全国。那时，人心惶惶，出门都是必须要做好预防措施，生命之轻微暴露无遗。学校早已停课，无奈之下我只能闲居家中。一日，父亲工作之余煎熬了数味中药。原来，这是预防非典的良药！家人每日都会服用。面临非典危机，父亲的药给我注入了无尽的信念。虽面临困境，依旧不失坚强本色。父亲生性纯良，那时总是会多煎一些药来给邻居服用。这药虽苦涩难入口，却发挥着不可替代的功效。

前些年，张悟本事件甚是引人注目。他宣称要将"吃出来的病吃回去"。在听闻其说"绿豆可治百病"，父亲闪露一丝担忧："绿豆性寒，若是患者脾胃虚，反而会适得其反。大量盲目的患者极其信任其生吃食物之法，危害颇大。"事实证明，张悟本的说法纯属谬论，其最终也销声匿迹。

儿时喜欢养蚕，父亲为此在家中庭院种植了一棵桑树。每当到了枝繁叶茂的时候，他总会摘下大量的桑叶，经过晾晒变干后存于家中。他说："桑叶具有疏散风热，清肺润燥的功效。"每当听闻亲友患有咳嗽、风热症状，父亲总会给他们一些晒干的桑叶，教他们煎熬，用以疏散风热。

在家中庭院的一角，摆放着一具药碾子。它由铁制的碾槽和像车轮的碾盘组成。很多药材需要分解、脱壳，父亲便会脚踩碾盘，在碾槽中来回压碾研磨药材。儿时常充满好奇之心，曾帮助父亲碾药，几趟下来，双脚实在是酸痛难行。很多患者常不便煎药，父亲便会做成药丸。路途遥远的，他便亲自跑去快递处寄出。

父亲常说："良药苦口。"有时为我煎熬的药材多了，总会剩下一些，他便会喝下。中药治本，虽无病痛之患，服用也可强身健体。他虽年近半百，却依旧神采飞扬。每日坚持晨跑，心态积极平和，遇事不骄不躁。我想，这就是从医近三十年带给他的收获。行医之路虽平淡寂寥，却依旧乐于坚持，以治愈为己任。

回忆太多，恕我不能一一详尽。常聆听父亲教诲，对于中药我也略知一二，获益匪浅。我本性躁，爱闯荡，与中医之平心静气实乃天地悬殊。此生不能追其步伐，甚为遗憾，但其言传身教必能使我牢记于心，受益终身。

国学中的领悟

　　从小我便爱读课外书，对于学校的课本倒不一定谈得上喜爱，若是那种语言引人入胜的国学名著，得了空闲，阅读起来一定是爱不释手。犹记得十岁那年买了一本《三国演义》，立刻被书中的情节深深吸引了，即使在家中如厕的时候，也不会放过，每次时间长了，父母便会赶忙催促我。至今想来，也是十分有趣。

　　如今仍旧记得书中对赵云在汉水之战的描述："云大喝一声，挺枪骤马，杀入重围，左冲右突，如入无人之境。那枪浑身上下，若舞梨花；遍体纷纷，如飘瑞雪。"语言的精炼与优美仿佛立刻就将人物呈现在了眼前。

　　一切的事物都是存在普遍联系的。从小的读书选择培养了我如今的写作风格。可是当今时代的经典似乎越来越少了，各种披着所谓精英皮囊的粗制滥造畅销书，即使装订再为精美也无法弥补内容的空洞苍白，就连闲来无事在网络浏览，也会时不时地出现让人痛恨的"标题党"所发布的各类夸大其词、子虚乌有的信息。这些不仅毫无营养，更是对公众产生了严重的误导。

工作以后，我渴望从书籍中寻找指引心灵的方向。在个人的办公桌上，我留有一处空间用来置放一个小巧精美的两层书架，上面放着《四书集注》《荀子集解》等书籍。曾经，我选择书籍的首要条件便是语言和情节。在蔡爷爷向我推荐一些国学经典后，我的读书选择悄然发生了变化。

蔡爷爷是安徽工业大学的一名经济学教授，即将年满 61 周岁。因为和外公同辈的原因，我得叫他一声"蔡爷爷"。三年前，我收到国家公务员考试的面试通知后，为了提升自己的理论表达水平，于是经过联系后便赶忙来到他的办公室请教。

那是我第一次去他的办公室。他那时年近 60，双眼有神，步伐沉着稳健。办公室不大，紧凑而清幽。古典的茶壶传来一阵淡淡的清香。走近办公桌前，仔细一看，桌上整齐堆满了各种春秋战国时的国学经典。最上面是一本《管子》，几乎每一页的外围都粘贴着白色的书签，上面苍劲有力地写着一些备注和心得。

等到耐心听完我的笔试情况和面试的备考准备后，他当场便准备了几道面试题目，让我当作是正式的面试考场模拟一次。我假装镇定，实则内心慌张不已。简单地想了一个答题思路便赶紧脱口而出，语速无法掌控，结果自是不尽人意。他点上了一支烟，缓缓说道："面试就是一种与考官的交流，不用死记硬背，要表现出真诚的态度。把握节奏，注重与考官的眼神交流。"那时我有些性躁，做起事来总想着一蹴而就。他说话的声音不大，却沉稳有力，抑扬顿挫，让人听起来着实是种享受，实在是给我树立了一个面试表达的绝佳模范。那时心想着，日复一日的对国学的专研潜移默化间提升着一个人的谈吐和气质，因此才能做到胸有丘壑，才能如仙鹤一般鸣于九皋。

当天回去后，我在网络上找到《管子》，想来仔细阅读一番。也许是功利心过重，心中想着考试，看到那深奥文言文逐渐失去了耐心。他第二天一早联系了我，给我发来了一份自己整理的政策批注。这样，我便可以更加容易提升答题的理论基础。在他的帮助下，我的表达也更加稳健，在阅读中逐渐做到沉潜往复、开阔境界。

在面试顺利通过后，他向我推荐了《四书集注》《荀子集解》等经典。在前往淮南工作的前几日，我再一次进入他的办公室，内心满怀感恩之情。他缓缓对我说道："你学的是法学专业，还是应当多读《荀子》了解法家治国思想。淮南是一个文化底蕴浓厚的城市，用心阅读和发现，都是你笔下创作的素材。"时至今日，我都不敢忘记。在工作之余，我时常翻阅典籍，越来越感慨于古人的智慧。于工作生活棘手的难题，竟都能在典籍中找到答案。

他在校机关任行政职务时，无论是会议还是文稿都提倡简洁明了，从不做无效之功。开会时，通过手表把握时间节奏，于循序渐进中把握关键，实在有四两拨千斤之感。在踏上工作之旅前，能聆听他的教诲实在受益匪浅。

去年时分，他的《管子治国思想研究》一书正式出版，其中都是他近些年苦心研究的智慧结晶。我时常以工作繁忙为由进行自我懈怠的暗示，在文学创作的过程中难以持续下笔。他对学术的拳拳赤诚实在感染了我。于我而言，他是师长，更是榜样。

对待事物常会急功近利，在困惑中常受旁人言行影响，亦处于困顿迷茫之态。一日，他在微信对我说道："近日可再看看《荀子》荣辱篇。养天地四时，涵宇宙万物，定会功到事遂。"于是，我便立即找来仔细学习一番。身处喧嚣迷离处，又从典籍中寻觅到荡涤心灵、提升自身的方法，能够在纷纭万状中激浊扬清、明辨是非。

工作快三年了。在办公桌的两层书架中，近日又新增添了两本新书。一次吃过午饭，随手整理起来，曾经熟悉的景象又一次浮现在眼前。

鱼　塘

　　似乎从古至今的文人墨客们都有着一颗隐士的心。他们期盼着前半生能够誉满天下、指点江山、激扬文字，待功成身退后，择一处乡间世外桃源加盖木屋，于屋外栽种十里桃花，携手糟糠之妻琴瑟和鸣，共话桑麻。城市的生活节奏过快，让疲于奔波的我们也向往着这种生活。父母在童午时分都有着各自的农家小屋，他们有着根深蒂固的浓浓乡情。这是他们的宝贵财富，于生活在城市的我而言，也是最为羡慕和向往的。

　　这几年，除了父母的故乡，我去往最多的乡下就要数礼山舅舅的鱼塘了。他是母亲年少时的同窗，脸庞消瘦，精明干练。母亲生性活泼开朗，与同学相处自是融洽。尤其甚者，更是如同家中姐弟一般，我也称其为舅舅。年幼时，他的父亲也经营着鱼塘。大概是自小就有的水乡情节，于姑孰城东南三十处护河镇，他也开始经营着自己的鱼塘。

　　鱼塘四周田埂宽阔，两岸青山环绕，绵延不绝。岸上绿树虽然稀疏却显得更有层次感。除了常见的鱼种外，于一小池中还养着甲鱼。在岸边，他还建有一处小屋。平日里，他热情好客，常邀友人来此处钓鱼参观。待垂钓尽兴后，由其妻子亲自下厨，烹饪着刚钓上的新鲜大鱼。众人在屋中推杯又换盏，谈笑间赏着屋外的青山绿水，于尽兴中称其为塘主。热情好客的他也是欣然接受。等到友人准备返程时，他会为他们准备新鲜活鱼带上。时间久了，他的鱼塘更是在朋友圈中好评如潮。

　　自小我就向往依山傍水的生活。可笑的是，一直水性很差，不会游泳。前年夏天去礼山舅舅的鱼塘时，正好没有放鱼苗，倒成了锻炼水性的绝佳去处。可是母亲在旁，我只得在池塘边羡慕地张望。母亲说道："你又不知道池塘深浅，要是有水蛇怎么办？"我想也是。他说道："我自己的鱼塘心里肯定是清楚的。"说罢，跃跃欲试，已经做好入水准备。没等我们缓过神，他已经入鱼塘游了一小截，为了向我们证明水的深浅，也是立即停止一切动作，站立在池中央。当我看到水深只到腰间时，也顾不得母亲的阻拦，立即下水，忙着锻炼水性去了。为了让我更好地尝试，他拿来一个大盆，让我用手托着练习动作。

　　初秋，当初的菱角种子已经成熟，放眼望去，菱角密密麻麻地占据水面半壁江山。我们去市场购买的菱角肯定不如现摘的新鲜，这次我们一行几人都对此兴趣盎然。于是，他双腿弯曲蹲立在鱼塘的木船前指导我们。这个姿势从岸上看去就不容易。坐船摘菱角也是有研究的，若是坐在船中间，虽能保持平衡却不方便采菱；若是坐在一头，恐怕重量过大亦会倾覆。不一会儿，便满载而归。有嘴馋者直接就生吃起来，一边还忍不住夸赞其新鲜而味佳。

　　去年，同学群中有人晒出去青海湖旅游的消息。他竟找来纸板一张，上书"青海湖风景区"六个大字。再将自家鱼塘美化后摄影，传到同学群中，惹得众人纷纷欢笑起来。清明过后，正是青山桃花盛开的时候。为了一睹桃花节风采，往来人流巨大。鱼塘边也盛开了一株野生桃花，桃树不到一米，树干细弱，枝头也就两三朵，一阵微风吹来就已摇摇欲坠。一日，他拍照至朋友圈，写着：这才是真正的桃花节。又让众人纷纷忍俊不禁。

　　今年以来，他在鱼塘边又种植了一些蔬菜。不光自家食用，友人来访时也成了赠送的佳品。他还养着一些鸡、鸭、羊等。有人调侃道："你这都成了动物园了，以后可以左手一只鸡右手一只鸭地过日子了。"他也是乐呵呵地笑着。对我们晚辈来说，亲切得像是友人。

　　前日，母亲电话中问我："下次回家可有什么打算，或是想去哪里游玩？"我答道："还是那鱼塘呀。"

人在旅途

秋收冬已藏

城墙下的追忆

　　近日里单位人事调整后，和我同一间办公室的是一位退二线的局领导。其名寿春，从这便可看出他的籍贯了。平时待一阵忙碌过后，他总会跟我谈起他的家乡。每每谈及，其洋溢的骄傲之情溢于言表。寿县城中心距离我们单位不过十公里，可是工作三年多来我却只去过寥寥数次。

　　一次闲暇时，他问道："还记得曾经课本中'孙叔敖举于海'的典故吗?"我忽地想起，其原本大意应是孙叔敖因治水有功，被楚庄王赏识而为令尹。他又接着说道："在寿县城南三十公里处有一安丰塘，号称天下第一塘。是孙叔敖在成为楚令尹后主持修建的大型水利工程，比后来的都江堰都早上三百多年。"

　　在听他详细介绍后，我更加情不自禁地被吸引住了。还记得年少时爱读春秋战国的历史书籍。战国末期，楚国在与秦国的军事博弈中屡遭失败，国都被迫迁到寿春，又称寿春为郢都。其历史辉煌璀璨，是我国第一批三座历史文化名城之一。

家乡的清源门城墙虽于明代始建，但新中国成立后没几年被拆。前几年重建后再现了古代太平府辉煌的鼎盛场景。而寿县的古城墙自宋朝始建至今已近千年，其位于城中心，分东南西北四门。工作以后，每年去看一次古城墙是我雷打不动的习惯。

从八公山下一直往南，首先看到的便是北门，又称靖淮门。城内的巷子很多，数不胜数。每条巷子的名字都有它的来历，有些仍保留着石板路古建筑的风貌。北大街两侧的商家密密麻麻。楼层不高，看着有着年代了，更衬托出城墙一些古色古香的韵味来。一眼看去，卖得最多的便是这里的特色小吃"大救驾"，有的是现炸现卖，外皮由数道花酥层层叠起，金丝条条分明，买来尝上一口，更觉酥脆甜香、色美味佳。

南门又称通淝门，正对着春申广场。广场上矗立着春申君黄歇精神抖擞地架着马车的雕像，可谓是城市的一张名片。进入瓮城，更觉其气势宏伟。四周的城砖触手可及，仿佛向你诉说着它千年来历经的沧桑岁月。爬上去俯瞰一下十字街，可以看到寿县老城的中心。古城道路为方格路，车道也不算宽敞。

南门的护城河与淝水相通，象征着舟楫往来，商贸繁荣，宾朋四海。靠立于城墙之上，近距离就能看见城楼上立着一块淝水古战场的石碑。静静俯视着城墙下这条微波荡漾的护城河，谁又能想到它曾见证了多少历史的战役，历经了多久的风雨沧桑？无论是东晋著名的以少胜多的战役——淝水之战，还是抗日战争时期与侵华日军的激烈战斗中，这里的一墙一河乃至一砖一瓦都在岁月的跌宕中完成了它的历史使命。

漫步寿县城中，在与这里的人们交谈中发现，他们身上至今仍有着楚人的气质。既有道法自然的和谐理念，又不失筚路蓝缕的开拓精神。不由得想起孙叔敖在辞去最后一任令尹时说："方将踌躇，方将四顾，何暇至乎人贵人贱哉。"可谓是真正做到了宠辱不惊，让人好生艳羡。

古城墙给人一种既踏实安全又威严庄重的感觉。当你停下脚步专注地欣赏它时，一点也不会感觉到日月如梭、心浮气躁。

闭上眼，仿佛看到一位白袍将军，横刀立马立足于城墙之下，守护着寿春这座古城。

武侯祠前的沉思

工作后第一次出省培训的地方是西南财经大学，该学校位于被誉为天府之国的成都平原。

古言"少不入川，老不出蜀"。成都的慢生活节奏着实令人感到轻松惬意。对于常人而言，等到功成身退之时，再在这天府之国乐享晚年，也算是一种幸福。白日里闲暇散步，随处可见街区两头的茶馆。对于当地人而言，但凡打麻将，必配一杯茶。晚间走上宽窄巷子、锦里等古街，品尝当地的各式特色小吃，玩赏各类琳琅满目的小配件，也算是过上了这里的慢生活。

一次夜间闲暇时从锦里古街路过，看到隔壁的园林甚是古色古香。往南走到路口处，方才寻到大院。抬头望去才知竟是武侯祠。由于那时要进行修缮，很遗憾没能进入参观。

童年时候读"三国"，与同学们聊天时我发现大都是更为支持蜀国；中学时再读"三国"，或有人云亦云之故，或是愤世嫉俗之因，只觉昭烈皇帝刘备无论是携民渡江、摔阿斗，还是临终托孤，尽是些收买人心的手段罢了；如今踏入工作之旅回首再看，先主宁负蜀汉不负关张桃园结义之情，以皇叔之尊三顾布衣于草庐，夷陵之战前众人纷纷劝阻，先主却言："朕不为弟报仇，虽有万里江山，何足为贵。"在弥留之际告诫自己的儿子："勿以恶小而为之，勿以善小而不为。惟贤惟德，能服于人。"此间种种，无论于公于私、于情于义，此真乃忠信仁义、宽厚仁德之人。

诸葛亮在出山前，每每自比于管仲、乐毅，他的人生目标，是辅佐一位能够匡扶汉室的明主。所以，他在隆中纵览天下大势，为这位未来的明主规划出了"跨有荆益、夺取中原"的"隆中对"。正因为选择了刘备，他才能实现自己的人生理想，从而将自己的才能毫无保留地发挥出来。

"三顾频繁天下计，两朝开济老臣心。"只为报答三顾茅庐之恩，从此殚精竭虑，一诺无悔。他曾经火烧博望坡，立下初出茅庐第一功，也曾经孤身赴东吴舌战群儒，赤壁大战草船借箭、借来东风。汉中与曹魏争雄，运筹帷幄、锋芒毕露，最终得以实现隆中对前两步，始成三足鼎立之势。

"出师未捷身先死，长使英雄泪满襟。"先主夷陵之战尽折蜀中精锐，于白帝托孤，只叹"先帝创业未半而中道崩殂"。从此复汉大业只留诸葛亮独自踌躇。自此辅佐后主，鞠躬尽瘁，死而后已。七擒蛮王平叛外族，六出祁山北伐中原。

"出师一表真名世，千载谁堪伯仲间。""陛下亦宜自谋，以咨诹善道，察纳雅言，深追先帝遗诏，臣不胜受恩感激。今当远离，临表涕零，不知所言。"如今读来，更是深深动容。

可是，诸葛亮终究还是输给了曹魏。这是千百年后人们心中难以释怀的遗憾。上方谷中倾盆大雨冲尽烈焰，可谓是与天对弈，终输一筹。一生用火，终究雨负。最终汉业未统，深深自责愧对先主。难道真是可叹苍天不垂怜吗？水镜先生曾有言：孔明得其主而不得其时。只叹孔明出山时，曹魏占尽中原，已得天下大半。面对国力的巨大差距，即便焚膏继晷、丹心如故，最终也是将星坠落、天命难违。

还记得诸葛亮离开茅庐前对其弟嘱咐曰："吾受刘皇叔三顾之恩，不容不出。汝可躬耕于此，勿得荒芜田亩。待我功成之日，即当归隐。"一生不曾后退，年华却催，南阳的旧宅再也未返。

五丈原上秋风萧瑟，武侯祠前后人怀缅。千百年来，诸葛亮早已成为智慧和忠臣的象征，至今仍被深深推崇。岁月如流，长满了杂草的武侯祠旁，时光的梦想被冉冉升起的太阳唤醒。

　　在发表数十篇作品后，不免想起至今仍缺少笔名。在武侯祠前踱步片刻，决定起曰"借东风"。

　　离开成都时，亦是别离武侯祠之际。只想起："萧瑟秋风今又是，换了人间。"

独　旅

近日整理手机相册，又打开了尘封近三年的记忆。大学毕业典礼后在学院领取了毕业证和学位证。我本是一个念旧之人，宿舍的很多生活用品一直舍不得丢弃，在校的最后一日，只得收拾整齐往家乡邮寄。收拾好一切后，轻吻着曾经留下奋斗痕迹的书桌，径直朝车站赶去。

年少时，我一直想着有朝一日能够习得一身高强武艺，得以只身一人行走江湖、行侠仗义。如今，看着自身的文弱书生状，许是没有练武的体魄，只得选择弃武从文了。于是，我独自开启了毕业旅行，踏上了向往的圣地。

登封距离郑州不远，一直往西驶去，便来到嵩山脚下。嵩山是五岳之一的中岳，很有特色，看照片便能一眼认出。在前往少林寺的路上，两侧密密麻麻分布的都是武术学校。周围的铁栅栏比人略高，下面绿荫环绕、杂草丛生。朝里仔细看去，都是些未成年的儿童在列阵，或手持棍棒，或赤手空拳，井然有序，隔着老远就能听到一招一式在空气中划出的声响。

再朝前驶去，遥远处便能看见耸立的山门。气魄雄伟，上书"嵩山少林"四个大字。其下是面阔三间的单檐歇山顶式古建筑，来往游人纷纷驻足观赏。走进景区，其间的大雄宝殿、藏经阁、达摩洞等，皆为我们耳熟能详的名字。

中途的一场武术表演迎来了一阵高潮。期间，偶遇一僧人，看样子40上下，戴着眼镜。为了满足内心的好奇心，我也学做双手合十的样子，微微鞠躬状，不紧不慢地说道："请问师傅，若是想留在此处学佛，还得需要什么条件？"

师傅扶了扶镜框，也做双手合十状回礼，认真回应道："若是与佛门有缘，还得本着学习、传播佛法的善心。若是年轻有为，学历高那是更好的。"

仔细想来也应如此。嵩山少林自北魏孝文帝始建至今，期间历经多少战火之灾。其佛法、武术、禅医等文化博大精深，若是没有一颗沉静的内心，摒除浮躁的世俗，又怎能习得其中的智慧？

童年记忆中关于少林题材的影视剧也是于史有据的。历史上，秦王李世民率军讨伐王世充，不幸战败。紧要关头，少林十三棍僧营救秦王，扭转败局；明朝嘉靖时期，日本倭寇袭扰我国沿海地区，少林僧人挺身而出参与战事并且屡建功勋；民国初期又组织保卫团与周围土匪鏖战，使当地村民得以安居乐业。如此看来，拳勇一类本是末技，在历史的传承中，若是用于匡扶正义、保家卫国，真乃心中大爱、人生大为。

在恋恋不舍地离开此处后，我又随即匆匆赶往龙门石窟、云台山等地了。

穿越千年的探寻

在结束了河南的行程后，当夜，我又马不停蹄地乘车一路西行来到西安。

这里是诸葛孔明数次北伐、朝思暮想的关中平原，也是安史之乱中遭遇土崩瓦解的唐都。这里有着"长安一片月，万户捣衣声"的深切情思和愁绪，有着"遥怜小儿女，未解忆长安"的悄焉动容、神驰千里，也有着"春风得意马蹄疾，一日看尽长安花"的扬眉吐气与酣畅淋漓。

自西周至西晋，历史悠久，它是十三朝古都。以至于人们调侃道："行走在西安的大街上，脚下踩的不是路而是历史。"更为夸张的说法是："在西安随便一锄头挖下去，挖出来的都是文物。"

行走在西安街头，发现市中心紧紧被四周环绕的城墙所包围。四座主城门紧紧相连形成周正的长方形，始于隋朝新建，于明朝改建。在历史的长河中，这里是封建统治者苦心经营的防御重点。从城门外的护城河起便构建起第一道防线，直至间楼、箭楼、瓮城、正城门层层设防，构成严密的防御体系。

要说这里最吸引我的莫过于秦朝的历史了。秦朝赢氏的祖先为上古大禹时期皋陶的儿子伯益。伯益带领的部族在战争失败后，赢氏至此分家。而向西迁移的部族，以后便在甘肃落脚，建立秦国，其后因护送周平王东迁洛邑有功，被封为诸侯，并赐予岐山以西的周王室龙兴之地。

因陕西省为秦朝故地，有时也称这里的人为老秦人。买上这里的臊子面、羊肉泡馍、腊汁肉夹馍等小吃品尝，再与商家细细交谈后发现，他们仍旧保持曾经秦人的良好品质。秦朝尚武，男子从军参政、为国效劳成为至高荣誉。他们身上有着一股劲，从内到外的精神是坚毅不屈的。他们有着《秦风·蒹葭》中"蒹葭苍苍，白露为霜。所谓伊人，在水一方"秋水伊人的美妙境界；更有着《秦风·无衣》中"岂曰无衣？与子同袍。王于兴师，修我戈矛"的慷慨激昂与同仇敌忾。

要近距离感受秦军的热血与威武，就一定得来兵马俑看看。其位于秦始皇陵东侧，作为墓葬的陪葬品而出现。兵马俑陪葬坑坐西向东，三坑呈品字形排列。其形象塑造以当时秦军将士为基础，手法细腻。每个将士的装束和神态各不相同，从装扮中就能看出兵种与级别。从观望台仔细看去，所有的兵马俑的面容都流露出曾经老秦人军士独有的威严与从容的神态。这是那个时代的鲜明特征，穿越了两千多年的时空展现在了我们眼前。

"及至始皇，奋六世之余烈。"若没有先辈六代人积累下来的功业，便没有始皇帝横扫八荒、一统六合的壮举。春秋战国，列国伐交伐战，强则胜，弱则亡。秦孝公任用商鞅变法图强，开启强秦之路。乱世用重典，意欲以霸道夺天下，奠定了强大的国力基础。秦惠文王任用张仪，上善伐交，以连横破合纵。北伐义渠，西平巴蜀，东出函谷，南下商於，为统一大业打下坚实的基础。张子一怒而诸侯惧，安居而天下息。秦昭襄王重用白起、范雎，励精图治，远交近攻，强国固本。消灭义渠，攻伐三晋，开疆拓土。而后灭亡东周，占据九鼎。至此大争之世，秦再无敌手。

这彪炳史册的统一功业，不仅仅是一代人努力的成就，更是大秦历代国君筚路蓝缕、励精图治的成果。这是一个有趣的现象，商鞅、张仪、范雎皆是魏人。司马迁在《史记》中写道："三晋多权变之士，夫言从衡强秦者大抵三晋之人也。"这些法家与纵横家的名士皆在故国得不到重用。细细想来秦孝公之后，秦之用人政策最为开明，不看资历，不看背景，只凭真才实学。

"千里马常有，而伯乐不常有""君择臣，臣亦择君"，他们彼此成就、双向奔赴。可谓："公如青山，我如松柏，此生相扶，永不相负。"

这是一次穿越两千多年的探寻。犹记当年礼崩乐坏，论道苍生，王侯将相掀起乱世风云。迢迢河山，天地相争。多少名士飞升如麒麟，坠落如蝼蚁，只是浮生仍旧大梦未悔，任凭后世评论其中是非曲直。

今宵唯有一壶浊酒，敬那大争之世。

华清池上的哀愁

　　"骊山四顾，阿房一炬，当时奢侈今何处？"阿房宫被誉为天下第一宫。在杜牧笔下，阿房宫蜿蜒三百公里，从骊山直抵咸阳，建设规模巨大，恢宏壮丽。历史记载，项羽攻入咸阳后，烧秦宫室，火三月不灭，至此之后阿房宫只剩下断壁残垣了。

　　如今我身处骊山，首先映入眼帘的便是山脚下的华清池。其背靠骊山，面临渭水，始建于唐朝初年，唐玄宗更名为华清宫，几乎每年都要来此游幸。

　　景区入口处落有白色大理石材质的杨贵妃入浴的形象雕塑，至今已有三十载。雕塑鬓发如云，娇脸似花。春寒料峭之时，玄宗赐她到华清池沐浴，温泉水润，洗涤着凝脂一般的肌肤。

　　待缓缓进入其中观赏，九龙湖里水面清澈，两岸栽种的垂柳随风飘扬，周围的亭台楼阁颇有江南园林的种种意境。

　　莲花汤为唐玄宗的浴池，底座有双莲花的图样，意喻与贵妃之间美好的爱情。海棠汤为杨贵妃的浴池，小巧玲珑。她体态丰腴，性格温婉，精通音律，擅长歌舞，可谓"回眸一笑百媚生，六宫粉黛无颜色"。

　　唐玄宗四十年间，来此游幸的规模甚大："千乘万旗被原野，云霞草木相辉光""八十一车千万骑，朝有宴饮暮有赐"。这相当于以华清宫为中心，把长安的政治中心迁移到了骊山脚下。

　　飞霜殿位于九龙湖北岸，面向湖面，是唐玄宗和杨贵妃在华清池的寝殿。每年冬天他们来此沐浴，多伴随着漫天大雪飞舞。此时，雪花还未触及地面，就被温泉蒸腾在空中，落雪为霜。"春宵苦短日高起，从此君王不早朝""承欢侍宴无闲暇，春从春游夜专夜"这是夜夜笙歌、厮守缠绵的爱巢，仿佛打开了潘多拉的魔盒，从此陷入进去，无法自拔。于君，弱水三千，只取一瓢饮。于妃，相伴君王侧，醉在君王怀。

　　所有命运赠送的礼物，都已在暗中标好了价格。华清池内春意缠绵，殊不知世间已矛盾重生。安史之乱爆发后，他们流亡蜀中。"马嵬坡下泥土中，不见玉颜空死处。"古代四大美女之一的杨贵妃途经马嵬坡遭遇士兵哗变，最终落得个身死的下场。

　　从此大唐王朝由盛转衰。唐玄宗再也看不见那个戴着金雀钗、玉搔头的爱人。生离死别，从此阴阳两隔。秋风萧索，伤心欲绝处，断肠人只能梦中再见。寻那仙人，见其清风吹拂，步履轻飘，仿佛当年的霓裳羽衣舞再现。

历史总是惊人得相似。一千五百多年前，就在那华清池间的骊山之上，周幽王为博褒姒一笑烽火戏诸侯，之后也失去了这江山。

江山如画，盛世繁华，她们是历史的点缀。乱世后，她们也成了历史的罪人，最终淹没在时代的长河之中。

金陵游

一

南京是六朝古都。"江南佳丽地，金陵帝王州。逶迤带绿水，迢递起朱楼。"乌衣巷有着凤毛麟角和一往情深的典故，秦淮河畔留有"秦淮八艳"的故事，也有着"金陵十三钗"的传说。明清时期中国一半以上的状元均出自南京江南贡院。

马鞍山与南京地缘相近，生活习俗趋同，自古就有"金陵屏障、建康锁钥"之称。这是一个有趣的现象。家乡人民在出省时被人询问祖籍何方，大多回答南京，这足见其中隐藏的认同感有多深。年幼时生病，父母带我前往金陵求医，路过大学城时，望见广阔的操场上两位外国学生在练习羽毛球，他们无意间对我说道："等你长大后可以来此读大学。"

待年长几岁，尚是童年，父亲带我来此旅游。他选择了中山陵、明孝陵等历史内涵丰富的景区。返程之际，他问道："今日之行是否有收获？"当年年少，我一心期待的游玩不是山水风貌而是游乐设施，当即表示甚感枯燥。他便耐着性子向我细细介绍一番。说来也巧，当时学期期末考试的作文便是介绍自己喜欢的景点。待我转变想法后，应试时下笔如有神。

二

鸡鸣寺始建于西晋永康元年，至今已有一千七百多年的历史，有着"南朝四百八十寺"之首的美誉。阳春三月，一定得来鸡鸣寺看看樱花。淡雅的白色和浪漫的粉色不经意间悄然爬上枝头。即使春风中还夹杂着一丝寒意，也丝毫不影响这一场浪漫的邂逅。这是道路两旁展开的粉色隧道，也是少女们最为喜爱的春日浪漫。花期只有两周，在这有效的时间，它们向世人尽情地展现自己无与伦比的魅力，也是写给全世界的情书。美好的事物总是那么短暂，让人驻足流连，让人扼腕叹息，让人情不自禁。在进入心扉的一刹那，也即实现了永恒。

一句梧桐美，种满金陵城。民间流传，当年蒋介石因其夫人喜爱法国梧桐，为此引进了两万株栽种于金陵。从美龄宫一路种到中山北路，蜿蜒环绕，错落有致，仿佛项链一般。经过近百年的成长，曾经种植的梧桐树早已长成参天大树，树木粗壮，枝繁叶茂，遮天蔽日。走在城内的道路旁，发现其甚为美观，夏季更是带来了凉爽。

三

许是陶醉于金陵城的美丽，抑或追逐童年时对此向往的步伐。在工作两年后，我又重新拾起书本，报考了这里的统考硕士。在复试阶段，认真准备着相关的复审资料。曾犹豫过，近两年发表的文学作品毕竟不算是学术类的，不知面试的老师们是否会认可。没想到在面试时，他们却对此甚为感兴趣。前半部分的时间，都是问了报考专业相关的问题。后半部分，注意力都被吸引到我的文学作品上来了。在此之前，我复印了几篇作品。他们一边看着，一边详细地询问着我的创作灵感来源和构思的过程。毕竟都是自己的亲身经历，回答起来也是得心应手。

近期的课程都是网络授课。尽管如此，老师们依旧尽职尽责，在传授知识的过程中，也不忘分享自己宝贵的人生经验。唐老师在课程中向我们分享了他最喜欢的一句话："发上等愿，结中等缘，享下等福；择高处立，寻平处住，向宽处行。"这是清代儒将左宗棠题于江苏无锡梅园的一副对联。这二十四个字浓缩了深刻的人生哲理。在人生的旅途中，无论面对多么错综复杂的局面，都要任他风浪起、稳坐钓鱼台，沉着从容，向善随缘，宽容大度。只有如此，才能在顺风时一往无前，逆境中化险为夷，既能创造一番事业，又能守住一番成果。徐老师注重培养我们的研究态度。网络课程的期末考试一般都是发送电子版的试卷，并且在规定时间内线上答题，再交由老师批阅。他在提供开放性试题后，要求我们打印后手写做题，再统一向学校邮寄过去。工作后疏于动笔，因此我更是认真准备，期末查询成绩，竟是单科第一，不免向友人调侃道："上回这样还是在初中呢。"

四

况老师是我的导师，正教授职称，也是博士生导师。治学严谨，在管理心理学、组织行为等学科成果丰硕。学识渊博，浑身上下散发出一种儒雅大气的文人气质。在选择他作为导师，并经过学院批准公示后，便第一时间联系了他。想着第一次联系，生怕老师正在忙碌，我便通过短信的方式，介绍了基本情况。他热心真诚，并表示要时常联系。本想着新学期开学后去拜访，却一直耽误至今。

二月兰是学校著名的校花。生长在杉树下，每到三月纷纷盛开。只有膝盖那么高，让人弯下腰来便可亲近。在生机勃勃的春季，它们与杉树相互融合，充满了浪漫的气息。我平生喜欢淡淡的紫色，虽然带有一丝忧郁的气息，却在生长时迸发出令人惊叹的力量。杉树象征着崇高，二月兰的花语是谦逊质朴、无私奉献，这正象征着我的老师们崇高的品质。

五

天时人事日相催，冬至阳生春又来。在向过去挥手告别的同时，新事物孕育的新力量又在向我们迎面走来。时序更替，岁月流金。人的成长背后，是我们各种看不见的原因。究其一生，都是让自己在努力配得上想要的东西。在金陵城中，冷霜晚凝，情绵乡阔。此处，有回忆，也有未来。有告别，也有拥抱。

抉　择

　　每年到了六月底，就开始了新一轮的毕业季，总是伴随着阴沉、狂欢以及眷恋的心绪，我的大学自然也不例外。时间拨回到今年三月，法学院教学楼后新修建了一处心形湖，依依不舍的恋人们在湖畔相互依偎，空气中飘荡的湖水气息更是充满着离别愁绪。

　　这个时间段也是自高考后，人生的又一个岔路口。对于具有选择困难症的人来说实在是种煎熬。我们大学 21 世纪以来的传统就是鼓励学子考研。各学院之间的评比，考研率更是占据着重要指标。法学院尤其如此，从大一入学伊始便开始进行广泛地宣传动员。自获悉从 2017 年开始非全日制专业型硕士纳入统考后，我便放弃考研打算了，反正准备进入体制工作，只要是双证统考硕士无论是否全日制，都是享受相同待遇，本科进去，还能继续考非全硕士，索性就暂且放弃考研了。自从这个想法根深蒂固后，生怕被周围人当作另类，表面上还是说要准备考研的。

一月底的时候，考研笔试结束的同学们早已踏上返乡的道路。学期结束，进入寒假，学校不能入住。我索性在附近租了半个月房子。永远忘不了今年的 1 月 24 日。下午的时候，自我预感良好地准备了面试的材料。气温已经到了零摄氏度以下，在学校图书馆里冻得瑟瑟发抖。回到住处，开着电热毯，疲惫地睡到晚上七点。醒来在网站上不停地刷新，终于网页刷出成绩的页面。跟我预测的几乎相差无几，心中终于坦然地长舒一口气，跟家中报喜后又继续埋头大睡了。第二日，我才知道比岗位分数线高了 22 分，准备好政审材料后去学校盖章，终于踏上了回家的道路。

进入四月，大家对未来基本都有了定向目标。考研成功的自是满心欢喜，可以暂时卸下身上的担子，选择自己喜欢的事情去做。考研失败的却只有选择再来一年，或是选择加入考证大军。在大家每日兴奋狂欢等待毕业解脱的时刻，我悄悄地前往自习室重新拿起圣贤书。中旬，省局安排淮北市局前来学校对我进行政审，我草拟一份个人鉴定材料，交由学院修改盖章后交给政审组。

这时，考入体制的消息也没必要隐瞒了。为人还是坦诚一点更为舒坦。来人询问的，无论关系亲疏远近，我都一一如实相告。一时间，我竟成了身边友人广为谈论的对象。有人说身处体制内工作就像一座围城，城里的人想冲出去，而城外的人却想着冲进来。我不知道自己的选择是否正确，我也不知道自己未来是否会变成期望中的模样。犹记得童年时分最为喜爱和崇拜的就是电视剧中为穷苦百姓伸张正义的江湖豪杰，于是便幻想自己也能有身炉火纯青的武功去劫富济贫。或是独居山间茅草小屋，整日吟诗作画，以天为盖地为庐。然而个性这东西对于现在的我来说，却已经成为一件奢侈品。

四月的最后一天，班级在拍摄完毕业照后组织了毕业聚餐。在前一天晚上，虽已夜深至 12 时，依然怅然若失、愁绪满怀，难以入睡，于是写下毕业谢词一篇发至微信朋友圈。

写作就像陷入死循环，越感慨越想写，越写就越感慨。等到第二日酒桌再战时，也是由于睡眠不足导致状态不佳了。大学四年，想要提笔书文时，总少不了红酒的伴随。我对白酒的辛辣味还是有着些许排斥的。可是临近毕业了，也不管那么多，一心想着买醉。于是，在大家惆怅环境的熏陶下，一杯又一杯的白酒下肚，我喝了约莫五杯。散场的时候，路都走不稳，大摇大摆的。当时还想象着自己是李白，是酒中仙，可以趁着这个劲头回去再写篇文章出来。酒劲开始发挥作用了，一起结伴回去的同学不停换着人扶我。到了宿舍楼下，我却坐在地上不愿起身。我借着这个状态大唱着："在你的身上……"身边的同伴接着下一句："自由地飞翔……"路过的学生都纷纷看向我们。当然，这些都是他们在我第二日酒醒后亲口对我说的。

于是，整个五月，我几乎每日流连酒肆，忘情于杯中之物，整日浑浑噩噩的。室友对我说，你的身体虽然还在，但是灵魂已经死了。但你可知道，这不仅是对大学四年的挥手，更是对学生时代的告别。醉醺醺的时候我在想，以后可能就没有青春了，得在毕业前全都发挥出来。然而，当酒醒时，却愿老天之后能善待我些，稍稍平稳。人生大起大落实在是太刺激了。于我而言，虽然起伏更加刻骨铭心，但毕竟以后要拖家带口，平平淡淡才是真。

转眼进入六月。每天夜幕降临，毕业生的宿舍便开始了骚动。保卫处的威胁声每晚都要响起一次，其苍白和无奈早就被同学们摸得一清二楚，回应保卫处的几乎是所有窗口飞出来的各式杂物。

这四年的经历转眼成为云烟。当第二天太阳照常升起的时候，你会不会觉得这一切就像是一场梦。也许从没有人会对一个梦眷恋不舍的。但我会把它藏在内心深处。每当我身处困境喘不过气的时候，它会让我坚持着，斗争下去。

　　毕业典礼开始了，有人在台上兴奋地表演，有人在台下默默地当着观众。

　　毕业典礼结束的当晚，我开始了一个人的旅行。在离开宿舍的时候，我轻轻地吻了一下床头。然后，头也不回地踏上一路向西的绿皮车。

生活哲思

秋收冬已藏

品　味

　　人生在世，不过匆匆数十载。寿过百者，毕竟寥寥无几，可遇而不可求。有人得过且过，奔波劳碌，平静而无波澜。有人不甘寂寞，向往富贵功名，或是投机取巧，期盼一夕暴富，自始至终参悟不透这滚滚红尘。无论选择怎样的人生，怎样的活法，本属个人自由，旁人也难以横加干涉。

　　伴随这一生的，始终免不了"爱好"二字。若离开爱好，便活得没有生趣。有人情趣高雅，喜爱琴棋书画，活脱脱一副世外高人的模样。就像《天龙八部》里的扫地僧，平常时分低调不出手，一出手便会震惊整个武林。那是因为爱好经过长年累月的洗炼打磨，变成了个人莫测高深的专长。

　　我本尘世俗人，亦免不了七情六欲，爱好众多。这篇说的便是红酒。白酒味辣，啤酒胀肚，唯有品味红酒，于我而言才着实是种享受。

品红酒要用高脚杯。试想，若像梁山好汉这般用碗粗犷地倒上红酒，岂不是发挥不了"品"的作用，大煞风景？倒酒也不能太满，三分之一最为合适。倒入后轻轻摇晃，使之与空气充分接触。呷一口，你且闭上眼细细品味，慢慢感受，在舌头的不同部位可感受到酸、甜、苦、辣、涩不同的口味。这何止是一种酒味，人生亦是如此。愈是丰富多彩的经历，愈是能感受到远近高低各不同的人生百态。

红酒养颜，只要适度品尝，定是有百利而无一害。母亲常告诫我说：不可馋酒。我时刻牢记，纵然喜爱，也得分时间，分场合，适度品味。

诗仙李太白一生放荡不羁，钟情山水之间。他是诗中仙，也是酒中仙。你看那《将进酒》，句句都散发着酒香。我不爱白酒，但若是能将红酒与文学创作相结合，我定会兴奋不已。

一日，文章写到一半之时，无从下笔，只能笑叹词穷，自嘲墨尽。于是，倒上一杯红酒，轻轻摇晃着，想着最近遇到的不同风格的人物，看到的美不胜收的风景。这时，端起红酒，慢慢品味，各种感慨惆怅散尽杯中。突然，有如神助，之前难以下笔成文处在脑海中有了新的思绪。于是，果断提笔续文。你瞧，红酒对我来说还有这等好处。

　　尘世中高人毕竟凤毛麟角，尤其常见的，是将喜好变成了贪欲。若是抵御不了诱惑，便会来者不拒，被别有用心之人利用，从而跌入犯罪深渊，陷入万劫不复。我时常提醒自己："切莫贪酒，不要把品味红酒变成了一种贪欲。"如果过多饮用，喝得酩酊大醉，那就失去了品味的意义了。最好是两杯下去，有了些微酒意，那时的状态定是最好的。你大可把自己想象成世外高人，进行擅长的创作，定能创造出与众不同，更胜一筹的格局。

　　与朋友外出聚会之际，免不了一番觥筹交错，推杯换盏。若有红酒，我定不会去饮白酒。民以食为天，伴随着美食的，一定是美酒。于我而言，美食配上红酒才是相得益彰，不会暴殄天物。白酒的辣味让我们的味蕾模糊了食物原本的香味，红酒的涩香味才能与其配合得天衣无缝。

　　品味红酒亦是品味人生。在摇晃酒杯的过程中，一切体悟就已经开始了。当你有了酒意，往事便会不自觉地涌上心头。有悲欢，有离合，这人生百态都融入了酒里。你想着过往发生的云烟，想要抓住，它却不受控制地散去。想要重新再来，却又无可奈何。只得在感叹中留恋这美好。饮完一杯，待仔细回味，新的体会又会悄然而至。此时切不可贪杯，要牢记适度才是最佳。

　　为了写出这带酒意的文章，我亦免不了在中途去品味一杯。

探寻武侠的世界

"飞雪连天射白鹿，笑书神侠倚碧鸳"，金庸先生用十多部作品建构起了他的武侠世界。文学评论家林以亮这样说过："凡有中国人、有唐人街的地方，就有金庸的武侠小说。"不论年龄、不论地域、不论阶层，金谜层出不穷，侠风风靡。那个时候武侠剧风靡一时，基本包揽了收视榜的前几名，而武侠剧又以金庸剧为尊。母亲童年时分，家境尚属优越，当年是同乡中为数不多有着黑白电视机的人家。1983版电视剧《射雕英雄传》被称为无法超越的版本、永恒的经典。一经播出，同村的伙伴便一齐赶往其家中观看，好不热闹。

回过头来翻阅金庸先生的武侠小说作品，可以发现，其"将虚构人物和历史人物间夹同写，兼论琴棋诗画衣着饮食，细腻精致，常妙至毫巅。如果金庸禁不住知识分子的挑剔分析，那再也没有任何作品可以代表出头，昂然进入文学殿堂，与时光争不朽"。先生的任何一部武侠作品，他那独特的构思、统帅全文的视角和半文半白兼夹了现代与古典的语言形式都是夺人眼球的利器。俗语和雅语并用，景语和情语的穿插，表现出了其独特的心灵世界。

在《神雕侠侣》中，他真实地描绘了杨过所处的时代背景与社会准则。其中师徒不可相恋的道德规范是小说的主线，作者从人物性格与情感的悲剧性中揭示了当时社会的生存环境。而更可庆的是，小说并没有局限在"社会批判"或"历史文化批判"的角度，而是深入揭示了主人公杨过的心理压抑与反叛性格，这就使小说更具有真实性，特定性格的人物在特定的环境压迫下所做出的真实反应。这样透过社会本质，深挖人物性格与情感的做法，更容易使与过去的生活相隔数百载的现代人所接受并产生触动。他在《神雕侠侣·后记》中提道："道德规范、行为准则、风俗习惯等社会性的行为模式，经常随着时代而改变，然而人的性格和感情，变动却十分的缓慢。三千年前的《诗经》中的欢悦、哀伤、怀念、悲苦，与今日人们的感情仍是无重大分别。我个人始终觉得，在小说中，人的性格与感情，比社会意义具有更大的重要性。"

纵观先生的武侠小说可以发现，其中的男主角平庸者居多。

"金庸笔下的男主角没有几个称得上风流潇洒的。反而愚笨憨直，朴貌平常者居多。"愚笨如牛且不苟言笑的靖哥哥、一身庄稼人装束且土里土气的狄云、其貌不扬的虚竹、从小受尽坎坷的杨过、出生低贱的韦小宝等都是现实生活中人物的写照。即使主人公是出生时身份比较显赫，其成年后的机遇也是多经坎坷与磨难的，而非一出场就是武林奇侠，这一点正反映了书中人物与现实生活中人物的相似性。

先生小说中的感情、招式，艺术乃至意义都来源于生活。其中的情，不仅有爱情，更有亲情、家国之情。每一份情都是现实世界中平凡人会遇到，体验的。正因为这样，作品才更能引起大家的共鸣。陈家洛与乾隆的亲情，杨过与小龙女的爱情，岳不群等对名利地位的情有独钟，无一不是现实人生的反映。郭靖在《神雕侠侣》中，很长时间未能好好教化杨过，导致师徒二人关系陷入僵局，但在襄阳危机时，杨过目睹郭靖为襄阳百姓置自身生死于不顾，终于被他的人格魅力折服。在后期面对国家即将失守时体现的家国情怀，更是让杨过从旁感叹"侠之大者，为国为民"。

都说文学来源于生活，又高于生活。《鹿鼎记》中的韦小宝便是最好的例证。现实生活中，谁都不可能在妻妾成群的情况下活得逍遥快活，而在小说《鹿鼎记》中韦小宝的身上却出现了没有妻妾之争这种令人羡慕的现象。不得不说，这在现实生活中几乎不可能出现，而这种场景是作者心中幻想的。倪匡先生在《金庸笔下的人生》中认为"'一男多女'的公式，显然是反映一般男子的幻想"。韦小宝的生活并不是现实中的生活，而是现实生活中的人所幻想、所向往的一种生活。除此之外，其中动不动就动手，快意解恩仇，这也是生活在现实中处处受压抑，并且压抑与委屈不得解决的一种向往，同样也是现实生活的人对理想生活的一种曲折反映。

书中的种种武功招式与音乐舞蹈更是能在生活中找到。《庄子》《九阴真经》《九阳真经》《易经》乃至《辟邪剑谱》等武功秘籍在宗教、哲学中都能找到其根源；而音乐、诗词与舞蹈更是在历史文献中可以查阅到记载。童年时，当看到郭靖在桃花岛背《九阴真经》时，也想着有朝一日自己也能修炼出绝世武功，便在心中和他一同默默背诵着"天之道，损有余而补不足，是故虚胜实，不足胜有余。其意博，其理奥，其趣深……"如今想来，也是甚为有趣。

惋惜的是，先生已经与世长辞。陪伴我们童年武侠世界的作者已经远去，当初多少人曾在这个世界里流连忘返。书迷们哀声长恸：他走了，青春没了，一个时代结束了。那是一个与历史进程密不可分的侠义江湖。不止儿女情长，有"一点浩然气，千里快哉风"的快意逍遥，也有"立谈中，死生同，一诺千金重"的勇敢豪情，更有"乘风好去，长空万里，直下看山河"的家国万里。

在书里，杨过最后一句话令人记忆犹新："今番良晤，豪兴不浅，他日江湖相逢，再当杯酒言欢。咱们就此别过。"从此，天堂多了一份侠义，人间少了一片江湖。一曲高歌唱不尽乱世烽烟，谁梦醒镜花水月。听弦已断，不问曲终人聚人散，却难忘纵横牵绊。江湖霸业，谈笑间倒不如人间一醉。

有人曾经问金庸："人生应如何度过?"老先生答："大闹一场，悄然离去。"老先生终究是去了那个亲手塑造的浪漫武侠世界：那里有诗有酒，有绝世武功，江湖豪情。有侠肝义胆，快意恩仇。还有琴瑟和鸣，热热闹闹地仗剑走江湖。

诗词人的真性情

一

历史上不少诗词人都与我的家乡有着不解之缘。南齐诗人谢朓称之"山水都"，因慕青山美景，筑室山南；诗仙李白一生七次来此游历，书写不少千古绝唱，晚年来此定居，也最终长眠于此；北宋词人李之仪在此写下的"我住长江头，君住长江尾；日日思君不见君，共饮长江水"一句流传千年。

远离家乡求学和工作的这几年，在与身边好友讨论及故乡时，我难免要推荐一些观赏的去处。姑孰城南十八里处有一镇，名太白，诗仙李白长眠于此。每每提及，首推此处。去一窥诗仙的生平纪事，体验文人的钟情山水与豪迈不羁。

李白年幼时随父从西域往川蜀定居。五岁诵六甲，十岁观百家，轩辕以来，颇得闻矣。常横经籍书，制作不倦。经常沉溺于传统文化典籍，学作词赋。盛唐时代，青年才俊既可饱读诗书、求取功名，又可习得武艺，边塞建功。因此，他书剑并举，又文武双全。

年少岂能不轻狂？孔子昔日曾言："后生可畏，焉知来之不如今也。"当时的文学名家李邕出任渝州刺史，李白便想着前去登门拜访，说不定能迎来机遇。没想到此行备受冷落，他人不屑一顾还发出叽叽冷笑。于是，心中不忿之情喷涌而出，李白作诗回应道："大鹏一日同风起，扶摇直上九万里。假令风歇时下来，犹能簸却沧溟水。世人见我恒殊调，闻余大言皆冷笑。宣父犹能畏后生，丈夫未可轻年少。"年少的李白，心中一腔热血，满腹才华，又岂是他人能知。

数年之后，为一展胸中抱负，选择离开川蜀，去更高的天地只身闯荡。船出三峡，心中感慨万千，写下："仍怜故乡水，万里送行舟。"登临庐山所作："日照香炉生紫烟，遥看瀑布挂前川，飞流直下三千尺，疑是银河落九天。"广为流传，成为千古绝唱。姑孰城南有一天门山。他乘舟经过，不禁心潮澎湃、诗兴大发，咏出："天门中断楚江开，碧水东流至此回。两岸青山相对出，孤帆一片日边来。"

他为了实现自己的政治抱负，先至金陵后往长安，广交地方官吏和社会名流。在当时，文人实现入仕梦想多靠地方官吏举荐。他急求闻达于诸侯。然而众人皆是钦佩于他的诗才，却未有真正赏识他的官场伯乐。每日酒酣正浓时，他便放声高歌，全然忘却了世间荣辱、地位尊卑。在新平时，不仅屡遭冷落，更是生活拮据，不免感慨道："何时腾风云，搏击申所能?"

从此李白留恋市井，浪迹天涯，结交游侠。纵然舞剑斗酒成诗百篇，只得感叹正值壮年却理想难以实现。漫漫长安路，大道朝天，却始终找不到出路，只得连连感慨："行路难，归去来。"

他可执笔风华、书生儒雅，一腔才华书写盛唐诗句，亦可十步一杀、惩恶扬善，九州游遍，定要日月指尖眉前，如今只能拂衣而去，沉醉于杯中之物。"钟鼓馔玉不足贵，但愿长醉不复醒。古来圣贤皆寂寞，惟有饮者留其名。"在尝尽人情冷暖、世情如霜后，他的《将进酒》字字都含酒香。虽然狂放不羁却并不颓靡，傲骨仍存。人生豪气仍在，自信与希冀并未泯灭。

在历经过所有的世事沧桑之后，忍受了所有的孤苦无依之后，他的内心仍旧充满着积极向上的希望。在他颠沛流离的生命旅程中，曾七次来到当涂。年华已逝，再不复当年鲜衣怒马，更管他功名做甚，世俗也罢。最终病逝于当涂，也葬在当涂。

民间更有传言，诗仙在饮酒时突发奇想，看到了星空中的月亮，便想纵身一跃，追逐月华。谁知月儿不听话，竟越走越远，直至落水身亡。可知，区区人间怎值得诗仙牵挂？只愿化作明月，来世继续携一壶浊酒仗剑走天涯。

二

上学时候，我们都习惯在笔记本外层前后两页的硬质内壳上抄上一些歌词。压力大、感到紧张之余，随手便能翻来看看，情不自禁地默默哼唱起。此刻，所有的烦恼忧愁似乎瞬间都烟消云散了。

工作以后，我也要随身携带小一些的笔记本，用于记着一些工作日程安排，或是突发奇想的文学灵感。不同以往的是，内壳上抄写的不是歌词，而是一些诗词。近期抄写的是北宋婉约派词人柳永的《望海潮·东南形胜》。全词大开大阖、波澜起伏，同时虚实结合，颇有些豪放派的意蕴。"云树绕堤沙，怒涛卷霜雪，天堑无涯""乘醉听箫鼓，吟赏烟霞"数句，每每读来，爱不释手。

柳永自小生活在官宦之家。年幼时便学习诗词，期待有朝一日可以博取功名，学以致用。十八岁那年准备进京赶考，一路由钱塘入杭州。因留恋城市的热闹繁华与生活美好，便在此滞留。《望海潮·东南形胜》为其前去拜谒父亲同僚、杭州知州所作的见面礼。此词一出，便震撼人心、广为流传。他也因此声名鹊起，一时间众多官僚士子纷纷争相与其结交。据野史记载，完颜亮一心要攻打南宋，就是因为看到柳永的《望海潮·东南形胜》一词，对其中"有三秋桂子，十里荷花"心向往之，羡慕不已。这看似开挂的人生，都离不开一路以来的蓄力和积累，一切都只是厚积薄发罢了。

当时的宋词好似今日的流行歌曲。青楼歌姬唱着固定的曲调，由文人墨客争相填词。在他来到京都汴梁后，有感于都城的繁华，一边准备科举考试，一边过着纸醉金迷的生活，将其满腹才华浓缩于辞赋之中，可谓"承平气象，形容曲尽"。他本是踌躇满志，自信满满可以高中。等到放榜那日，没想到自己却名落孙山，羞愧万分。一个更好的社会，不会把解决阶级固化、实现阶层上升的使命，完全付诸一次考场。可是，对于一个满腹才华的青年才俊来说，出乎意料的失败定会带来沉重的打击。在万般愤慨之下，他大笔一挥，写下《鹤冲天·黄金榜上》。"何须论得丧？才子词人，自是白衣卿相""忍把浮名，换了浅斟低唱"，尽情地展现自己愤愤不平与叛逆狂放的特性。

事物总有两面性，一首词可以让你名扬天下，也可以让你进入科举的"黑名单"。九年过后，又是一次科举考试。当年宋真宗在京城审阅殿试试卷时，一眼看到柳永的名字，一想到《鹤冲天·黄金榜上》，宋真宗便感受深受侮辱，气不打一处来，不由地怒道："且浅斟低唱填词去，要什么浮名!"这世上所有真性情的人，其想法和做法总是与众不同。柳永一看皇帝意思，知道自己此生与高中再也无缘，索性心情由愤慨逐渐变得释怀。与其做个虚伪的文官阿谀奉承、粉饰太平，倒不如大大方方地在烟柳巷陌一心作词，真真切切地做一个"才子词人、白衣卿相"。于是，他大笔一挥，为自己赐号"奉旨填词柳三变"。

有情有义也是文人的一种风骨。当时的歌姬能歌善舞，可谓琴棋书画样样皆通，当时的权贵常常来往青楼，与其互相唱和。也许，在士大夫阶层心中，她们只是陪同玩乐且无足轻重的物体，地位低微。他们与之没有情感，只为释放自己的内心；或是体现自己高人一等，来此为红颜一掷千金，终是人生过客。若是人生如意，家世昌盛，又怎会有女子以此为生? 她们每个人都有自己的故事，可是没有人愿意了解她们内心的孤寂与悲惨的身世。于是，柳永的出现，让她们找到知音。唯有他，懂得这些强颜欢笑背后的泪眼蒙眬。"系我一生心，负你千行泪。"他曾经举杯向明月，胸中作词数百篇，引得民间传言"凡有井水饮处，即能歌柳词"。他曾经心绪阑珊，功名旧梦藏于心间，浮名换得浅斟低唱。如今，只得感慨"同是天涯沦落人，相逢何必曾相识"，从此眠花宿柳、歌尽风尘。

　　四十岁那年，当仕途失意的柳永出走京都之时，只有红颜来此为他送别。在感慨万千之际，他写下千古名作《雨霖铃》。"执手相看泪眼，竟无语凝噎""便纵有千种风情，更与何人说？"若非与红颜荡气回肠地真心相爱过，又怎么会写出这情真意切、流传千年的名句。他与歌姬之间可谓相知相惜，青楼女子的心弦被他的一词一句深深触动着。民间流传着"不愿穿绫罗，愿依柳七哥；不愿君王召，愿得柳七叫；不愿千黄金，愿得柳七心；不愿神仙见，愿识柳七面"。这种民间的地位，堪称市井之地的"王侯将相"，可谓是真正做到了"才子词人，自是白衣卿相"。

　　五十岁那年，仁宗亲政，特开恩科，对历届科场沉沦之士的录取放宽尺度。他暮年及第，终究得以进入仕途。一生漂泊四海、临水登山，终究可以一展雄才。只是年华已逝，不复少年时。其任期为政有声，被称为"名宦"。

　　民间传言，他去世之后，一贫如洗。全汴梁的歌姬纷纷自发为其凭吊，凑了钱财，排成长队，泣不成声。此后每年都会去凭吊，谓之"吊柳七"。生前，自当红尘浪客，引得尘世百花为其争相开放。逝后，也凭一世才情赢得满城红装，卷起漫天芳华。无论后人评他一代佳话，抑或风流艳俗，也都随风去了。

《巴黎圣母院》中的爱情成长经历

雨果在《巴黎圣母院》中不但描绘了一幅巴黎全景图，还塑造了一系列生动的人物形象，有纯洁善良的艾丝美拉达，外貌丑陋内心高尚的卡奇莫多，怯懦的折中主义者格兰古瓦，形象英武实质肤浅的伪君子福比斯，以及学识渊博却心理扭曲的副主教克洛德。整个作品是以这五个人的爱情为主要线索脉络发展的。卡奇莫多、格兰古瓦、福比斯和克洛德都同样爱着艾丝美拉达，可艾丝美拉达却只爱着外形美丽的福比斯，这样不平衡的五角恋情最终导致了这五人的悲剧性结局。

将这五人的爱情稍加总结，正像是人生成长过程中可能遇到的四种感情。

一、孩童般的占有式的爱情

这种爱情的代表者是副主教克洛德。可能很多人觉得奇怪，副主教克洛德可以说是这五人中年纪最大的一位，并且也是地位最高，学识最渊博的，怎么会是孩童般的呢？克洛德小时候便被父母送去上学，离开双亲，少年早熟，从小便一心扑入知识的海洋，一心向学。19 岁的时候，他被迫过早地担负起抚养弟弟的"父亲"般的责任。他并非一个冷漠无情的人，他怜悯丑陋的卡奇莫多，照顾弟弟周到热心。但弟弟逐渐长大，却越来越叛逆、颓废，使人失望，再加上宗教教义对感情的束缚，他开始怀疑自己的热情与感情投入，慢慢封闭了自己的感情。因此，虽然他学识渊博，眼光独特，但在感情方面，他的心智如孩童般单一。我们每个人在童年时，对待感情几乎都是占有式的，不允许他人分享的。正如孩童对母爱的占有性，克洛德对他感情的启蒙者艾丝美拉达也希望独自一人欣赏她的美丽善良。当艾丝美拉达将爱分享给他人，表达出自己对福比斯的爱时，克洛德就如孩童被别的孩子抢走了母亲的爱一样，自然而然地产生了强大的嫉妒心。克洛德对于艾丝美拉达的爱情在宗教的教育下逐渐变得扭曲，他就如同一个乳臭未干的孩童，不懂得用真心去表达自己的爱情，只会一味的强求。他命令卡西莫多强行绑架艾丝美拉达，他为了艾斯米拉达刺杀福比斯，同时，在监狱里他再次遭到艾斯米拉达的拒绝后，他坚决地要"毁灭"艾丝美拉达。如同小孩子的天性一样，我得不到的，谁也不能得到。因此，克洛德的爱情是孩童般感情的代表，是我们每个人在孩童阶段都会出现的一种感情。

二、少女般的纯真、肤浅感情，以及少年般的虚荣爱情

这种爱情的代表人物是艾丝美拉达和福比斯。在文中艾丝美拉达虽然是美与纯洁的象征，但是她的爱情观却是一种不成熟的爱情。就像我们每个人在少女时期，都会幻想一个外形姣好的保护者出现一样，艾丝美拉达也常常幻想能有一个穿着潇洒的军装，骑着白马，带着佩剑的骑士出现，深深地爱着她，将她拯救出现在不如意的现状。就像少女漫画中常出现的情景一样，潇洒英俊的福比斯一出现便救了被卡奇莫多绑架的艾丝美拉达，完全符合了一个少女心目中"白马王子"的形象，并且福比斯也被艾丝美拉达的美貌所打动，甜言蜜语地向艾丝美拉达大献殷勤。因此，艾丝美拉达义无反顾地爱上了福比斯，甚至连对方背景身份都不知道的情况下，也愿意不顾一切地为他奉献。这种爱情是一种不成熟的爱情，是一种少女般的类似"花痴"和偶像崇拜式的爱情。

相比之下，艾丝美拉达深爱的福比斯，在爱情这一点上与她有着相似之处。福比斯的爱情观亦是一种少年般的爱情，且不说他接受表妹百合作为未婚妻的安排，是不是出于对其财产的觊觎，单从他对艾丝美拉达的爱情来看，就是一种虚荣的爱情。他对艾丝美拉达大献殷勤，表示好感，是基于艾丝美拉达的美貌之下。试想如果福比斯救下的是如卡奇莫多一样相貌的女子，他还会如此殷勤吗？他对艾丝美拉达的情感，至多算是一种情欲。艾丝美拉达对他的付出，对福比斯而言，只是一种他在别人面前吹嘘的资本。福比斯的这种爱情就像很多年少轻狂的少年，将一段爱情当作吹嘘的资本，将为他付出的女子，当作一文不值的玩物。

艾丝美拉达与福比斯的爱情正如我们少年阶段的爱情，注重的是爱人的外表，与感情的华丽，而未曾考虑过是否真的相爱，就像那句话所说"那时的我们不懂爱情"。

三、困局"围城"的责任爱情

这种责任爱情的代表者是格兰古瓦。格兰古瓦与艾丝美拉达的婚姻，只是因为善良的艾丝美拉达，不忍看到格兰古瓦被绞死，才促成的这段婚姻。其实这种情况不正像我们的生活中，很多人为了政治、家族、金钱等原因结合。两人之间不存在是否相爱，存在的只是一种责任与义务。格兰古瓦真的爱艾丝美拉达吗？这倒未必。从格兰古瓦第一次见到艾丝美拉达到他跟踪艾丝美拉达，艾丝美拉达的形象在格兰古瓦心中一直是一个圣母的形象，是一个完美者的形象。等到艾丝美拉达救下了格兰古瓦，艾丝美拉达的形象就更加高大了。与其说格兰古瓦爱着艾丝美拉达，不如说艾丝美拉达是诗人格兰古瓦心中的一个拯救者，一个天使。文章后期，格兰古瓦在与副主教的交谈中，也表示对艾丝美拉达的爱还不如对其山羊的喜爱。因此，格兰古瓦并非真正爱着艾丝美拉达，他只是一直在履行一个丈夫的义务，以丈夫的名义每天陪同艾斯米拉达上街卖艺为生。虽有名，却无任何实际意义。这种爱情就像我们每个人在婚姻中都可能碰到的那种形式婚姻。甚至在漫长的一生中，可能演变成无爱婚姻。

四、最忠贞的爱情——相濡以沫，不弃不离

丑陋的卡奇莫多却是这种最感人爱情的代名词。人到晚年，岁月无情，再美的容颜也会老去。谁能与你相濡以沫，在你危难之际不弃不离？谁能在你容颜已逝的时候，依旧能陪伴你左右，哪怕你化作一抔黄土，还能陪你出生入死？这种爱情就像是历经数十载的老者之间的爱，不是最华丽的，却是最感人、最温馨的。不管你是生是死，不管你是贵族还是千夫所指的囚徒，依旧爱你如初。就像我们在平时生活中，常常看到的那些白发苍苍的老年夫妇相互扶持，相互依偎一样。卡奇莫多的爱情是生同衾，死同穴的爱情。

《巴黎圣母院》以这五个人的恋情表现了一个人一生的四种爱情阶段：孩童般的自私占有，少年般的肤浅懵懂，婚姻"围城"下的责任爱情与生死同归的至死不渝的爱情。这四种爱情的纠葛，正如一个人在不同的四个年龄阶段所理解的爱情。只一出《巴黎圣母院》，却演尽了人生爱情的形式。

《傅雷家书》中的审美体验

　　第一次接触《傅雷家书》还是在中学的语文书中，课本里只节选了家书其中一篇的内容，我印象最深的便是那句"赤子之心"。由于当时过于年幼，还并不太明白赤子之心的含义，单纯地以为所谓赤子之心无非是热烈的、蓬勃的，对待所喜爱的事物投入百分之百热情的一种活力与激情。也对一个钢琴家，艺术家为什么要时时保持这样一颗赤子之心而感到纳闷。再读《傅雷家书》，便是经历了更多的人生经历与选择，看到更多人世百态的状态了。当翻开书的第一页时便觉得有一股熟悉的温馨扑面而来。书中的字里行间在很多地方都有似曾相识之感，反复回想，才发现书中的很多话语都是父母在我离家之后断断续续的话语中提到的：对于人生的看法、对于做人、对于感情、对于健康，甚至对于艺术。读完以后便深深地觉得原来天下的父母都是一样的。无论是伟人也好，普通的农民也罢，父母对于孩子爱的表达都是不加掩饰地说思念与期盼来信，却又能强忍着思念放开孩子的双手让他自己独闯天地。这就是父母之爱，直白而含蓄，温柔而强烈，普通而独特。

《傅雷家书》中每篇都或多或少地提到了人生这个千古以来人们都在不断探讨的话题，书中许多朴实的话语都充满了人生哲理，值得我们细细品读与理解。傅雷在信中对傅聪说："人生的关是过不完的，等到过得差不多的时候，又要离开世界了。"读到这句话时，深深地感到震撼。人生是何其的短暂，我们都在不停地追求安逸，逃避挫折。有时候常常以为，能逃过一关是一关，逃了这一劫，人生便可一劳永逸，轻松畅快了。现在回想起来才觉得，人生处处都充满了"关"，或大或小，我们需要不断地面临选择，面临挑战，想要逃脱人生之关是痴心妄想的。命运时而把我们捧在了高不可攀的巅峰，时而又因自身选择的失误被狠狠地摔下谷底。这些关，是每个活在世上的人都不可避免，一生中或早或晚都要碰到的。那又该怎样面对种种人生之关呢？正如傅雷所说的："人的一辈子都在高潮与低潮中浮沉，唯有庸碌的人，生活才如死水一般；或者要有极高的修养，方能廓然无累，真正的解脱。只要高潮不过分使你紧张，低潮不过分使你颓废就好了。"我们应该养成一种心态，能够想到那种种的人生关卡而不再惊心动魄，能够从容而理性地分析那些成败得失，正视自己的失败与成功。

　　傅雷在做人方面对傅聪教导得极为严格甚至可以说苛刻。正如对自己的严苛与一丝不苟一般。傅雷在傅聪小时候便时时鞭策着他，规定傅聪应该怎样说话、怎样行动、吃什么、做什么，不能逾越。傅雷的做法看起来似乎是不近人情的，但是，偏偏就是这样严苛的教导，才培养出了傅聪得体的姿容。当然，这样苛刻的教育，在傅雷晚年看来确实是一种罪恶，他反复强调自己在努力地埋葬着自己的过去，却发现埋葬不了错误，埋葬不了良心。做人者，先立人。暂且不提傅雷教育理念的对与错，但是他对道德与行为修养的重视与培养确实是帮助一个人成长的必经之路。

　　傅雷在家信中反复强调希望傅聪把全部精力放在研究学问上，多用理智少用感情。并提到了学问第一，艺术第一，真理第一，爱情第二的价值观。傅雷对傅聪真挚地谈道："爱情的苦汁早尝，壮年中年时代可以比较冷静。"足以见出他的人生价值理念是把真理学问放在了至高无上的位置。这一点，值得我们当今的年轻人思考。爱情的确是醉人的，但是当陶醉其中时也该用理智清醒的头脑想想酒醒之后那份芳香是否依然尚存。青年们切不可沉迷于那短暂的激情之中，忘却了自己的理想与追求。我们活在自己的小圈子里，自以为自己看得很透彻，父母长辈们的观点似乎迂腐古陈。其实如傅雷所言："年纪大的人总是往更远的前途看，许多事你们一时觉得我看得不对，日子久了，现实却给你证明我并没什么大错。"所以，我们不该一味地认为自己的情感与心智已经成熟，便大可不必听从长辈们的教训而放弃了自尊自爱，投入到自以为是的自由解放之境中。爱情的树是要经过长辈们的经验来悉心呵护，杀虫打药才可茁壮成长，从而结出甘美的果实。

傅雷在家信中反复提到了要傅聪多注意休息，离开琴，沉浸在大自然里，不时跳出自我的牢笼，才能有新的感觉、新的看法、更正确的自我批评。这句话也是我的母亲常常告诉我的，当我累了，母亲也总是告诫我要休息，多亲近自然、建筑与社会，这样不但能得到精神上的放松，在开阔视野上也有极大的帮助。

我想在艺术方面的探讨是这本书最为出彩，最不同于一般家信的地方。楼适夷先生说过，《傅雷家书》是一部最好的艺术学徒修养读物。家书中对古今中外的文学，绘画，音乐等各个方面的研究与探讨都有极其渊博的知识与独到的理解。书中提到了李杜、苏辛的对比，对美学大师王国维的公正看法，也提到了对待美术绘画应该先有感情再强调色彩的真实绘画理念。除此之外，书中谈及最多的便是音乐。对不同钢琴家的认识与理解，对于莫扎特的活力天真，贝多芬的沉郁悲愤，李斯特前期的俗气浪漫，卖弄技巧与后期的沉着冷静等。每一次的理解都随着傅聪的逐渐成长，愈发成熟而更加透彻。

除此之外，家书中还提到了关于婚姻与养育子女的问题与经验，每一句劝告都是发自父母的肺腑之言，情真意切。

读《傅雷家书》，就像在看自己父母写的信一样的真挚，书中不由自主地流露着父母对儿女的牵挂与担忧。这本书的很多地方都让我联想到了审美体验这个名词。什么是审美体验？根据教科书所定义的意义而言，审美体验是特殊的瞬间性人生经历，代表着人生意义的瞬间生成。《傅雷家书》中提到的多是对人生的看法与为人处世上的虽是细枝末节却是人际交往中不可避免的经验强调以及自己对艺术的一些看法与理解，但是其中所提到的每一点体验都带给人一种新的反思与对自己的重新评价，重新调整及自我批评。这些就是生活的哲学，生活的艺术，生活中最朴实却最为突出的审美体验。审美体验就在生活中，就在日常生活里每时每刻地发生着，想要得到这种奇妙的体验，就在于自己的细心发现与亲身经历，才能收获理解，收获成长与成熟。

后 记

早在 2016 年，我有了要出版一本文学集的念头。前几年进度很慢，去年开始，我认识到这件事不能再拖了。即使是去年 4 月初被抽调出差，在忙完了一天的工作后，也要在夜间静下心来创作。在成稿准备出版的过程中遇到些许波折，如今也算是指日可待了。

我一直认为文学创作可以改变人的性情。有的人会借此去掉身上的戾气，有的人却会从温婉走向浮躁。全书每一个人物和细节我都是带着十足的感情下笔的。无论人物命运经历了怎样的跌宕起伏，甚至人生劫难，我都始终秉持着浪漫主义的表达策略。

命运是弱者的借口，是强者的谦词。这两年我不知多少次从半夜中醒来。每每做成一件事，就感觉身体不是自己的。或是能力不足，或是精力不够，多少次坚持不下去想放弃了，很庆幸还是从黑暗里走出来了。我常常自嘲皮厚还是有好处的，可以有勇气面对一切难题。

如果一个人的羽翼足够丰满，即使是世界上最黑暗的牢狱，也无法长久地将他围困。而我的父母、亲人、朋友们，是你们给予了我无限向上的希望。

凡是过往，皆为序章。昂首阔步，大胆地朝前走吧。

2023 年 6 月

秋收冬已藏

责任编辑：杨铠瑞

ISBN 978-7-5068-9569-9

9 787506 895699 >

定价：240.00元（全5册）

陶立群 —— 主编

江东风雅集

吴 静 —— 著

静待花开

中国书籍出版社

China Book Press

图书在版编目（CIP）数据

静待花开：吴静著. --北京：中国书籍出版社，
2023.9
（江东风雅集）
ISBN 978-7-5068-9569-9

Ⅰ.①静…　Ⅱ.①吴…　Ⅲ.①散文集–中国–当代
Ⅳ.①I267

中国国家版本馆 CIP 数据核字（2023）第 175257 号

静待花开

吴　静　著

图书策划	许甜甜　成晓春
责任编辑	杨铠瑞
责任印制	孙马飞　马　芝
出版发行	中国书籍出版社
地　址	北京市丰台区三路居路 97 号（邮编：100073）
电　话	（010）52257143（总编室）（010）52257140（发行部）
电子邮箱	eo@ chinabp. com. cn
经　销	全国新华书店
印　刷	四川科德彩色数码科技有限公司
开　本	880 毫米×1230 毫米　1/32
字　数	110 千字
印　张	7.375
版　次	2024 年 1 月第 1 版
印　次	2024 年 1 月第 1 次印刷
书　号	ISBN 978-7-5068-9569-9
定　价	240.00 元（全 5 册）

序

　　说起来，给吴静这本散文集写序，着实感到诚惶诚恐。我虽然这么多年来一直从事写作，但散文方面，还是涉猎不多。好在，吴静老师最初学习写作时，跟我交流过，从这个角度来说，我在吴静的散文创作上，算是一个见证者吧。

　　当初，吴静是我孩子的语文老师，因为孩子的学习，我们有时会在微信上说上几句。她听孩子说我在县作家协会，便拿了一篇散文《静待花开》让我看看。

　　我看了后，觉得整篇文章言语清新，内容充盈，只是结尾有些平淡。于是，我便跟她聊了聊关于散文的结尾问题。吴静老师的领悟力强，稍一点拨，她就能见微知著。记得我刚讲了一点个人的想法，她就已经知道该怎么修改了。

　　这次聊天，使她知道了散文不仅要关照"客观真实", 还要能提炼、升华, 达到"艺术真实"。

随后, 她拿着修改后的散文参加了《安徽青年报》举办的"红烛颂"全国征文比赛, 喜获一等奖, 后来被收入《诗意的红烛·安徽教师散文百家》第四辑。

这次获奖, 可以说大大鼓舞了吴静的创作热情。

从此, 吴静老师一发不可收拾, 写就了一篇又一篇精美的散文。有怀旧童年, 有描述当下, 有人在旅途, 有生活琐屑, 还有读书感悟……

吴静的散文, 贴近生活, 充满了烟火气息, 无论是《人间有味》《青》, 还是《江南可采菱》《红了樱桃, 绿了芭蕉》……其中的人情物景, 都给人带来似曾相识的感觉, 让人沉浸其中。

她的散文, 感情很真挚, 你从她的文字里, 看不到无病呻吟故作矫情之处。

她的《母爱的晴空》, 写母亲对自己那种小心翼翼的关注而自己却并不理解……抓住细微之处, 用文学的审美, 映射出人性的光辉。写来真切, 读来令人动情动容。

这篇散文, 先被《潮州日报》副刊文学版刊发, 随后多次被其他报刊转载, 先后三次被选编为初中语文模拟试卷中的阅读题材料。

所以，真情，是一篇散文的生命所在。

吴静，用她的这种文学情怀，关照着人生的每一段旅程。2019年，吴静患病去医院做手术，同时，工作上也遇到了一些挫折。那时，吴静迷惘失措，是阅读和写作，让她平复下来。散文《一枕烟雨听宏村》，就是在宏村散心时写下的，其后在多家报纸杂志刊发。因为这篇散文，她伤痛的内心得到了小小的慰藉。而这个小小的慰藉，足够她有力量抬起头来，目光穿透迷雾，看到前面的灿烂星辰。

文学，是看不见的朋友，可以永远和你做伴。

这些年，吴静有许多散文见诸报端。但她从不张扬，只是在她的朋友圈留存一下，以示纪念。

谈起写作，吴静总是很谦虚，她总觉得自己的作品还不够成熟，还要继续磨炼。

我觉得，在写作上自认为卑微的人，是因为她是站在很高的地方看自己。

我见她在报纸上有了一定的发表量，就建议她向文学杂志投稿。但她却表现出了十二分的胆怯。直到我屡次鼓励，她才鼓起勇气，把写过的关于植物的三篇稿子整合在一起，投给了《作家天地》。没多久，杂志社就以《草木三帖》为题，头条刊发了她的散文。

吴静的这本散文集，精选了她近些年来发表的几十篇散文，回望这些作品，几多辛劳，几多欢喜。

一本散文集，是回顾，也是展望。

愿吴静老师，如一股下山的瀑流，在这本散文集的深潭里，作短暂地沉淀、回旋之后，再积蓄力量，涌向更大更广阔的文学天地！

相信吴静！

商玉宝

马鞍山市作家协会副主席

目录 Contents

静待花开

· · ·

01
chapter

人间草木

静待花开

　　惊蛰一夜之间唤醒了沉睡的大地，温润如玉的空气里，田野泛着新绿，白的玉兰，粉的桃花，金黄的油菜，铺天盖地都是春的气息。

　　校园里，香樟的绿色气息在流动，草地上不知名的野花也引得蜂围蝶阵，可教室门前那道紫藤萝走廊，今春却无比沉寂：没有一片绿叶相伴，也没有一丝花香缭绕，碗口般粗壮的枝干依然呈黯淡的枯褐色，苍老的虬枝上凸出的枝节布满了数不清的伤疤。

　　忽而想起去年冬天，走廊尽头的那栋危楼被拆掉，四处散落的碎石和藤萝盘旋缠绕的根混杂在一起，曾有工人清理了这些石块，藤萝是否被扯了蔓伤了根也未可知。一想到曾经那片淡紫色、梦一样唯美的林荫，或许会永远地消失在视线中，我的心中就一阵难言的失落。

四月的每一个平常日子，往返于班级到办公室的石径，每每路过这道紫藤萝长廊，我都忍不住驻足朝它看上一眼。一个细雨蒙蒙的早晨，我忘记带伞，只把教科书抱在怀中，快步穿过长廊。一抬头，远远看见一个女孩撑着伞站在那儿，正纳罕是谁，那女孩猛一回头，冲我咧嘴一笑，露出一口整齐的白牙："老师，快来我的伞下！"是我班里的张朵朵同学，我快步走过去，和她并排站在廊下，她执着地注视着眼前灰褐色的枝干，"老师！你看呀，紫藤萝打苞了！"是啊，不经意间，藤萝光秃秃的枝干上悄悄冒出桃儿似的绒绒的花骨朵，宛如一枝枝小毛笔倒挂在枝上，那样娇弱纤细，虽然看不出颜色，也闻不到芳香，但那小小的花蕾已积蓄了生命活泼泼的热情！

我心中欢喜起来，情不自禁地感叹："打苞了！藤萝快要开花了呀！"她笑盈盈地转过头来看着我，眼前这个小女孩，印象中始终坐在教室最后一排，成绩平平、终日沉默。班里这样的后进生还有很多，他们仿佛早已被我贴上标签：低头族，性格不活泼，成绩差，没有上进心，上课从不发言，缺少集体荣誉感……我默默思忖，今天这样近距离地和张朵朵说话，应该也是第一次吧！

花骨朵里开始隐隐地透露出些许朦胧的紫色时，四月也过去了大半。连绵的阴雨后，天终于放晴了，我的心情也像久违的阳光明朗起来。不知什么时候起，语文课上，我常常微笑地看着张朵朵，她渐渐抬起了头，乌黑的眼睛清澈又明净。我也把关切的目光投向那些曾被我忽视的后进生们，或许是我从未如此和颜悦色过，他们显出一脸的惊讶，都红着脸目光炯炯地迎向我。教室的后排，好像一束暖阳突然造访的极寒之地，厚厚的坚冰一点点消融，无数条小溪在山涧里欢快流淌，此时已春意融融！

五月的午后，紫色的云雾像一张巨大而温柔的网，装扮着校园的天空。那些丝绒般柔软的花瓣，密密地坠满了长廊，一串串，一穗穗，花瓣中心像紫色的墨晕染开来，形成无数条上浅下深的流苏，引得蜜蜂蝴蝶蹁跹起舞。

课间，长廊下多了许多同学的身影，细细碎碎的日光穿透花与叶的缝隙，洒落一地的斑驳。我站在楼上，看着他们谈笑嬉闹，如藤萝上新生的绿芽叶，在阳光下熠熠地闪耀。每天的语文课，我会轻轻踱步走到教室的后排，一个亲切的微笑、一句真诚的鼓励、一次善意的提醒、一份殷切的期待，我也收获了一只只高举的手臂、一份份满意的答卷和一个个自信的笑脸。所有迟到的关爱，都化作了温柔的细雨，抚绿了那一片沉寂的荒原，每一粒沉睡的种子都被轻轻唤醒，润芽、蔓枝，打苞、开花！

开花的时节，藤萝姗姗来迟，她等挤挤攘攘的春红凋零后，才在四月初晴的早晨出发，悄悄幻化成一片紫色的烂漫云霞。无论是等待花开还是守护成长，她都需要多一分投入与付出、多一份欣赏和体谅、多一份坚持与静候啊！

冰心说，爱在左，情在右，走在生命的两旁，随时播种随时开花。爱能够沿路将彻骨的寒冰融化，只要我们心中坚守爱的信念，定会迎来每一朵花绚烂绽放的时刻！

风过蔷薇

黄庭坚有词《清平乐·春归何处》，最喜这句"百啭无人能解，因风飞过蔷薇"。试问春归何处？黄鹂趁着风势，翻身飞入蔷薇丛中。结语处含蓄轻柔，似中国水墨画中的写意留白，余音袅袅，妙趣横生。

风过蔷薇，意境清逸。"不向东山久，蔷薇几度花。""回廊四合掩寂寞，碧鹦鹉对红蔷薇。"古人甚爱蔷薇，许是因为，较之那些高大魁梧之花，蔷薇更显温婉多情，它们烟火寻常地开在篱墙下、院子中、阡陌上，恣意浪漫，怒放的花朵，传递生命的蓬勃与热情。

几年前，女儿读小学，接送孩子，要经过一段狭长的小巷，两排高大的水杉一路绵延，树影婆娑。因其远离主干道，行人甚少，只三两间斑驳的旧红砖房，掩映其中，更显幽深宁静。

素喜漫步巷中。一日微雨初停，天地清明，大步向前，忽见蔷薇在眼前蓬勃，叶是纯粹的绿，耀眼的绿，浩渺的绿，绿过了篱笆，绿满了小院，一路浩荡，爬上了天际，直绿到了云边，如一匹流翠的锦。

一簇簇，一团团，怒放的、含苞的，数不尽的花朵点缀其上，白的清雅，粉的素淡，红的浓艳，丝丝缕缕的香被缠绕进微风里。"无力蔷薇卧晓枝"，满树繁花，红晕湿透，在晚风中微颤，娇态可掬！

暮春时节，群芳已谢，深巷之中，竟有这样一份姗姗来迟的春意！

相见甚欢呵，人浸在花香里，悦目、赏心！脚上的小白鞋被冲洗得清亮，落红遍地，好些粉嫩的花瓣粘在上面，踮着脚尖回去，忍不住低头，看白与粉跳跃，一路轻盈……

去发小家里做客，投其所好，总会去花店抱上一大束蔷薇，常买的是迷雾泡泡，球形的花苞犹如一个个肥皂泡，浑圆可爱，其色泽粉紫，香味如柑橘般清新甜美。

取干净的玻璃瓶，盛满清水，将花枝整理好，放入瓶中。阳台上对坐，赏花，喝茶，闲聊。常谈过往，说童年，话故乡，乡间长大的我们，都有蔷薇情结。

那时，老家尚在。几间瓦屋，三面环水，四季都泡在花香里。立夏前后，老槐树下，野蔷薇一丛又一丛，齐刷刷奏响了夏的序曲。花骨朵里，先探出一抹鲜艳的红，开着开着，变成好看的粉红，开老了，就成了温柔的淡白，像盛在碗里的白月光，被谁打翻，泼洒一地。

野蔷薇的藤蔓，参差披拂，蒙络摇缀，有千朵万朵压枝低的气势，倒映在水中，如一串串参差错落的风铃，那一团粉白，也开在了水里。

蔷薇丛旁，日日和伙伴们嬉闹奔跑，踩露珠，捉天牛，扑流萤；豆蔻年华，极爱美，淡蓝色棉布连衣裙，油亮亮麻花辫，簪一朵花在胸前，人也香成了一朵野蔷薇……

心，像一潭浅浅的湖，透亮纯净，未谙世事，未解风情，亦未尝人世的艰辛，那时的自己，如一株野蔷薇，朴素地生长，慢慢地生长，欢喜、简单、明媚。

初夏，有晚风，夜空蓝丝绒般静谧，老屋躲进槐树的浓荫里，窗边，虫声新透，还有蛙鸣，如田园牧歌，此起彼伏。剪下的野蔷薇，拢成一簇，泡在蓝边碗中，袅袅的香气，芬芳、潮凉，钻进白色的棉布帐，缭绕在枕边，漫至心底，又飘进梦里……

岁月不居，一梦初醒，那段簪着野蔷薇的温柔时光，早已与我隔着万水千山。人近中年，守着一方小院，只种蔷薇，施肥、除虫、浇水，日日勤勉。暮春浅夏，风过蔷薇，目光抚过花的背影，心便柔软地开满了花。

凌霄花又开

初知凌霄花，是在《诗经·小雅》里，"苕之华，其叶青青""苕之华，芸其黄矣"，"苕"是"陵苕"，是凌霄的古称，每读到这两句，就仿佛看到凌霄青的叶、黄的花在风中飞舞，纯粹的颜色相映成趣。《诗经》语言质朴清丽，凌霄悄然地开在纸上，也怒放在我的心里。

凌霄之名始见于《唐本草》，"紫葳"科，"此即凌霄花也，及茎、叶具用"。凌霄也是一味传统的中药材，《本草纲目》中记载，凌霄花可凉血祛瘀，消肿解毒，有很高的药用价值。

凌霄花性喜光宜温暖，属紫葳科，与紫藤萝、忍冬这些藤本植物一样，凌霄花需借助外物攀缘。每年四五月间，藤萝一盛开，便带来满眼的珠光宝气，它就像谪落凡间的仙子，傲气清雅地挂在长廊的花架上；而凌霄花与之相比，倒更像是来自乡间的质朴率真的野丫头，它们借助于周围的乔木或墙垣、巨石，随性攀爬，攀缘越高，长势越好，花开也越多。"藤花之可敬者，莫若凌霄"，难怪清人李渔会在《闲情偶寄》中如此盛赞它。

凌霄开于初夏时节，伴随着江南潮湿的梅雨与火热的骄阳款款而来。初见凌霄花，是在教室西南角厕所旁的围墙边上，一朵橘色的落花静静地躺在墙角，有一种无言的凄美，顺着落花的方向，我举头仰望，只见一根粗壮的青藤盘旋缠绕着，从灰黑的墙头上蜿蜒而下，就像一条倒卷着的瀑布，翠绿的枝条参差披拂，灼灼金红点缀其间。一串串花朵，犹如橘红的小喇叭，团团簇簇地聚在一起，有的凌空而上，遥不可及；有的近在眉梢，举手可摘。深翠色锯齿边的叶片，活像一个个活泼的孩童，调皮刁钻地趴在墙上，而不靠墙的那些，则用劲地睁大了新奇的眼，努力向远处伸展。远远望去，一个点点火红映着满墙的翠绿，简直就是花鸟画家笔下娴雅的工笔画!

厕所的这面墙壁,与校园的围墙构成了一个九十度的直角,只有正午时分,阳光才会吝啬地洒下一抹光辉,经年累月的潮湿阴暗,围墙的砖块被蒙上了一层厚厚的青苔。如此险恶的生存条件,凌霄竟能够凌云直上,绵延百尺,我为凌霄顽强的生命力而惊叹不已!它婆娑的生命之藤,从最低处的墙角旮旯开始攀沿,一根根柔弱的茎就像一个个圆圆的吸盘,一步一步地向上攀爬。从初春的第一场雨后,那抹新生的嫩绿,仿佛被画笔不断用力着色,凌霄花的叶片由翠绿,长成流光溢彩的深绿,裸露着的斑驳的墙,变成了一面绿得耀眼的镜子。在春风的抚摸下,凌霄轻盈的身子在凉风中舞动,就像此起彼伏的绿色波涛。

舒婷的朦胧诗《致橡树》中写道:"我如果爱你,绝不像攀援的凌霄花,借你的高枝炫耀自己。"在诗歌的意象里,凌霄花似乎成了只会攀附、喜欢炫耀的人格的代名词。诚然,在恋爱中,女性应始终保持自立自重,但凌霄只是一株植物,攀爬乃本性使然。"君子性非异也,善假于物也",凌霄虽依附他物,却与之相托相依,亦能孤寂傲岸、独善其身,拥有可敬的君子气节，实不该遭世人如此非议。相比之下，我倒更喜欢另外一首裴多菲用藤条书写的情诗——《我愿意是急流》。"只要我的爱人是青青的常春藤，沿着我荒凉的额，亲密地攀援上升。"短短几句，展示了忠贞执着的内心，酣畅淋漓，简直就是掷地有声的爱情宣言。

世间借攀墙缘树的植物那么多，而独有凌霄花借外物攀到了高处，它开得如此张扬热烈，鲜妍明媚，泼泼洒洒，红彤彤映红了一片天。它身躯柔弱，但花朵却敢于和太阳媲美，有不服输的血性与执拗；它执着坚定、积极乐观，有昂扬的斗志；不怕骄阳烈日，无惧阴湿风寒，耐得住干旱，也能在贫瘠的土壤中生长。更可贵的是，它的花期极长，一朵花刚刚凋零，新的花蕾就在原处结胎绽放，从夏初一直开到秋末花意阑珊时，天地间更迭不止，仿佛进行着一场热烈活泼的接力赛。宋人贾昌朝赞凌霄花："披云似有凌霄志，向日宁无捧日心。珍重青松好依托，直从平地起千寻。"凌霄，凌，逾越也；霄者，云天也，凌霄不但有着这样令人激奋的名字，更有着一种高雅的气魄，当属志存高远之花！

前几日，读到苏东坡的一首关于凌霄花的词——《减字木兰花·双龙对起》，也颇为喜欢。东坡爱和僧人交往，喜欢谈禅说法，这首词是应僧人清顺请求而作。"双龙对起，白甲仓髯烟雨里。疏影微香，下有幽人昼梦长。湖风清软，双鹊飞来争噪晚。翠飐红轻，时下凌霄百尺英。"词中，诗人沉浸在一片花开的悠然里，无我、无物、无私、无虑，这种超然物外的意境令人拍案。在东坡的笔下，金红的凌霄花轻飘飘、慢悠悠地离开枝蔓，又安然无声地缓缓而下，这应该是最有禅意的落花了吧！

在西方，凌霄花的花语寓意着敬佩和声誉、慈母之爱，然而，凌霄花于我，却有着别样的花语。六月的凌霄花，开在了校园的毕业季，在凌霄火红炽热的芬芳里，我与同学们的离别在即。所有的欢喜和忧愁感触如昨，唯愿同学们，在生命的枝头，做一朵朵小小的凌霄，胸怀凌云壮志，脚下不懈攀登，自信勇敢地向着阳光、温暖进发，一路青春蓬勃、活力飞扬，让最娇艳的梦想之花恣意绽放！

红了樱桃，绿了芭蕉

关于光阴的流转，蒋捷有两句词说得最好——"流光容易把人抛，红了樱桃，绿了芭蕉。"只一眼，便觉惊艳。

诗人乘船，舟过吴江，岸上酒旗，迎风招摇。恍惚之间，眼前之境，似故乡，却非故乡。风也潇潇，雨也潇潇，时光的妙手，已催红了樱桃、染绿了芭蕉。

暮春浅夏，江南的樱桃，别样姣好。"含桃最说出东吴，香色鲜秾气味殊"中"含桃"即指樱桃，除却梨花带雨，芭蕉许是最适宜听雨的一种植物了。一面白墙做底子，三两株芭蕉静立，便有满眼葱茏、满眼清逸。

蒋捷之词，素来清冷寂寥。花开花落，回黄转绿，樱桃果红，芭蕉叶绿，一个玲珑鲜妍，一个宽阔澄碧，在合适的季节里相遇，淡淡春愁，亦有了醒目的苍凉。

从美学的角度来看，色彩都具有象征力，能够映射人类情绪。红是热烈的，热情、生动、发展、繁荣、激烈甚至包括危险，皆由红这种色彩而联想而生。反之，绿是安静、平和的，给人以亲和自然、欢慰快适之感。世间一切色彩，皆由红黄蓝三原色而生，黄蓝为绿，红与绿相配，实则三原色俱足，给人以饱和圆满之感。

颜色的名字，越古旧，越是美丽。红、绛、缙、绯，均来自纺织品；柳染、若草、薄荷、鹦鹉，是或浓或淡的绿，它们，都是极美的中国颜色。

去故宫，目之所及，皆为朱红。朱门、朱墙、朱柱，看一片火火的中国红，将百年历史封印。《说文解字》有解："朱，赤心木，松柏属"，故"朱"之本义，为一种树心为红色的树木。朱红，彰显着中华民族生生不息的血性和图腾。

屋宇重重，回廊深深，青砖、绿苔、碧瓦，六百年岁月如愁，说着大明，说着清宫。残阳似血，落日熔金，多少故事浅吟低唱，多少爱恨，随着岁月黯然老去。

"绿蚁新醅酒，红泥小火炉。晚来天欲雪，能饮一杯无?"白居易《问刘十九》只有短短四句，写得简却极妙。窗外天黑欲雪，窗内炭火熊熊、光影跃动，红泥火炉旁，满上新醅绿酒，静静等一个风雪夜归人。

一壶新酒，两个老友，不言离愁，不说对错，只围炉温酒，听雪花簌簌。浅斟慢酌，微醺，在沉醉与清醒之间叩门，这个冬天，简直旖旎得过分。

张爱玲爱旗袍，她用自己奇特的一生，赋予了旗袍鲜活的生命。她曾从香港带回一段广东土布，在上海做成了衣服，"最刺目的玫瑰红，印着粉红花朵，嫩黄绿的叶子，印在深蓝或碧绿地上"，强烈的色彩对比，她却自我感觉极好，"仿佛穿着博物院的名画到处走，遍体森森然飘飘欲仙，完全不管别人的观感"。

读张爱玲的文字，像是看一幅色彩浓重的西洋画，红与绿，碰撞出一种张力。《金锁记》里，"营营飞着一窠红的星，又是一窠绿的星"；《多少恨》中，"在那挣扎的洪流之上，有路中央警亭上的两盏红绿灯，天色灰白，一朵红花一朵绿花寥落地开在天边"。她用丰富的色彩，把日常物品和自然景致转化成了浓墨重彩的意象，令人动容。

中国园林的设计，常通过对比营造和谐美。苏州拙政园，听雨轩前，池水一泓，缀以红蓼绿荷数笔，黄梅天里，听雨水把栏杆拍遍，流光浮沉，聚散两依。曹雪芹是色彩搭配的高手。大观园里，宝玉的住处叫"怡红院"，"红香绿玉"也好，"怡红快绿"也罢，红是海棠红，绿是芭蕉绿。

《红楼梦》第四十回，贾母带着刘姥姥逛大观园，黛玉的潇湘馆，纱窗旧了没人换。"那个软烟罗只有四样颜色：一样雨过天晴，一样秋香色，一样松绿的，一样就是银红的。"黛玉院里，只有湘妃竹，绿纱窗配绿竹子，竹不青，纱不翠，着实不耐看。贾母拿出了压箱底的宝贝，银红色的"霞影纱"。纱绿映桃红，斑竹衬霞影，"若是做了帐子，糊了窗屉，远远地看着，就似烟雾一样"。说到底，好看的，终归还是红配绿。

《红楼梦》中，宝玉的服饰里，藏着曹公的苦心。宝玉别父，微微雪影里，披一领大红猩猩毡斗篷，向贾政倒身下拜，随着那一僧一道飘然而去，一声禅唱，归彼大荒，落了个白茫茫大地真干净。

但，我们还在红尘之中。生命里，总有些人，安然而来；也有些人，来如春风、去似朝露。只一个低眉的瞬间，半生时光倏忽而逝，相思却长在了心里，一如，那胸口的朱砂、掌心里的刺青。

江南可采菱

　　家常菜里，有一道荷塘小炒最是喜欢：取鲜嫩的菱角，与藕片、青红椒爆炒，加盐少许出锅，盛在白瓷盘里，冷冷一片，似白月光，清冷素淡。

　　生在江南，山青，水软，池多，菱也多。

　　昔年，老家三面环水，西面土墙，正对着一汪小小的池塘。入夏，翠绿的菱盘开出细白的小花，像散落的繁星。不久，花落菱角生，日头飞转，菱角也跟着生长。

　　秋阳浩荡，那些菱盘密密麻麻，疯长成一池冷绿。轻轻扯起一根菱角藤，整串菱盘便被掀开，青红的菱角赫然出现在眼前，颗颗硕大、饱满，叫人欢喜不已。

菱有家菱、野菱之分，家菱中鲜嫩者宜生食。剥生菱是一项技术活：用指头轻捏住菱的腰角，轻轻一掰，元宝形的菱肉就跳了出来。老菱角适宜水煮，软糯醇厚，味道赛板栗。

最爱吃野菱，它个头虽小，煮熟后滋味却极香。吃野菱角是一种挑战，那几根张牙舞爪、尖利的菱角刺儿，会让许多人望而却步。吃时需手口并用，埋头苦干，有时舌头、嘴唇皆被戳破，龇牙咧嘴疼得嗷嗷，竟也舍不得丢手。故乡有俗语——"人吃菱角猪吃稻"，话虽不雅，却是吃起菱角欲罢不能的真实写照。

《说文解字》称："菱，楚谓之芰"，挚爱菱的，楚国爱国诗人屈原是也，"制芰荷以为衣兮，集芙蓉以为裳"，他钟情的，是菱的高风亮节。菱，确为湖中的君子，宽厚、澹泊是其本心，他的身段是低的，心也是低的，于时光深处静立无言，秋来，悄然捧出一把累累的果实。

《红楼梦》里，想起香菱，心头平添几多悲凉、几多慨叹。她本名英莲，容貌姣好、聪慧过人，是姑苏望族甄士隐的女儿。谁想癞僧诗"好防佳节元宵后，便是烟消火灭时"，竟一语成谶。元宵佳节，她与父母离散，从此颠沛流离，坎坷几多，真真是"幼年罹祸，命运乖蹇"。

那一年，呆霸王薛蟠出了门，香菱走进大观园，遇着了诗词，也遇着了生命里最初的一抹柔情。她拜师黛玉，挖心搜胆、苦心吟诵，连梦中呓语也在作诗。香菱作诗，精血诚聚，从最初的"措辞不雅""过于穿凿"，再到"新巧有意趣"，终成海棠诗社一员，连黛玉也夸她"是个极聪明伶俐的人"。

即使深处泥淖，也能抬起头来仰望星空。诗歌，就是香菱的星辰，她敬诗、爱诗、梦诗、写诗，用深藏于内心的气质与才情，点燃了生命中所有的绚烂。大观园里万紫千红，香菱一朵，独自美好、独自芬芳。

"菱角何纤纤，菱叶何田田"，菱，横亘在唐诗宋词的水岸上，泛着盈盈波光。

蒹葭苍苍，碧水回环。采菱，多为江南女子，她们一身红衣绿裤，像是从《诗经》里走来，簇拥着、浅笑着，三五成群。

她们在水边采菱，也采撷质朴的爱情。她知道，湖岸上，有她心仪的男子，剑眉星目，浑身刚气。她神色惶惶，风也调皮得紧，吹乱了青丝几缕。

他轻唤她的名，她不语，他便急得涨红了脸，冒冒失失唱起了采菱曲。

木舟微漾，情思也跟着流转。她垂着头，不敢看他，只兀自翻着菱盘，那些相思啊，似菱藤，牵牵绊绊，千缕万缕的，拽不尽也扯不完。

秋风又起，一些往事漫过记忆。想觅一叶小舟、采一回红菱，如歌词里所唱，郎有情，妹有心。斜阳里，鹭影绰绰，缓缓飞过水田去。

旧时菖蒲

偏爱一切择水而居的植物，菱、莲、芦苇，还有菖蒲。

因着水的灵性，这些湿漉漉的名字，亦有了诗的特质。菖蒲，菖蒲！唇边低声流转，耳畔碧水泠泠，眼底亦有了葳蕤的绿意。

儿时，老屋西面的浅水边，伫立着一大垄菖蒲。初春方至，它早已觉醒，一丛青碧悄然挺立。入夏，菖蒲极为茂盛，远望如一片青纱，向晴空亮出一柄柄绿剑，泛着幽幽的凛然之气。

它似乎专为五月而生。端午一大早，祖母就会割上一束菖蒲，用艾草系上，郑重地高挂在屋檐下。初阳薄碎，菖蒲叶尖，露珠清亮，倒映着满院花树蓊郁的影。

江南夏季湿热多蚊虫，祖母说，菖蒲是灵草，可驱毒辟邪，庇佑全家安康。至今，我都深信不疑，在植物的静气里，一切的美好，都会如约而至。

菖蒲的香，清透悠远，深嗅入心，耳目清明。人在檐下进进出出，寂然无语，发丝上早已沾染着一缕香。

日头高挂，院子里，蔷薇花早已凋谢，端午槿却已高过院墙了，花开灼灼，紫红、鲜红一片，很是招摇。彼时，岁月温澹，我尚年幼，还未经岁月的风尘，如同一株草本植物，兀自生长，内心安详，无忧亦无惧。

回眸间，半生已过，老屋不在，祖母也过世多年。那一束被岁月风干的菖蒲，那两扇斑驳的老木门，那一年年的端午，都在记忆中缥缈着芬芳……

菖蒲与兰花、菊花、水仙并称"花草四雅"，然菖蒲独与其他三者不同。"莫讶菖蒲花罕见，不逢知己不开花"，菖蒲极少开花，若难遇知己，情愿一生孤寂。岁月深处，它不慌不忙，不卑不亢，欣荣就好，苍绿就好。

菖蒲成为房内雅设，始于唐代，用盆养的菖蒲，又称作"石菖蒲""文人草"。到了宋代，玩石之风兴起，菖蒲傍石而生，成为书斋流行之物。

一盆净水，三两块山石，菖蒲所需不过寥寥。洒上一把菖蒲籽，将其置于阴暗潮湿之处，不消几日，便可生出细叶娉婷。文人雅士将其清供于床头案几，秉烛夜读，可醒脑护目，养性怡情。

菖蒲可入画入诗，郑板桥酷喜画菖蒲，陆游亦爱蒲成痴："寒泉自换菖蒲水，活水闲煎橄榄茶。自是闲人足闲趣，本无心学野僧家。"书房之中，他为菖蒲更换新汲的泉水，烹茶品茗好不快意。

人生有味是清欢，一壶茶，一缕香，一抹恬淡，一味隐逸，种一株菖蒲在心，陆游真真是"闲"而惬意。

人活一世，要么庸俗，要么孤独，草木如是。"有山林气，无富贵气；有洁净形，无肮脏形"，菖蒲耐得苦寒，安于淡泊，遁隐于野，行走在自己的江湖，一生洁净，三分禅意，生生世世青碧芳香。

端午又至，念起菖蒲，忆起菖蒲为背景的飘香的端午，便再不能安坐于家。心向往之，遂飞奔出门，于水之湄，我要去寻一丛菖蒲。

竹影摇

一面低低的粉墙，苍苔密布，几竿瘦竹独立。

阳光散射，洒落一地绿色的汁液，横疏的竹影印在院墙上，或浓或淡，层叠婆娑，泼墨出一幅写意的丹青。

风来了，轻轻穿墙而来，在竹叶间流动，像拜访多年的友人，竹竿与竹叶共舞，飒飒、飒飒、飒飒，隐约一阵细碎的喧响。

流入竹丛的风，初夏最宜。彼时，天地间翠意流淌，风有颜色，脚步浅且轻，可拂入满眼的清寂和超逸。

风悠然而入，竹影便在风里轻摇，确有任尔东西南北风的劲节。那些风声，你听与不听，全在于心。

若是暮春，雨落下来，花瓣落下来，唐诗宋词也会落下来。

溢翠流碧的竹叶间，间或传来一两声婉转的鸟鸣，和着鹅黄嫩笋拔节的清脆，那声音，落在岁月的缝隙里，多了些许清远的意境。

竹是生命的菩提。人立在竹下，不语，且听雨穿林打叶，倏尔竹叶尖有雨滴轻盈滚落，落在眉眼间，落进颈窝里。葳蕤沁凉的雨滴，染绿了那双凝望的眼睛，于是，人也绿成了一块古玉。像一竿竹，于久远的时光中静寂、虚空，与天、与地，同声同气，长青不败，刚柔相济，你便修炼了一颗禅心。

草木自有恩典，与一丛竹对视良久，纷繁的琐事皆遁去，人亦有了草木的性情。人生最好的修行，是一蓑烟雨任平生，是寸心不惊，恬淡度光阴。

待到红日西斜，朗月之下的竹影，更叫人心旌摇曳。

宋朝的某一个夜晚，贬官至黄州的苏轼见窗外有月，便欣然起行，与张怀民在承天寺"步于中庭"。澄澈的月光如"积水空明"，空明得使人产生一种错觉，"水中藻、荇交横，盖竹柏影也"，竹柏摇曳疏淡的倒影，像极了水中的藻荇交错横斜。

彼时，月在天上，月也在水中。在月中的，有竹柏的倒影，也有赏竹人苏轼的身影。

那个月夜，苏轼心中种种滋味，幽微难言，只得自嘲为"闲人"。一生坎坷，幸有竹为伴，苏轼赏竹，赏出了一份通透，也赏出了一份豁达。月下竹影，只婉约一竿，便是他的境界了。

王维爱竹，爱到骨子里，《竹里馆》便是最好的证明。

四旁寂寂，唯闻溪水潺潺，汩汩，如乐作响。一枚月悬在天边，如洗的月光穿过竹叶，密密匝匝的竹影，斑驳满地。

沐浴更衣，焚香净手，他跪坐在竹影里抚琴，一袭素衣，比月光还要洁净。

清音袅袅，复长啸。王维抚琴，把自己也抚进了琴音，月色里，有风的长吟、竹的空灵。士人爱隐，大隐于市，小隐于野。终南山边，月下竹林，比野还静，王维的隐，是真的隐，尘虑皆空，澹泊宁静……

宁可食无肉，不可居无竹。若庭中有三两竿瘦竹，寻常日子也栖居着诗意。

　　午后，偷得闲暇半日，泡一盏茶，执一卷书，人与竹对坐，一袭青翠映于杯中，消得千种万种。

　　带着倦意，似看未看，似醒非醒，时光慢下来，人就坐在了自己的欢喜里。

乡间瓜事

    暑意浓，午后，乡间小院的大门是敞开的，一只家狗伏在葡萄架下，支棱着耳朵打着盹。翡翠般的藤蔓爬满院墙，微风拂过，空气里流淌着软软的绿意，丝瓜花正开得金黄灿烂。

    这是乡间最俗常平和的画面。

    丝瓜有旺盛的生命力。国学大师季羡林称赞丝瓜神奇，能够在沉默中创造生命的奇迹。在乡下，砖缝里，猪圈旁，一把瓜籽，一片土壤，丝瓜便蓬蓬勃勃，势不可挡。那些无人问津的时光，它们满怀心事，各有打算。你饮雨水，我啜清露，当第一片蜗牛触角般翠绿的茎芽悄然而出，它毕生的攀爬也开始了，一边开花，一边结瓜，奔放恣意，生生不息。

丝瓜，是瓜族的美人，绿萝裙，小黄花，细软蛮腰，盈手可握，纤巧的果低垂于藤蔓之下，长长短短，悠哉游哉，如白月光，一身沉静。画丝瓜，该用一颗禅心，深深浅浅，泼墨写意，末了，再横贯一笔。

《诗经》云："七月食瓜，八月断壶。"经历整整一个蝉声飞扬的夏，丝瓜的梦也次第清醒。炎炎烈日，胃口不佳，幸有菜蔬可亲。取二三根丝瓜，刮皮切段，植物油下锅，佐以红椒片、姜丝爆炒，加盐少许，一素到底，盛入莹白的瓷盘里，一眼望去，山水清明。

"老大则如杵，经络缠纽如织成，经霜乃枯，涤釜器，故村人称为洗锅罗瓜……"《本草纲目》中对丝瓜络如是介绍。落了几场秋霜，丝瓜成熟，除去干瘪的果肉和饱满的籽实，只留如网如织的经络，可洗碗涮锅，也可用来洗澡。

老丝瓜柔软，却又强韧无比。大抵，人间草木，菜蔬瓜果，一旦经霜，便如涅槃重生，伪饰、浮华、虚妄统统褪去，变得简约、谦和，直至饱满丰盈。

秋意浓，成熟的气息肆意弥漫，那是乡间最华丽的时光，如梵高的油画，温暖明亮，让人心安。秋阳里，大大小小的南瓜，端坐于屋檐之下，静若处子，矜持有加。

齐白石老先生曾画过一幅《南瓜图》，寥寥数笔，自有意趣。小院之中，蜂蝶环绕，瓜藤盘桓缠绕，瓜叶翠绿肥厚，金黄的南瓜花，状若喇叭，或直立，或敧斜，清风徐来，花朵颤颤巍巍。三个圆滚滚的大南瓜，憨态可掬地坐在地下，天真浑朴。

南瓜入画，也入烟火。家中来客，常做的甜点是蜜蒸南瓜，取半球形的南瓜去皮，一股脑儿装满百合、红枣、红豆、枸杞，大火蒸熟，再反扣于盘中，淋上透亮的桂花蜜，美味告成。

亲友团坐，闲谈说笑，白底蓝印花桌布之上，一抹温暖的橘色，缭绕着平平仄仄的香气。取小勺先掏个小口儿，送入口中，随即，便惊喜不已，豆香、花香、瓜香在舌尖交融起舞，软糯绵甜，挥之不去。

南瓜入菜，古人颇有讲究。清代美食家袁枚《随园食单》中介绍，"以南瓜肉拌蟹，颇奇。"金秋，蟹肉肥美，南瓜醇厚，两相拌食，口感丰富细腻，可佐以黄酒，美味加倍。

清代王秉衡《重庆堂随笔》载："于九、十月间收绝大南瓜，须极老经霜者，摘下就蒂开一窍，去瓢及子，以极好酱油灌入令满，将原蒂盖上封好，以草绳悬避雨户檐下，次年四、五月取出蒸食。"作者称南瓜可与金华火腿相媲美，其味美可见一斑。

清早，在菜市巷口，常见有老农卖南瓜花，黄澄澄的，还沾着露水珠子，总会生出一种故友重逢的感动和温情。忆起儿时，母亲爱拿南瓜花蘸稀面粉油炸，绵软的花朵，经香油烹炸，酥脆得掉渣。童年清寒，母亲的妙手，让贫瘠的岁月开出朵朵鲜亮的花，在心底，永不凋零。

无数个深夜，写稿乏了，抬眼，书桌之上，一枚椭圆的小黄南瓜静立，倦意遂遁去，只留清淡宁静，一片冰心。

依依江南柳

我生活的这座小城，河道众多，盈盈碧波上必横贯一座石桥，桥边必摇曳几株细柳。

柳是春天的眉眼。看柳，须远观。乍暖还寒之时，隔着一痕长堤，早有满树鹅黄，如烟，似线，浅浅一片，在春风中飘摇，摇着摇着，便摇化了河里的碎冰，也摇来了呢喃的早莺。

三月，是柳的妙龄。落了几场雨，天地一派澄澈清明，纤细的柳条亦渐渐丰盈，在清波的倒影中，它们甩出舒展的水袖，抛洒千丝万缕的柔情。十里春风中，水光潋滟，绿柳含烟，真是一城春意一城诗！

柳，是一种极为平常的树种，属多年生落叶乔木，其枝细长下垂，叶狭长。柳种类繁多，常见的有垂柳、旱柳、杞柳等。可能是因为柳有着婆娑婀娜的姿态，它成了美好的象征：女子脉脉含情的眸称"柳眼"，两弯细长的眉称"柳叶眉"，纤细袅娜的腰肢为"杨柳腰"，"芙蓉如面柳如眉""舞动杨柳腰下裙"，柳成为女子们风姿绰约的代名词。

　　柳虽无花朵的艳丽，却总和风花雪月结伴而行。"月上柳梢头，人约黄昏后"，明月作证，杨柳为媒，柳树下爱的絮语呢喃；"沾衣欲湿杏花雨，吹面不寒杨柳风"，杏花微雨春意暖，千万根柳丝笑盈盈地拂过脸颊的瞬间，就和春风撞了一个满怀；"娴静犹如花照水，行动好比风扶柳"，烟眉翠蹙，双目含情，娇花照水，弱柳摇曳，曹公笔下的黛玉，究竟是何等风流俊秀，才会让他的宝哥哥一见倾心："这个妹妹，我曾见过的。"

　　"柳"者，"留"也，柳最动人之处，还在于它能体会人世间的别离之苦，是情丝缠绵的意象。《诗经》中柳一出现，便带着离愁别绪，"昔我往矣，杨柳依依。今我来思，雨雪霏霏。"别时杨柳依依，春意盎然醉，归时细雨霏霏，冬已肃杀凋零，那惜别时沿途的根根柳条，把戍边战士沉沉的思念、漫漫的哀怨，化作一抹抹离别的泪。

折柳赠别之俗始于汉朝。"年年柳色，灞陵伤别。"十里长堤，杨柳如烟，愁绪一如春水奔涌绵绵无绝；折柳相赠，睹物思人，异乡的土地上，乡愁如根根柳条落地生根、枝繁叶茂。"此夜曲中闻折柳，何人不起故园情。"从青碧的柳丝到如雪的柳絮，似乎每一片柳色上都缠绕着相思幽怨，盛满了家国愁思。

柳，不止鲜活在古人的视野里，城市粼粼碧波的江河湖畔，古色古香的轩榭亭台边，甚至住宅小区的鹅卵小径上，都随处可见柳的倩影。柳的生命力极强，遇土即根，有水便长；插柳成行，点绿成荫。柳装点了大地，也诗意了春天，却朴实无华，低调淡然。

在柳妩媚纤弱的身躯里，也并不缺乏持久的坚毅与刚强，无论是在荒凉的大漠还是广袤的高原，它始终以昂扬的姿态巍然挺立。

昔年左宗棠率军西征，引柳树与大军同行，"新栽杨柳三千里，引得春风度玉门。"在荒漠的西北天际，柳坚守着绿色的梦想，连绵千里枝拂云霄，流沙的围困，缺水的焦渴，烈日的暴晒，冰雪的严寒，天地间最顽强的生命也会被摧毁，柳，诠释着生命尊严的内涵，演绎着生命的壮烈与辉煌，疾风中枝条摇摆，黄沙里叶片飞扬，时而飘洒，时而激昂！高原荒漠上的柳呵，怎能不令人惊叹它的柔韧有力、敬畏它的隐忍自强！

　　一株平常不过的柳，无论是婉约于水乡江南，还是扎根在大漠边关，都能活出生命应有的模样。

梦里经年槐花香

春末夏初时节，我常在这条林荫道上散步，繁密的浓荫里，槐花像一串串风铃挂满枝间，一阵春风拂过，也摇响了我儿时的记忆。

小时候，老屋就是陶公笔下的世外桃源：一排旧瓦屋，坐落在三面环水的庄子上，父亲在屋前屋后种满了花草，一到春天，泡桐花吹响满树的号角，空气中便迷蒙着一种淡淡的紫色；深红浅红的蔷薇，携着无数锯齿边的绿叶，争先恐后地爬满了篱笆；金银花匍匐在牛棚上，高高低低地擎着棒槌似的花骨朵，密密的翠叶盖住了那一片土黄的墙。

瓦屋后，有两棵参天耸立的大刺槐，油绿色的叶在深褐色的枝干上摇曳，一串串沉甸甸的花苞裹紧心蕊，远远望去，仿佛笼罩了一抹月华的清辉。和煦温暖的春风，在槐树上恋恋地辗转，亲吻着每一串怒放的槐花。

这些时日，雨水也极多，空气里透着一股摄人心魄的幽香！雨后初晴的时候，父亲总会扛着一根长竹竿来到屋后，把系着月牙样镰刀的那头对准槐树枝，"咔嚓咔嚓"几声脆响，一穗穗花串应声掉下来，重重地落在我的头发上、脖颈里。我一阵欢呼，眉开眼笑地蹲着去拾，剥开花瓣，把水嫩的花蕊放在舌尖轻轻一咬，汁水流入喉间，一份甜蜜芬芳的感觉就涌遍了全身。吃够了，再捡上一大捧，小跑着奔去厨房，乐滋滋地趴在灶台上看，母亲摘掉叶柄，麻利地淘洗捏干，放入油盐各样的调料，再拌上白花花的面搅拌几下，撒上一把绿油油的葱花，摊圆了往竹笼上一蒸。等到灶台上水汽氤氲时，整个院子便弥漫着槐花饼的清香了。

我去村小读书后，父亲拿废旧木板给我在槐树下做了一个秋千。每天放学的铃铛一响，我就一路狂奔着回家。尘土在身后飞扬，母亲为我梳的麻花辫也跑散了，我却顾不得这些，气喘吁吁冲进小院，书包往堂屋桌上一扔，我便迫不及待地爬上秋千，握住麻绳后退两步，拿布鞋往地上使劲一蹬再一松开，秋千荡起了欢愉的弧线，我把身体努力向后倾斜，风儿在耳畔奔跑跳跃，秋千也越荡越高。荡得累了乏了，我便倚着麻绳，仰起脑袋，眯缝着双眼，凝视着这一串串凌空挂起的白亮珍珠，彼时，风儿打着漩儿将甜香萦绕，西天的晚霞也正红彤彤地燃烧……

暑假的一个晚上，骤起的狂风裹挟着瓦片四处乱飞，老屋在滂沱的雨中摇摇欲坠。父母咬牙掏尽了家底，在路边买下地基，拖拉机装来了木板、砖块、石子、水泥——新房子开工了。为了尽可能地节省开支，父亲天蒙蒙亮就起身去了工地，和水泥，搬沙，撂砖，摆瓦……三个月后，新房子终于造好了，在一阵噼里啪啦的鞭炮声里，我们全家搬离了庄子，离开了那两棵老槐树。

那时，我正在读师范，等国庆节放假回家，老屋已连同花果树一并卖给别人了。父亲靠在新屋门框上吸着烟，"那里清净，多少人来打听呢！瓦房前几天就拆了，要造一座教堂。"我看到他的眼里尽是无奈与不舍，"整整四千块呢，够你一年的学费，值！"说完，见他垂下头，捏紧烟头猛吸了两口，烟雾缭绕到我的眼前，刺得我眼睛发疼，鼻子发酸。

　　流年似水，我时常会梦到老屋。梦里，我能清楚地记起它的模样：三间旧瓦屋，两棵大槐树，漫天飞舞的槐花香气弥漫；树下父亲为我做的秋千，慢悠悠地在斜阳里摇晃……

静待花开

● ● ●

02
chapter

诗意烟火

漫读《诗经》：舌尖上的草木芬芳

《诗经》中有一片果蔬青葱的菜园子，流淌着翠色和芬芳，漫读那些朴素而多情的文字，字字生香，千遍万遍也不厌倦。

一

"思乐泮水，薄采其芹。"这是《诗经·鲁颂》中的诗句，意思是，想起了泮河，内心非常愉快，于是走到水边采摘芹菜。"薄采其芹"之"芹"，指的就是芹菜，也就是我们俗称的"野芹""水芹"。以前老家的沟渠、水塘旁，常闲散地生长着一簇簇野生水芹，和菜园里的那些精心侍弄的蔬菜相比，它更像粗野的乡间丫头，随意、随性。那时，家中临时来了客，需要下酒菜，就拿镰刀割上一把，"咔嚓"应声而来，一股清香之气便沾染在指尖，还缥缈着微微的草药香，很好闻。

野芹可凉拌，亦可爆炒。苏东坡爱吃芹菜，"蕲芹春鸠脍"是他的拿手菜，"脍"就是把肉切成细长条的意思。当年苏东坡被贬黄州，在城东开荒种地，在瓦砾中发现了许多芹菜，便"杂鸠肉为之"，用芹菜搭配斑鸠肉丝小炒。斑鸠肉鲜嫩可口，然食材不易得，换成五花肉丝佐以水芹爆炒亦可。其实，乡间常见的做法是素炒，取三五块臭干子，切成长条备用，野芹切段、红辣椒切丝备用，大火，待锅中油热，下臭干丝煸炒至金黄，再将野芹和辣椒丝倒入锅中，快速翻炒，加糖少许，降服一下片菜的野性，再搁少许盐，即可出锅。

需要强调的是，此处的"臭干"，是我们安徽的特产，说白了，就是将干子放在特制的"臭水"中腌浸的一种豆腐干，和臭豆腐一样，闻起来"臭"，吃起来香。野芹炒臭干，盛在皎白素净的瓷碟子中，红椒丝色泽明艳，根根野芹绿意流淌，二者相得益彰，夹一筷子吃在嘴里，野芹清爽脆嫩，加上臭干独特的绵长滋味，如山野之清风拂过舌尖，唇齿间清香脉脉，着实为极好的下酒菜。

二

瓠，又叫葫芦，是草本爬藤植物，因品种不同，有圆、椭圆、细长条、短颈大腹等多种形状。《诗经·幽风》云："七月食瓜，八月断壶。"说的就是"瓠"这种蔬菜，幼果味清淡爽滑，适宜烹食用，老了的瓠可以当壶用。

瓠在夏季开花结瓜，叶子呈心形，花为白色，多在夜间以及阳光微弱的傍晚或清晨开放，故其还有一个很美的别名——"夜开花"。儿时入夏时节，母亲的菜园地一片葱郁，瓠子架上藤疏叶朗，翩若浮云，朵朵白花点缀其中，似仙女不慎遗落的丝帕。架下修长的绿果，自在垂悬，像中国画里的水墨写意，多了几分闲适自如的味道。

瓠吃法多样。元代王祯《农书》说："瓠之为用甚广，大者可煮作素羹，可和肉煮作荤羹，可蜜前煎作果，可削条作干……"家中常做的是瓠子炖排骨，荤素搭配，营养丰富。取新鲜仔排二三根，剁块过水去腥，放入陶瓷汤锅中，加姜片、细盐，大火炖开转小火慢炖，将瓠子切成略粗的长条，待排骨八九分酥烂时，加入汤中，沸腾关火，撒入葱花即可。

去年梅雨时节，我去安徽宏村，在当地的农家乐饭馆，吃过一道瓠子炒咸火腿肉，八仙桌上，白瓷盘中，粗细搭配，油光滑亮，满眼的青绿里还跳脱着几笔朱红，养眼入心。老板告诉我，这咸肉是火腿腌制而成，浓香味美，肥瘦适宜。这道菜做法也不难，将葱姜炝锅，咸肉切丝爆炒出油，倒入红椒丝和瓠子条，加盐翻炒即可。

"南有樛木，甘瓠累之。"瓠子口感清淡甘甜，火腿肉咸香醇厚，一筷子进口，甜与咸在舌尖肆意碰撞、交融，使人神清气爽。若将菜汁倒入碗中拌匀，入喉，它们便溜溜滑进肚中，一碗米饭毫不费力。

三

《诗经·卫风》曰："焉得谖草，言树之背。""谖"，又叫萱草、忘忧草、金针草，它还有一个质朴平实的名字——黄花菜，属百合科植物，富含多种人体有益的氨基酸和矿物质，"利胸膈，安五脏"，有很高的食疗价值。

"莫道农家无宝玉，遍地黄花是金针。"黄花菜生命力极顽强，田间地头随处可见它的身影，一丛丛黄花菜簇拥在一起，翠绿的茎杆顶着一朵朵橙红的花，状若百合，但比百合更明艳、耀眼，那些未开的黄绿色的花蕾，似一根根微鼓的玉簪，惹人怜爱。

新鲜的黄花菜有毒不可食用，需开水焯过才可入菜。也可制作黄花菜干，需在晴天，摘下半开的花朵，放入锅中蒸，待自然冷却后，搁在太阳下摊晒，并适当揉制，压出其中水分，最后再拿细绳捆上，放在通风的竹篮中阴干，这样一年四季皆有美味可享。

十多年前的深秋，我在家坐月子，胃口不佳。母亲是江苏人，她做得一手好面食，她便常给我做"姜汤面"吃。所谓的"姜汤面"，就是将姜汁熬汤，里面放入香菇、黄花菜、豆腐皮和虾仁，水开后放入面条，煮熟出锅，撒上香葱拌上猪油就成。

母亲说黄花菜有健脾、通乳、补血之功效，很适合产后虚弱食用。我至今仍记得那个滋味，面汤入口微辣，喝上两口便浑身微热，黄花菜筋道爽脆、鲜美异常，汤汤面面一气吃完，通体淋漓酣畅。

四

"翘翘错薪，言刈其蒌；子之于归，言秣其驹。"这是《诗经》中关于蒌蒿的记载，意思是把高大的灌木做了柴草，把绿绿的蒌蒿割倒了，聚拢起来，把马儿喂得饱饱的。

蒌蒿是江南特有的野菜。家住长江边，莺飞草长的早春三月，蒌蒿迎来了青葱的二八年华。长江河滩上，芦苇沙洲边，一丛丛浓密的蒌蒿长得铺天盖地，常有三五妇人，携着镰刀和编织袋"打蒿子"（即割蒌蒿）。"打"回去的蒿子要经过特殊的处理，将四五寸长的蒌蒿整齐码放在一起，盖上稻草，拿水间隔淋浇，并拿塑料薄膜覆盖其上，待两三天后，老叶腐烂，茎杆脆嫩，再掐头去尾，折成一段段干净清脆的芦蒿杆，清水濯洗方可烹食。

苏东坡深爱蒌蒿，他曾诗云："蒌蒿满地芦芽短，正是河豚欲上时。"蒌蒿是解河豚之毒的佳品，亦是野蔬之上品。"初闻蒌蒿美，初见新芽赤。"野生蒌蒿的茎杆是紫红的，纤细却老成，嚼在嘴里脆生生的。

蒌蒿气味独特，似乎带着一股子菊花的辛气。炒蒌蒿需旺火，最好是土榨菜籽油，湾在盘底一片金黄，浓郁厚重。可佐以肉丝或香干爆炒，亦可素炒，除了搁一点油、盐，几乎不加别的佐料。绿莹莹的蒌蒿，横在粒粒白米饭上，山明水净的纯粹，夹上一根，送进嘴里，嚼之，外脆里糯，满嘴生津。

汪曾祺曾这样评价蒌蒿的味道，"像坐在了河边，闻到了新涨的春水的气味……"的确，沿江一带的人，没有不爱那股子青蒿子气的，细雨霏霏的日子，一盘素炒蒌蒿，浸润着江南春水的气息，便把春天长久地留在了味蕾上。

食花记

喜欢已久的博主，录制过一期以花卉为食材的视频：一袭红衣，策马归来，她手中的一捧鲜花，魔法般变作了赏心悦目的梨花蛋卷、芍药饭团、酒酿桃花丸、萝卜紫花糕……粉丝们惊呼：美哭！

食花，确为一件雅事。花各有香，将四时鲜花烹饪成各种点心或菜肴，既可饱腹，又养眼入心。

"水陆草木之花，可爱者甚蕃。"菊花、茉莉、金银花，皆能用来沏茶。将新鲜花朵采摘晒干后，用沸水徐徐冲泡，三五朵干花，于杯中上下翻腾、舒展，倏忽之间，暗香浮动，美哉俏哉，惊喜自不必说。

从教多年，慢性咽炎成了职业病。桌上常备一杯花茶，舌干唇燥之时，啜饮几口，清咽润喉，消炎去火，顿觉清新神爽。

云南盛产鲜花，鲜花饼是当地最出名的点心。其做法也讲究，需采摘清晨将开未开的玫瑰花苞，去蕊切碎，加糖和蜂蜜腌制做馅儿，再裹上面粉烘焙制作而成。

有年春天，闺蜜到云南旅游，捎回一盒玫瑰鲜花饼给我。撕开精巧的独立包装，玫瑰的清香扑鼻而来，酥脆的白色面皮里，玫瑰酱隐约裹藏着片片鲜红的花瓣……入口，恍若千万朵玫瑰在舌尖上次第绽放，叫人唇齿生香。

入夏，宜拿莲花入馔。老舍先生爱莲、种莲，并引以为豪。朋友约游大明湖赏莲，他确信自家莲花很美。朋友在老舍去书房之时，采摘了莲花，拿给厨子准备油炸，他顿觉"天旋地转"。是啊，爱莲之人，断不能接受心中圣物成了食物，老舍失花之痛难言，只有"焚稿祭莲花"了。

紫玉兰又叫辛夷，花瓣肥厚，与莲花一样，可油炸食用。用面粉加盐搅拌成糊，将花瓣洗净晾干，投入面糊中均匀裹之，入油锅，大火煎炸至金黄，捞出晾凉，撒上葱花即可。

刚采摘的辛夷花，沾着露珠，魂灵儿都还在。一道软炸辛夷，颜色淡雅，香脆爽口，宜做下酒菜，白嘴当零食吃也是极好的。

桂花芬芳馥郁之时，定要做上一大瓶桂花蜜。新采的桂花去蒂，洗净晾干，用白糖腌制，入锅蒸熟取出晾凉。一层桂花一层蜂蜜码好后，搁置冰箱冷藏，美味告成。

闲暇，煮一碗酒酿元宵，或炖上一截香藕，舀上两勺桂花蜜，日子都变得软糯香甜。

一次，与二三好友，约在饭馆小聚。席间，温上一壶花雕，掺入自制的桂花蜜，分杯饮之。那一晚，纷繁尘世，懊恼不快，皆抛之身后，桂花蜜清甜入喉，花雕亦喝出别样味道。

梅花与雪，是隆冬里的一对佳偶。宋时，文人雅士皆喜食梅花。杨万里曾倚着老梅树"自要嚼梅花"，豪放恣意得很。其诗"瓮澄雪水酿春寒，蜜点梅花带露餐"，介绍的是蜜渍梅花的做法：取新鲜梅花肉，用雪水浸泡发酵，再用蜂蜜腌制。这道菜可下酒，也可药用，开胃生津。

林洪所书《山家清供》，记载了梅花煮粥的方法：将梅花洗净，再用雪水煮熟白粥，加入梅花，做成花粥。去年冬，我早早采摘了一布袋梅花瓣，却终未等来一场雪。品尝一碗泛着冷香的梅花粥，大抵是需要一些缘分的。

这世间，唯美食与鲜花不可辜负。烟火厨房，食花饮露，俗事不俗。

粥中情味

腊八一过就是年。将风雪关在门外，钻进厨房，打开炉火，照例是要熬上一锅黏稠、暖香的八宝粥。

锅中水开，把提前准备好的食材一样样丢进去：一两块老冰糖，三两朵莲子、百合，四五颗桂圆、红枣，一小把赤豆、红皮花生，再投入些许小米、栗子。大火熬，待灶上噗噗冒起气泡，转小火，无须拿勺搅动，任它翻滚。

火候不急不躁，咕嘟咕嘟，声声均匀，如尘世的喧嚣。各种食材在锅里互相碰撞，淡淡的甜香徐徐氤氲。关火，盛在白瓷碗里，舀上一勺慢慢唆，甜香、软糯，粥里的香气，嘴中的热气，交融在一起。

一碗八宝粥，熬的是岁月的温暖，也开启了最初的年味。

一直以来，吃过的最美味的食物，就是粥。

幼时极爱食白粥。冬日，乡间的清晨，炊烟像天边纤薄的云霞，在村子上空轻灵萦绕，母亲早早起床，把水缸挑满，便开始煮粥。一把把柴草送进灶膛，燃烧起红暖的火焰，灶上那口黑色的大铁锅，咕噜微响、香气弥漫。

待灶膛里的火光渐渐暗下，铆足浑身的劲儿，揭开木头锅盖，和一大团热气撞了个满怀，醇厚、浓稠的米汤不停地翻滚、冒泡，朵朵米粒开出了温软、莹白的花儿。整间厨房被淡淡的烟气笼罩，缭绕的粥香，张扬着甜丝丝的味道，惹人垂涎。

舀上两大勺，稠稀随意，全凭喜好。我最爱在碗底铺上一层碎锅巴，拿勺舀出米汤，"噗"一声淋上去，锅巴瞬间便周身软绵，散发出一种浓烈的米香，粥上，有一层滑亮的米油，跟猪油似的亮晶晶，拿筷子夹进嘴里，有一种奇妙的绵滑口感。

寒冬，每一个读书的早晨，捧着这样的一碗白粥，简简单单，吃进胃里，每个毛孔都仿佛被抚摸熨帖了一番，热热乎乎地冒出微汗。背起书包上学去，一路轻盈，只因心中怀揣着幸福和温暖。

二十岁芳华，情窦初开，相中忠厚寡言的他。婚后，他工作繁忙，家务全都落我一人肩上。拌了几回嘴，也落下几次泪，但终究是舍不下眼前的人啊！将所有的委屈、失望全藏在心底，撸起袖子一样样学、一样样做，慢慢熬成脚底生风的麻利主妇。

一日清晨，眩晕病突犯，起身只觉两腿绵软、天旋地转。昏睡半日，一觉醒来，四下静谧，转头，一碗小米粥，一双筷子，一小碟儿咸菜，整整齐齐地摆在床头。

端起粥，稀薄的米汤浮在上面，米粒却赌气似的粒粒沉在碗底。皱起眉头啜饮一口：这粥熬得火候不够！眼前，忽而浮现出他在灶前手忙脚乱的模样，罢了，再不去苛责什么，余生，有一人愿为我熬粥，夫复何求？

再后来，为人母，几番寒暑，家有小女初长成。孩子体弱，又挑食得厉害，为此头疼不已，怎么办？唯有熬粥。

秋霜遍野，青菜正当时，一片片剥开，只取菜心，与东北大米同煮，加少许盐和猪油，养胃亦暖身；胡萝卜剁成碎末，加牛肉糜与粳米，用小火熬至稠黏，明目又补钙。只这两种菜粥，一个冬天轮着做，看她贪婪地盛了一碗又一碗，哧溜哧溜直吃得小嘴抹油。

若是三伏天，孩子没胃口，总会熬上一锅青碧的荷叶粥，香气袅袅、翠色欲流，不止赏心悦目，还解暑生津。有时也会煮上一些绿豆莲子百合粥，酥烂又软糯，清肺润燥、安神养肝，吃上一碗，盛夏无忧。

一米一粟，百味人生；清浊浮沉，返璞归真。又是岁末，日子过到这一天，人也慵懒倦怠了许多，静下心来，用一双巧手、一颗快乐之心，将一捧生活的白米，外加一把惬意的慢时光，在岁月的容器里，熬制出一道美味浓香的好心情。

盛一碗春色

　　老家已许久不住人，后院荒草丛生，于墙角旮旯处，寻得七八个坛坛罐罐，有从前的盐罐、油罐，还有大小不一的咸菜罐子。它们造型各异，憨态可掬，一色都是陶土的材质。罐体之上，除了残存的釉质，剩余部分呈瓦灰色，带着几分恰到好处的古旧和拙朴。

　　水泥场上，一字儿排开，认真地给它们合了个影，再小心地请进后备箱带回城里，一路疾驰，心中满足又欢喜。发朋友圈记录生活：回老家，秒变"大富翁"。无数好友点赞评论，有直接表达对这些老旧罐子喜爱的，还有约我下次一起老家"拾荒寻宝"的。

美是什么？美是一种体验，一种感觉，美能够唤起心中的愉悦。这些可以盛装东西的漂亮器皿，请允许我统称它们为美器吧！

"葡萄美酒夜光杯"，美食与美器，唇齿相依，浑然一体。秀色可餐、美器生辉，是食客视觉和味觉上的双重享受。袁枚在《随园食单》中叹道："美食不如美器。"他精于烹饪，"煎炒宜盘，汤羹宜碗，参错其间，方觉生色"，他认为菜肴出锅后，该用碗的就要用碗，该用盘的就要用盘。

水芹、野蒿、南瓜头，一素到底是它们的气质，烈火爆炒，用白瓷盘去盛，三两根红椒丝点缀，清简、纯粹、悦目；红烧肉庄重敦厚，粗陶的盘碟方能承托饱满的肉质与浓郁的汤汁；荷叶粥、桂花酿，宜拿蓝边碗去装，桌布是蓝底白花棉布，最好出自江南乌镇水乡。

青花瓷瓶是美器。小时候，跟父母去几十公里外的邻乡看展销会，独爱看那些青花瓷瓶。细脖、长颈、大肚，瓶身绘有紫藤，深褐色枝干苍老道劲，老庄横斜，如龙蛇蜿蜒，中国画写意的手法；也有工笔细描，画的是金陵十二钗，清新俏丽、婀娜多姿，或是老翁于雪中寒江独钓，静寂、空灵、渺远、庄严。后来，家中新房装修，书房里、玄关旁、茶桌上，都有青花瓷瓶的倩影，瓶插一枝蜡梅，磬口鹅黄色，馥芳满室，花影半墙。

去黄山自驾旅行，看到山脚村落一户农家屋前，摆着一个灰白水墨色的石槽，村民说，那是先前给马喂草料的马槽。里面挤挤挨挨满是铜钱草，浓绿、碧绿、淡绿，错落有致、恣意伸展，一枚枚铜钱大小的叶盏高高擎起，如芙蓉出水，纤尘不染。一尾红色的锦鲤伏在叶下，倏尔远逝，石槽亦有了水墨清悠的韵味儿。

从前，编织竹器，也是在编织生活，时光于是成了一首质朴动人的叙事诗。"晒秋"并非秋天独有，一年四季，绵延有序，赶上什么就晒什么。青竹匾里，春笋、白果、辣椒、南瓜、玉米、柿子、黄豆，天地耀眼，白墙灰瓦间，跳脱着一抹抹鲜亮的色彩。竹篮，宜盛放新挖的新藕，洗净淤泥，俏格格地码放齐整；新采摘的白兰花，娇嫩纤长，用竹篮装好，用湿毛巾盖着，卖花人吴侬软语的叫卖声从街头传至巷尾，夏日的芬芳也缓缓飘散。

在院里，养一缸莲。缸是老缸，过去人家用来腌猪肉或者咸菜，口阔，肚大。春三月，看荷钱出水，如盅如碟，日头飞转，荷柄高高擎着的卷轴，一日日摊开，便有了一湾绿水，一缸清凉。初夏，莲叶摇着碧碧的茎，几朵莲花欲绽还羞，彼时，早已蜻蜓立于上头；梅雨季，又黄昏，隔窗与一缸莲对坐，听雨打莲叶，那些细碎的光阴，氤氲唯美得像诗意江南。

素爱喝茶。冬日的夜晚，用上好的紫砂壶，泡上一壶绿茶。细细把玩，壶身温婉，壶壁刻有几丛罗汉竹，上有隶书"明月松间照，清泉石上流"，很是风雅。茶烟袅袅、茶香弥漫，盈盈一握间，触摸着茶汤的温润，心境澄明。茶好，壶亦然。

"非酒器无以饮酒。"夏历三月，清流激湍，羽觞随微波流转，四十二文人一代风流的聚首，成就王羲之流传千古的书法绝唱；"人生得意须尽欢，莫使金樽空对月"，金樽对月，恣意尽欢，精致的酒器越过千年，在岁月中仍传出阵阵醇烈甜甘。

荷叶与肉是一对神仙眷侣。《水浒传》里的名场面，鲁提辖拳打镇关西，那荷叶包肉，一包又一包，裹挟着侠气和豪气。南京有一家老字号卤菜店，颇有名气，切成大块的猪头肉包在荷叶里，拿麻皮绳扎好，套在中指上，一路晃晃荡荡，那浓郁的肉香透过荷叶，一阵阵溢出来，便香了整条街。

人间至味是豆腐

"说起冬天，忽然想到豆腐。"这是朱自清《冬天》的开头。每每读到此文，那朴素亲切的气息便扑面而来。

入了冬，最温暖可意的是两人对坐，慢慢地就着一口火锅，将豆腐炖到松软，辣油红汤里，满是气孔地翻腾。屋外，寒风冷冽；屋内，小酌的两人，鼻尖冒汗、四肢舒朗，那面颊与炭火一样，微酡。

豆腐，和五味不沾边，不甜，不酸，不辣，也不苦，不咸，其滋味虽清淡，却不寡味。它是食材中的君子，内敛、谦卑且温和，与各种食材搭配，都不会喧宾夺主、破坏其主味，同时也能保留自己的本味。

包容，实为为人处世的哲学。一方小小的豆腐，包含着大智慧，制作豆腐，本身就是一种参禅的过程。粒粒黄豆，放入石磨之中，经研磨才能化作浆汁，点卤，方可成型，这种神奇的变换，禅机不可言说。

豆腐营养丰富，做法多样。《红楼梦》第八回，提到一种美食"豆腐皮包子"。豆腐皮，也叫"千张"，北方人称"油皮"，先把豆腐的原汁煮沸，自然冷却后，待锅面漂浮出一层金黄色薄薄的豆皮挑起晾干，再包上木耳、胡萝卜、肉末调制的馅儿，用香菜扎起上锅蒸。这道菜入口清香绵软，腐皮筋道，馅心清淡适口。

苏轼爱吃豆腐。宋神宗元丰二年，苏轼被贬为黄州团练副使，生活虽拮据，却苦中作乐，首创"东坡豆腐"。他将豆腐放入面粉鸡蛋中挂糊后，放入油锅炸，再配上笋干、香菇，煮至入味出锅，用此种方法烹制出来的豆腐，滋味酷似猪肘，质嫩色艳，鲜香味醇。

汪曾祺最懂豆腐，他说："如果没有豆腐，中国人民的生活将会缺一大块。"他有近万字的奇文，专门写各地豆腐。"汪豆腐"是他家乡的名菜，"汪"其实是一种烹饪方法：手托一整块豆腐，用刀将豆腐批成指甲盖大小的薄片，推入虾子酱油汤中，滚开后勾薄芡，即可食用；还有一道菜，叫"咸蛋黄拌豆腐"，汪老强调，必须取其家乡高邮之咸鸭蛋，蛋黄多油、色如朱砂，与豆腐拌一起，"红白相间"，光颜色就让人"胃口大开"。

小时候，冬日里落了雪，母亲常做的一道菜就是腌菜炖豆腐。菜缸里整整齐齐码放的咸白菜，菜心里塞得满是红辣椒沫、姜米蒜泥，捞上两棵，切成大段，一股脑儿丢进锅里，再切上两块豆腐，放进一勺猪油、一把青蒜。煤炉火烧得正旺，一揭锅盖，与香气撞个满怀：豆腐鲜嫩绵软，腌菜咸辣酸爽，菜汤将所有美味尽收怀中，交合升华出奇鲜的汁液。家人团坐，菜蔬可亲，任它天寒地冻，心中暖意融融。

中国豆腐看淮南，淮南豆腐看寿县。李时珍《本草纲目》云："豆腐之法，始于汉淮南王刘安。"刘安，乃汉高祖之子，此人好道术，炼丹时以盐卤点成豆腐，因营养丰富且成本低廉，遂成平民菜。一方豆腐，成就了一座城，巍巍八公山上演绎了豆腐的千古传奇，两千年来，豆腐已从寿县传遍中国，远赴海外。

数月前，去淮南培训学习，二三人忽而兴起，结伴参观寿县豆腐文化馆。那一晚，大家在对面的八公山豆腐馆品尝了一桌"豆腐宴"：香酥豆腐、白玉豆腐饺、朱元璋豆腐、菊花豆腐……白瓷盘里，豆腐化身一道道美食，晶莹剔透、温润如玉，轻抿一口，唇齿之间，柔软、细腻，温和、恬静，滋味难以言说。

四下寂寂，对饮成三人。三人皆性格宁静，不疾不徐，笃定悠闲。生命中的某些时刻，值得一辈子记取。是夜，月色朗朗，风也和煦，那种快意，至今清晰。

清明螺

清明将至，螺蛳正当肥美之时。家乡有俗语云"清明螺，赛肥鹅"，意为清明前的螺蛳，肉质鲜嫩，可与鹅肉媲美。

儿时老屋三面环水，春日水暖，粼粼碧波之下，一块块布满绿苔的青石板上，一丛丛盘踞的螺蛳清晰可见，它们或慢悠悠地蠕动，或懒洋洋地晒着身子。

螺蛳是水世界里的呆子，只需挽起裤脚，轻轻探身下去，沿石块慢慢一捋，一捧又一捧。倏尔，大小不一的螺蛳便装满竹篮，惊喜自不必说。

上岸，将篮内螺蛳一股脑儿倒出挑拣，小个儿的，只放一边堆做一团，拿半块红砖挨个锤碎，端去喂鸡鸭；留下那些拇指大小、鲜壮肥美的，做带壳的水煮麻辣螺蛳。

记忆中，父亲不常做饭，但每到节日，馓子、年糕、春卷、青团这些吃食，都由他来准备。还有梅雨季的清蒸仔鸡，平日读书早饭吃的五香茶叶蛋，父亲也样样拿手。

水煮螺蛳好吃不难做，但准备工作繁琐。父亲是极有耐心之人，他先拿板刷将螺蛳壳上的青苔尽数刷去，再将其泡在木桶里，淋入三五滴菜籽油，静置一两日。待螺蛳壳内泥沙吐尽，用老虎钳将螺蛳的尾部一一夹去，再淘洗干净，方完成所有的准备工作。

大灶点火，锅热倒入香油，搁葱姜丝、辣椒干炒香，倒入螺蛳大火翻炒，再依次放入豆瓣酱、老抽、白糖、盐、八角、花椒、桂皮等调料，加水没过螺蛳，转小火烹煮，等螺蛳盖悉数打开，淋入几滴料酒去腥，连同鲜香麻辣的汤汁一并盛出，美味告成。

水煮螺蛳的吃法主要有两种。汪曾祺曾这样写道："螺蛳处处有之。我们家乡清明吃螺蛳，谓可以明目。用五香煮熟螺蛳，分给孩子，一人半碗，由他们自己用竹签挑着吃。"一位绍兴的文友告诉我，他的故乡有这样一句谚语"嘬螺蛳过老酒，强盗赶来勿肯走"，不仅道出了吃螺蛳的方法，还言尽了螺蛳的味美——即使强盗追来，食客一步三回头也舍不得逃走，幽默生动，令人忍俊不禁。

"嘬"螺蛳，讲究熟能生巧，也讲天赋。我打小便有这种天赋：用三只手指捏起一颗沾足汤料的螺蛳，将其尾部放入口中，深深一吸，再用舌头轻轻一拨，将螺蛳前后调个个，大的一端含在上下门牙之间，然后合上嘴，做吹气状，用力"唑"地吸一声，汤汁、螺蛳肉便一并落入口中，大嚼一通后，再"哒"地投一下，螺蛳壳碰撞，发出珠落玉盘之声，整个动作如行云流水、一气呵成。

妹妹年幼，她自然没有这种本领，只屏住呼吸，拿绣花针小心翼翼地将螺蛳肉一个个戳出，再迫不及待地送入口中。螺蛳爽滑、麻辣，她吃得小脸赤红、额上涔涔，也不忍丢手，逗得我们哈哈大笑。

碗里的螺蛳一点点空了，面前的螺蛳壳，小山似的越堆越高，我们却还意犹未尽，忍不住啜吸沾了汤汁的手指头……黄昏向晚，八仙桌旁，父亲小酌，母亲斟酒，家人围坐，烟火可亲，那样的画面，梦里也是记得的。

后来，身为主妇，家中来客，常会做上一盘韭菜炒螺蛳。螺蛳味美，亦可清热、利尿、明目，能治黄疸、水肿；韭菜性温，益肝健脾，两种食材寒热搭配，营养丰富。

春分时节，韭菜最为鲜嫩，将其洗净切断，取红椒一枚切丝待用；再将螺蛳肉从壳中剔出，水开焯至八分熟，沥水控干。锅热，大火将三样翻炒，放盐少许，即可出锅。

白瓷盘中，鲜红、翠绿撞了个满怀，春韭、螺蛳两两相逢，成就一盘极品春鲜。夹上一筷子送入口，春韭鲜嫩清芬，螺蛳醇厚绵长，下酒、下饭皆适宜。

四方食事，不过一碗人间烟火。清明又至，一盘春韭炒螺蛳，那迢迢春光，便在舌尖上迤逦着，蔓延开了。

人间有味

  周末带女儿回娘家打牙祭，一桌好菜腾腾地冒着热气，吃饭时却唯独不见母亲。我端着碗在门口张望，许久，才见她沾着一脚泥，抻着臂膊提着一篮子翠绿拐进院子里。

  打眼一瞧，眉间欢喜！忙上前接过，拎起竹篮一头用力往水泥地上一倒，扑棱扑棱，萝卜或白或红圆润丰腴的身子连着翡翠色的萝卜缨，顽童一般嘻嘻哈哈滚作一团。泥土的腥气也趁势钻进鼻子里，熟悉，安心，那是世间最好闻的气息。

  我从小爱吃萝卜。父亲常说"冬吃萝卜赛人参"，霜降之后，萝卜正当时，饭桌上吃的多是萝卜烧肉。把黑皮五花肉切成二三厘米的方块，锅热，倒上菜籽油，添上姜片、葱段爆香，再加五花肉煸炒，煸出清亮亮的猪油，滴入酱油，翻炒上色，加少许水，焖至六七分熟；把一截白花花的萝卜切片丢进锅里，翻炒两下，再略添一点水，大火烧开转小火，待熟烂收汁，拿蓝边大碗盛上来。肉炖得入口即化，萝卜也绵软鲜甜，夹一块搁到嘴里，香、糯、甜，炽烫着舌根滑进肝肠脏腑。

母亲是北方人，爱做面食，包子、馒头、小刀面变着花样丰富着餐桌。偶尔也包饺子，必定是猪肉萝卜馅儿的。能与猪肉糜搭配做馅儿的蔬菜多了去，芹菜浓香，荠菜清爽。但对于美食，我却有着近乎偏执的专一，似乎味蕾的每一个细胞，都有着惊人的记忆力：童年的冬夜，窗外大朵的雪花寂静无声地落在灰瓦上，母亲在堂屋里包饺子，橘色的灯光从屋脊梁柱上倾泻下来，温暖柔和了一地。她的巧手，变魔术一般，把一个圆滚滚的面团扯成长条又一朵朵摘断，擀面杖下飞出一块块莹白的"手绢花"……雪夜那碗热腾腾的猪肉萝卜饺子，捧在怀里、暖在心头，有一种叫作情怀的东西，被镌刻在时光的年轮里，历久弥新。

萝卜是平民蔬菜，似乎永远只是肉食的配角，任由餐桌纷繁热闹，它于盘底处沉静，耐得住寂寞，也守得住清寒。立冬节气，农妇们踏着寒霜，把萝卜从一畦畦菜地中拔起，拿弯刀割掉碧绿的缨子，用大竹筐担着去塘边濯洗。

晾干的萝卜被切成长条，搁盐水里泡上两日再捞起，横七竖八地摊在日头下晒着，一日、两日，直到失了水灵。萝卜干码在盘子里，撒上一撮黑芝麻，再淋上几滴麻油，拿火红的辣椒面在香油里炝锅一泼，"噗"一声，这是生命涅槃的重生，是激烈高昂的乐曲，咸香和热辣裹挟着阳光的味道，幻化成了恒久的岁月之香。

闲来无事最喜拿萝卜炖汤，省事又清净。挑上一根筒子骨洗净，老姜拿菜刀轻轻一拍，一并丢到汤锅里，搁少许盐慢火炖上。其间，我便可尽情挥霍属于自己的时光，斜倚在沙发上，听个曲儿发会儿呆，或捧着一本书慢慢看。

约莫个把小时，起身去厨房，一揭开锅盖，热气漫漶，油晃晃的汤汁鲜白如乳。把白萝卜滚刀切块，一股脑儿丢进去，肉汤的荤味儿瞬间得到了压制，待萝卜像个含羞的女子周身酥软时，便关火，盛在白瓷罐子里，浩浩汤汤。心急喝不得热汤，得耐下心性，一口口小饮，方能咂摸出慢时光里的宁静惬意。

入了冬，最喜欢做的事就是窝在厨房，屋外寒风凛冽，灶上炉火正旺。菜帮子一片片择洗，炒锅一遍遍地涮，垂着头，静着心，不厌其烦地在烟火世界里参禅修行。一箪食，一瓢饮，生活不过一日三餐，所幸人间有味，舌上千种芬芳、万种清欢！

一缕桂花香

一夜秋风，十里飘香。公园里、道路旁，桂花如点点繁星在青翠欲流的绿叶间璀璨。

桂花可赏亦可入菜。秋高气爽的晴朗天气，采摘新鲜的桂花晒干备用，闲来去做桂花糕、桂花酿、桂花饮……小小的一朵桂花，馥郁芬芳，让舌尖绽放出整个秋天的甜香。

童年的秋风里飘散桂花香。小时候，秋日午后，总有卖桂花酒酿的货郎挑着担子走街串巷，"卖——桂花酒酿元宵咯！"熟悉的叫卖伴着竹筒敲击声在悠远的小巷里回荡。推开院门，顺着那股诱人的桂花香，总能在某个拐角找到卖酒酿元宵的货郎。

我们争先恐后地在酒酿挑子旁挤着、嚷着，货郎不紧不慢，拿小竹筒一拨，轻轻舀上一筒酒酿，慢悠悠地倒入碗里，再从小瓷罐里抓起一撮细碎的干桂花洒上。

好一碗玉露琼浆！我们捧着蓝边大碗，一颗颗小元宵如剔透圆润的珍珠，在玉白色黏稠的汤汁里浮浮沉沉，粒粒枸杞、桂花干点缀其中，深红、浅黄的色泽明亮，甚是好看。喝上两口，甜甜腻腻、冰冰凉凉，酒香缠绕着桂花香缭绕不绝，在舌根处泛起阵阵回甘。

"江南可采莲，莲叶何田田。"家乡荷塘多，藕也多。入了秋，莲花凋谢，莲藕正当肥美之时。黄昏时分，父亲下塘采藕，不多时，便能收获满满一竹篮。洗去污泥的藕，雪白粉嫩，俏格格地码在篮子里，咬上一口鲜甜鲜甜，那叫一个脆爽！

最爱吃母亲做的桂花糯米藕，把一粒粒晶莹剔透的糯米拌上白糖，灌入莲藕的孔中，然后放入大锅煮。青烟起，红红的火苗在灶膛里跳跃，厨房飘散出阵阵香味儿。母亲揭开锅，麻利地取出，切成大块盛盘，再淋上用淀粉、蜂蜜、桂花调制的甜汁。

霎时，一股浓郁的清甜挑逗着味蕾飘逸而来，我垂涎三尺，顾不得热气烫手，拈上一块迅速放入嘴里大嚼一通。母亲笑眯眯地看着我："慢点儿！慢点儿！"莲藕经过蒸煮已入口即化，糯米呢，绵软绵软，渗透着桂花的清香叫人唇齿留香。

总以为桂花只能和素食搭配。那年去南京夫子庙玩，寻得一家精致的小店坐下，翻看菜谱发现一道金陵名菜——"桂花鸭"，也叫"金陵盐水鸭"。店家告诉我，中秋前后，盐水鸭风味最佳，卤过的鸭肉皮红肉白，香醇味美，淋上秘制的桂花汁，鸭肉鲜嫩可口，令人百吃不厌。

我将信将疑，夹上一块放入口中，一股咸香的肉汁奔涌流淌，那鸭肉不肥不腻，与桂花的香气巧妙融合——鸭肉因桂花而愈加鲜美细腻，桂花因鸭肉而更觉浓郁醇厚……

秋风起时，去采摘一些桂花吧！也许随着时间的流淌，花瓣会干，花色会淡，但桂花的香气却久远绵长。烟火气息里，不负秋光，泡上一杯桂花香茗，把日子过成自己喜欢的模样。

亲亲我的荠菜

小院里，蔷薇架下伏着一株小小的荠菜，细碎的翡翠色叶片泛着光亮，似邻家小姑娘，质朴、谦和，使人心生温暖。

打小在乡间长大，荠菜于我，算是孩童时的旧相识了。一场春雷唤醒了蛰居一冬的乡野，"三月三，荠菜香"，荠菜是报春的时鲜野菜，是枯草丛中、土膏之上最先探出头的那抹绿！

绵绵春雨里，它们伸展着柔嫩的胳膊，匍匐在泥土的胸膛之上，一点，一叶，一指，一寸，恣意地生长，像大地的信笔涂鸦，随意、野性，很快，一朵，两朵，羽状的叶片撑起一把把碧色的小伞，掬着根根晶亮的雨丝，笑盈盈地站在天地间。

犹记得儿时放学归来，第一件事便是丢了书包去挑荠菜（我们那儿，方言"挑"是从杂芜中挑选出来的意思）。小小的人儿立在田埂上，提着竹篮四下张望，左边是油菜花，右边也是油菜花，一望无际的油菜田如金色的大海，春风中明晃晃地翻涌不息。

我猫着腰，握着铲，和堂姐堂妹们往金黄的浪花里钻，银铃般的歌声、笑声也在浪花里回响。弯弯的睫毛上，翘嘟嘟的小嘴上，乌油油的麻花辫上，沾满了星星点点的花粉，金灿灿的黄。荠菜呢，不觉已挑了满满一大篮，油亮亮的绿，还丝丝缕缕飘着香。

一路狂奔回家，把荠菜一股脑儿倒在水门汀上，一朵朵择去黄叶剪掉须根，再到塘边洗净了送去厨房。踮脚站在灶台边，看母亲做荠菜蛋饼：把荠菜一点点切碎，那香气便喷薄而出，清新、浩荡；两枚鸡蛋滚进碗里，筷子拌着盐粒，铛铛地撞击着蓝边碗，把荠菜末投进蛋液中搅拌成糊，油锅一热，就将糊均匀地摊在锅底，"滋"一声，青绿色的蛋液迅速弥漫，随即慢慢厚实起来，远远瞧去，翠绿嫩黄一片，吃上两块，满口噙香。

《本草纲目》有载：荠菜，释名"护生草"，可清热、明目、消积，它滋味鲜美，营养丰富，是野菜中的珍品。春食荠菜，民间由来已久，《诗经》中就有"谁谓荼苦，其甘如荠"的吟咏，宋代美食家苏东坡也偏爱荠菜，说它"天然之珍，虽小甘于五味，而有味外之美"。

荠菜的吃法多样，可凉拌、清炒，或入汤、熬粥。凉拌荠菜最爽口，将洗净的荠菜放入开水中一焯，迅速捞出挤出水分，切碎，拿细盐、白糖拌上，再淋上陈醋、麻油，洒上一把芝麻粒儿。盛盘，垒得高高的，像一座屏，满眼青碧，清气袅袅，那是泥土的气息吧，怪不得香气也是绿绿的呢！

或熬粥皆美味爽口，但其实荠菜最适宜做馅，南方的馄饨、春卷，北方的包子、饺子、菜饼，无论哪一种吃食，荠菜都能让人齿颊生香。

做法最简单，讲究现包现吃：把荠菜焯水切碎，敲上一个鸡蛋，放入猪肉糜拌匀，再放上细盐和料酒末，拿一张薄薄的馄饨皮儿摊在手掌上，夹取适量荠菜肉馅儿包好，投入开水，待水滚两遍，一只只晶莹剔透的馄饨白玫瑰似的浮上来，便可洒上一把虾米连汤捞起。荠菜馄饨，皮儿薄馅儿足，养胃清淡，喝上一口汤，热热乎乎，鲜美异常。

真想再回乡间，如儿时一般，提着小篮、握着小铲，奔跑在故乡的田垄上，看荠菜朵朵白色小花又在风中轻轻摇曳，一河星辉在绿色田野上流淌。

亲亲我的荠菜，谢谢你用生命的诗意，装点灿烂的春光，生机盎然！

慈姑仁心

下班路过菜场外边的过道，见一个老汉蹲在地上，面前的筐子里一堆土豆大小的东西，颜色像芋头，却又微微泛着紫，带着一个弯弯的芽儿。眼瞅着熟悉，却一时想不出，正想问，老人开口说："慈姑，便宜卖了！"

慈姑？慈姑！若久别重逢的老友，我在心底念着它的名字！二十多年前的记忆涌上心头。

儿时老家乡间的草丛和水田边，随处可见慈姑。一丛丛翡翠色的水生绿植，葳蕤蓊郁，相互簇拥着于淤泥黑厚处长出，出水芙蓉般高洁清丽。慈姑的叶子造型独特，呈燕尾作飞天之势，一阵风轻拂，似惊鸿翩跹而舞。

　　开花时节，碧绿秀颀的茎秆顶着一朵朵细碎的花，三片洁白的花瓣托起杏黄的花蕊，沿杆盘旋而上，似一只只浅浅的白瓷细碗，盛着雨露、暖阳和月光。和娇媚、明艳不沾边儿，它在荒僻的角落里低回浅吟，寂寞着，素淡着。

　　《本草纲目》中记载，"慈姑，一根岁生十二子，如慈姑之乳诸子，故以名之。"它的身上有着神奇的自然灵性，每棵秧子下面都有一串球茎，不多不少，共十二枚，刚好对应着一年的十二个月。我想，若草木有情，慈姑定是一位仁慈宽厚的母亲，她用温暖有力的臂膊紧紧拢着十多个孩子，独自忍受着苦寒和清冷，默默不语，让它们酣睡在大地的怀里。

　　大雪时节，屋上寒霜凛然，水田一层薄冰，慈姑迎来了一生中最好的年华。采收慈姑是一件很辛苦的事儿，拿铁锹把水田里的水排干，日头下晾上一天后，再穿深筒的胶靴下到地里，深一脚浅一脚在泥淖中前行。

　　父母面朝黄土背朝天地劳作，我也会从田埂上偷偷下到地里摸找。一阵刺骨的冰冷，冻得我直哆嗦，偶尔会在黑乎乎的烂泥里，摸到打碎的碗片，手被划出大口子，鲜血直往外涌，也不吭声，默默扯下一片慈姑叶，用力地按住，等血止了继续翻找。

裹着泥土的慈姑，密密挨挨地挤在筐子里，好像谁家顽皮的脏小子，圆圆的脑门上，顶着一个逗号似的小辫儿，洗净了，洁白粉嫩，俏格格地泛着琥珀色，叫人看不够也爱不够。

初冬的清晨，雾重霜浓，母亲踏着一地浅白，担着两筐沉沉的慈姑去卖；茫茫白雾散去，她又挑着担子脚步轻盈地归来，绛红色的扎头巾一点点地出现在小路口。筐子一头，是她捎回的五花肉，有时是一条胖头鱼，或是给我们两姐妹买的花手套……童年多少期盼和温暖，都被母亲担在双肩上。

陶弘景说，"藉姑三月三日采，根暴干，可疗饥。"慈姑含淀粉，可替代粮食饱腹，其性甘、涩，微温，能清热解毒，祛痰消炎。我小时候肺虚身子弱，每到秋冬换季常咳嗽，久治难愈。母亲常煮上一锅慈姑，让我蘸白糖吃，煮熟的慈姑拿手抹去薄皮，蘸上一层晶晶亮的糖粒，丰腴洁白如温玉。但一吃进嘴里，那股土腥气和苦涩味儿直逼嗓子眼儿，令人作呕，她总是耐着性子哄我吃，也许真是托了慈姑的福，长大后竟渐渐康健，咳嗽也很少再犯。

慈姑，不似芋头香糯，也不及荸荠脆甜，留存在味蕾上的只有苦涩，浅浅的、淡淡的，在舌尖缥缈出若有若无的清气。人在年少时，总会畏惧吃苦吧，历经人生百态后，方懂得，酸甜苦辣都是生活的馈赠。

汪曾祺在《故乡的食物》中写他去沈从文家，吃到了师母做的慈姑炒肉片，这道菜被沈从文夸赞说："这个好，格比土豆高。"其实，慈姑也适宜煨排骨，将慈姑刮去薄皮投进汤里，煮到汤汁稠白即可关火。慈姑已经酥烂，夹起来却颗颗成型，吃上一枚，苦中带甜、唇齿生香，滋味实在奇妙得很。

乡间，三九寒冬里，家家廊檐下挂着一排排腊肉，慵懒的阳光下，闪烁着亮晶晶的油光，红红火火很是壮观。割下一截咸肉，半瘦半肥最好，搁葱姜蒜炝锅，下肉片干煸，待其喷香流油，再倒慈姑片、青红椒爆炒。慈姑炒腊肉，下饭极佳，咸肉紧实有嚼劲儿，慈姑片则吸足了肉的精华，苦与咸肆意交融，富有层次感的美味讨好着味蕾，鲜美异常。

"君似菖蒲草，我身是水菰。溪边常并茂，永不别菖蒲。"这水菰便是慈姑吧！可惜老家已好久不种田，乡下也再难见到慈姑了。多想寻得一个僻静的小院，往白瓷盆里种上三两株慈姑，日日清水细灌，待其绿叶婆娑，冬后捧出一把把润白晶莹的果实，再来装点我的餐桌，慰藉那被一抹乡愁牵绊的脾胃肝肠！

　　脚步轻盈，提着一大袋慈姑，满足，安心！薄凉悲苦的尘世，需要一次次浓墨重彩的相逢。心中贮存些许暖意，一直走，就能走到春天里。

一 "蟹" 解秋愁

　　有人称吃蟹是"秋天最隆重的事"。诚然，秋深，菊瘦，蟹肥，宜持螯赏菊，把酒言欢。若，秋不食蟹，仿佛一年的好滋味，都索然矣。

　　在中国，食蟹的历史可追溯到西周，时人以蟹胥祭祀祖先，到了唐宋，饮食文化高度发展，亦有《蟹志》《蟹谱》等食蟹专著。明朝漕书发明"蟹八件"，使得吃蟹从最初饮食上的享受，变得更具有仪式感和文化意义，各地亦衍生出不同的吃蟹文化。

　　历代文人雅士中嗜蟹者不乏其人。东晋名士毕卓有言："得酒满载百斛船，四时甘味置两头，右手持酒杯，左手持蟹螯，拍浮酒船中，便足了一生。"纵情放酒，逍遥世外，毕卓开启了"持蟹饮酒"的新风尚，也被后人称之为"蟹神"。

苏东坡算是文人中食蟹的顶级吃客，其诗《丁公默送螺蛑》有云："堪笑吴兴馋太守，一诗换得两尖团。"诗人以"吴兴馋太守"自况，用诗换蟹，且一换就是两只（"尖"为公蟹，"团"即母蟹），其欣喜之状可掬，爱蟹之情可见一斑。

清代戏曲家李渔，更是"以蟹为命"，一日不食蟹，便觉虚度。每每蟹未上市，即"储钱以待"，自呼其为"买命钱"。九月十月，菊黄蟹肥之际，他称是为"蟹秋"，趁蟹影纷乱，还要备下"蟹瓮"和"蟹酿"，来腌制"糟蟹""醉蟹"，留待冬天食用，家中有一女婢，精通料理螃蟹，李渔遂改其名唤为"蟹奴"。

"凡食蟹者，只合全其故体，蒸而熟之，贮以冰盘，列之几上，听客自取而食。"李渔对食蟹有独到的见解，还总结出一套"食蟹经"。《闲情偶记》中之精彩描述，令人忍俊不禁："蟹乎！蟹乎！汝于吾之一生，殆相终始者乎！"即使李渔日购百筐，最终"入腹者"并无几何，故其忍不住慨叹："蟹乎！蟹乎！吾终有愧于汝矣！"

曹公自幼生长在江宁，亦是食蟹专家。《红楼梦》第三十八回，碧水荷香环绕的藕香榭里，众人吃酒啖蟹，拿菊花叶儿桂花蕊熏香的绿豆面子来，预备着洗手去腥，再"把酒烫得滚热的拿来"，对冲螃蟹寒性。宝黛等人先做菊花诗，后又讽螃蟹咏，好不热闹。大观园里的螃蟹宴生动活泼、雍容华贵，有书卷气，亦有诗礼之家的风范，至今读来，仍饶有兴味。

蟹食用方法多样。明代李时珍《本草纲目》记载："凡蟹，生烹、盐藏、糟枚、酒浸、酱汁皆为佳品。"宋代林洪写的文人食谱《山家清供》中，记载过"蟹酿橙"的做法，这道菜咸香、芬芳，堪称浙江杭州的传奇美味。时至今日，食蟹之法，更是纷繁多端，广东有潮式冻花蟹，京菜里有芙蓉蟹黄，四川有香辣蟹……林林总总不下几十样。

俗语"蟹肉上席百味淡"。能与蟹的原味媲美的食材，不多。明朝张岱，这个前半生遍尝美食的传奇人物，亦深知"不加盐醋而五味全者，无他，乃蟹"。林语堂在《雅舍谈吃》写道，"食蟹不失原味的唯一方法，是放在笼屉里整只的蒸。"蟹，宜清蒸，淡品，吃的就是个本味。"凡有所相，皆是虚妄"，或许，太多的东西，原色原味，是最美的。

一方土地，临着江与湖，就有了口福。故乡河汉众多，螃蟹产量高，品质亦极好。昔日乾隆皇帝下江南，食其味，便予以高度赞赏，御封其为"蟹中之王"。秋风起兮，稻米飘香，蟹就肥了，家中来了客，乡邻总会热情地招呼："来来，吃两匹海子（螃蟹）！"家乡方言中，"匹"这一量词，俨然成为螃蟹专属，同为水产的鱼、虾、龟、鳖，都无这般待遇。

吃蟹，讲究个气定神闲，狂口大嚼，饕餮之人，难识蟹味。新蒸熟的蟹，金黄油亮，折了一根蟹爪，嘬出一条嫩白的蟹肉，一股子暖香扑鼻而来，慢慢吧唧着，直鲜得颤巍巍滑溜溜；揭开蟹壳，轻轻吮吸蟹黄，再耐着性子，以蟹脚挑剔蟹肉，装入蟹壳之中，浇入调好的姜汁，一并送入口里。倏忽，脂腻鲜香一股脑儿在口腔中鼓荡开来，每一粒蟹黄，都极力撩拨着味蕾，如蝴蝶振翅，上下翻飞，且嚼且香，意犹未尽，幽渺绵长。

窗外月夜清凉，灶上蒸汽氤氲。与一二知己把酒持螯，实乃人生幸事，能够一起慢品螃蟹的人，定是彼此懂得之人。不必掩饰自己的吃态，就那么自然地在两手之间，剥开螃蟹，缓缓地吃吧，任凭满手蟹黄，满嘴咸香，吃出个满心富足来。

举杯邀月，篱下赏菊。时令中的螃蟹，让我们优雅地爱过，这短暂的相遇，正是深秋蟹黄时。

最是一箸春鲜

春一点头，风暖柔起来，各种绿莹莹、鲜嫩嫩的野菜，欣欣然从松软的泥土里钻了出来。采一篮春光，尝一口春鲜，春天的好滋味，全在舌尖上打着滚儿。

荠菜早。"春在溪头荠菜花"，一岁荠菜，在田垄地边，茅厕角落。一场春雨，追一阵暖，一丛丛荠菜，伸展着柔嫩的胳膊，匍匐于泥土之上，一点，一叶，一指，一寸，恣意生长，植物生长的深处，看不见的星火燎原。

《本草纲目》有载，荠菜，又名"护生草"，可清热、明目、消积，其滋味鲜美，营养丰富，当属野菜中的珍品。

敲两枚鸡蛋，筷子拌着盐粒，铛铛撞击着蓝边碗；荠菜一寸一寸地切，投进蛋液，香气喷薄而出，清新、浩荡；油锅一热，"滋"一声，蛋液迅速弥漫，由青绿直至金黄。荠菜蛋饼下酒，鲜香得直入肺腑。

荠菜吃法多样，可清炒、入汤，亦可熬粥、凉拌。洗净的荠菜放入开水中焯烫，捞出挤干水，切碎，拿细盐、白糖拌上，再淋上陈醋、麻油，洒上一把芝麻粒儿。盛盘，垒得高高的，像一座屏，清气袅袅，满眼青碧。

豌豆苗清新。历经数千年时光，穿越优雅诗意和民间疾苦，仍生生不息，它唤作"薇"。

"采薇采薇，薇亦作止。曰归曰归，岁亦莫止。"下雨的春日，撑一柄伞，麦田青芒里，轻拢慢捻，斜风细雨不须归。采一束薇草，采　春柔绿，薇在相思，采薇人也在相思。

洗豌豆苗，须极温柔，三捞两沥，不伤筋骨，素油爆炒。绿蔬装白瓷，似一汪温玉，正合春意。苏轼喜食豌豆苗，曾取名为"元修菜"，并赋诗曰："彼美君家菜，铺田绿茸茸。豆荚圆且小，槐芽细而丰。"他认为，将豌豆洗净蒸熟，加点卤盐，拌豆豉与姜葱下酒，其味绝美。

重庆的一位文友说，将豌豆苗在火锅里随意一烫，饱蘸浓汤送进口中，那股清香甜润，在口中咂巴回旋，真真妙不可言。

蒌蒿香。春三月，蒌蒿迎来了青葱的二八年华。

长江河滩上，芦苇沙洲边，一丛丛浓密的蒌蒿，铺天盖地，常有三五妇人，携着镰刀和编织袋割蒌蒿。蒌蒿新芽叶面绿，叶背灰白，芽是鲜艳的紫红，去叶，折成杆即可烹食。

蒌蒿气味独特，似乎带着一股子菊花的辛气。炒蒌蒿，需旺火，最好是土榨菜籽油，湾在盘底一片金黄，浓郁厚重。佐以香干、红椒丝爆炒，除了搁一点油、盐，几乎不加别的佐料。

绿莹莹的蒌蒿，横在粒粒白米饭上，山明水净的纯粹，夹上一根，送进嘴里，嚼之，油香、干子香、蒌蒿香，香味浓醇，解馋。

蕨菜嫩。春风十里，寻半斤蕨菜。

蕨菜生在山间林下，是一种很鲜灵的野菜。细长的茎杆长满绒毛，从下往上，深紫到紫红，汪在一片绿色里，显眼。故乡人称之为"猫爪子菜"，尚未舒展的枝叶，如小小的猫爪，很是形象。

有年梅雨时节，我去安徽宏村，在当地的农家乐饭馆，菜谱上有一道菜，名曰"徽州一绝"，名头很响，菜上来，油光滑亮，原来是一盘干蕨菜炒火腿，食之，有山野之气，是朴素而生动的鲜香。

春渐深，各样野菜，渐次纷然登场，化身寻常餐桌上可人的一抹抹绿。一篮、一碗、一盘、一箸，一路迤逦华丽的春天。

静待花开

●
●
●

03
chapter

浮生四季

暮春，去看一座湖

周五下班，办公室一同事提议去太平湖，引得众人附和。平日，皆俗事缠身，这次却一呼百应，着实难得。

偷得浮生半日闲。"走，去看湖！"坐标单位，目的地太平湖。导航显示车程二百里。一路欢笑一路歌，开启一场说走就走的旅行。

手机做了攻略，太平湖是长江支流青弋江上游新建的一座人工水库，位于安徽黄山市黄山区西北，为皖南旅游区重点风景区，景色清幽秀美，有着"东方日内瓦湖""未经雕琢的翡翠"之美誉。

黄昏之时，一行人顺利到达。办理好入住手续，打开酒店房门，只觉眼前一片青碧，欣然推窗，欢呼不已，房间正对着一大片茶园！

方才，闯入眼帘之绿，原是盘踞在山坡之上的一大片茶园。深绿的背景，浅绿如星，点缀其上，一畦畦茶树，从沟底到坡顶，尽情铺展，如一块碧绿的油画布。几位茶农背着竹篓，那双手，一左一右，一仰一起，脆生生、水灵灵的芽叶，如一只只蹁跹的蝶儿，上下翻飞。

"江南地暖，故独宜茶。"素闻黄山茶叶甲天下，太平猴魁甲黄山。听酒店前台服务员介绍，黄山市盛产太平猴魁，早在明清两代，作为太平猴魁前身的太平尖茶已鼎盛于世，后来更是作为国礼茶，赠送给普京总统。

《茶经》云："茶有千万状。"太平猴魁造型独特，属绿茶尖茶类，与黄山毛峰、西湖龙井、安吉白茶皆不同。其外形两叶抱芽，扁平挺拔，魁伟壮实。冲泡之后，色泽苍绿。我虽不甚懂茶，但浅尝之，只觉口中醇厚甘甜，再回味，似有兰花之清香，实在奇妙。有人称太平猴魁"头泡香高，二泡味浓，三泡四泡幽香犹存"，看来确有其实。

有人说，湖是大地的眼睛，是一种流动的深情。太平湖，较于长江的豪迈壮阔，多了几分诗意秀美、内敛静谧。徜徉于栈道，好似置身于天然氧吧，扑面而来的晚风，徐缓地吹着夹带着春日湖水的气息，五脏六腑里恣意游走，酣畅淋漓。

　　时值暮春，天阴欲雨，水波生烟，迷蒙浩渺。极目远眺，山影绰绰，唯余一湖。天地苍茫，人立湖畔，顿觉沧海一粟。湖上三两舟芥，任意飘荡，浪静风平，真真"太平湖"是也。

　　近岸，有一夜钓者，静立湖畔，清雅、寡言，如披蓑戴笠之古人，大有遗世独立之仙风。我注目多时，却未见鱼儿上钩，不免为之惶急。且看那人气定神闲，从容淡定，钓翁之意不在鱼，所钓为惬意闲散自在心情也。大抵，我等凡夫俗子之辈，实乃不解垂钓之真趣。

　　次日，于啁啾鸣声中醒来，薄阳初升，风和景明，一艘游船，翻涌起白色的浪花，把我们送入湖心。舟行窄处，如入通幽曲径，两岸石壁，高峻耸立，触手可及；渐行宽阔，柳暗花明，横无际涯，一碧万顷。

　　泛舟湖上，微波潋滟，侧耳倾听，水声潺潺，如若私语。远处，青山如黛，翠岗环抱，好似一幅巨幅山水画卷。座座岛屿，似珍珠散落湖中，岛上翠竹蓊郁，群芳吐艳，人在舟中，虽未上岛，已闻鸟语。

彼时，同事们早已按捺不住，纷纷摆出各种 poss，或凭或立，巧笑倩兮，美目盼兮，清风徐来，墨镜炫酷，丝巾轻舞，相机定格出一幅幅美照。诚然，在这湖光山色之中，随手一拍，都张张入眼，张张倾心。

来太平湖，无鱼不成酒席。晚餐，湖畔寻得一清幽之地，门、窗、桌椅，皆一色原木，古朴别致。十余人围坐一桌，谈笑风生，俶尔，一盘盘佳肴美味已摆放整齐：时蔬青碧，鱼肉鲜美，女同事们争相举箸，大快朵颐，早将减肥事宜抛之脑后。屋外，水波微漾，月色朗朗，屋内美酒清冽，觥筹交错间，酒不醉人，人自醉。

回程之际，徐徐回望，恋恋于心。古人语"仁者乐山，智者乐水"。太平湖之美，美在淡然，美在静谧。远离喧嚣，置身碧水之上，白云之巅，且听风、观云、赏月、看湖，此中真意，欲辨已然忘言。

读书不觉已春深

春暖花开之际，最美的事情，莫过于读书。

清代学者张潮在《幽梦影》中说："读经宜冬，其神专也；读史宜夏，其时久也；读诸子宜秋，其别致也；读诸集宜春，其机畅也。"在春天里阅读诸家文集，最使人胸襟坦荡、心旷神怡。

春风浩荡，小院栅栏旁，木香花开得恣意，一簇簇一团团，如瀑倾泻而下，迸溅着银光。淡雅素静的花朵，芳香宜人的花香，似翻涌不息的波浪，直钻入六腑五脏。好个人间四月天！窗外，绿意盎然；房内，一人，一书，一壶香茗，一份惬意好心情。

光影在书页上斑斑驳驳，摩挲着泛黄的纸张，触手可及，皆是温暖。没有不速之客叩门，没有忧愁苦闷萦怀，天地之间独我一人。在花香里，闲读书，读闲书，心如水般澄澈，灵魂也着上了芬芳。

回眸处，十五岁，读师范，一段青葱宁静的时光。犹记得，图书馆的窗外，有一树泡桐，初春时节，花开灼灼，粉紫一片，灿若云霞。我爱坐在那窗边，读《撒哈拉沙漠》，读《红楼梦》。

沉静是一种修行，坐拥于时光一隅，感受春天的气息，淡然从容，妥帖温暖。

犹记得那些甜蜜的欢喜、小小的悸动，也曾黯然神伤，落了泪几场。泡桐花开，泡桐花落，书在一开一合间，我已走完少年时光……

十八岁，在几十里外的一所山村学校教书。白天，孩子们叽叽喳喳，似鸟雀聒噪成群；傍晚，空荡荡的校园，落日昏黄，凉意森森。

简陋的宿舍，幸有满屋书香。孤灯一盏，修竹几杆，伏桌而坐，夜深，浑然不知。那些在笔尖缓缓流淌的文字，带着好闻的墨香，被轻轻折进信封里，尔后，又承载着憧憬与期待，被投进绿色的邮筒去了远方。

从前慢，那些读写相伴的光阴，那段清淡苦涩的年华，长长久久地留在记忆深处，至今，仍满心感激。如今，每每慵懒懈怠之时，便时刻反省沉淀自己，混沌的心境，也逐渐澄明。

生命本如一树花开，或安静或热烈，或寂寞或璀璨。收藏起曾经的迷惘、倔强，还有从不愿让人读懂的忧伤。书卷自多情，心在文字中徜徉，学习隐忍，懂得释然，一个个美好便会如繁花在心间绽放。

倏忽间，岁月如白驹过隙，时光的轮盘，已转到中年。但我对读书的热爱，却丝毫未减，几十载春秋，深情如许。

明代文人张岱《陶庵梦忆》中云："人无癖不可与交，以其无深情也。"素来懒散随性，不善交际，唯爱买书、读书。床头、桌前，沙发、灶台、鞋架，目光所遇，尽是书。与书相守，不离不弃。

晨光熹微，于鸟鸣虫吟之中慢慢苏醒，随即翻身下床，独坐阳台，散文小品随意翻看，开启一段短暂的阅读时光。阳光它有脚，轻轻悄悄地挪着步子，泼洒在发丝上、书页上，春光无限好，晨读片刻，心境也变得无比愉悦美妙。

春雨潇潇之时，宜读纳兰性德，读李清照，读李煜。亦喜倚在床榻之上，执书一卷，慢慢翻阅，怀拥着书，书亦拥着我，或躺或卧，随意自如，全凭喜好。

　　雨疏风骤，小楼东风，在一阕旧词中千回百转，霜也罢、雪也罢，待倦意袭上眼皮，便熄灯掩卷，枕书而眠。"三更有梦书当枕"，料想那晚的梦，也定氤氲着书卷气……

　　读书的岁月，就这样在纸上慢慢延伸、延展；喜欢的文字，也如一株绿植，发芽、长叶、开花，在生命的深处生长，直至葳蕤繁茂。最美的风景就在身畔，书一页一页轻轻翻看，也在翻阅着生命之中一段宁静的时光。

　　"一日不读书，尘生其中；两日不读书，言语乏味；三日不读书，面目可憎。"书是最好的美容品，身为女子，三分容颜足矣，剩下七分是淡雅书卷气。"读书多了，容颜自然改变。"那些优雅知性、被书香浸润过的灵魂，散发着永恒的魅力。

江南黄梅雨

　　《青玉案》诗云，"试问闲愁都几许？一川烟草，满城风絮，梅子黄时雨。"历代才子佳人中，北宋诗人贺铸，为闲愁做出了最美的注脚。

　　山坡上的满树青梅，忽有一日，在雨声里不知不觉已熟透，缀在叶间，胀满汁浆。一阵风起，沙沙、沙沙。搁浅的小舟，在绿荫垂柳下，野渡无人，静默自横。

　　"芒种逢丙进，小暑逢未出。"世间万物，皆有专属的生命轨迹。梅雨，于芒种天干的首个丙日，款款而来；又在小暑地支的首个未日，翩然而去，历时一月之余。

有人说，梅雨是炎夏最后的温柔。初露头角的炽热，被淋了个彻头彻尾，密密匝匝、无边无际，雨啊雨的，天地便退了烧，变得清醒和冷峻。

"黄梅时节家家雨，青草池塘处处蛙。"黄梅雨，是在水一方江南的特产。

那定是古镇吧，是苏州、宏村，是南浔、周庄，也是乌镇、西塘，或是任何一个地处江南的小镇水乡。

细雨迷蒙中，有三两老妪，或凭或立，石桥上、巷子口，提竹篮低声糯糯地叫卖。

"卖——帛（白）兰花!"

她们穿一色棉布对襟小褂，梳整齐干净的发髻。一块深蓝印花布，轻轻掀开，白兰花的幽香，丝丝缕缕，沾着水汽，在鼻尖缠绕。

最难风雨故人来。撑着油纸伞，寻一个丁香一样的姑娘，她平和秀婉，却并不悲情、忧伤。沿着蜿蜒逼仄的深巷缓行，触摸斑斑驳驳的黛瓦白墙，轻启一扇被雨水濡湿的雕花木格窗，陈年的古木家具，散发出淡淡的霉味，倏忽，浸润在老房子里的旧时光一一复活。

搬一把老藤椅，慢慢摇，听戏、看雨。雨从天井的檐口往下落，也落进人的心里，淙淙流淌，声如银铃。青石板上、砖瓦缝里，油亮亮的青苔，一大片一大片满是的。还有地衣，咸菜绿，贴着地皮，一朵朵，只在黄梅雨里盛开，有着浪人的桀骜不羁。

雨会开花，也会结果。彩虹的扁担，挑起梅雨，步履稳健，跨越江川。江南的湖泊里，纯美的茭白、丰腴的菱角、白胖的莲藕，都在铆足了劲儿生长，丰收的喜悦，在望。

诚然，这个时候的江南，烟雨苍茫，水汽氤氲，像海子诗中所写的那样，"往后，雨会下到深夜，下到清晨。"在雨声中苏醒，又枕着雨声入眠。一树花开，一夜雨落，夜，似乎被无限延长。

那些深藏于心底的悸动，在这样的雨夜潜滋暗长。一个人做梦，一个人入境，江南的梅雨，是闲愁，是诗意，亦是情思。

平生不喜晴天，独爱阴雨天，更偏爱的，是故乡的黄梅雨。

儿时居乡村，老屋沿河而建，青瓦红砖，共三间。梅雨时节，最惬意的，莫过于倚门听雨。

幼时心性顽皮，活泼好动如假小子。看云卷云舒、风云变幻，俶尔雨落老屋、瓦上生烟，发呆、冥想，却足以让人静坐一个晌午。

雨敲击在瓦片上，时而密集，如万马奔腾，慷慨激昂、气势恢宏；时而舒缓，如浅吟低唱，似大珠小珠落玉盘。那些山峦，那些房舍，那些树木，那些炊烟，全被笼在了雨的怀中。

母亲在窗下做布鞋，不紧不慢，把耐心和温暖，缝进了密密的针脚里。和父亲下棋，常悔棋，落棋无悔大丈夫，他只是一味纵容我，耍赖，变本加厉……彼时，小麦已收割进仓，落雨的日子，父母不必整日忙于农事，很是悠闲惬意。

玉米饼伏在铁锅上，早已被炕得焦香金黄。母亲起身，去门前菜地，采两根一拃长的小黄瓜，带刺顶花，也顶着雨水，蘸自家酿的黄豆酱，嘎嘣脆。饿了，就着一碟辣椒蒸咸菜，把一碗薄粥喝得有声有色。

梅雨季的快乐，当属捕鱼捉虾。禾垄边，水流漫溢，那些绿色，在雨中沉浮，天地仿佛混沌如初。提着小桶，挽起裤脚，赤脚站定，等鱼儿戏水，鲫鱼、鲶鱼、鲤鱼、黄鳝，运气好的话，还有海虾和小蟹，任凭它们张牙舞爪，悉数收入囊中，快乐欣喜自不必说。

雨后复斜阳，荷塘送来阵阵清香。看父亲撒网，水花四起，网落、网起，欢呼雀跃声四起，鱼儿欢蹦乱跳，我和妹妹也像极了那几尾欢蹦乱跳的鱼儿。

淡红的水煮河虾、金黄酥脆的油炸小鱼儿、醇厚的奶白色鲫鱼汤……食材好，母亲手艺也极佳，那些黄梅雨带来的终极美味，幻化成恒久的岁月之香。

有人偶尔抱怨，这个冗长阴郁的季节里，永远有晾不干的衣服、挥之不去的潮湿、摆脱不掉的黏腻。我却不这样想，得亏有了黄梅雨，耳畔才有了鹧鸪声声、蛙鸣蝉嘶；有了黄梅雨，才有了那缱绻风雅、水墨如画的诗意江南，才能衍生一段段清越的越剧昆曲，一阕阕婉转的黄梅腔，咿咿呀呀的，听不够，也唱不完。

等你，在黄梅的雨里

等待，是最长情的告白。

一抹相思，一把红豆，一颗真心，一份真情，在时光的洪流里，在最深的红尘中，在落红成阵的时节间，缄默不语，只为等一场梦醉的重逢，等一场缠绵的梅子雨，等一个记忆中的你。

春来柳条发几枝，陌上花开花又谢，一川烟雨里，盼不来你哒哒的马蹄声；梅子枝头黄，又见江南雨，如蝉翼的雨帘淋漓不息，浓郁花香被黄梅的酒濡湿、浸泡，芬芳不已。

我等你！

阳光隐匿，我坐守在江南的五月里，将烟雨关在竹篱门外。月上柳梢之时，泡上一杯清香的茶茗，点起一盏摇曳的烛火，在江南最后的一抹春意里，静静地等你，来赴这场黑白弈棋的约定。

　　细雨在窗外敲击动人的韵律，棋子却在棋盘里酣然沉睡。回想起昔日你我博弈的快乐时光，谈笑风生里，胜固可喜，败亦悠然，嘴角处泛起一丝莞尔，目光却落在空空的藤椅里。

　　三更了，耳边恍惚传来一阵叩门声，是你吗？我欣然起身打开虚掩的门，却只能看到茫茫的夜色中，绵密如针的雨丝纷纷散落，在屋檐下连成一片，墨一般的黑暗里，徒留一声轻轻的叹息！

　　这无尽的等待！我在空寂的黑夜里，在疯长的青草里，在连绵的蛙声里，等你，只为一场曾经的约定。烛火在静谧里开出了花，轻轻执起一枚棋子，敲开百无聊赖的沉寂，"笃、笃"声如水波在黑白棋盘间荡漾开去。灯花开了又落，落了又开，花开花谢里，烛油已尽，窗外的天将明。

　　罢了，无妨，何必要把尘世的阴晴圆缺一一丈量，何苦要把曾经许过的诺言一一兑现？今夜，有青草，有烛火，有蛙鸣，有我难解的寂寞、难言的失意，这些旧时光，定将在流年里岁岁芬芳……在黄梅的雨里，等你，思念可以像细雨般缠绵悱恻，也可以像骤雨一样猛烈和滂沱。

我等你！

时光缓缓铺陈出一幅淡淡的水墨画，白墙灰瓦，小桥流水，江南烟雨朦胧中，你撑着一把油纸伞，从飘着丁香花的雨巷中缓缓走来，雨落成诗，青苔低吟。

天青色等烟雨，而我在等你。悠悠岁月，浮生来回，我再去何处寻你？江南的梅雨连绵不已，而你，却在这墨色中渐渐隐去！想见，不得见，氤氲了天涯海角的思念，月色清朗，渔火摇曳，云雾迷蒙的江面泛起袅袅烟云，乌篷船轻轻摇曳，桨声灯影中，篙楫打捞起思念，荷香晕染着结局，岁月的清波缓缓流淌！

我在无边的等待里鬓微霜，千山万水中，漫天的思念翻滚如潮，无数次回想心中那一抹淡淡的背影，等待也成了一种美丽。那年，你的嫣然一笑，柔柔地跌进了我的心里，明朗清明了我的心，那一眼的曼妙，那一眼的荡漾，那一眼的缠绕，妖娆了青葱岁月，定格成最美丽的记忆！

如此，足矣！从前世到今生，历经千年，只为等一个人，一千年的秘密，不用过多的铺陈或伏笔，一把伞，带着雨的记忆不语，青石板的故事，永远没有谢幕的那时……在黄梅的雨里，等你，我会珍藏起一种美丽的心情，用来芬芳几世的光阴。

　　踩着细雨的韵律，我徘徊在雨丝般交织的情愁中，剪了一段时光，写满一纸墨香，留下一片深情。

　　哪管岁月温暖还是苍凉，我只想立在黄梅的雨里，等你！

一枕烟雨听宏村

　　没完没了的雨，在天地间扯出根根长线，好像铁了心要和人比比耐性。天空像一件化纤面料的衣裳，怎么用力也拧不干，到处都是湿漉漉的粘腻和凝重，这恼人的黄梅天，心情也是被雨水濡湿得潮润润一片，恹恹得想要逃离。

　　驱车到达宏村时，已是傍晚时分。游人逐渐散去，只剩幽静的小巷、古朴的民居，还给宏村一份宁静，一份安闲，一份来自千年的静谧。

　　细雨蒙蒙，潮湿的空气凝结成大片雾色，看不清虚实，也分不清究竟，像一幅浓淡相宜的水墨卷轴，高低错落的马头墙，远处含烟的青山，都洇在一团重重叠叠的墨里。粉墙黛瓦静静地倒映在南湖这面光亮的镜子里，一阵风起，细雨斜织，湖便被扰乱了心事，漾起阵阵涟漪。

雨不大，无须打伞，钻进一条逼仄的小巷，望不见来处，也不管去处在哪里，抚着满是沧桑感的斑驳白墙，脚踏着被冲洗得干干净净的青石板，只想寻一个静怡的角落，把旧时光小心安放。

天空的最后一点亮光被暮色吞没时，屋角廊檐下高高挂起的红绸灯笼，便齐刷刷点亮了宏村，夜也多了几分妖娆颜色。湖面是一排排流光溢彩的倒影，湖水成了大片的暖红色，风起，一池水波微微皱起，风过，又慢慢地聚拢。

走累了，便推开客栈的木门，静坐在镂空花窗的屋檐下，伸出手去，触到的是丝绸过水的沁凉，那雨细细密密，在天地间织成一张潮软的大网，罩在青苔密布的窗瓦上，打在绿得刺眼的香樟叶上，也落在窗台海棠初绽的花苞上，那微弱的一抹红，被淋得无处躲藏。

雨打在石阶上，滴滴答答，似浅吟低泣。想起蒋捷那首《虞美人·听雨》，"少年听雨歌楼上，红烛昏罗帐"，人生年少，春风得意人轻狂，听雨，大抵是不识愁滋味的。想起自己，也是曾经年少爱做梦，最好的日子，是面朝大海，春暖花开，无论喂马还是劈柴，心中常怀诗和远方；或邀三五好友，春赏百花青柳，寒冬寻梅煮雪，有酒则醉、无酒饮水……蓦然回首，惊觉已人近中年，经历失意艰难之后，方才掂量这几句的沉重，"壮年听雨客舟中"，立在中年的舟子里，江阔云低、断雁西风，环顾四面，寒意森森，阳春白雪，怕也只成了心中旧梦！

夜深了，眼前是一片浓得化不开的墨色，心头一阵恍惚，四下也泛起阵阵凉意。起身，披上一条绣花小毯，斜倚在雕花大木床上，闭目，却没有丝毫睡意，索性抱起双膝听雨。

耳畔清晰传来一阵珠落玉盘的急板，这是夜雨落在阔大、厚实的叶上的铿然，窗边应该有一株芭蕉吧！草木有情，今夜，它只能伫立窗前，逃不开躲不掉，独自承受风吹雨打之痛，"雨打芭蕉叶带愁"，寂寂黑暗、潇潇雨声里，指间能触摸到的，眼下也只剩一片苍凉：在梦想的田里，努力耕耘，却只能收获挫折与失意；缠绵病榻，辗转药房，把苦涩、酸楚遍尝……

点亮了一盏灯，风起，隐隐绰绰看到一团沉绿在漾动，隔着窗也能感受芭蕉的清逸之气在弥散；雨声喑哑，似在低语，传达出了生命的宁静清幽、淡泊旷达。"把心交给一片芭蕉叶和快活的雨滴，让浮躁和妄俗一点一点地消去"，今夜，绿映纱窗，静谧安然，心境渐渐变得平和，也悟出几许禅意来：人生在世，不如意十之八九，感念一二足矣。所有失去的，本也就未曾属于自己，为此遗憾懊恼，没有半分意义。想开，看开，放开，释然之后，方懂得最好的心情是平静。

静夜隔窗，聆听雨打芭蕉的恬淡，悠悠天地间，让珠圆玉润的天籁兀自流淌。在宏村的烟雨里，枕着芭蕉的一丛绿意沉沉睡去，一任阶前，点滴到天明。

蛙鸣与流萤

入了夏，傍晚时分，最喜欢的事，就是沿着小城河畔散步。

喧嚣的城市在夜幕中缓缓沉静下去，静享月色，魂魄在空灵中游走，躯体在禅境里打坐。忽而，耳畔一阵又一阵悠长清亮的蛙鸣，穿透钢筋水泥浇筑的林立高楼直抵内心，带给人无比的惬意和宁静。

一瞬间，许多关于夏天的美好记忆倏尔复苏了——

那是童年时代稻麦飘香的故乡里最熟悉温暖的声音。一声蛙鸣，田园就绿了，夏天就来了。

"咕——咕，呱——呱"，初夏的第一声蛙鸣蓦然响起，虽初试啼声，却响若雷鸣、惊破云霄，蛙们憋了一个冬天的嗓子扯开来，先是独鸣，继而群应，它们大声嚷嚷，嗓音还有点儿干涩、嘶哑，却越唱越聒噪，越唱越热烈。

黄梅天，蛙们就更热闹了。连绵的雨，满了山沟，满了池塘，天一擦黑，池塘里就自发举办起一场别开生面的蛙鸣音乐会，乡村的夏夜，成了一首美妙的乐曲，村庄就在这个偌大的乐池里浸泡着、发酵着。

"咕呱、咕呱呱！"清灵、跳跃，一声声，一阵阵，时而高昂，时而激越，时而低吟，时而婉转，潮水一般漫天涌来。蛙们的恋爱，远比人类热烈率真，一方有情，就大声地嚷嚷出来，另一方有意，就大声地回应，互诉衷肠、琴瑟和鸣，那是生命的华彩乐章。

"稻花乡里说丰年，听取蛙声一片"，空气里飘逸着泥土的气息，田野里散播着欢愉的蛙声，或近或远，或续或断，或明或隐，无边的夜色里，此起彼伏的蛙鸣，把稻花的芬芳从村东飘送到村西，也飘送进红瓦屋、木格窗，飘送进农民们香甜的梦里……

我时常在梦中怀念那样的夏夜，庭院、月色、远山；清风、蛙鸣、流萤。耳畔有乡音呢喃，身旁有好风如水，纵然已是半老，童年却好像并未走远。

那时，老屋还在，祖父祖母也都还在。月色皎洁，盈盈而照，温柔如水，徐徐的夜风里，堂屋前的水泥场上，搬出竹床来，我和妹妹们并排躺着纳凉，银光璀璨的银河就挂在天上，星星调皮地眨眼，看起来那么近，好像一伸手就能摘下一颗来，祖母拿着蒲扇对着天空低声絮语，这些星星是牛，是熊，那些星星是织布梭子，是吃饭勺子。

萤火虫轻盈地飞舞着，像一只只精灵，在夜色的薄暮中提着小小的灯笼，缓缓地飞着，浅浅地飞着，忽高忽低，飞西飞东，那流动的幽蓝色微光，影影绰绰，明明灭灭，如汩汩流淌的诗意，构成了绝美的辉煌与绚丽。

"天上星，地上钉；叮叮当，挂油瓶。"祖母的童谣喃喃地在耳边响着，我朦胧起来，心似水底一根柔柔的蒲草，轻轻地摇曳着。星空微微荡漾，像湖面吹起微风。彼时，我还未曾吟诵过"满床清梦压星河"的诗句，现在想来，那情境却是真切不过的了。

乡村宁静的夜晚，堰塘里，几朵白莲兀自开着，门前的菜地里，玉米要熟了，韭菜长得葱翠，南瓜花静静地吹奏喇叭，熟透的番茄绯红了脸，长条的瓠瓜悠悠地荡着秋千，黄澄澄的李子压弯了枝头……

满耳的蛙鸣，如水的流萤，老祖母的童谣，热闹而宁静，流水一般流泻过我的生命。有它们的指引，辽远的岁月里，我依然还是那个夏夜里的赤子，爱笑，还可以流泪，内心永远澄澈、明媚。

中秋月饼圆

"月是中秋分外明"，中秋佳节又至，一轮明月在天空投射清辉，总会想起那块圆圆的月饼，想起那个离开我已三十年之久的人。

我的外公，江苏徐州人，他身材高大清瘦，母亲是他的第三个女儿，从江苏嫁到安徽，每年田里农活不多的时节，她就会带着我回娘家住上一段日子。

记忆中，外公家有一个很大的院子，砖头垒砌的石墙也有好几米高，一条碎石铺成的石径，从门口径直通向正屋。院子西南边有一口石井，上面盘踞着一架吱吱呀呀终日摇唱的辘轳；石井旁一株粗壮的冬枣树，一到春天枣花馨香缭绕，我便蹲在树下捡一朵朵五角形的小黄花。

东面榆树下拴着一头高大的骡子，这是我儿时最畏惧的动物，远远看到它朝天仰起脑袋，用力撕扯着脖颈，我就会吓得把手里捡了半日的落花一丢，撒腿往家跑，等那畜生开腔，在外面"嗯昂嗯昂"地叫唤起来，我准会害怕地嗷嗷直哭。这时候，外公拿着那块镶着蓝边的白帕子，替我擦去鼻涕，又变戏法儿似的，从布兜里掏出一块高粱饴，轻轻在我鼻尖上刮上两下，一颗甜甜的软糖塞进我的嘴里，我立刻破涕为笑。

一年之中，外公有八九个月都在外，春夏在杭州、黄山各地收茶叶，秋冬又去砀山、烟台进苹果，他走南闯北十分辛苦，归来时却神采飞扬，像一名凯旋的大将军。

外公归家的日子，是一年里最重要的节日，他来不及坐下喝口水，总是先捧出大把糖果、糕点，乐呵呵地送给邻居们品尝，再迈着轻盈的脚步回来，从编织袋里拿出一件件稀罕物来：花花绿绿的毛线团、香喷喷的雪花膏、夹着金丝线的火红纱巾……妈妈和姨娘们为了争抢自己心爱的宝贝，尖叫、打闹抱作一团，我站在一旁咯咯地笑，外公从布兜里掏出一只铁皮青蛙来，它浑身闪着翠绿的光，只要把锃亮的发条拧上几圈儿，铁皮青蛙就跟活物似的，在我的欢呼雀跃声中，"咔嗒咔嗒"满院子蹦跶开了。

那年夏天，我们都盼着他早些回家过端午，可吃过粽子，挂在门上的艾草失了鲜绿颜色，外公也没回来。天渐凉起来，转眼就到中秋了，月光如水，在院子里洒落一地的澄澈，我们坐在婆娑的树影里静默着，每个人都在心中幻想着，外公能像从前一样，提着大大小小的编织袋，突然出现在院门前，带来又大又圆的五仁月饼……

快到重阳了，秋风里多了几分萧瑟，黑色的天幕中那弯如钩的新月，幽幽地流泻着清辉，外公两手空空、灰头土脸地进了门，他黑瘦得不像话，脊背像陈旧的弯弓伛偻着，宽大的衣衫愈发显得空旷。外婆也不言语，默默走进厨房给他摊了两张荞麦饼，外公狼吞虎咽地吃完，就枯坐在炕上一言不发，他深陷的眼睛，像一盏乏了油的灯，黯淡不已。

我怯怯地凑到外公身边，轻轻扯着他的衣角，外公的脸上勉强露出些笑意，从兜里掏出一个纸包打开，里面是一块巴掌大小的月饼，上面几颗小小的芝麻粒儿，甜甜的馅儿被一层层皮包裹着，沁着一片片油渍。我的鼻子被月饼香甜的滋味牵引着，迫不及待地接过来，大口大口地咀嚼着幸福。

那块月饼我咂摸了三十年，才体味到了外公的艰辛与不易。那年外公兜里揣着的生意本儿，在车站被人骗了去，也不知跟哪个老乡借了钱，买了一块月饼，宝贝似的揣在兜里。后来他再也没有做过生意，在痛苦与失意中抑郁成疾，第二年中秋未到就去世了。

每一个月色清朗的夜晚，我都会抬头仰望天空，那个小小的纸包，那块饱含着浓浓爱意的月饼，清晰地呈现我的在眼前，月饼的甜蜜一点点融化在岁月里，慢慢被时光过滤出难言的苦涩滋味。

人近中年，儿时老家的那方小院，宁静午后散落的一地枣花，都定格成记忆中模糊的剪影。我无数次从童年的梦里醒来，朦胧的泪眼中，忆起我高瘦的外公，忆起他布兜里的惊喜和那一块小小的月饼。

冬霜满地

　　四时之中，独爱冬。从霜降起，就在等一场雪落，等一场霜生出来。南方少雪，冬便无味了很多，幸好，有霜可看。

　　儿时乡间，常有冬霜遍野。晨熹微亮，鸡啼过两遍，母亲便早早披衣下床，推开吱呀的木门，瞧见院里满地清霜，只低声道：哦，落霜了！霜，母亲从没有闲情欣赏，它像雨、雪一样落下来，稀松平常。说罢便拐进厨房，她忙着生火烧水、煮粥做饭。

　　我在里屋听得分明，一骨碌爬起来，伸长脖子往窗外看：天地苍茫，一派清清冷冷的白，衬托着无边的岑寂，空旷、邈远，梦境一般。屋瓦、草垛、矮墙上，皆披着一层细碎的银针，清冷地闪着寒光。

踏着满地清霜，上学路上，有扑簌簌的微响。远山近水，一片银光，倏尔，头发、睫毛、眉毛，连同那条红艳艳的毛线围巾上，都挂满了绒绒的白霜。人在霜里走，来不及回头张望，便和那挂霜的寒枝、泠泠的枯草，一起陷进清浅的凛冽里。

童年，走一步，就有一步的欢喜，那时的自己，从不惧怕严寒。

下霜的日子，都是响晴响晴的。太阳一出，霜便遁了踪迹，再也寻它不着了。乡村的夜晚，万籁俱寂，霜又便在这夜里悄悄地来了，如猫儿的脚步，无声无息，浓稠地罩在整个村子的上空。

忽近忽远飘忽的犬吠声中，村庄酣然睡去。霜花无声地开在瓦屋的木窗上，在一个个酣甜、娴静的梦里，酝酿着次日从天而降的惊喜：六瓣形的冰花，从玻璃一角，缓缓向四周舒展，点线交错纵横，形成千枝万朵的春花，葳蕤一片，似有蜂围蝶阵、莺歌燕舞，好一幅莹亮洁白的水墨丹青！

晨起的朝阳，赐予霜花第一抹嫣红，它便害羞了一般；不久，日头渐高，点点金黄洒向木窗，那嫣红又成了一片橘黄；而后那橘黄变得惨淡，一点点融化，直至消失得无影无踪。

霜悄悄地来，又匆匆地走。整个腊月，日子就这样，在一朵朵霜花上轮回。

二十年前，我在一所极荒僻的山村学校教书。一日，家访结束，天色昏暗，一个人沿着崎岖逼仄的山路，深深浅浅，每一步，都走得艰难。时值隆冬，山风凄厉劲吹，夹杂着窸窸窣窣的声响，令人毛骨悚然。

哼着歌儿给自己壮胆。夜渐深，四下却有淡淡银光——落霜了，浅浅一层。一轮圆月，悄然爬上竹树的梢顶，月光恬淡，倾泻一地，照在那层薄霜上，一片幽幽的明亮；遍野的寒霜，因勾兑进月华的清辉，也平添几份柔和与温婉。

举目四望，近野远山，莹白空阔；身畔竹影，清简疏朗，心中恐惧顿时烟消云散。明月与霜华，悠然对望，冷也逍遥，孤也淡然。是夜，眼中有月，心头有霜，心灵由此而入禅。

或许，人生的际遇也是如此，纵有风刀霜剑、满目苍凉，也应于坎坷艰辛处，找寻一抹映照生命的光芒。

人近中年，时间的严霜，是砥砺，是超然，成就了生命的涅槃。生活愈肃杀，心底愈坚强，当我们越过生命中所有的寂寞苦寒，心中一定会升腾起久久的温暖与希望。

煨　冬

　　岁末，将风雪与杂芜关在门外，人们用自己的方式温暖地活着。"煨"，是冬日最动人的字眼。

　　古人喝酒，喜欢温着喝。关羽温酒斩华雄，从此名震诸侯；曹操青梅煮酒论英雄，酸甜苦辣皆在喉；天寒地冻，耶律楚材送别友人，"幸有和林酒一樽，地炉煨火为君温"。那样的情景，想来都很温暖。

　　隆冬腊月，有一道好菜：冬笋煨咸肉。笋是冬笋，沉寂多日，黄泥下尚未冒尖，挖来新煮，鲜美肥嫩；咸肉也要上好的，半瘦半肥的土猪肉，抹了盐，在屋檐下晒得油汪汪的最妙。

若是在山林深处吃，自然是极好。茅屋外，万籁俱寂，漫山遍野白雪皑皑；茅庐窗内，两人对坐，浅饮低酌，红泥小火炉，幽蓝的火苗上煨着一钵冬笋咸肉。热气升腾，倏尔，生姜、青蒜，油脂汤水里透着辛辣酣畅，咸肉的腌味、笋的鲜味水乳交融，喝上一大口，暖暖散散，真真是鲜掉了眉毛。

儿时，乡间冬夜，唯火最亲。这时节，一家人围坐在屋里，母亲灶台上的锅里，白菜慢悠悠地煨着豆腐，清清淡淡，却香气四溢。膛内余火，明明灭灭，煨红薯最适宜。

猩红的火苗下，红薯静静地蛰伏。需耐心等待，深谙火候的老手，知晓红薯翻动的最佳时机，拿火钳在火灰中来回拨弄，如此几个回合，待其煨得四面绵软，皮焦而不落，隐约间，有甜蜜的芳香溢出，美味告成。

心急吃不得热红薯。把它放在两只手中掂来倒去，掰开，香气袭人，哪管滚烫的蜜汁粘了一手。迫不及待大嚼一通，金黄沙甜的薯肉，随即在口中爆裂……

读林清玄的散文，写在飘雪的日子，他和朋友围炉吃火锅。"水汽蒸腾的火锅店，人人面红耳赤，有的还冒着大汗。"一锅火红，宛如波澜壮阔的江湖。汤面，红油翻滚；汤下，暗流涌动。三五知己，围坐一团，举箸间，或欣喜，或遗憾，或守望。一锅入世，一锅出尘。辣，在舌尖狂舞，越吃越香，越吃越暖。火锅，确为冬日的一场盛宴。

一位武汉文友告诉我，他们那儿的冬天湿冷而漫长，故乡人离不开筒骨煨藕汤。老旧围炉上，土铫子煨着汤，咕嘟咕嘟，几个时辰，整条老巷子都飘着浓郁的藕香和肉香。

武汉人热情爽朗，邻里街坊，不管谁家煨了汤，总要相互送上些尝尝。一碗筒骨煨藕汤，承载着美好的乡情，喝罢，唇齿留香，也从舌尖，直暖到心房。

袁枚是清代第一大老饕，他在《随园食单》中介绍了一道美食——煨萝卜，用猪油炒萝卜，加入虾米煨之，等汤色奶白，加入葱花即可。此道菜健脾消食，对腹胀积食、胸闷痰多有奇效。

久咳难愈，周末，给自己做上一盏白茶煨梨：取一枚雪梨洗净，切盖掏空果核，加入红枣、山楂、冰糖，与白茶包一同细煮慢炖。香软绵糯中，时光的脚步也慢了下来。

静待花开

· · ·

04
chapter

红尘有梦

青

　　"天青色等烟雨，而我在等你。"等一场不知何时会降临的雨，是苦心孤诣，还是三生有幸？歌词触到最柔软的地方，心里便蛰伏了一抹青。

　　青，在色谱中，介于蓝与绿中间，青是发蓝的绿，也是发绿的蓝。《尔雅·释器》中有："青，谓之葱。"青是植物叶子的颜色，是春天的颜色，是《说文解字》中的"东方色"，也是最具中国元素的一种颜色。

　　书桌上一只青花瓷坛，小口，丰肩，淡雅素净，淡青的底色之上，有波光盈盈，三两枝青荷，擎着半开的卷轴，蜻蜓敛了透明的翅立在上面。

日日伏于桌前，一眼又一眼。春三月，柳如烟，折了柳枝插在里面，春便常驻在青花瓷坛里。欣然对望，时光徜徉在青色的河流里，青荷，青柳，青花瓷，如前尘旧梦，一遍又一遍，相看不厌。

曹雪芹偏爱青色。《红楼梦》第三回，宝玉刚从外面烧香回来，身穿"二色金百蝶穿花大红箭袖""外罩石青起花八团倭缎排穗褂"，脚上穿着"青缎粉底小朝靴"，人生最美是初见，黛玉觉得宝玉"何等眼熟到如此"，也在心中激起层层波澜。

女人的衣裙，除了鲜艳绮丽，还有青衣。裁剪一段风霜岁月裹身，黛青色的眉眼间，忧伤和酸楚，无法度量。白素贞、王宝钏、秦香莲……她们温良谨顺，勤俭持家，却又身世坎坷，境遇悲凄。青衣活在自己的世界里，情思缱绻绵长，一段词，荡气回肠；一甩袖，长亭向晚；一转身，曲终人散。

"一盏青灯伴古佛，半为修行半入魔"，布达拉宫的古塔青灯，流转着古佛蟾光：仓央嘉措在青烟缭绕中禅坐，双眸低垂，双手合十，一遍遍梵唱，痴心不改，只为"不负如来不负卿"，三生三世无法割舍的喜怒哀乐，于青灯宁静的禅意里，幻化成一句句飞扬的情诗。

"青箬笠，绿蓑衣，斜风细雨不须归。"青山如黛，白鹭翩飞，这是张志和笔下诗情画意的渔隐世界。青碧的箬叶，像极了江上漂荡的小舟，浮三江，泛五湖，一篷斗笠，一袭蓑衣，随性所至，细雨斜风又何妨？

斗笠青青，隔绝了风雨，也隔绝了俗尘，"浮云富贵非吾愿，且买扁舟理钓蓑"，愿做渔夫不羡仙啊，张志和就凭着那么一股子高傲的气性儿，从此风花雪月，江湖散淡。

那年黄梅时，去水乡乌镇。雨在檐下飘着，轻轻浅浅，沿着寂寥绵延的小巷，循着青石板上的足迹，一抬眼瞧见，青黑的瓦上隐约着绿树青烟，如水墨点点，在宣纸上濡染；斑驳的墙上布满浓淡不一的青苔，深绿、暗绿、墨绿，一丛又一丛，盛开的绿意摇曳。

歇了脚，静坐在小茶馆里，对面木格窗前一盆兰，隔着雨帘，幽幽地开在眼前。青，是水乡浅吟低诵的一阙宋词啊，平平仄仄里，潮湿的恬静在青碧的叶上飞溅，一幅岁月静好的模样。

家乡的端午节，有门楣插艾的习俗，青碧的艾草在风里摇荡，香气也悠远弥漫。艾草可做青团，看主妇们揉搓青团，简直是一种视觉上的享受，素手纤纤，上下翻飞，一团又一团的绿在指间闪亮，直叫人看得眼花缭乱。

搓好的青团搁蒸笼里大火蒸，热气漫溢。揭开锅盖，满眼青翠，连那蒸笼里的热气都是袅袅的青绿，还带着清淡而悠长的青草气息，让人难忘……

青总是给人无尽的遐想。搁笔，抬眼望窗外，月像一片菊花瓣儿垂在西天。此刻，青是夜空的底色，正深情俯瞰这个春夜，静谧又安然。

素

　　喜欢在冬日信步江畔。

　　穹庐之下，阳光清淡。江水瘦成了一道狭窄的白练，泛着浅浅的波光。春夏浓烈的绿意皆褪去，只剩清简和雅致。一簇又一簇的芦花，开在白茫茫的江畔，除了素白，还是素白，白得凛冽，白得寂寥，白得洒脱。彼时，斜阳长风之中，天是辽阔的，水是辽阔的，心亦是辽阔的。

　　曾在月光如水的夜晚，挽着裤脚，踩着一地露珠，去荷塘。

　　少女的心里，有初长时淡淡的喜悦，淡淡的忧伤，和淡淡的惆怅，一切都是淡淡。夏夜里，静默，与一朵白莲相看两不厌，慢慢也会从心里散发出芬芳。人花合一，物我两忘，芬芳的是花，也是看花的眼和心。月光素淡，荷香素淡，夏风素淡，天地之间，有我一个人的浮世清欢、心静如禅。

喜欢素简而有内涵的文字。睡前，台灯一盏，爱读的是宋词。

读李清照，一个寂寞在宋词里的奇女子，"凄凄惨惨戚戚"中，情瘦、花瘦、人亦瘦；读苏轼，人生有味是清欢，他这只"拣尽寒枝不肯栖"的孤鸿，一生风雨，一世坎坷，亦能"一蓑烟雨任平生"……纸上的相逢，如水墨青花，绽放出闲情逸致，人在诗意中栖居，内心丰盈亦简单。

语文课堂上，最喜欢的课文是张岱的《湖心亭看雪》，"雾凇沆砀，天与云与山与水，上下一白。湖上影子，惟长堤一痕、湖心亭一点、与余舟一芥、舟中人两三粒而已。"大雪之下，天与云与山与水，都是素白的了，素淡的远山，素净的西湖，成了他真正的知己。

终究是放不下故国风华的吧，于是幽思追忆，落墨化为一部《陶庵梦忆》，张岱忘却了粗茶淡饭、短褐穿结，只顾奋笔如走马。家国之恨也好，个人离愁也罢，都成了阅尽繁华之后"披发入山"的孤寂与决绝。

曾经酷爱旅游，走遍千山万水，如今只愿一个人，守在一间屋里、一扇窗前。人到中年，开始学着删繁就简，看书、听歌、烹饪、养花，如此而已，以一颗素心来守望时光。

爱吃素食。晨间，只喜清粥一碗，佐以一碟小咸菜，舌尖咂摸出食物的本真、单纯的味道，不矫揉，不造作，粗茶淡饭，大味无味。

脱下曾经挚爱的高跟鞋，换上舒适的平跟鞋，给身体最柔软的姿态；一袭半旧的布衣，黑白、深灰、藏蓝，都是素洁的颜色，渐渐不喜鲜妍明媚，也不要款式新潮，舒坦熨帖就好……

时光来来回回，内心也会越发柔软，心是素的，亦是波澜不惊的。有些人，走着走着就散了，无妨，心田半亩，本就无需住进太多的人；有些事，看着看着也淡了，本来，放下曾经的遗憾与执念，悦纳并不完美的自己，生命的姿态是不难过，不彷徨，人生最曼妙的风景，是内心的从容与恬淡。

素，心之所向，身后虽红尘依旧，喧嚣却渐渐隐去。不急，不萎，不卑，不亢，修篱种菊，便有南山悠然可见。

红尘有梦

雨幽幽地落，无休无止，小城、草木、远山，皆灰扑扑一张脸，冷冷清清地浸在一团雾气里。

翻开手机天气，未来依旧是绵长密集的雨，让人绝望得透不过气。傍晚，站在水池边洗碗，抬眼望一眼窗外，雨停了，青灰色的天空也明朗了许多，仿佛舒了一口长长的气，酣畅欣然。

小区里没有人散步，我却很想下楼，去透透气。

沿着屋前的白色河堤慢慢向前，心里数着九九歌，"五九六九，隔河看柳；七九河开，八九雁来。"这个时节，早该是春色渐浓、细柳如烟了，可眼下，春寒料峭，未见黄梢；河岸的草坪，像覆着一块旧毯，褪了色的苍黄，河水漫漶，春阳缺了席，波光也不过是一片浑黄惨淡。

满眼肃杀之气，从眉间到脚底，陡然生出清寒，裹紧了棉衣失望而回。

转身，远瞥见河岸旁立着一棵树，不过一米来高的样子，不知其名，造型也奇特得很：树周身竟没有一片叶，只见一簇簇黄白相间灯笼似的半球，倒挂在红褐色的枝干间，张灯结彩一般，似乎要将春天的明媚点亮。

整整半个月，因为下雨，我没有出过门。每日的午后只是站在阳台上，静静眺望远处的风景，视野中，只有东墙边两株大蜡梅树，静静地顶着满树的鹅黄。

我眼前的是什么花？用识花软件查找，得知它叫结香。

结香花，又名打结花、金腰带、喜花、探春花，是少有的早春露地花，因花味清香，故得其名。

结香，结香！默念两遍，诗意便在唇齿间流转。我俯下身来，仔细瞧着它的模样：原来远距离看到的那一簇簇小半球，又由许多筒状的小花聚集而成，所有的花冠一律朝下，足有三四十朵，像邻家活泼的丫头，挤挤挨挨的，好不热闹。那些未开的花苞，微微闭合，状若小喇叭，质地如白色丝绒般温暖；怒放的花朵则披着鲜妍的嫩黄，玲珑、轻盈，像只只倒挂的铃铛，奏响春天脚步的铿然。

"锦簇金秋永结香，柔枝招展舞霓裳"，人们喜一物，大抵是从外形开始，而结香花，也算得花中独具气质的，它长在碎石满地的河岸边，少有人驻足欣赏，却不以无人赏识而不芳，不因清寒相逼而猥琐，一如深山巨谷中的兰草，花开花谢间清幽素淡。

结香花还有一个很诗意的名字：梦树。民间传说，结香枝条柔韧，清晨梦醒后，在结香树上打结，便可使美梦成真。

为了早春这场盛大的花事，结香花整整蛰伏了两个季节：头年深秋落叶纷飞之时，它便于枝头孕育一朵朵深绿色的花蕾，如一个个美丽浪漫的梦，梦里，有绚烂的春光，有和煦的暖阳，有来年绽放的愿望，就全然不顾眼前萧瑟刺骨的严寒，它比其他春花开得更早、更艳，是名副其实的探春花，引领、期待着春暖花开的灿烂！

天色渐暗，一切都沉下来，有暮色做底子，结香花的芬芳更浓郁了，如水波，一层层涌过来，落在头上、肩上，站得久了，整个人便像浸在春光里一样。

　　藏在心底的梦，如被结香花唤醒了一般，我甚至瞧见它们，恰如结香一朵朵半开的花蕾，在春夜里悄悄抬起头来，次第绽放。

　　生命中多少不请不约的遇见，总叫人欢喜。春光尚浅，早有结香绽芳吐蕊！是啊，只要心中有梦，何惧山冷水瘦萧瑟苦寒，我们终会行走在桃红柳绿、草长莺飞的春天！

紫砂盛花

  素爱喝茶，几年前去太湖边的紫砂之都宜兴旅游，淘得一把上好的紫砂茶壶，壶身圆润温婉，壶壁刻有几丛罗汉竹，上有隶书"明月松间照，清泉石上流"，很是古朴风雅。

  泡上一壶铁观音，须臾便茶烟袅袅、茶香氤氲。冬日的夜晚，就着一盏台灯，或读书或码字，盈盈一握间，触摸着茶汤透过紫砂的温润，心境澄明。

  大概事物性灵，日头久了，紫砂壶被茶水浸润得光滑温润，散发着淡淡的芬芳，我也将其视若珍宝。但世间之物，或许越是珍爱，就越容易失去。一日清洗紫砂壶，竟失手打碎了壶盖，我呆立在水池边半晌，心疼懊恼万分。

罢了，我的紫砂壶从此束之高阁。先时还摆在书架上，偶尔把玩擦拭，后来干脆放进抽屉，省得落满灰尘。

我喜欢花，但不擅长养花，每每逛花店看到鲜妍怒放的花，总会兴冲冲地将它们请回家。尽管精心照料，可不消几日，它们便耷拉着脑袋，一日日惨淡下去，难逃枯槁凋谢的厄运，友人戏称我是"花见愁"。爱花，却不敢养花，只因心存敬畏，不想再糟践了它们。

先前超市买的红薯，搁在厨房储物柜忘记食用，不知何时竟悄悄萌生出了嫩绿的小芽。一直被冷落遗忘的它，却无私慷慨地回报以一抹绿意，令我心中感动不已。不忍辜负，忽想起抽屉里缺了盖的紫砂壶，欣然翻找出，洗净加些清水，再将发芽的红薯小心安放。

从此，厨房的窗台上，便有了动人的景致：一寸、两寸，红薯的茎噌噌地努力拔高，托出一片片柔嫩的芽尖；一日、两日，这些芽尖轻轻舒展，泛着油亮光芒的心形叶子，点亮了我的眼睛。

很快，一块红薯变成了一蓬翠绿，晨间或傍晚，我立在水池边淘米洗菜，累了，总会抬起头看看它紫红的茎蔓、翡翠一般的绿叶，它就这样默默装点着琐碎忙碌的烟火时光。

深秋，窗外的黄叶落了一片又一片，屋内却绿意融融。一日清晨，不经意的一瞥，却发现红薯一柱笔直的茎上，一朵粉紫的小花经夜开出，状如喇叭，灿若云霞。心中欢喜，忍不住凑上去用力闻，一丝隐约的花香，清甜中透着淡雅……红薯本是田间地头最土气的植物，此刻，它的美却让我惊艳，使我忘却了它的出身。本来，人也该像这眼前的红薯一般，尽管平凡卑微着，但却无须自弃，执着绽放。

闲置的紫砂壶，遗忘的红薯头，相映成趣，成了家中最别致的风景。后来，厨房中切下的白菜根、发芽的土豆、带根须的小葱、大蒜，都成了紫砂壶中可观可赏的花，有它们相伴，日子充满了馥郁芬芳，心也变得明净柔软。

只需清水一汪，便有花开一季。美丽与雅致无须奢华，简约，亦是丰盈，一颗朴素心，也可以让乏味单调的日子，变得生动鲜活、意趣盎然。

如歌心情

　　清晨，初夏的阳光穿过校园的松林，折射出一片绚烂的光影，朗朗的读书声在校园里回响，让人觉得惬意而愉悦。

　　我迈着轻盈的步伐，像往常一样来到办公室。晨风习习，窗台上那盆玫红色月季，顶着晨间的露珠在静静绽放。灌满水插上电源，不一会儿水壶吹起响亮的哨音，看时间尚早，我把地上的小纸屑清理完，便去清洗拖布。

　　楼道里传来一阵熟悉的脚步声，接着是一阵窸窸窣窣的扫地声，校工开始打扫卫生了。那是一位七十岁左右的老阿姨，身材微胖，人质朴、勤快，话不多，偶尔与我闲聊，她告诉我，几年前她患了脑梗，幸好抢救及时，康复后生活可以自理，就是腿脚有些不大利索。

老阿姨路过办公室门口，见我在拖地，就急忙走进来，打架似的要抢我手里的拖把，我拗不过她，只好站在一旁，看着她弯着腰一拐一拐地拖地，靠近阳台时，她突然发现新大陆似的丢下拖把，把我吓了一跳。

我看她慢慢俯身低下头，脸一点点靠近窗台那盆月季，轻轻闭上眼睛细嗅花香。她如此幸福和陶醉，像置身一座大花园，初夏的晨风裹挟着花香围绕着她，一群美丽的蝴蝶在她身旁翩翩起舞……时间静止了，阳光从窗玻璃投射在她花白的短发上，熠熠地生出光亮，她苍老的脸上竟然显现几分少女的明媚和动人。

我站在那里，欣喜地注视着这动人的景致，阿姨抬起头不好意思地咧嘴一笑："这花真香，瞧着就喜欢！"

我剪下两朵送给她，她欢喜得像个孩子，神采飞扬的脸上绽出大朵大朵的菊，接着一手提着垃圾桶一手攥着月季蹒跚离去，满足而快乐。

最后一节课铃声响起，校园沸腾了，学生像出笼的小鸟，叽叽喳喳涌向校门，我在办公室备了一会儿课，就去取车回家。离车库远远的，就听到一阵响亮而浑厚的歌声，"啊，我的太阳，啊多么辉煌……"这是著名的意大利歌曲《我的太阳》，我猜想是哪个老师在上音乐课，但这时已放学，学生也都离开校园，歌声是从哪里来的呢？

我三步并作两步，想探个究竟。地下车库里，学校的一位保安师傅正对着一面白墙，双手插在腰间，脚跟半蹬起，身体微微前倾着，他昂首挺胸，在忘情地歌唱，那美妙的旋律热情、爽朗，仿佛一片蔚蓝的晴空投射出千万缕灿烂的阳光，令人振奋、温暖，使我的心也随之起伏律动。

一曲终了，我情不自禁要为他鼓掌，他微微侧了一下身子，调整了一下站姿，我看清了他的脸庞：黝黑的脸上长满浓密的络腮胡，两道剑一样的浓眉下目光炯炯。

是他！每天早上七点半左右，这位保安师傅都骑着一辆老旧的大杠自行车在校园里巡视，有几次我在走廊上迎面撞见他，想开口和他问声早，可看他严肃高冷的神色，又悄悄低下头。

"在那遥远的地方，有位好姑娘……"他完全没察觉到我的存在，深情而缠绵的歌声又在耳畔响起，我好像来到了碧绿无垠的草原，一群白云般雪白的羊群或聚或散，一位身着彩衣的姑娘，手里轻执着皮鞭，惬意地在蓝天下漫步。

我默默把举起的手放下，生怕惊扰了他。这位不苟言笑的长者，卸下了盔甲，像一位执着、深情的翩翩少年，在自己的歌声里沉醉着，自足而快乐。

夕阳不知不觉已染红天际，我转身离去，只因这份如歌的心情，回家的路也多了些许曼妙的风景。

养一缸莲

一夜微雨，晨起，拉开窗帘，远瞥见楼下院里的莲花开了，欣喜，披衣飞奔下楼。水汽迷蒙，阳光轻薄。晨光中，一朵小小的红莲，顶着晶莹的雨珠，藏在绿油油的荷下边，娇羞得如一抹云霞。

安静、洁净，是莲的品性。看莲，心底也抽出一枝菡萏。

生在江南，山青，水软，池多，荷也多。儿时，老家三面环水，西面土墙，正对着一方小小的池塘。

入夏，荷柄高高擎着的卷轴，一日日摊开，便有了一湾绿水，一塘清凉。那时，父母辛劳，每日蹚着露水下地干活，我就会去塘边采两张鲜嫩的荷叶，洗净切丝后，搁上三五块冰糖，和粳米一同煮，青白相间的荷叶粥，不仅清香弥漫，还有清热解暑之功效。

仲夏，时光里每一帧风景都是碧绿温婉的。满塘荷花，在那接天莲叶之间，亭亭出水，袅袅娜娜，蛙鸣阵阵，夏虫唧唧，还有上下翻飞的红绿蜻蜓和豆娘，风中飘散着花香，梦里也是清欢。

秋冬之时，水落荷残，父亲总会穿上长筒的雨靴，下水摸藕。洗净的藕，生食极爽脆，也可炒藕丝，炸藕片盒子，红糖桂花糯米藕，牵牵连连，满嘴的醇厚甜香。

荷叶，或许总有这样的风味，入了碗，便氤氲着清澈的芬芳；入了眼，即是满眼诗意、满眼惊叹。

语文课，教《爱莲说》："予独爱莲之出淤泥而不染，濯清涟而不妖，中通外直，不蔓不枝，可远观而不可亵玩焉……"我轻声吟诵，同学们轻轻地和。初夏，有微风传送，空气里，一缕隐隐约约的荷香。

宋人周敦颐爱莲、写莲，爱的是莲一般的君子之节：不随流俗，刚正豁达，庄重质朴。一颗心若是能修炼成莲花品行，坚韧、洁净，纵使尘世污浊，亦能开出朵朵洁净。

那年深秋季节，我去宏村，一泓碧水之上，老了的秋荷垂首静立，直的、弯的、拱的、垂的，现出伶仃、稀疏模样。茎秆一律断折向水，与盛夏时节荷花立人头的景象截然不同。残荷虽已老尽，但那硕大的叶片起伏着，如连绵起伏的山峦，收藏着满湖的自由、刚烈与豪气，极尽悲壮，极尽萧然。

从青荷小小，到花开荼蘼，再到凋残枯寒，需要多少勇气，才能在生命的终结处，从容向晚。那一晚，我独自撑着伞，徐徐前行，在那片晚香弥漫的莲塘，听雨打残荷，点点滴滴，却并不感到幽怨悲凉。

质本洁来还洁去。莲，也不过是一种轮回，一暑一轮回，它比我们的生命还短。一颗静默幽雅的禅心，在时光里，开放之后，一瓣一瓣地凋落，慢慢捧出一把坚硬的果实，湖水之下，藕节密布，每一朵浪花上，都栖息着莲轰轰烈烈的梦想，宁静空茫、自由超然。

一位台湾作家翻译过一首外国诗，深喜这几句，"吾来看汝，汝自开落，缘起同一。"想养一缸莲，化作其中一枝，立在中年的荷塘，醒着做梦，散发灵魂的芬芳。

宋朝的月光

　　如果可以穿越，一定要去汴京，去临安。那是千年前的宋朝，有大江东去的豪放，也有一张琴、一壶酒、一溪云的自在，看一轮渐次圆满的月，穿越星际天河，转返岁月。

　　那一年，上元佳节，初升的月，被一枝柳条掩映得满身静气。你自闺中出，我从河边来，一起奔向如水的夜。火树银花处，笑语盈盈一片。

　　宋朝的月光，照在鳞次栉比的房屋殿宇上，照在粼粼波光的河水上，照在一排排绚烂璀璨的花灯上。

　　故地重临，物是人非事事休。"今年元夜时，月与灯依旧。"唯深夜的明月，铅华如旧，泪眼看花花不语，徒有泪千行，打湿春衫袖。

斯人已去，旧情难续，纵有万千柔情，更与谁人分说？时光的河流里，你我，从来都只是月的过客，每个生命都有自己的一轮圆月，每个生命都有自己的阴晴圆缺。

一个人，行尽红尘，历经凄风苦雨，走过山长水阔，是否会渐渐习惯分离聚散？宋朝的月，妩媚绰约，也哀怨惆怅。

"病起萧萧两鬓华，卧看残月上窗纱。"独居异乡，静卧床头，鬓已霜，月已残，李清照的晚年，带着深深的孤寂与凄凉。

宋建炎三年秋，丈夫赵明诚，因病卒于建康，李清照大病一场。一人独居小楼，身卧病榻，透过纱窗，看一钩残月在空中高挂，内心的苦楚，便全融在这窗纱残月上了。

国仇、家仇，情愁、爱愁，多少事，欲说还休。从此没有"争渡，争渡，惊起一滩鸥鹭"的纵情，没有"云鬓斜簪，徒要教郎比并看"的娇羞，也不再有"倚门回首，却把青梅嗅"的欢乐。

残年暮景，垂垂老矣，是夜，那一弯残月，独与她相伴，一代风华易安居士，怎一个"愁"字了得？

大劫初渡，生死了脱，一人、一书、一茶，所幸病愈万事佳，观书、听雨、赏花，闲适清净，悠然宽厚。时代的激流中，李清照驾起一叶生命的孤舟，以笔为刀，写尽民族之痛、政治之忧。当苦难凝聚笔端，最纤细的喉咙，亦能唱出最浑厚的阳刚绝响。

月缺时，且把凄冷幽暗，酿成一壶清酒，等待下一个月圆，再凭栏浅尝。宋朝的月光，像定窑瓷瓶，雨过天青色，是雅健，是古淡。

宋朝诗人中，痴爱月者甚多，我独爱苏轼，胜于柳永、秦观。

生于蜀地，年少聪颖，进士及第，名满京都，奈何命途多舛，境遇坎坷。也曾有过"缺月挂疏桐，漏断人初静"的悄怆寂寥，"我醉拍手狂歌，举杯邀月，对饮成三客"的孤独凄凉，抑或"料得年年肠断处，明月夜，短松冈"的哀婉忧伤，但更多是"人生如梦，一生还酹江月"的洒脱豪迈，"人有悲欢离合，月有阴晴圆缺，此事古难全"的超越达观。

一个人骨骼清奇，才能撑得起人生的大格局。"问汝生平功业，黄州惠州儋州"，宦海沉浮，居高处为翰林学士，落低谷为狱中囚犯，任他风雨飘摇，我自心如止水；任他千锤百炼，我自不动如山。

元丰六年的某一个深秋之夜，贬谪至黄州的苏轼，正想脱衣就寝，月光皎皎入户，他欣然起行，去承天寺寻张怀民，"庭下如积水空明，水中藻荇交横，盖竹柏影也。"月下"闲人"，几多感慨，几多悲凉，终化作人生的喟叹、自我排遣的旷达。宋朝的月光，照在那片幽幽竹柏林上，肃穆空明，静谧恬淡。

元祐五年，苏轼贬官至杭州任知州，西湖淤塞，他带领老百姓疏浚西湖，并修筑长堤。数月之后，西湖焕然一新，绿树掩映，花木扶疏，晚风轻拂下，横箫阵阵，桨声欸乃，水声潺潺。空中一轮素月，皎洁明净，水中一轮圆月，波光荡漾。一段苏堤，一世传奇，宋朝的月光，洒落在西湖的柔波上，圣洁和美，幽雅醇香。

寥落之境中，清凉月光是一袭袈裟，披在苏轼的身上，令他禅定，给予他一次次人生的顿悟：生亦然，死亦然，纷纷，不过是过眼云烟。

人活一世，与人有缘，与山水有缘，与日月有缘。

无数个光阴飞度的夜，宋朝的月光，如诗如酒，明净、清冷、潋滟、温柔纷涌而出，在你沉静的时候，与你蓦然相遇，映照出一颗心的辽阔与坦然。

一半烟火，一半清欢

清晨，六点的厨房。

油锅冒着热气，一枚鸡蛋磕进去，中火煎至两面金黄，盛在盘里，滋滋冒着小泡；豆浆机轰轰作响，黄豆和花生相濡以沫，整个厨房氤氲起醇厚的浓香。

仿佛体内装上了定时发条，一年三百六十五天，每天这个时段，我都会在灶台旁为家人准备早餐。一锅白粥，一盘煎饺，一碗小刀面，就着明媚的阳光吃下去，一整天都变得可爱美好起来。

我是一个快乐简单的教书匠，工作的学校就在小城中，离家不近也不远的地方。锅碗瓢盆涮干净，一切忙活妥当，再换身得体的衣裳，画个淡妆去上班。

迷蒙的雾气弥漫着每一条街巷，红日缓缓升起，城市也在晨光中慢慢苏醒。轻轻拧开广播，音量调至最低，缓缓流淌的音乐，给清晨着上轻柔惬意的底色。带着孩子行驶在路上，车轮滚滚向前，后排座椅传来她朗朗的晨读声，如微风拂过耳畔，让我欣慰、心安……

爱在一粥一粟间，心上有人，胸中有情，这是我最熟悉的烟火日常。但，生活远不只是课堂和厨房，还有诗和远方。

三毛说，"如果有来生，要做一棵树，站成永恒，没有悲伤的姿势，一半在尘土里安详，一半在空中飞扬；一半散落阴凉，一半沐浴阳光。"一半，一半，是生活的智慧，也是生活的最高境界，一半烟火，一半清欢；一半交给生活琐碎，一半交给诗意芬芳。

一天的忙碌结束，城市的喧嚣褪去，夜晚是完全属于我的时光。摊开书页，扑鼻而来油墨的清香，像初夏安静的晨，栀子花的花叶上，有露珠滚落，一片清亮。所谓的岁月静好，于我而言，不过是有好书可读，有暖灯相伴。读汪曾祺、路遥、泰戈尔、梭罗，也读毕淑敏、萧红、琦君、简奥斯汀……我在书的世界里，感受雨打芭蕉的宁静，聆听花开花落的呓语，触摸岁月年轮的流转，领悟雪落无声的禅意。一书在手，风清月明，天地辽阔，独自欢喜。

台湾著名诗人痖弦这样说，"我心目中的女性形象，是闻过书香的鼻，吟过唐诗的嘴，看过字画的眼。"的确，书是女人最好的化妆品，它能增长人的智慧，能陶冶人的性情。腹有诗书气自华，每一个爱读书的女人，举手投足间，言语谈笑里，都会散发出自信、雅致的光芒。

忆起自己十五岁那年，考上市区的师范学校，第一次走出农村，置身于美丽大方的市区同学中间，我就像只胆怯的丑小鸭，自卑极了。无意中走进校园的图书馆，一排排崭新的图书赫然带给我满眼的新奇和惊叹。幸好，有书可读，装点落寞的时光。

每一个黄昏，顾不得看一眼斜阳，一头埋进书中，我像只贪婪的书虫，快乐地在纸页间爬行。有一回，《皖江晚报》上的一则征稿启事吸引了我的目光，心生向往，繁星满天的夜晚，我趴在宿舍小小的桌上，就着手电筒微弱的光芒，一字字地写，一句句地念，一遍遍地改。当那篇小小的文章变成铅字，巨大的喜悦和满足直击我的心房，这是文字带来的自信和力量！

　　似水流年，删繁就简，二十多年的读书时光凝成一束明媚的阳光，蛰伏心中多年的种子又悄悄萌动。左手摩挲着文字的温暖，右手美文在指尖流淌，现在，读书之余，最享受的事儿就是敲击键盘，记录自己的生活和心情：写一朵野花的绽放，写一场细雨的清新；写夏夜烹茶的惬意，写冬日煲汤的温暖；写女儿的点滴成长和进步，也写学生带给我的欣慰、感动和惊喜……一篇篇淡雅清丽的文字如满树繁花，用璀璨的色彩装点中年的篱墙，一张张样报、一份份期刊，像蝴蝶一样翩跹而来，我在文字的世界里尽情徜徉，内心始终愉悦丰盈，无惧岁月流转、山高水寒。

　　林清玄说，"清欢之所以好，是因为它对生活的无求，是它不讲究物质的条件，只讲究心灵的品味。"这种"清淡的欢愉"，于我而言，不是来源于别处，正是来自对烟火生活和书香岁月的一种热爱。

　　我愿做一个快乐简单的女子，"花开满天，内心安宁明净却又饱满"，只要三分容颜，还有七分是书香，如空谷幽兰，孤芳自赏也无妨，在岁月的川上，一半烟火，一半清欢。

人家的闺女有花戴

　　闲暇之时常读《红楼梦》，其中一段写得饶有趣味：刘姥姥二进大观园，贾母在园子里给湘云还席，李纨令丫鬟碧月捧着盛满各色菊花的花盘，让贾母挑选。贾母在鬓发上插了一枝大红的菊花，还招呼刘姥姥"过来戴花儿"，听见这话，凤姐一把拉住刘姥姥，"将一盘子花横三竖四地插了一头"，贾母众人乐作一团，众人揶揄她是"老妖精"，刘姥姥却笑着回答说："我虽老了，年轻也风流，爱个花儿粉儿，今儿老风流才好。"

　　每读到此处，不禁掩卷莞尔，刘姥姥这一句聪明的自嘲，也道出了每一个女人的喜好。鲜花当配美人，

"花人是花真身，花是美人小影"，女子戴花是一件多美好的事儿：窈窕身姿，墨发轻绾，撷一枝小花，斜斜地插在鬓边，顾盼流转生出多少风姿，若莲步轻移，暗香浮动、芬芳不已。设想若时光倒转二十年，簪上两朵鲜花的村妇刘姥姥，也会"风流"不输宝黛吧！

李渔对女性美的鉴赏是多元标准的，他在《闲情偶寄》中强调无论哪种阶层的女人，在"簪珥之外"，"所当饰鬓者，莫妙于时花数朵，较之珠翠宝玉，非止雅俗判然，且亦生死迥别"，他认为花朵是女子的必备饰品，"他事可俭，此事独不可俭"，簪花一朵，即有女子万种风情，且花面交映、芳华无尽。"时花之色，白为上，黄次之，淡红次之"，是说花当淡雅，素色为上，切忌浓艳，失了朴素温婉。

古代女子佩戴花饰的历史，起源于劳动，也来自传感。戴花是为了美貌，更显女子面若芙蓉。戴花作为近乎礼仪的民俗，是从汉代开始，至南朝渐兴，到了唐宋时期，就盛行起来了。四时花开，兴随时移，春天多簪芍药、牡丹，夏天可簪栀子、白兰，秋天簪秋葵、菊，冬天只簪一枝蜡梅就极风雅。

花朵色彩也丰富绚丽，除桃红梨白外，还有浅黄的迎春——"各带迎春花鬓侧"，也能是火红的石榴——"鬓边插石榴"，亦有迷离的紫色——"倚门人戴紫玫瑰"。幽兰、水仙、蔷薇、茱萸、茉莉……这些鲜妍明媚的可簪之花，顶着晶亮的朝露，衬于墨色发鬓之间，若璀璨繁星于星空闪耀，又好似云蒸霞蔚绚烂明丽，动人无比。

女子戴花美到不可方物，但其实戴花并不是女子的专利。唐朝诗人王维的《九月九日忆山东兄弟》中这样写，"遥知兄弟登高处，遍插茱萸少一人"，唐代男子发间头插茱萸登高，已成为九九重阳之习俗；欧阳修的《洛阳牡丹记》中也记述，"洛阳之俗，大抵好花。春时城中无贵贱皆插花，虽负担者亦然。大抵洛人家有花。"可见，在唐代，民间男子头插鲜花已是常事。

到了宋朝，男子戴花逐渐成为一股时尚风潮，可谓"满城尽是簪花郎"。苏轼诗云"人老簪花不自羞，花应羞上老人头"，簪花于头，纵是白发老翁亦不输少年；"归见诸公问老子，为言满帽插梅花"，男子头上花朵的数量也愈发多起来。

民间一派花团锦簇，文人士大夫也将簪花作为自己最喜爱的装扮。《宋史》中记载，喜庆之日，朝廷官员衣帽上都要簪花，"春色何须羯鼓催，君王元日领春回。芍药牡丹蔷薇朵，都向千官帽上开。"若能得到皇帝钦赐戴花，更是无上荣耀，赐花按官员品阶决定多少，小小一朵簪花，亦是身份和等级的象征。

《水浒传》第十五回，"义胆包身，武艺出众"的阮小五以这样的打扮出场："斜戴着一顶破头巾，鬓道插朵石榴花，披着一领旧衣衫，露出胸前刺着的青郁郁一个豹子来。"第四十四回杨雄亮相，《临江仙》赞词也说他"鬓边爱插芙蓉翠"，另花荣喜翠叶金花，燕青亦根据四时择花装扮……这些膀阔腰圆、粗犷豪放的梁山好汉，只因鬓边那一朵娇艳可人的鲜花，平添多少妩媚风情，簪花的男子成为《水浒传》中一道靓丽而独特的风景。

素爱戴花，少时独钟情蜡梅，喜其芳芬，也爱其精魂。人近中年，依然一颗少女心，"怕郎猜道，奴面不如花面好。云鬓斜簪，徒要教郎比并看"，今日也学一回清照，见路边野花开得活泼热闹，俯身采一朵金黄雏菊仔细簪上。

天地阔大，眉间欢喜，哪管路人侧目，任凭那一朵小花兀自开放、兀自芬芳，在发间，也在心上。

每个人心里都有一亩田

晚饭后，去朋友家玩。顶楼露台上，有一个她精心打理的小花园：古朴的粗陶罐子里，各色雏菊花开明艳；几盆素白的茉莉，墙角边幽幽散发着清香；憨态可掬的"多肉大军"，窝在瓷盆里探头探脑、挤挤挨挨……

夜色缓缓沉下来，风徐徐拂过发梢，头顶的星星正调皮地眨着眼睛，仿佛触手可及。在植物相伴的时光中，宁静安详，我们对坐在石凳上，喝茶、赏花，不说话就十分美好……

一直以来，都爱哼唱三毛作词、鲁豫演唱的歌曲

《梦田》："每个人心中里都有一亩田，每个人心里都有一个梦……"

生在农村，每一个毛孔都浸润着泥土的芬芳，后来，终日在钢筋水泥丛林中奔忙，远离田野，远离家乡。所幸，心中始终有一片田园，承载着我的梦想和渴望，那里，有庄稼遍野，花开满院。

仍记得结婚时那套二居室，南面有一个六七平的阳台。大大小小的花盆，被我满满当当码放在花架上，养绿萝、龟背竹、常青藤，也种百合、绣球和海棠，一年四季，阳台上五彩缤纷、绿意盎然。

那时，我还不善养花，但买回的每一盆花，都会心存敬畏、精心照料。每天下班第一时间，便直奔阳台，细细打量我的花草小友：每一棵嫩芽，每一片新叶，每一个花苞，都带给我期待和惊喜。浇水、施肥、除草、修枝，侍弄它们的时候，感受着花开花落的坦然，无关悲喜，随性自然，也收获了生命中点点滴滴的感动。

忙完一切，我就会靠在藤椅上，赏一会花，读一会书，发一会呆。生命中需要这样的时刻，做一叶植物，满身静气，什么也不想，什么也不做，任由阳光倾泻，人浸在花香萦绕的慵懒里，享受片刻的孤独和宁静。

本命年，倾其所有，我换掉之前的房子，拥有了属于自己的一方小院。拉上几车泥土，倒在墙根下，捡去砖块、草根，再掺上煤灰、鸡粪，又拿锄头里里外外把它们翻了个遍。

从未想过，拿粉笔的这双手，是那样地渴望泥土、亲近泥土：撸衣卷袖，不戴手套，任由泥土在手中捧来抓去，尽情享受着这份踏实和自足。那个暑假，在这畦小小的菜地里，我终日耕种劳作，"晨兴理荒秽，带月荷锄归"，美美地过着向往的田园生活。

买回的小葱、大蒜连着根须，舍不得吃，趁着新鲜劲儿种下，几日便齐整得像油绿绿的诗行；嗜辣，就种上几棵朝天椒，红红火火的辣椒，可喜、可食又可赏。最喜种丝瓜，好养，开花也好看，轻盈明艳，黄蝴蝶一般，丝瓜藤蔓葳蕤一片爬满了院墙，简直就是一幅写意山水画……和泥土静距离的日子，不求收获，无须匆忙，日子和小院一样，葱茏得活色生香。

种花草，让四季在小院里轮回。春来，种上一架蔷薇，层叠的花朵绣满院墙，真乃"满架蔷薇一院香"；初夏，养一缸莲，心绪不平的夜晚，在院子里漫步，我也有自己的月色荷塘；深秋，满院的桂花飘香，采了桂花做酒酿；冬天落了雪，两杆翠竹顶着一簇淡淡的白，好一幅水墨，倚着西窗，一个人静静地赏。

曾经有人问，都市人最向往的生活是怎样的，答案是：农夫、山泉、有点田。的确，每个人心里都有一亩田，都有一处宁静的世外桃源。我想，或许日子最美的模样，就是一颗禅心、坐忘红尘，用沉淀岁月的耐心，感受着泥土的芬芳。

心有常闲

读《浮生六记》，其中一段话直抵内心：世事茫茫，光阴有限，算来何必奔忙？闲来静处，且将诗酒猖狂，唱一曲归来未晚，歌一调湖海茫茫。

梁实秋说，人在有"闲"的时候，才最像是一个人。谁人不想花下坐，怎奈生活不得闲。红尘之中，名利、恩怨、得失、生逝、毁誉……这些有关痛痒，压在心头上的东西，常让我们无法驻足停留。"闲看花开花谢，静观云卷云舒"，生命中的种种羁绊与桎梏，倘若都能将其放下，像一个"人"一样，闲下来、慢下来，认真用心地生活，人生的至美定能悠然而至。

一日读书，读到东晋诗人陶渊明的《自祭文》，觉得"勤靡余劳，心有常闲"两句甚妙。陶渊明因不满官场黑暗，不愿为五斗米折腰，遂解印归田，隐居躬耕，重返本真。虽结庐在人境，却因"心远"而觉得宁静悠远，墟里炊烟，山间明月，归巢鸟鸣，茅屋犬吠，都作了陶公笔下的诗句。

一双慧眼，一颗诗心，修得一味清欢、几多闲趣。"晨兴理荒秽，带月荷锄归"，或许，拥有了一颗澄明无碍、自由自在的心灵，纵然万般辛苦，也自有一番诗意闲情；寻求内心真正的安宁，不戚戚于贫贱、不汲汲于富贵，无远无近，无欲无求，只有秋风过耳，只有归巢鸟雀的低吟，修篱种菊，弄花香满衣，心心念念间，便有南山可见。

佛说："人生如处荆棘丛中，心不动，则身不动，不动则不伤。如心动则人妄动，则伤其身痛其骨，于是体会到世间诸般痛苦。"心有所定，方能神闲。闲，不是无所事事，荒废时光，而是养精蓄锐，储备能量。

元丰六年的那个深秋之夜，贬谪至黄州的苏轼，见月光皎皎入户，遂欣然起行，去承天寺寻张怀民。二人漫步月下，庭院之中，月色清朗，如积水澄澈空明，苏轼不禁慨叹：何夜无月？何处无竹柏？但少"闲"人如吾两人者耳。

一个"闲"字，道出了诗人心中种种复杂微妙的情感。被贬为黄州团练副使，有职无权，"闲"，确有无事可做的悲凉与慨叹；但，这里的"闲"又何尝不是"闲情雅致"之意？想想看，空中一轮素月，如水般恬静和美，身侧一丛竹柏，疏影摇曳，幽静肃穆。一幅清幽恬淡的画卷，映照出一颗心的辽阔与安然：纵然宦海浮沉、恶浪滚滚，然心上安闲自适，亦能不留半点涟漪余痕。

"向忙里偷闲，遇缺处知足。"在苦痛失意中坚强，在纷扰烦恼中了悟。正因这一份闲适之趣、淡泊之味，才有了诗人"此心安处是吾乡"的豁达通透，"一蓑烟雨任平生"的洒脱豪迈，"人有悲欢离合，月有阴晴圆缺"的超然达观。

黄梅雨之夜，起一个约，那人便应下此邀。他是相悦之人，彼此相见而欢，窗前烧茶，将等待的时光慢慢煮出缕缕茶香。

然已过夜半，他却无故失约。诗人却并不恼，是夜，独坐窗畔，随心而望，多情的梅雨，欢快的蛙鸣，闪烁的烛光。一个人轻轻敲击着棋子，让心灵自由闲适地漫游，邂逅一场深邃忘我的探幽。

你不来，自有不来的缘故，无须分说。淡水之交，细水长流，不必言语，亦会相知相融，我赠与你风雨同舟，你还我以来日方长。心有常闲，一个人也好，两个人也罢，无妨。

边走边看是一种雅兴，走走停停亦是一种闲情。静坐看山、看水，闲来听风、听雨；微醺吟诗、作赋，醒来品茗、抚琴。人生最适宜的状态，就是在忙碌中修行，在休闲中怡情；遇忙处会偷闲，处闹中可取静。

若能用一颗细腻之心感受生命的美好，涵养至真至纯的情怀，那些闲适的时光，那些无意间遇到或错过的人，都将成为我们一生中最珍贵的馈赠。

静待花开

· · ·

05
chapter

温煦的风

好女如茶

泡一壶茶,沸水入杯,那干枯蜷缩的一缕在杯中上下翻卷,浮浮沉沉,倏尔,缓缓舒展开来,如一朵朵莲,次第睁开惺忪的睡眼,绽放满眼的翠绿,随即,芳香四溢。

一枚叶生于青山,长于幽谷,聚日月之精华,汇天地之灵气。从采摘到搓揉、炙烤,方成为茶。都说女人如水,品茶,常会让人想起那些如茶般馨香的女子。纵然生命历经千山万水,忍受千锤百炼,只将所有艰难与苦涩,都凝结在灵魂与气质里,成为生命醇厚的底气。如清茶一盏,初尝苦涩,徐徐咽下,却口有余香、久久回甘。

好女如茶，她们超凡脱俗，心灵洁净，周身散发着淡然的芬芳。

百岁作家杨绛，性情温厚，才华横溢，钱钟书先生称其是"最贤的妻，最才的女"。杨绛翻译蓝德的诗，"我与谁都不争，和谁争我都不屑。"正是她一生淡泊名利、与世无争的真实写照。

媒体邀请杨绛参加作品研讨会，她幽默回绝："我只是一滴清水，不是肥皂水，不能吹泡泡……"九十岁高龄，她将自己与钱钟书共同积攒的千万元稿费悉数捐出，自己却过着异常俭朴的生活。想来，对于杨绛，读书写作，翻译治学，只是兴之所至，金钱名利，她从来视为身外之物。

好女如茶，聪慧通透，知性优雅，她们浸润在书香之中，在岁月深处开出一朵不败的花。

央视著名主持人董卿，父母都是毕业于复旦大学的高材生，从她识字起，父母就让她抄成语、背古诗，再大一些，便抄古文、读名著。日复一日的积累，使董卿逐渐提升了文化修养，也养成了爱读书的好习惯。

"真正的美人，有闻过书香的鼻，吟过唐诗的嘴，看过字画的眼。"董卿就是这般灵魂有香气的女子，她是央视春晚里端庄大气、妙语连珠的台柱子，亦是《中国诗词大会》《朗读者》中胸有成竹、口吐莲花的奇女子，她的美，美在容貌，更美在气质，她向支持、喜爱她的观众们，完美诠释了什么是"腹有诗书气自华"。

好女如茶，坚毅隐忍，勇敢执着，无论生活给予多少生命不可承受之重，她们都能微笑着走过苦难与坎坷。

在中国商界，格力电器董事长董明珠是家喻户晓的人物，经历丧夫之痛，南下进入格力集团，从一名最普通的质量检测员，再到上榜 2021 年福布斯中国杰出商界女性，董明珠演绎了"铁娘子""打工皇后"传奇人生。

将一个濒临破产的小厂做大做强，让"中国制造"跻身于世界五百强之列，董明珠创造了商业神话。她从一个默默无闻的打工者，蜕变为叱咤风云的女强人，凭的是几十载如一日、果敢担当的个性和不懈怠不服输的狠劲。近两年，新媒体时代，她更是因为霸气金句，成为媒体宠爱的网红"董小姐"。

经历岁月的打磨，熬过最深的绝望，才能积蓄直面生活的勇气，收获最耀眼的光芒，岁月之于她们，不过是锦上添花。

琴棋书画诗酒茶，茶，站在小资风雅的云端；柴米油盐酱醋茶，茶，又沉寂在俗事的烟火中。雅与俗，张弛有度，相伴相宜，像极了我身边的那些可亲可敬的女子们——她们出得厅堂，入得厨房。在职场，她们是人情练达、雷厉风行的女强人；在家中，她们是能干睿智、贤良温和的好妻子、好母亲。

她们爱读书和旅行，精于烹饪、摄影，有严格的自律，能很好地管理自己的身材和形象，永远光鲜靓丽、楚楚动人。她们内心坚定从容，有着异常清晰的人生目标，从不怨天尤人，从不自怨自艾，她们乐观积极，爽朗豁达，像周身散发着融融暖意的小太阳，给别人满满的正能量，也把自己的小日子过得活色生香……

苏轼诗云"从来佳茗似佳人"，道出了茶与女子的关系，成了咏茶诗的千古绝唱。三月女神节，与三五好友，在袅袅水雾和淡淡茶香里静坐，品一口茶，聊几句家常，感受如茶女子的万般风情。

母爱的晴空

深秋，傍晚，冷雨。

厨房里，油烟机正嗡嗡地轰鸣，我围着围裙站在灶台旁，拿铲子小心翼翼地轻轻翻动锅里的鱼。煎好鱼，倒好酱油、料酒等调料，再把老姜、青红椒、土豆一样样切成丝。

六点半钟，窗外一点点黯淡，黑夜如潮水般涌来，迅速包裹了这座城市。一盏、两盏，对面那栋楼陆续被灯火点亮，雨水打湿了初上的华灯，有些幽暗也有些寒凉。

厨房里热气氤氲着，鱼汤在锅里咕噜咕噜地冒着泡，这是为女儿准备的明天的中饭。每天下班后我都第一时间赶回家，热好饭菜再拿保温桶装着送去学校。她读初二，学习任务不轻，送饭也是为了节约时间，让她中午好好把功课复习复习……

手机叮叮地响了，我把两手胡乱往围裙上揩了两下，赶紧接通了，是妈妈打来的电话。

"静静啊！今天可去药店买药了啊？"我一脸茫然，"妈，什么药？"

"啊？利胆片啊！你这孩子……"妈妈的语气里显然带着几分责备。

我这才想起来，前几日单位组织体检，B超检查诊断慢性胆囊炎，正巧妈妈打电话来，我就把这事儿随口告诉她了。挂了电话，她发了好几条微信，都是叮嘱我要及时吃药、吃什么药之类的话，后来我因为要赶回去上班，也忘了回复。

要不是这通电话，买药的事儿我早忘到九霄云外了。但我不想惹妈妈生气，只能硬着头皮敷衍她几句。

"买了买了！您放心吧！妈我做饭哪，我先挂了啊！"还没等她开口，我赶紧抢先把电话挂了，庆幸自己避免了一通没完没了的唠叨。

油锅热了，我把姜丝、辣椒、土豆丝倒进锅里煸炒，这是女儿最爱吃的青红椒土豆丝，想着她明天吃午饭，打开保温桶快乐满足的样子，我就觉得特别欣慰。

手机又响起来了，叮叮，又一声叮叮，我一手拿着炒锅一手握着锅铲正忙着颠勺，扭头看了一眼手机，又是妈妈打来的。

"你自己的身体，自己要注意啊！这两天下雨天冷，多穿一点，小毛病别不当一回事儿。你也多吃一点饭，别净顾着减肥……"

我只想把手里的活赶紧忙完，颇有些不耐烦，"妈，妈！我知道了！明天我就去买！"

锅里的土豆丝已经快糊了，电话那头的声音还在喋喋不休，"你要没时间，我明天给你把药买好送去学校行吗？去了我给你打电话，你要没课就出来拿一下，我知道哪一种药好……"我懊恼极了，冲着电话大声嚷嚷："哎呀，妈，你烦不烦啊，叨叨个没完，我的菜都烧煳了……"

我"啪"的一声挂断了电话，听筒里妈妈的声音消失了，空气里一阵可怕的沉寂。窗外的冷雨重重地敲打着玻璃，我为自己刚才的态度懊悔起来。

我的母亲，曾经也是一个雷厉风行的女子，可这些年，她一改年轻时的坏脾气，变得愈发温和宽容。她老了，再也不像从前那么果敢精明，她好忘事儿，又爱唠叨，最怕闲在家里的她，如今却除了家，哪儿也不想去……

　　我和父母生活在一座小城，距离只十几里路，车程不过二十分钟，可开学至今，我为了自己的女儿终日奔波忙碌，竟已有两三个月没有回家去看望她，可她总是挂念着我，挂念着我的孩子。

　　这个细雨飘飞的冬夜，我犯了难以原谅的错误，我忽略了电话那头妈妈小心的猜测、忐忑的探寻，无视她的关怀、殷切的叮嘱，我践踏了一颗母亲柔软、慈爱的心！

　　我的心又一阵难过，想起了那个炎热的苦夏，我因病要做一场不小的手术，手里攥着大大小小的缴费单、化验单，在医院跑上跑下的那个人，是我的母亲。

　　坐在手术室的过道中，我害怕地紧闭着眼睛，中央空调的冷气嗖嗖地吹过来，冻得我牙床咯咯直响，我像一只无助的猫，胆怯地蜷缩在角落里。

　　耳边传来一阵熟悉的气息，妈妈以最快的速度为我办理好了一切，急切地奔到我的身旁，用粗糙、满是皱纹的手握着我的臂膊。我把头靠在她的腹部，听到了柔软而衰老的身躯里心脏的跳动，那是我生命开始的地方。在母亲的怀里，我卸下了所有的伪装和坚强，像个孩子似的肆意地流泪……

人生路上常常会猝不及防地遭遇一场大雨，每一位母亲都会用慈爱、关怀撑起一片晴朗的天空，遮住风雨、隐晦，把纯净、温暖留给儿女。在爱的庇护下，我们才有勇气，储存好生活的温存，继续走下去。

我拿起手机，拨打那个熟悉的号码，"嘟——"盲音之后，耳畔又一次响起那熟悉而温暖的声音，我眼睛一热，"妈，我明天回家来看您……"

母亲的格言

　　我的母亲是一个聪慧勤劳的女子，虽年过花甲，却依然热爱生活、精力充沛。从小到大，她常用一些名言教育我，如果我的身上有一些积极乐观、坚韧果敢的好品质，我一定得感谢我的母亲。

　　母亲是七十年代的高中生，当过民办教师，后来，结识了我的父亲，从江苏远嫁到了安徽。那时家中只有三间瓦屋，条件简陋得很，母亲却总把家里收拾得整洁温馨。母亲常说，"靠天靠地，不如靠自己。"每天天刚蒙蒙亮，她就蹚着露水下地，日头升上来，便回家做饭、侍弄牲口，母亲勤快又能吃苦，田里的活计，种菜、插秧、割稻、刈麦,她样样在行。

母亲持家勤俭,一年中,几乎从不为自己添置新衣,但对于教育的"投资",却一点也不吝啬。小时候,家中那些堆成小山似的彩色画报、小人书,成了我最早的启蒙读物;而母亲就是我的第一任老师,她一有空,就教我读书习字。

那时候,我们村很多女孩子初中未读完,便辍学了,有的回家务农,有的外出打工,大家都觉得,女孩子家家,念几年书,识得几个字就行,将来都是要嫁人的。但母亲却对我们的学习格外重视,她常对我们姊妹说:"只有读书,才能改变命运。"我和妹妹牢记着母亲的叮嘱,读书都非常刻苦,我念了师范,妹妹读了大学,母亲的两个女儿都跳出了"农门",这在我们村,史无前例。

父母都只是地道的农民,家中的日子本不宽裕,为了供我们读书,他们只能节衣缩食。每到开学那几日,母亲每日早出晚归,四处为我们筹集学费。高昂的学费使父母愁眉不展,我心中愧疚,恨自己不能为他们分忧,更不忍看到父母为供我们读书而债台高筑,常常忧伤垂泪,甚至动了退学的念头。

母亲总是宽慰我，对我说："人哪能苦一辈子，别灰心，办法总比困难多！"真的，她总是在开学的头一天晚上，凑齐我和妹妹的学费。记不清多少个夜晚，母亲坐在灯下，满含着笑意，把那一团皱巴巴的毛票，一张张舒展开，再一沓沓整理好，缝进我的外衣口袋里。

我不能想象，生性要强的母亲是如何拉下脸面，挨家挨户说尽好话去借得学费的，那一沓带着体温的纸币，倾注了母亲多少爱与坚持。时隔多年，我在老家五斗橱的抽屉里，翻到了一本红皮小本，那是母亲的献血证，才明白，那些年为了我们，原本就无比瘦弱的母亲，居然偷偷去卖血。

后来，母亲开辟了两亩荒田，种上了大棚蔬菜，又养了不少鸡鸭，母亲起早贪黑地忙碌，家中也慢慢有了一些积蓄。母亲在距离老家一里地的村道旁，花了一千元买下了一处宅基地，打算在那儿盖新房。

爷爷奶奶很不理解，老房子住得好好的，为什么要盖新房花那冤枉钱。母亲说："这三间老房子好是好，但年代久远太旧了，刮风下雨就遭罪了。又三面环水，湿气太重，房基早已坍塌下沉，以后怕是不能再住人。"爷爷奶奶不以为然，母亲又说："吃不穷，穿不穷，算计不到一世穷，这两年我们吃点苦，把楼房造起来，以后你们二老也能住进新屋，过两天好日子。"这才说服了他们。

师范毕业后，我被分配到离家几十公里的一个山村去教书，那里条件非常艰苦，几间破败的教室零零星星散落在荒山上，脚踩着崎岖不平的山路，眺望着远处荒无人烟的村落，我真想做一名逃兵。报到那一天，是母亲亲自送我去的，临别前，她攥着我的手，温和地对我说："孩子，'人在苦中炼，刀在石上磨'，这里条件是艰苦，但这是你的工作，大山里的孩子需要老师啊！"我含着眼泪咬咬牙点点头，母亲这才放心地离开。

过了几年，我因工作调动回到了自己所在的城市，也成家有了孩子，生活的重心全部转到女儿身上，平日里有母亲的帮衬，日子过得也轻松自在。闲下来的时候，我不是宅在家里追剧，就是约着小姐妹逛街。母亲劝我："你的工作现在是很稳定，但也不能对自己没有要求。'活到老，学到老'，没事你还是要多钻研教学，看看书读读报，提升提升自己啊！"我如梦初醒，闲暇定终生，我不能再这么蹉跎下去。于是，我又重新拾起了书本。在母亲的教导下，我坚持读书，闲暇也喜欢舞文弄墨，虽难登大雅之堂，却也能自得其乐，这些都得归功于我的母亲。

母亲一生总是与人为善，她性格宽厚，这么多年过去了，她从未和乡里乡邻红过脸、拌过嘴，家里亲戚有困难了，她知道了，总会第一时间伸出援手。如今，在工作生活中，我也碰过许多壁，有些许不如意，但每每想到母亲的话，便鼓起我许多勇气，母亲的格言就是母亲智慧和豁达的体现，一直伴随着我，滋润、温暖着我的心田。

温暖拂过

　　晚饭后，妹妹发来一张照片，照片上父亲戴着老花镜坐在床边，正目不转睛地凝视着什么，七岁的外甥蒙儿，倚在他旁边也是一脸专注的神情。

　　我问："这爷俩干啥呢?"妹回答："爸正在给蒙儿缝一只小熊。"

　　我把照片放大了仔细端详，父亲的右手拇指和食指间，握着一根银亮的针，他脑门上，挂着一个电筒，那束明亮的光，正投射在他左手的棕色布团上。这是一只独家订制的玩偶，父亲用他的一双巧手,,把爱缝进了细密的针脚里。

年幼时，父亲也曾为我做过玩偶，至今记得真切，那是一只大公鸡，方形白色棉布对折缝制的身体，再用红布条缝成鸡冠，拿黑豆粘作眼睛——那模样虽不甚精巧，却栩栩如生。

那个物资贫瘠的年代，家里是没有闲钱给孩子买玩具的，这个公鸡玩偶，成了我最心爱的宝贝。白天，我搂着它跳皮筋、过家家，它神气活现的样子，换来了同伴们艳羡的目光；晚上，我抱着玩偶躺在被窝里，和它低低絮语，棉布的触感，温暖熨帖，直抵内心。

父亲有一双巧手。父亲二十岁那年，在村里的小学当民办教师，那双手，白净、修长，写得一手漂亮的粉板字。据说，当年他的数学课，不借助任何教学工具，就能徒手画圆，一气呵成。

九十年代，而立之年的父亲进了沙发厂，成了厂里年纪最大的学徒工。那个时候，工厂还没有生产流水线，一套沙发的制作到完成，全靠工人们的一双手。画板、制框、打底、填充，再到裁剪、缝合、固定，父亲从零开始学习，他手脚勤快，脑子灵活，眼光也好，很快，他就成了厂里手艺最好的师傅，他包的沙发，质量好，款式新，配色明艳，在市场上很是畅销。

儿时最幸福的时刻，便是等父亲下班回来。夕阳染红了天，炊烟袅袅升腾，空气里弥漫着饭菜香，我在门前跳房子，远远的，门前的小径上，传来一阵熟悉的车铃声，近了！近了！父亲回来啦，那辆"老凤凰"自行车车轮飞转，车把的工具包沉甸甸，他用他那双粗糙的大手，变戏法似的掏出一块肉、几颗水果糖，或是两本小人书，也给全家带来阵阵欢笑。

　　父亲的这双巧手，还会做各种美味的吃食。炒米糖、槐花饼、烤山芋，童年，从舌尖直甜到心窝窝里；清明的五香螺蛳、端午的蜜枣粽子，还有梅雨季的清蒸仔鸡，腊八节的八宝粥……到了时令，从不会缺失的，是父亲用心营造的生活仪式感。

　　父亲的手，那么宽大有力。犹记得五岁那年，跟父母回江苏外婆家，绿皮火车缓缓停下，上车的、下车的，嘈杂的车站，顿时人头攒动，一片混乱。父亲肩上扛着行李包，一手拉着母亲，一手牵着我，在熙熙攘攘的人群中穿梭，那步伐，稳健、从容，我的小手被父亲的大手钳得生疼，心中却无比安全、踏实。那时，父亲就是我们的盖世英雄，紧紧跟在他的两侧，就永远不会担心走丢。

田家少闲月。家中几亩田地，春种秋收，都是父亲一人张罗。父亲是劳动的好手，挑上二百斤的担子，在逼仄的田埂上能健步如飞；他插秧，手脚灵活，动作麻利，几个农家妇女都不是他的对手。

我最喜坐在田埂上，看父亲戴着草帽，挽着裤脚，猫着腰站在水田里，手指上下翻飞，一行行秧苗，整齐、挺拔，如碧绿的诗行，在田间流淌……

如今，父亲老了，田地被人承包了，他却依然闲不住。他养鸡鸭、养鸽子，立春一过，他就握着锄头，把院子前的空地翻了几番，种上各色蔬菜，绿油油一片；屋后桃树、枇杷、枣树成行，果子熟了，他总会摘下一捧去送给邻居品尝。

父亲爱侍弄花草，兰花、文竹、蟹爪兰、杜鹃、绣球，几层高的花架，姹紫嫣红，被摆得满满当当。但最美的那几盆，他必定都搬来送给我，让我的小院也活色生香。

如今，父亲老了，那双曾经有力、灵巧的大手，长满了老年斑，但他却依然如从前一般，辛勤地创造着美好的生活，许我快乐，赠我温暖。

乌镇，来过就不曾离开

　　每个人的心中，都有一个江南吧！在我的梦中，江南被描摹过无数次，它一次比一次清晰：杏花烟雨的江南，春风墨绿的江南，草长莺飞的江南！

　　有人说，爱上一座城，有时是因为一人，或是一个故事。我爱乌镇，是因为它的质朴、天然和恬淡。

　　不见尘世的嘈杂与喧嚣，走进乌镇，一股尘埃落定、返璞归真的气息扑面而来，好像是来到了时空交错的空间。错落有致的粉墙，古朴雅致的黛瓦，朱雀门、木格窗、青石路、迤逦的车溪河……尘封的岁月演绎着暗香冷艳的气质，每扇门，每根梁，每垛墙，每块砖，于宁静的时空中，无声地诉说着世事沧桑。

也许只有到了乌镇，才能感受到江南水乡小桥流水的温婉雅致，才能体会和领悟到碧波萦绕着白墙黑瓦的那份柔情。一根长长的竹篙，轻轻拨弄着乌镇精致的时光，油亮亮的乌篷船摇曳，潋滟的清波，轻轻吻着吱吱呀呀的木桨。

岸上鹅黄的柳条，轻抚着清幽的石桥，气息温柔恬淡；蓝底白花的蜡染花布，在长长的竹竿上轻轻飘舞，高入云端，好似一只又一只翩翩飞舞的蝴蝶。那用木棍支起的半扇窗叶，那守在窗前的一盆盆兰花，那一个个挂在窗边慢慢滴水的棉布拖把，向人们展示着乌镇人闲适宁静的生活。

沿着逼仄的楼梯登上乌镇的木楼，远处怀旧的邮局、乌篷船上的一路风光映入眼底。在一座古旧的茶馆里，煮上一壶碧螺春，倚着窗台，听一段江南评弹昆曲，柔婉的三弦，清越的琵琶，绵软可口的腔调，"叫一声小红娘——"吴侬软语间，思绪随着时光倒转，丝绸店、珍珠坊、面塑店、剪纸、草编、蓝印花布便从眼前一一闪过。

乌镇长长的青石板铺就的小巷，静静地诉说着千百年来的历史，脚踩纤尘不染的石板小径，抚摸着精美雕花的窗棂，恍若聆听一个古老而悠长的故事。戴望舒的《雨巷》里的姑娘，细雨蒙蒙湿丁香，她撑着一柄油纸伞，沿着雨巷翩跹而过，心疼她的独自彷徨，几分忧伤，几分烟尘，蓦然回首，前情往事烹煮的相思，怕是早在岁月里氤氲成酒了吧！

水，是乌镇的灵魂。乌镇满眼是湿漉漉的青石码头，石桥静静搁置在流水之上，留下了千万个路人的脚印，"风啊，水啊，一顶桥！"盖着屋顶的廊桥架、弯月形的石拱桥、平整的青石桥、精巧秀美的砖桥、蜿蜒的流水之上或拱或平的桥，连接着乌镇的家家户户，站在桥上，乌篷船上的船夫戴着笠帽轻轻地摇橹，那流淌千年的河水碧波荡漾，石屋层层叠叠鳞次栉比，水阁逶迤影影绰绰。

乌镇的河似乎没有尽头，巷子也绵延舒缓没有终点。巷伴着水，水伴着巷，一排排古屋与巷相依相偎。走进傍河的人家，"人在屋中居，屋在水中游"，这是乌镇独有的枕河而居的水阁特色。从秦时隶属的会稽郡，到穿越管辖的苏州府，再到桐乡割据的乌镇，无论历史的长河如何风云变幻，乌镇人坐看风起云涌，安详自在，宠辱不惊。水乡的氤氲水气，柔弱而不争，熏染了乌镇人历尽沧桑而淡定从容的气度，今日江南最后的枕水人家，原汁原味的水乡风貌和深厚的文化底蕴，让亘古焕然的乌镇，久久屹立于令人魂牵梦萦的江南。

夜幕降临，乌镇的东栅古朴安宁，而乌镇的西栅已是灯火阑珊。坐上一叶摇橹船，任由西东，船在汩汩的水流中缓缓穿行，沿河那一盏盏古色古香的灯笼挂在房檐回廊下，把河水映衬得粼粼波光。一座座石桥，连着古镇蜿蜒的路、幽深的巷，一轮圆圆的明月缓缓升起，人浸在月光里，脚边潺潺的波涛正呢喃细语，远处隐隐约约的渔火，耳畔低回婉转的小曲……呵！这一切分明就是梦中的江南！

沿河的酒吧里，闪耀的霓虹下，是哪个鼓手在奋力演奏？多情而梦幻，蓝调音乐缓缓流淌，坐在沿河的竹藤秋千上，来上一杯伏特加，轻轻地抿上一口，细细体会这古朴与现代结合的气息，便感受到了西栅别样的风情！清风徐来，拂过脸颊，吹乱了头发，恍恍惚惚沉浸在如诗如画的意境中。

"乌镇，永远是乌镇，在这江南水乡最美的一隅，如黄昏的一帘幽梦……"我曾带着梦，轻轻寻你而来，现在，我将带着我的梦轻轻离开。乌镇，你用你的平和与安详，抚慰了一颗颗浮躁疲惫的心，在这纯净而又古老的小镇里行走，静静地感受你的美好，聆听你淡定而从容的心跳！

乌镇，乌镇！来过，心就不曾离开……

最珍贵的礼物

一年一度的教师节又至。蓦然回首，不禁感叹岁月匆匆，站在三尺讲台上已二十多个春秋，至今记得教师生涯中的第一个教师节，更难忘那五十四张可爱的笑脸，五十四颗滚烫的心。

十八岁那年师范毕业，我被分配到离家五十多里的丹阳镇工作，学校在大山之中，尽管路途遥远条件艰苦，但想到多年来的梦想就要成为现实，我依然兴奋不已。

汽车在崎岖不平的山路上行驶，车窗外，高山绵延起伏，层层梯田之上，匍匐着绿油油的红薯藤。一个多钟头后，我终于到达目的地——丹阳镇大庙小学：高高的土垛上，坐落着两间黄砖灰瓦房，那是教师办公室，垛子下面，左右两边各二三间矮旧的教室。正中间一片凹凸不平的土地，尘土飞扬，算是操场，其间伶仃地立着一根锈迹斑斑的旗杆。

放学后，老师们都下班回家。操场西南角，有一间几平方米的小屋，那就是我的宿舍了，收拾好行李，山村的暮色已降临，窗外是一片浓郁昏暗的竹林，秋风起，竹叶沙沙作响，我吓得把头蒙在被子里小声啜泣……

清晨第一缕朝阳投射在脸上时，校园里朗朗的读书声已响起。校长把我领进一间教室，叽叽喳喳的孩子们顿时安静下来，我的到来，令他们欣喜不已，孩子们使劲地拍着小手欢迎我，像过年一样兴奋。

很快，我适应了这里的工作——担任五年级班主任，同时教授语文、思想品德、音乐三门课。大山里的孩子，最是质朴纯真，我用心地对待他们，他们也回馈我更多的亲昵。晴朗的日子，音乐课、体育课，我就和孩子们一起走进竹林，蓝天沃土是最广阔的舞台，绿意葱茏、花香鸟语，我们唱童谣、捉迷藏，嬉笑声在山谷间回响。累了，我们就挨个并排躺下，衔上一根狗尾巴草，看湛蓝高远的天空，朵朵白云或聚或散，任思绪随风飞扬。

转眼到了教师节，分配在市区学校的同学打电话兴奋地告诉我，她一大早就收到了一束芬芳的康乃馨，也收获了一整天的好心情。我心里替她高兴，但却并不羡慕，课间操时，我一个人跑去后山，采摘了几朵紫色的小雏菊插在矿泉水瓶子里，算作自己送给自己的教师节礼物。

放学了，校园又恢复了平静，我在办公桌前认真地批改着作业，那一束淡紫色的小野花，若有若无地散发着馨香，使我的心情平和又安静。我舒展了一下双腿，忽然好像触到了什么东西，俯下身，瞧见桌下有一个编织袋，打开来看，一大把野花被红毛线轻轻束着，紫红、淡黄、粉橘，都是极淡雅的色彩，我不禁深吸一口气，山野清新的泥土气息顿时扑面而来。

那把野花下面，整整齐齐地码着一堆红薯，有的还沾着黄泥，每个都有二三斤的样子，我数了一下，足足有四五十个。袋子里还有一张小小的字条，一行娟秀的小字工工整整：吴老师，教师节快乐，这些是我们送您的节日礼物！

　　一瞬间，爱和温暖在心间流淌，我的眼前，浮现出五十四张黝黑可爱的笑脸，不禁泪光莹莹。我最可爱的孩子们！没有华丽的语言，没有精美的礼物，但你们却送出了最娇艳的花朵、最丰硕的果实，这是一份多么珍贵的心意……

　　转眼离开大庙小学已二十年了，那一束野花，在岁月的枝头，芬芳了我二十年的桃李生涯，那一袋红薯，也在舌尖心头久久甘甜着，成为一生中最珍贵的礼物。

那年读书滋味长

昨天生日，一位认识不久的文友，给我邮寄了一本刚出版的作品集，这份独特的礼物，仿佛炎炎夏日里的一股清凉的微风，越过万水千山来到我的身旁。心中有份庄重和敬畏，感恩这份因文字建立起的珍贵情谊，也忆起那段如沐春风的读书时光。

从小喜爱读书，对一切有字的东西着迷。记得九岁那年，我跟随母亲坐绿皮火车去南京探望亲戚，她去售票窗口买票，叮嘱我在原地照看着行李，候车室的座位上，不知谁遗落了一本彩色连环画报，色彩缤纷的图案，配上一个个生动有趣的故事，如磁石般深深吸引了我。

　　那是一段课外读物极度匮乏的少年时光，这本彩色画报，像雨后天边的一道长虹，点亮了生命中不曾触及的美好。我捧着书，蹲在地上如饥似渴地翻看，想赶在母亲买票回来前，把这些有趣的文字统统装进脑子里去。

　　依然记得那本画报被人撕去了前几张，中间的几页纸也支离破碎得不成样子，几乎要连读带猜才能看懂，但我却依然欣喜、满足，像沐浴在丽日阳光里，那些因阅读而体验的快乐感受，给我小小的心灵带来温暖的印记。

　　小学五年级那年，我去大姨家拜年，在表姐的书架上，我发现了一本路遥的《平凡的世界》，棕黄色的书皮崭新崭新，还泛着琥珀色的光泽。我欣喜若狂，迫不及待地从书架上取下翻开，书中的油墨味扑面而来，我贪婪地嗅着，那股独特的书香让人幸福得眩晕。

　　"噼——啪！"屋外响起零星的爆竹声，表哥和表姐在窗户根下放冲天雷玩，要是平时，我一定会立刻狂奔出去，而现在，我正一头埋在书中读得淋漓酣畅。可发愁的是，厚厚的一本书，想一下子读完是不可能的，怎么办？唯有加快速度，也许就在那时，我练就了一目十行的本领。

吃罢晚饭，该回家了，我实在不忍丢下手里读了一小半的书，狗皮膏药似的黏着表姐，软磨硬泡地求她借我看，可表姐说，书是她刚买的，她还没舍得看，等看完了再借给我。我急得红了眼眶，带着哭腔跑去央求大姨，一遍遍保证不会弄坏表姐的新书，且一定两天内读完归还。

终于，在表姐不舍的目光里，我怀抱着这本《平凡的世界》，一路飞奔回家。那一夜，我扎在灯下，一页一页地翻看，等合上书，天色已大亮，我揉揉酸胀的眼睛，满足地打了一个呵欠。就这样，我读完了人生中的第一部长篇小说。

十五岁那年，去市区读师范，学校有一个很大的图书馆，一排排高大的书架上堆满了书。放了学，别的同学都三三两两约着去逛夜市、遛公园，我提了书包直奔图书馆，借阅到自己喜爱的书，埋头一本本地翻看，全然忘却了时间。在图书管理员的声声催促中，一抬眼，外面已漆黑一片，我只好意犹未尽地把书归还。

难忘无数个夜晚，多少次钻在被窝里，因为打着手电筒读书而熬红了眼睛，或者等到查房老师离开，室友们鼾声轻轻响起时，我揣着一本书蹑手蹑脚地溜进盥洗室，偷偷去读。

蓦然回首，那些有书陪伴的岁月，成为生命中最浓墨重彩的一笔，在记忆的长河里，泛着璀璨夺目的光芒。如今，最幸福的时光，莫过于在一个暖暖的午后，握一书手卷静坐在书桌旁，从纸间得来的宁静与平和，令人生光彩鲜亮、滋味绵长。

流金岁月，黑白记忆

打小在农村长大，那儿是一方纯净的世外桃源，离家多年，却仍难忘儿时的夏夜，难忘那段有黑白电视机陪伴的岁月。

在那个物资匮乏的年代里，电视机可是个稀罕物件儿。父亲在村里的小学当民办教师，一个月工资只有几十块钱，还得养活一大家子。那年暑假，他拿出家里所有积蓄，又卖了几袋米，从百货大楼买回一台"熊猫"牌黑白电视机，足有十四寸，全家人像过年一样兴奋不已。

每当夕阳染红天际时，酷暑之气稍稍退去，父亲从村边的池塘里挑上两桶水，"噗"一声浇上去，门口水泥地上翻滚的热浪便渐渐平息，我和妹妹抬出家里的竹凉床，母亲小心翼翼地把新买的电视机搬出屋来，牵好电源线，再搬出一个小方桌，把电视稳稳地搁上面，乡村的美好夏夜就拉开大幕了。

最爱看的电视剧就是《西游记》了，也不知它究竟有什么魔力，让我如此着迷。只要电视剧片头音乐一响起，看到孙悟空从一堆碎石中，翻上几个筋斗腾空而起，我和妹妹就在竹凉床上蹦跳欢呼。我俩学着悟空的样子，把木头衣架当成金箍棒在手中上下旋转，把竹床踩得吱吱呀呀，又勾起一只脚立着，像醉汉似的歪歪倒倒，随即咯咯笑作一团。

我家是生产队里购买电视机的第一户，每晚收看电视便成了整个生产队的集体活动。夜色悄悄降临，繁星璀璨时，电视机旁就聚集好些熟面孔，忙碌了一天的邻居们，抖落了身上的尘土和疲惫，他们有的端着一大缸子茶水，或捎上一根嫩黄瓜，或捧着两片西瓜，坐在自带的小板凳上，摇着蒲扇边吃边看，享受这场丰富的精神食粮。

集体观剧是轻松快乐的，但有时也有小插曲。剧情播到最精彩的地方，大家都屏息凝神盯着屏幕，电视图像突然一片模糊，"哧哧"声也越来越大，眼看着那个不辨是非的唐僧就要被白骨精骗去蒸了吃，伸长脑袋却只能看到两片一张一合的嘴唇，真真愁死人！

安静的夏夜骚动起来，有性急的人扔了手里的烟卷，冒冒失失奔到电视机旁，去拉扯那两根银白色天线，左掰掰，右转转，天线一会竖立一会倾斜的，渐渐连那模糊的图像也没有了，只剩一片灰白的雪花点。

这时候，大人、小孩儿都不能淡定了，夜色里有人轻声叹起气来，有人沮丧地抱怨着，大家都垂头丧气，端起小板凳准备回家，电视机却突然清晰地传来一句石破天惊的呵斥："妖怪，吃俺老孙一棒！"图像也瞬间恢复清楚了，众人一愣，随即传来一阵欢呼，又都坐下聚精会神地看起来。夏夜的风轻轻地吹拂着乡邻们的脸，黑白电视机前传来了阵阵爽朗的笑声，快乐和幸福在星空下洋溢。

最怕天公不作美的时候。刚才还是月朗星稀，一会儿便乌云密布，几声闷雷之后，雨点噼里啪啦滚落下来，大家慌做一团，小孩子哭号老人叫唤，众人都丢了西瓜撇下板凳，抱着头纷纷挤到屋檐下避雨。

最着急的是父亲，他赶紧把电源拔去，慌里慌张拿把蒲扇盖在电视机上，抱起电视机就踉踉跄跄往家跑；母亲一面扯着竹床上的小毯，一面提溜着小方桌，在大雨里唤着我们；我和妹妹带着哭腔跳下竹凉床，伸手不见五指的雨夜，哪里还能找得到拖鞋，我们只好光着脚往家狂奔……

　　回首那段岁月，总令我唏嘘感叹。如今，黑白电视机早已成为老古董，被遗忘在时光里，但它曾丰富了人们的业余文化生活，是一段历史的见证、一个时代的缩影。

忙趁春风放纸鸢

风筝是春天的信使。

立春过后，小城之中，阳光和煦的时候，绿色的草坪上，便有了很多放风筝的孩子，他们叫喊着，兴奋地奔跑着，五彩斑斓的风筝在蔚蓝的天空中摇曳翻腾。

"儿童散学归来早，忙趁东风放纸鸢。"风筝，又名纸鸢、纸鹞。据史书记载，春秋时期，鲁班因看到鹞鹰在天空盘旋飞翔受到启迪，便"削竹为鹞，成而飞之，三日不下"。汉代发明造纸术后，风筝改用纸糊制，称为"纸鸢"。到了五代时，李邺加以改进，在鸢首上系上风笛，微风吹动，鸣声响起，宛如筝声，故而得名

"风筝"。宋代，放风筝成为人们喜爱的户外活动，后来更是引申为祈福之意，饱含着人们的美好期盼。

"又是一年三月三，风筝飞满天，牵着我的思念和梦幻，走回到童年……"每当我哼唱起这首歌，记忆深处的闸门，也伴着风筝豁然开启。

儿时，在乡间，春天的气息是那样迷人。咕嘟咕嘟，池塘的春水冒着泡，漫山遍野的油菜花，一丛丛，一簇簇，闪耀着金色的光芒。孩童们脱掉了厚厚的棉衣棉裤，像一只只轻快的小鸟，在田野小路尽情地玩耍嬉闹、追逐奔跑，各色缤纷的风筝，在天空中纷飞起舞，把晦暗了一个冬季的乡村装点得绚丽多彩。

那年月，几乎没有卖风筝的，想放，要自己动手扎。父亲手巧，会做各种各样好看的风筝：蝴蝶儿、鸳鸯、老鹰、金鱼儿……要想做出一只好风筝，是极需工夫的。父亲先将竹条竹青那面削下来，捆扎成风筝的骨架造型，再用棉线把各处骨架连接处绑缠结实，接着糊表风筝，用水彩笔给风筝画上图案、描好颜色，最后给风筝加上尾巴，在顶角和横签的两端拴上风筝线，风筝才算制作完成。

放风筝是儿时最大的快乐。立春过后，风开始一天天多起来，村旁土坡，空旷辽远，最宜放风筝。我拿着线，父亲托着风筝，爷俩一前一后，配合默契：他大喊一声"跑"，我便拔腿就跑，父亲的大手一松一送，风筝便借着风力直冲上天。

我仰着头，扯着线，眯着眼，祈盼着风筝越飞越高。父亲坐在柳树下，点上一支烟，远远看着，他不忘叮嘱我：风力强劲时，就把线绳绷直了，任风筝去云上遨游；风劲弱了，也别慌神，不断放线、收线，一松一扯，风筝自会兜着风起伏，就不会轻易掉下来了。

那时的天空，辽阔、高远，似乎没有尽头，一圈圈细线在手里向空中飘去，风筝也扶摇直上，越飞越远。我牵着它，欣赏它临风飘舞，心里别提多满足了。

一年又一年的春风拂过，悠长的飘浮在空中的细线，摇曳出美丽的梦境，那是童话般的世界。如今，每每春日闲暇，我便一个人架着风筝出城，去江边，看春水初涨，泛着粼粼波光，春风浩荡，就在耳旁。

春风起兮，我一手举着风筝，一手拿着线轴，一边轻轻放线，一边迎着风儿奔跑，看它缓慢向空中飞去，越飞越高。半生已过，父亲的叮嘱仿佛还在耳畔，我依然如孩童般，春阳下，一路小跑，跑着跑着，就跑到了春天的深处。

风筝悠悠，放飞一份美丽的心情，也放飞一份美好的愿望。又是一年春来早，我们，一起去放风筝吧！

不　遇

读书，读到一段旧事——那是一场风花雪月的故事，也是一场说走就走的旅行。

某天冬夜，天降大雪。王子猷在屋外赏雪，喝酒吟诗，忽而想起远方的朋友戴安道。彼时，他在山阴（今绍兴），戴安道在剡县（今嵊州）。遂披蓑泛舟，茫茫风雪中，王子猷夜行二百里，等到了戴家门口，却转身折回。人问其故，答曰："吾本乘兴而行，兴尽而返，何必见戴？"

魏晋多名士，名士有风骨。没有林教头风雪山神庙的凶险惨烈，也不似贾宝玉行走白茫茫雪地那般孤寂凄凉，孤傲不羁的王徽之，因率性放浪，而多了几分可爱纯真。

想念，未必非要看见。红尘之中，能有一个和自己灵魂相似的人，让自己起兴去找寻，已足够幸运。"不因兴尽回船去，哪得山阴一段奇。"雪夜访戴，洒脱之意直透千年。试想，若是那个风雪之夜，王子猷一脚踩进戴安道的家中，那会是怎样的一幕情景呢？"若使过门相见了，千年风致一时休。"朱子仪一语道破了天机。

古时，交通与通信都不便，想要造访某个人，无法告知或预约，访人不遇，是再常见不过的事。有诗可证，孟浩然的"行至菊花潭，村西日已斜。主人登高去，鸡犬空在家"；李白亦诗云，"犬吠水声中，桃花带露浓。树深时见鹿，溪午不闻钟。野竹分青霭，飞泉挂碧峰。无人知所去，愁倚两三松。"

不遇，多少有些失望，乘兴而来，正欲抽身返回，可一抬头，春在枝头已十分，主人有满园果树，在光影里，花团锦簇，春意阑珊。

读汪曾祺《人间草木》，"如果你来访我，我不在，请和我门外的花坐一会。"眼前一幅画，现在脑海里：院子不大，但花香四溢，花影迷离，老友不在，也并不恼，索性坐在花下，平心静气，看满眼绿肥红瘦的情景。夕阳栖在云际，飞鸟归巢，晚照穿巷而来，安闲中充满禅意，真真是不遇胜有遇。

这世间景致，不计其数，静对一朵花，独酌一杯茶，守一卷诗书，所有这一切风雅美好的际遇，其实都是与另一个自己厮守。

"于千万人之中，遇见你所遇到的人，于千万年之中，时间的无涯的荒野里，没有早一步，没有晚一步，刚巧赶上了。"张爱玲笔下的不期而遇，是一种幸福；而不遇，更为人生常态。

"挑兮达兮，在城阙兮"，这相遇不曾约定；"君子于役，不知其期，曷至哉"，这遇见不知归期。渡人易，渡己难，隔山隔水，朝夕不明。幽幽红尘，不必问，不必答，曲终人散，各自离开，你仍是澄澈的光芒，生生世世，照亮生命，浑奥无比。

忆起那年盛夏，去嵊泗岛，为了看日出，一行人半夜起来，徒步十五里，伫立于海边，苦苦等待朝阳喷薄而出，后因天气转阴，终未遇。返回途中，却偶遇一场细雨，惊喜无比，失落疲惫皆遁去，遂感足下生风，阵阵凉意，沁人心脾。

不遇，是禅意幽幽；不遇，是心灵呼应。取舍随心，来去随喜，留白处，余韵不绝，情意绵延。

不遇，也是一种相遇；不遇，实则比遇见更美丽。